LA RÉVOLTE

Nikolaï Kononov

LA RÉVOLTE

Traduit du russe
par Maud Mabillard

LES ÉDITIONS NOIR SUR BLANC

Titre original : *Vosstanie*

ISBN : 978-2-88250-830-0

Je me suis retrouvé dans une situation difficile. Sergueï Soloviev (1916-2009), l'idéologue de l'organisation secrète Parti démocratique de Russie, l'un des leaders de la révolte de Norilsk et le meneur de la mutinerie des mines de la Kolyma, s'y connaissait en clandestinité. Des témoins l'ont défini moins comme un chef de combat – il y avait beaucoup d'officiers dans les camps spéciaux après la guerre – que comme un stratège. Tous ont décrit un homme discret et effacé, joueur d'échecs, dessinateur-cartographe avec une règle en T dépassant toujours de sa poche. À sa mort, il a laissé un carnet de rêves, une pile de lettres à ses amis et à sa sœur, un plan de la maison familiale avec le jardin, un bloc-notes avec des schémas d'inventions et des extraits de la conférence du mathématicien Chafarevitch lors de la remise du prix Heineman, d'un article de Tolstoï à propos de Carpenter et du manuel *Réparation de montres.* Mais nulle part, Soloviev n'a glissé la moindre allusion aux événements qu'il a provoqués, auxquels il a participé, hormis dans quelques inscriptions de son carnet de rêves, où il a dissimulé certains épisodes de sa vie. Il ne s'est confié qu'une seule fois à une historienne, et même là, il n'a presque pas donné de détails sur ses activités. Il avait des raisons de se méfier, et il est resté insaisissable. Pourtant, dans ses dernières lettres Soloviev a répété qu'il regrettait que son épopée reste ignorée.

M'étant intéressé à son carnet de rêves et mis en quête d'autres témoignages, j'ai compris que son talent pour échapper à l'œil de l'ennemi avait dressé devant moi un mur invisible. Les documents d'archives ne donnaient pas beaucoup de réponses, les derniers témoins étaient morts ou ne pouvaient rien ajouter à ce que l'on savait déjà. Mais avec le temps, j'ai pu reconstruire en détail ce qui s'était passé. Après avoir répété les déplacements de mon personnage et avoir visité les lieux des événements, j'ai estimé que j'avais le droit de passer de l'autre côté du mur et, en partant strictement des faits, d'écrire mon histoire d'une révolte. Ceci n'est pas une biographie. C'est un roman sur le motif d'une vie ; les rares documents sont cités en italique dans le livre. Pour ne pas permettre à son talent pour la clandestinité de dissimuler l'homme, j'ai dû moi-même devenir Soloviev.

L'auteur remercie chaleureusement, entre autres, Galina Kassabova, Vladimir Ronine, Pavel Poliane, Irina Ostrovskaïa, Kirill Alexandrov, Ivan Panikarov, Oleg Romeïko, Vladimir Roïter, Olga Leslie, Marina Chandarova, Emilia Koustova, Andreï Portnov, Lev Netto, Anna Netto, Nikolaï Milovidov, Nikolaï Formozov, Vera Ammer, Elena Barycheva, Natalia Ruf, Anastasia Krylova, Lioudmila Goldberg, Alexandra Polivanova, Larissa Korobenina, Pavel Aptekar, Nikita Lomakine, Alexandra Neumann, Alexeï Babii, Viktor Zemskov, Tatiana Guerassimova, Natalia Lebina, Artiom Latychev, Nikolay Epplée, Elisabeth A. Wood, Oksana Dvornitchenko, Anne Applebaum, Igor Ermolov, Evgueni Kodine, Aliona Kozlova, Viatcheslav Iachtchenko, Nikolaï Mikhaïlov, Inna Ganschow, Viktor Danilov, Teodor Chanine, Larissa Kraiouchnikov, Ivan Kovtoun, Dan Michman, Philippe Nonclercq, Mikhaïl Dyubenko, Sheila Fitzpatrick, Sergueï Drobiazko, Alexandre Litine, Marina Mosseïkina, Boris Belenkine, Galina Dursthoff, Dmitri Joukov, Andreï Jemkov, Galina et Mikhaïl Ejov, Daria Khlevniouk, Irina Scherbakova, Nikolaus Wachsmann, Olga Edelman, Natalia Fedianina, Suzanne Vromen, Nikita Petrov, Viktor Kondrachine, Konstantin Zalesski, Tatiana Raïeva, Tatiana Kotova, Boris Sokolov, Alexander Mansilya-Kruz, Alexander Mironov, Charlotte Decoster, dont les éclaircissements, les entretiens, les livres, les articles et les recherches ont été d'une grande aide pour travailler sur cette histoire. Des remerciements tout particuliers à Alla Makarova, qui a rassemblé les témoignages sur la révolte de Norilsk et les a mis à portée de tous, ainsi qu'à la société internationale Memorial et ses collaborateurs et collaboratrices pour la possibilité de travailler avec les archives personnelles de Sergueï Soloviev.

Je suis mort l'avant-dernier jour de l'hiver, en tenant Anna par la main et en regardant par la fenêtre. Les herbes sèches bruissaient follement sur les collines, emplissant la maison de rumeurs comme si nous étions en août, le vent s'engouffra dans la chambre, l'armoise et le thym s'agitèrent. Le ciel vide devint neigeux, des nuages s'amassèrent : cumulus, nimbus, cumulonimbus en enclume, et derrière eux, des nuages translucides, bourgeonnants, des stratus – je me souvins comme on m'avait appris à les nommer.

Au moment de m'arracher à la terre, je n'étais plus lié à elle d'aucune façon, je ne laissais ni objets précieux, ni héritage, ni maison, rien, à part une étagère de livres, des notes de lecture et un carnet de rêves. Je n'étais ni enregistré ni recensé, je n'avais pas de papiers d'identité. Quand j'étais sorti du bureau avec mon passeport et que j'étais monté dans le bus LIAZ affaissé sur ses deux roues gauches, je savais que je ne conserverais pas longtemps ce livret avec ma photographie, les papiers ne m'aiment pas, ils se décollent et s'envolent. Et cette fois, toutes sortes de gens étaient entrés dans le bus, il y avait des ouvriers, un homme avec un attaché-case, d'autres avec des sacs, le bus était bondé, je savais que l'un d'entre eux fouillerait la poche de mon veston et en sortirait mon passeport qui ne pourrait jamais me clouer à cette terre. Mais je savais aussi autre chose : ils ne me laisseraient pas en paix. Quelque part, on conservait encore le dossier bourré de pages jaunes, avec ce commentaire écrit à la machine : « Particulièrement dangereux, enclin aux évasions ».

Ces dernières années, nous nous étions fixés vers le lac Amer, puis nous avions transporté les rondins de la maison à la périphérie d'un petit bourg, et la steppe ondulait de l'autre côté de notre barrière jusqu'aux collines nues. Loin derrière les collines commençaient les sommets pelés, comme surgis du sol : des géants aux fronts lisses et aux doigts menaçant les cieux. Parfois, j'avais le sentiment que je pourrais aller jusqu'aux montagnes, et je partais dans cette direction. La terre de l'Altaï ressemble à de l'eau dans un chaudron quand elle commence à bouillir et se soulève en grosses bulles. Les champs se séparent en pentes tordues, les falaises jaunissent, annonçant l'arrivée prochaine des montagnes et des glaciers. À l'aube, le lac fumait, comme s'il avait une île en son milieu et qu'on y faisait un feu. Je m'approchais de la rive à travers champs, fendant la brume, et j'avais l'impression que mes parents, Olga, Tolia, Margaritotchka et les autres s'avançaient vers moi de l'autre côté.

En rentrant, je trouvais les femmes chez qui je vivais, la mère et la fille, elles étaient enfoncées dans l'armoise jusqu'aux genoux et chantaient. Je ne croyais pas en leur dieu et, quand elles priaient dans la steppe, je me tenais à côté d'elles, respectant, mais me taisant. Nous avions correspondu pendant des années avant qu'elles me proposent de les rejoindre. Je savais que leur Église, vieille, avait toujours été persécutée et se tenait toujours plus loin des villes, et j'étais d'accord avec ça. Avec qui aurais-je pu vivre, si ce n'est avec ces gens qui comprenaient qu'il n'y a rien, que le vent.

Je récoltais des herbes que j'apportais à la pharmacie où, sans attendre le réceptionnaire, je posais mon sac devant la porte et repartais, les femmes allaient chercher l'argent. Nous vivions de ça. Je sentais que, bientôt, on me fermerait les yeux avec une feuille de prière, et qu'on me mettrait sous une croix avec un toit pentu. Ceux qui croient en un dieu quelconque, même rouge, ou encore païen, supportent plus facilement les longues peines de souffrance, attendent la récompense, la rétribution, ou au moins une fin tranquille. Mais moi, je ne pouvais pas croire.

Pendant vingt-cinq ans, j'avais écrit mes rêves, et j'avais commencé à le faire à cause de la surveillance en camp de régime strict. J'écrivais, j'écrivais, et s'ils voulaient comprendre si c'était quelque chose d'interdit, je leur montrais : un carnet de rêves. Quand des gens comme moi écrivaient leur journal, on le prenait, le lisait, on y trouvait de nouveaux motifs et ça pouvait valoir une condamnation supplémentaire. Mais moi, on me considérait comme un fou qui restait sur sa couchette les yeux fermés, tentant de se rappeler quels rêves il avait faits pendant la nuit. Mes voisins avaient la même opinion, ou alors hochaient la tête, l'air de bien comprendre. À ceux-là, j'avais appris les règles de la clandestinité, et ils ne se demandaient pas pourquoi je cousais des cahiers de seize pages en un tome.

Assez rapidement, je sus relater mes rêves dans le détail, même des heures après mon réveil, et j'ai dessiné des esquisses de certains, même si ce n'était pas indispensable – à ce moment, non seulement je ne croyais plus mes rêves, mais je n'y réfléchissais même pas. Ce qui m'importait, c'était de cacher, à l'intérieur d'eux, les événements réels dont je me souvenais. C'était essentiel, parce qu'on m'interdisait le travail mécanique – inventer et construire, ce que je désirais par-dessus tout – et je m'abêtissais, j'avais beau résister, je perdais le goût d'inventer des mécanismes, et en plus *j'ai oublié le français**[1]. Il n'y a pas pire torture que quand on vous supprime tout sentiment, comme on tranche des bras ou des jambes à la hache. De mes sensations antérieures, je n'avais gardé que la capacité à me voir comme un point qui se déplaçait sur une carte, je savais toujours déterminer infailliblement où je me trouvais, et je ne me suis jamais perdu dans les contreforts des montagnes, si loin que je me fusse aventuré.

Je ne voulais pas revoir mes compagnons de camp, je n'ai fait que correspondre avec eux, et jusqu'à la fin j'ai eu peur que les visages gris ne me laissent pas en paix. Quand j'avais des visiteurs qui se disaient historiens, je me cachais, partais dans les collines et me couchais la tête enfouie dans l'herbe.

---

1. Les mots en italique suivis d'un astérisque sont en français dans le texte original. *(Toutes les notes sont de la traductrice.)*

Un jour, je n'eus pas le temps de partir et je masquai la fenêtre avec une robe – la visiteuse a pensé que le grand-père à la barbe hérissée et en pull tricoté avec des motifs ridicules était devenu fou, alors que je m'abritais de la lueur rougeoyante qui devenait insupportable quand ils se rapprochaient. Au début j'ai cru qu'ils se vengeaient à cause de mon père, puis pour ma trahison, pour la révolte et les rouleaux de papier trouvés dans la mine, et je n'ai compris qu'à la fin qu'ils ne me poursuivaient pas mais me conduisaient.

Un nuage en forme de griffe apparut en filigrane dans le ciel. Les herbes faisaient un bruit assourdissant. Anna se rapprocha, ses yeux brillaient, et je me demandai pourquoi tant de gens étaient si persuadés qu'ils auraient agi différemment à ma place, et si j'avais vraiment été malhonnête, ou si j'avais désiré l'impossible, ou si j'avais réellement trahi. Il fit plus chaud, une rafale souffla de la steppe, les vitres tintèrent. Sur la table, un document frémit au vent, le seul que je gardais tout de même avec moi. Il y était écrit : « Non coupable ». Je me tournai vers Anna et lui demandai : « C'est vrai ? »

1

Ayant pris des godets, je versai deux doigts d'eau, délayai du vert et du bleu. Pendant qu'ils décantaient, je mouillai un coton et le passai sur la feuille. Le papier était épais, homogène, et séchait uniformément. J'allumai la table lumineuse et examinai le plan. Les lignes couraient, régulières, tous les traits avaient été faits avec une pression identique sur le crayon, on ne remarquait qu'au coin gauche de la feuille que l'assistant était pressé. Non seulement parce qu'il avait dû utiliser la gomme, laissant une surface rugueuse, mais parce que, tout au bord de la feuille, un moustique était écrasé sur une tache de sang, les pattes écartées et les ailes déployées, transformé en momie. Dans un tel état, un plan était considéré comme gâché, et on pouvait renvoyer l'assistant : il était interdit de s'énerver et d'écraser des insectes sur la table. Mais ce n'était qu'une feuille de relevés de terrain, et Lapchine me connaissait et comprenait que j'avais laissé la momie à cause de sa beauté.

Le plan, sous la lampe, semblait si précis et si rigoureux qu'il transmettait une sorte de joie à mes muscles. J'attrapai le tire-ligne pour courbes, le remplis d'encre brune et commençai à tracer le relief. Le tire-ligne donnait un trait régulier et avançait d'un seul élan. Le secret était de l'affûter à temps, faute de quoi, dans un dessin aussi fin, une palette aurait coupé le papier, et l'autre aurait dessiné un trait haché. J'avais devant moi une nuit de travail et je ne perdis pas de temps à dessiner trop finement les hachures des ravins, mais me dépêchai de passer aux maisons et aux routes.

Quand le relief fut prêt, je rangeai le tire-ligne pour courbes dans son étui et pris un tire-ligne ordinaire. Je réglai la bonne épaisseur, dessinai puis hachurai les bâtiments de Brassovo, avant d'exécuter très vite les villages de Snytkino et Kropotovo. Je m'échinai une heure sur les sentiers vers Alexandrovskoïe et la forêt, où, à la place des sapins indiqués sur la vieille carte au 1/100 000, se pressaient des bouleaux et des chênes. Je me souvins comme j'avais dû errer pendant des heures, les bottes mouillées, un bloc-notes à la main, pour inscrire la hauteur et la largeur des troncs de chaque espèce. Cela dit, je me consolai de tout cet embrouillamini forestier en dessinant les chiffres : j'adorais le cours de calligraphie, j'avais appris tous les caractères imaginables, et je m'amusais à tirer les lignes des nombres pairs vers le haut, et des impairs vers le bas ; on avait l'impression que les chiffres dansaient. Puis apparurent sur le plan : le haras, l'église, la grange, la maison d'hôtes où nous vivions désormais, nous, les étudiants internes. Je dessinai en dernier la longue bâtisse du palais impérial, ainsi que l'aile où j'étais à présent, dans l'atelier de dessin. J'en avais fini avec les bâtiments.

Je pris un peu de vert à la surface de l'eau, et passai à la forêt. Arrivé au champ inondable, près de la rivière, un obus neigeux vint heurter la fenêtre. Une poignée de neige entra par le vasistas, je sursautai et laissai tomber une tache vert foncé. Il fallut imbiber un coton d'eau et effacer la tache autant que possible. Je restai un moment indécis au-dessus du bosquet, ne sachant pas si je devais l'indiquer comme forêt ou comme buissons. Les grands-ducs avaient mis une pelouse entre les allées, les chênes avaient été plantés bien après, du temps de l'école technique, donc depuis peu, et ils atteignaient à peine 2,5 mètres. On considérait que, si un cosaque à cheval s'approchait d'un arbre en tenant une lance et que la plus haute feuille dépassait la lance, il fallait dessiner une forêt sur la carte. Les 2,5 mètres que j'avais mesurés étaient forcément plus bas que la lance, ils atteignaient sans doute la tête du cosaque. Enfin, encore aurait-il fallu savoir la hauteur de son cheval. Après ces hésitations, j'optai pour la forêt. Tous les étudiants en topographie de l'école souffraient avec ce parc. À une époque, Brassovo était la propriété des Apraxine, qui l'avaient vendue à la famille impériale, et le nouvel architecte avait conçu le parc de telle façon qu'il représentait un aigle à deux têtes. Après la révolution, il n'y avait plus eu personne pour respecter ses idées. Le palais accueillit l'école d'hydraulique agricole, et les pelouses sous les ailes et le bec de l'aigle furent envahies par la végétation. Parfois on les tondait, parfois on les laissait en l'état, c'était chaotique, et d'année en année, les étudiants rendaient des plans avec des aigles différents.

J'attrapai du bleu avec mon pinceau, m'agitai sous la lampe et dressai l'oreille. Il semblait que quelqu'un marchait dans le couloir. Je ne risquais pas grand-chose à être découvert – on m'aurait cru si j'avais dit que j'étais resté toute la nuit à finir un travail au programme que j'avais commencé en décembre – mais j'aurais voulu conserver aussi longtemps que possible la clé de l'atelier de dessin prétendument perdue. Le bruit ne se répéta pas, et je passai à la rivière Neroussa. Je ne saurais pas dire pourquoi, quand je dessinais la terre et les maisons, je pouvais me sentir libre et léger, mais je n'éprouvais jamais ce bonheur particulier qui vient quand la carte commence à se mouvoir, que le plan sur papier Whatman se transforme en matière vivante. Or, dès que j'esquissai la rivière, qui se tortillait comme un ver, les bains et l'étang, les marais à petits traits, même alors, même cette nuit j'oubliai la lettre qui brûlait ma poche intérieure, et je m'envolai au-dessus des champs mélancoliques de Briansk.

La carte était terminée quand la porte s'entrouvrit. Comme dans une opérette, je vis entrer dans l'atelier celui que je n'attendais pas : Voskoboïnik. Il nous enseignait la physique, et nous donnait aussi le cours d'information politique. Une fois par semaine, il nous disait que l'Allemagne et le Japon fourbissaient leurs armes, qu'il fallait être à la hauteur de l'insigne « Soyez prêts ! » et savoir recharger un fusil en trois secondes. Les discours de Voskoboïnik étaient toujours bouillonnants, il agitait les bras à en déchirer son veston sous les aisselles, posait des questions rhétoriques en levant le sourcil. Mais j'étais surtout étonné par sa capacité à passer de ce registre tonitruant au silence, particulièrement quand j'allais à son club d'inventeurs. Nous pouvions rester des heures à travailler sur une machine quelconque, et tout ce temps Voskoboïnik était occupé silencieusement à souder, ou se penchait au-dessus de la presse, les dents serrées sur son fume-cigarette pourvu d'une cigarette roulée coupée en deux. Il était concentré, et nous voyions sa barbe noire et ses sourcils fins se froncer, s'énerver et vivre une vie qui nous échappait. J'avais compris que cette vie n'était pas liée aux fusils et aux serments de dépasser les objectifs de réalisation. Sur sa table, il avait un portrait photographique de sa famille, avec laquelle il vivait sur place, dans le village voisin de Lokot.

Je ne sursautai même pas quand Voskoboïnik traversa la pièce et se pencha sur la table lumineuse. « Que faites-vous ? demanda-t-il, sortant son fume-cigarette de sa poche. – Un plan au 1/100 000, répondis-je. Pour mes examens. » Il remit son fume-cigarette dans sa poche et cessa de faire semblant de s'intéresser à la carte. « J'ai réfléchi à votre idée de survol, commença-t-il. Nous ne parviendrons sûrement pas à attirer ici un aérostier dans les prochains temps, mais, comme nous l'avons dit, nous pourrions essayer de construire un ballon nous-mêmes et de trouver un brûleur. Ce n'est pas très difficile. Mais ce qui reste particulièrement important – et touche à votre dessin où vous avez calculé la déformation dans une photographie prise du ciel, hein ? –, c'est qu'on a fabriqué à Leningrad, je viens de le lire dans un article, un objectif si large qu'il n'y aura pas de déformation. Je vous apporterai la revue demain. Nous pouvons nous organiser pour que l'école commande cet objectif. »

Je commençais à comprendre pourquoi Voskoboïnik était excité. Pendant deux ans, je m'étais débattu avec l'idée de photographier la terre depuis le ciel, mais sans parvenir à trouver le moyen de me débarrasser des déformations que donnaient les objectifs habituels, et ma passion s'était communiquée à lui. S'envoler avec un appareil photo, se tenant sur deux planches attachées à une corde, ce n'était pas compliqué. On pouvait même fabriquer une nacelle, mais mieux valait s'en passer : trop de tracas. Seulement voilà, les objectifs habituels offraient une image déformée, il nous fallait donc trouver un objectif particulier ou un dispositif supplémentaire. Dans les revues, nous avions pu voir des troupeaux entiers de dirigeables, et un appareil ressemblant à un bathyscaphe s'était même envolé dans la stratosphère, mais les topographes en étaient toujours à sautiller sur terre comme des sauterelles avec leur trépied. Au lieu d'errer avec notre planchette et nos jalons, dans l'eau jusqu'aux genoux et couverts de tulle antimoustique, nous aurions pu faire s'envoler un ballon accroché à des piquets, avec un observateur sur un siège, et photographier en une heure, depuis le ciel, tout ce que nous nous échinions à dessiner en une journée. Les marges de mes cahiers étaient remplies de gens sur des aérostats qui tournoyaient les uns autour des autres, et bientôt, je transmis à Voskoboïnik l'esquisse d'un dispositif avec des lentilles. Il regarda le dessin, corrigea quelque chose, mais n'essaya pas de le montrer au directeur unijambiste Kosmyline : l'école ne pouvait pas s'offrir des lentilles aussi onéreuses. Mais maintenant, on avait mis au point ce genre d'objectif à Leningrad.

« C'est vraiment intéressant, dis-je. Je vous suis très reconnaissant et regarderai volontiers. Mais l'objectif ne sera sûrement pas ici avant l'été, et moi, je partirai après les examens. Je voulais même les passer en avance. – C'est intéressant, effectivement, répondit Voskoboïnik. Je pensais que vous alliez rester. Je comprends que pour Kosmyline, les prises de vue en vol semblent des fantaisies, mais je vous aurais obtenu un poste de laborantin, puis j'aurais prouvé qu'il faut au moins connaître cette méthode de prise de vue – et, qui sait, vous auriez enseigné et volé dans un ballon. Vous auriez terminé l'institut pédagogique par correspondance ou comme externe. »

C'était tentant. J'aimais Brassovo, et j'aurais voulu rester. Pour moi, ce domaine représentait une île, à la vie étrange, unique dans ma patrie. Après le coup d'État[1], le grand-duc s'était enfui, et les habitants de Brassovo avaient défendu le domaine contre les pilleurs, jusqu'à ce que les rouges arrivent avec un mandat, un sceau et des charrettes, et emportent les tableaux et la vaisselle à Moscou. On disait qu'ils avaient perdu l'inventaire de ce qu'ils avaient pris, sans doute volontairement, pour vendre l'or dans d'autres pays, mais grâce aux efforts des anciens employés, les livres, qui n'avaient pas l'air de valoir grand-chose, étaient restés dans la bibliothèque. La petite tour de garde du palais, qui ressemblait à un temple bouddhiste,

1. Coup d'État d'octobre : nom donné à la révolution bolchevique de 1917.

s'élevait au-dessus des pins, et de son balcon nous regardions le soleil se coucher, la brume s'élever sur la rivière Neroussa et les champs cuivrés. Je montais encore plus haut, sur le toit de fer résonnant sous mes pas, et je lisais *La Naissance de la tragédie enfantée par l'esprit de la musique*, Homère et Mommsen, avec vue sur les allées, les parterres et les mares où le frère du tsar élevait des truites.

Nous vivions presque comme des moines. Presque, parce que Zina Kokoreva étudiait avec nous – la seule fille qu'on avait laissée se pencher sur l'hydraulique et le calcul différentiel. Elle vivait avec d'autres filles dans l'ancienne maison d'hôtes des princes. On ne nous racontait rien *sur le sexe**, et aux filles non plus, et ce silence disait qu'il n'était pas admissible d'en parler. C'est pourquoi un mur honteux se dressait entre nous. Tous pensaient à l'intimité, souffraient d'être vierges, mais n'osaient parler que de couples s'embrassant et, mordant leur coussin, *ils masturbaient**, attendant le moment où les voisins de leur chambre exiguë étaient sortis. D'un autre côté, je pouvais aussi ne pas être au courant de la vie sexuelle de mes camarades de cours, ou ne pas la remarquer, car je me détachais difficilement des questions de relevés topographiques, de cartographie et de jeu d'échecs. J'avais reçu une bourse particulière après avoir remplacé un professeur de dessin pour les étudiants de première année, puis encore dans plusieurs branches, y compris en relevés topographiques.

« Écoutez, me dit Voskoboïnik après une pause. À votre place, je réfléchirais encore un peu. On vous apprécie, ici. Il n'y a pas beaucoup d'abrutis dans cette école, et ils ne décident de rien. Vous serez à l'abri de l'agitation, et c'est très important, de nos jours. » Si j'avais entendu ces mots une semaine plus tôt, j'aurais commencé à calculer mes chances, mais je savais désormais ce que je faisais, et je dis que, sincèrement, je ne m'attendais pas à ce que quelqu'un soutienne mon idée, et je devais réfléchir, et bien sûr je rêvais de travailler sur le terrain, mais à présent…

« Qu'est-ce qu'il est arrivé à votre père ? » demanda Voskoboïnik sans changer de ton, et tout s'effondra. La chambre se mit à tournoyer devant mes yeux sans s'arrêter, la règle brilla comme la lame d'une guillotine. Je perdais l'équilibre. Voskoboïnik faisait virevolter son fume-cigarette entre ses doigts, attendant ma réponse et savourant le fait qu'il m'avait désarçonné. « Pourquoi avez-vous décidé qu'il était arrivé quelque chose à mon père ? – J'ai vu que vous lisiez une lettre de chez vous, et votre visage est devenu gris comme l'argile. – Mais comment savez-vous que c'était une lettre de chez moi ? – Vous n'en recevez pas d'autre, et ça vous ressemble. – Quoi ? De ne pas recevoir d'autres lettres ? – Oui. – Mais pourquoi ça concernerait mon père ? – Ah, mais ce sont les hommes qu'on emmène, et vous m'avez dit que vous étiez l'aîné. »

« Qu'est-ce que ça veut dire, "on emmène" ?! m'écriai-je, oubliant qu'il faisait nuit, et que les étudiants de deuxième année dormaient à l'étage, au-dessus de l'atelier. Et si quelqu'un était mort chez nous, ou à l'hôpital ? Mais qu'est-ce que vous racontez ! » Voskoboïnik sourit, alluma sa cigarette, mit le fume-cigarette dans sa bouche et commença à examiner mon plan. « Vous comprenez, dit-il, j'ai vu assez de gens qui recevaient la nouvelle d'une mort. C'était mon travail : apporter ces nouvelles. Les uns se levaient brusquement, les autres demandaient "Quoi ? Quoi ?", d'autres encore cachaient leur visage dans leurs mains, mais personne n'avait peur de bouger, pour ne pas alerter leur entourage. J'ai vu comme vous vous figiez. On se fige ainsi quand on apprend qu'on a emmené quelqu'un. Donnez-moi la lettre. – Pourquoi pensez-vous que je l'ai sur moi ? – On ne laisse pas ce genre de lettre, sauf dans un coffre-fort, mais il n'y a pas de coffre-fort ici. – Pourquoi voulez-vous la voir ? » Voskoboïnik souffla la fumée. « Je veux voir la date d'expédition. – Je peux vous la donner, mais pourquoi voulez-vous savoir ? – La chasse a commencé en août et elle aurait dû se terminer en six mois. Si votre père a été emmené après ce que nous appellerons la fin de la saison, cela signifie qu'on a augmenté le quota de gibier pour les chasseurs. Qu'on a prolongé la saison. – Je ne comprends pas ce que vous voulez dire. Ma mère m'a écrit qu'il n'était pas rentré, c'est tout. Il a pu se passer n'importe quoi. Peut-être qu'il est à nouveau parti... » J'en avais trop dit, je m'interrompis et indiquai la date : le 3 décembre. Voskoboïnik compta dans sa tête, passant un coton humide sur mon plan – je n'accordais plus aucune importance au fait qu'il pouvait gâcher le dessin – et finit par conclure : « Il a été pris juste avant qu'ils envoient les chiffres définitifs au centre. Ça veut dire qu'ils l'ont gardé en réserve jusqu'au bout. Ils avaient jusqu'au 5 décembre. Ou peut-être que, au contraire, ils n'avaient pas rempli le plan, et ils ont cherché au dernier moment qui prendre, et l'ont trouvé. Je ne peux pas vous dire d'où je le tiens, mais ce n'est pas très important, ils ne se cachent pas, ils sont fiers de désarmer les ennemis, ils se plaignent de ce que leur travail est difficile. Vous avez dit "à nouveau parti", ça signifie qu'il avait déjà dû se cacher. Votre famille a été expulsée en première ou deuxième catégorie ? »

À ce moment, je devinai de quel plan il parlait. Jusque-là, en lisant la lettre de ma mère, je me disais, comme un idiot, qu'il restait de l'espoir, que mon père avait pu partir de lui-même. Elle avait écrit : il est parti du sovkhoze et n'est pas rentré, personne ne l'a vu en ville, le responsable ne répond rien, passe à Smolensk, à la direction, fais des recherches. À présent, je comprenais de quelle direction elle voulait parler, celle-là et aucune autre, mais elle n'avait pas osé l'écrire directement. Je ne pus retenir une exclamation : « Les salauds. » Mon aspect était sans doute frappant, je devais lancer des regards furieux, car Voskoboïnik éteignit immédiatement sa cigarette : « Attendez. Je vais vous expliquer pourquoi je vous ai posé la question. Il fut un temps où j'ai étudié le droit, c'était une autre époque – de la main, il montra derrière son dos –, et j'avais l'impression que je ne pouvais pas ne pas aller à la guerre, quand la patrie était au bord du gouffre et les nouvelles toujours plus mauvaises. Pour le tsar, la patrie, la foi ! Quelque chose comme ça. » Il fronça les sourcils et son visage prit une expression alarmée, inspirée. « Je n'ai pas eu le temps de me battre vraiment, et quand je suis rentré, avec le grade d'officier, le pouvoir avait déjà changé. Avec des camarades de régiment, nous sommes allés à Saratov, où ils cherchaient des cadres militaires. J'ai décidé de soutenir le pouvoir, la loi. D'être tout de même du côté de ceux qui ont écrit et qui appliquent la loi – il y avait un peu plus de garanties qu'ils ne me toucheraient pas. Je fus envoyé à Khvalynsk. Une petite ville de province, quelques maisons de pierre, pour le reste des isbas, l'église avait beaucoup de paroissiens. La première année après la révolution, les gens se remettaient gentiment, mangeaient les réserves. La vie était plutôt calme, je me suis marié. Il y avait peu de communistes. Le président local ne comprenait rien aux subtilités de la foi, a commencé à organiser des conférences anticléricales et un jour, aux abords du village, il a trouvé une espèce de poupée en bois dans une chapelle, vêtue d'une jupe et d'un tablier, le dieu mordve de la pluie, et il a ordonné de l'emporter. Nous l'avons déplacée jusqu'au comité exécutif, mais nos camarades croyants se sont arraché les cheveux et ont couru chez le pope : cette poupée avait été mise là avant les semailles, pour que la moisson soit abondante. Le pope soutenait leurs rituels, il a fait sonner la cloche. Les paroissiens se sont jetés sur nos matelots, ceux-ci ont commencé à tirer, ont tué deux personnes, blessé deux autres. Une commission est venue, a renvoyé le président. Ils ont traîné l'idole dans l'église... »

Voskoboïnik s'interrompit et fixa sur moi un regard délavé. J'étais mal à l'aise. Il se détourna et murmura qu'il ne savait pas pourquoi il racontait tout cela. J'avais beau être absolument écrasé par ce que j'avais entendu, je fus gêné par sa coquetterie, et je fis un geste de la main : « Vous m'avez pris en otage, alors je vous écoute. » Voskoboïnik eut un sourire fin. « Vous allez comprendre. Bref, la deuxième année les réserves étaient déjà épuisées, et personne ne voulait plus donner de blé. Les propriétaires faisaient irruption dans nos réunions, nous interrompaient, criaient que nous devions sortir de la cellule. Saratov envoya des troupes de réquisition, et commença ce qui se poursuit en ce moment, ce qui s'est abattu également sur votre père. Je me souviens, il y avait un commissaire du nom de Tcheriomoukhine, il a fait fusiller cent trente koulaks, il a réquisitionné tout le blé trouvé, sans donner le moindre reçu. Il a obligé tout le monde à écouter la conférence « Pourquoi les autorités ne peuvent pas donner le maximum en ce moment », et quand on l'a dénoncé, on a répondu de Saratov que Tcheriomoukhine “n'est pas un bandit, mais notre honorable camarade de parti” et qu'il agissait selon les lois martiales. Donc, comprenez : ces lois ont toujours cours. »

À l'étage au-dessus, l'un des ingénieurs hydrauliques se leva et, traînant les pieds, se rendit au petit coin. Voskoboïnik s'approcha doucement du vasistas et enleva la neige du cadre. Quand l'ingénieur hydraulique revint sur ses pas et que les bruits cessèrent, il se remit à parler : « L'année d'après, la moisson fut mauvaise à Khvalynsk, à l'automne on réquisitionna le dernier blé, et vint l'hiver. Les habitants écrivaient des lettres avec "nous demandons humblement au comité de production régional de comprendre notre situation critique et de ne pas nous laisser, nous et nos enfants, souffrir de la faim avant l'heure, et de nous donner du pain selon la norme pour sept mois", mais depuis Saratov, on nous ordonna de supporter. Le premier à se mutiner fut le bataillon de garde commandé par le socialiste-révolutionnaire Vakouline. Les émeutes se répandirent comme un feu de forêt. Les rebelles furent rejoints par tous ceux qui en voulaient aux rouges. Des troupes indéterminées entrèrent dans Khvalynsk ; au lieu d'uniformes, certaines étaient vêtues de loques, d'autres de vareuses militaires aux galons arrachés. »

Voskoboïnik s'échauffa et, au cours de sa confession, prit son ton d'informateur politique. Cela aurait été drôle, si je n'avais pas remarqué la folie qui s'amassait dans le blanc de ses yeux. Par ce sombre matin de Khvalynsk, il marchait de long en large dans son isba, essayant de s'habiller. Il affirmait qu'il n'avait pas songé à prendre les armes, il était envahi par la peur et le désir de fuir pour qu'on ne s'attaque pas à sa femme. « Je n'ai entendu que deux coups de feu de toute la matinée : ils ont attrapé les communistes presque dans leur lit. Ils les ont rassemblés sur la place, ont fait venir les habitants. Je sentais un froid satanique dans mon ventre. Je comprenais qu'ils allaient tuer, et je priais, même si je suis, comme vous le voyez, sceptique. On nous faisait avancer un par un, demandant à la foule : "On le relâche ?" On fit avancer mon voisin, il donnait des cours aux travailleurs de la culture, une paysanne dit soudain : "Il a pris ma vache." Le responsable des travailleurs de la culture ! Ils lui donnèrent un coup de baïonnette, il tomba, puis ils le frappèrent avec leurs crosses. Quelques minutes plus tard, l'un des hommes saisit son fusil, écarta les autres et lui tira une balle dans la tête. Le corps fut laissé dans la neige, et jusqu'au soir les chiens mangèrent sa cervelle. Le suivant fut avancé, les gens dirent : "Quitte les communistes, rejoins-nous !" Il fit non de la tête, et on tira dans son œil droit. La foule poussa un cri. L'homme s'effondra, il semblait définitivement immobile, puis il eut soudain des convulsions. Moi, vous savez, je me suis mis à fixer un bouton de mon manteau pour ne pas m'évanouir, et j'ai balbutié : “Bouton, gentil bouton, retiens-moi dans ce monde, bouton, gentil bouton, retiens-moi dans ce monde.” On ne m'a rien fait, et j'ai juré par tous les dieux que je n'aurais plus jamais, sous aucun prétexte, aucune foi ni aucune conviction. »

La lueur de la lampe se mit à décliner. On avait éteint l'électricité quelque part, ou peut-être que c'était le vent qui agitait les poteaux de Brassovo. Tantôt nous étions plongés dans le noir, tantôt la lumière éclairait un instant la silhouette voûtée de Voskoboïnik sur sa chaise. Quand le jeu de lumière cessa, il leva prudemment les yeux et me fixa sans ciller.

« Je ne m'étonne de rien, dit Voskoboïnik, et son ton d'orateur avait disparu. Il ne se passe rien de nouveau en ce moment. Pendant de longues années, les gens se sont entretués par la faim, les sabres et les balles. Et il ne pouvait pas en être autrement, puisqu'on avait commencé par dresser voisin contre voisin. Et comment se sortir de cette merde ?... Bref, Vakouline était lui-même un officier, pas un paysan, mais un militaire comme nous tous. Il avait l'impression qu'il suffisait de s'unir avec les paysans de Tambov – et des milliers de moujiks s'étaient joints à lui – pour bloquer le Sud, et donc le débouché vers la mer, et les puissances capitalistes allaient nous soutenir, et ce serait la fin de ces crapules qui avaient pris les capitales. Non à la dictature des classes ! L'anathème contre le communisme imposé ! À bas l'autocratie des commissaires ! Vive le commerce libre ! Donnons du crédit aux particuliers ! Et quand on m'a demandé si j'étais prêt à quitter le rang des communistes, j'ai répondu que je voulais mourir pour le droit de disposer de sa terre et blablabla. J'en dis tant que Vakouline m'inscrivit dans l'état-major et me fit écrire des proclamations. Mais Seigneur, nous n'imaginions pas à quelle vitesse notre campagne serait interrompue. Nous n'avons pas réussi à nous unir avec Tambov. Les rouges nous ont envoyé l'armée avec la cavalerie et des voitures blindées. Nous fûmes défaits en quelques semaines. Deux frères échappés à la révolte de Tambov nous rejoignirent. L'un d'eux avait un visage rougi, comme par le vent ou un érysipèle. Ils nous racontèrent qu'ils avaient été poursuivis pendant plusieurs jours. Qui à cheval, quelques charrettes, qui clopinant à pied, pas lavés depuis longtemps, envahis par les poux, des croûtes de pain moisi dans les poches ; ils s'étaient rassemblés dans la forêt pour compter ceux qui restaient et déterminer qui rejoindrait la colonne de combat et qui resterait pour retarder les troupes. Ils avaient décidé de dormir deux heures et de bouger à minuit, mais ils avaient été réveillés par des claquements. Ils avaient eu l'impression que des oiseaux noirs volaient à travers les couronnes des arbres et venaient s'écraser à terre ; une fumée blanchâtre se répandait. L'horreur, les ténèbres, ils étouffaient, qu'était-ce, pourquoi cette fumée déchirait-elle la gorge ? Beaucoup, aveuglés, s'étaient enfuis en hurlant, tandis qu'une nouvelle vague de gaz venait à leur rencontre. C'étaient les rouges, qui avaient apporté des bouteilles de chlore, les avaient disposées dans la forêt et ouvraient les vannes. Les frères qui nous avaient rejoints avaient eu de la chance : que ce soit parce que le vent avait chassé le gaz, ou que leurs organismes avaient supporté l'attaque, ils avaient pu sortir, fermant les yeux, marcher un kilomètre hors de la forêt avant de tomber sur le bas-côté. On ne les avait pas trouvés parce qu'ils gisaient, évanouis, comme deux sacs... Mais nous n'avions aucune bonne nouvelle pour eux. Tous devenaient fous à force de ténèbres et de boue, de steppe à parcourir et, quand nous voyions les feux des maisons hérissées au loin, nous nous disions : Qui nous attend là-bas, que se passera-t-il, est-ce que nous allons les tuer, ou qu'une ombre avec un couteau jaillira de derrière l'entrée froide ? Les villageois haïssaient tout le monde : nous, les rouges. Nous voyions ces yeux derrière les fenêtres. Et je compris que tout finirait dans un bain de sang. Personne n'allait se mettre d'accord avec personne, il n'y avait pas de retour en arrière possible. »

Voskoboïnik s'arrêta, se frotta les tempes et s'approcha du lave-mains. Il attrapa tout le filet d'eau dans sa paume, pour qu'aucune goutte ne tombe en retentissant dans le seau. Quand Vakouline avait été tué, Popov avait été choisi comme commandant : un cosaque du Don, un ancien commandant de régiment dans la cavalerie. Les rouges, avec leurs machines blindées et leurs draisines cuirassées, s'étaient déployés sur les rives de la Volga et furetaient par là. Après avoir tenté de prendre Tcherkasskoïe, les insurgés avaient perdu beaucoup d'hommes et d'armes et avaient compris qu'ils devaient passer de l'autre côté de la Volga, dans les villages où il n'y avait presque pas de communistes. Ils assassinaient déjà à droite et à gauche et pillaient sans remords, parce qu'il n'y avait plus de provisions et que le démon de l'impunité avait été lâché depuis longtemps, et pas par eux.

« Nous étions en mars. La glace fondait sur les rives de la Volga, l'herbe s'élevait en crinières brunes. Le fleuve encore gelé prenait des teintes sombres, faisait penser à un miroir brisé. Nous cherchions où traverser, quand nous sommes tombés sur deux soldats de l'Armée rouge qui voulaient aussi franchir le fleuve et se faire oublier. Ils n'ont même pas tenté de résister. Nos combattants leur ont arraché leurs fusils, et ouvert les culasses pour voir s'il y avait des traces de poudre, mais les culasses étaient propres, étincelaient comme le soleil... De l'autre côté de la Volga, l'armée s'est éparpillée. Je suis parti en direction d'Astrakhan pour y retrouver ma femme : c'était notre plan si nous devions fuir. Nous nous sommes rejoints, et avons commencé à vivre sous un autre nom. J'ai appris à me cacher, à déménager de ville en ville. Que faire d'autre, quand vous êtes enfermé comme dans une grange obscure à l'air vicié par des espèces d'insectes, une troupe monstrueuse ? Si on ne sait pas montrer patte blanche, on finit tôt ou tard par être découvert. On est acculé. Pendant dix ans, nous nous sommes cachés, puis j'ai compris qu'ils m'avaient déjà à l'œil, et je suis allé me rendre de mon propre chef. Nous avons été exilés pour trois ans à Novossibirsk. Je les haïssais, mais je n'avais pas le choix, et à mon retour j'ai dû réfléchir à chaque mouvement, comme en milieu de partie, quand l'ouverture est déjà faite et qu'on ne peut pas revenir en arrière, et que l'adversaire a un instinct de bouledogue. J'ai eu de la chance : on est vraiment dans une anse calme, ici. Pourtant, la guerre va bientôt éclater. Les journaux ne mentent pas. Je l'attends avec horreur, parce que ici nous sommes dans un monde isolé, douillet dans une certaine mesure ; mais je la désire aussi, parce que nous devons être vengés et que nos enfants méritent une autre vie. »

Il décida que j'étais fatigué de ses discours, et se mit à gratter quelque chose dans son fume-cigarette. En fait, ce que j'avais entendu me coupait le souffle. Je ne pensais pas qu'il enjolivait. Peut-être qu'il avait seulement passé sous silence le meurtre des soldats de l'Armée rouge sur la glace sombre, mais cela ne changeait pas grand-chose. J'étais écrasé, non seulement par le poids de ces choses que j'ignorais et auxquelles je ne voulais pas penser, mais aussi par le fait que son récit éclairait point par point tout ce qu'il était arrivé à mon père. Je voyais maintenant un nouveau sens à ces événements et je tentais de les unifier dans une représentation logique. La lampe, les atlas qu'elle éclairait sur les murs et la table lumineuse que je n'avais pas éteinte s'assombrirent. La pièce plongea dans l'obscurité, se déplaça vers la droite et le haut, comme une diapositive de film fixe.

« Si je vous raconte tout cela, c'est parce qu'il faut se tenir prêt, dit soudain Voskoboïnik. Tant que les gens qui sont capables de réfléchir ne s'uniront pas, même très prudemment, tout sera vain. Nous verrons arriver un nouvel homme qui ne se souviendra pas, ne saura rien d'une époque où nous vivions différemment. Regardez : notre club d'inventeurs rassemble toutes sortes de jeunes gens intelligents, et j'aimerais que nous réfléchissions ensemble à la possibilité de considérer la guerre que tout le monde attend comme une guerre de libération. Nous inventons des objectifs optiques, améliorons des installations radio et toutes sortes d'autres modèles techniques, ne devrions-nous pas aussi inventer un meilleur avenir pour notre patrie ? » Je comprenais où il voulait en venir, mais j'étais écrasé par ma découverte et je coupai court à la discussion en promettant d'y réfléchir et de le revoir dans cette même pièce dans deux jours. Pendant quelques secondes, Voskoboïnik m'examina avec curiosité et une certaine inquiétude, s'imaginant des motifs inconnus qui pourraient me pousser à courir le dénoncer, puis prononça : « Très bien, réfléchissez », et sortit.

Je marchai longtemps de long en large dans la pièce, cherchant à assimiler tout ce qui m'était tombé dessus, attrapant des objets pour ensuite les reposer au hasard, accrochant la carte encore humide au mur, puis l'enlevant. Enfin, je m'habillai à tâtons dans l'entrée obscure et, m'efforçant de ne pas heurter les bottes de feutre à galoches en caoutchouc, je sortis sur la pointe des pieds et partis lentement vers la forêt. Les couronnes des pins étaient noires. Des étoiles étaient suspendues dans le ciel, immobiles et brillantes. Le vent s'était tu. Je marchais à petits pas rapides, comme un canari mécanique, soulevant la neige, me récitant des comptines enfantines. Je n'aurais pas remarqué à quel point je m'étais déjà éloigné si je n'avais pas eu besoin d'uriner. Un arrêt, des habits ouverts maladroitement, le son de la neige qui fond. Je sentis le froid. On ne voyait déjà plus les lumières de Brassovo. Après avoir marché trois kilomètres dans le froid, je me débarrassai de la fièvre qui m'avait poursuivie. Quand je cessai tout à fait de trembler, je retournai sur mes pas, et une fois dans ma chambre, pelotonné sur mon lit, sous ma couverture froide, je continuai à confronter ce que je venais d'apprendre à ce que je savais déjà, mais sans vouloir y penser.

Ce n'était pas si facile : je ne connaissais pas bien mon père. Nous n'avions été proches que pendant les quelques années où il était rentré et avait vécu avec nous. Et je m'en souvenais peu, par bribes. Eux, les Soloviev, avaient leur nid familial dans une isba noire[1] de Roudnitsa, un village de deux dizaines de maisons dans la région de Smolensk. Leur nom venait d'un ancêtre qui chantait à l'église d'une voix de fausset[2], mais il n'y avait pas lieu de croire ces récits, ni les autres légendes. Ils avaient commencé par vivre chez les hobereaux Lykochine, puis tous seuls, semant du seigle et plantant la pomme de terre, abattant des arbres pour le commis des hobereaux ou pour le pope qui s'empressait de revendre le bois. Mon grand-père était toujours en colère, mécontent, engueulait tout le monde et battait sa femme, ses enfants n'aimaient pas être à la maison et préféraient transporter eux-mêmes le bois plutôt que de rester auprès de leur géniteur à lier les souches et tirer les rondins avec le cheval, et à recevoir force claques. On ignore ce que serait devenu mon père s'il n'avait pas supplié ma mère d'acheter, chez un marchand ambulant qui acheminait ses volumes de vies des saints dans un traîneau, des livres sur les saints martyrs et Alexis l'homme de Dieu. En les déchiffrant syllabe par syllabe, il fut impressionné et se mit à vouloir d'autres livres. Une année plus tard, un colporteur arriva de la ville voisine de Iartsevo, cette fois-ci avec des romans. Mon père avait pris la précaution d'économiser quelques sous qu'il donna au colporteur pour *Fransyl couronné*

1. « Isba noire » : les isbas les plus pauvres, où on chauffait au poêle sans tuyau : la fumée restait dans la maison, noircissant les murs.
2. Soloviev viendrait de *solovieï*, le rossignol.

et *Le Milord anglais George*[1]. À la place de l'école où, hormis l'abécédaire, on ne lisait rien, il obtint pour la première fois de sa vie une autorisation du grand-père, à savoir d'aller à l'école que les propriétaires terriens venaient d'ouvrir pour les enfants paysans dans le village voisin de Kazoulino. Cette école était dotée d'une petite bibliothèque avec des bancs rugueux, une seule lampe et des tomes de l'*Iliade*, de l'abbé Prévost et de Karamzine. À l'entrée, le surveillant vérifiait que les mains étaient propres.

Cette collection de livres était suffisante pour que mon père se gave de lectures pour les années à venir. Il était d'une timidité maladive. On essaya de le marier pour acquérir une travailleuse supplémentaire à la maison, mais chaque fois soit les parents de la jeune fille envisagée ne parvenaient pas à se mettre d'accord avec grand-père au sujet de la dot, soit on mariait déjà une fille, et la famille n'avait pas d'argent pour deux mariages. Mon père se tourna ensuite vers le pope, qui prit l'avance pour ses services d'entremetteur et la dépensa en boisson, expliquant ensuite que ce n'était pas une tromperie, mais un châtiment pour le pécheur qui venait si rarement à l'église. On n'osa pas se plaindre, parce que le prêtre était aussi un mouchard. Assis devant la fenêtre trouble avec vue sur un morceau de rivière et un saule blanc, contre lequel le voisin, en casquette, mais pieds nus, s'était endormi, mon père décida de fuir. Ayant fabriqué une fausse lettre de la part d'un oncle au troisième degré à Pétersbourg, dans laquelle ce dernier promettait de l'engager comme aide dans sa boutique d'huile de lampe, il la montra au grand-père et promit d'envoyer chaque mois trois roubles. Le grand-père ne se fâcha pas et lui donna deux pièces d'or pour la route.

Mon père n'avait jamais dit où il avait erré et ce qu'il avait fait à Pétersbourg. La seule chose qu'il racontait était qu'il avait failli se noyer en cassant de la glace sur la Neva. Ils découpaient des « sangliers », comme on appelait les parallélépipèdes translucides, pour faire des glacières dans les cours des

1. Les deux livres sont des romans d'aventures populaires du XVIIIe siècle en Russie, histoires illustrées tirées à des milliers d'exemplaires sur papier bon marché et vendues par colportage dans les villages (tout comme les vies des saints).

maisons. On approchait des traîneaux avec un bord surélevé à l'arrière, on y mettait les masses gelées et on les sortait de l'eau. Un jour, le cheval glissa et fut entraîné vers le trou dans la glace, les hommes s'accrochèrent aux rênes, aux brancards. Mon père tomba à l'eau. Pour en sortir, il s'accrocha au traîneau et reçut immédiatement un coup de gaffe. Il glissa sous l'eau, en émergea, attrapa, en se coupant les mains, le bord glacé, et entendit le hurlement du brigadier : « Tu voulais noyer tout le matériel ? » Renvoyé sur-le-champ, il se risqua à paraître devant son oncle au troisième degré. Celui-ci se hâtait à son travail, et lui dit qu'il était sincèrement heureux de voir son neveu et qu'il lui aurait offert le thé si son intendante n'était pas partie au marché. Quelque chose remua dans la petite chambre. Mon père dit qu'il n'avait besoin que d'un conseil, qu'on se dépêcha de lui donner. L'oncle se souvint d'une annonce selon laquelle le ministère de l'Agriculture récemment créé avait ouvert une école de régisseurs de campagne, et recrutait des élèves. On acceptait tous ceux qui avaient terminé au moins deux classes de l'école de *zemstvo*[1], une préférence étant accordée à ceux qui avaient des lettres de recommandation.

Mon père se rendit à Kazoulino, traversant dans la nuit son village natal, et se jeta aux pieds du propriétaire terrien Lykochine. Il le fit d'ailleurs juste à temps. Peu après, Lykochine vendit son domaine avec la terre, et le nouveau propriétaire, bien qu'il ait été préoccupé par l'éducation des masses, n'organisa pas d'école ni n'intervint pour améliorer le sort de ses fermiers. Lykochine pensa à ses nombreux parents et à leurs domaines et écrivit une lettre de recommandation, convaincu qu'elle n'obligeait à rien, mais qu'un homme capable pourrait toujours être employé utilement. Mon père, ayant dépensé ses dernières économies dans le billet de train, se tenait devant la fenêtre et regardait tomber sur les baraques l'ombre des maisons en pierres noires de suie, derrière lesquelles se profilaient d'autres maisons, encore plus hautes et plus moroses. Il entra dans Pétersbourg dans un wagon d'une

1. *Zemstvo* : assemblée de province en Russie tsariste (1864-1917), avec des représentants de toutes les classes sociales, destinée à décider de l'administration locale, de la construction d'écoles et d'hôpitaux, etc.

classe supérieure. Ayant vérifié l'adresse écrite sur un bout de papier, il trouva l'école et faillit être recalé à l'entretien. On lui demanda s'il avait cultivé la terre. Mon père pâlit, puis se souvint que, à Roudnitsa, un paysan qui allait au village voisin lui avait dit qu'il fallait laisser la terre se reposer, et ne planter que du trèfle pour une année. Alors, il s'était intéressé à la question, avait réfléchi aux avantages de ce nouveau moyen de semer et en avait parlé à son père et aux voisins, mais ceux-ci avaient failli le battre. Mon père raconta cette histoire. L'examinateur le fixa un moment, et mit une appréciation dans le carnet. Le nouvel étudiant fut conduit dans un appartement où vivaient d'autres élèves.

Mon père rentra chez lui avec un diplôme de régisseur l'année où finissait le siècle. Il n'alla pas à Kazoulino, mais à Vychegor, le domaine des oncles de Lykochine, descendants des Écossais russifiés Leslie et des Apoukhtine. Leur haras, qui avait fourni des chevaux de trait et des trotteurs Orlov non seulement à leur parenté, mais aussi à l'armée et en vente publique, s'était mis à végéter. Mon père aimait les chevaux, il était reconnaissant à Lykochine de l'avoir envoyé diriger le haras. En quelques années, il renouvela les commandes militaires, et attira l'intérêt de l'intendant de l'écurie de la manufacture de tissage de Iartsevo. La manufacture appartenait au célèbre millionnaire Khloudov, et dans ses bâtiments de brique avec des tourelles, ronronnaient des métiers à tisser anglais, qui savaient tout faire avec du coton d'Égypte : calicot, chintz, moleskine, et d'autres tissus très fins. Bien sûr, l'intendant était toujours en manque de chevaux de trait pour les manufactures et le domaine. Mon père le fournissait en chevaux plusieurs fois par an. Les Apoukhtine l'appréciaient et lui avaient proposé d'ajouter une maison à la maison de pierre d'un étage, pour sa famille, mais les filles s'étaient enfuies de chez le grand-père, qui préféra rester chez lui et recevoir l'argent de son fils. Mon père alla le trouver pour tenter de le convaincre, mais sans succès. La grand-mère, apprenant ce refus, pleura pendant plusieurs mois devant la vitre trouble avec le saule, et mourut bientôt.

Cinq ans plus tard, disait mon père, le village fut en ébullition. Dans chaque isba, on attendait la fin du monde, on comptait le temps qu'il restait avant l'arrivée de l'Antéchrist et de la pluie de feu, on discutait des sorciers, des loups-garous, cherchait des signes et priait pour que l'oint du Seigneur intervienne en leur faveur. Mais beaucoup chantaient *La Marseillaise des travailleurs*. C'était la faute de la révolution et, pour ce qui était des troubles à Kapyrevchtchina, c'était aussi la faute de la fabrique, d'où venaient les émeutes, les grèves et les tracts, qu'au début on cachait pour ne les lire qu'à l'abri des regards, puis qui devinrent de plus en plus légaux. Dans la chênaie, de l'autre côté de la rivière Vop, les réunions du Premier-Mai battaient leur plein : débarrassons-nous des propriétaires terriens, prenons la terre. Les Apoukhtine venaient de plus en plus rarement de Pétersbourg, et on s'était déjà emparé des foins sur leurs terres. Mais tout se calma très vite, et même sans verser de sang, et les paysans se remirent à chanter *Seigneur, protège ton peuple*, cependant quelque chose de nouveau était apparu dans leur allure. Ils ne croyaient déjà plus en l'intercession du tsar, ni en la bénédiction de Dieu sur ses épaulettes. Mon père avait l'impression que c'était pour le mieux : les paysans avaient cessé de se considérer comme des esclaves et agissaient, certes maladroitement, mais au moins faisaient preuve d'indépendance. Ils vendaient les terres, certains déménageaient, changeaient de lieu, plantaient des vergers. Des bandes firent également leur apparition. Quand il faisait le tour des propriétés éparpillées dans les villages, mon père emportait un fusil, soi-disant pour se protéger des loups.

Quelques années plus tard, quand la guerre avait déjà commencé, mon père vint à Iartsevo pour voir ce qui avait changé dans les plans de la fabrique, et y rencontra ma mère. Elle travaillait comme journalière sur le contenu à filer. Les bancs à broche triaient le lin peigné en fibres, qu'on emportait sur les contenus à filer qui tordaient les fils ; ma mère les enlevait et les apportait au bobinoir. Si les fils étaient déjà secs, on les empaquetait, s'ils étaient humides, on les faisait sécher sur des cylindres. Ma mère vivait avec ma grand-mère à la périphérie du bourg. Elle avait vingt-quatre ans, et elle comprit que cet homme de petite taille, qui boitait un peu, qui parlait d'une voix basse, mais très articulée, et qui semblait énoncer ses sentiments avec ses mains (quand mon père était ému, ses mains bougeaient d'elles-mêmes, trahissant des émotions ou des attitudes très différentes de celles qu'il voulait exprimer), elle comprit donc immédiatement que cet homme était celui dont elle avait besoin pour donner naissance à moi, puis à Tolia, Olga et Margaritotchka, et elle fit quelque chose d'inimaginable : sous un prétexte quelconque, elle adressa la parole à ce régisseur du domaine voisin.

Leur bonheur ne dura pas longtemps. L'année de ma naissance, le bourg était rempli de troupes de l'armée, la fabrique habillait les militaires, la guerre continuait, on cherchait à démasquer des espions, l'été était chaud et la Vop asséchée au point qu'on ne pouvait pas s'y baigner. L'automne suivant, mon père avertit les Apoukhtine que le domaine avait toutes les chances d'être pillé. Autour, ce n'étaient que tracts et slogans, à Gjatsk on avait étranglé la princesse Golitsyne et brûlé sa maison. Il proposa à ses propriétaires de vendre tous leurs biens à l'exception du haras, mais les Apoukhtine refusèrent, alors même que le tsar et les grands-ducs avaient déjà renoncé au trône ; ils ne pouvaient pas croire que l'ancien monde allait s'effondrer, ils s'imaginaient que la dynastie allait revenir, qu'il y aurait des élections et que tout rentrerait dans l'ordre. Bientôt, mon père apprit que les bolcheviks étaient au pouvoir et qu'un tribunal révolutionnaire viendrait dans la région. Il dut s'enfuir sans papiers d'identité. Les villageois arrivèrent immédiatement pour piller le domaine. Le commissaire ne les laissa pas toucher aux trotteurs, mais ils s'emparèrent de tous les autres biens.

Je ne sais pas pourquoi, mais ma mère ne me dit pas que mon père était parti s'occuper de vignes vers la mer d'Azov. Deux ans plus tard, il rentra à Moscou, parce qu'il était plus facile de s'y perdre, de trouver du travail et de subsister sans papiers d'identité. Ce père absent, qui était et n'était pas, apparaissait comme un fantôme, restait à la maison tout au plus une semaine avant de disparaître à nouveau. Il était là, bien sûr, quand mes sœurs et mon frère étaient nés, il aidait discrètement ma mère, craignant de sortir de la maison, puis s'en allait de nouveau. Ma mère lui en voulait, et une fois elle sanglota sans s'arrêter pendant plusieurs jours quand Oletchka[1] eut un faux croup, qu'elle faillit s'étouffer, et qu'il fallut la soigner

1. Le narrateur utilise pour ses sœurs des diminutifs affectueux, Oletchka ou Olia pour Olga et Margaritotchka ou Margot pour Margarita.

longtemps. Les autres tombaient aussi malades, elle devait se débrouiller toute seule. Ma mère était fâchée que mon père l'ait laissée seule, comprenant pourtant que par son absence il protégeait sa famille du malheur, et qu'il ne pouvait envoyer plus d'argent, parce qu'il travaillait pour une misère là où on ne s'intéressait pas au passé des gens. Elle finit par l'arracher de son cœur, et n'accordait pas plus d'attention à ses apparitions qu'à la neige ou la pluie. Mon père ne prévenait jamais de son arrivée.

Je me souviens quand il est apparu par un été de disette, à la naissance d'Olia. Avant qu'il se montre sur notre perron avec un sac de nourriture, nous faisions du pain avec les résidus de blé, récoltions les glands, les lavions pour les moudre. Tout notre blé avait été réquisitionné par les manteaux gris qui étaient apparus un jour à notre porte et qui n'avaient rien expliqué. Leur chef, effrayant, borgne, une balafre traversant tout son visage, avait éructé d'une voix cassée quelque chose avec le mot « impôt ». Sans rien dire, ma mère avait pris les clés de la remise à blé et était sortie avec lui. Elle portait Oletchka dans ses bras, mais cela ne nous fut d'aucun secours. Et rien n'aida personne au village. Les Vinogradov avaient tout un jardin de fleurs et, quand des noces passaient devant eux, les jeunes les saluaient et les Vinogradov coupaient des bouquets qu'ils offraient au fiancé et à la fiancée. Cet été-là, les Vinogradov marièrent leur fille, et après la cérémonie, ils revinrent de l'église, s'assirent autour de la table installée dans le jardin. C'est alors qu'on vint les voir, ces mauvais payeurs d'impôts. La vaisselle et les icônes n'y suffirent pas, c'est pourquoi le borgne, le même qui nous avait pris le blé, attrapa la fiancée par le bras, lui arracha son voile de mariée et l'emporta. À cette époque, on enterra beaucoup de monde au village, surtout des vieux, et ceux qui n'arrivaient pas à mourir et souffraient étaient emportés à l'hôpital. Ils n'en revenaient jamais. Je me souviens que, un jour, je franchis notre portillon et je vis une charrette avancer avec, à l'intérieur, une main osseuse et grêlée qui tressautait à chaque cahot.

C'est pourquoi, en écoutant Voskoboïnik, je comprenais que tout ce qu'il racontait était vrai. Il n'avait pas besoin de mentir. Au contraire, la vie elle-même avait l'air irréaliste, absurde, déformée. À Vychegor, on avait immédiatement compris qui s'était emparé du pouvoir, mais on n'avait rien pu faire. Les troupes de réquisition exigeaient qu'on leur vende les chevaux pour un certain prix, elles écrivaient dans leur document qu'elles avaient reçu une autre somme, plus petite, et elles empochaient la différence. Tiavsa, l'ouvrier de la fabrique, un vieil activiste, fut le plus long à s'accrocher à sa religion, mais après deux ans il tomba dans le désespoir. Un jour, Tiavsa, ayant remarqué que mon père était chez nous, vint lui montrer une lettre qu'il avait écrite au parti : « Vous étiez des bolcheviks tant que vous aviez des pantalons déchirés et pas de pouvoir, et dès que vous avez eu le pouvoir vous avez oublié ce que vous prêchiez. Ce n'est pas un quelconque homme mécanique, mais un communiste authentique qui vous écrit ces lignes, qui comprend ce qui est et ce qui n'est pas, qui comprend que le marxisme n'est pas un dogme, mais des instructions pour agir, mais la façon dont nous agissons dans ce cas, Allah veuille que ça ne se passe plus jamais. » Mon père n'essaya même pas de corriger ses fautes et lui dit qu'il ne fallait pas envoyer cette lettre. Tiavsa l'incendia du regard, comme s'il était une moisissure, et sortit en courant. Il fut étiqueté comme un déviationniste de droite, on l'attira à Smolensk où il disparut à jamais.

Je ne me souviens pas de comment ma mère a survécu à ces années. J'avais choisi l'insensibilité : je ne comprenais pas certaines choses, je ne remarquais pas les autres. Pour ce qui est de ne pas remarquer, ce n'était pas que je protégeais ma raison, mais ma raison me protégeait en ne gardant pas certaines choses en mémoire, pour que je ne devienne pas fou. De plus, ma mère était silencieuse et s'efforçait de ne pas parler de ce qui se passait, de ne pas montrer comme elle souffrait. Ce n'est que quand mes sœurs eurent grandi qu'elle se mit à parler à voix basse avec elles, parfois à pleurer. Ma mère me poussait à apprendre à Tolia à travailler, mais malgré tous mes efforts, il ne savait utiliser aucun outil à part le marteau et la scie. Nous passions la plupart de notre temps à lire, il n'y avait rien d'autre à faire. Mon père avait rapporté de la bibliothèque des Apoukhtine *L'Origine des espèces*, Aristote et Platon, l'histoire des guerres et *La Vie de l'Anglais Robinson Crusoé.* J'apprenais à Tolia à lire dans les livres d'enfants, lisant moi-même les tomes adultes auxquels, bien sûr, je ne comprenais pas grand-chose. Ma mère retrouva un peu d'énergie quand elle rejoignit les activistes du mouvement des femmes. Les activistes écoutaient des conférences : « Est-ce que la couleur du poil des vaches a une incidence sur leur lait » et « Quand il n'y aura plus d'impôt paysan ». Ma mère allait aussi à un « éthique-co » avec elles, je ne compris que plus tard que « co » voulait dire « communiste ». Après les conférences, les activistes commentaient les derniers potins avec une énergie redoublée.

Un matin, j'aperçus les bottes de mon père dans l'entrée, les semelles poussiéreuses, mais brillant d'un cirage moscovite. Dans la pénombre fraîche de la maison, il tournait une tasse entre les doigts et l'examinait. « Tout s'est fêlé. » Mon père ne précisa pas ce qui s'était passé ni qui était responsable, mais je sentis qu'il ne parlait pas des gens, ni du fait qu'il n'y avait plus de tsar, ni des troupes de réquisition et leurs petits trafiquants, mais des forces que quelqu'un avait laissées sortir de sous la terre et qui étaient plus complexes que nous le pensions, qui voulaient nous priver de tout et en premier lieu les uns des autres. Je me représentais ces forces comme les anges gris aux cheveux hérissés des icônes de grand-mère Frossia. Grand-mère rabattait les rideaux et m'autorisait à regarder les icônes. Les personnages aux visages gris y étaient en général accompagnés de monstres : un homme rouge, barbu, à la tête dédoublée comme un coquillage, un Satan couvert de gourdes faites avec des courges, un démon supérieur à sept têtes tacheté comme un léopard, ainsi qu'un chien noir avec un turban turc, qui traînait le char portant les chefs en enfer. Ensemble, ils formaient une lave sombre, une vague qui s'avançait de la forêt avec une lueur d'incendie. Je me réveillais la nuit, prenais mon chien en peluche par la laisse, et nous nous approchions de la fenêtre pour monter la garde. Peut-être que la vague de feu pourpre s'avançait déjà vers nous ?

Cet été-là, je me mis à détester les personnages au visage gris à cause de mon père, qui était obligé de nous quitter à nouveau, regardant autour de lui, se cachant. Quelqu'un l'avait prévenu de l'arrivée d'une mission de la Tchéka régionale, et tout le monde savait bien que les tchékistes ne laisseraient pas passer la possibilité de dépasser les quotas de lutte contre la contre-révolution en capturant un « ci-devant ». En août, je fuguai avec le voisin, d'un an plus jeune que moi, pour voir le monde. J'aurais voulu trouver mon père à

Moscou pour, d'un côté, me serrer contre lui et, de l'autre, le frapper, le frapper à cause de tout ce qui nous arrivait. Nous fîmes provision de gâteaux, de vestes, de chaussettes, mais en vain : sur les rails de la gare de Iartsevo, nous tentâmes de nous cacher dans la caisse à charbon sous un wagon, mais on nous trouva.

Quand les filles et Tolia eurent grandi, je les conduisis souvent dans le bois récolter des framboises et des cèpes. Si loin que nous marchions, je savais toujours où aller, je me sentais à l'intérieur d'une carte. Je comprenais toujours où était la maison, la Vop, de quel côté était la route. Par contre, je n'arrivais pas à fouiller avec un bâton les buissons et l'herbe sous les bouleaux, à cause de l'ennui et de mon aveuglement, qui apparaissait alors qu'il suffisait de regarder attentivement et de prendre ce que nous cherchions. Mes sœurs avaient bientôt rempli leurs paniers, et quand je leur demandais de me verser des baies, elles s'éparpillaient dans toutes les directions en se moquant de moi et en exigeant : « Chante Lazare[1] ! » Je chantais la chanson des deux Lazare ; elles m'écoutaient, et me donnaient des baies. À la maison, nous mangions les framboises dans du lait, un régal.

La chanson, je la connaissais de notre grand-mère Euphrosyne, chez qui nous allions souvent. Margaritotchka l'appelait Fossia[2]. Fossia se mettait à genoux devant deux icônes où des saints au regard étonné étaient dessinés d'un trait régulier, tandis que des anges gris sortaient de la gueule d'un énorme géant avec des canines, une barbe et des yeux écarquillés. C'est l'enfer, expliquait Fossia. Il n'y a pas d'autres icônes avec cet enfer, ce n'est que chez nous que l'enfer est un être humain. L'église la plus proche qui l'aurait prise comme paroissienne était à l'autre extrémité de la province, elle n'avait pu y aller qu'une fois, pour faire baptiser ma mère. Fossia racontait que son grand-père était issu des Lipovènes – vieux-croyants vivant sur les bords de la mer Noire – et n'avait pas apprécié que leur fille parte vivre avec son mari chez les

1. « Chanter Lazare » signifie se plaindre, gémir sur son sort (voire mendier) ; les deux Lazare : cf. la parabole du mauvais riche et du pauvre Lazare.
2. Le diminutif d'Euphrosyne est Frossia, mais la petite Margaritotchka ne sait pas prononcer les « r », d'où « Fossia ».

Nikoniens[1]. Fossia avait gardé, de l'ancienne foi, un livre de prières et de psaumes et des icônes noircies. Elle avait aussi une *krosna.* C'était un grand métier à tisser, mais plus complexe. On pouvait y tisser avec huit fils, avec des motifs : ronds, en vagues, en point d'épine, en grillage et en écailles. Quand elle travaillait, Fossia ne se laissait pas distraire, parce que, si le fil prenait le mauvais chemin, il n'y avait plus rien à faire, on ne pouvait pas démêler un motif raté. « Regarde, Varia, disait-elle à ma mère. Les fils sont bouclés, pas en bataille. Dieu veuille que le tissage aussi se fasse bien. » Fossia nous offrit une nappe : sur le premier rang se promenaient des paons, sur le deuxième aussi, et entre eux, il y avait un pain d'épice. Sur le troisième rang elle voulait tisser une oie en face d'un dindon, sur le quatrième une poule et un canard, sur le cinquième un pigeon et un épervier, sur le sixième une grue et un coq de bruyère, mais elle n'en eut pas le temps. Quand elle fut en train de mourir, on nous envoya, moi et Margot, chercher ma marraine à Izdechkovo. Quand nous rentrâmes, Fossia était déjà paralysée du côté droit. De la main gauche, elle nous montra le poêle, où elle conservait la nappe. Nous courûmes au poêle, mais nous eûmes beau chercher, nous ne trouvâmes rien : le tissage avait disparu. Une larme tomba des yeux de Fossia.

Je pris son livre de psaumes dans sa chambre, j'en aimais beaucoup un que grand-mère chantait d'une voix lente : « Un pauvre pécheur allait par monts et par vaux. Des gens de bien s'approchèrent du pauvre pécheur. Que veux-tu, pauvre pécheur, de l'or, de l'argent, un manteau doré ? Je n'ai besoin ni d'or, ni d'argent, ni de manteau doré. Il me faut, à moi, pauvre pécheur, trois archines[2] de terre et quatre planches. » Je chantais ça dans les grandes classes, quand j'allais à l'école de Iartsevo en sautant sur les trains en marche. C'est sans doute la raison pour laquelle j'ai longtemps rêvé de rails en rond, d'un trajet qui tournait tout le temps et nous aurions dû

1. Il s'agit de la vieille querelle entre l'Église officielle – réformée au XVIIe siècle par le patriarche Nikon – et les dissidents vieux-croyants, qui n'acceptèrent pas les réformes et constituèrent plusieurs sectes schismatiques, persécutées sous le tsarisme.
2. Deux mètres (ancien système russe).

tourner en rond, mais le rond ne se fermait jamais, et je voyais sans cesse défiler de nouveaux champs, oiseaux, ponts sur des rivières inconnues, cieux sombres et, de temps en temps, une forêt et de rares isbas au loin.

Quand j'eus quatorze ans, nous fûmes expulsés à la lisière de Vychegor, sur les marais. On nous avait promis de la terre ferme, mais on nous conduisit à d'énormes flaques de boue. Margaritotchka trébucha, tomba dans l'une d'elles et y resta sans pouvoir se relever, parce qu'elle s'enfonçait, et elle cria jusqu'à ce que Tolia entre dans la boue jusqu'aux genoux et lui donne la main. Ma mère n'avait pas pris les icônes après la mort de Fossia, mais elle priait à genoux, remerciant Dieu d'avoir eu le temps de faire comprendre à mon père, dans une lettre, qu'il devait se cacher. Nous avions eu de la chance. Ceux qui étaient inscrits comme « paysans aisés », et qui avaient un homme à la maison, étaient convoyés à Iartsevo et rassemblés sous bonne garde. Puis on les chargeait dans des wagons, on leur donnait du blé pour quelques semaines, et le train s'en allait sur les rails. Pour quelle destination ?

On ne nous toucha pas, bien qu'on nous ait menacés comme tous les paysans qui vivaient dans leur propre ferme : si vous n'entrez pas au kolkhoze, on vous emmènera. Au début, nous pensions que ce n'étaient que des menaces, puis les manteaux gris arrivèrent chez les Boukharevitch dont la maison était la plus proche de la gare. Ils confisquèrent les chaussures et les habits, arpentant la maison, flairant les objets, s'intéressant à la vaisselle. Les Boukharevitch mirent des chemises propres et des manteaux à leurs enfants, autant qu'ils le pouvaient, et leur donnèrent des oreillers pour la longue route. Devant la charrette avec des sacs, tout le monde leur demandait pardon, ne sachant comment les aider. L'un des hommes avec un revolver se pencha vers le deuxième et lui ordonna quelque chose. Il s'approcha des enfants et leur prit les oreillers. Bientôt, ils rendirent aussi visite aux Perfiliov. Ils avaient ramené le père de Slednev, où il se cachait chez son beau-fils, dans la grange de séchage du blé. La sœur de ma marraine, Elisaveta, fut aussi emmenée, avec son mari boiteux, chef du magasin de la petite gare. Nous leur envoyâmes un message par un chauffeur que nous connaissions, et reçûmes une réponse : « Ils disent qu'on part tous pour la région de Tomsk. »

Un mois plus tard, un nouveau commissaire avec une mission de la troïka régionale était de retour. Il passait dans tout le village, essayant de comprendre qui, dans ceux qui restaient, avait une attitude de koulak ; puis il créa un comité de parti, une cellule composée des pauvres qui pleuraient avec nous en accompagnant les Boukharevitch, et qui décidèrent quelque chose. On nous inscrivit dans la troisième catégorie, ce qui nous obligeait à nous déplacer, mais pas trop loin. Ils convoitaient notre maison. Nous prîmes notre vache, mais donnâmes nos porcs et le cheval de notre père. Ce fut le début d'un hiver marqué par la faim, dans une isba étrangère et abandonnée. Les petits dormaient sur le poêle, non pas parce qu'il y faisait plus chaud, mais parce que les grands n'y auraient pas tenu. J'y montai la première nuit, et la brique s'affaissa, avec le matelas et avec moi. Le poêle était si délabré que les briques du dessus se descellèrent, tombèrent, et des étincelles jaillirent, le matelas se mit à fumer, je sautai juste à temps. Le poêlier d'Izdechkovo jura, renforça tant bien que mal les briques, mais prévint que la construction ne tiendrait pas longtemps. Nous n'aurions pas survécu à cet hiver sans les envois de mon père, qui s'était mis à gagner plus d'argent dans une petite usine de briques. Au printemps, ma mère comprit que nous ne nous en sortions pas, et nous déménageâmes discrètement dans la maison de Fossia à la lisière de Iartsevo, que personne n'avait achetée. Pour détourner les soupçons, nous allions chacun à notre tour chauffer l'isba des marais et nous occuper de la vache.

Notre père revint bientôt, cette fois-ci pour longtemps. Il était las de se cacher, et l'usine de briques avait été confisquée, on avait dit au propriétaire que la NEP était finie. Mon père avait cinquante-six ans, il obtint un certificat quelconque et vint avec lui se faire engager comme surveillant au sovkhoze. Il montra ses mains rugueuses et prononça un discours préparé à l'avance, dans lequel il disait qu'il avait effacé sa vie précédente. On était toujours en manque de travailleurs dans le sovkhoze, et on l'engagea en lui permettant de rester avec sa famille dans la maison de Fossia. Mon père fut chargé de surveiller des terres près de notre maison. Au début, nous avions peur qu'on continue de nous persécuter, mais la folie se calma peu à peu. Personne ne nous demandait plus d'entrer dans le kolkhoze. Mon père défricha les jardins de Fossia – l'un faisait 1,5 hectare, le deuxième, un demi-hectare – et l'allée de tilleuls qui menait au passage à niveau. Il coupa les branches sèches et les arbres malades, s'occupa de l'entretien des poiriers, des pruniers, des cerisiers, des cassis, des groseilles et des groseilles à maquereau, des fraises.

Les trains passaient tout près, dans un bruit de roues et de sifflet. Quand j'allais à l'école, j'entendais leur fracas et j'aimais l'odeur de créosote qui imprégnait le bois des traverses, et ces bruits et odeurs devinrent ma maison. Les démons s'étaient cachés, et désormais, quand je restais la nuit, sans chien en peluche, devant la fenêtre, il n'y avait pas de lueur d'incendie au-dessus de la forêt. À cause de notre différence d'âge, mon père me parlait peu, et ne me donna pas de conseils pratiques. J'avais l'habitude d'être l'homme de la famille, et nous étions à l'étroit sous le même toit. En même temps, il m'avait libéré de nombreux soucis, et mes parents décidèrent que je devais faire des études. Mon père insistait pour que je devienne ingénieur : « On chasse tous les propriétaires de terres, par les armes ou les impôts, et ça ne finira jamais. On ne peut plus vivre de la terre, on est promis à l'esclavage. » En tant que fils de « contre-révolutionnaire », je n'avais pas accès aux études supérieures, mais mon père se renseigna sur les écoles techniques de la région et choisit l'école hydrotechnique dans le village de Brassovo, dans la région d'Orel. Il y était allé pour examiner les chevaux du haras local. Ayant vu combien je lisais, il me dit que Brassovo était l'ancien domaine du grand-duc Mikhaïl Alexandrovitch, que sa bibliothèque était réputée et qu'il devait y rester de nombreux livres. Mais je ne fus pas tant attiré par cette perspective, que par la nouvelle que l'école formait des topographes. Je pouvais passer des heures à observer des cartes sur les pages de garde des livres et, bien entendu, j'en dessinais.

Avant mon départ, mon père me parla pour la seule et unique fois. « Tout le temps que j'ai dirigé, peu importe qui, moi-même, un employé ou un haras, j'ai compris que le plus terrible, c'était le mensonge ordinaire, anodin, me dit-il. Le pire, ce n'est pas quand on te ment – avec le temps, tu apprendras à t'en apercevoir. Le pire est ceux qui se mentent à eux-mêmes, puis te parlent, et tu les écoutes et commences à les croire. Au début je n'osais pas, puis j'ai commencé à prendre les gens par les épaules, je les faisais asseoir en face de moi et je leur demandais de tout raconter dans l'ordre, ce qui s'était passé et ce qu'ils avaient compris. Je les interrompais pendant le récit, en leur faisant préciser tel ou tel point – et je commençais à comprendre quand ils mentaient, quand ils rusaient et quand ils s'étaient convaincus eux-mêmes. C'est la même chose pour soi : on a des ennuis, on se sent amer depuis longtemps, et il s'avère qu'on est gêné de faire ceci ou cela – alors que c'est justement ce qu'il faut absolument faire, on se rend à ses préjugés et on agit autrement. C'est un grand malheur. Apprends à distinguer ton mensonge de toi. » Il se tut un instant, puis poursuivit : « Seulement aujourd'hui, le mensonge règne. Tu ne peux pas t'en garder, mais si tu as les pieds solidement campés sur terre et que tu te respectes, ils ne parviendront pas à te briser. Et tant qu'ils ne t'ont pas brisé, n'hésite pas à regarder autour de toi comme si tu étais un étranger, ou même une créature non humaine, peu importe laquelle, mais dotée d'une raison lucide. » J'avais déjà décidé de quelle part de lui je voulais hériter, et quand il se mit à réfléchir à ce qu'il pourrait m'apprendre d'autre, je ne pus m'empêcher de le serrer dans mes bras.

Lors de mes premières vacances, je constatai qu'il s'attachait à vivre tout ce qu'il n'avait pas vécu avec sa famille, et dépensait l'argent qu'il avait gagné pendant toutes ces années. Il construisit une bania avec un poêle et des bancs, la fumée sortait à l'extérieur. Il transforma l'isba de Vychegor en remise, y ajouta une grange avec un séchoir à blé. Il acheta une faucheuse à deux chevaux et les chevaux, ainsi qu'une presse manuelle pour le foin qui faisait des balles de cinquante kilos. Nous eûmes des porcs, des moutons et une deuxième vache. Ma mère y croyait : pour la première fois depuis de longues années, nous ne voyions plus de gueules grises ricanantes approcher d'un air affairé de la maison des voisins, munies d'une charrette avec des brancards qui dépassaient comme des os. Après avoir marché comme des araignées rampantes, les gens s'étaient un peu redressés. Nous quatre, les enfants, avions grandi, ma mère reprit du travail dans la fabrique de tissus, cette fois-ci comme noueuse. Trois ans passèrent, et en troisième année je me vantai d'avoir remplacé le professeur de dessin technique. Ma mère et mon père, assis sur le perron à demi effondré, derrière lequel on voyait le trou noir de l'entrée, se regardèrent, et dirent : « Dessine-nous une nouvelle maison, celle-ci est trop petite. »

Ayant noté leurs désirs, je dessinai une maison avec une façade de vingt mètres de long. Le perron était sur la gauche, suivi par une vaste entrée, puis un vestibule, avec des cintres et des bancs, qui donnait sur la salle à manger. À droite de la salle se trouvaient la cuisine et le poêle avec une couchette, et à gauche, une petite chambre à coucher pour ceux qui arrivaient ou partaient tôt et ne voulaient pas déranger les autres. De la salle à manger, un couloir menait au salon. Je décidai d'ajouter un perron au salon, sur la façade opposée, pour qu'on puisse descendre dans le jardin par un escalier. J'avais l'impression que c'était trop luxueux, mais mon père et ma mère avaient envie de ce confort qui leur avait manqué, et approuvèrent mon idée. Du salon, une porte menait à la deuxième entrée et, sur la droite, à une grande chambre à coucher. Ma mère voulait décorer la deuxième entrée de pots de fleurs, c'est pourquoi le plan s'agrémenta de quatre fenêtres côté jardin et trois à l'angle de la maison. De la deuxième entrée, deux portes menaient à nos chambres, une pour moi et Tolia, une pour nos sœurs. Sous les fenêtres de la petite chambre à coucher et de la salle à manger, je dessinai des buissons de jasmin, sous les fenêtres de la deuxième entrée, des lilas. Notre voisin, Bespalov, son cousin et son beau-frère nous aidèrent à la construction. Ils n'étaient pas particulièrement habiles, mais rapides. Ma mère leur faisait la soupe, mon père grimpait sur la charpente, furetait partout, notant tout sur un cahier, vérifiant qu'on n'avait pas oublié de mettre une serrure où elle devait être. Il alignait les lambourdes avec un niveau de charpentier, et non au jugé. Le soir, ils sortaient la table dans le jardin et buvaient du vin aigre sous les pommiers. La nouvelle maison était énorme, et sentit longtemps la résine. De la lisière du bosquet où nous étions couchés, moi, Olia, Margaritotchka et Tolia avec nos paniers remplis de cèpes, elle ressemblait à un bateau. C'était avant mon départ pour ma dernière année d'études à Brassovo. C'était un jour d'août calme et chaud, interminable, mais je ne me sentais absolument pas tranquille.

Au début de l'été, quand j'étais arrivé à Iartsevo, je n'étais pas allé directement à la maison, mais j'avais traversé les rails et j'étais descendu dans le pré au bord de la rivière. Par cette journée grise et mouillée, j'avais observé des traces sur le sentier : là, un vélo avec un pneu large, ici une botte à la semelle épaisse, puis des bottines étroites qui étaient passées à pas pressés. Au loin, on entendait l'eau sous le pont de la Vop, au-delà duquel se trouvait une falaise et, derrière les arbres, se dressait une tour avec une horloge ronde. D'habitude, à cette hauteur, je partais sur la droite pour flâner le long de la Vop, en direction de notre passage à niveau. Mais j'avais soudain remarqué des faucheurs. Ils avançaient dans le champ d'un air menaçant, cherchant quelque chose des yeux. C'était un champ énorme : ils l'avaient divisé en secteurs et avançaient dessus. Un coup de faux – des pas-d'âne et des armoises étaient tombés. Ils ne fauchaient pas systématiquement, mais ici et là : quelques fleurs, une petite surface. Les herbes non fauchées ne se redressaient pas, comme si elles craignaient de regarder vers eux. Il ne se passait rien d'autre, mais quelque chose m'avait poussé à éviter mon trajet habituel et à marcher au hasard sur la rive, vers la droite, cherchant un gué ou un pont. Après avoir marché un moment, j'étais arrivé à un détour de la Vop où elle devenait étroite et peu profonde, avec un courant rapide, et l'eau était pure comme du cristal. Je m'étais senti pris d'effroi et j'étais resté là, sans comprendre d'où venait cette sensation. Je crois que les faucheurs me regardaient. Arrivé à la maison, l'effroi avait disparu, mais je n'avais pas oublié ce moment. À la fin de l'été, il s'était passé des choses étranges.

Je n'avais pas vraiment eu d'amis à l'école, mais en rentrant de Brassovo, je venais tout de même les samedis midi sous la tour voir mes anciens camarades. En haut, l'horloge ronde sonnait et la sirène hurlait, tandis que nous, couchés dans l'herbe sur la pente qui descendait des murs de la fabrique vers la rivière, nous mâchions des herbes. Involontairement, notre conversation avait soudain porté sur le fait que des connaissances, des voisins, et même des parents s'étaient mis à disparaître. L'un de mes camarades avait commencé par raconter que son oncle avait disparu au moment où il allait à la cantine pour la pause, puis un autre s'était souvenu que, une semaine plus tôt, le voisin n'était pas rentré du travail, on l'avait cherché, après quoi les voisins avaient dit qu'il était parti pour une mission urgente, mais leurs visages avaient pris une teinte grise. Ignatenkov, qui tout ce temps avait détourné les yeux et qui mâchait son brin d'herbe avec rage, le transformant en bouillie, avait dit d'une voix cassée que la veille son père avait discuté bruyamment avec ses collègues, déclarant que, les quotas avaient beau être plus bas chez eux que dans d'autres régions, ils n'avaient pas assez d'arrestations de première et deuxième catégories, qu'il fallait faire appel aux agents pour chercher les ennemis. Ignatenkov ne comprenait pas de quelles catégories il s'agissait, mais j'en avais entendu assez pour sentir que la peur qui m'avait envahi sur le pré n'était pas fortuite.

J'avais acheté des journaux pendant plusieurs semaines, les lisant trois fois de suite, cherchant à déceler ce qui se cachait derrière les titres. J'avais rapidement compris que je n'avais pas à croire ce qui était écrit dans l'article – qui pouvait changer rapidement –, mais que l'essentiel était dans le ton employé. Ce ton servait à faire comprendre, à travers des vibrations sonores, l'agencement des mots, ce qui était réellement caché derrière une nouvelle loi ou directive. Je dois préciser que je n'étais pas le seul, loin de là, à me montrer aussi pénétrant. Mais nous avions tous peur de discuter de ces subtilités, sauf avec ceux avec qui nous étions étroitement liés : le mari avec la femme, la mère avec son fils adulte. J'avais fini par tomber sur un article évoquant l'importance de se purifier, des ennemis qui sont cachés parmi nous et qui attendent leur heure. J'avais peur d'en parler à mon père, et j'avais posé l'article sur sa table. Il avait refusé de prendre le journal : Non, non, je ne veux pas, je vis une autre vie, tout le monde le sait, et quand je suis rentré, je suis allé les voir (il avait regardé derrière son épaule gauche) et ils m'ont dit : Ne t'en fais pas, tu as lavé tes vieux péchés. Mais ils mentent, m'étais-je écrié, ils mentent toujours, et c'est toi qui m'as appris à haïr le mensonge. Nous avons bien vu comme les voisins étaient dans la misère, et tous autour, et ils les pillaient, volaient leurs dernières possessions. Mon père m'avait regardé comme si j'étais une créature bizarre, puis avait regardé le buffet, et prononcé d'une voix égale : « Il y a du pain dans les magasins. Tu étudies, et tous tes camarades aussi, et pour moi, rien que le fait de pouvoir étudier est une chance. Tout s'est arrangé. Personne ne nous fera plus rien. » Ses mains avaient serré et déchiré le journal, le tas était de plus en plus épais, il le déchirait en morceaux toujours plus petits. J'étais sorti.

Alors, avec Tolia et mes sœurs, nous passâmes une heure dans l'herbe haute, puis nous enlevâmes mutuellement des fourmis. « Jurons-nous, dis-je, me sentant comme le garçon en chemise blanche du magazine pour enfants *Tchij*, jurons-nous que, quoi qu'il nous arrive, nous ne nous perdrons pas de vue, et que si nous nous perdons de vue, nous nous chercherons jusqu'au bout. » Les enfants se taisaient et me regardaient sans comprendre. Ils étaient pressés de courir à la maison, pour le dîner. Seule Olia me tint par la manche tout le trajet. Marchant dans le pré, nous précédions tous les autres, trébuchâmes sur une ornière et tombâmes. Olga posa sa tête sur mon épaule et m'entoura de ses bras. La terre était tiède, les herbes bruissaient, faisant un bruit d'éternité. Nous restâmes une minute dans cette position, puis nous levâmes. Les autres étaient déjà partis. Dans le verger, mon père, perché sur une échelle, cueillait des pommes et les jetait au sol, dans les longues herbes molles.

Six mois n'avaient pas passé, et je me retrouvai assis à la table lumineuse, faisant tourner entre mes doigts la lettre usée, pliée en quatre, que j'avais sortie de ma poche. Voskoboïnik devait bientôt repasser dans l'atelier, et je n'avais toujours pas de réponse pour lui. Épuisé par ces pensées, je posai le front contre la vitre glacée. Ces cercles, ces cellules clandestines, à quoi allaient-ils servir ? Que pouvions-nous changer, par notre activisme, dans ce petit village ? Et moi, quel conspirateur faisais-je ? Mais qu'est-ce que je voulais ? Je voulais inventer des machines et mesurer avec des instruments, c'était tout. Je voulais encore voler en ballon et photographier depuis le ciel, changer ces photos en cartes et participer à des expéditions, dessiner des plans – loin de tout, dans les montagnes ou les déserts, j'échapperais mieux au regard des monstres. C'était bien sûr très noble de participer à une lutte clandestine, mais je n'en avais aucune envie. Tout en désirant découvrir ce qu'il était advenu de mon père, le trouver, je me disais que je parviendrais bien à m'en sortir, à échapper à la tête ricanante de l'énorme barbu de l'icône, à vivre ma vie.

Je revins au présent, et prononçai à haute voix : « Non, je veux trouver mon père. » Voskoboïnik hocha la tête d'un air désolé. « Voilà ce que je me dis », ajoutai-je, et je lui racontai notre conversation avec Ignatenkov sous la tour. Voskoboïnik soupira et me tendit silencieusement la main. Il n'exigea même pas que je promette de garder le secret sur tout ce que j'avais appris ; d'un autre côté, il savait sans doute qu'il pourrait facilement s'en sortir en me traitant, moi, le fils d'un homme arrêté, de menteur qui essayait de s'acheter une réputation. Cette conversation avec Voskoboïnik m'avait poussé à reconsidérer toute ma vie, je lui en étais reconnaissant, et je lui serrai la main – ma propre main était froide comme celle d'un mort. Mon père avait beau être toujours loin, brillant quelque part sur le côté, je savais à présent que je devais le ramener par tous les moyens, honnêtes ou non, acheter sa liberté ou faire tout ce que je pouvais pour qu'il revienne à jamais dans notre maison, dans la chambre avec le jasmin sous la fenêtre, dans l'allée de tilleuls qui menait au passage à niveau, et vers nous tous qui l'attendions à la table sortie sous le pommier. Quand je vis tous ces tableaux et pleurai tout mon soûl, je compris que je me mentais, qu'il n'y avait pas de retour possible de la bouche du géant rouge, et que désormais je devais être le père.

Néanmoins, quand j'eus passé mes derniers examens, je montai dans un wagon bondé, à l'air étouffant et sentant les draps mouillés, qui me conduisit à Smolensk. Il faisait très froid, et les coupoles de la ville étincelaient comme des soleils au-dessus des volutes de vapeur qui montaient du fond des rues. Ces volutes étaient traversées par des chariots et de rares tramways. Je me souviens d'un gamin coiffé d'une casquette, avec une corde en guise de ceinture, qui tirait un chariot improvisé : un assez grand coffre arrimé à des roues de vélo avec des rayons. Le garçon s'attela comme un cheval, et avança ainsi dans la rue. J'errai pareillement à lui, demandant aux citadins éduqués – à ceux qui avaient des lunettes – où était située la direction du NKVD. On finit par me donner une réponse, et je m'arrêtai devant un long immeuble de cinq étages, dont chaque aile était complétée par une tour. À gauche des portes était assis un homme jaune comme le quinquina, coiffé d'une casquette à étoile. Je lui demandai : « Où me renseigner sur les portés disparus ? Peut-être qu'on l'a déjà retrouvé. – Pour des renseignements... voilà », dit l'homme jaune en griffonnant une adresse sur le dos d'une carte froissée.

Cinq minutes plus tard, j'étais devant une maison en bois, sans signe particulier. J'en fis le tour et trouvai une porte ; j'entrai dans un bureau plongé dans la pénombre. Sur la droite, un minuscule guichet dispensait une faible lumière. Après avoir scruté un moment l'immense pièce, je compris qu'il n'y avait rien d'autre dedans, et j'avançai ma tête vers le guichet. Immédiatement, de l'autre côté, un visage apparut, presque nez contre nez avec moi : « Qu'est-ce qu'il vous faut ? » Je sursautai et reculai. On voyait environ un tiers d'une femme à travers le guichet. J'assénai, comme si je récitais une leçon : « Soloviev Dmitri Davydovitch, né en 1875, établi à Iartsevo, au 6, rue Krestianskaïa. Est-ce qu'il fait partie des disparus ? – Chchut, parlez moins fort ! Il ne faut pas ! Vos papiers. » Je posai ma carte d'étudiant. Une main la prit. Le document fut étudié pendant une minute. « Votre père a disparu, ou quelque chose d'autre ? » Je répondis : « Quelque chose d'autre. » Le guichet se ferma. Vingt minutes plus tard, j'entendis le martèlement de talons sur le linoléum, la fenêtre du guichet s'ouvrit, j'y aperçus à nouveau le tiers de la femme, et je l'entendis chuchoter : « Il est parti. » Le temps que je comprenne ce que cela signifiait, elle avait fermé la fenêtre avec un crochet. Quand, resté dans la pénombre, je compris enfin et criai « Parti où ? », elle répondit « Nous ne donnons pas de renseignements », et ajouta : « N'essayez pas d'en savoir plus. »

Sur le chemin de la maison, les variantes et les possibilités de l'événement tournaient dans ma tête comme sur un carrousel et, ne parvenant à m'accrocher à aucune d'elles, je sombrai dans un sommeil fébrile. À Iartsevo, comme lors de mon précédent séjour, je n'allai pas tout de suite à la maison, mais passai d'abord à la fabrique. Un sentier fraîchement tracé menait du pont sur la Vop au bâtiment, et je courus presque dessus, me réjouissant que mes camarades de classe n'aient pas cessé de se rassembler, malgré l'hiver. Mais personne ne vint ce samedi. J'attendis une heure sous la tour et, transi de froid, je redescendis vers le pont et marchai jusqu'au passage à niveau, faisant autant de pas que possible. Il me faudrait chercher Ignatenkov en ville. À part lui, je n'avais aucun lien avec ceux qui avaient arrêté mon père. À la maison, tout le monde sortit m'embrasser au portillon. Les filles s'étaient emmitouflées dans des châles et regardaient l'autre côté de la rue derrière leur épaule, ma mère pleurait. Tolia me serra la main, et je sentis qu'il avait de la peine avec son rôle d'homme de la famille. La maison elle-même semblait s'être voûtée, les branches des arbres étaient couvertes de glace. À la façon dont ma mère m'étreignit, je sentis qu'elle avait appris quelque chose de nouveau.

Mon père avait été dénoncé par notre voisin, Bespalov. Il avait été arrêté au matin, quand il s'apprêtait à se rendre au sovkhoze dans la neige fraîchement tombée. Le lendemain matin, on avait arrêté Bespalov lui-même, avec son cousin. Son beau-fils qui vivait avec eux avait eu de la chance, il était en ville ce jour-là. Avant de disparaître de Iartsevo pour toujours, il intercepta ma mère devant le magasin, glissa son bras sous le sien et, pendant qu'ils avançaient sous les tilleuls, lui raconta tout. Tandis qu'il construisait notre maison, pendant les soirées arrosées de vin, Bespalov écoutait ce que racontait mon père. Or, mon père n'était pas toujours prudent : parfois il critiquait, parfois il était pris de doutes. Le beau-fils se souvenait qu'il s'était étonné que les communistes, s'ils semblaient avoir compris que l'Europe ne voulait pas d'eux et réprimait partout les rouges, s'obstinaient à y soutenir financièrement les camarades voués à l'échec, alors que les citoyens soviétiques mouraient de faim. Bespalov ne faisait pas qu'écouter. Il en avait assez de vivre avec deux familles sous le même toit. Une de ses connaissances s'était vantée que, après avoir dénoncé un contre-révolutionnaire, les chambres de celui-ci lui étaient rapidement revenues. Mais Bespalov était prudent, il commença par aller trouver la Tchéka, où, bien sûr, il ne fut pas reçu par des idiots. Ils comprirent rapidement où il voulait en venir, et confirmèrent que, oui, ils pouvaient témoigner de leur reconnaissance, camarade. Le dénonciateur prit congé, rentra chez lui et écrivit sur deux feuilles tout ce dont il se souvenait, faisant preuve d'honnêteté et n'inventant rien. Quand les tchékistes lurent ses feuillets, ils ricanèrent : « Ça s'apparente à de la KRTD[1]. » Cela s'était passé encore à l'automne, et Bespalov, bien qu'il ignorât ce qu'était la KRTD, regardait souvent vers

1. Sigle d'« activité contre-révolutionnaire trotskiste ».

notre maison de sa fenêtre, vérifiant qu'il n'y avait pas d'automobiles vers notre portillon. Puis il se dit que la vérification n'avait rien donné, et devint nerveux. Mais dès que l'hiver commença, les automobiles noires arrivèrent, et Bespalov vit qu'on emmenait mon père. Il mit un cafetan et courut s'en vanter chez des parents, mais le lendemain, il fut arrêté à son tour. Avançant maladroitement sur les tas neigeux de notre rue Krestianskaïa, la voiture tourna dans la Sadovaïa et fit sortir Bespalov devant la maison de son cousin. Une deuxième voiture noire était cachée un peu plus loin. On ordonna à Bespalov de faire sortir son cousin, il accepta et l'appela.

Quand nous étions en septième, Ignatenkov avait inventé un jeu. Après le coucher du soleil, nous prenions une chandelle et nous approchions à pas de loup des maisons où vivaient des gens qui, nous semblait-il, étaient peureux. Nous nous placions chacun sous une fenêtre. À un signal, nous allumions les bougies, cachant la flamme derrière notre paume, puis nous les approchions de notre visage et, au deuxième signal, nous éloignions notre main de la flamme et faisions d'horribles grimaces, puis nous cachions à nouveau la lumière, pour que les gens, à l'intérieur, voient apparaître brièvement d'horribles faces rouges de démons, et se mettent à crier. C'est ainsi que je me rendis chez Ignatenkov avec une chandelle. La journée, il chargeait des ballots et des balles rondes à la fabrique, mais le soir, je pouvais le trouver avant l'arrivée de son père. Je me cachai dans un coin de l'isba du côté de l'entrée. Il n'y avait pas de lumière même chez les voisins, mais je décidai d'être prudent. Ignatenkov arriva à la nuit tombée. Je grattai une allumette et m'approchai avec ma chandelle, grimaçant au-dessus de la flamme. Il ne s'étonna pas, et fit un geste m'invitant à le suivre. Nous descendîmes le parc de la ville et l'allée de chênes, passâmes sous les murs de la fabrique, avec ses bâtisses faiblement éclairées qui faisaient penser à des mausolées, et nous arrêtâmes au milieu du pont Bruyant, dont le courant n'était pas encore pris dans la glace.

Parlant plus fort que l'eau, Ignatenkov me raconta tout ce qu'il savait. Après notre dernière rencontre, il y avait eu beaucoup d'agitation au travail de son père : tous les agents passaient leurs journées derrière leurs tables à compulser les archives internes. On leur avait imposé un quota de traîtres à détecter, un quota de ceux qui devaient être fusillés et de ceux qui devaient être envoyés travailler pour le bien de la patrie. Dès le départ, ils avaient compris que leurs données actuelles n'y suffiraient pas. Ils avaient recensé les derniers prêtres, tous les gens avec des noms de famille étrangers, souligné au crayon tous ceux qui avaient déjà été arrêtés pour activités contre-révolutionnaires et ceux qui étaient revenus. Ils faisaient la même chose avec les exilés de retour. Ils prenaient les dénonciations, même les plus idiotes, sur des organisations – pour qu'on puisse plus facilement regrouper plusieurs affaires en une cellule terroriste, car s'il y avait une cellule, on pouvait élargir le cercle des suspects autant qu'on le voulait. Les arrestations avaient commencé. En novembre, ils avaient déjà emmené tous ceux qu'ils pouvaient, mais ils n'avaient pas encore rempli le quota pour les deuxième catégorie, ceux qu'on envoyait dans des camps de travail. Alors, ils avaient rassemblé tous les dossiers sur les vingt dernières années, essayant de trouver des ci-devant en relation les uns avec les autres, et de les condamner comme terroristes réunis autour d'un complot.

Longtemps, mon père avait été épargné par le fait qu'il n'avait autour de lui aucune connaissance de son ancienne vie. Ignatenkov était d'accord que, sans cela, on ne pouvait expliquer que, après avoir été dénoncé, il ait été arrêté seulement l'avant-dernier jour de la chasse. Je me souviens, avait-il dit, que les derniers jours avant le rapport, début décembre, on ramassait tous les ennemis dans un filet aux mailles fines, ce qui explique que votre voisin et son cousin aient été inclus dedans. « Qu'est-ce qui se passe ? demandai-je. – Comment ça ? répondit-il l'air de s'y connaître. La guerre, bien sûr. Pour être certain d'avoir tous les ennemis, il vaut mieux se tromper que de se laisser attendrir. Tu crois qu'il n'y a pas beaucoup d'espions ? Ton père, je ne l'ai pas vu, mais tu sais bien qu'il était toujours par monts et par vaux quand tu étais petit ? » J'eus de la peine à me retenir de le frapper et de hurler que mon père était innocent, et que son père à lui ne croyait pas à l'imminence de la guerre, ne croyait en rien d'ailleurs, mais que, comme tous les autres, il tenait à ses mille deux cents roubles de salaire et aux primes, bons de voyage, sanatorium gratuit, et qu'il buvait non parce qu'il travaillait trop ou qu'il avait mauvaise conscience, mais parce qu'il avait une trouille mortelle d'être dénoncé à son tour et d'être écrasé sous la meule. La colère me brûla comme de l'iode sur une blessure, mais je la surmontai, hochai la tête et lui demandai de se renseigner sur le lieu où l'on avait pu emmener mon père : si c'était tout de même une erreur ?

Une semaine plus tard, sur le même pont, Ignatenkov me transmit ce qu'il avait pu apprendre : tout le monde était emmené à la prison de Smolensk, mais de là, personne ne savait qui allait où. Il semblait que les personnes déjà âgées étaient envoyées dans les régions voisines. Avant le Nouvel An, le centre avait poussé l'agence de Iartsevo à leur envoyer les prisonniers, car il leur manquait du contingent à affecter à la construction d'une station hydroélectrique. Attendant avec peine le lundi, j'arrivai à la bibliothèque, pendis mon manteau et m'assis dans la salle de lecture. Je commençai par prendre les archives de la *Pravda* sur les trois dernières années. Puis je les mis de côté et je me penchai sur un exemplaire usé du Code pénal. Les chiffres 58.10 s'étaient gravés dans ma tête. Je feuilletai ardemment le Code jusqu'au 58.1 et y lus : « Sont considérées comme contre-révolutionnaires toutes actions visant à renverser, saper ou affaiblir le pouvoir des Soviets des travailleurs et des paysans et de leurs élus, sur la base de la Constitution de l'URSS et de la Constitution des républiques de l'Union, du gouvernement travailleur et paysan de l'URSS, des républiques autonomes de l'Union, ou à saper ou affaiblir la sécurité extérieure de l'URSS et des principales conquêtes économiques, politiques et nationales de la révolution prolétaire. »

Cela n'éclaircissait absolument rien, et je me mis à chercher le 58.10. Trahison de la patrie, révolte armée, relations avec des étrangers, assistance à la bourgeoisie internationale, inciter d'autres pays à intervenir dans les affaires... Fatigué, je feuilletai jusqu'à la bonne page et lus, m'arrêtant sur chaque mot : « Toute propagande ou agitation comportant un appel à renverser, saper ou affaiblir l'État soviétique ou à commettre des crimes contre-révolutionnaires, ainsi que la diffusion, la production ou le recel de littérature du même contenu ». Ayant copié la formule dans un cahier, je pris les archives de la *Pravda* et les feuilletai jusqu'au soir. Je notai les plans d'électrification et les projets de nouvelles stations hydroélectriques, et j'en vins à conclure que, si je devais croire Ignatenkov, mon père aurait pu être emmené soit sur la Msta, soit vers Ouglitch. J'eus alors une idée, qui s'agença en un plan défini : je pouvais passer mes examens en externe et être envoyé dans le bureau qui travaillait sur ces constructions de centrales comme spécialiste hydraulique ou au cadastre. Mais dans quelle région du pays ? Je me précipitai à l'étagère des atlas, ouvris les cartes et m'aperçus que la construction de la centrale électrique de la Msta se trouvait dans la région de Leningrad, celle d'Ouglitch, dans la région de Iaroslavl. J'allais devoir choisir entre les deux.

« Mais qu'est-ce que tu espères ? » me demanda ma mère, quand nous nous assîmes pour le dîner. Dans la pénombre, je voyais les yeux d'Olia fixés sur moi – à me donner envie de me détourner –, le regard plein d'incompréhension de Margaritotchka et l'œil inquiet d'Anatoli, qui espérait que je reviendrais pour de bon et prendrais ma part dans leurs affaires. « Au moins, je pourrai le voir, répondis-je, me brûlant avec mon assiette de soupe aux pois, que ma mère nous obligeait à manger bouillante. Et puis, j'ai entendu dire qu'en plus des camps il y a des établissements de travailleurs, et puisqu'il est considéré comme âgé, on lui permettra peut-être de vivre dans un de ces établissements. Dans ce cas, j'irai m'installer près de lui et je pourrai l'aider. »

En vérité, je n'en étais pas du tout sûr. Ignatenkov m'avait parlé d'établissements près des camps, mais c'étaient des travailleurs libres qui y vivaient, sauf qu'ils ne pouvaient en partir avant la fin de leur contrat. Dans tous les cas, après l'annonce de l'arrestation de mon père, je ressentais de la haine pour le lieu où je vivais, j'avais envie de partir loin, d'errer, tout plutôt que de rester ici. J'aurais eu de la peine à dire ce qui dominait chez moi, l'envie de voir le monde ou celle de trouver mon père, parce que nous n'étions pas si proches, je ne ressentais pas son absence comme si on avait coupé une partie importante de mon corps, ou comme si j'avais perdu une parcelle de mon âme. J'avais honte de me l'avouer, à table, et c'est pourquoi je répétai à voix haute que des diplômés comme moi ne pouvaient bien sûr gagner leur vie que sur des chantiers, qu'à Iartsevo je n'avais rien à faire. C'était la vérité : on ne bâtissait, ne creusait ou n'asséchait rien dans la région, et je ne pouvais même pas espérer y exercer la profession ennuyeuse de topographe. Tous m'écoutaient, acquiesçaient à mes conclusions, espérant qu'il y avait eu un malentendu avec mon père, que nous pourrions le retrouver, et que si je commençais à me renseigner sur place, je pourrais tomber sur quelque chose. Ma mère répétait : « Non, sur quelle base ? Avec qui il aurait fait de la contre-révolution ? Avec des vieillards ? Avec Stepan ? » J'expliquai de mon mieux ce qui se passait, insistant pour qu'ils n'en parlent nulle part. « Tu crois que je ne comprends pas ? »

Ils étaient devant moi dans l'entrée tiède, à l'odeur de résine et d'habits humides. Une heure plus tôt, Olia avait sangloté : « J'avais un grand frère, et je savais que, s'il le fallait, il m'aiderait, mais maintenant il n'est plus là », en essuyant ses cils mouillés sur mon épaule. J'essayai de lui balbutier quelque chose de consolant, que je ne serais pas loin et que s'il le fallait j'arriverais en un jour, mais Olia avait tout deviné, et enfonça ses ongles dans ma main : « C'est plus important pour toi ! Ce qu'il y a là-bas ! Et nous, non. Papa, tu ne pourras déjà plus l'aider... » Elle resta dans la chambre, tandis que nous nous étreignions avec les autres dans l'entrée, nous changeant en une masse de têtes, d'épaules et de bras.

Je lançai un regard d'adieu à la maison, errai dans le jardin, m'enfonçant dans les tas de neige humides, regardai le ciel. Quand mon père avait été emmené, il commençait à neiger, il était en bottes, dans le manteau de toile grise qu'on lui avait donné pour les veilles, en pantalons molletonnés, coiffé d'une chapka, et plus je me le représentais – devinant, s'approchant lui-même des képis à bandeau bleu qui l'attendaient, se réjouissant de n'avoir pas à courir dans la neige, rentrant les épaules sous les flocons qui lui tombaient dans le dos, s'approchant de l'automobile en sachant qu'il ne reverrait plus ceux qui lui avaient tant manqué toutes ces années –, plus j'aurais voulu les tuer, les faire souffrir, et plus mon père m'était proche, mon père dont nous n'avions eu que quelques bribes, quelques morceaux. Et mieux je le comprenais, et ressentais ce qu'il avait ressenti, que sa vie était finie, et qu'il ne restait que les humiliations et la souffrance à venir – et je comprenais que je n'avais pas beaucoup de chances de le trouver, mais que j'étais tenu d'essayer.

Le printemps, à Brassovo, était parsemé de trous où la neige avait fondu, de flaques d'eau glacée d'un gris trouble ; il sentait la friche mouillée, découvrait une terre humide. Les derniers cours de l'institut furent sabordés par les étourneaux. Leur troupe d'un millier d'oiseaux se posait sur les champs, puis s'envolait et tournoyait, se massant en formations fantasques et dessinant des vagues aériennes. Fascinés, nous sortions tous des salles de classe pour les observer. Ce jour-là, on m'autorisa à passer les examens sans attendre juin, et je fus reçu par Kosmyline. Il avait visiblement eu la visite de Voskoboïnik, puisqu'il tenta de me convaincre : Je vous vois comme un enseignant, les plus jeunes vous respectent, vous pouvez terminer l'institut pédagogique par correspondance, vous aurez du temps pour faire vos expériences, j'ai entendu parler de votre idée d'étudier les photos aériennes, c'est un domaine d'avenir, qui dégagerait tant de perspectives laborieuses pour la République soviétique, qui en a d'ailleurs tant besoin en ce moment, réfléchissez-y. J'écoutais, j'avais l'impression de me figer, et à la fin, l'interrompant, je dis simplement « non ». Mais je me repris immédiatement, et me mis à expliquer que, sans expérience, je ne valais rien comme enseignant, et que je n'avais aucune prétention à être spécialiste des prises de vue aériennes, raison pour laquelle je voulais d'abord acquérir de l'expérience sur un grand chantier socialiste, où je devrais être accepté avec ma formation en hydraulique et en géodésie. J'avais des frère et sœurs cadets à ma charge, je ne voulais pas partir loin de la maison. Je comprenais que, dans ces temps difficiles, il était honteux de faire des caprices, mais je lui demandais de m'envoyer sur une construction de centrale électrique, par exemple sur la Msta ou à Ouglitch. Kosmyline me regarda avec curiosité mais, se souvenant de mon dossier, décida qu'il valait mieux ne pas chercher à en savoir plus.

Un mois plus tard, les bureaux hydrauliques des régions de Leningrad et de Iaroslavl répondirent qu'ils ne pouvaient pas me prendre. Cependant, quelqu'un précisa, et Kosmyline y réagit, qu'on appelait généralement des spécialistes des régions voisines sur les chantiers de centrales hydroélectriques. Une de ses connaissances travaillait à Kalinine[1], et, enthousiaste, il sauta sur ses béquilles jusqu'au téléphone et l'appela. Par

1. Kalinine : nom donné à l'époque soviétique (entre 1931 et 1990) à la ville de Tver, située sur la Volga, au nord-est de Moscou.

bonheur, sa connaissance était près de l'appareil, et répondit : les techniciens hydrauliques avaient besoin d'un chef de travaux immédiatement, mais il ne pouvait rien promettre, d'autant plus si le candidat n'avait pas d'expérience. Kosmyline savait qu'en travaux pratiques, avec sous mes ordres un observateur, un notateur et des mesureurs, j'étais toujours en avance sur les autres chefs d'équipe, et, se tournant vers moi, dit dans le combiné que Soloviev ne décevrait pas leurs attentes.

Quand je débarquai avec ma valise dans les bureaux de la société de travaux hydrauliques Meliovodstroï, personne ne m'attendait, bien sûr. Tout le monde était occupé, et la connaissance de Kosmyline, le directeur, était parti quelque part. Je me promenai sur les quais et descendis au bord de la Volga. Des voitures passaient le fleuve sur un pont, et de l'autre côté, des ouvriers enlevaient les échafaudages d'une bâtisse blanchie à la chaux, faite de trois rotondes vitrées posées les unes sur les autres, avec des colonnes et une flèche. Derrière eux, j'apercevais les coupoles écailleuses des églises briller comme un poisson. Kalinine ressemblait à Smolensk par ses tramways brinquebalants et sa boue, mais pour le reste, elle était différente : plusieurs rivières s'y rejoignaient, les usines fumaient, et les quartiers de maisons citadines, d'isbas et de baraques étaient si entremêlés qu'on ne pouvait pas comprendre où finissait l'un et où commençait l'autre.

Dans la soirée, le directeur finit par rentrer au bureau, me tendit une main moite, et appela le responsable du personnel. Celui-ci, en évitant de nous regarder et en parlant du nez, dit qu'il n'y avait plus de place depuis longtemps dans le foyer de travailleurs, et que la société, vous le savez, ne pouvait pas payer un appartement avant la fin de l'année, et qu'il pouvait au mieux demander aux employés non mariés si quelqu'un voulait loger un jeune. Le directeur jura, appela le responsable du trust de coton et lui demanda de me loger pour deux mois dans une certaine cour. Je m'imaginais déjà dormir dans l'herbe, couvert d'un morceau de carton, mais je reçus une feuille avec une adresse, qui était tout à fait étrange : « Paris n° 70, chez Kouzovlev, tramway n° 2 ». Le responsable du personnel en profita pour aborder avec le directeur le sujet des cotisations, et ils sortirent, fermant le bureau et continuant à polémiquer dans la rue.

L'arrêt de tram était désert. Le n° 2 arriva bientôt du centre, je hissai ma valise sur les marches et, une demi-heure plus tard, je descendis devant une clôture et un portail en fer forgé, dont les piliers étaient si épais qu'ils semblaient enflés. Tout autour se profilaient les silhouettes sombres de hangars en brique poussiéreux. Personne ne gardait le portail, et je pénétrai à l'intérieur. Une ruelle courbe menait le long de maisons absolument pas d'ici, qui semblaient européennes, avec leurs hautes fenêtres étroites, leurs panneaux en céramique et leurs décorations en brique. La ruelle était bordée d'une boue profonde. Je tirai ma valise jusqu'à un pont avec le panneau « Tmaka ». L'étroite rivière sentait la vase, ses rives étaient pavées de planches. Le soleil déclinait lentement, la journée avait été chaude, et des enfants sautaient du pont dans la Tmaka. Après un vol de plusieurs mètres, ils disparaissaient sous l'eau, en émergeaient, faisaient quelques brasses, s'accrochaient aux planches et sortaient. Un vieux les surveillait. « Je cherche Paris, dis-je avec embarras, après l'avoir salué. Le n° 70. » Il fit un geste de la main vers l'angle d'une haute bâtisse de l'autre côté de la place, et affirma que la voie menant directement à Paris y commençait. Derrière l'angle, j'aperçus une rue où s'alignaient à nouveau, sur un kilomètre, des maisons en brique telles que je n'en avais vu que dans un livre d'histoire de l'architecture, même si elles étaient un peu plus carrées et sans panneaux décoratifs ; sur la gauche s'étendaient d'autres hangars. La rue se terminait sur un palais avec trois tours surmontées de couronnes. Je me serais définitivement cru dans ce livre d'architecture si je n'avais pas remarqué le jardin. Entre les buissons verts d'églantiers et de jasmins, des groupes parlaient bruyamment sur les allées et les bancs, et des gens étaient allongés sous les branches. Le sol était jonché de débris de verre, bouteilles, emballages, et au milieu de tous ces déchets se dressaient les piliers du palais, dont les arcs-boutants s'élevaient vers le ciel. C'était Paris.

Un camion-benne passa en trombe, freina brusquement et commença à reculer vers moi. Je fis un pas de côté et aperçus une fenêtre de cave grande ouverte. La porte du conducteur s'ouvrit, un visage au nez retroussé en sortit et cria : « Éloigne-toi de la fosse ! » Je reculai. Le camion s'approcha de la maison, souleva sa benne et se mit à répandre des briques de tourbe directement dans le sous-sol. J'y jetai un œil, et vis un homme nu recouvert d'un bout de drap : il s'agitait comme un diable en enfournant les briques dans l'ouverture d'un poêle. Le chauffeur sortit encore une fois la tête et me proposa de me conduire où je devais aller. C'était parfaitement inutile, il ne restait que quelques centaines de mètres à faire jusqu'à Paris, mais je montai dans la cabine. Le chauffeur m'expliqua que la chaleur du poêle montait par des tuyaux de la cave jusqu'au faîte de la maison, avec, à chaque étage, une sortie vers la cuisine commune. Et pas seulement une, mais une dizaine de sorties différentes : chaque maîtresse de maison pouvait mettre sa marmite dans sa propre niche de poêle et l'en sortir chaude à son retour de la fabrique. Près des sorties, les habitantes écrivaient à la craie des menaces contre ceux qui toucheraient à une niche ne leur appartenant pas. Personne, sur la rue Proletarka, n'avait sa propre cuisine, à part les ingénieurs et les chefs, qui vivaient dans les premières maisons, à la sortie du tramway. J'appris aussi que ce quartier-ville de travailleurs de la manufacture de textile avait été construit par le millionnaire Morozov à l'époque des tsars. Le chauffeur savait également qui était le Kouzovlev indiqué sur ma feuille : le responsable de la maison. Si le château s'appelait Paris, c'est parce que son architecte avait reçu un prix à l'Exposition universelle à Paris. Le bâtiment était lui aussi une caserne d'ouvriers[1], mais il était très grand, avec des mitres en forme de fleurs et des vitraux sur la façade.

Le responsable lut ma feuille, m'écouta et dit d'une voix cassée : « Ta chambre sera dans un recoin. – Où ça ? – Je vais te montrer. » Nous montâmes dans la bâtisse : des couloirs humides, sans fenêtres, avec des portes qui conduisaient à des salles communes. Nous arrivâmes devant une troupe d'adolescents sales, en pleine empoignade. Ils nous auraient entraînés dans leur bagarre, mais distinguèrent le responsable dans la pénombre, et crièrent : « Le cogne ! Le cogne ! » C'est ainsi qu'on appelait ici un adulte chargé de ramener à l'ordre les enfants de ceux qui n'étaient pas encore rentrés du travail. Paris

---

1. Avec l'essor des usines, les grands marchands russes ont construit entre la fin du XIXe siècle et 1917 des immeubles pour loger leurs ouvriers (sans cuisine ni salle de bains individuelles), qu'on appelait « casernes ».

sentait partout la soupe. Enfin, nous arrivâmes à un couloir qui suivait les fenêtres de tout le bâtiment. Les petits couloirs qui en partaient étaient appelés « recoins ». On me logea dans une chambre qui servait pour les travailleurs détachés provisoirement. Mes voisins, des ouvriers du lin, attendaient que les gens de Kalinine expertisent leur production, et répétaient les insultes qu'ils allaient échanger avec les contrôleurs. Dans le couloir principal, presque chaque soir, quelqu'un jouait de l'accordéon, et c'était un vrai bal populaire, des troupes de femmes s'échappaient des chambres, enroulées dans des défroques quelconques, se joignant aux danses sous la lueur faible de l'ampoule, sur le sol gras de saleté. J'avais la nausée, pas à cause des odeurs, mais du caractère irrémédiable et de la ressemblance de tout cela avec les scènes sur les icônes de Fossia. Les gens, ici, avaient perdu l'habitude de faire quelque chose tout seuls : ils mangeaient ensemble à la cantine, allaient ensemble au club et, si l'un d'eux châtiait un enfant, tous les autres accouraient, entouraient la victime et le bourreau, engueulant à grands cris et l'un et l'autre. Toujours en groupe, ils battaient les voleurs et ceux qui ne voulaient pas respecter les habitudes qui avaient cours. Une famille qui venait d'emménager avait mis sur sa table de la cuisine un sapin du Nouvel An[1], sans accorder d'importance au fait que les habitants avaient déjà un sapin commun devant le poêle. On déroba d'abord à la famille renégate les décorations du sapin puis, quand elle s'indigna et voulut chercher le coupable, des hommes entrèrent dans la cuisine d'un pas chaloupé et frappèrent les parents. Pendant un mois, leurs enfants ne purent pas passer près de ceux des voisins sans recevoir des coups dans les dents. Finalement, ils se rallièrent à leurs agresseurs, et je me souviens d'avoir entendu la mère dire qu'ils avaient été dans l'erreur et qu'on avait bien fait de les secouer, de les remettre sur les rails collectifs.

Je vécus toute une année à Paris. Au début, le directeur ne me faisait pas confiance, et me donna à gérer une équipe de vieillards. Puis je compris qu'il se fichait de la confiance : il

1. La fête de Noël (religieuse) a été interdite en 1929 et remplacée dans les années 1930 par celle (laïque) du Nouvel An. Les cadeaux et le sapin ont également été déplacés à cette date.

avait besoin d'un jeune maître de travaux pour stimuler les vieux installateurs, car le projet ne se faisait pas dans les délais, et presque personne ne savait se concentrer sur le travail. Il ne s'agissait aucunement de construire des centrales électriques : nous traînions des réservoirs sur des clochers et les branchions aux pompes. Il y avait encore très peu de châteaux d'eau, et on n'en installait que dans les grands kolkhozes. Quand j'eus fait la connaissance de mes hommes, je compris rapidement ce qu'il en était de chacun, repérant le combinard Kouzmine, dont le neveu était au département des finances. Kouzmine s'attribuait du travail supplémentaire et restait impuni, jusqu'au jour où je le surpris en train d'essayer de vendre quinze mètres de tuyau souple. Après cela, il devint obéissant et se renseignait parfois auprès de son neveu sur les besoins en personnel et les plans du bureau. L'ami de Kosmyline lui avait visiblement menti, parce que aucun spécialiste en hydraulique n'était envoyé sur la centrale électrique de la Msta.

J'attendis le moment où je pus prendre un court congé, et m'y rendis par moi-même. À Borovitchi, on m'expliqua où était le camp de travail, et quand, à bord d'un camion de passage, j'arrivai au virage qui y menait, je compris qu'il n'y avait pas encore de camp. Des gens, qui ne ressemblaient pas à des *prisonniers** comme je me les représentais, transportaient les déblais dans des brouettes. Ils travaillaient dans les mêmes habits que chez nous, et avaient les mêmes visages sales et brillants de sueur. Leur équipe construisait des baraques sur un terrain entouré par un fil de fer barbelé, à un kilomètre de la rivière. Je ne comptai pas plus de deux centaines d'individus, tournai les talons et, agitant mon *Étincelle rouge*[1] pour effrayer les régiments de moustiques, je pris le chemin du retour : il n'y avait personne de plus de cinquante ans parmi eux. Je dus écrire à la maison que mon voyage à Borovitchi pour rendre visite à un camarade s'était passé sans incident, mais que je ne pouvais pas dire qu'il avait été couronné de succès, que ma santé était bonne, et que je m'étais inscrit pour une excursion à Ouglitch.

Un jour, entre Paris et l'arrêt de tram, je remarquai des foules devant le club. Sous l'enseigne « Théâtre », quelqu'un

1. Journal local, fondé en 1919.

écrivait encore : « du peuple ». À gauche de la porte, sur le panneau d'information, une affiche annonçait un « Jugement d'un étudiant », avec pour illustration un homme d'un âge assez indéfini, qui regardait par en dessous ses camarades d'études en train de plaisanter. Dès le matin, j'avais entendu plusieurs fois, à divers étages, discuter de ce jugement. Le département de l'agitation politique jugeait parfois des ennemis, et quelqu'un en particulier était désigné comme ennemi : un braconnier, des koulaks qui avaient provoqué un déraillement, une sage-femme pour un avortement qui avait conduit à la mort de la mère, et même un cochon qui avait mangé la pâte dans le pétrin – son propriétaire avait été identifié comme un sale individualiste, un fainéant qui avait porté préjudice à son voisin. Je me souvenais d'avoir lu, dans la bibliothèque de Brassovo, que les inquisiteurs du Moyen Âge châtiaient sur les places publiques non seulement les sorcières, mais aussi les loups, les renards, et même les fourmis qui avaient emporté de la farine. Ce jour-là, Paris était particulièrement en émoi, parce qu'on allait juger un vague étudiant, on ne savait pourquoi. Le département d'agitation en avait fait un mystère, pour que le public vienne de toutes les maisons. Je terminai mes affaires avant le déjeuner, et rentrai plus tôt dans le quartier.

Les agitateurs politiques avaient disposé les tables en demi-cercle. Au centre était assis le juge, à sa gauche le procureur et les témoins, à sa droite l'avocat. À côté de lui, on avait avancé la chaise de l'accusé, qu'ils voulaient visiblement juger par contumace. En cinq minutes, la salle était pleine. Je m'assis au dernier rang, près de la sortie. Le lustre, au plafond, brûlait comme un samovar, le théâtre était énorme et sonore. Un type que je ne connaissais pas, en veston froissé, s'assit à côté de moi, et près de lui, une ouvrière qui s'était fait une bouche en cœur avec du rouge à lèvres. D'un coup, tout commença. L'air pensif, le chef du département de l'agitation politique sortit des coulisses : il jouait les rôles principaux dans les tribunaux. Il marcha de long en large en frottant son menton, en lissant ses moustaches, puis s'assit à la table du juge dans sa vareuse – il n'y avait visiblement pas de robe noire ce jour-là – et parla, comme à lui-même : « Oui, nous ne cessons d'affirmer "exploiteurs", "exploiteurs", quand nous parlons des vieux ennemis du communisme, et bien sûr, nous nous demandons de qui nous parlons. Des marchands, des généraux, des koulaks et ainsi de suite. Nous pensons qu'ils ont déjà disparu, que le balai rouge a balayé cette tribu. Mais réfléchissons un peu : que faire de ceux qui n'ont pas pu devenir de gros bonnets, mais ont aidé les gros bonnets à opprimer le peuple ? Les commis, les gérants, les ingénieurs qui ont vendu cher leur labeur aux capitalistes, aux chefs d'atelier, aux boulangeries, aux fabriques de vin, enfin, à n'importe quelle entreprise – et combien étaient-ils, avant la grande révolution ? Des millions. L'État soviétique en a attrapé certains et a réglé leur compte, il en a envoyé d'autres travailler pour le bien du pays. Mais pendant ce temps, tandis que nous laissions en paix leurs familles, les enfants des ennemis, qui n'avaient pas le droit comme la jeunesse laborieuse d'aller dans des instituts supérieurs, se sont mis à étudier après l'école, pour devenir encore une fois ingénieurs, vétérinaires, employés du cadastre, juristes. Et avant tout, bien sûr, comptables, pour être plus près de l'argent. Ils s'estiment plus intelligents, mieux nés ! C'est bien le cas de notre accusé. »

L'agitateur politique secoua la main devant les chaises vides et montra du doigt celle qui était réservée à l'étudiant. Ce n'est qu'à ce moment que le rideau eut un sursaut et s'ouvrit. L'avocat, le procureur et les témoins prirent place. « Ils ont inventé une nouvelle méthode, chuchotait mon voisin à l'ouvrière. Frapper comme dans la vie. Ne pas faire de spectacle. » L'acteur continuait : « Cela dit, il ne faut pas tirer de conclusion hâtive. Ces étudiants ont acquis des connaissances, et beaucoup d'entre eux sont utiles à l'économie du pays, tout en restant sous le contrôle du parti et des organes de sécurité. Ils ne se font pas remarquer, on les repère seulement au fait qu'ils évitent discrètement et toujours avec de bons arguments les travaux communautaires, les initiatives, d'exprimer leur opinion sur les affaires courantes. C'est pour cela qu'il n'y a pas d'accusé ici, aujourd'hui. Il s'est caché. Il n'est que du vide. Il est peut-être dans cette salle. Ce vide est-il dangereux ?... Donnons la parole à l'accusation. » Le procureur, cheveux bouclés, bouche tordue, se leva, et commença à exposer : « Du point de vue de l'accusation, camarades, cette affaire est simple comme bonjour. La situation internationale nous impose... » Pendant vingt minutes, il expliqua tout ce que, depuis quelque temps, on nous assénait jusqu'à la nausée aux séances d'information politique de la société de construction hydraulique, où l'on n'avait jamais auparavant fait de conférence, sauf peut-être sur les dégâts de l'alcoolisme. La guerre avec les perfides Finlandais, les Allemands aiguisent leurs couteaux, Hitler a étouffé le mouvement communiste, nous avons observé avec trop de complaisance sa montée en puissance, puis ses agressions sur les territoires voisins. Nous sommes seuls, entourés d'ennemis et de fous qui sentent que les communistes sont forts, et qui cherchent à comprendre quelles réserves de traîtrise ils peuvent trouver à l'intérieur de la société soviétique. Nos camarades espagnols ont perdu face au général Franco parce qu'à Madrid, encerclé par quatre de ses colonnes d'aventuriers armés, se trouvait encore une cinquième colonne : de nombreux Judas parmi les habitants. « Aujourd'hui, quand notre patrie est encerclée, que la guerre est imminente, nous devons en conclure que l'étudiant Untel, selon la mesure de cette époque alarmante, est un traître utile aux ennemis, grommela le procureur. De tels étudiants, qui méprisent secrètement la classe laborieuse, se comptent par centaines de milliers, camarades. Parfois, ils travaillent dans une industrie réellement importante, et nous devons d'autant plus déceler, parmi eux, les éléments antisoviétiques hésitants : certains doivent être envoyés au-delà de l'Oural, d'autres contrôlés plus sévèrement. J'estime qu'il serait justifié d'envoyer l'étudiant Untel pour cinq ans dans un camp de travail. »

Il s'assit, essuya sa bouche tordue, et le juge appela l'avocat. Celui-ci grasseya qu'il serait malvenu de se priver de personnel au moment où l'industrialisation prenait de l'ampleur. On pouvait mettre au pas les employés douteux, mais il fallait se garder d'écraser dans le mouvement des spécialistes fraîchement diplômés, pour ne pas interrompre la transmission des qualifications techniques. À ce moment, mon voisin fripé se redressa et cria : « Ça suffit ! » Tout le monde se tourna vers lui. « Ça suffit ! répéta-t-il, il faut les mettre au pas immédiatement ! Et si la guerre éclatait ?! Le traître se sauvera chez l'ennemi. Il ne faut pas laisser passer ! Il faut les écraser immédiatement, comme de la vermine ! » À l'autre bout de la salle, une discussion mécontente commença. Son initiateur parla plus fort et appela à cesser l'hystérie, expliquant que, dans son département, il avait trois fils de ci-devant et qu'ils étaient des travailleurs modestes qui ne se manifestaient pas, non pas parce qu'ils avaient quelque chose à cacher, mais parce qu'ils avaient honte, camarades, honte à l'intérieur d'eux-mêmes ; je ne sais pas où vous en êtes, mais moi, je peux me porter garant des miens. Certains visages s'adoucirent, s'émurent, et beaucoup se mirent à crier : « Moi aussi, j'en connais ! J'en connais ! Nous en avons aussi ! » Je remarquai que mon voisin aux habits pas repassés avait cessé son manège et, avançant le cou, regardait attentivement qui criait où. Lors des jugements précédents, le public avait simplement voté, mais cette fois-ci les agitateurs avaient provoqué une polémique.

Dans ma tête, les voix se confondirent en un unique hurlement, je m'agrippai aux accoudoirs du fauteuil et compris que je n'arrivais plus à respirer. L'horreur transperça mon corps telle une aiguille glacée et m'obligea à me recroqueviller pour tenter de trouver une position dans laquelle les muscles qui commandaient ma respiration se remettraient en marche. Le lustre se mit à tournoyer comme une hélice d'avion en feu. Pendant ce temps, la salle s'était calmée, le juge s'était levé et avait prononcé un discours menaçant, après lequel ceux qui avaient défendu leurs employés, effrayés, s'étaient mis à parler sans s'arrêter, à se repentir. Luttant contre la nausée, je devinai dans un coin de ma conscience qu'ils étaient en train de répudier ceux qu'ils venaient de défendre, parce que le juge les avait accusés de complicité. Les membres de l'assistance se transformèrent en dizaines de machines à calculer mécaniques qui tapaient, tintaient, et calculaient désespérément quel employé ils avaient intérêt à sacrifier pour ne pas se faire pincer eux-mêmes. Dans l'apogée de leur démence, ils jurèrent, sous l'œil vigilant des agents du département spécial, qu'ils extermineraient la vermine. Quand tout fut fini, les spectateurs nettoyés de leurs impuretés se pressèrent vers la sortie, et je me joignis à eux, me fondant dans la foule, les épaules basses.

J'attendis une année avant d'être muté à Ouglitch. Il faut dire qu'ils ne m'envoyèrent pas à la centrale elle-même, mais à son bassin artificiel. Avec une dizaine d'autres géodésiens, nous relevâmes le relief des rives de la Volga dans la région de Kaliazine. Cette ville ensommeillée devait être noyée presque entièrement. Avec elle, plusieurs bourgs et une troupe de villages allaient être ensevelis sous l'eau – toutes les localités du bord de la Volga. Nous descendions de voiture avant Kaliazine, et avancions vers la ville au pas du théodolite, traversant les villages. La voie passait entre des maisons noires ; des éclats de l'ancienne vie apparaissaient à travers leurs vitres fendues : ici, une poupée sans tête, là, un chandelier. Les maisons étaient vides, mais bien rangées, comme si les habitants n'étaient partis que provisoirement. À Kaliazine, il ne restait que des maisons en bois, celles en pierre ou en brique avaient été démontées. Le monastère de pierre blanche avait été détruit à la dynamite. « Ici, ils décoraient les carreaux de faïence de lions, de chats et de toutes sortes d'animaux, et il y avait des dentellières dans toutes les maisons, nous apprenait l'ingénieur local qui nous accompagnait. C'était il y a longtemps, avant ma naissance. Tout a disparu, est parti quelque part. Et les villages aussi vont disparaître sous l'eau, et c'est tant mieux, ils doivent servir le pouvoir des travailleurs, hein ? » Tandis qu'il bavardait ainsi, la voiture traversa le bourg, cahota sur la place du marché et s'arrêta devant le clocher. Il faisait penser à la fusée du livre sur les trains cosmiques que j'avais lu à Brassovo, mais une fusée qui aurait été assemblée à Rome : le deuxième des quatre blocs était surmonté d'un portique, et chacun des blocs était soutenu par seize colonnes. On avait déjà préparé un remblai autour du clocher. Il était destiné à dépasser de l'eau comme une balise sur un détour du fleuve[1].

Des hauteurs du remblai, on voyait toute la ville. Les gens étaient partis, l'inondation commencerait le lendemain matin. L'ingénieur fumait, il n'y avait pas le moindre vent ce soir-là, le sol était couvert d'une petite brume, tout était silencieux en bas, sauf le grondement des camions qui évacuaient les dernières équipes. Le crépuscule descendit vers la rivière, les maisons se dressaient, muettes, sombrant dans un long sommeil. De notre petit promontoire, nous voyions un morceau du mur intérieur du clocher et, sur un morceau plus clair de la voûte, ma vieille connaissance, le chien noir, traînait le char en enfer. Mais bientôt, nous étions assis sur la rive et regardions

1. On peut toujours le voir aujourd'hui, au milieu de la Volga face à Kaliazine.

l'eau s'engouffrer par le barrage ouvert et emporter les restes de vaisselle, de barrières, d'épouvantails. Ce fut la fin de la pause et, soupirant, l'équipe traîna les théodolites en aval. L'ancienne vie disparaissait comme une Atlantide sous l'eau sombre et bouillonnante, le monde se fêlait, quelque chose d'irréparable s'était passé dans mon pays, et il était clair qu'on ne pourrait sans doute pas le soigner avec le temps. Tandis que nous avancions avec nos instruments, il se mit à pleuvoir à verse, tout disparut. Nous ne voyions plus que le clocher, qui se dressait à travers la brume telle une arête de poisson.

Notre équipe travaillait consciencieusement. En une journée, nous faisions le double de la norme, et bientôt, le géomètre en chef nous repéra, et nous affecta à la centrale électrique. Un jour, je restai seul avec lui au bureau après minuit, vérifiant les relevés par le calcul. Je savais que mon équipe avait bonne réputation, et je lui demandai s'il pouvait se renseigner sur la présence d'une personne dans les listes des travailleurs à la construction de la centrale électrique, qui était, d'ailleurs, un topographe expérimenté. Le géomètre comprit où je voulais en venir, et dit qu'il pouvait regarder, puisqu'il devait savoir qui, sur les employés du chantier, était précieux, pour que de telles personnes effectuent un travail qualifié. Je lui donnai le nom de mon père et, frissonnant légèrement à mon propre mensonge, je l'assurai qu'il était très habile, mais que, sur un malentendu, il avait dû provisoirement effectuer un autre travail. Longtemps, le géomètre ne reparla plus de ma demande, et ce n'est qu'au moment où nous portions les caisses d'instruments dans le camion pour rentrer à Kalinine qu'il m'appela et me dit : « Votre père n'est pas ici. » En me voyant grimacer, il ajouta : « À votre place, je ne serais pas sûr qu'il est arrivé quelque part. »

J'y avais pensé, bien sûr, et aussi au fait que mon père pâlissait dans ma mémoire comme sur un négatif trop exposé à la lumière. Ou plutôt, je ne voulais pas y penser, et je chassais ces images de mon esprit, agissant comme si rien de pareil n'aurait pu se passer, mais je ne parvenais pas à m'en débarrasser. Que me restait-il à faire ? À part attendre les grandes vacances, rentrer à la maison et essayer d'apprendre quelque nouvelle par Ignatenkov.

Mais je n'en eus pas le temps. Les trains n'allaient plus là-bas. J'appelai du bureau juste après qu'on nous eut tous réunis et annoncé, au cas où quelqu'un ne l'aurait pas entendu à la radio, que, voilà, la guerre avait commencé. À la gare, ils mirent du temps à répondre, puis prirent le combiné et dirent qu'aucun changement n'était prévu dans les horaires des trains pour Smolensk. Je me tranquillisai un peu. D'autant plus que, les premiers jours, le haut-parleur laissait échapper des paroles préoccupantes, mais pleines d'une énergie martiale, et n'évoquait presque jamais les villes tombées aux mains de l'ennemi. J'écrivis une lettre à la maison pour dire que je viendrais, comme je l'avais promis, à la mi-juillet. Mais quand je fus pris de doutes et appelai encore une fois, dix jours plus tard, les trains n'allaient déjà plus à Smolensk. Le cône de fer-blanc hurla que la bataille de Smolensk avait commencé, et je compris soudain que j'aurais dû me précipiter au tout début, et que c'était déjà trop tard. Je n'en fis pas moins ma valise, quittai Paris par le tram n° 2, passant devant les tourelles pointues, les filles de plâtre qui tenaient un livre et les immeubles d'ouvriers avec des visages troublés aux fenêtres.

Le tram à moitié vide brinquebalait, cahotait, passant la direction de l'usine, l'hôpital et les magasins de textile. La ville vivait au ralenti, les gens marchaient comme s'ils étaient suspendus au ciel par une ficelle. Pendant que le tram avançait, je passai en revue les possibilités. Je n'osais même pas imaginer quel était à présent le sort de mon père. Ma famille avait pu être évacuée de Iartsevo, mais avait aussi pu y rester. Je n'avais aucune idée d'où aller à présent pour les chercher. Bon, et moi ? Aller au front ? Mais pour défendre qui ? Ce régime ? Je ne désirais que sa destruction et celle de ses grands prêtres. Je me souvins de Voskoboïnik. D'un autre côté, quelque chose de mauvais arrivait d'Occident. Même si on nous mentait en nous disant que les fascistes étaient des monstres, leurs troupes avaient envahi, tué, brûlé, et quelqu'un devait défendre ma mère et les filles. Tolia était sans doute déjà parti s'engager. Fermant les yeux, j'imaginai notre maison et ma chambre, un garçon avec son chien debout devant la fenêtre. Le garçon se retourna et me regarda.

Une fois, pendant les vacances, mon père m'avait pris avec lui pour éteindre un incendie. C'était un été sec, qui sentait la fumée, et tout le monde attendait le mur de flammes. Le garde forestier avait fait appeler tous les hommes adultes. Nous avions creusé une tranchée où nous devrions contrer le feu. La fumée cachait tout ce qui se passait autour de nous. Les rabatteurs formèrent une chaîne, et le garde forestier distribua soudain des flambeaux faits de chiffons imbibés d'essence. Nous entendîmes un craquement, comme si des bêtes couraient vers nous, la fumée devint plus épaisse, des étincelles rousses apparurent au loin. « Mettez le feu ! » cria le garde forestier, et nous allumâmes un feu contraire. Les flammes eurent le temps de se développer, de faire un mur et de ramper à la rencontre de l'incendie. En se heurtant, les deux murs tombèrent et disparurent, ne laissant plus qu'une fumée épaisse. Nous nous précipitâmes pour noyer les petites flammes éparses qui erraient encore sur le sol. Le garde forestier, noir de fumée et couvert de toiles d'araignée, nous expliqua par la suite qu'un mur heurte l'autre et qu'il n'y a plus d'oxygène entre eux, et donc plus de possibilité de brûler. Je me disais à présent que cette guerre était le même genre d'incendie.

Quand le tram passa le pont sur la Tmaka huileuse comme du pétrole, je savais déjà ce que j'allais faire. Les topographes étaient exemptés de combattre, je n'aurais pas été appelé sous les drapeaux, mais on disait partout que, si quelqu'un voulait s'engager immédiatement comme volontaire dans l'armée, il était interdit de ne pas le prendre. À voir la vitesse à laquelle la ligne de front s'avançait vers Moscou, la société hydraulique allait sans doute être évacuée très loin. Je décidai qu'en m'engageant comme volontaire, premièrement, je cesserais à jamais d'être sur la liste des traîtres potentiels comme fils d'un ennemi du peuple, et deuxièmement, même si je ne pourrais pas me déplacer à ma guise, en tant que topographe militaire, j'aurais des possibilités de partir en permission, et de chercher ma malheureuse famille, grâce aux renseignements que je pourrais obtenir auprès des militaires.

J'aperçus l'école de brique rouge sur ma gauche, et le tram se rapprocha de la place où l'idole de pierre semblait déambuler, un journal enroulé à la main. Je traînai ma valise en bas des marches et cherchai le commissariat militaire. J'errai dans le quartier pendant une demi-heure en quête d'un panneau ou au moins d'une file d'hommes venant également s'inscrire. Non, il n'y avait même pas de lumière dans les maisons de pierre, aucune porte n'était ouverte. Je remarquai une église qui se cachait dans les arrière-cours, et je décidai de me renseigner là-bas. Devant la porte du narthex, une enseigne indiquait « Ossoaviakhim ». C'était sans doute un prophète, cet Ossoaviakhim. Abraham, Melchisédech, Mathusalem, et lui[1]. Je frappai, un garde sortit et me dit où aller.

On entrait dans le commissariat militaire par la cour. Il n'y avait pas de file d'attente, et de ce côté et dans tout le bâtiment, on ne trouvait que deux officiers. Ils avaient envoyé tous les appelés au front deux semaines plus tôt et ils commencèrent par faire des histoires, disant que la commission médicale trouverait toujours un prétexte pour me rendre à la vie civile. Puis ils chantèrent mes louanges, disant que c'était très rare qu'on s'engage volontairement, puis recommencèrent à tenter de me dissuader, décrivant tous les avantages d'être dispensé, me rappelant que le pays manquait d'ingénieurs hydrauliques. Finalement, un vieux lieutenant-colonel fit son entrée, et dit : « Ne t'en fais pas, la guerre te rattrapera. » Me retenant difficilement de lui répondre « Elle m'a déjà rattrapé », je dis : « Je ne veux pas. Je les hais. Je veux défendre les miens. » Le lieutenant-colonel ouvrit la bouche pour protester, mais s'aperçut que je m'étais changé en pierre, et posa une feuille blanche devant moi.

---

1. En réalité, Ossoaviakhim est l'acronyme de « Société d'assistance à la défense, l'aviation et la chimie ».

2

Pour commencer, nos pieds gelèrent. Presque immédiatement, dès que nous eûmes déboulé en vague blanche dans la forêt et fait nos premiers kilomètres entre les sapins. Pendant la nuit, le train avait ralenti sa marche à Tcherny Dor, un cri bref avait été lancé, et une centaine de personnes en tenue de camouflage avaient sauté des wagons devant la petite gare, se dispersant dans des directions différentes. Nous avions tous reçu des skis larges avec des lacets, et des bottes basses où la neige entrait. Si j'avais su qu'on ne nous donnerait pas de guêtres, j'en aurais fait moi-même. Même sur les longues distances, quand nous prenions de la vitesse sur une couche de neige glacée et dure et que nous ne nous enfoncions pas, nos pieds se transformaient en deux briques gelées. Nous ne faisions pas de feu pour ne pas être repérés, et quand nous arrivions à notre lieu de nuitée – ou plutôt, de journée : nous ne nous déplacions que dans le noir –, nous mettions des bottes de feutre, coupions des branches de sapin, ouvrions nos manteaux-tentes et nous endormions les uns contre les autres, nos bottes contre notre poitrine pour tenter de réchauffer au moins un peu leur cuir gelé.

Les branches, les oiseaux, les pierres s'étaient figés, tout était comme mort cet hiver-là. Nous étions au septième mois de guerre, notre bataillon contournait un lac pour arriver sur les arrières de l'adversaire à travers les marais. Les Allemands avaient laissé sans protection une bande de deux cents kilomètres de marécages et de tourbières, pensant visiblement que ceux qui venaient de défendre leur ville principale et les avaient obligés à s'arrêter n'auraient pas la bêtise d'organiser un détour de nombreux kilomètres pour atteindre l'ennemi dans le dos par un côté aussi sauvage et peu important, qu'on aurait de toute manière de la peine à rattacher à tel ou tel front. Il n'empêche qu'on nous avait emmenés là. Chacun de nous avait un fusil, des bottes de feutre, un casque, un couteau-baïonnette, des sous-vêtements de rechange et des provisions pour cinq jours. Le dos bossu par les sacs et les fusils rangés sous le camouflage, attelés par deux à un traîneau, nous transportions des pièces de mortier, des mitrailleuses et des boîtes de munitions. Nous traversâmes d'abord des bois de pins, derrière lesquels nous apercevions la surface plane du lac, puis des forêts clairsemées. L'unique route dure vers l'ouest passait à travers les marais, et c'est elle qu'empruntaient les fusiliers et les tanks. Ils tombèrent tout de même sur des détachements allemands, qui se dispersèrent après le premier combat. Quelque part au loin, leur armée semblait avoir dessiné au cordeau une ligne de fortifications et y avait placé ses divisions. Nous nous déplacions donc dans le calme, et n'entendîmes qu'une seule fois une lointaine canonnade. Quand nous eûmes fait la moitié du trajet, notre commandant annonça que le groupe devait atteindre la ville de Kholm avec d'autres bataillons à skis avant que l'adversaire ait eu le temps d'y envoyer de nouvelles forces et de consolider sa position.

Avant ce mois de décembre, j'avais passé tout mon temps avec des mécanismes, lampes, machines, instruments, dans des quartiers plus ou moins dessinés par des constructeurs. À présent, nous avancions dans une blancheur infinie, écartant des herbes sèches avec nos bâtons et nous détournant du vent. Chacun de nous était devenu un animal bossu écrasé de fatigue. Sur les marais, nous voyions de plus en plus souvent de la glace transparente avec, en dessous, des vagues de fange gelée, et nous n'arrivions plus à chasser le froid de notre corps. Pour mieux le supporter, pour l'apprivoiser comme une douleur, il n'y avait qu'un moyen, être sans cesse en train de bouger : essuyer les skis, préparer le camp pour la nuit, demander à aller en reconnaissance, élever un mur de neige pour nous protéger du vent. Même si nous n'avions pas besoin de faire une reconnaissance, je partais répertorier sur la carte les « modifications de situation », comme on disait. Nos vieilles cartes, qui n'avaient généralement pas prévu ce que nous aurions dû voir, nous obligeaient à redessiner les plans. Je partais aussi loin que possible du camp et je tendais l'oreille. Les marais étaient silencieux, nous évitions les rares villages, n'avions rencontré aucune créature, si ce n'est quelques traces d'oiseaux, et quelquefois de loups. L'attente de la guerre avait balayé la vie du ciel et des forêts, dont l'immensité ondulait devant nous comme une touffe d'herbe quand nous nous mettions en formation pour continuer la route au crépuscule. Resté seul, je me couchais dans la neige et regardais flotter au-dessus de moi, dans le ciel noir, ma mère, mon père, Olia, Margaritotchka, Anatoli. Ce fut la dernière période où je pensai à eux constamment. Le vent chassait rapidement les nuages.

Notre division de Kalinine fut inscrite dans les troupes de débarquement et stationnée sur la rive gauche de la Volga. Au début, les officiers changeaient souvent, puis on se mit à sélectionner dans le groupe de volontaires comme moi ceux qui étaient particulièrement grands, forts et bons au tir. À l'automne, on nous mit dans une division à skis et on nous fit venir près de Moscou. Nous étions isolés de toutes les nouvelles, et quand j'essayai d'apprendre quelque chose sur Iartsevo, je compris seulement que la ville avait été assiégée plusieurs mois et que l'usine n'avait pas pu être évacuée. Cela voulait dire que les miens étaient partis avec les réfugiés ou étaient restés avec les Allemands. Depuis ce temps, la ville avait sans doute été bombardée, il ne devait plus rien en rester, mais notre périphérie peu peuplée y avait peut-être échappé. Je n'avais nulle part où me renseigner. À la mi-octobre, notre compagnie fut mise en alerte. Le responsable politique dit que les combats étaient imminents, et nous nous assîmes sur nos bardas et attendîmes les camions, mais les camions ne vinrent pas, puis notre départ fut annulé. La radio annonça que les Allemands étaient repoussés de Moscou. Une rumeur disait qu'il y aurait un défilé avec le chef de la nation à la tribune et des avions, et qu'on nous emmènerait à la répétition de cette parade, mais nous n'y allâmes pas. Notre bataillon se faisait de plus en plus souvent envoyer avec tout son paquetage sur des pentes abruptes. Un jour, on nous emmena sur les monts Lénine, d'où on voyait toute la ville de Moscou, silencieuse, avec de la fumée immobile au-dessus des cheminées. Au bivouac, je sortis mes jumelles. Des aérostats pareils à des poissons morts volaient au-dessus des immeubles couverts de camouflage. La rivière inerte décrivait une courbe dans la ville. Ce jour-là, j'enfonçai maladroitement mes bâtons pliés dans la neige, tombai sur une traverse et me foulai la cheville. Quand je revins de l'infirmerie, on informa notre bataillon qu'il était inclus dans les troupes d'attaque et que nous allions rejoindre les combats.

Nous zigzaguions entre les terrains à découvert, nous frayant un chemin dans les sous-bois, depuis une semaine déjà. Nos provisions étaient en train de s'épuiser, et après le camp d'entraînement avec sa nourriture rationnée, mais au moins chaude, nous avions tous des brûlures d'estomac. Cela dit, au camp nous n'avions que des portions réduites, même quand l'entraînement de simples soldats se transforma en cours pour lieutenants. Tous se plaignaient que sur le front on avait de plus grosses portions, et pour cette raison beaucoup étaient impatients d'y aller. Rares étaient ceux qui comprenaient que les divisions combattantes ne mangeaient bien que quand elles restaient sur la même position ou au moins bougeaient très lentement sur la ligne du front – et encore, à condition qu'il y ait des routes à proximité. S'il n'y en avait pas, ou qu'elles étaient impraticables, les provisions parvenaient avec du retard, étaient perdues, disparaissaient. Nous approchâmes enfin de Kholm et, à quelques kilomètres de sa périphérie, on nous donna l'ordre de contourner la ville par l'est. Il s'avéra que des partisans avaient soudain attaqué les Allemands, s'emparant de plusieurs quartiers, et les troupes en renfort avaient encerclé Kholm, séparant l'ennemi des tanks qui étaient en route pour lui venir en aide. Nous étions à peu près inutiles, mais les commandants craignaient que les soldats nazis, dans une tentative de reconquérir Kholm, ne se lancent dans une attaque immédiate sur tout le front, et avaient ordonné aux troupes à skis de se répartir sur la ligne de front, sur des dizaines de kilomètres le long de la seule route en dur de cette région morose, qui rejoignait Staraïa Roussa au nord. On nous envoya à Poddorie, où nous devions rejoindre le régiment qui hivernait un peu à l'ouest de cette bourgade.

Le jour commençait à poindre quand nous arrivâmes. Sur la neige rose, entre les troncs d'arbres, s'arrondissaient des collines blanches qui ressemblaient aux tumulus funéraires des Scythes. C'étaient des abris creusés dans la terre, où les soldats hivernaient. La neige en recouvrait certains, tous n'avaient pas de poêle, mais on nous mit dans les blockhaus chauffés. L'infanterie s'était recroquevillée depuis l'automne dans une sapinière marécageuse au bord du marais, que personne ne tentait d'occuper parce qu'il était impraticable. Sur la rive opposée, les Allemands en casque s'étaient pareillement massés sur la boue gelée. Il y avait de l'eau au fond des tranchées, qui se changeait avec le froid en couches de glace. La terre à peu près sèche dans les abris commençait plus près du remblai de la route, mais on ne pouvait creuser profondément nulle part. La route cahoteuse, sur laquelle les automobiles pouvaient passer prudemment, était contrôlée par notre division sur plusieurs kilomètres, puis laissait place à un secteur bombardé, où l'on ne passait que la nuit, par mauvais temps, pour finir par rejoindre la ligne du front, territoire disputé. À cause de ces conditions peu réjouissantes, le régiment que nous avions rejoint était approvisionné tant bien que mal, par intermittence.

Je fis tomber mon sac, me calai dans ma couverture et, amolli par la chaleur qui me submergeait pour la première fois depuis longtemps, je m'endormis, mais pour peu de temps. Quelqu'un me secouait l'épaule. Un briquet s'alluma dans les ténèbres, éclairant le visage grêlé et les épaulettes d'un capitaine. « Soloviev, remettez-moi vos armes et suivez-moi. » En voyant mon hébétude, il ajouta : « À l'état-major. » Je lui tendis mon fusil, et nous sortîmes sur le sentier durci et large comme un trottoir. Velijev – c'était le nom du capitaine – m'expliqua qu'on attendait un topographe depuis longtemps, que les cartes étaient inutilisables et que le commandant du régiment l'avait envoyé lui, l'aide du commandant d'état-major, pour chercher ce spécialiste au plus vite. Une maigre fumée s'échappait des tuyaux sortant de terre. Les abris, ici, étaient recouverts de terre et camouflés sous une couche d'herbe. Difficile d'imaginer comment on pourrait vivre dans de tels lieux au printemps. Velijev sursauta quand je posai la question : « Comment vous imaginez le printemps ? Maintenant, on peut enlever la neige, creuser tant bien que mal, et écoper l'eau. Mais dès la fin mai, vous serez envahi par les simulies, elles seront si nombreuses qu'aucun Hitler ne sera nécessaire, il suffira de passer une heure dans les tranchées. Elles vous boufferont tout crus, vos yeux saigneront, vous ne ferez que les essuyer. »

Krouglov me fit asseoir immédiatement à la table, et me passa un verre de thé. Son blockhaus était renforcé par des rondins de pin sur cinq rangées. Les pièces ressemblaient aux illustrations d'un manuel d'art militaire : des cartes sur les tables, des bancs pour les commandants de bataillon et de pelotons, des règles, des crayons, des compas, des gommes, un sol balayé, l'odeur de chandelles brûlées. Je me souvins des ombres de l'église de Vychegor et du marmottement des psaumes. Sur les murs, on voyait les portraits des architectes, phares et timoniers de la révolution, et le slogan « La victoire du communisme est inévitable ». À côté, il y avait des livres que je n'eus pas le temps de regarder, parce que Krouglov n'avait pas l'intention de retarder la discussion. « Soloviev, dit-il, je ne vais pas vous faire languir. Nous sommes en plein marais. Au sud, au nord et à l'ouest de nos positions, ce sont toujours des marais, sur des kilomètres à la ronde. Le marais principal est traversé de petites rivières qui n'ont toujours pas gelé. En conséquence, il n'y a là-bas ni fascistes ni nous, et tant que c'est le cas, je suis intéressé par le reste des environs. Vous savez comment sont nos cartes… » Je hochai la tête, lui faisant comprendre que je savais déjà. « Avec votre arrivée dans notre régiment, j'estime que ces cartes vont être corrigées. Stetchev, le lieutenant de notre service de renseignements, vous expliquera quels secteurs sont particulièrement importants pour nous. Vous lui ferez vos rapports. Dans certains cas, vous rendrez compte au chef d'état-major. Et dans les cas extrêmes, à moi, mais mieux vaut ne pas en arriver là. C'est clair ? » Malgré les mois passés en camp d'entraînement, je n'avais pas appris à me maîtriser, et je laissai mes yeux errer sur les livres. Je crus entrapercevoir Kant. Le commandant de régiment ne le remarqua pas et mit fin à la discussion en promettant de me fournir des assistants et de faire livrer les appareils et instruments nécessaires.

Le soir venu, un vent humide, un peu doux, se leva. Velijev me conduisit au blockhaus du chef des renseignements. Celui-ci sortit en tenant une cigarette roulée, me tendit la main, me regarda et soupira. Nous nous accroupîmes sur la place tassée par les bottes, le dos appuyé contre un pin. « Tu ne fumes même pas, dit-il, sortant deux feuilles de son giron. Celle-ci est allemande. » J'examinai la carte : ils utilisaient des couleurs un peu différentes, leur jaune était plus intense, plus proche de l'ocre, le relief était indiqué très en détail, même pour une carte au 1/100 000 ; par contre, les espèces et la hauteur des arbres ne les intéressaient pas. Stetchev me montra encore quelques feuilles volantes, puis sortit une carte soviétique au 1/100 000, et appuya son doigt sur un petit lac : « Lui, il n'existe pas : nous sommes allés voir, c'est une sapinière très épaisse, avec des arbres qui font plusieurs fois la taille humaine. Si le niveau du lac avait baissé, il se serait transformé en marais. Alors qu'ici... Je ne sais pas pourquoi ni comment, lieutenant, mais nos cartes sont de la merde, et pas les leurs. » Nous examinâmes encore un moment les feuilles, puis il dit, avec un doux accent du Sud : « Bien sûr, j'ai une explication. Il y avait des avions qui volaient de Moscou en Allemagne. Qui sait ce qu'ils portaient à l'intérieur, ce qui était caché dans leur fuselage et quel trajet chacun d'eux empruntait jusqu'à la frontière. Il a décollé, il vole... Et peut-être qu'il a fait un crochet au nord-ouest, survolé Rdeïa et tout photographié, et après, pfutt, à Berlin. Là-bas, des géodésiens comme toi ont tout déchiffré, et hop, ils ont une carte détaillée. – Ils ont survolé quoi ? demandai-je. – Rdeïa, répéta Stetchev. Cette région s'appelle Rdeïa. Et les marais d'ici sont l'ancien lac de Rdeïa. Ils ont toujours été habités par des fugitifs, et il en habite, semble-t-il, toujours, ils n'ont pas eu le temps de fuir. Il n'y a pas beaucoup de relief ici, seulement de temps à autre des rives hautes sur la Lovat et la Polist, sinon c'est de la plaine. Il n'y a nulle part où se cacher. » Stetchev soupira encore une fois, il avait l'air excessivement fatigué. Je lui expliquai que la photographie aérienne n'était pas encore suffisamment développée pour qu'on puisse, en survolant un pays étranger, le photographier et l'utiliser comme base pour une carte au

1/100 000. Il me promit de nouveau de m'envoyer des soldats pour m'aider, et nous nous séparâmes.

De retour au blockhaus, je pris mon barda et mes skis, et Velijev me montra l'abri destiné au topographe et à ses assistants. Des explosions avaient éclaté pas très loin de nous, avec un son sourd, étouffé. Cela dit, pas une branche de la forêt n'avait tremblé. Velijev se mit à expliquer que l'avant-garde se faisait mitrailler au petit bonheur la chance, parfois le matin, parfois la nuit, parfois tous les trois jours, et si au début ils cherchaient à y déceler un système, depuis que le front s'était figé et qu'il n'y avait pas d'ordres de déplacement, ils avaient laissé tomber la question. Je descendis dans mon caveau. Ses murs étaient couverts de givre, le sol était fait de planches bossues, quelqu'un avait laissé quelques bûches de pin sur une feuille de fer, devant le poêle à la porte tordue. Le feu démarra lentement et, regardant la première cendre, je me réchauffai, m'éloignai un peu, fermai les yeux, seul, et ce n'est qu'à ce moment que j'acceptai le nouveau monde dans lequel j'allais devoir vivre.

Les jumeaux vinrent au crépuscule ; je ne compris pas tout de suite comment les distinguer l'un de l'autre. Ils s'appelaient Kostia et Polouekt. Ils étaient nés au bord de la mer Blanche, dans ces villages où tout le monde avait des noms étranges. Par exemple, l'une de leurs tantes s'appelait Afrikanida, et leur grand-père avait été baptisé Christophore. La joue de Kostia était traversée par une balafre pourpre, gagnée dans une rixe pour défendre sa sœur à laquelle prétendaient un inspecteur du département de district et un capitaine de barque à voile. Il était énorme, mais lourdaud, s'occupait des chevaux et des traîneaux, et n'était pas très heureux d'avoir été affecté aux besoins de la topographie. Polouekt servait dans l'infanterie et était tout aussi immense. Je demandai aux jumeaux s'ils savaient quoi que ce soit des relevés topographiques, et compris que non, ils n'y connaissaient rien. Étant donné qu'ils étaient peu loquaces et donnaient l'impression d'être efficaces, je décidai de ne pas demander d'autres assistants. On m'avait donné un revolver, les jumeaux avaient chacun un fusil : c'était tout l'armement de notre petite troupe.

Les premiers jours, les jumeaux me regardaient comme une créature descendue des cieux. Mon manteau était neuf et pas raidi par le gel, sec, et mon camouflage semblait presque sortir d'une table à repasser. Et surtout, aucune vermine ne courait sur mon corps. Cela dit, je perdis vite ces avantages initiaux. Les poux survivaient au froid, et j'avais beau sortir mes affaires au gel et les fourrer sous la neige, ils reprenaient aussitôt vie et continuaient leur route de la doublure aux manches, puis sur mon dos, jusqu'aux aisselles. La chaleur de la chandelle que nous approchions des coutures, au risque de brûler le tissu, ne les effrayait pas non plus. Il y avait tellement de poux que j'avais parfois l'impression que mon col remuait, et quand je l'agitais et en expulsais toute une horde, la colonie n'en continuait pas moins de vivre et de se multiplier, comme s'il ne s'était rien passé et comme si des dizaines de camarades n'étaient pas tombés dans le vide. Tant que la route était contrôlée par les rouges, les compagnies se relayaient : une fois par mois, chacune partait une journée loin du front, et pouvait se laver dans une tente-sauna, tout en faisant chauffer les habits sur une plaque de cuisson. Cela voulait dire aussi dormir dans un lit avec des draps frais, boire cent grammes de vodka, et personne ne vous réveillait le matin, parce qu'on savait pertinemment que les poux reviendraient bientôt, que la première nuit sur le front les soldats sentiraient leur arrivée sur leur peau, espérant encore un instant, comme pour un mal de dents, que ce n'était qu'une impression, puis ils écouteraient leurs signaux nerveux et se résigneraient : ce sont eux. Plus tard, la ligne du front flancha tout à fait, d'autant plus que les routes devenaient boueuses et impraticables, l'approvisionnement fut de plus en plus irrégulier, tout comme les bains ; la faim et la puanteur s'installèrent. Les officiers rongeaient du pain de troupe, diluaient du concentré de soupe de pois. L'infanterie cherchait des ballots de nourriture que les pilotes allemands larguaient, manquant parfois leurs positions : on y trouvait généralement des conserves, mais un agent de transmission m'avait juré qu'autour du Nouvel An leur compagnie avait intercepté une caisse de vin de Moselle. L'infirmerie obligeait tout le monde à boire un mélange contre le scorbut : les aiguilles de pin avaient un goût terriblement amer et comprimaient tant la gorge qu'on était dans l'incapacité de parler pendant plusieurs minutes. Beaucoup, de faim, avaient la tête qui leur tournait, les sentinelles perdaient connaissance, même si les commandants, ayant rassemblé les hommes, avaient menacé de fusiller pour un tel manquement. Il fallait marcher loin du front pour trouver du bois mort, nous manquions de combustible. Mon corps était à nouveau habité par le froid. Et pourtant, c'étaient encore des heures de prospérité.

Nous étions à peine installés avec les jumeaux qu'une tempête de neige de plusieurs heures commença. Les flocons nous fouettaient, petits, maussades et monotones. Nous passâmes toute la matinée à dégager, avec des pelles-bêches, nos entrées et les chemins qui menaient au sentier, à la cantine et à l'état-major. On ne voyait plus rien à dix mètres, la tempête de neige devint encore plus violente, et dans ce chaos blanc, une silhouette s'avança vers nous. C'était Velijev, envoyé par le commandant, qui profitait du temps pour inspecter la ligne de front et demandait au topographe de venir prendre connaissance de la situation. Je mis mes skis et suivis Velijev. Un kilomètre plus loin, les arbres se courbaient de plus en plus bas, les pins étaient maigrissimes, et bientôt il ne resta plus que des bouleaux tordus, pas plus hauts que le fameux cosaque à la lance, assis sur son cheval. La ligne du front se rapprochait. Je m'attendais à voir des armes détruites et inutilisables, des cratères laissés par les explosions, et quelque chose se serra dans ma poitrine en reconnaissant la proximité de la mort : là, à l'instant, des bouts de fer invisibles pouvaient jaillir à travers le mur de neige, s'enfoncer dans mon corps et laisser des taches brunes sur ma chemise ou, s'ils atteignaient une artère, teindre mon camouflage d'un rouge de fête. Je craignais aussi les bruits brusques et assourdissants : le sifflement des mines, le mugissement des obus et les explosions, tout ce qui déchiquetait les tympans. Mais rien ne changea, les traces de skis à demi effacées passaient à travers un silence intact, puis descendaient discrètement dans un fossé. Nous laissâmes les skis et descendîmes, boitant et tordant nos chevilles en butant sur les mottes de boue couvertes de neige. Avant le gel, on avait réussi à ériger ici des murs de boue, à creuser des tranchées peu profondes, et à installer, sur les rares îlots en terre dure, des assises de bois pour les mortiers.

Nous arrivâmes finalement sur la première ligne des tranchées. À notre gauche et à notre droite, des combattants emmitouflés dans des chiffons tenaient leur position, certains fumaient au milieu de boîtes de conserve éparpillées, réussissant à brandir une cigarette roulée dans leur main enfouie dans une moufle. Des douilles traînaient çà et là, dans une puanteur de latrines. Quand le temps était clair, on apportait de la nourriture une fois par jour dans des thermos. L'ennemi avait compris depuis longtemps cette manœuvre et envoyait parfois un tir nourri sur les ravitailleurs, et dans des jours aussi désespérés les soldats de première ligne, déjà affamés et transis, restaient sans repas chaud et se cachaient du vent, priant pour survivre jusqu'à la prochaine tentative. Le commandant avait terminé son inspection. L'instructeur politique, qui était présent, courut à Velijev, lui murmura quelque chose à l'oreille et lui montra où était Krouglov. Nous avançâmes sur la gauche, passant devant des niches avec des tireurs, contournâmes les mitrailleurs – généralement, les hommes dormaient dans leur manteau-tente, tandis qu'une sentinelle montait la garde devant le talus – et entendîmes la voix de Krouglov. Les chutes de neige s'étaient arrêtées, je regardai par-dessus les tranchées, horrifié à l'idée que j'allais les apercevoir, dans leurs uniformes gris-vert, ou au moins leurs canons pointés sur nous. Mais il n'y avait qu'un marais blanchi comme j'en voyais depuis des semaines et, au fond du marais, un petit bois hérissé, qui s'avançait dans la tourbe en langues de terre étroites. On ne distinguait pas le moindre Allemand. La neige avait masqué les traces de combats, et tout ce qui était resté sur le terrain reposait en paix sur le marais gelé entre les rouges et les noirs.

Remarquant que Krouglov était seul, je me mis au garde-à-vous et commençai à lui faire un rapport sur les particularités des lieux et des relevés, et je conclus en lui disant qu'il me fallait recevoir au plus vite des instruments pour pouvoir avancer autant que possible avant le printemps. Krouglov m'écoutait d'une oreille distraite. « C'est bon, lieutenant, on vous fournira ce que vous avez demandé, dit-il. Vous me ferez votre rapport plus tard. Vous avez de la chance, vous arrivez juste pour l'émission de radio. Vous aimez écouter le poste ? » Je remarquai un appareil posé derrière lui, dans la tranchée. Il ressemblait à un gramophone, mais avec un pavillon rectangulaire et large comme celui d'un haut-parleur. « Non, dit Krouglov avec un petit rire, commençons par écouter les voix étrangères. » Les officiers, au milieu desquels je remarquai celui des renseignements, regardèrent leur montre. Une minute plus tard, un grincement sonore et un rugissement s'élevèrent à travers la plaine, comme si quelqu'un luttait avec l'aiguille d'un phonographe, puis une voix russe pas très forte, mais bien audible et sans accent, nous parvint des positions ennemies : « Frères ! Entre la révolution et la guerre civile, les bolcheviks ont tué deux millions de civils. Les années de famine et d'épidémie ont fait quatorze millions de morts. Dans les camps de travail forcé, dix millions de personnes sont mortes. La guerre a commencé depuis moins d'une année, mais des millions de gens sont déjà morts ou mutilés. Douze millions de Russes ont déjà échappé à la répression judéo-bolchevique en se rendant ou en devenant prisonniers. Frères, fuyez avant qu'il ne soit trop tard ! »

Il y eut encore un grincement sourd, et l'air de *Lili Marleen* s'éleva soudain au-dessus des marais. Krouglov se tourna vers l'officier qui s'était appuyé contre la paroi de la tranchée et se frottait les joues. « Fais jouer ta serinette, Neïman, ordonna-t-il, on va leur lâcher un bel obus de propagande rouge. » Neïman se redressa mollement, appuya sur l'appareil d'agit-prop et enclencha l'interrupteur. Le haut-parleur laissa échapper le tic-tac de secondes si fort qu'on avait l'impression que quelqu'un avait fourré une horloge cyclopéenne dans la machine. Puis une voix douloureuse dit en allemand : « Toutes les sept secondes, un soldat allemand meurt sur le front. » L'horloge fit à nouveau entendre son tic-tac, et toutes les sept secondes, la phrase fut répétée, encore et encore.

Krouglov s'approcha du haut de la tranchée et écouta. Enfin, il se pencha vers nous et hurla pour couvrir le bruit de l'appareil : « C'est bien les Russes : la révolution a eu beau leur ouvrir les yeux, ils écoutent avec respect tout ce qui se dit. Ils respectent les paroles des gens éduqués ! Ils écoutent, et croient. Même les plus malins. Ça ne peut pas être des paroles en l'air : ils mentent, bien sûr, mais il n'y a pas de fumée sans feu, ça ne peut pas être que des mensonges ! » À ce moment, l'appareil fit une pause, Neïman devait être en train de le remonter. Des cris arrivèrent de la ligne allemande, visiblement destinés à l'ennemi. Stetchev leva un doigt et tendit l'oreille. Dans le silence, plusieurs voix hurlèrent distinctement : « *Katioucha !* » « Quoi ?, s'étonna Krouglov. – Ils aiment *Katioucha*, lui expliqua l'agent des renseignements. Tout comme les nôtres aiment *Lili Marleen.* »

Nous entendîmes un claquement et un bruit aigu qui venait vers nous ; tout le monde se plia en deux. Quelque chose vola vers l'extrémité de la tranchée. Je me recroquevillai, et au moment où le bruit s'était calmé et où je me dis que les balles nous avaient manqués, la terre tressauta et une explosion retentit, si fort que mon oreille gauche s'emplit de ouate, et que la droite, quand j'essayai de dire quelque chose, n'entendait les mots que comme venus de très loin, comme si j'étais au fond d'un puits. Krouglov, à côté de moi, était appuyé contre la paroi de la tranchée, et examinait un morceau de papier qui faisait penser à un emballage. Je tenais à peine sur mes jambes, mais jetai un œil à la feuille. « La lutte est inutile ! Votre situation est désespérée. Pouvez-vous accepter que vos chefs vous envoient à une mort certaine ? L'idée communiste a échoué, et les bolcheviks se jouent de vous. Rejoignez les Allemands ! » Krouglov chiffonna le papier. « En principe, j'interdis de les ramasser, grommela-t-il. Les instructeurs politiques surveillent, mais, franchement, sans trop de zèle, parce que, quand on n'a même pas de papier pour une cigarette, qui oserait interdire d'utiliser ça pour s'en rouler une ? Bon, Soloviev, cette émission n'était pas terrible. Le soir, ils font mieux, sur une vraie radio ; allons écouter. » J'acquiesçai. « T'as l'air mal, lieutenant », dit-il, approchant son visage.

Pendant tout le chemin vers l'état-major, je frottai mes oreilles, mais rien n'y faisait. À l'abri, le radio alluma l'appareil et informa que l'émission avait commencé, comme toujours, par *L'Internationale*. Dans les enceintes, un homme lançait des appels avec une *prononciation** particulière, faisant des pauses pour réfléchir, sa voix traduisant une réelle solennité.

« Nous continuons l'appel des radios léniniennes sur le front et l'arrière. Commençons par Leningrad. Camarades de Leningrad, allô, allô ! Réglez-vous sur notre fréquence !

– Allô, allô ! Ici les camarades léniniens de Leningrad ! Les Léniniens du front nord.

– Allô, allô ! Camarades léniniens de Moscou, réglez-vous sur notre fréquence.

– Allô, allô ! Ici l'organisation léninienne de Moscou !

– Allô, allô ! Léniniens du front sud-ouest, vous nous entendez ?

– Allô, allô ! Ici Kiev, ici les Léniniens du front sud-ouest.

– Allô, allô ! Les Léniniens du Caucase !

– Allô, allô ! Ici les Léniniens de Tbilissi ! Ici les Léniniens du Caucase, nous vous entendons.

– Camarades, avant de passer à la situation sur le front, nous devons transmettre les instructions à nos "groupes S" de Leningrad, Moscou, Batoumi, Sébastopol, Krasnodar, Rostov, Novorossiisk, Odessa. Les résolutions du 1er novembre de cette année doivent être appliquées dans ces villes au moment opportun, tout particulièrement pendant les bombardements allemands. Agissez avec prudence. Et maintenant, un court état des lieux sur le front. Grande concentration de forces à Leningrad. Les fascistes bombardent la population. On manque de pain et d'habits chauds dans la ville, ainsi que d'abris pour se réfugier pendant les bombardements. Les épidémies prolifèrent. Les gens tombent comme des mouches. Les déserteurs dévalisent les magasins d'alimentation. Leningrad est au bord de la catastrophe. Il y a de plus en plus de révoltes dans les casernes. Leningrad brûle à plusieurs endroits. Les équipes de pompiers féminines ne sont pas en état de sauver la ville. Leningrad, cette grande ville de Lénine, est menacée de subir le sort de Varsovie et d'autres villes aux mains des bandits fascistes. Tout cela à cause de la politique criminelle de Staline. Moscou subira le même sort que Leningrad. La situation est terriblement grave. Nos troupes se replient sur le centre du front ouest. Les forces ennemies continuent leur progression sur le front sud. Nous, les vieux bolcheviks-léniniens, nous ne craignons pas la vérité et ne voulons pas la cacher à la population, car nous savons que cette guerre est absurde et criminelle, l'armée allemande étant plus forte et mieux équipée que la nôtre. Notre flotte ne peut pas non plus nous aider. C'est pourquoi, je vous le demande, n'est-ce pas une folie de continuer la guerre ? Les fascistes affirment qu'ils ont capturé un million et demi d'hommes, et que trois millions et demi de Russes ont péri sur le front. Selon nos renseignements, nous savons que ces chiffres sont justes, et malgré cela, Staline continue sa guerre criminelle. Le jour viendra bientôt, où nous vous appellerons à une bataille décisive. Le droit c'est la force. Mieux vaut être capturé que de sacrifier inutilement sa vie. À bas Staline !

Le Politburo léninien provisoire
du Parti communiste d'URSS »

Ensuite, ils diffusèrent encore une fois *L'Internationale.* Le commandant se leva, éteignit le poste et m'invita d'un geste à m'asseoir. L'ordonnance apporta un samovar, des tasses et un bol en aluminium avec du pain de troupe. Krouglov, sans rien dire, déchirait une boîte d'allumettes vide.

– Vous êtes membre du parti ? me demanda-t-il finalement.

– Non.

– Alors vous ne comprendrez pas non plus. Le communisme est inévitable. Les peuples finiront par admettre que l'unique organisation juste de la société, c'est une société d'êtres égaux. Depuis vingt ans, nous sommes occupés à refaçonner l'homme russe, et pendant ce temps les pays européens se sont enfoncés dans l'inégalité. Les impérialistes colonisateurs n'accepteront la vérité que lorsqu'ils verront notre puissance.

– Je vois les choses un peu autrement, dis-je en choisissant mes mots, car je n'étais pas certain qu'il ne sortirait pas son pistolet. Quelle égalité avons-nous à donner en exemple : l'égalité dans la pauvreté et la pression sur les gens privés de droits ? Nous n'avons pas d'autre égalité. J'ai vu comme vivaient les juges, je sais que les chefs du parti ont des privilèges...

– Vous avez raison, il y a beaucoup de saleté, m'interrompit Krouglov, et nous n'avons pas tout nettoyé. Vous me plaisez, on voit rarement quelqu'un qui pense droit, il nous faudrait plus de gens comme vous au parti. Quand tout cela sera fini, je vous ferai une lettre de recommandation, même si vous avez blêmi devant le tir d'agit-prop. Nous sommes en chemin, Soloviev. C'est un très long chemin, mais son issue est déjà déterminée. Il ne peut en être autrement. C'est un axiome, et je crois en lui, je suis un vieux communiste. Les Russes ont mûri longuement cette idée, elle a pris racine dans notre conscience. Il ne peut pas y avoir de propriété, tout est don de Dieu, et même les propriétaires terriens ou d'usine ne possèdent rien, ils sont juste des utilisateurs provisoires, et malheur à eux s'ils pensent que ça leur appartient. Simplement, au lieu de Dieu, nous avons le peuple laborieux, c'est tout.

– Attendez, mais un propriétaire n'est-il pas un homme laborieux ? Je sais que ça ne vous plaira pas, mais quand Stolypine a précipité les paysans dans la vie indépendante et la possession, nombreux sont ceux qui ont compris immédiatement que c'était leur propriété. Ils étaient prêts à défendre ce qui était à eux, et travaillaient différemment.

– Ça, c'est déjà de l'individualisme, déclara Krouglov en riant. Il n'y a rien « à eux ». Lénine disait déjà que votre Stolypine avait cent ans de retard, ou peut-être deux cents. On vient tout nu au monde, et on en sort aussi tout nu. L'homme nouveau ne doit pas s'agripper à l'ancien monde, ni à la terre, à des biens, à une maison. Tout est commun, et à chaque instant, on doit être prêt, seul ou avec sa famille, à partir là où la volonté du peuple vous enverra. Les Européens résistent à ça pour le moment, ils se sont éloignés de la voie du communisme, ont subi Hitler, et maintenant ils regardent comment nous le combattons. Pour eux, c'est comme si deux serpents s'affrontaient, l'un mord l'autre et l'empoisonne, tandis que le second l'étrangle. Mais quand la guerre sera terminée, ils ne se détourneront plus de notre bon droit, ne nieront plus que nous avons raison.

– Vous parlez comme un homme religieux, dis-je, frottant mon oreille assourdie. Sauf que, au lieu du Christ, vous avez le communisme mondial, dont l'avènement est certain et que rien n'empêchera.

– Soloviev, vous êtes peut-être droit, mais vous n'avez pas l'âme communiste. C'est pourquoi vous voyez seulement ce que nous avons sous les pieds, et vous ne pouvez pas regarder au loin. Vous pouvez examiner votre carte, mais pas embrasser tout le globe terrestre. Moi, je ne suis pas aveugle, et je vois tout : il y a des vols même ici sur le front, on détrousse les camarades, d'autres cherchent leur intérêt, et beaucoup ne se préoccupent pas de savoir s'il y a le socialisme ou autre chose ; on pourrait enlever leur uniforme et mettre un uniforme tsariste ou français, ça ne changerait rien pour eux. Je vois quels instructeurs politiques ils nous envoient : des ignorants. Moi, un militaire de carrière, un vieux communiste, je ne peux pas les écouter. Il n'y a rien sous leur agit-prop. Rien d'étonnant si les soldats ont trois thèmes de discussion : la mort – qui a été déchiqueté où et comment –, les bonnes femmes et la bouffe. Les officiers sont mal formés et ne savent pas diriger, ils sont tout juste bons à hurler : « À l'attaque ! » Et encore, là, nous avons un front fixe. Mais si nous devions passer à l'assaut, changer de position, faire une manœuvre compliquée ? Beaucoup s'enfuiraient, certains dans les bois, d'autres se rendraient. Ne faites pas la grimace, je leur dis la même chose en face. Quand vous avez déjà passé cinq mois la gueule dans la boue, vous n'avez pas peur d'être direct. Ce sont les généraux qu'on promène d'une armée à l'autre, mais un colonel, dans un trou pourri comme ça, loin de tout... Il termine la guerre là où il l'avait commencée. Je vais vous dire pourquoi ma foi est solide : parce que l'Histoire a une logique implacable. Aux propriétaires d'esclaves ont succédé les asservisseurs, aux tsars, les parlements. L'étape suivante est l'égalité universelle, libre de ces salauds, plus le parti, véhicule des intérêts authentiques de l'homme nouveau.

Je compris qu'il était impossible de discuter avec Krouglov, mais je n'avais aucune envie de quitter l'abri chauffé, le samovar et le pain grillé. Soit sous l'effet de la chaleur, soit parce que c'était la première conversation intelligente que j'avais depuis de longs mois, je me mis à parler sincèrement.

– Je crois que vous ne sentez pas le problème de ce nouvel homme. Il ne sait pas ce que sont la compassion, l'empathie, l'attention envers son prochain, le désir de comprendre ne serait-ce que son voisin et de lui faciliter un tout petit peu la vie. Le parti ne cherche pas à éduquer les citoyens dans ce but. Nous sommes en manque de compassion, et non d'hégémonie mondiale. Une fois que le frère s'est battu contre son frère, et que les citoyens avec des droits ont confisqué le blé aux citoyens sans droits, après cela il faut soigner ces blessures, elles ne cicatriseront pas toutes seules. Mais vous, vous voyez des ennemis partout : il faut éliminer les uns, réprimer les autres – construire, semer, moissonner et se battre pour le communisme sur toute la Terre. C'est une utopie. Maintenant, d'ailleurs, on se bat contre le même genre de personnes, des utopistes, sauf que, au lieu du prolétariat, ils ont la race aryenne.

Krouglov me regardait à travers la fumée de sa cigarette. Il regrettait visiblement d'avoir commencé cette conversation. Je me représentai vivement dans une pièce, avec lui, au moment où on introduisait des aiguilles sous les ongles d'un suspect. Mais le commandant décida que j'étais quand même un idiot sincère, et pas un provocateur. D'autant plus qu'ils avaient des problèmes pour les reconnaissances de terrain dans le régiment, et il était plus simple de faire semblant de m'éduquer que de m'arrêter et d'attendre un nouveau topographe.

– Après, Soloviev, soupira-t-il. La compassion, l'apaisement, ça viendra après. Encore une fois, vous voulez tout, tout de suite. Nous sommes encerclés, il faut se débarrasser des traîtres sans la moindre pitié. Vous vous souvenez de la dernière fois où l'on a cru que le temps de l'apaisement était venu ? Même le camarade Staline y a cru et a dit dans un discours que la vie était devenue plus joyeuse et qu'il fallait lâcher un peu les rênes. Et qu'est-ce que ça a donné ? La contre-révolution a gagné du terrain ! Il faut absolument isoler ceux qui ont la nostalgie de la vie au temps des tsars. Et aussi les communistes épisodiques, déçus, qui peuvent gangrener le parti. Si on ne nettoie pas, on ne pourra pas créer l'homme nouveau. Ce n'est qu'une fois débarrassé du joug de ses propres désirs, quand on agit selon les besoins du parti, qu'il est possible d'atteindre la vraie liberté. Il y aura toujours des renégats et des égoïstes pathologiques, mais en gros, lieutenant, on n'échappe pas au progrès. C'est pour ça qu'on n'a pas peur de mourir, et qu'on se battra jusqu'au bout. On se bat pour l'avenir de l'homme...

Bientôt, avec le convoi de ravitaillement, je reçus ce que j'avais demandé : la planchette topographique, le trépied, le porte-cartes, la mire, la peinture, les pinceaux, l'encre de Chine, le tire-ligne, et même des blocs-notes pour les croquis. Pendant environ une semaine, nous fîmes des relevés de terrain sur des secteurs aux alentours du village le plus proche, Belebelka. Les chevaux s'empêtraient dans la neige. Les jumeaux avaient tressé des sangles qui ressemblaient à des harnais et glissaient sur leurs skis, portant sur le dos les caisses de bois avec les instruments dans leurs étuis. Je n'exigeais pas grand-chose d'eux : rester debout et tenir la mire, en se relayant s'ils avaient trop froid, pendant que j'allais de piquet en piquet et que je corrigeais le plan sur la planchette. À notre retour, je gagnais le blockhaus des renseignements, y complétais mon esquisse au crayon avec des couleurs et leur donnais la carte. Il ne nous manquait plus qu'un secteur.

Le temps était devenu plus doux, la neige commençait à se tasser sous nos semelles, une odeur de pin circulait. Il n'y avait plus de fart pour les skis depuis longtemps, et nous partîmes encore à la nuit, lentement, en jurant. Nous trouvâmes rapidement le marais, qui ressemblait au contour d'une virgule. Il n'était pas très différent de ce que le cartographe avait dessiné trente ans plus tôt. Je plaçai les jumeaux avec les mires, réglai ma planchette, respirai l'air de mars, et j'étais en train de tourner la vis de réglage quand le ciel tonna de plusieurs côtés à la fois, le bruit se répandant par vagues assourdissantes. Après une seconde de silence, des obus éclatèrent près de nous, derrière le bosquet, la terre fut soulevée. Kostia et Polouekt coururent dans ma direction, s'enfonçant et tombant. Je n'entendais pas leurs cris et me penchai vers les caisses, me mettant à essuyer les instruments, qui n'avaient pas eu le temps de se mouiller.

Le silence tomba sur nous pendant une minute, puis les armes commencèrent à tirer en désordre, on entendit des coups de fusil et les rafales des mitrailleuses. Les jumeaux taciturnes se mirent soudain à jurer comme s'ils vomissaient des mots. Je n'avais aucune idée de ce qu'il fallait faire, j'étais pris de tremblements et je me mis à les injurier à mon tour. D'après la carte, si nous voulions rentrer au campement, il nous fallait passer par les combats. Un grondement épais parvint de la route pour Belebelka. « C'est leurs putains de tanks ! cria Kostia. Les nôtres ne mugissent pas comme ça ! » Des milliers de pensées tournoyaient dans ma tête, je n'arrivais pas à en attraper une seule pour ordonner ce chaos. Finalement, je décidai que nous nous cacherions jusqu'à la nuit tombée dans la partie de la virgule depuis laquelle on voyait la plus grande portion du marais et la ligne de la rive. Kostia et Polouekt chargèrent les caisses sur leur dos, et sous le fracas et les mugissements des armes, je suivis mes fidèles écuyers sur l'autre rive, glacé d'horreur et m'attendant à chaque seconde à ce qu'un obus perdu fonce droit sur nous. Les jumeaux aimaient discuter des diverses façons dont les soldats étaient tués, et la veille ils avaient raconté qu'un sergent avait été déchiré en deux par une explosion, avec ses intestins intacts se déroulant sur la neige entre les deux parties de son corps. J'avais failli vomir le concentré de soupe de pois et, à travers les pulsations de mes tempes, je n'avais qu'une idée : Faites que je ne sois pas déchiqueté.

Appuyé contre un pin, Kostia finit le thé dans le couvercle du thermos, en versa de nouveau et me le tendit. Il nous restait deux heures avant le coucher du soleil. Je pris le couvercle, mais au même instant quelque chose me souleva en l'air puis me jeta contre terre, m'assourdissant complètement et me couvrant de neige. Quand je revins à moi, je vis un double Polouekt qui m'avait saisi comme une bûche et qui me disait quelque chose d'inaudible. Son visage tournoyait comme si nous étions sur un carrousel. La terre tressauta et se souleva encore, mais cette fois j'entendis un coup sourd et le bruit lointain d'une explosion. Puis encore une fois, et encore une, déjà plus loin. Les coups se fondirent en un marteau enflammé qui éclairait d'une lueur orange les ténèbres tremblotant devant moi et me frappait sur la tête, m'obligeant à me recroqueviller en position fœtale dans un petit creux de terrain comme dans le ventre de ma mère. Kostia, qui avait rampé jusqu'à nous, aida son frère à me relever, à m'enlever mes bottes de feutre, à mettre mes pieds dans les bottines de ski et à serrer les lacets. Chancelant et tombant quand quelque chose éclatait près de nous, nous nous éloignâmes de la rive. Pourquoi diable tiraient-ils sur nous, peut-être qu'ils avaient mal réglé le tir, ou qu'un éclaireur avait pris nos silhouettes en tenue de camouflage pour un régiment qui avançait à l'arrière. Ou peut-être que, selon une logique qui nous échappait, les Allemands nettoyaient secteur après secteur, et que c'était le tour du nôtre. Nous pensions nous être éloignés de ce maudit secteur, quand l'air éclata tout près de nous, et un terrible craquement se mêla au fracas. Je fus projeté dans un tas de neige, et j'aperçus des cristaux de glace juste devant mes yeux : les carrés transparents chatoyaient et formaient de gros grains. Je découvris qu'avec mon reste de conscience, tapi dans un coin de ce qui ressemblait à une chambre obscure, je priais pour qu'il n'y ait pas d'autre obus. Je ne me rappelle plus combien de temps je restai étendu là. Les explosions continuaient, mais plus loin, et la terre ne se soulevait plus, se contentait de me donner un léger coup dans le ventre. Je revins à moi avec le sentiment étrange qu'il faisait très chaud dans mes pantalons. Je palpai mes habits et compris que je m'étais vidé de mes fèces et de mon urine. À quinze mètres de moi, un pin avait été déchiqueté, sa cime s'était écroulée entre moi et les jumeaux, sa frondaison recouvrant Polouekt. Son bâton dépassait des branches. Assourdi, traînant un pied sur un ski, le second ski ayant disparu, j'avançai péniblement vers lui. Kostia apparut à son tour, et commença à dégager son frère des branches.

Celui-ci finit par revenir à lui, porta ses mains à sa tête qui avait été heurtée par une branche assez lourde, et se mit à gémir : sa joue était coupée et saignait.

Pour la première fois de ma vie, la sensation de la carte venait à me manquer : je ne savais pas où nous étions. Je n'avais pas la force de m'orienter, et dès que je regardai le plan, le bois se mit à tanguer avec ses chemins de campagne, les ronds des buissons et les tirets du marais, et à cette vision ma tête tourna si fort que je faillis rendre tripes et boyaux. Je demandai aux jumeaux d'attendre une accalmie dans la canonnade et d'écouter de quel côté était la route. Ils restèrent assis un moment, reprenant leur souffle, puis guettèrent un intervalle entre les salves et entendirent un rugissement qui rappelait celui d'un tank. L'une des caisses s'était brisée, mais les instruments eux-mêmes étaient intacts. Mettant notre bagage sur le dos, chancelant et nous tenant aux troncs, nous nous dirigeâmes vers la route, nous arrêtant de temps en temps pour nous assurer que nous allions dans la bonne direction. Bientôt, le grondement disparut, le martèlement des pistolets-mitrailleurs s'éloigna et retentit de plus en plus rarement. Les nuages gris semblaient bordés d'un liseré cramoisi. Le soir tombait, nous avancions au hasard.

La route apparut dans un bas-fond, comme s'il n'y avait pas eu de remblai, et ses ornières serpentaient à travers les marais. Elle était vide, avec des rigoles herbeuses sur les bas-côtés. Les tirs s'étaient éloignés, puis cessèrent. Il gelait, les troncs des arbres étaient encore nettement visibles, et la couche bleue de neige glacée brillait dans la pénombre. Les skis avançaient mieux, même s'il fallait franchir les traces des tanks pareilles à des tranchées, et après le premier virage, nous débouchâmes devant lui. Il gisait à terre, le haut de son corps tout tordu, les jambes brisées, pareil à un moustique écrasé. Son visage fatigué était du même ton vert que son uniforme, et une flaque noire s'était figée sous sa tête. Toujours assourdi, les cloches sonnant le glas dans mon crâne, je devinai lentement que c'était un Allemand. Je m'étais souvent imaginé me trouver face à un Allemand, ce serait un prisonnier, un pilote de la Luftwaffe ou un fantassin de la Wehrmacht, ou peut-être qu'il y aurait une bataille, et je les verrais arriver vers moi à travers la forêt, apparaissant entre les troncs d'arbres, une vague de mentons carrés, d'yeux transparents, de casques prédateurs, et à présent je me penchai vers lui, fixant son visage slave, qui ne se distinguait en rien et qui avait même pris dans la mort une expression pareille à celle de nombre de mes camarades de régiment. Les jumeaux n'arrivaient pas à s'approcher et à fouiller les poches du cadavre. Mon ventre se contracta, parce que l'espace d'un instant j'eus l'impression que mon propre corps gisait dans cette ornière, et je me détournai brusquement, ayant retrouvé, au milieu des explosions et des cloches de mon cerveau, un petit morceau d'été à Iartsevo, quand grand-mère Fossia, assise devant un saule sur la rive de la Vop, m'avait dit : Ne regarde pas les morts, si tu examines trop longtemps son visage, le mort viendra dans ton corps. Elle cousait pour nous des poupées sans visage – je ne sais pas ce qu'en pensaient les saints si sévères de ses icônes. Je ne voulais pas que l'Allemand vienne dans mon corps, mais je n'étais pas sûr de pouvoir l'en empêcher.

Un peu plus loin sur la route, d'autres corps formaient des tas de hardes. L'un avait rampé sur le bord, laissant une trace huileuse, un autre était paisiblement étendu sur le dos, les mains croisées, comme s'il voulait qu'on le soulève délicatement dans cette position pour l'étendre dans un cercueil. Puis nous aperçûmes un soldat de notre régiment, étendu sur le flanc, les jambes allongées, comme s'il s'était endormi sur la couchette d'un wagon chauffé. Kostia attrapa le fusil resté au sol, tandis que moi, me débattant entre des idées devenues aussi lourdes que des rochers, je me disais que tous ces morts non enterrés, rejetés sur le bas-côté par les convoyeurs, formeraient un chœur innombrable d'âmes sorties des corps, mais non libérées par les prières des défunts, et qui resteraient suspendues, errant au-dessus de ces lacs, rivières, bosquets de pins, sous toute la fourrure d'aiguilles et de branches de la terre. Encore un virage, et dans la dernière lueur du couchant nous aperçûmes un tank. Il flottait une odeur âcre de brûlé, et de quelque chose de chimique. L'essence coulait sous les chenilles du tank, qui était couvert de suie comme une marmite ; de la fumée s'élevait au-dessus de l'écoutille. Des petits tas de chiffons brûlés étaient éparpillés à côté du char ; quand nous nous approchâmes, nous comprîmes que c'étaient les passagers du tank transformés en carcasses carbonisées. Plus loin, un autre tank carbonisé était incliné sur le côté, ayant perdu une chenille. Son équipage avait, semble-t-il, pu s'échapper, un seul corps gisait sur la route. Nous avions l'impression d'avoir pénétré dans le royaume des morts, où nous nous enfoncions toujours plus avant, ayant perdu la sortie.

Je savais qu'il ne fallait pas le faire, mais comme si je m'étais saisi par la nuque et que j'avais pointé dans la direction, je m'obligeai à examiner le corps écrasé et déchiqueté dans son camouflage sale, d'où dépassait un bras désarticulé qui semblait saluer le ciel. Le haut du visage était inexistant, remplacé par quelque chose d'humide, et à la place du bas il n'y avait plus qu'un morceau de mâchoire avec une langue longue et tordue, qui semblait descendre presque jusqu'au ventre. Pris de nausées, je toussai et vomis si fort que je faillis m'étouffer. Les jumeaux s'étaient détournés. Je rampai jusqu'au bas-côté et, m'efforçant de retrouver mon souffle, j'attendis que les nausées cessent. Puis je me mis d'abord à genoux et, m'aidant de mes bâtons, je me relevai. Je sentis que j'avais retrouvé l'ouïe, et que les cloches retentissaient désormais dans ma nuque, d'où elles me parvenaient avec un son un peu étouffé, comme une horloge qui sonne dans une pièce éloignée.

Un martèlement saccadé se fit entendre du côté de la ligne de front, bruit de motos ou de chenillettes. Nous courûmes aussi vite que possible dans les sapins, nous faisant griffer et gifler par les branches, perdant nos bâtons, et cent mètres plus loin nous tombâmes le visage dans la neige. Immobiles, nous écoutâmes : des engins plus petits avançaient sur la route. Je sortis la carte et me plongeai dedans. Il restait encore quelques kilomètres jusqu'au campement si nous passions sur les sentiers ou rejoignions nos traces du matin, mais impossible de savoir quelles positions nous pouvions rencontrer sur le chemin, et sur quel territoire nous étions désormais. Je décidai qu'il valait mieux avancer dans la nuit en suivant l'azimut que de prendre des risques. Sur une clairière d'aulnes, un animal avec un bâton jaillit devant nous en criant. Pendant que je me figeais, dans la neige jusqu'à la taille, Kostia sortit le fusil et le visa. L'animal baissa son bâton en jurant. C'était un soldat de notre régiment qui avait été envoyé d'urgence, avec le reste du bataillon, pour tenir la route. Son bras gauche pendait le long du corps, son épaule ayant été touchée par une balle.

Nous la bandâmes tant bien que mal. Le commandant avait eu le temps de leur expliquer la situation : les Allemands avaient attaqué la division de Poddorie à Kholm, sur toute la ligne du front, afin de distraire nos forces de leurs tentatives de pénétrer en tank, par Loknia, dans Kholm encerclé. La deuxième tâche des noirs était non seulement d'effrayer l'adversaire, mais aussi de déplacer la ligne du front plus près de la Lovat, et d'empêcher notre régiment et les voisins d'être ravitaillés par la route. Quand nous rejoignîmes les abris, n'ayant rencontré aucun adversaire sur le chemin, il s'avéra que les Allemands avaient réussi et que notre division n'avait plus que quinze kilomètres de route jusqu'à Kholm, tandis que toute la partie nord, jusqu'à Staraïa Roussa, était tombée aux mains de l'ennemi. Le bois était encore plein de réservistes qui n'avaient pas eu le temps de rejoindre les combats. À la lumière de la lune, leurs ombres les faisaient ressembler à des anges voûtés et effrayés ; ils appelaient les blessés.

Au matin, nous nous retrouvâmes sous la neige. Le vent nous jetait des pleines poignées de flocons au visage. On nous fit tous lever avant l'aube, pour récupérer les morts avant qu'ils disparaissent sous la blancheur. J'avais mal partout, de la nuque à mes pieds meurtris. Nous cherchions les morts en ratissant le bois, leur enlevions leurs bottes et leurs manteaux, puis les essayions en nous éloignant un peu. Nombreux étaient ceux qui cherchaient les Allemands du regard : leurs baïonnettes faisaient d'excellents couteaux, et on pouvait trouver dans leurs poches des torches électriques, des cigarettes roulées, des briquets et d'autres petits objets que la plupart d'entre nous triaient une fois dans leur abri. Chez nos hommes, nous prenions les pièces d'identité, mettions les corps dans des manteaux-tentes et les portions aux camions qui attendaient les cadavres sur le chemin serpentant le long du collier de lacs en direction de Poddorie. À l'arrière, on préparait des tombes, creusant pour économiser les explosifs, il n'y en avait plus beaucoup, et faisant des tumulus avec la terre. On emballait les fusils dans les mêmes manteaux, les apportait vers le feu et les déposait sur une bâche. J'eus à nouveau l'impression que les intendants portaient avec peine dans la tombe non pas un corps sans nom, mais moi, mon visage, mes mains. Cela continua plusieurs jours, les jumeaux et moi nous passions nos journées allongés dans l'abri, n'en sortant que pour aller chercher du bois. On n'avait pas encore installé de route de contournement pour le ravitaillement, et nous en étions à sucer des croûtes de pain et échanger les conserves allemandes retrouvées contre des cigarettes également allemandes, enlevées aux morts. Kostia passait ses journées couché, tourné vers la paroi, tandis que Polouekt n'arrêtait pas de chauffer de la neige et de mâcher – d'abord une bouillie de glace, puis ses lacets et sa ceinture.

Je m'enfonçai dans l'oubli et y restai jusqu'à l'arrivée de Velijev, qui m'ordonna de me rendre à l'état-major. Je me levai, bougeant avec peine les jambes, glissai avec haine mes pieds dans mes bottes de feutre et me traînai à l'état-major. Devant lui, je trouvai Krouglov, son adjoint et l'officier des renseignements en train de fumer. Je devinais quels relevés on me demanderait de faire : la ligne du front s'était incurvée, peut-être que quelque part elle s'interrompait, et il fallait fixer les changements de situation sur les secteurs dont notre bataillon s'était emparé au moment de la contre-attaque. Mais Krouglov me communiqua autre chose. « Soloviev, commença-t-il sans manifester d'aucune façon qu'il se souvenait de notre conversation, vous êtes l'unique topographe sur une cinquantaine de kilomètres à la ronde. Il y en avait un second, mais il a été tué. Vous allez devoir travailler pour plusieurs régiments. Pour commencer, bien sûr, vous allez répertorier les positions que nous avons reprises à l'adversaire. Vous et vos assistants serez accompagnés de combattants du régiment des renseignements. Vous viendrez me faire votre rapport, puis on vous enverra sur de nouveaux secteurs. » On voyait qu'il était déçu, mais qu'il ne pouvait rien faire. Je grommelai quelque chose comme « permettez-moi de terminer d'abord le travail que j'ai commencé », mais le colonel m'interrompit : « Non, c'est urgent. On se battra avec les vieilles cartes – les éclaireurs les corrigeront comme ils pourront. »

Nous partîmes vers midi. J'avais mal à l'épaule et aux jambes, les jumeaux toussaient, nous avancions avec peine nos pieds meurtris. Kostia, pendant son sommeil, avait serré si fort la mâchoire qu'une de ses dents s'était cassée et un éclat était rentré dans son palais. Les agents qui nous accompagnaient fronçaient les sourcils et maudissaient un certain Netchiporouk, à qui ils avaient demandé de récolter les lampes de poche des Allemands tués, et qui n'en avait rapporté qu'une seule, qui plus est une lampe de signalisation où, si on tournait la poignée, on pouvait changer le verre rouge en blanc ou vert, qu'est-ce que les renseignements pouvaient faire d'un pareil phare ? Leurs voix bourdonnaient au loin, tandis que devant moi tanguait à chaque pas le visage de l'Allemand que j'avais vu sur la route. En approchant des positions, mes muscles s'étaient réchauffés, et je réglai machinalement ma planchette, faisant les relevés d'une petite clairière dans le bois – pas une terre défrichée, mais, semblait-il, un lieu où on avait autrefois abattu des arbres –, dessinai sur le plan avec mon crayon obtus que j'avais, dans la hâte, oublié de tailler. Les agents surveillaient l'orée du bois. Un détachement de leur compagnie passa par là, il ne perdait pas non plus de temps et, pendant que les choses étaient calmes, étudiait les environs de la nouvelle ligne de front. Après un quart d'heure, ce détachement tomba sur l'infanterie ennemie. Des détonations retentirent, d'abord de fusils, puis de mortiers, et bientôt ça rappelait le combat que nous avions entendu près du lac broussailleux. Je fus pris de la même horreur qui m'avait paralysé sur mon fauteuil au moment du jugement factice de l'étudiant. Les coups de feu me faisaient terriblement mal aux tempes et, oubliant toute subordination, j'appelai les jumeaux en criant. Ils comprirent tout et se hâtèrent de ranger la mire et le trépied. Le combat était de plus en plus intense, le détachement des renseignements avait rejoint les autres sur la ligne de défense, avait fait feu, les Allemands répondaient. Des explosions retentirent à droite et à gauche, les mitrailleuses commencèrent leurs rafales, et finalement le gros de leur infanterie décida d'attaquer. Peut-être voulaient-ils en profiter pour regagner les positions perdues, ou peut-être avaient-ils pensé qu'on tentait de les repousser encore plus loin et s'étaient-ils lancés dans une contre-attaque ; toujours est-il que, alors que nous repartions à toute vitesse en arrière sur nos traces, nous nous retrouvâmes en plein dans la ligne de mire. De chaque côté des bosquets, des tirs avaient éclaté, et se rapprochaient. Nous foncions comme des fous sur nos skis et fûmes bientôt hors d'haleine. Désespérant d'échapper aux combats, nous trouvâmes un petit ravin et nous jetâmes dedans. Nous nous débarrassâmes de nos caisses, sacs, skis, reprîmes notre souffle. Mais quand nous voulûmes sortir, la terre se mit à exploser près de nous, nous envoyant des jets de neige, le souffle des tirs nous heurtant la poitrine. « Le mortier », gémit Kostia. Non loin du bord de la ravine, une explosion suivie d'une coulée blanche nous fit tous tomber, et, sans nous être concertés, nous recouvrîmes en quelques secondes les caisses de neige et sortîmes de notre abri, nous enfuyant, malheureusement, dans des directions différentes.

Cent mètres plus loin, je me retrouvai à peu près sur la ligne de feu, mais tout de même un peu plus du côté des nôtres. L'expression « les balles sifflaient » prit corps, sauf que les balles ne sifflaient pas, mais hurlaient. On me fit des gestes des bras, et je rampai entre les arbres clairsemés du côté de celui qui gesticulait. Au même moment, il fut atteint par un tir de mortier. Je perdis à nouveau l'usage de l'ouïe, mais j'entendis tout de même des cris dans ma langue, émanant de ceux qui quittaient la position. Je me faufilai jusqu'à la lisière du bois, et m'écroulai dans une sapinière épaisse où se cachait celui qui m'avait appelé. Je l'aperçus alors, juste à côté de moi.

Des parties de son visage bougeaient chacune de leur côté, le sourcil et une joue pendaient vers le bas, sa bouche sautait, comme si le moribond se lamentait, son œil gauche était sorti de l'orbite et se balançait sur son muscle glissant, tandis que le droit était fixé sur moi comme la pointe d'un fusil. Il leva sa main épargnée et la mit au-dessus du front, un peu plus haut que la tempe, puis répéta le geste, et le répéta encore, jusqu'à ce que je comprenne, et alors sans me donner le temps de penser je sortis mon revolver et l'appuyai contre sa nuque. Mais quelque chose me poussa soudain à reculer ma main, et le revolver faillit tomber de ma paume engourdie par le froid. J'avais terriblement pitié de lui : et s'il pouvait encore vivre, même borgne, qu'on parvenait à lui recoudre le ventre ? Je ne voulais pas être un assassin. De nouvelles rafales retentirent tout près, je tombai à côté du blessé sans plus penser à tuer, me demandant à toute vitesse ce que je ferais s'ils venaient jusqu'à moi, feindre d'être mort, et si ça marchait, comment m'échapper ensuite et dans quelle direction. J'entendis à nouveau des mitraillettes, mais plus loin cette fois. Le combat s'éloignait du bois, mais je restai encore longtemps étendu, craignant de respirer. Enfin, je regardai le blessé. Il ne respirait plus.

Je me levai et fis quelques pas mal assurés. Mes yeux encore peu habitués à la nuit ne remarquèrent pas tout de suite plusieurs corps, des nôtres et des leurs. Au-dessus des branches, les étoiles étaient froides et brillantes. Je revins vers le cadavre, m'accroupis à côté de lui et examinai sa tête fracassée, le sang coagulé, l'enchevêtrement des viscères arrachés, ses mains noires et grossières, ses doigts ressemblant à des racines d'arbre. Tout se figea à l'intérieur de moi, se glaça, et je me sentis soudain léger ; je me relevai, m'éloignai et, m'enfonçant dans la neige et n'accordant aucune attention au chaos environnant, je retrouvai la piste des skis et la suivis en direction du camp. Je pensais qu'ils m'abattraient très rapidement, mais visiblement, ma silhouette courbée, errante, trébuchante, ne regardant pas sur les côtés, leur donnait l'impression que j'étais déjà mortellement blessé – je ne peux pas expliquer autrement le fait que je sois resté vivant. Une équipe chargée d'un fusil-mitrailleur me dépassa même en courant, se baissant et changeant de position, et aussi, semble-t-il, un sniper, l'un des nôtres ou un Allemand, mais je regardais devant moi et ne réagissais pas aux détonations saccadées. Pourtant, j'avais tort de penser que je m'étais déjà vidé de tous mes sentiments, et que je pouvais désormais supporter n'importe quoi.

Sur l'une des clairières, les coups de feu avaient cessé de tous les côtés, et je compris que j'étais sur le chemin, même s'il était couvert d'une neige qui m'arrivait aux cuisses. Je me mis à le suivre péniblement ; bientôt, j'entendis dans mon dos un hennissement, des sabots, le bruit de pas dans la boue, et une charrette d'arrière-garde apparut, montée sur des skis et portant quelques blessés légers. « Vivant ? cria le conducteur. Monte vite. » Je grimpai tant bien que mal, heurtai maladroitement un blessé au bras. En réponse, il me poussa avec son coude sain. Des branches d'arbre en sucre blanc défilaient au-dessus de moi. Nous étions serrés les uns contre les autres, presque personne n'avait d'arme. L'Allemand que j'avais vu sur la route tressautait à chaque cahot à côté de moi, comme s'il était mon guide : Tu crois que je suis mort, mais en fait on peut se demander qui de nous est dans quel monde, et cette neige, ces aiguilles de pin et le froissement des branches qu'on piétine, les brassées d'herbe sèche qui dépassent de la neige glacée, la forêt elle-même, n'est-ce pas une zone frontière entre le monde des vivants et celui des morts, mais avance, avance, je suis avec toi, je ne t'abandonnerai pas.

La charrette déboucha sur un large terrain défriché, puis un autre, puis encore dans une clairière, et commença à ralentir, puis à prendre subitement de la vitesse. Je me penchai autant que possible et je vis, devant nous, des silhouettes au casque féroce qui barbotaient dans la neige jusqu'à la taille. Des coups de feu éclatèrent, je me cachai puis regardai à nouveau : les silhouettes avaient jeté leurs armes et tentaient de s'éloigner de notre trajectoire, mais trébuchaient, s'enfonçaient, tandis que la charrette avançait de plus en plus vite, un cri s'éleva, d'abord effrayant, puis un cri court, de ceux qu'on n'oublie pas. Les chevaux piétinaient un homme, et j'aperçus pendant un instant, entre les brancards, un visage défiguré, déjà écrasé, mais encore vivant – puis il glissa sous les patins, avec un bruit de chair déchirée qui rendait fou. Je me jetai en arrière comme si le fer me déchirait moi, et criai. Le deuxième fuyard comprit tout et tenta de sauter hors de portée, mais cet hiver-là la neige était profonde, et tout se répéta : les coups sourds des sabots des chevaux et le son inexprimable dans son horreur, qui donnait envie de crier de toutes ses entrailles.

Personne ne se retourna, et le véhicule continua sa course. Arrivé à l'abri, je me pelotonnai comme un chien devant le poêle refroidi et m'endormis sans enlever mon manteau. Les combats continuèrent plusieurs jours. Les jumeaux, après avoir erré toute la nuit, arrivèrent au petit matin, et nous nous étreignîmes comme des amis. Ils voulaient partir récupérer les instruments abandonnés, mais je le leur défendis. Tout le monde semblait nous avoir oubliés, au milieu de la confusion qui régnait partout. Je restais étendu, désespérant, à défaut d'effacer, de refermer au moins un peu le trou dans ma tête qui saignait après tout ce que j'avais vu.

Quand les tentes de l'hôpital de campagne débordèrent de patients, les réservistes déposèrent les blessés dans les blockhaus. Le chemin menant à Poddorie était désormais régulièrement soumis à des tirs, l'évacuation des blessés devenait difficile. La puanteur s'élevait partout où on opérait, amputait et bandait les chairs. Nous parvenions à tenir nos positions, mais au prix de nouveaux corps qui ne cessaient d'arriver comme sur un tapis roulant d'usine. M'étant un peu remis, je me levai. Je me sentais comme si on m'avait plongé dans un fossé rempli de merde et qu'on m'y avait gardé jusqu'à ce que je commence à étouffer. Puis je pus m'obliger à sortir à la lumière et je découvris que le monde s'était pétrifié. Je marchais, accomplissais des gestes comme un mécanisme brisé, ralenti. Quand toute une caravane de charrettes arriva de la ligne de front, on nous appela pour les décharger, et un cortège de mutilés avec des moignons à la place des jambes arrachées, de mourants et d'hommes suppliant « tue-moi » et « une piqûre », défila devant nous comme un train interminable. Je portai, avec Polouekt, un homme évanoui, blême, d'une cinquantaine d'années, que nous déposâmes à l'endroit indiqué par l'infirmier. Polouekt regarda autour de lui, ses yeux s'arrêtèrent sur un coin de la tente. Je me frayai un chemin vers la sortie au milieu des bassines avec des bandes et des tampons rouge foncé, écartai les branches du camouflage en sapin et aperçus un amas de bras et de jambes collés ensemble par la glace, de bouches déformées, de grimaces des morts, empilés comme un tas de bûches noueuses. Un lieutenant aux joues roses, plus jeune que moi, souriait, regardant le nez ensanglanté et givré de son voisin. Je le contemplai avec le même amour, puis le tas de bûches s'effondra, la tente, les arbres, le ciel, tout fut plongé dans une nuit lunaire, je vis apparaître la charrette en travers du visage, les patins sifflèrent, j'entendis le bruit du corps déchiré et je me recroquevillai, prenant ma tête entre les mains. Polouekt accourut et me prit par la manche, mais il ne put pas me relever tant que la vision n'eut pas disparu.

Les armes tonnaient sur la ligne de front, le camp se préparait à évacuer. Le chaos dura encore quelques jours, et dans cette effervescence nous continuâmes à mâcher des croûtes sans plus accorder d'attention à la faim lancinante qui rongeait nos entrailles et aux hordes de poux. La seule chose qui nous importait et que nous recherchions était la chaleur. Nous passions des heures à errer de-ci de-là, à la recherche de bois – les intendants ne donnaient pas de scies, mais ne parvenaient pas non plus à pourvoir tout le régiment. Et au moment même où nous commençâmes à croire que cela n'aurait jamais de fin, elle arriva.

Les Allemands s'étaient arrêtés et, selon ce que nous disaient les équipes de reconnaissance, ils avaient commencé à creuser des tranchées, misant sur une longue pause. Ou peut-être qu'ils faisaient semblant. D'une manière ou d'une autre, cela signifiait un répit. Pendant quelques jours encore, nous nous réveillâmes en attendant les bruits de combats, mais chaque fois, nous n'entendions rien. Nous retrouvâmes les instruments là où nous les avions laissés. Les ombres des officiers d'état-major erraient dans le camp, les autres restaient allongés dans leurs logements souterrains, rattrapant leur sommeil, dressant les listes des morts et des blessés, écrivant des lettres aux veuves et reformant les compagnies. Krouglov attendait des renforts, des armes et de la nourriture, mais étant donné qu'un tronçon de route encore plus long se retrouvait derrière la ligne des noirs, le chargement fut abandonné en pleine forêt, puis acheminé, pendant la nuit, par des soldats à skis qui portaient autant qu'ils pouvaient. Après une semaine, ils avaient tracé un chemin sur lequel deux personnes pouvaient s'atteler et tirer un mortier, accompagnant les chevaux qui s'enfonçaient dans la neige. Avec toute cette confusion, on décida de garder l'équipe topographique dans le régiment, et on nous envoya dans l'une de ces charrettes faire des relevés dans le lieu-dit de La Corne, dont les contours rappelaient vraiment une corne de bélier épaisse, près du marais de Rdeïa dont m'avait parlé l'officier des renseignements.

Emmitouflé dans une veste matelassée encore mouillée, je tanguais sur la charrette tirée par deux chevaux sur la bouillie glacée. À côté du cheval de trait, les intendants avaient attelé un cheval d'Orlov, solide, qui ne ressemblait pas aux bêtes aux jambes grêles et aux cous penchés des photos paternelles, mais qui ne s'en enfonçait pas moins désespérément jusqu'au ventre dans la glace à demi fondue. Après un kilomètre de sentier infranchissable, il nous fallut descendre pour dégager la charrette, mouillant définitivement nos habits. Le régiment était parti en avant, nous envoyant de temps en temps quelqu'un pour aider. La moitié des soldats, y compris l'instructeur politique, étaient morts, le commandant était couché à l'infirmerie, un éclat sous la côte gauche, s'efforçant de ne pas bouger pour que le plomb ne touche pas son cœur. Le commandement avait été confié à un officier nommé Eremine, d'une quarantaine d'années, mais avec aussi peu de poils sur la lèvre qu'un adolescent. L'équipe qu'on nous envoya en renfort nous ordonna de laisser les instruments, de marcher devant la charrette et de venir nous réchauffer autour du feu. Nous nous secouâmes, tordîmes nos moufles pour les sécher et avançâmes laborieusement.

Le soir tombé, nous rejoignîmes notre position. Derrière les pins, s'étendait la tache blanche du marais, immense, on ne devinait même pas l'autre rive. Le régiment, qui était arrivé bien avant nous, avait fait un feu, et les hommes, transis de froid, étaient assis si près de lui que l'air sentait le brûlé, et que plusieurs avaient des trous sur le dos de leur tenue de camouflage. Une fois réchauffés, ils préparèrent le camp et installèrent la tente pour la cuisine. Une heure plus tard, notre charrette arriva à son tour et s'arrêta à une trentaine de mètres du feu. On détela le cheval d'Orlov. Il s'effondra et resta étalé à terre, pris de convulsions, son regard humide, ressemblant à un œil humain, fixé sur le commandant adjoint Rezoun qui lui hurlait bêtement dessus. Eremine et quelques autres se levèrent à contrecœur et s'approchèrent de la charrette. Ils grommelèrent quelque chose, et leur grommellement se transforma très vite en dispute. La compagnie s'était divisée en deux camps : les uns se plaignaient qu'ils n'avaient pas vu de viande depuis trois semaines, tandis que les autres affirmaient que le cheval était « indispensable, sinon comment on va tirer la charrette ? ». Eremine parlait plus fort que les autres, il insistait que le cheval allait crever de toute façon et qu'il ne servirait à personne, qu'il valait donc mieux l'achever pendant qu'il faisait encore jour, le dépecer et le manger au dîner. Je n'avais pas envie de m'éloigner du feu, et je fermai les yeux, écoutant la dispute d'une oreille distraite. « Et au printemps ? On portera comment les mortiers ? – De quel printemps tu parles, le front sera complètement immobilisé, avec la fonte des neiges. On nous a abandonnés en pleine merde ! Et débrouille-toi ! – Il a raison, ils ne se souviendront pas de nous avant l'été, et les Allemands ne vont pas passer non plus. Qu'est-ce que tu veux qu'ils foutent de ce coin pourri ? – Tu te souviens de ce qu'ils disent à la radio ? Un combat d'importance locale ! On peut crever ici, ils nous trouveront pas dans ces marais. – Depuis que l'instructeur a été tué, t'es devenu vachement culotté, tu causes, tu causes ! – Il est juste fatigué, ce cheval.

– Comment ça, fatigué, il a de l'écume à la bouche ! – Il est peut-être malade. – On va crever, c'est tout. »

Les mots se transformèrent en exclamations, et le peloton faillit se bagarrer, mais Eremine était tout de même commandant, et ils se soumirent, et commencèrent à discuter de la façon d'abattre le cheval en une fois, pour ne pas gaspiller les munitions. Finalement, quelqu'un s'approcha du feu pour prendre un fusil et revint vers le groupe, Eremine saisit le fusil et s'approcha du cheval. Au début, il dut reculer, parce que le cheval tenta de se lever, s'enfonça à travers la couche de neige glacée, tenta à nouveau de se dégager et eut un hennissement faible. Puis il posa sa tête sur la neige et se mit à me regarder comme s'il savait tout de moi. Eremine avança doucement vers le cheval, visa longuement, tira dans son œil noir et le manqua, la balle le toucha à la tempe. Le cheval eut un sursaut et tomba sur le flanc, se recroquevilla tout en essayant de se lever sur ses pattes de devant. Eremine visa et tira encore une fois, mais le cheval d'Orlov hennit et bougea la tête, et la balle le toucha au front. Le tireur se rapprocha, regarda sa victime, s'énervant et jurant, et leva une nouvelle fois son fusil. Il manqua à nouveau son œil, et se mit à tirer encore et encore, sans plus viser, en hurlant. On avait l'impression que ses nerfs l'avaient lâché, mais en le regardant plus attentivement, je remarquai que son visage imberbe n'était pas contracté par le dégoût et la rage, mais par autre chose. Le cheval agonisait. « Ça suffit ! » cria Rezoun entre deux coups de feu. Eremine se tourna vers lui, et je vis que le tissu de ses pantalons faisait une bosse entre ses cuisses et était tendu. « Quel con, dit quelqu'un, gêné, il ne peut même pas abattre un animal correctement. » Les autres se détournèrent. « Enculeur de bétail », cracha Kostia. L'agonie dura plusieurs minutes, puis les hommes s'approchèrent de la carcasse, la prirent prudemment par les sabots et par la crinière, la portèrent à la cuisine pour la dépecer avec les baïonnettes. Quand ils firent bouillir la viande de cheval, elle exhalait à peu près la même odeur que celle de la chair à l'infirmerie. Tous attendaient avec des visages de martyrs. Eremine avait disparu, puis il vint à la cuisine. Chacun reçut une gamelle avec un morceau de viande ressemblant à du caoutchouc. La viande avait un goût âcre, avec un arrière-goût sucré d'herbe des champs, mais elle était surtout dure, et tous, n'ayant pas assez mangé pendant des semaines, se jetèrent sur elle et l'avalèrent sans la mâcher, pour être ensuite pris de furieux maux de ventre, ils juraient et déféquaient sous les bouleaux, crachant la salive aqueuse qui s'était accumulée sous leur langue.

Le temps s'adoucit à nouveau. La neige redevenait lourde, il soufflait un vent du sud. En quelques jours, nous fîmes tous les relevés du lieu-dit et emballions déjà nos instruments quand un radiogramme arriva. Le service des renseignements nous informait que les Allemands seraient occupés pendant au moins une semaine à déployer leurs forces, et que, étant donné que nous étions déjà en mars et que les marais fondraient bientôt, nous devions sans plus attendre rejoindre les îles de Vyssoki, Domanets et Mejnik et corriger la carte pendant que le temps le permettait. Sous les regards haineux de la compagnie, l'intendant nous attribua quelques boîtes de sardines, un sac de froment, une miche de pain noir chacun, et nous partîmes. Ce n'est qu'en arrivant à l'extrémité du marais que nous comprîmes à quel point il était immense : on distinguait à peine les îles, qui semblaient à plusieurs kilomètres de la rive. Comme s'il n'y avait pas eu de longs mois de gel, le marais respirait à travers la neige, et une herbe jaune, couverte d'une croûte transparente, poussait le long de la glace noire des anses. Pendant une halte, j'aperçus un îlot de roseaux entouré de tas de neige, et je décidai de faire comme dans mon enfance, d'en couper une tige et de souffler dedans. J'enlevai mes skis et je fis quelques pas, quand soudain le tas de neige s'enfonça sans bruit, et l'herbe autour devint noire. L'eau, sous la glace, s'agita et fit remonter des bulles d'air, puis se calma, mais après cela nous n'enlevâmes plus nos skis. Parfois, je voyais, sous la glace, des languettes de joncs odorants bouger, se déployer puis s'aplatir. À quelques kilomètres de la rive, nous nous retournâmes, et aperçûmes une église en brique, haute, abîmée par les obus, avec une coupole tristement inclinée sur le côté, mais pas encore tombée. Par les jumelles, on voyait les murs intérieurs, couverts de quelque chose de blanc, visiblement du marbre, les colonnes en pierre sculptées des portes royales et des bouts de fresques épargnés : des visages de saints, des morceaux de barbes, des pieds dans des sandales au bout plat, des mains et des épaules.

Sur la droite, nous vîmes la première île, conique. Elle se confondait d'abord avec une forêt, puis en dépassait. En approchant, je compris à quel point l'officier des renseignements avait eu raison de nous ordonner de faire immédiatement les relevés du marais. On ne pouvait approcher de Domcha et des autres îles qu'en hiver : elles étaient entourées de marécages, lieux dangereux avec des sapropèles mortels. À notre dernière halte, je pris une poignée de neige pour rafraîchir mon visage. Elle sentait le pollen de pin et le rance. Nous fîmes le tour de l'île en une demi-heure, y trouvâmes une chapelle avec une icône en carton de saint Nicolas. Derrière la chapelle, il y avait également une maisonnette, vieille et vide, comme si un coup de vent l'avait balayée de l'intérieur. Nous apportâmes nos instruments dans l'entrée, trouvâmes tant bien que mal, sous les pins, des branches cassées par le vent, et allumâmes le poêle de fer. Quelqu'un devait vivre ici l'été, mais qui, Dieu seul le savait. Pendant deux jours, nous fîmes des relevés sur Domcha, et le soir, le dos contre le poêle, je corrigeais la carte. De tous les côtés du marécage, le silence régnait, nous voyions seulement, très rarement, des avions allemands passer dans le ciel, se dirigeant vers le sud, vers Kholm encerclé. Une fois, l'un de ces avions tirait derrière lui un planeur, presque de la même taille que lui, visiblement avec une charge, et peut-être avec des soldats, et il repassa une heure plus tard sans lui.

Nous avions à peine fini les relevés que la neige se mit à tomber abondamment. Les anses et les cours d'eau furent recouverts d'une couche blanche. Au matin, le bruissement de la neige en train de tomber se tut, et des lambeaux de brume s'élevèrent autour de l'île. Quand nous partîmes, le saint nous regarda d'un air perplexe depuis sa chapelle. Je montai sur un petit talus derrière une anse arrondie, pris ma tige de roseau et soufflait prudemment dedans. Le son était morose et triste. La brume continuait à s'étendre au-dessus de l'île. Nous avancions avec peine, la neige collait à nos skis et nous avions soif. L'île de Domanets s'avéra petite et désertique. Nous y consacrâmes une journée, fîmes un feu, installâmes notre manteau-tente et nous endormîmes, comme soûls. Le lendemain, nous eûmes de la peine à trouver Mejnik dans le lait qui nous enveloppait. L'îlot était plus grand que sur la carte, presque dépourvu de bois et biseauté du côté sud. Un toit et les angles d'une maison en rondins dépassaient du brouillard, et un animal, peut-être un chat, passa à côté de nous, invisible, dans un bruissement. Les jumeaux avancèrent avec prudence sur la route. La maison habitée apparut bientôt. Elle était couverte de neige, sous laquelle des fenêtres sévères, aux lèvres serrées, nous observaient. Un balancier penchait vers le puits.

Nous découvrîmes un homme non loin, dans la grange ; il était assis, en bottes de feutre, et observait un feuillet raturé. La grange était absolument vide, la neige recouvrait le sol. Les mains de l'homme faisaient de petits allers-retours dans un sac éventré, tressautant et le palpant à l'intérieur. Puis il se mit à en sortir des rouleaux de feuilles, des cornets, sans nous accorder la moindre attention. Il les déroulait, les classait, s'étonnait, partait dans la maison, revenait sans hâte. Quand il eut sorti tout ce qui se trouvait dans le sac, ses mains se calmèrent, et il nous regarda avec des yeux pâles, indiquant le perron de la main. Nous montâmes l'escalier, passâmes dans l'entrée sombre et descendîmes des marches, jetâmes un œil dans la pièce et vîmes que l'homme était déjà devant une table. Il prit, sur une étagère, des assiettes et des cuillères en bois, lisses, pas éraflées, et les posa devant nous. Dans un angle, quelque chose de familier faisait une tache noire, je regardai mieux et vis des livres épais, aux dos abîmés, et des planches de bois.

« Ici, ça a toujours été habité par des fugitifs, depuis cent ans, pas moins. Au début c'étaient des hommes qui ne voulaient pas être soldats[1] qui sont venus ici avec leurs familles et qui ont construit des maisons. Les poissons étaient gros comme ça, il y avait la forêt à côté, l'île est grande, ils semaient même du seigle. Les gens des villages alentour savaient bien que le marécage était impraticable, que rien n'y poussait, personne n'avait rien à y faire et personne n'y venait. Une fois, un arpenteur s'est aventuré ici, il bornait les terres autour de Kholm, il allait de-ci de-là, questionnant pour savoir ce qui appartenait à qui. On l'a regardé faire toute une journée, puis on lui a donné un coup de hache et on l'a jeté dans une rivière souterraine. Il y a plein de rivières ici, on peut avancer et tomber dans une tourbière, et leur courant est rapide, si on tombe dedans, on s'endort à jamais sous terre. Bref, ils ont quand même divisé

1. Au XIXe siècle, le service militaire (simples soldats) durait vingt ans.

la terre. Et l'île est séparée au milieu, une partie appartient à Pskov, l'autre à Novgorod, c'est pour ça qu'on a appelé cette île Mejnik[1]. Mon père est arrivé ici avec d'autres hospitaliers, ils s'étaient enfuis des environs de Iaroslavl. Les fugitifs ne les ont pas touchés, on avait aussi ce nom : fuyards. Alors, le fait qu'on était de la vieille Église[2]... Qui a l'habitude de vivre libre n'aura pas peur d'autres hommes libres. "Hospitaliers", ça signifiait que mon père gardait une pièce au fond de la maison, pas pour nous, mais pour les voyageurs. Nous sommes des hospitaliers. Si quelqu'un de notre foi venait, des fuyards, on leur donnait l'hospitalité. Dans les marais, on n'avait pas besoin de se cacher, mais les hospitaliers qui étaient en ville, eux, creusaient parfois des tunnels souterrains au cas où on viendrait arrêter ceux de la vieille foi. On a vécu ainsi. Il y avait un forgeron parmi nous, il s'y connaissait en gisements, il nous a creusé une fosse salée, et nous avons pu manger salé. Il y a une église sur la rive, mais on n'y est jamais allés, on n'avait pas de prêtre, ils ont tous été brûlés du temps de Pierre[3]. On a appris qu'il n'y avait plus de tsars quand ils sont venus en hiver, du kolkhoze. Ils voulaient recenser tout le monde, et menaçaient d'envoyer des soldats avec des fusils, et alors tous les habitants, avec mon père, ma mère et mes frères, ont décidé de fuir, pour ne revenir qu'à l'été, et moi, l'aîné, je suis resté pour surveiller la maison. Quand on vit ici, jour après jour, mois après mois, tout passe comme dans un rêve. Dans un rêve, la lumière est la même, tu es le même, mais tout est différent. La même chose, mais pas la même chose. Tout est comme chez nous, mais pas chez nous. Tu es comme un morceau, tu vois que ce n'est pas toi. Tu reconnais tous les gens, mais ce n'est pas eux. Comme dans cette rivière : tu t'y reflètes, mais ce n'est pas tout à fait toi. Et je faisais toujours le même rêve, que nous sommes avec mon petit frère sur l'île ; si on la voit d'en haut, elle ressemble à un gland. Et la forêt nous accroche, on a les bras tout griffés. On sort sur un sentier, quelqu'un y est déjà passé, l'herbe est foulée. On court

1. *Mejnik* signifie « la lisière ».
2. La secte des fuyards est une secte de vieux-croyants, en dissidence de l'Église orthodoxe officielle (cf. grand-mère Fossia, note 2 p. 38).
3. Le tsar Pierre Ier ou Pierre le Grand.

et on rattrape des gens, qu'on voit après d'au-dessus, comme si on nous avait perchés sur un pin. Devant, il y a un couple : l'homme ressemble à un chevalier avec un sabre, dans un long manteau de fourrure, le visage aveugle, la femme a un foulard sur la tête, avec des oiseaux brodés dessus. Derrière eux, une foule avance, ils ont tous les yeux fermés. Nous les suivons. La forêt est finie, ils avancent sur le pré. La femme enlève son foulard avec les oiseaux, les oiseaux s'envolent avec l'homme, l'aveugle, et ceux qui avançaient les yeux fermés se couchent. Le chevalier se retourne, il est grand, il occupe la moitié du ciel, il a une grande coiffe sur la tête, sur cette coiffe il y a un hibou grand duc aux ailes très longues, qui s'élève du chapeau et couvre la terre avec ses ailes, et le chevalier nous regarde. J'ai fait ce rêve la dernière fois avant la guerre, et quand je me suis réveillé, j'ai compris que, même si les pères nous avaient ordonné de considérer les rêves comme une hérésie, ils vont tout de même tuer des mille et des mille de gens et la moitié du marais sera remplie de corps non enterrés. Si j'ai fait ce rêve, je ne vais pas le suivre ni le croire, mais les morts, je vais les enterrer. Ils n'auront pas de tombe, mais je les mettrai côte à côte, et ils auront la vie après la mort et trouveront le repos. »

La nuit, derrière la fenêtre sombre, les pins s'agitaient comme un chœur d'insomniaques. Pour la première fois depuis plusieurs mois, je n'étais pas couché sur le sol, et je ne parvins pas tout de suite à m'endormir. Au matin, nous nous levâmes, prîmes tristement nos sacs et ouvrîmes la porte sans bruit. De l'autre côté de la palissade, il faisait gris et froid, et pendant que le maître de maison marmottait devant les planches de bois, nous sortîmes les instruments de nos caisses. Il ne nous dit plus un mot. Quand nous partîmes, la neige recommençait à recouvrir le marais, et le saint nous regarda à nouveau avec perplexité de sa chapelle de Domanets. Nos skis volaient. J'avançais, triste et heureux, comme si on avait enfoncé une aiguille sous mon cœur. Les poissons dormaient sous la glace, le ciel dormait au-dessus du marais, et je ne pouvais pas l'attraper, il s'envolait hors de ma vue, vers le haut ou vers le côté. Qu'y a-t-il de plus éphémère qu'une carte ? On s'avançait sur une île, elle disparaissait comme une motte de neige – il n'y avait plus que des cercles concentriques sur l'eau noire. Nous tournâmes en direction de l'église en ruine, et le vent nous frappait dans le dos, nous poussait, nous chassait et nous traînait en avant, sans nous laisser le loisir de nous retourner. Les nuages s'étaient tassés, étaient descendus plus bas, le marais s'éloignait de nous. Une nouvelle bataille commençait.

Une compagnie voisine de la nôtre s'était installée sur le promontoire devant l'église, et les Allemands, soit dans une nouvelle tentative d'atteindre Kholm, soit par manœuvre de diversion, s'étaient mis à tirer au canon sur la compagnie. L'un des obus tomba sur la coupole penchée, et sa carcasse, avec le reste de maçonnerie, s'écrasa à terre dans des volutes de poussière rousse. Les jumeaux se jetèrent immédiatement dans la neige et sortirent leurs casques de leurs sacs. Un peu plus lentement, je fis la même chose. Je voyais devant mes yeux l'homme dans le hangar sombre, assis et nous tournant le dos. Nous étions tout près de la rive. Les tirs cessèrent, les mitrailleuses s'égosillèrent autour de l'église. Kostia, penché en avant, courut vers moi, tomba à mes côtés et me dit qu'il fallait ramper, parce que les balles volaient loin, à un kilomètre. « D'accord, lui répondis-je en me levant et en partant dans la direction opposée à l'église. – Arrête-toi ! » hurlèrent les jumeaux d'une voix si éperdue que je me retournai et, ayant entendu le coup, je ne sentis pas la douleur.

Une lumière vive jaillit dans mes yeux, comme si une dizaine de soleils s'étaient allumés en même temps. Je fus bercé par des vagues tièdes qui m'emmenaient quelque part, de plus en plus vite. Le monde était rempli d'un rouge perçant, comme si j'étais assis dans notre salon et regardais le jardin par la fenêtre, aveuglé par le couchant. Cette lumière n'était ni blessante ni brûlante, elle me balançait comme dans un berceau. « Vraiment, c'est ainsi ? » eus-je le temps de penser. J'avais envie de pleurer en sentant avec quelle joie mon âme quittait mon corps blessé. Mais les jumeaux ne me laissèrent pas mourir tranquillement, ils apparurent et s'imposèrent à mes yeux comme deux géants flous. Ils me secouèrent, et je finis par sentir mes mains et les utilisai pour palper mon casque – il était troué, parcouru à l'avant par une fente longue et large. L'un des jumeaux m'enleva mon casque, passa sa paume sur mon visage et me la montra. Elle était toute tachée. Je compris que le sang coulait abondamment de ma bouche et de mon nez, sans compter qu'il s'en passait de drôles dans ma bouche. On avait de nouveau enlevé le son – mes écuyers blêmes me palpaient, sortaient des bandages, discutaient vivement de quelque chose. Puis je revins à moi, les sons réapparurent et, enlevant le sang de mes yeux, je tentai de me lever, mais le ciel tournoya, dansa, et Kostia me fit tomber dans la neige. Je sentais une très grande fatigue et ne pouvais pas bouger. En rampant, regardant de temps en temps derrière eux, mes écuyers me traînèrent comme une vulgaire poupée vers la rive, abandonnant les skis, le sac et les caisses. Je fermai les yeux, parce que j'étais sur le point de vomir. De plus, quand j'avais les yeux fermés, j'étais submergé de vagues tièdes, même si elles étaient moins fortes qu'avant, quand les soleils s'étaient allumés. Sur le traîneau où les jumeaux m'avaient dégoté une place avec d'autres blessés graves, je fus pris de terribles vomissements et, suspendu au-dessus du bord, je fus près de vomir mes entrailles. Plus loin sur la route boueuse et à moitié inondée, je nettoyai à nouveau mes yeux de leur croûte de sang et je soulevai les paupières. À travers les branches, cassant les cimes des arbres et surplombant tous les marais de Rdeïa, volait le chevalier, puis il fit un piqué comme un oiseau de proie et s'envola à l'intérieur de moi, où il étreignit l'Allemand, le premier que j'avais vu, et ils me regardaient tous les deux de l'intérieur.

Les soleils s'allumèrent encore une fois, je retrouvai la vue, et cette fois-ci, au contraire, je voyais tout avec une parfaite netteté, comme je n'avais jamais vu avant. Notre chariot traversa une rivière argileuse, à l'eau épaisse et lourde qui tournait impétueusement autour des roues. Des poissons à gueule pointue remontaient le courant, leurs nageoires d'acier lançant des éclairs, ils avançaient lentement, mais inexorablement, par bancs entiers disposés en V, fendant l'eau sans un bruit. Je voyais l'éclat de leurs yeux ronds, pareils à de gros boutons. Ils remplissaient la rivière, qui grouillait et finit par déborder de ses rives. Cependant, le chariot avait eu le temps de monter sur la terre ferme, et je perdis les poissons de vue. À présent nous avancions dans les environs, le long d'un immense champ qui était apparu au milieu des bosquets. La couverture neigeuse avait disparu, je voyais la terre. Une bataille acharnée s'était visiblement déroulée récemment ici, parce que le sol était imbibé de sang, et que chaque motte de terre noire était humide, dont suintait un liquide épais. Des silhouettes apparurent au loin, se rapprochant rapidement : c'étaient des femmes d'une origine indistincte, vêtues de pagnes, ou peut-être de robes déchirées. Elles étaient allongées, en plein travail, et accouchaient silencieusement, comme si leurs bouches étaient cousues, de gros bébés de la même couleur que la terre. Les nouveau-nés qui sortaient de leurs entrailles n'étaient pas couverts de caillots noirs, mais d'un sang artériel clair, et restaient couchés sur le sol sans crier et sans bouger, mais respirant. Les mères, elles, se transformaient en terre, et cette terre, tout le champ, bougeait. La forêt et le ciel se mirent à enfler, et même les nuages reflétaient une lumière rouge. Mon champ de vision se rétrécit, comme si j'observais les événements à travers la visière d'un casque et que je ne pouvais voir que ce qui se déroulait devant moi. Des armes lancèrent des éclats pâles : des guerriers à demi nus se battaient en duel avec des épées émoussées, un, deux, trois groupes, mais ces combats étaient étranges et faisaient plutôt penser à des dépeçages ; le guerrier le plus fort s'acharnait sur le faible et taillait dans son corps comme un tailleur dans un tissu. Le sol n'était plus imbibé de sang, une argile molle couvrait la surface sous les pieds des combattants. Les bras aux muscles saillants, les jambes aux veines gonflées tombaient dans la boue comme des quilles qu'un jongleur aurait lancées en l'air, puis oublié de rattraper.

Tous ces tableaux bougeaient devant moi, et je compris que j'étais fatigué. Ma position couchée devenait inconfortable, j'avais chaud, j'essayai de me tourner, mais je m'immobilisai à cause de la douleur, craignant de bouger. J'avais de plus en plus mal aux muscles, je sentais la fièvre monter, puis je compris que j'étais invité à donner des comptes au plus haut représentant des plus hautes instances, mais ces comptes ne pouvaient aller que dans un sens, je devais reconnaître ma culpabilité pour tous mes actes et tous mes désirs cachés. Les guerriers avaient disparu depuis longtemps et, après avoir tournoyé dans une matière visqueuse qui ressemblait à de la résine, j'émergeai à l'air libre et me retrouvai dans un temple désert. La pierre de ses murs semblait si ancienne que je me dis que j'avais traversé le temps. Je volais – non, pas sous les coupoles, parce que le temple n'en avait pas, il était très haut –, descendant très lentement vers le sol. Le soleil passait par les fenêtres étroites, mais ses rayons ne pénétraient pas jusqu'en bas, où régnaient les ténèbres. Je voyais défiler les murs secs, froids et rugueux, les arêtes des blocs de granit dont ils étaient faits, mais j'avais beau scruter l'espace, je ne distinguais ni icônes, ni chandelles, ni vases. Le temple était absolument vide. On n'aurait pas pu dire non plus à quel dieu il était consacré, d'autant plus qu'on sentait comme un fait indiscutable, évident, qu'il n'y avait pas de dieu ici, mais que je n'en aurais pas moins à rendre des comptes à une autorité indéfinie. Je passai, semble-t-il, des heures à parler de mes erreurs, mais j'avais beau descendre toujours plus bas en flottant le long des murs, je n'arrivais toujours pas au sol. Je ne sais pas combien de temps je restai dans ce temple, parce qu'il se trouvait dans un lieu lointain d'éternel couchant, sans le moindre vent, mais j'en fus plusieurs fois expulsé, me retrouvant à nouveau à contempler la terre cramoisie, les mères se fondant dans l'humus noir et les nouveau-nés muets aux cordons ombilicaux pendants, pour chaque fois revenir contre les murs de pierre, descendant toujours.

Trois semaines plus tard, je tentai de m'asseoir. Je voyais à nouveau les guerriers agiter leurs épées devant mes yeux. Un guerrier en poursuivait un autre, sans parvenir à le rattraper. Il avait le visage de Polouekt, je ne distinguai pas celui de l'autre. L'infirmerie tourna et tournoya comme un carrousel, m'obligeant à m'étendre sur ma couchette et à fermer les yeux. À la prochaine tentative, elle tourna plus doucement, puis un peu moins, puis mes compagnons sanglants disparurent et je me levai. Tout se répéta : le plafond tournoyait, ma tête tournoyait avec lui et je tombai sur ma couchette et fermai les yeux. Et ça continua ainsi, trois semaines plus tard je marchais et pouvais m'accroupir, et bientôt je retrouvai mon abri et mes écuyers. Le front n'avait pas bougé depuis ma commotion, et tout le monde léchait ses blessures avec angoisse. Un calme nouveau s'était installé dans mon esprit. Je pouvais rester immobile devant un sapin et me demander si la neige s'était posée symétriquement sur ses branches, s'il y avait une logique dans ces motifs, et que signifiait la position respective de chaque amas blanc. Le hululement des hiboux me plongeait dans un ravissement inexplicable, je m'asseyais sur la neige et me disais : Comme c'est bon d'être vivant. Tout ce que j'avais vu et entendu, même le meurtre et le bruit des patins déchirant des corps, avait pris un nouveau relief, s'était apaisé quelque part à l'extérieur de ma conscience. Mais il ne restait presque plus rien dans mon âme, j'étais vide et prêt à recevoir quelque chose de nouveau et, bien sûr, je m'inquiétais que ce qui viendrait puisse se révéler encore plus horrible, bien pire. Cela dit, même ce pire ne m'effrayait pas particulièrement, parce que je m'étais préparé à la mort : je l'avais rencontrée et j'avais compris qu'elle n'était pas vraiment effrayante, en tout cas elle n'avait rien qui pousserait à s'enfuir honteusement à toutes jambes. Ce qui pouvait être effrayant, c'étaient les mutilations, mais après avoir rendu mes comptes dans le temple de pierre, j'étais devenu indifférent à ce qu'il pourrait advenir. Mes parents, mes sœurs et Tolia se trouvaient désormais pour moi en sécurité dans une bulle brillante, et mon assurance les protégeait. Cette légèreté toute simple était une duperie bien sûr, et je le devinais, mais je ne me laissais pas moins aller à cette sensation, pour éviter que le néant à l'intérieur de moi se transforme en gaz immatériel et s'enflamme, et j'aurais brûlé de la flamme de l'enfer que nous avions dû vivre pendant de longs mois. Vidé de tout, j'attendais de nouveaux événements, désirant les rencontrer avec fermeté, sans plier, sans fondre, et appelant les jumeaux à accomplir raisonnablement notre travail.

La première nuit de mai, nous commençâmes notre retraite au milieu des cris, on manquait de gens pour régler les déplacements. L'infanterie attendit des heures, de l'eau jusqu'aux genoux, le chemin était rempli de chariots, de camions tirant des canons. Des avions volaient bas au-dessus de la forêt, touchant presque les arbres, pas des avions de transport, mais des bombardiers et des avions de chasse qui mitraillaient, emplissant la forêt du sifflement des balles. La veille, les Allemands s'étaient dirigés vers les tranchées de la ligne de front et, à l'arrivée de la nuit, avaient attaqué. Krouglov avait lancé le régiment en contre-attaque, ne gardant qu'un bataillon en réserve. Les intendants et les médecins avaient plié le camp et commencé la retraite en direction de Poddorie, mais s'étaient embourbés dans les flaques argileuses. On nous avait ordonné d'aller aussi loin que possible en direction du bataillon voisin, d'estimer la situation et d'envoyer l'un de nous au rapport. Le commandant craignait qu'une autre route forestière, parallèle à la nôtre à quelques kilomètres au sud, soit déjà prise. Mais nous n'arrivâmes pas jusqu'à elle. Après être descendus dans un ravin et nous être appuyés contre les racines d'un pin pour reprendre notre souffle, nous entendîmes des tirs, des salves et les ahanements du mortier, et une troupe de soldats en débandade sauta dans notre ravin. Nombre d'entre eux n'avaient pas d'arme. Ils couraient dans tous les sens, se lamentaient et cherchaient leur commandant. J'orientai la carte et conduisis les jumeaux en bas du ravin, mais trop tard. Le cercle s'était refermé, et d'autres ombres accoururent vers nous en hurlant qu'elles ne voulaient pas mourir. Les jumeaux m'appelèrent. Je me retournai et les regardai dans les yeux. Pendant quelques secondes, nous nous dîmes adieu, puis les frères se retournèrent, grimpèrent en haut du ravin comme s'ils n'avaient pas de caisse sur le dos, et disparurent.

Dans le ravin, la neige avait fondu, en bas l'eau arrivait à la taille. Ils se rapprochaient. Il me restait des munitions dans mon revolver, mais la confusion et le vide me firent regarder vers le haut, vers les couronnes des arbres qui ondulaient, et ces couronnes me fascinèrent. Mes sentiments étaient tous morts, je ne savais pas dans quel monde j'étais – celui-ci ou l'autre –, ni ce qui arriverait, mais je décidai que le moment n'était pas encore venu de mourir. Je devinais que j'allais devoir affronter la douleur, la torture du froid, la faim dévorante, les humiliations, et qu'il aurait mieux valu mettre immédiatement fin à mes souffrances, car une mort instantanée, ce n'était pas si mal, mais je ne parvins pas à me décider. Peut-être que je ne m'étais pas encore remis de ma commotion, et que j'étais paresseux.

Quand j'entendis leurs pas, le cliquetis des armes et les voix, je serrai le sac et sortis sur la pente du ravin, respirant lourdement et regardant à terre. Des fourmis grouillaient sous mes pieds – tout un troupeau, une armée de fourmis, une mer à la marée montante, une nuée jaillie de sous la terre, comme si quelqu'un avait détruit leurs pyramides. Elles couraient sur mes bottes et disparaissaient à l'intérieur. Je secouai la tête, et la vision disparut : des aiguilles de pin collaient à mes bottes mouillées.

3

Les officiers étaient chanceux. Il y avait de la paille vieille d'un an dans le wagon ou, plutôt, des débris de paille, en grande quantité. On pouvait dormir dessus, conservant ainsi la chaleur, au moins pour un moment, et si on se retournait vite d'un côté sur l'autre, on pouvait y attraper la tiédeur du bois, des planches du sol sous les tiges sèches. Les fentes des parois laissaient apparaître un tourbillon vert, et quand le train sortait dans les champs, nous emportions avec nous des nids de gui poussés comme une tumeur sur les arbres. Le paysage laissait entendre que nous étions lancés dans le bas-pays biélorusse, ou même polonais. Les cinquante passagers pensaient tous à s'évader, mais le train ne ralentissait qu'à l'approche des gares, et sauter par le trou des latrines n'avait aucun sens ; il valait mieux attendre sa chance plus tard que de répandre sa cervelle sur les traverses. Bien sûr, nous avions envie de mourir par les froids matins, mais personne n'avait le courage de s'approcher du trou pour mettre fin à tout ça. On était encore mieux sans manteau sur le sol de planches grossières tressautant qu'en uniforme dans le dulag.

On nous avait envoyés là-bas, dans le camp de transit de Polotsk, par Velikie Louki. Il n'y avait en fait, bien sûr, aucun camp. Les Allemands avaient entouré d'un double barbelé le terrain d'un ancien monastère, et avaient mis, au-dessus du portail, le panneau « Dulag-125 ». C'était un simple champ, mais l'herbe de l'année précédente en disparut très rapidement, on l'arracha et on mangea même les racines. Je ne sais pas quel sens les Allemands donnaient à ça, mais ils avaient utilisé l'une des églises en hiver comme dortoir pour les prisonniers – alors même que son toit avait été troué par une bombe aérienne –, et maintenant, ils l'avaient transformée en latrines. Même s'il grêlait, personne ne tentait de s'y abriter. Personne n'y aurait tenu plus d'une minute à cause de la puanteur qui suintait de partout, de la chapelle, du chœur ou de l'autel. La merde remplissait tout, et une foule de martyrs contemplaient ça du haut des murs. Le Tout-Puissant, sous la coupole, avait échappé à leur destin, on l'avait recouvert d'une couche de crépi. À côté, derrière les barbelés, se terrait une église vieille de huit cents ans, où la lumière brillait parfois : les Allemands y avaient autorisé les services religieux.

Pour arriver aux pieds du Tout-Puissant-sur-la-merde caché sous le crépi, nous avions clopiné trois cents kilomètres depuis Kholm dans la neige trempée. On m'avait immédiatement confisqué mes armes et mon sac, sur le chemin nocturne où s'entassaient les prisonniers mouillés, dont beaucoup n'étaient pas de notre régiment. Il avait fallu marcher jusqu'au point de tri. Dans la pénombre du petit matin, nous étions arrivés péniblement aux positions de la Wehrmacht. On retira immédiatement leurs papiers aux officiers et on les fit asseoir sur la neige. Le traducteur soupçonna l'instructeur politique des agents des renseignements, qui marchait avec nous, et lui demanda à quel détachement il appartenait. L'instructeur calcula ses chances, et dit, crachant aux pieds du traducteur : « Infanterie. » Vers midi, on nous fit lever et la marche commença. J'examinai les Allemands à la lumière du jour. Nombre d'entre eux avaient un visage aussi slave que celui du soldat mort dans l'ornière. Les notions de langue acquises à l'école technique me suffirent pour comprendre que les gardes étaient ravis : à Velikie Louki, on leur donnerait plusieurs jours de repos, et il n'y avait pas de partisans de ce côté de Rdeïa. Je compris que Kholm était pris, et que les noirs avaient repoussé les rouges dans les marais.

Après la marche, nous restâmes couchés sur le champ devant l'église, attendant la nourriture. En guise de repas, un factionnaire ridé d'une quarantaine d'années distribuait à chacun, une fois par jour, une poignée de pain sec. Quand la colonne passa par Louki, les habitants étaient devant leurs maisons, quelques-uns réussirent à nous envoyer une pomme de terre, qui provoquait des bagarres. Les habitants ne regrettaient pas de se retrouver en zone d'occupation, ils étaient bien sûr prudents avec les Allemands, mais ils ne les craignaient pas. Devant le pont de la Lovat, un paysan expliquait à un soldat portant un seau où descendre vers la rive, et dans la première cour au portail ouvert, je remarquai un correspondant avec un appareil portatif en train de photographier un lieutenant de la Luftwaffe bras dessus bras dessous avec un pope en *kamilavka*[1]. Les doigts tachés de suie du pope tenaient une cigarette fumante, et à côté, plastronnant, le maître de maison à la barbe carrée souriait dans l'objectif.

Quand la première pluie fut tombée, et qu'il gela pendant la nuit suivante, je ne pus soulever ma tête du sol au branle-bas du matin, mes cheveux ayant gelé dans la flaque à côté de laquelle j'avais jeté mon manteau en pleine nuit, avant de me coucher dessus. J'entourai ma tête avec ma main libre et je tirai brusquement, arrachant une couche de glace trouble avec mes cheveux. À la lumière, la glace avait des reflets multicolores, et je la cassai en morceaux sans me presser, les regardant avec plaisir. Une semaine passa dans ces conditions. La colonne avait déjà mangé toute la nourriture dissimulée et commença à ronger ses chemises. Enfin, on apporta des bidons de soupe, du brouet de pommes de terre noircies comme de la chair gangrenée, avec des carottes non lavées. Personne n'avait de gamelle, beaucoup utilisaient leur calot militaire et sirotaient leur brouet dedans, puis mâchaient le tissu ; d'autres tendaient les mains. Pendant une halte, j'avais trouvé et caché dans mon manteau un coin arraché à une caisse de zinc pour munitions, dont je me servis comme assiette dans le dulag. Cela dit, on nous nourrissait rarement, et quand on nous apportait de la nourriture, les corps épuisés, les visages bleuâtres avec la peau sur les os et un rictus de macchabée, commençaient immédiatement une bousculade. J'eus la chance que, suite à ma commotion, j'étais pour un moment relativement indifférent à la faim, et je passais des heures couché, regardant tout cela

1. Chapeau cylindrique de pope orthodoxe.

avec détachement, calculant combien d'heures il me faudrait sucer une croûte de pain pour ne pas avoir trop mal au ventre. Les citadins venaient parfois devant les barbelés et nous lançaient un peu de nourriture, mais le Polizei, un local, les chassait immanquablement. Les donateurs protestaient, mais il se mettait à crier : « Quoi, vous avez pitié, hein, pitié ? Si vous aidez ces miteux, ils ne vous lâcheront plus, et les Allemands finiront par nous fusiller tous. » Ce garde inflexible ne nous autorisait pas à faire des feux, et quand un jour l'un de nous attrapa un oiseau et voulut le cuire, il débarqua sur notre champ et cogna plusieurs prisonniers avec sa matraque. « Les Allemands, eux, y sont sérieux, pas comme les Russes », prononça un vieux caporal allongé non loin de là, qui suivait du regard le tourmenteur en train d'essuyer sa matraque contre ses pantalons.

Quand il se mit à faire vraiment doux, un militaire, semble-t-il un général, vint inspecter le camp, et on nous ajouta de la farine dans notre soupe et on amena un cheval. La plus grande bande de prisonniers l'entoura immédiatement, sortit ses clous aiguisés comme des couteaux et dépeça la chair jusqu'aux os. Certains morceaux de viande furent ensuite échangés contre des restes de tabac ou des bricoles chapardées de-ci de-là, notamment d'autres clous. Les Allemands nous autorisèrent à allumer des feux pour cuire la viande de cheval. Les yeux du général devinrent vitreux, il dicta quelque chose de rageur à son assistant muni d'un carnet. Beaucoup d'entre nous bougeaient déjà avec peine, on voyait apparaître des cadavres vivants avec des fesses maigrissimes, premier signe d'une mort prochaine. L'horreur me gagnait lentement, ressuscitant également les autres sentiments. Elle était provoquée notamment par la diarrhée et les saignements que je découvris par des taches sur le fond de mes pantalons. C'est pourquoi, quand une équipe de gardes arriva à l'entrée, appelant tous les officiers prisonniers à sortir, l'espoir arriva avec elle. Nous n'étions pas si nombreux, et tous lieutenants ou lieutenants-chefs.

Le train ralentit avant une gare, et j'aperçus des engins attendant au passage à niveau : petits tanks tout crottés, voitures d'état-major, centaure étrange avec des roues à l'avant et des chenilles à l'arrière. Ils soufflaient et grondaient tous d'impatience, et une fumée bleue s'élevait au-dessus des barrières, encens brûlé pour le dieu de la guerre. À la gare, un panneau en allemand répétait l'inscription en polonais. Quelques heures plus tard, le convoi arriva dans Suwalken, puis on retira les cadenas des wagons. Le garde hurla son *Schnell*, et notre colonne avança lentement dans la poussière. Les fossés étaient pleins d'eau, ce qui rendait notre soif encore plus aiguë. Nous nous arrêtâmes devant un portail semblable à celui de Polotsk, mais ce camp-ci était réservé aux officiers. Il était entouré par des constructions hâtivement montées, qui ressemblaient à des nichoirs, et, semble-t-il, par un autre camp, cerné de barbelés et de miradors. À l'entrée, nous croisâmes un convoi funéraire, un char tiré par deux canassons qui portait des cadavres disposés en tas comme du bois abattu. Sur le côté du char tressautait un seau rempli de chaux, pour recouvrir les rangées de corps.

Si le camp de Polotsk était un champ de supplices, celui de Souvalki offrait chaque jour un lot abondant de sacrifices. Pour une raison inconnue, il n'y mourait que quelques dizaines de personnes par jour, tandis que des dizaines de milliers continuaient à souffrir. Les baraques et les tentes de l'oflag étaient destinées aux officiers d'un rang supérieur au commandant de régiment, ainsi qu'aux spécialistes particulièrement importants. Les autres creusaient des trous pour s'abriter du vent et y dormaient, ou s'entassaient dans les rares abris souterrains. Nous ne trouvâmes pas de place dans ces abris. Le camp ressemblait à un cimetière dont les défunts étaient sortis de terre. À notre arrivée, un photographe déclencha son obturateur, on remplit une carte pour chacun de nous, puis il y eut une quarantaine, et les médecins nous examinèrent. Je me retrouvai face au médecin de notre régiment qui avait été de garde à l'infirmerie quand on m'y avait mis après ma contusion ; il me reconnut. Son bras était décoré d'un bandeau « OStArzt ». Pendant qu'il me palpait, il me chuchota : « Après-demain matin, dites-leur que votre bras est déboîté, mais que vous serez en état de travailler si on vous le remet, et on vous enverra ici. Si, bien sûr, vous avez la chance d'être envoyé aux travaux. » Après les questions sur ma profession, j'étais persuadé que je n'avais aucune chance : quand j'expliquai ce que je savais faire, le traducteur hocha négativement la tête : « Vos cartes ne valent pas un clou, et vos instruments sont datés. »

À l'appel du matin, je n'en fus pas moins inclus dans un groupe qui allait nettoyer des ruines. Je me mis à côté des autres, tenant mon coude gauche, et quand l'officier fatigué s'approcha de nous, je fis semblant d'avoir le bras démis et expliquai tant bien que mal que le médecin pouvait y remédier rapidement et que je rejoindrais l'équipe de travail. L'officier me regarda de travers puis agita son gant reprisé en direction du garde. Celui-ci me conduisit à l'infirmerie du camp. Le médecin dit immédiatement que le déboîtement était grave, peut-être avec une fracture, et que je ne pouvais pas travailler le jour même. Le garde me regarda de sous sa casquette militaire qui lui tombait sur les yeux, sortit un paquet de cigarettes et s'en alla. Nous nous présentâmes, et pendant que Fiodorov palpait mon bras, je lui posai toutes mes questions.

Par exemple, la première nuit : il n'y avait presque pas de vent, j'avais décidé de ne pas creuser de trou, et rejoignis la grappe des prisonniers à côté de moi. Il y avait plusieurs centaines de ces grappes sur le sol, et quand tous les prisonniers discutaient, le camp retentissait d'un bourdonnement de foire. On venait de nous apporter la soupe, quelque chose flottait dans son bouillon marron, sans doute du rutabaga, qui crissait sous les dents. Avec la soupe, nous avions droit à un morceau de pain, cuit dans la baraque du camp, et qui, bien sûr, ne ressemblait que de loin à du pain ; il était fait surtout de résidus de grains et de sciure. En mangeant cela, nombreux étaient ceux qui soupiraient. « On nous a abandonnés ici, les gars, et personne ne cherche à nous échanger, on nous laisse pourrir pour la patrie », prononça un rouquin qui avait relevé jusqu'aux genoux ses chaussettes russes sales, et sorti avec dégoût un morceau visqueux de sa gamelle. « Les Italiens et les Français, ils reçoivent des paquets de chez eux, mais nous, putain, on broute des rutabagas. – Putabagas ! lança son voisin. – Pinabagas ! » grommela le rouquin. Un prisonnier assis à côté d'eux, qui se balançait comme un métronome, sortit de sa transe et dit : « Bitabagas, foutrabagas, vatefaireenculerparlabouchabagas. » Les autres rirent brièvement et se turent, mais le voisin bavard tressaillit plusieurs fois bizarrement et, faisant la grimace et bégayant, bougonna : « Putain d'fiotte ! Sacré nom de foutredieu ! C'est plus foutre possible d'enculé de mes burnes. » Quelqu'un cria derrière : « Enculeur de mes deux, branleur-queuteur ! Führer de trou du cul ! » L'homme-métronome continuait de son côté, regardant devant lui d'un œil vitreux : « Putain d'connasse, pouffiasse à paille au cul. Sac à bite de putain de chiotte. » Les injures absurdes continuèrent à s'étendre par vagues, contaminant chacun avec l'impression qu'il devait aussi ajouter quelque chose. « Staline accouche du derrière, va te faire foutre dans ton putain d'bec à merde ! » s'énerva le rouquin, mais personne ne faisait attention à lui, parce que chacun vomissait ses propres obscénités. Les orateurs s'échauffaient et chacun y allait d'une nouvelle injure, de plus en plus morose et désespérée. Ils criaient déjà, chantaient presque et tapaient furieusement de leurs pieds noirs sur la terre desséchée, ne s'arrêtant que pour reprendre leur souffle, puis se joignant à nouveau au chœur. Cela dura une demi-heure, jusqu'à ce que les déclamateurs tombent à terre et y restent couchés sans bouger, respirant bruyamment et fermant les yeux.

Fiodorov écouta mon récit, haussa les épaules : « C'est un phénomène morbide. Un trouble qui apparaît sur fond d'épuisement de l'organisme, d'absence totale d'événements et de nouvelles. Des parties du cerveau sont surexcitées, et on voit l'apparition de tics, les malades ne peuvent plus s'arrêter, parfois ne le veulent pas, parce qu'ils éprouvent un plaisir comparable au plaisir sexuel quand ils jurent. Or, le plaisir sexuel est hors de portée, le désir étant étouffé par la faim. Chez beaucoup, ces troubles s'arrêtent là, mais pour certains c'est le début d'un effondrement de la personnalité. Vous vous souvenez de Krouglov ? – Krouglov ? – Il est ici depuis un mois, comme moi. On nous a conduits directement ici, sans passer par le camp de triage. Je me fais du souci pour lui. J'ai remarqué qu'il tournicotait autour des abris les plus éloignés. Et je l'ai vu nettoyer les couvercles des boîtes de conserve. – Qu'est-ce que ça veut dire ? – Dans les abris les plus éloignés, on met ceux qui vont bientôt mourir. Ils sont rejoints par des hommes qui veulent s'emparer de leurs affaires. Ils sont chassés, bien sûr, par ceux qui ont encore des bribes d'humanité, mais il suffit d'un jour de pluie, ou d'un jour où l'on n'a pas apporté de nourriture, quand tout le monde est concentré sur sa propre survie, et les maraudeurs se mettent en chasse. Ils utilisent les couvercles de boîtes de conserve comme un miroir : ils les mettent devant la bouche du mourant, s'il y a de la buée, ça veut dire qu'il respire encore. S'il n'y en a plus, ils le déshabillent immédiatement, s'emparent de ses affaires et les échangent contre du tabac ou du pain. C'est arrivé que certains dépouillent des gens encore vivants, ils n'avaient plus la patience d'attendre. – Je ne peux pas le croire pour Krouglov. C'est un fanatique. – Justement. Les fanatiques, dans leur obstination, soit finissent par récolter une balle, soit refusent de s'adapter et deviennent des bêtes en quelques semaines. – N'empêche, je ne peux pas le croire. » Fiodorov arrangea des bouteilles en verre et soupira : « J'espère que je me trompe. Mais l'expérience des camps vous fait voir encore pire. Je préfère ne pas sortir de la baraque. Mes collègues qui ont passé l'hiver ici ont assisté à des épisodes de cannibalisme. Qu'est-ce que vous en pensez ? Deux Kalmouks ont dépecé et mangé un camarade. Les Allemands ont découvert des os avec des morceaux de peau et ont passé plusieurs jours à ratisser le camp avec des yeux fous, nous obligeant à vérifier l'état mental de tous les prisonniers – vous pouvez vous imaginer comme nous nous sommes amusés. Ils ont trouvé les mangeurs de cadavres et les ont pendus sur la place d'appel. Après ça, on a reçu un tout petit peu plus de provisions, et comme vous voyez, on a même quelques instruments – au début les médecins devaient trouver des couteaux à conserve pour les opérations. Mais c'est tout de même un camp d'officiers. Si on a de la chance, on peut survivre, et même en sortir. – Comment ? – Premièrement, on peut se faire passer pour un Ukrainien, le comité national vient parfois chercher les siens pour les ramener en Ukraine. Même les Polonais d'ici apprennent les noms des prisonniers, et se déclarent leurs parents. On les confronte aux prisonniers en question, et ils se jettent dans leurs bras, pleurent. Ils pleurent d'ailleurs pour de vrai. Rien à dire, les Polonais sont des artistes comme on en fait peu. Ça leur permet d'acquérir de la main-d'œuvre. Cela dit, vous ne ressemblez pas trop à un Ukrainien. – Et l'autre moyen ? – Vous voyez, là-bas, la maison verte ? C'est le département II-A. Les renseignements allemands. L'Abwehr. On dit que leur base est située quelque part dans les parages, et ici ils observent les hommes de l'Armée rouge et recrutent ceux qui leur conviennent. Vous pouvez d'ailleurs exprimer vous-même votre désir de travailler pour l'Abwehr, et pendant qu'ils procéderont à des vérifications – ça ne va pas très vite, les rapports font des allers-retours – vous pourrez vivre sous la tente, dormir avec un toit au-dessus de votre tête. Puis vous n'aurez qu'à refuser, si vous le pouvez. » Nous nous tûmes un moment. « Un million, dit-il. J'ai entendu l'Obersturmbannführer dire au chef du camp qu'ils avaient plus d'un million de prisonniers de l'Armée rouge. Vous vous imaginez quelle masse d'hommes ça représente. On dit que les Allemands tuent seulement les communistes et les Juifs, et on ne sait pas laquelle des deux catégories ils haïssent le plus. Les Juifs sont envoyés dans des camps séparés. Ici, ils sont dans le camp voisin du nôtre. – Mais pourquoi ils les haïssent ? – Je ne sais pas. Les Allemands ne ressemblent pas aux auteurs de pogroms. Il y a quelque chose de plus subtil en jeu. »

L'odeur de l'hôpital était douceâtre, un mélange de peinture bon marché, de paille et de sueur des corps amaigris, à la peau brune collée contre les os, qui étaient couchés dans la salle voisine. Peut-être que c'était lié au climat, mais beaucoup voyaient des taches apparaître sur leur corps. Après deux semaines, je remarquai que j'avais la même odeur. C'était comme si j'avais la grippe, et dans ma bouche, ainsi que, je le soupçonne, dans mon imagination, s'était installé un arrière-goût, comme si quelqu'un m'avait fourré une manche dans la bouche et m'obligeait à la mâcher sans arrêt. On m'avait enlevé mon assiette de zinc avant même le train, et je devais manger ma soupe dans mon calot, qui en avait perdu sa forme et s'était transformé en chose crasseuse et écrasée, avec des traces de sel. Il n'y avait pas assez de marmites pour tout le monde. J'eus de nouveau la diarrhée, cette fois encore avec du sang. Il commençait à faire chaud, pendant la journée la chaleur nous écrasait. Se lever et résister aux ronds rouges qui tournoyaient dans mes yeux se révélait plus difficile que d'arracher mes cheveux à une flaque gelée. Là-bas, à Polotsk, les gens tenaient encore tant bien que mal, mais ici tout se relâchait. Et les poux n'avaient pas disparu, au contraire : leur armée avait eu des renforts. La nuit, on avait l'impression que le champ de prisonniers remuait comme un manteau de fourrure vainement chauffé pour éloigner la vermine. Les poux, c'était nous.

Très vite, je me mis à haïr tout le monde, et comme mes voisins, je ne pensais plus à rien qu'à la nourriture et à la mort. Le suicide me paraissait désirable, mais je n'avais ni moyens ni lieu pour le commettre, parce que, après ma visite à l'hôpital, on ne m'avait plus inclus dans les équipes de travail. Et dans la maison verte, la lumière brillait tous les soirs. Dès que je m'imaginais me diriger là-bas, passer devant eux, les témoins éternels, qui ne disparaissaient nulle part, j'étais pris de spasmes et de nausées, et je me haïssais pour ça – et aussi parce que alors, dans le fossé, je n'avais pas appuyé sur la détente. J'avais pitié des autres, mais aussi de moi, et c'est ce qui me rendait incapable d'en finir avec la vie comme de tuer le soldat qui suppliait de mourir, celui avec l'œil sur un muscle à vif, ou d'être volontaire pour l'Abwehr.

Plus vite que je ne l'avais pensé, je me retrouvai vers les abris les plus éloignés, cherchant au moins une herbe, pour manger ses racines. C'était midi, et les corps échauffés étaient étendus sur la terre sèche. Seul un prisonnier, qui marchait comme s'il boitait, allait en direction de l'abri, d'un pas si décidé que ça en avait quelque chose d'étrange. Il était pressé. Je devais le fixer si intensément qu'il le sentit et se retourna. C'était Krouglov. Je l'avais déjà croisé, il fuyait les autres, avait maigri, ne parlait à personne, mais on ne l'avait jamais remarqué parmi les vendeurs d'affaires des morts. Je ne sais pas s'il m'avait reconnu, mais il semble que nous prenions tous les deux soin de ne pas nous approcher l'un de l'autre. Cette fois, Krouglov me fixa, ou plutôt, son regard passa à travers moi. Il était à la fois vitreux et impatient, et je fondais sans doute devant ses yeux comme une tache ou un événement rêvé. Il plongea dans l'abri, et par la façon dont il s'orientait, je compris qu'il y vivait. Je me détournai de lui, m'assis à terre et cherchai des herbes qui auraient poussé à la place de celles déjà arrachées. Quelques ombres passèrent encore devant moi. La garde changea sur les miradors. Un homme arriva du côté de l'infirmerie, et descendit dans l'abri, c'était peut-être le voisin du commandant. Quelques secondes plus tard, je l'entendis hurler, si fort que des exclamations s'élevèrent de tous les côtés, et que quelqu'un se leva en jurant.

J'étais plus proche que les autres de l'abri ; quelque chose me poussa à y entrer. La porte s'ouvrit facilement, un filet de fumée s'élevait de sous la terre. Dans la pénombre, je distinguai l'homme qui avait hurlé, le visage rouge. Il vomissait sans pouvoir s'arrêter, incapable de se relever. Un autre voisin dormait, tandis que le commandant, qui ne s'était pas retourné, était assis dans un coin, devant le poêle. « Krouglov », dis-je d'une voix éraillée. Je sentis une odeur de nourriture, qui n'était pas celle du camp. Krouglov se mit à faire quelque chose plus rapidement, il découpait un morceau difficile. Il avait dû trouver un morceau de cheval et se dépêchait de le manger. Ayant entendu des gens approcher, Krouglov enfourna la nourriture dans sa bouche. Je regardai de plus près et remarquai qu'il avait fait un feu sous une espèce d'assiette, et que son voisin ne dormait pas, mais était étendu sur le ventre sans pantalons, les jambes en sang, on avait découpé des morceaux de chair dans ses cuisses. Écartant les curieux, deux gardes, se penchant, firent irruption dans l'abri. Ils comprirent immédiatement, s'emparèrent du cannibale et l'entraînèrent à l'extérieur. Sans prononcer un mot, comme si un commutateur forcené s'était enclenché à l'intérieur d'eux, et sans attendre que Krouglov crève d'une occlusion intestinale, les gardes se mirent à le frapper férocement, comme des paysans qui voudraient mettre à mort une sorte de loup-garou ou un monstre du même acabit. Le plus appliqué à donner des coups, au point qu'il arrivait à peine à reprendre son souffle, était un petit soldat noiraud, qui avait généralement un visage désemparé ; à présent, il abattait sa crosse comme une cognée. La tête de Krouglov balançait à droite et à gauche comme une tête de poupée et, en le regardant plus attentivement, je compris qu'il était déjà mort. Le soldat noiraud continua de toutes ses forces, jusqu'à ce qu'un de ses camarades l'entraîne à l'écart.

Le soir venu, je m'éloignai de tous et me couchai le visage tourné vers les barbelés. La sentinelle, qui hurlait généralement dans de tels cas, resta silencieuse. En m'endormant, je retrouvai mes vieilles visions, une rivière de nourrissons et de mères ensanglantés qui se déversa sur le camp et noya tous les prisonniers, mais ils en étaient heureux, ils s'imbibaient de cette eau rouge ; je m'aperçus que les jumeaux étaient à côté de moi, dans des armures de chevaliers, je voulais les examiner plus en détail, mais ils n'arrêtaient pas de se déplacer hors de ma vue. Je ne me souviens pas de combien de temps cela dura, mais je me réveillai dans la pénombre, en entendant un faible cri. Puis des lamentations incompréhensibles. Je compris que c'était l'Allemand sur le mirador, et m'éloignai un peu. Le soldat noiraud était penché sur le parapet et cajolait le canon de sa mitraillette, en lui disant quelque chose d'intime et en me fixant d'un regard clair et transparent. Puis il chanta d'une petite voix, se prit la tête de sa main libre et se mit à pleurer. Les dormeurs remuèrent. Un corps se leva du sol, jurant, et vint vers moi. C'était un Ukrainien. Il regarda vers le mirador, rassembla sa salive, éructa bruyamment : « Morphinomane, sale chien ! » La sentinelle entendit, se rejeta en arrière et se tut. J'estimai quelles chances j'avais de grimper sur les barbelés et de recevoir une balle pour en finir enfin avec tout ça, mais je m'éloignai et me couchai. La faim chassait le sommeil, provoquait des spasmes, et m'empêchait de penser à quoi que ce soit. Je n'avais plus rien en moi que cette sensation de faim. Je n'existais plus.

Ayant survécu jusqu'au matin, je m'obligeai à me lever, et me dirigeai vers la maison verte : advienne que pourra – je trouverais un moyen de m'en sortir, et si je n'en trouvais pas, mieux valait être fusillé que de sentir cette faim me dissoudre. Je voyais vaciller devant moi le camp avec ses trous, ses tentes et ses baraquements, mais je compris que quelque chose clochait dans ce tableau, qu'il y avait une nouvelle nuance dans les couleurs habituelles. Trois hommes se tenaient sur la place d'appel, avec des vareuses repassées, des bottes astiquées, des culottes de cheval, et leurs uniformes étaient ornés d'épaulettes et de galons qui ne ressemblaient ni aux soviétiques ni aux allemands. Ils avaient accroché une cocarde ovale blanc-bleu-rouge à leurs képis. Les gardes déambulaient dans le camp, réveillant avec leurs matraques ceux qui n'avaient pas compris que les prisonniers devaient aller au rassemblement.

L'un des trois hommes était plus âgé que les autres, dans les cinquante ans. Quelque chose, dans son maintien, faisait penser à l'armée tsariste. Il était tranquille, à l'évidence ce n'était pas la première fois qu'il se retrouvait face à des prisonniers, mais on devinait pourtant une nuance de honte dans son regard. Le deuxième homme, d'une vingtaine d'années, devait être son ordonnance. Quant au troisième, il était voûté, la tête aplatie et chauve et, quand le garde hurla sur les prisonniers qui s'agitaient au bout du rang, il eut un tressaillement des épaules trahissant qu'il avait lui aussi récemment séjourné dans un camp. Il se maîtrisa d'ailleurs rapidement, feignant d'ajuster son uniforme, et s'avança. « Mes frères, dit-il d'une voix forte – puis il ajouta : Camarades. » Les hommes rassemblés se taisaient, le regardant comme des invalides à l'entrée de l'église regardent un hobereau se rendant à la messe. « Je suis le commandant de l'Armée rouge Ivan Gratchev, continua l'orateur. Tout comme vous, j'ai été fait prisonnier. Pour ne pas perdre de temps en paroles, je vous dirai tout de suite : nous nous sommes battus pour la patrie, mais quand nous nous sommes retrouvés dans un camp, nous avons compris que la patrie ne s'occupait pas de nous. Notre destin n'intéresse personne, inutile de rappeler le décret 270 : Staline attend que nous nous tirions une balle dans la tête. Pour lui, nous n'existons pas. L'Union soviétique n'a pas signé la convention de Genève qui défend les prisonniers de guerre. En nous abandonnant, les bolcheviks ont enlevé à chacun de nous le devoir militaire que nous avions assumé volontairement. Mais sommes-nous étonnés qu'ils nous aient abandonnés ? Qu'avons-nous vu de bon, de la part des bolcheviks ? Paysan, donne tout ce que tu as. Ouvrier, cache-toi dans un coin, et si tu t'exprimes, nous t'appellerons traître, te fusillerons ou t'enverrons dans les mines… » De la cuisine, des bruits de cuves nous firent comprendre que la soupe serait bientôt prête. Les hommes s'agitèrent. L'orateur comprit ce qui se passait, et cria : « Nous, officiers russes, voulons voir notre patrie libérée de la vermine communiste ! Le commandement des forces allemandes, la Wehrmacht, nous a entendus. Nous sommes en train de former une Armée nationale populaire russe, qui sera le noyau du mouvement de libération russe. Nous allons vaincre Staline et reconquérir notre patrie. Il n'y aura plus ni propriétaires terriens ni bolcheviks, il y aura de la terre pour tous, et un salaire juste récompensera un travail honnête. L'Allemagne a déjà donné des terres aux paysans, et ne leur confisque pas le blé. Nous appelons soldats et officiers à nous rejoindre. Ceux qui viendront dans nos rangs seront habillés, nourris et logés, payés et armés. La Wehrmacht n'attend de nous qu'une assistance dans les opérations communes. » Les prisonniers rassemblés se mirent à murmurer, on entendit quelques voix indignées. « Nous ne prendrons pas les armes contre nos compatriotes, cria l'orateur. Nous allons plutôt faire un travail de propagande, mais je dois vous dire honnêtement que personne ne sait ce que l'avenir nous réserve. Mes frères, vous avez compris : la guerre s'est révélée différente de ce que nous pensions en nous engageant. La guerre a tout mélangé, mais nous voulons toujours retrouver nos familles, reprendre une vie libre, et non croupir en prison parce que nous ne nous sommes pas tiré une balle dans la tête. Staline n'a pas besoin de nous. Mais le commandement allemand a besoin de nous et a donné au mouvement de libération russe des garanties d'indépendance. Les dernières victoires nous indiquent que les jours du communisme sont comptés. C'est pourquoi, si certains d'entre vous veulent rejoindre les rangs de l'armée de libération, qu'ils s'avancent maintenant. »

Il y eut quelques secondes de confusion. Les hommes semblaient comme figés en l'air, le torse en avant, puis une vague de mutilés, boiteux, qui se tenaient les uns aux autres s'avança au milieu de la place. Je remerciai le destin d'avoir envoyé cet homme voûté avant que je crève. Dans mon cerveau fébrile, une seule pensée allait d'avant en arrière comme un balancier : au pire, ce sera tout de même plus facile de s'évader de chez eux que de l'école de sabotage de l'Abwehr. À ce moment-là, je ne pensai à rien d'autre. Tous ceux qui s'étaient avancés furent conduits devant la maison du commandant, où on les appelait un à un. Le soleil était d'une chaleur satanique, et en attendant nous nous allongeâmes à même le sol à l'ombre bienvenue du perron. Je fus appelé rapidement, mais j'avais eu le temps de comprendre qu'ils ne prenaient pas tout le monde : plusieurs mutilés sortirent le visage baissé, le dos courbé, et se couchèrent à terre. L'un d'eux, un officier d'artillerie avec lequel j'étais arrivé de Polotsk, s'appuya contre le mur de la bâtisse et cacha ses yeux sous sa main valide : des larmes sales coulaient à travers ses doigts.

Dans la pénombre de la pièce, j'aperçus les trois hommes et un officier allemand que j'avais déjà vu plusieurs fois devant la maison verte. Son revolver était posé comme un presse-papier sur une pile de formulaires, le canon tourné vers un coffre-fort. Les rideaux s'agitaient, on sentait une odeur de tabac à la cerise. On me fit asseoir, et je me souvins de ce que c'était, de s'appuyer contre le dossier d'une chaise. Mes quatre vis-à-vis froissèrent des papiers. « Gratchev, chef des renseignements de l'Armée populaire, répéta l'homme à la tête aplatie. – Altoukhov, adjudant, grommela le jeune, soulignant quelque chose dans une liste. – Sanine, prononça le plus vieux, me fixant d'un air de compassion. Sergueï Dmitrievitch, nous ne vous demandons pas d'abjurer, nous n'exigeons pas que vous déchiriez votre livret militaire. Nous comprenons que vous vous retrouvez dans des circonstances vraiment horribles, mais nous aimerions tout de même savoir dans quelle mesure nos idées vous sont proches, et, pour commencer, de quelle origine vous êtes. » Je leur racontai tant bien que mal mon père et Vychegor, Iartsevo, Brassovo, notre maison, l'allée de tilleuls, les pommiers, la femme au guichet avec son « Il est parti » sifflant. En disant tout cela, j'avais le sentiment que, pour la première fois depuis l'hiver, ma famille s'extirpait du néant et apparaissait devant moi comme sur une photo sépia de l'atelier photographique de Viazma. « J'ai tout compris, m'interrompit doucement Sanine. Inutile de vous interroger sur vos opinions. Le formulaire indique que vous êtes topographe, c'est très bien, nous n'avons pas de topographe. – Si, lui rappela Gratchev, mais ça ne change rien. À mon avis, vous nous convenez. – Eh bien, s'il n'y a pas d'objections… » Sanine observa une pause, et l'Allemand tourna le canon de son revolver vers la liste. « … Vous êtes accepté. »

Cette fois-ci, le train allait en direction du sud, et c'était un train de passagers, avec des couchettes, des matelas et une cuve brillante où l'on chauffait de l'eau. Il y avait toujours la queue pour de l'eau chaude. Les tilleuls mouillés par l'orage, la file de maisons pauvres, mais entières, les noms allemands des petites gares et les champs fertiles qui défilaient devant nous faisaient irruption en tourbillonnant dans mon âme. J'étais réchauffé par une joie irrépressible et le sentiment absurde d'un bonheur inévitable. Et si cela se pouvait vraiment, que nous parvenions à libérer la patrie des visages gris ? Sanine, qui partait avec un autre convoi à Berlin, nous avait fait un discours, assez court mais catégorique. On sentait que, pour lui comme pour les autres commandants, c'était un début marquant ; ils étaient impatients de nous montrer la garnison, et je m'imaginais notre armée rassemblée devant le drapeau, et un pope avec l'encensoir faisant le tour du régiment, répétant l'antique rituel de guerre, tandis que Hitler prenait le dessus sur Staline, qui reconnaissait le nouveau gouvernement russe sous la protection de l'Allemagne, et je parvenais enfin à obtenir quelques jours de congé, rentrais à Iartsevo, retrouvais tout le monde, et mon père avait bien sûr été amnistié, et une nouvelle vie, une vie tout autre, commençait. Je pleurais et, bien sûr, je me moquais de moi, mais je ne pouvais m'empêcher d'espérer qu'au moins une partie de ces espoirs serait réalisée. Nous allions vers notre nouvelle garnison. Dans ma poche, je pouvais prendre morceau après morceau de la plaque de chocolat qu'on m'avait donnée. J'avais devant moi quelques semaines sans les tiraillements de la faim, la locomotive nous entraînait toujours plus loin du champ avec ses trous.

Bientôt, je vis un tout autre champ. Il était si grand qu'il semblait rond, et rappelait celui de Brassovo. Une forêt faisait une tache verte sur l'horizon. Le champ sentait la terre labourée, son arôme puissant faisait chanceler nos corps épuisés. Après quelques raccrochages de wagons de prisonniers recrutés dans d'autres camps, nous étions arrivés à la gare d'Osinowka. De là, à pied, sans nous mettre en formation, notre foule avait accompli lentement les sept kilomètres jusqu'à Osintorf. Les commandants étaient partis en avance dans une Horch, et nous étions escortés par des combattants – en uniforme soviétique, mais avec la cocarde ovale tricolore sur leur calot –, qui nous regardaient d'un œil soupçonneux. Certains tentèrent de lier conversation avec eux, mais ils avaient été préparés à la rencontre, et ils répétaient tous la même chose : Vous verrez tout vous-mêmes, vous pouvez être sûrs que vous passerez une semaine exclusivement à vous laver, dormir et bouffer. Des deux côtés de la route s'étendaient des exploitations de tourbe, certaines transformées en champs, d'autres en activité. Nous découvrîmes qu'Osintorf consistait en une poignée de hameaux éparpillés autour d'un domaine central. L'un des hameaux abritait des machines d'extraction de la tourbe importées par les Allemands, l'autre, une station électrique bourdonnante, et le plus grand, les casernes, l'école de sabotage, le garage, l'arsenal et l'état-major avec quelques officiers de la Wehrmacht et de l'Abwehr. Ces derniers étaient assistés d'une compagnie allemande de liaison chargée notamment de surveiller tout ce « foutu bordel », comme l'avait défini pendant notre marche un sergent boiteux que j'avais aidé à attraper un bâton sur le bas-côté.

Après la désinfection, les nouveaux venus reçurent leur uniforme et du linge de corps. Pendant une semaine, tout le monde dormit, rongea sans arrêt des biscottes sucrées et fuma des cigarettes Eckstein qu'on distribuait les premiers temps. Il n'était pas interdit de se promener et d'assister aux services religieux dans un baraquement désigné comme église, mais pendant tous ces jours, je fus presque le seul à aller plus loin que le perron. Mon ventre faisait des siennes, j'étais pris de spasmes, mais la curiosité était tout de même plus forte. Osintorf avait un aspect agréable, presque pas touché par la guerre. Les femmes portaient des foulards fins, et pouvaient semer les pommes de terre en blouse et dans d'énormes bottes de soldats. Certaines épandaient le fumier vêtues de robes et de manteaux de marques comme Hilda Romatzki, Kuhnen et Nina Carell. J'appris plus tard que les épouses de Sakharov et de Kromiadi – c'était le vrai nom de Sanine – avaient collecté des robes superflues auprès des familles émigrées de Berlin et les avaient envoyées ici. Les paysans, qui avaient commencé par s'enfuir chez les partisans, avaient vite changé d'avis. Les soldats passaient la moitié de la journée à s'exercer sur la place d'armes, à étudier les messages codés, le sabotage et la diversion, puis ils labouraient, semaient et hersaient. Les commandants de l'Armée populaire avaient également eu l'idée de distribuer des bottes. Tout cela me semblait absurde, jusqu'à ce que Gratchev m'appelle à l'état-major.

En entrant dans l'ancien bureau de la direction des tourbières, je m'attendais à voir des portraits de Hitler et des bannières avec le svastika, mais je n'y trouvai rien de tel. Passant dans le couloir sonore au plancher de bois peint, je remarquai Gratchev par une porte ouverte. Un étendard tricolore était abandonné dans un coin, mais à part lui et une armoire, il n'y avait dans tout le bureau qu'une table couverte d'un tissu élimé. Il faisait frais et sombre, avec une odeur d'humidité. Gratchev se leva vivement, me serra la main et, voyant que le truc avait marché et que j'étais stupéfait, m'expliqua : « Nous essayons d'avoir les relations les plus simples possible avec les officiers. Nous avons besoin de gens qui partagent nos vues, pas de ceux qui rejoindront les partisans à la première occasion. Voici les nouvelles : j'ai pris le commandement du deuxième bataillon de l'Armée populaire. C'est un bataillon d'infanterie, il est basé à Chklov, à quatre-vingts kilomètres d'ici. Comme je l'ai dit, nous n'avons pas besoin pour le moment de cartographes dans l'Armée populaire, mais il me faut un assistant, un secrétaire. J'ai aimé ce que vous avez raconté, et vous avez une écriture rapide et entraînée. Bref, il y a cette possibilité. » Je lui répondis que je le remerciais pour cette proposition et l'acceptais volontiers, mais que j'aurais voulu comprendre pourquoi les Allemands avaient besoin de ces régiments russes, à qui ils étaient soumis, quels étaient les objectifs de l'armée et à qui elle était subordonnée. Gratchev sourit légèrement : « Vous posez des questions pertinentes. »

D'après lui, Hitler, au début, ne voulait pas avoir recours aux Russes, qui lui semblaient imprévisibles ; de plus, à quoi bon polluer les précieuses armes avec des mains de sous-hommes ? Les émigrants de l'Armée blanche, lecteurs du magazine *Fasciste*, qui avaient repris espoir, avaient proposé de former une armée russe, mais s'étaient heurtés à un refus. Cependant, en hiver il était devenu évident que l'Allemagne ne pourrait pas vaincre rapidement, et que les renseignements avaient besoin, pour les opérations de sabotage, de détachements russes. Il fut décidé de recruter ces détachements dans les stalags et les dulags remplis de prisonniers. Les gens de l'Abwehr savaient que les prisonniers de l'Armée rouge ne se contenteraient que les premières semaines de déjeuners et de dîners pour accepter l'idée qu'ils combattaient contre les leurs – au-delà, ils devaient être mus par une idée forte. Idée que trouva le Berlinois Ivanov, ingénieur radio, enseignant de russe dans l'école des services spéciaux, qui avant la guerre avait formé à partir d'émigrants, comme de cubes, toutes sortes d'associations, congrès et unions. Ivanov avait eu l'idée que l'armée des prisonniers resterait soudée si on lui proposait de renverser les bolcheviks et de devenir la garde d'un État nouveau et juste. Muni de cette idée, Ivanov avait fait le tour des départements. L'Abwehr, qui était déjà en train de construire un réseau d'agents, s'y était intéressé. Les SS voulaient régner sur toutes les factions nationales, et vantaient aussi l'idée, mais retardaient leur décision. Comme le dit Gratchev, ils étaient distraits par des rondes avec les mouvements de libération – par exemple, avec une partie des nationalistes ukrainiens, divisés en deux factions, à qui ils espéraient refiler tout le sale travail du Reichskommissariat Ukraine.

Gratchev expliqua tout cela en grimaçant et en agitant les bras. Je pouvais le comprendre : je voyais se déployer sous mes yeux un jeu d'envergure, étrange pour moi qui ne m'étais pas encore débarrassé de l'odeur de la faim, qui me tordais quand mon ventre était pris de spasmes. Je me souvins de ce que mon père m'avait dit sur l'importance de séparer le mensonge de la vérité, et je me posai la question, puis m'avouai franchement que l'idée d'une armée de libération supposait un jeu, auquel on jouait dans un but évident, que ce jeu était nouveau pour moi et, pour cette raison, m'intéressait.

D'après le commandant, l'Abwehr avait permis à Ivanov de recruter des soldats dans les camps, et en mars l'avait envoyé dans l'état-major des renseignements de Smolensk. Là, Ivanov avait été reçu par le chef du groupe des armées « Centre » von Kluge, qui lui avait dit que l'Armée nationale populaire russe était incluse dans l'Abwehrkommando-203, que sa symbolique était acceptée et que ses garnisons devaient être stationnées à Chklov et Osintorf. Ivanov était rentré à Berlin, avait invité Kromiadi à manger et, derrière un verre de vin de Moselle, avait convaincu cette vieille connaissance de devenir son chef d'état-major. On avait donné à Kromiadi le pseudonyme de Sanine, et à Ivanov, qui était prématurément grisonnant, celui de Graukopf ; on surnommait également son armée « Graukopf ». Les amis avaient proposé à Sakharov de les rejoindre. Ce fils d'un général de Koltchak, aventurier, avait combattu en Chine, en Uruguay, en Argentine, avant de commander une compagnie de tanks pendant la guerre civile espagnole, du côté de Franco. Sakharov brillait sous le ciel de Vitebsk de toutes ses médailles et ses croix, et symbolisait l'héroïsme. Ils avaient également amené un prêtre, le père Hermogène, notamment parce qu'il ressemblait à Nicolas II et que son apparition bouleversait les soldats, et laissait entendre que, voyez, nous continuons la cause de l'armée tsariste. L'Abwehr et la Wehrmacht avaient attaché un officier aux libérateurs, et donné le commandement au colonel von Hetting-Seeburg. Celui-ci, basé à Smolensk, ne réagissait pas à la distribution de bottes aux nécessiteux et autres caprices d'Ivanov et Kromiadi. La première compagnie avait été recrutée dans le dulag de Smolensk. C'est alors qu'ils avaient compris comment parler pour attirer des gens un tant soit peu antibolcheviques, et pas ceux qui ne pensaient qu'à être nourris.

Imaginant une carte, je me souvins qu'Osintorf et Chklov étaient situés presque sur la frontière de la Russie et que leurs environs rappelaient ceux de Vychegor, des forêts denses, de plusieurs kilomètres, des marais et des champs immenses. Gratchev ouvrit sa sacoche et me montra sur le plan au 1/100 000 des Allemands que les détachements de partisans fourmillaient autour de nous. Si agréable qu'il fût, von Hetting-Seeburg avait ses propres vues sur les émigrants. Un mois avant notre arrivée, la Wehrmacht avait conduit une action contre le général Belov et chargé des agents ayant revêtu l'uniforme soviétique de pénétrer dans l'armée du général, de le capturer ou le tuer. L'opération s'était faite sous le commandement d'Ivanov et de Sakharov, tandis que Kromiadi prononçait devant les combattants un discours plein d'émotion où il rappelait que les armes leur étaient confiées pour se défendre, et qu'il fallait dans la mesure du possible neutraliser les frères par les arguments. Tout le monde comprit qu'ils étaient à la veille d'une vraie bataille, et par conséquent une partie des soldats s'enfuit, et les autres durent tirer sur les hommes de Belov. Pendant deux jours, ces combats fous et aveugles continuèrent, personne ne comprenait qui tirait sur qui, mais Belov parvint à se cacher et en réchappa sans une égratignure. Von Hetting-Seeburg fit un rapport sur le courage des forces russes, même si, sur les trois cents baïonnettes, il n'en revint qu'à peine cent dans les casernes. Après cette action, Ivanov tomba malade de la fièvre typhoïde, on l'emmena à Berlin pour se soigner avec des bouillons aux boulettes de viande. On estimait que Kromiadi serait nommé à sa place.

Puis Gratchev raconta ce qui s'était passé depuis six mois sur le front, et j'écoutai avec avidité. Il énonçait les faits avec prudence et bon sens, répétant qu'il fallait préparer au plus vite quelques bataillons aptes au combat et, après avoir démontré leur vaillance aux Allemands, former une vraie armée. Il me dit aussi qu'il avait grandi près d'une usine métallurgique dans l'Oural, qu'il avait fait sept ans de scolarité puis était passé des cours d'agitation politique au service militaire, dans les renseignements. Il s'était rendu après avoir été encerclé avec l'état-major du front de Leningrad. Il ne raconta pas l'hiver dans les dulags et oflags, et son visage grossier, pareil à un morceau de granit, ne trahissait rien de ce qu'il y avait subi. Au printemps, il avait été recruté dans un camp près d'Orcha par un de ses camarades de l'Académie militaire qui était ami avec Sakharov et avait lui-même rejoint l'Armée populaire.

Ayant écouté tout cela, sans réfléchir longtemps, je dis à Gratchev que j'étais d'accord et fus convié à la réunion du soir. La pluie était finie depuis longtemps, mais l'herbe était encore humide, l'air épais, les lilas dégoulinaient et la boue faisait un bruit de ventouse sous les pieds comme si je marchais sur un champ labouré. Les combattants fumaient leur Eckstein devant les casernes, les vareuses déboutonnées, certains même pieds nus. Un capitaine à la barbe rousse, coiffé d'un képi militaire à cocarde tricolore, descendit le perron d'une maison avec une palissade et s'engagea sur la rue centrale. Quelques soldats, se voûtant, coururent vers lui et joignirent les mains. Le capitaine les bénit, et je compris que c'était le père Hermogène. Suivant de loin son dos droit comme une canne, j'arrivai à l'état-major. Gratchev nous attendait déjà dans la salle de réunion, ainsi que Kromiadi et, à en croire les médailles sonnantes, Sakharov, et encore deux membres de l'état-major d'un grade moins élevé, Ressler et Rill. Ils s'inclinèrent également pour recevoir la bénédiction. Gratchev m'appela vers lui et chuchota : « Inventez-vous un pseudonyme. S'ils apprennent que vous n'en avez pas, ils vous en imposeront un. » Je n'avais pas le temps de penser, et je dis la première chose qui me vint à l'esprit, sans doute parce que j'avais passé tout le chemin jusqu'à l'état-major à réfléchir aux contradictions autour de l'idée de libération : « Ross[1] ». Le chef de bataillon me présenta comme secrétaire de l'état-major de Chklov et donna mon pseudonyme. Les commandants rirent un peu, mais acceptèrent Ross. En l'absence de spectateurs, ils s'exprimaient beaucoup plus librement. Sur la table, j'aperçus une bouteille de vin du Rhin et des verres à pied.

1. Il réfléchissait à *Rossia*, la Russie.

« Je veux d'abord vous rapporter mon entrevue avec Loukine. » Kromiadi poussa deux pages dactylographiées vers les autres. « Voici le compte rendu de son interrogatoire par l'Abwehr. Pour faire court : il ne fait pas l'affaire. Et si je reprends par le menu, le général nous a accueillis plutôt bien, on voyait qu'il s'ennuyait du russe. Il y a surtout des Français et des Italiens à Luckenwalde, pour le reste c'est un oflag ordinaire, il ne s'est vu accorder aucun privilège. Il ne reçoit pas l'assistance médicale nécessaire, pendant la discussion il pressait son avant-bras, il boite beaucoup. On nous a laissés seul à seul, et je lui ai parlé de la lutte pour la libération et de nos plans de réunir une armée de deux millions de baïonnettes et de former, après la victoire, un gouvernement russe. Puis je lui ai proposé de prendre la tête de notre armée. Eh bien, Loukine s'est mis à raisonner là-dessus. Il a dit qu'il était heureux de voir que nous agissions, mais que les Allemands ne tenaient parole que tant que c'était à leur avantage. Que dans les régions occidentales ils avaient distribué la terre aux paysans, mais qu'ensuite, ayant compris qu'ils peinaient à nourrir les villes, ils avaient contraint ces mêmes paysans à vendre leur blé et leurs pommes de terre aux citadins, à vil prix. Loukine est aussi inquiet de la subordination dans la Wehrmacht : on ne comprend pas qui obéit à qui, et selon lui, les Allemands font exprès de multiplier les départements pour qu'ils passent leur temps en bisbilles. Comme vous l'avez déjà compris, Loukine a évoqué nos propres peurs : oui, les SS, les SD, les militaires, les renseignements et le ministère du Front est, chacun joue son propre jeu. Mais ce qui indigne le plus Loukine, c'est l'opinion de Hitler, qui voit les Russes comme un peuple de colonie, or les Russes ne peuvent pas être un peuple colonisé. Bref, il ne veut pas participer à cela. Je lui ai répliqué que nous avions des garanties solides de la Wehrmacht. L'armée russe va augmenter, et son importance aussi. Ensuite, lui ai-je dit, Staline a déjà colonisé la Russie, en arrêtant des millions de paysans-propriétaires, de soi-disant contre-révolutionnaires et en les utilisant comme main-d'œuvre en Sibérie et dans l'Extrême-Orient russe. Mais il n'est pas suffisant de haïr le bolchevisme : encore faut-il avoir une image claire de la future Russie, celle qui mérite qu'on verse son sang pour elle, et donner nous-mêmes forme à cette image ! Bref, Loukine s'est tourné vers nous – vous savez, il a les oreilles en feuille de chou, et pendant tout l'entretien elles étaient pâles, mais là, elles ont rougi. “Tout ça c'est très joli, a-t-il dit, mais comment sont-elles signées, vos garanties ? Avec du sang ? De la merde ? Et de toute façon, peu importe. La signature peut disparaître à tout moment comme l'encre sympathique. Vous jouez avec des escrocs, leurs dés sont pipés. Ils ne font même pas semblant de vous faire confiance, et vous tiennent en laisse.” J'aurais voulu lui répliquer que des joueurs proches de nous idéologiquement participaient au jeu, et qu'on peut toujours laisser les escrocs se disputer entre eux, mais Igor Konstantinovitch s'est écrié que Loukine était malade du communisme et ne pensait pas au bien de son peuple…

– Et c'est vrai, l'interrompit Sakharov, c'est un abruti de rouge. » Gratchev, qui avait écouté Kromiadi d'un air sombre, se versa du vin et prononça : « Il semble que Loukine soit préparé à mourir. » Tous fumaient, à part moi et Hermogène. Tournant le compte rendu de l'interrogatoire dans mes mains, je dis soudain : « Il me semble que Loukine estime réellement que Hitler est un salaud, qu'il est persuadé qu'on ne peut pas gagner avec les Allemands, et que toute action de sa part aurait une conclusion honteuse… » Conscient d'en avoir trop dit, je me tus. Les autres restaient silencieux et me regardaient, je fus contraint de continuer. « D'après ce que vous avez dit, son jeu à lui consiste à montrer sa résistance aux Allemands en repoussant les propositions comme les vôtres. Mais dans les premières réponses à l'interrogatoire, on comprend déjà que le général ne refuse pas de discuter avec leurs services des renseignements, et accepte même de donner des informations au compte-gouttes. Là, regardez, il mentionne combien de divisions se préparent de l'autre côté de la Volga, et quelles nouvelles armes ils attendent. Sa vie est difficile dans le camp, mais supportable, et il espère tenir jusqu'à la fin de la guerre. Si l'Allemagne gagne – il lui aura été utile, et donc, sera libéré. Si les rouges sont vainqueurs, il n'aura jamais trahi, et n'aura communiqué que des faits datés à l'ennemi. »

Il y eut un silence. Kromiadi regarda par la fenêtre. C'étaient les jours les plus longs de l'année et, à près de minuit, le ciel restait crépusculaire. Une odeur de jasmin se répandait dans l'air, insistante. Je ne savais pas pourquoi, n'étant qu'un secrétaire, je m'étais permis d'intervenir dans la discussion dès ma première réunion. J'avais peut-être simplement la nostalgie des conversations. Se tournant vers nous, Kromiadi sortit une nouvelle cigarette et l'alluma. « Bref, je ne voulais pas en parler aujourd'hui, mais étant donné que vous, notre nouvel officier, avez commencé la discussion, allons-y. Vous croyez que nous avons besoin de Loukine pour comprendre à quoi ressemble notre jeu ? Nous le savons bien, et nous n'aurions rien fait si nous n'avions pas reçu des signaux importants disant que les Allemands ont besoin d'un renfort russe en grand nombre. Notre discussion avec Loukine était écoutée par l'Abwehr, et il le savait aussi bien que nous. Je ne pouvais pas tout lui dire. Or, il y a un mois j'ai eu une entrevue à Berlin avec le colonel Strik-Strikfeldt, que beaucoup connaissent ici. C'est un officier de mérite. Il s'est battu dans l'armée du tsar, jusqu'au grade de capitaine, et surtout, c'est un ennemi idéologique des bolcheviks, proche du feld-maréchal Keitel. Le colonel a confirmé que tous les généraux avaient des opinions différentes sur comment utiliser l'armée. Beaucoup, dans la Wehrmacht, n'apprécient pas qu'on leur ait imposé de s'occuper des prisonniers, qu'on les implique dans des actions, qu'on les oblige à tuer les complices au sein de la population civile. Il conviendrait d'accorder l'autonomie à la Russie : telle est la position des officiers éclairés. Leur groupe est important, et apprécie les patriotes russes. En ce moment, l'Abwehr cherche un général soviétique, aussi renommé que possible, pour qu'à son appel les soldats de l'Armée rouge rejoignent le camp allemand. Pas Hitler, ni nous (de parfaits inconnus), mais cette personnalité illustre. »

Gratchev s'anima. « En gros, grinça-t-il, on peut l'oublier, ce Loukine. Nous devons tenir jusqu'au moment où les Allemands captureront quelqu'un de célèbre. Quelqu'un qui aime le pouvoir. Et ce serait bien qu'il soit aussi bon stratège, pas juste un coq avec des médailles. » Le vin du Rhin était fini. Rill ouvrit encore une bouteille. « Quand se lèvent les brumes moroses et que le vent éteint ma cheminée, pris de délire je te vois, Russie, avec tes plaines vastes et désertes », déclama Hermogène, la tête renversée en arrière. Je m'exclamai : « Le feu contraire est tombé. – Quoi ? demanda Kromiadi. – Excusez-moi, je me suis juste souvenu de l'expression. Nous luttions contre un feu de forêt en envoyant un feu à sa rencontre. Cela faisait deux murs de feu, qui se sont heurtés, et l'incendie s'est éteint. Mais avant cette rencontre, il y a eu une minute, quand ils se rapprochaient, où la bande située entre eux s'est transformée en brasier. J'ai l'impression que nous sommes en ce moment dans un tel brasier. » Kromiadi hocha la tête et voulut dire quelque chose, mais Hermogène, comme s'il ne nous avait pas entendus, continua : « Dans ma mansarde pauvre et obscure, dans le bruit des rues de Paris, tu me parais si grande et si suprêmement inanimée, tu caches une telle indifférence, une telle répugnance à vivre, que je crains de troubler ta grandeur par ma lamentation[1]. »

Nous refîmes le trajet en sens inverse en empruntant la route abîmée le long du Dniepr. Les villages brûlés défilaient. « Vous avez impressionné les émigrants, me dit Gratchev. En général, leurs conversations sont amusantes. Nous disposons de deux bataillons incomplets, et ils sauvent la Russie. Il y a beaucoup, beaucoup à faire dans la garnison. Et notez que nous n'avons opéré aucune diversion ni action, à part en mai, et ce n'est pas dans nos plans. » À Orcha, le chauffeur prit la direction de la gare. Nous attendions un nouvel arrivage d'officiers par le train, et je partis me promener, mon képi militaire sur la tête pour ne pas avoir à m'expliquer avec chaque patrouille. La plupart des maisons étaient réduites à l'état de carcasses, il n'en restait que le poêle. On voyait des brèches ici et là, et parfois, l'intérieur des appartements avait été saccagé et rejeté à l'extérieur. Des morceaux brûlés de papier peint rayé pendaient encore aux murs, la poussière, les gravillons et les briques se mélangeaient au verre cassé et crissaient sous les pieds. Passant devant la gare, je suivis le panneau « Novy Byt Str. ». La rue était vide et sonore, seule une vieille femme, la tête couverte d'un foulard, avançait péniblement à l'ombre en portant un bidon. Cependant, je vis quelque chose de gris remuer au loin, et quand le gris se rapprocha, je distinguai une colonne de gens, jeunes pour la plupart. Ils avançaient librement, pas en rangs, portaient des sacs et des valises, mais leurs visages étaient angoissés. La colonne était escortée par des gendarmes. Avant de tourner dans une ruelle où, derrière

1. Poème d'Ilya Ehrenbourg (1912).

des poteaux avec des barbelés, se profilait un long baraquement, la procession s'arrêta. Deux jeunes filles posèrent leurs valises à une vingtaine de mètres de moi. L'une d'elles chuchotait quelque chose à l'oreille de l'autre, cachant sa bouche derrière sa main, le regard de l'autre errait dans la rue, et finit par se fixer sur moi. Elle ne me regarda que quelques secondes, mais je me souvins d'elle dans les moindres détails : le dessin de ses lèvres, ses cheveux légèrement ondulés, son front large, son menton étroit. Celle qui chuchotait termina son récit, la jeune fille se pencha et, sans me quitter du regard, prit sa valise. La colonne se remit en marche, pour disparaître derrière un portail portant le panneau « Arbeitsamt ».

Je revins vers la gare. Un convoi arrivait justement sur le quai ; Gratchev distingua bientôt deux officiers dans la foule gris-vert. Ils se présentèrent : ils s'appelaient Lamsdorff, Grigori, et von Pahlen, Sergueï. Avant de faire leur apparition à Chklov, ils étaient allés passer commande de l'uniforme de l'Armée populaire – étonnamment, en France. Gratchev m'avait raconté comment ils les avaient rejoints. Le chef de l'arrière-garde du groupe « Centre », von Schenckendorff, était en train d'inspecter la disposition de l'Armée populaire, et ces deux, des amis, étaient dans son escorte. Ils n'en pouvaient plus de la bureaucratie allemande. Von Pahlen récoltait des signatures pour la litanie paperassière de l'état-major à Smolensk, et Lamsdorff interrogeait les prisonniers comme traducteur dans le bataillon des tankistes. Ils demandèrent tous deux à von Schenckendorff de les muter dans l'Armée populaire. Von Pahlen fut nommé commandant militaire de Chklov, et Lamsdorff allait prendre la tête de l'état-major du bataillon. Le premier ne cessait de plaisanter sur comment ils avaient terrifié les paroissiens de l'église orthodoxe de Paris avec leurs uniformes, le second se répandit en récits peu crédibles de ses exploits en Espagne. Pendant tout le mois suivant leur arrivée, ils se conduisirent ainsi, passant leurs soirées à se pavaner et à chanter *Attends-moi, et je rentrerai, mais attends-moi très fort*[1]. Lamsdorff ne m'adressa la parole que quand il eut besoin de savoir où se trouvait la pyramide de triangulation la plus proche. C'est devant cette pyramide qu'il avait rendez-vous

1. Poème de guerre de Konstantin Simonov (1941).

avec un chef des partisans qui avait accepté de négocier une non-agression. Gratchev estimait que lui-même risquait, en tant que traître, d'être attiré dans un piège et exécuté, tandis que le hardi Lamsdorff, créature exotique, avait plus de chances de prendre part à des négociations apaisées. Ce fut effectivement le cas. À Osintorf, les choses allèrent encore plus loin : ils ne retinrent pas par la force ceux qui voulaient rejoindre les partisans. Au contraire, ils ne pendaient pas les partisans, mais les accueillaient, les nourrissaient, tentaient de les recruter et ne les empêchaient pas de partir. Les hommes s'enfuirent moins souvent de la garnison qu'après l'action pour capturer Belov.

À Chklov, des baraques d'usines avaient été affectées aux casernes. Le commandement logeait à proximité, et j'eus droit à la chambrette du gérant du foyer, aux murs recouverts de papier peint avec des fleurs pourpres. Une lune presque ronde était suspendue à la fenêtre, un étourneau bavardait à tue-tête. Cette nuit-là, je fis pour la première fois un rêve que je notai plus tard dans mon carnet. Tous les rêves du carnet avaient la particularité de commencer dans la réalité, et souvent de finir aussi par elle.

J'avais l'impression de ne pas m'être endormi, quand je remarquai devant ma porte une jeune fille avec une valise. C'était la jeune fille d'Orcha. Elle entra dans la petite chambre, vêtue d'une robe légère et immédiatement, sans me saluer ou parler, flotta jusqu'à moi et, se penchant, serra les guisses* _contre mon_ penise* _qui était en_ errection*. _Ce fut le début d'un attachement difficile, fort et effrayant. Après le premier baiser, d'un geste habituel, habile, elle ouvrit sa_ bluse sur sein gauche*, _découvrant sa poitrine petite et blanche._ Elle* _ressentit pendant un moment langueur et plaisir. C'était la première fois que je vivais une scène aussi longue, précise et sans ambiguïté._

Pendant environ un mois, le bataillon vécut dans l'insouciance. Il allait au stand de tir, mais ne participait à aucune action, étant donné que les partisans évitaient Chklov. Après mes cours à l'école de sabotage je me dorais au soleil, me baignais et jouais aux échecs avec les hommes de l'état-major. Kromiadi, qui se préparait à prendre le commandement des armées, vint, accompagné d'officiers allemands, prêter serment d'un air important et inspiré. Le bataillon se mit en rangs sur la place d'armes devant la caserne d'un étage. On avait dit aux mitrailleurs d'avoir avec eux leur mitrailleuse, aux agents de liaison d'apporter leur petite valise. On sortit aussi les canons, qu'on disposa devant les hommes. Les Allemands avaient amené un photographe, il regardait par-dessus l'épaule des hommes en train de prêter serment, et les feuilles avec le texte. Il y avait beaucoup de nouvelles recrues, qui lisaient à voix haute, sans beaucoup d'ensemble, comme à la prière commune, rang après rang. « Je jure devant Dieu, en prêtant serment au commandant suprême de la Wehrmacht allemande Adolf Hitler, de faire montre, dans la lutte contre les ennemis bolcheviques de ma patrie, d'une parfaite soumission aux ordres et, comme un soldat courageux, d'être toujours prêt à donner ma vie pour ce serment. » À la mention de Hitler, les voix perdaient de leur allant. Les officiers furent appelés à prêter serment devant les hommes, et je dus, avec von Pahlen, Lamsdorff et un artilleur qui nous avait rejoints, me mettre juste devant le photographe. Je n'accordais aucun intérêt à ce qui était écrit sur la feuille, une seule chose me préoccupait : ne pas apparaître sur la photo. Ces photos d'agitation politique partiraient pour l'Est, et si l'on me reconnaissait, ma famille – si bien sûr ils étaient vivants – en pâtirait. Kromiadi fit un pas en avant et parla. Ses paroles sur la Russie perdue, le retour si attendu et l'expulsion des démons rouges agissaient toujours comme un sédatif sur des malades : les soldats, qui avaient perdu confiance en tout, maudissaient leur destin et leur choix, hochaient la tête avec approbation et pleuraient doucement pendant ses discours. Cette fois encore, ils étaient nombreux à essuyer leurs yeux.

Mais bientôt, tout changea. Lors d'un petit-déjeuner, Gratchev, en tartinant du beurre sur un morceau de pain, nous apprit la nouvelle. La grand-mère, c'est-à-dire Seeburg, que tout le monde adorait, était mutée en Finlande. Le colonel s'était pris de bec avec un fonctionnaire peu important, mais influent, de l'état-major, qui l'accusait d'exiger plus d'armes que nécessaire pour les bataillons russes, et qui envoya un rapport sur lui à Berlin. Là-bas, bien sûr, on ne voulut pas ébruiter le scandale, et on muta Seeburg le plus loin possible. Il fut remplacé par un illustre inconnu, le lieutenant-colonel Hetzel. Dès le premier abord, il ne plut pas aux hommes d'Osintorf.

Kromiadi demanda à Gratchev de tenter de comprendre quelles étaient les relations haut placées du lieutenant-colonel et de le mettre en confiance. L'état-major eut l'impression que Hetzel était froid et ne s'intéressait aucunement aux idées de la lutte de libération. Le plus désagréable étant que le nouveau commandant ne cessait de répéter qu'il allait peut-être falloir attendre longtemps avant les incursions en territoire soviétique et autres missions, tandis que l'arrière-garde souffrait de la présence des partisans et qu'il était indispensable de se consacrer à la lutte contre leurs détachements. Quand Kromiadi se référait au point de vue de l'Abwehr sur le rôle de stricte diversion que devait jouer l'Armée nationale populaire, le lieutenant-colonel haussait les épaules pour signifier que l'un n'empêchait pas l'autre.

Hetzel avait menacé de se rendre à Chklov une semaine plus tard, mais fit son apparition le lendemain déjà. « Qu'est-ce que c'est ? » demanda-t-il à von Pahlen en indiquant le dos d'un lit. On y voyait un écriteau avec, en russe, le nom et le diagnostic du patient. Von Pahlen avait fait enlever tous les panneaux en allemand et avait arraché le portrait de Hitler dans la cantine avec les mots « on ne veut pas de cette horreur ». Il se mit à rougir, et prononça d'un ton haché : « Pour remonter le moral des soldats russes, pour que le bataillon se sente comme dans sa patrie, j'ai demandé de laisser les inscriptions en russe. » Les officiers qui étaient venus avec Hetzel chuchotèrent entre eux. Hetzel ordonna de remettre tous les écriteaux allemands. Von Pahlen était près d'éclater de rage, et Lamsdorff dut l'étreindre longuement en lui répétant qu'il n'avait pas cédé, mais accepté un compromis pour le bien-être des forces armées. Cela dit, von Pahlen n'en fut pas quitte : un peu plus tard, l'un des officiers inférieurs qui avait une dent contre lui glissa à Hetzel une lettre de dénonciation dans laquelle on décrivait les œuvres antihitlériennes du commandant, citant ses rêves de nettoyer la région des armées allemandes. Hetzel ne lisait pas le russe et demanda à entendre immédiatement la traduction en allemand, ce qui fut effectué. Le lieutenant-colonel ne fit pas d'esclandre : il se contenta de lever un sourcil et de grommeler « Ces faits doivent être soumis à une vérification, et s'ils se confirment, un châtiment sévère suivra », mais une semaine plus tard von Pahlen perdit son poste, et s'il n'avait pas eu un parent haut placé, il aurait été pendu. Plus tard, après le départ des Allemands, le dénonciateur fut retrouvé, jugé pour faux et trahison, et condamné à mort. C'était, semble-t-il, un officier d'artillerie, je me souviens comme il sanglotait et se repentait, mais même à ce moment son attitude restait hypocrite, et les hommes qui le fusillèrent n'eurent pas trop de scrupules à appuyer sur la détente. La nervosité des commandants déteignit néanmoins sur le bataillon, qui perdit son optimisme.

Après le « présentez armes-rompez » sur la place d'armes et un repas sur des nappes blanches, Hetzel complimenta la soupe aux choux sibérienne et le bifteck et s'isola avec Gratchev. Une heure et demie plus tard, il sortait de l'état-major, saluait militairement les officiers et sautait avec son adjudant dans sa Horch. Gratchev fit appeler les commandants, déclara que son entretien avec Hetzel devait rester secret jusqu'à de nouvelles instructions, et ne raconta que ce qu'il pouvait : les partisans étaient de plus en plus actifs, ils avaient organisé de nombreux sabotages, le bataillon allait bientôt devoir être préparé au combat. Deux jours plus tard, il partit pour Osintorf, me prenant avec lui, et en chemin me raconta ce qui s'était vraiment passé entre lui et Hetzel. Le lieutenant-colonel lui avait proposé de prendre le commandement de toute l'armée. Gratchev avait refusé, arguant de son manque d'expérience, et se gardant bien, évidemment, de lui dire que les émigrants, avec leurs relations dans l'Abwehr, allaient rapidement s'enfuir, et qu'il n'aurait plus aucun levier pour influencer quoi que ce soit. Mais Hetzel comprit ce que craignait le chef de bataillon, et tenta de le convaincre que la Wehrmacht n'avait vraiment pas besoin en ce moment d'idéalisme monarchiste et de gouvernement russe alternatif. Bien sûr, l'Abwehr comptait sur l'Armée populaire et les cours à l'école de sabotage n'allaient pas s'interrompre, mais il était hors de question, dans les arrières qui souffraient des bandits forestiers, de nourrir un bataillon sans l'inclure dans les battues. C'est pourquoi, si quelqu'un s'opposait à la participation de l'armée aux actions contre les partisans, il serait écarté. « Bref, on peut comprendre, dit Gratchev en haussant les épaules. Regardons d'où vient le vent, les gens d'Osintorf semblent avoir déjà appris quelque chose. » Il avait refusé jusque-là, disant à Hetzel que l'autorité de Kromiadi était si grande auprès des soldats qu'ils n'accepteraient pas d'autre commandant.

Nous n'apprîmes rien de très réjouissant dans la salle de réunion. Kromiadi et Sakharov, le visage noir, buvaient de l'eau du puits dans des verres troubles. Ils étaient allés à Smolensk, chez le commandant von Kluge, mais celui-ci ne les avait pas reçus, et ne réagissait pas aux téléphonogrammes. Il avait sans doute été prévenu par le chef des arrières du « Centre » von Schenckendorff, chez qui les comparses étaient passés avant l'audience. Von Schenckendorff leur avait annoncé, son crâne chauve brillant honnêtement, qu'il avait personnellement envoyé « Graukopf » pour renforcer les troupes de sécurité, et von Kluge n'avait exprimé aucune objection. Kromiadi, stupéfait, aurait voulu dire qu'Ivanov avait convenu tout autre chose avec l'Abwehr, mais von Schenckendorff avait agité la main : « Non, non, l'Abwehr est bien sûr au courant, et l'armée accomplira ses missions. Mais en l'absence de telles missions en ce moment, j'exige que vos bataillons aident les troupes de sécurité à attraper les partisans. »

Rentrés à la garnison, ils écrivirent une lettre à Canaris et avaient l'intention de la transmettre par des connaissances d'Ivanov à Berlin et d'obtenir une rencontre avec le chef de l'Abwehr en personne. Sakharov était assis à la table, la tête entre les mains. Peu avant notre arrivée, il s'était disputé avec Kromiadi, Ressler et Rill. « Loukine avait raison ! criait Sakharov. Il ne fallait pas jouer au plus malin avec ces bureaucrates ! » Kromiadi avait répliqué : « Mais ils m'ont nommé moi, connaissant mes positions, et n'ont pas proposé d'action pour le moment. Afin de conserver les hommes qui nous ont été confiés, nous pourrions en effet nous occuper des partisans – y mener notre agitation politique, les travailler. » Quand il était ému, son cerveau passait au style noble, et Dieu sait combien de temps il aurait pu parler, si Gratchev, qui passait le doigt sur le bord d'un trou dans la nappe, n'était intervenu : « On va nous donner des munitions, des mines, des véhicules blindés, avec pour mission d'éliminer des partisans, de quelle agitation vous parlez ? Pourquoi mentir aux gens ? »

J'avais de la peine à écouter leurs cris, parce que je pensais à la fille d'Orcha. Ce rêve m'avait frappé par sa netteté, et, repassant les moments dans ma tête, je ne parvenais pas à trouver la frontière avec le réel. Quand je réussissais à revenir à l'état-major et à saisir le sens de la dispute, je voyais clairement sa véritable signification : les émigrants n'avaient pas envie d'abandonner leur position si confortable, qui entretenait leur amour-propre et leur nostalgie pour une vraie cause, et ils étaient en train de combattre assez malencontreusement leur conscience, parce qu'elle s'opposait à l'idée d'envoyer leurs hommes tirer sur des compatriotes.

Gratchev, interrompant doucement Sakharov, posa ses deux cartes sur la table. L'une, la proposition de Hetzel de lui confier le commandement de l'armée, fut accueillie calmement. Kromiadi n'avait visiblement plus d'illusions. La seconde, il me l'avait cachée : « Hetzel a mentionné qu'un illustre général soviétique avait été capturé. Ce général a accepté de collaborer et travaille à un appel au commandement allemand, et peut-être même à Hitler en personne. Dans cet appel, il demandera de former une armée russe antistalinienne. » Les hommes présents se taisaient. Kromiadi et Sakharov échangèrent des regards lourds. « Il me semble, dit Gratchev, que vous devriez être en mesure de secouer l'Abwehr et de l'obliger à participer plus activement à nos affaires, sinon toutes les décisions continueront d'être prises par-dessus nos têtes. »

Nous descendîmes les marches dans la pénombre. Les rares lumières des casernes, le vent déchaîné, le grincement des canalisations qui s'agitaient, les étoiles angoissées au-dessus des tourbières – tout clamait l'arrivée d'un malheur. J'avais l'impression de m'être élevé au-dessus d'Osintorf et, ayant senti la carte, d'avoir volé au-dessus des rails du chemin de fer, traversant le Dniepr, jusqu'à Smolensk, son église aux nombreuses coupoles, ses anciennes fortifications, puis, passant les villages déchiquetés, ne montrant plus que des squelettes de poêles, passant les tanks rouillés, la boue des chemins, de me diriger vers Iartsevo. Plus je m'approchais dans les airs, plus la terre était couverte de fumée, et à chaque gare mon imagination faiblissait, et je me rendais compte que je ne parvenais même pas à me représenter ce qu'avaient vécu ma mère, mes sœurs et Anatoli. Je voyais mon père en train de cueillir les pommes et de les leur jeter en bas, et ils riaient, tentant de les attraper dans des bassines ou des paniers, puis ils tournaient vers moi leurs nuques ourlées de cheveux clairs, que visaient les canons de fusils. L'horreur me paralysa les épaules et, reculant, je m'assis dans un buisson d'églantiers et pleurai amèrement. Les commandants étaient rentrés chacun chez eux, je n'avais pas à me cacher. Je me souvins de la discussion à l'état-major et compris qu'on allait nous envoyer dans la forêt combattre les partisans, et qu'il faudrait choisir si nous tirerions sur les nôtres – vraiment les nôtres, car d'ici à Iartsevo, il n'y avait que cent cinquante kilomètres. Je pouvais bien sûr rejoindre ces mêmes partisans, risquant d'être abattu par eux ou par les Allemands. Ou tout pouvait-il se résoudre, et nous entrerions à Moscou sans une tache sur nos noms ? Épuisé, je me couchai dans l'herbe, et ne me relevai qu'une heure plus tard, quand mes habits furent imbibés de rosée. Je décidai de ne plus me souvenir de leurs visages, pour ne pas devenir fou : ni de ceux des filles, ni de Tolia, ni des parents, et de me les représenter comme des silhouettes sombres au coin de la chambre, de prier pour eux, je ne sais pas qui et comment. Frissonnant, je regagnai mon lit à petits pas et m'endormis, ne désirant pas me réveiller.

Nous passâmes environ trois semaines dans l'incertitude et l'absence de nouvelles. L'état-major avait téléphoné à Ivanov à Berlin, celui-ci avait, semble-t-il, commencé à se renseigner. Hetzel était visiblement passé encore une fois à Osintorf, et Kromiadi avait tenté de le convaincre d'attendre et de ne pas inclure le bataillon dans l'armée combattant les partisans. Pour ne pas penser à tout cela, j'étudiais Chklov : une ville détruite par les obus et brûlée par l'Armée rouge, mais plus ou moins raccommodée, de la taille de Iartsevo. Un jour, après le déjeuner, je croisai Lamsdorff qui sortait de son appartement, et il me proposa une promenade. Lamsdorff était cette fois-ci d'excellente humeur. En face de l'église orthodoxe à la porte condamnée et à la croix enlevée, fumait un vieillard en costume deux pièces, aux bottes cirées, coiffé d'une casquette. Sa cigarette roulée était solidement collée à sa lèvre inférieure, et il n'essayait même pas de la prendre entre ses doigts. « Je me demande, dit Lamsdorff, ce qu'il est advenu de la communauté juive locale. Von Schenckendorff n'en a pas parlé, il a simplement dit que toutes les institutions religieuses étaient affectées aux besoins de la garnison. – Ils ont sans doute été envoyés dans un camp de travail », répondis-je, me souvenant de Souvalki. Le commandant s'approcha du vieillard.

Lamsdorff s'inclina légèrement, salua, et lui demanda s'il savait ce qu'il était advenu de la communauté juive. Le vieillard examina notre uniforme, et s'éloigna dans la rue. Lamsdorff le rattrapa et répéta sa question en le regardant bien en face. Je l'examinai à mon tour : sa peau faisait penser à un vieux ballon dégonflé, même si elle n'était pas si ridée. Le vieillard cracha sa cigarette, étudiant attentivement le sol à ses pieds, puis fit un signe de croix en l'air. Nos visages avaient visiblement une expression si stupéfaite qu'il desserra les lèvres. « Vous êtes, semble-t-il, officier, peut-être pas exactement de l'armée allemande, mais tout de même, chevrota-t-il. Ils ne vous ont rien dit ? » Lamsdorff jura qu'il ne savait rien de la communauté de Chklov. Le vieillard raconta que, à peine deux semaines après le début de la guerre, les habitants des shtetls qui s'étaient enfuis vers l'ouest avaient raconté que les Juifs de tous sexes et âges étaient abattus, après avoir été rassemblés dans des quartiers isolés derrière des barbelés. On avait interdit aux Juifs de Chklov de partir, pour ne pas répandre la panique. Lui, professeur de mathématiques, tentait de convaincre les patrouilles que retenir ceux qui voulaient partir, c'était les vouer à une mort certaine. Une dizaine de familles, tout au plus, parvinrent à s'enfuir, or plus de six mille Juifs vivaient à Chklov. Quand la ville fut occupée par les Allemands, beaucoup se réjouirent, car ils encourageaient le commerce libre et l'autonomie locale. Les Allemands imposèrent les directeurs d'usine dans le conseil municipal, et leur ordonnèrent de rassembler tous les Juifs dans un quartier fermé vers l'usine de lin. Ils trouvèrent immédiatement des volontaires pour les aider, même s'ils n'étaient pas très nombreux. De toute manière, ils n'avaient pas besoin d'être nombreux : sur les six mille Juifs, très peu résistèrent. On vit bientôt arriver un commando spécial, qui allait de ville en ville avec une seule mission. Leur chef était un Sturmbannführer du nom de Günther, et ils ne prirent pas longtemps des pincettes avec les Juifs. En deux mois, le commando en tua la majeure partie dans des fossés près du champ où notre bataillon avait son stand de tir. Ils avaient bouclé le champ. Ils tiraient des coups de fusil dans la nuque, deux balles par adulte. Une seule pour les enfants.

En un mois, ils en tuèrent une grande partie, puis les autres à un autre endroit, un peu plus tard.

L'enseignant se tut, il n'arrivait plus à avaler sa salive. À la fin, il y parvint, et il raconta comment on envoyait par la rue Vichneva, vers le cimetière juif, non seulement les hommes, mais des familles entières, et les voisins se passèrent le mot qu'on envoyait aussi les femmes et les enfants. De toute la ville, quelques personnes vinrent, peu, une quarantaine peut-être, qui avançaient avec les Juifs. Elles ne protestaient pas, faisaient semblant d'être de simples badauds, parlaient fort, tout en essayant de cacher les enfants aux soldats qui les escortaient. Günther fut décontenancé, parce que, auparavant, il n'y avait jamais de badauds à proximité du commando, mais maintenant, ils voulaient visiblement assister à ce qu'on faisait aux Juifs, et il décida qu'il interdirait d'assister aux exécutions, mais qu'il n'empêcherait pas d'accompagner la procession hors de la ville. « Et ainsi, dans la foule, on a pu enlever ceux des enfants qui avaient de la chance. J'ai pu toucher la main d'une fille de quatrième[1] et je pensais doucement l'amener vers une famille, des Biélorusses. Ils étaient devant leur palissade et me faisaient des signes, mais j'ai pris peur et je me suis dit que la rue était longue et que quelqu'un d'autre la prendrait peut-être. Les parents de cette fillette ont compris quoi faire : la mère a lâché sa main et a agrippé celle du père, qui était à côté – et du sang a goutté de cette main. Pris de confusion, j'ai perdu la fillette de vue. Certains me reconnaissaient, je suis enseignant, et m'adressaient des signaux du regard. J'ai failli plusieurs fois me décider, mais les soldats se mettaient à crier, ou ceux qui marchaient avec moi ne me cachaient pas, et je n'ai pu sauver personne. » Lamsdorff enleva sa casquette et essuya la sueur sur son front. « Grand-père, nous sommes des soldats russes. Nous sommes russes. Ma mère, à Paris, a caché deux familles de Juifs, alors que, dans notre arrondissement, on fouillait déjà les appartements. » Le vieillard le regarda avec désolation : « Je ne suis pas un grand-père, j'ai quarante-trois ans. Et dans votre Paris, vous n'avez pas compris ce qu'ils faisaient avec les Juifs ? – Non, chuchota Lamsdorff. On croyait qu'ils allaient être réunis quelque part. On a entendu qu'on

1. Neuf-dix ans.

les envoyait travailler dans des usines. À Berlin non plus, personne n'a entendu parler d'exécutions. » L'enseignant hocha la tête et remit une cigarette dans la bouche. « Ces types, dit-il, ceux qui ont tiré sur les Juifs, ils vivaient dans vos casernes, allaient manger à la cantine. Je les ai observés. Je pensais que c'étaient des bêtes féroces. Mais ils étaient tout calmes. Je sais un peu l'allemand, ils discutaient de leurs familles, lisaient des lettres qu'on leur envoyait de la maison. Beaucoup avaient volé des bagues aux Juifs, des bricoles en or, et se demandaient comment les envoyer à leur famille, sans que les gendarmes militaires s'en emparent. Personne ne se soûlait, et je n'ai pas vu de fous parmi eux. Ils se baignaient dans le Dniepr, près du pont, et se lavaient près de la rive. La mousse partait dans le courant. J'ai seulement parfois vu l'un d'eux assis à la cantine, en train de fixer le mur, comme s'il y voyait quelque chose que les autres ne voyaient pas. Quand Günther remarquait ce genre de scène, il étreignait le soldat et lui offrait de la vodka, en disant aux autres : Quelqu'un doit bien faire ce travail, nous le faisons, nous épargnons cette peine à nos camarades, et c'est notre devoir. C'étaient des hommes ordinaires. Des hommes tout à fait ordinaires. »

Le lendemain matin, le bataillon se rendit sur le stand de tir. J'avais convenu avec Lamsdorff d'examiner les lieux des exécutions, et quand on nous apporta le repas et que les soldats firent tinter leurs gamelles, nous descendîmes dans la cuvette à l'angle sud du champ. Les herbes entouraient la tige de nos bottes. Les bouleaux, se rapprochant, dansaient devant nos yeux. Ce n'est qu'en arrivant tout près que je remarquai des petites bosses, des collines d'un mètre, et sous elles, un fossé qui menait à la route, sur lequel poussait la reine-des-prés. Lamsdorff me rattrapa et regarda en bas. Nous restâmes ainsi figés une minute. Je ne pouvais pas m'obliger à descendre plus bas : j'avais l'impression que la terre allait s'ouvrir, et que je serais englouti dans un marais d'ossements et de chairs putrides. Lamsdorff, devinant mes pensées, soupira : « Un hiver a passé, la terre s'est déjà tassée. » Il se pencha, hésita un peu, puis s'assit en tailleur. « Mon Dieu, dit-il en cachant son visage entre ses mains, nous nous battons du côté du mal, en espérant, grâce à lui, vaincre un mal encore plus grand. » Je me dis que je n'étais bizarrement pas étonné que Lamsdorff

se révèle un pauvre type, mais me souvins en même temps que mes propres réflexions avaient été exactement les mêmes. Pour la première fois de ma vie, j'avais envie de fumer. Nous avançâmes le long du fossé. « Hitler est bien sûr un fou dangereux, dis-je à Lamsdorff, mais le plus dégoûtant est que ces nobles, ces officiers éclairés de la Wehrmacht lui obéissent, ceux-là même dont Sanine espère tant. Ils savent qu'on tue des civils, et qui sont-ils après ça, sinon des complices ? Oui, on ne peut pas avoir affaire aux Allemands. J'ai lu Kant, Goethe, et après ça, comment cette nation peut-elle savoir et se soumettre ?
– Bon, pas tous, pas tous, bien sûr, grommela Lamsdorff, mettant une herbe dans sa bouche, puis s'empressant de la cracher. À Berlin, même les militaires ne disaient rien sur les Juifs. Certains ont condamné l'antisémitisme de Hitler quand ils ont entendu parler des pogroms ou quand ils ont vu des hommes traîner un Juif par la barbe dans un tram, mais personne ne savait qu'on les mène au bord d'un fossé pour leur tirer une balle dans la nuque… » L'indignation s'élevait de mon estomac comme une nausée. « Écoutez, je veux bien croire pour les Berlinois, mais vous avez vu les tracts "Perce les communistes et les youpins avec ta baïonnette", vous ne pouviez pas ignorer qui cherchent les SS et ce qu'ils font avec eux. » Lamsdorff se leva. « Bon, Ross, c'est vrai, j'ai menti à l'enseignant. À Smolensk on m'a dit que le Sonderkommando 7b était passé ici avant notre arrivée. Mais comprenez bien que ma patrie est la Russie, et je hais les bolcheviks avec leurs rêves de communisme. Nous pouvons rendre le pouvoir aux Russes, et nous devons profiter de l'occasion. Quant aux Juifs, il faut dire qu'il y en avait beaucoup parmi les bolcheviks, ce qui a donné à Hitler une bonne raison pour les haïr… Et Dieu ne nous a pas envoyé un allié pour que ses mains soient lavées au savon – qu'est-ce que nous devrions faire, cesser la lutte ? La Wehrmacht ne participe pas à ces actions, le pire qu'elle a fait est de transmettre les Juifs aux SS, et vous voulez faire de moi un complice d'assassinats ! » Lamsdorff se leva brusquement et repartit sur nos traces, où les tiges écrasées des herbes s'étaient déjà redressées. Nous étions au début du mois d'août, aussi caniculaire que tout cet été.

Je ne le revis jamais. Quelques jours plus tard, ils furent convoqués, lui et von Pahlen, à Osintorf. Dans son appartement avec des icônes aux murs, Kromiadi tournait en rond, furieux :

on venait de lui transmettre la décision de la Wehrmacht, selon laquelle les émigrants n'étaient plus autorisés à participer aux formations de volontaires. Était-ce le résultat d'une trahison, ou d'une dénonciation de leurs réunions secrètes ? Personne ne le savait. Les Berlinois avaient discuté de quelque chose, sans rien laisser transparaître. Gratchev avait pu savoir que la dispute consistait en : fallait-il secrètement conseiller aux soldats de rejoindre les partisans, ou attendre les nouveaux commandants, voir à quoi ils ressemblaient, puis prendre une décision ? Ils décidèrent d'attendre, et n'eurent pas à le faire longtemps. Hetzel leur amena deux hommes : le colonel Boïarski et l'ancien commissaire de brigade Jilenkov. Le premier, un Polonais de la région de Berditchev, avait poursuivi l'ataman Makhno et fait carrière en commandant des divisions de plus en plus importantes ; il avait été encerclé avec sa division et fait prisonnier. Le second, un secrétaire intelligent du comité moscovite du parti, s'était battu comme commissaire de brigade ; pendant sa captivité, il avait réussi à se faire passer pour un simple soldat et avait plu aux Allemands à cause de son absence d'idéologie. Il semblait qu'on n'avait expliqué ni à Boïarski ni à Jilenkov ce qui se passait dans les cœurs des officiers d'Osintorf, et le premier s'exprima sèchement et sans rien livrer de sa pensée, tandis que le second prononça, devant les troupes rassemblées, un discours sur la grande Allemagne, pour laquelle nous avions l'honneur de nous battre. Kromiadi reçut dans son jardin la visite d'une délégation qui proposait de faire exploser Jilenkov dans le sous-sol à poudre, mais il calma les soldats : Jilenkov faisait simplement du zèle en jouant les instructeurs politiques fascistes.

Ayant compris la situation, Boïarski raconta tout ce qu'il savait. Premièrement, le haut commandant prisonnier que Hetzel avait évoqué était le général Vlassov, commandant de la deuxième armée de choc. Vlassov avait fait une grande impression à Boïarski : fils de koulak, ayant étudié au séminaire, il était parti se battre du côté des rouges, avait travaillé comme diplomate, puis en Chine avec Tchang Kaï-chek, avait une connaissance profonde des gens, analysait le jeu militaire et bureaucratique, et avait déjà été encerclé une fois, mais avait réussi à rejoindre les siens. Suite à des intrigues à l'état-major, Vlassov fut envoyé au secours d'une armée désespérément coincée dans les marais du lac des Tchoudes, dont tout le monde comprenait parfaitement qu'elle ne pouvait pas être secourue. Le général le comprenait également, mais il ne put ou ne voulut pas refuser. Il dut encore une fois ordonner aux soldats d'échapper à l'encerclement comme ils le pouvaient, mais il fut lui-même capturé – dénoncé par le responsable d'un village chez qui il était venu chercher de l'aide. Les Allemands eurent la chance que le premier officier qui discuta avec Vlassov fût le général von Lindemann. Celui-ci écouta attentivement les idées du prisonnier et encouragea l'amertume avec laquelle Vlassov analysait la progression des combats. Lindemann fit preuve de respect et de compassion, raison pour laquelle le général quitta le camp d'enquête de Vinnitsa prêt pour une discussion sur l'avenir. Il fut reçu par Strik-Strikfeldt. Le colonel avoua à Vlassov qu'il y avait une opposition au sein de la Wehrmacht, que la politique sur les terres de l'Est allait changer, et que les Russes allaient être considérés comme un peuple à libérer, et non à réduire en esclavage. Après quoi, il lui proposa de prendre la tête du mouvement de libération sous l'égide de la Wehrmacht, tout en le dirigeant personnellement et en toute indépendance.

Pendant qu'il réfléchissait à cette proposition, Vlassov, en se promenant dans la cour intérieure, fit la connaissance de Boïarski. Ils discutèrent de cette idée de nouvelle armée et convinrent que les soldats de l'Armée rouge ne rejoindraient les rangs en quantité suffisante que s'il s'agissait d'une armée russe, et commandée par un militaire russe. Ils savaient tous deux que, en acceptant de travailler pour Hitler, ils brûlaient tous les ponts. Mais ils ne pouvaient s'empêcher de jouer à ce jeu, parce que les Allemands manœuvraient, étonnamment, avec plus de liberté : Hitler n'était sacré que formellement, mais dans les faits le groupe des armées agissait sans regarder en arrière et ses officiers étaient notablement plus intelligents et plus convaincants que les intrigants soviétiques. Cependant, Vlassov aussi bien que Boïarski avaient des doutes sur l'importance de l'opposition dans la Wehrmacht. Strik-Strikfeldt tentait de les convaincre que seul le feld-maréchal Keitel n'était pas de leur bord, mais qu'à tous les autres niveaux il y avait des « hommes de réflexion ». En fin de compte, ils crurent tous deux qu'une partie sérieuse se préparait. Ils comprenaient qu'ils avaient droit à un recrutement de première classe – avec un vrai lien moral, une solide conviction de défendre la bonne cause, qui est à la base de la foi du recruteur. Sans cette foi, impossible de rallier un homme, même avec une mission d'une grandeur authentique. Le général tout comme le colonel savaient cela d'autant mieux qu'ils avaient eux-mêmes plus d'une fois charmé de cette façon des prisonniers. Mais ils voyaient tout aussi clairement qu'ils étaient une monnaie d'échange, la première carte qui, en cas de danger, serait sacrifiée. Notre dernière discussion, dit Boïarski, portait sur le fait qu'en Russie nous attendait, au mieux, la corde ou une mort douloureuse dans un camp de l'océan Arctique, et c'est pourquoi nous avons accepté. Vlassov avait des hommes à commander : plus d'un million de personnes attendaient leur général. On l'emmena à Berlin.

Il y eut une courte pause. Voilà en ce qui concerne Vlassov, continua Boïarski, cependant une autre partie se déroule à Smolensk, à plus petite échelle, mais importante pour nous. Le commandement du « Centre » s'est plaint à Hitler des atrocités commises par les partisans à l'arrière du front, pour recevoir un décret permettant de mieux s'équiper, et Hitler a ajouté à sa directive un point qui empêche les émigrants de rejoindre les forces volontaires. C'est ainsi que von Schenckendorff a reçu l'autorisation d'envoyer l'Armée populaire à la chasse aux partisans, et qu'eux, Boïarski et Jilenkov, ont été envoyés pour remplacer les émigrants.

Sakharov se mit à crier que tous les officiers devaient assumer une position ferme, sinon les soldats allaient perdre le moral, et l'on voyait bien pourquoi. On commençait par t'envoyer tirer sur les partisans, puis éliminer leurs complices – le décret mentionnait bien « les complices des partisans parmi la population » – et, pour finir, on leur imposerait l'uniforme allemand. Ressler ouvrit la bouche pour la première fois de toutes les réunions, disant que le succès de Vlassov à Berlin n'était pas garanti, et que si le général faisait impression, les bataillons russes ne lui seraient pas immédiatement confiés, les Allemands étant toujours assez prudents. Kromiadi ajouta que les nouvelles n'étaient pas si mauvaises, il fallait simplement expliquer les perspectives aux hommes et faire le serment de ne pas aller contre sa conscience – c'est-à-dire qu'on pouvait exhorter les partisans, mais pas leur tirer dessus. Je compris qu'il s'imaginait déjà à Berlin avec Vlassov, occupé à une nouvelle affaire d'envergure. « Vous savez, rétorqua Gratchev à Kromiadi, depuis quelques mois, les hommes se sont reposés, ils peuvent maintenant passer à l'action. »

Sur la route de Chklov, le chef de bataillon était radieux, et essayait de siffloter quelque chose. Le long des bas-côtés s'étendaient des champs jaunes avec des poteaux télégraphiques penchés. La soirée était calme et silencieuse. Des cigognes étaient posées sur les poteaux. La moisson avait commencé, et dans le crépuscule, des soldats en chemise de corps agitaient des serpes à côté de garçons et de vieillards. Les sentinelles allumaient des feux. « Ressler a raison, commençai-je, il faut regarder les choses en face : les promesses initiales n'ont pas été respectées, et s'ils ont pu changer les règles une fois, ils feront encore pire... – On a l'impression que vous n'y étiez pas prêt, m'interrompit Gratchev. C'est le bon moment pour former une grande armée sur le modèle allemand, mais avec un caractère russe. L'uniforme de la Wehrmacht, ce n'est pas une bonne chose, mais que faire, nous sommes déjà coincés, vous comprenez, Soloviev ? Nous avons commencé par un compromis, et maintenant, il n'y a qu'une seule issue pour nous : la victoire de l'Allemagne. Tirer sur les rouges – eh bien, nous devrons tirer sur les rouges. Ce n'est pas nous qui avons conduit la Russie dans cette impasse. C'est son destin, et celui des soldats de l'Armée rouge. Je me préoccupe de notre tâche, et notre tâche en ce moment, c'est d'organiser et de vaincre. La Wehrmacht nous donne à manger, des uniformes et des armes, quant à savoir qui sera face à vous au moment du combat, votre frère, votre beau-frère, le destin le dira. Mais que craignez-vous ? Vous préférez être fusillé par les rouges ? Ou retourner dans l'oflag ? »

Gratchev avait sans nul doute raison, mais je me sentais de plus en plus mal. J'étais tourmenté par des questions : voulais-je vraiment entrer dans mon pays en vainqueur avec les Allemands après tout ce que j'avais appris ? Voulais-je m'enfuir dans la forêt où, s'ils ne m'abattaient pas immédiatement comme officier d'état-major, je devrais de nouveau me battre pour ceux qui avaient apporté tant de malheurs à ma famille ? J'avais beau tourner et retourner ces questions dans mon esprit, les réponses ne permettaient pas de former le moindre tableau. Je comprenais avec horreur que, quel que soit mon choix, il serait criminel. Dans une telle situation, où, quoi que l'on fasse, rien ne changerait, il fallait s'éloigner – physiquement. Partir loin du fossé bruissant. Mais comment ?

Les événements se précipitèrent et tournoyèrent comme le courant dans le captage d'eau du pont Bruyant. Kromiadi, Sakharov, Ressler se soumirent et, prenant von Pahlen et Lamsdorff avec eux, préparèrent leur départ pour Berlin. Le commandant de l'armée écrivit un appel aux soldats : « Mes fidèles et loyaux camarades de combat, officiers et soldats de l'Armée nationale populaire russe ! Le destin me force à vous dire adieu. La tristesse au cœur, je vous quitte et je quitte notre foyer, où pour la première fois est née l'idée d'une renaissance nationale et où nous, oubliant tout et tous, comme des frères, les fils d'une seule mère, nous sommes unis autour de l'idée de la renaissance de notre Patrie. Souvenez-vous que, peu importe où le destin m'enverra, mon cœur et mes pensées seront toujours avec vous et vous accompagneront partout dans votre vie de combat. Que chacun de vous se souvienne que le combat pour la Patrie est une cause sacrée et que d'atteindre nos buts sera la béatitude suprême… », etc. Étonnamment, cette guimauve continua de toucher le cœur des soldats. Les hommes pleuraient, s'approchaient de leur sauveur pour l'embrasser, et certains le suppliaient de rester illégalement auprès d'eux. Hermogène, sanglotant, bénissait tout le monde en faisant gicler de l'eau de sa coupe.

Après leur départ, Jilenkov mit en place sa propre propagande et commença la publication du journal *La Patrie* le jeudi et le vendredi. Les Juifs étaient appelés « les judas », et il promettait de les éliminer en même temps que les bolcheviks. Boïarski était insolent avec les officiers de liaison et les officiers de commandement, mais comme il connaissait son affaire et était bien vu après le mémorandum de Vlassov, on lui passait tout. Le bataillon resta tout l'automne à Chklov. Von Kluge revint, les nouvelles recrues prêtèrent une fois de plus serment. Pas de nouvelles de Vlassov, et nous n'allions plus sur le champ de tir, la route du champ étant devenue impraticable. Les hommes s'enfuyaient d'Osintorf par dizaines.

Des rumeurs disaient qu'on imposerait l'uniforme allemand à toute l'armée. Je m'ennuyais et j'apprenais à tous ceux qui le voulaient à jouer aux échecs. D'ordinaire occupé par la paperasse de l'état-major, je discutais et bougeais mes pièces avec les simples soldats.

Parmi eux, je remarquai un homme du nom de Filimonov. Il se distinguait des autres par le fait qu'il était toujours en train de faire quelque chose, pas seulement pour lui, mais aussi pour ses camarades : graisser un fusil, raccommoder des chaussettes russes, ajouter un trou dans une ceinture avec une pointe soigneusement conservée. Filimonov avait environ cinquante ans, il aimait se poser en mentor, donner des conseils, palabrer avec ses camarades, assis sur le perron de la caserne. Il jouait parfois de l'harmonica, ce qui attirait les agents de liaison allemands, avec qui Filimonov était aussi amical et familier qu'avec les autres. Il donnait un tel sentiment de confort militaire qu'on avait l'impression qu'il était dans l'armée russe depuis la bataille de Koulikovo[1]. Intéressé par sa personnalité, je l'invitai à apprendre à jouer aux échecs, mais notre discussion fut brève. « Alors, Filimonov, que penses-tu à l'idée qu'on vous demandera bientôt de tirer sur vos frères ? lui demandai-je après lui avoir expliqué la défense sicilienne.
– Oh, c'est vous, les officiers, qui pensez, dit Filimonov avec un doux rire. Le soldat, soit il s'enfuit dans le maquis, soit il est fidèle à son serment. Rares sont ceux qui veulent courir dans la forêt en plein hiver. Donc, je réfléchis ainsi : pendant que les puissances se combattent comme des géants, nous, les nains, on n'a pas le temps d'avoir des états d'âme. On a prêté serment ? Oui. Ça veut dire qu'on n'est pas responsables personnellement : on exécute les ordres. C'est Dieu, si vous croyez en Lui, qui décide si vous allez encore vivre ou s'il est temps de mourir. Le soldat, il exécute les ordres, voilà tout. » Je sursautai si brusquement que les pièces tombèrent, et je compris que je ne voulais plus rien savoir de ce que pensaient les simples soldats.

L'hiver venu, plusieurs détachements proposèrent de passer au peigne fin les forêts environnantes, ramenant même parfois des partisans. Ceux-ci mangeaient tout leur soûl,

1. Célèbre bataille contre les envahisseurs mongols, qui a eu lieu en 1380.

faisant mine d'avoir changé de camp, puis disparaissaient. Je commençai à faire de nouveaux rêves mêlés à la réalité, comme celui de la jeune fille d'Orcha. Un jour, en novembre, quand les herbes étaient devenues sèches et que la terre avait durci, je rentrai de la mise en place des sentinelles du soir. Tout s'était figé dans les champs, le vent se taisait depuis plusieurs jours, et autour de nous, comme sur la carte de la steppe, ne restaient que trois couleurs : le brun, le jaune et le gris. À dire vrai, je n'aimais pas cette époque de l'année depuis l'enfance. Quand tout était presque mort et figé par le froid – l'air sonore, la glace encore fragile –, une étrange aiguille me transperçait le cœur et me poursuivait comme le Cavalier de bronze poursuivait Evgueni[1]. Je comprenais qu'au bout de cette aiguille, il y avait l'impression que le monde était déformé, vulnérable et allait se renverser, que le mécanisme du malheur était déclenché. Mais cette époque se terminait, la neige arrivait. J'attendais la neige comme une libération, une grâce et une manne. Les jours heureux commençaient et duraient jusqu'en janvier, quand l'année reprenait ses droits et tout redevenait ordinaire. Mais à Chklov, la neige se faisait attendre.

Dès que je me couchai sur mon lit et fermai les yeux, je sentis une impulsion de sortir dans la cour, où quelqu'un criait. Je sortis et je vis une charrette – un landau –, un bébé emmailloté était dedans. Sur le landau, il y avait une sorte d'auge. Je décidai de trouver la mère et parcourus la ville avec le landau. Le bébé s'était tu. Je m'arrêtai une fois pour vider l'eau de l'auge, et je fis tomber le bébé. Je m'aperçus qu'il était tombé de l'autre côté du landau, sa petite tête dans l'eau, et qu'il criait et pleurait. Je courus vers lui et le soulevai. Il n'était déjà plus emmailloté. Quand je le pris dans mes bras, il était tout rouge, comme s'il venait de naître, et très chaud. Je regardai autour de moi. Il n'y avait personne. Je me mis à chercher un panneau pour comprendre où j'étais, et je vis : « Wishnevaya Str. ».

Je me réveillai, sautai sur mes pieds et courus à la fenêtre, comme dans mon enfance. La forêt était toujours là, sur un

1. Poème d'Alexandre Pouchkine, où la statue équestre de Pierre le Grand prend vie et poursuit Evgueni en cavalant dans les rues de Pétersbourg.

fond d'aurore qui se levait, mais il n'y avait pas de vague sombre derrière elle. Non pas parce que cette vague s'était dispersée, ou qu'elle était très loin d'ici, mais parce qu'elle avait déjà fondu sur moi, et je flottais avec elle.

Ce jour-là, il y eut une altercation. Boïarski se fâcha avec ses protecteurs. Ils étaient au nombre de deux, le chef des renseignements du groupe des armées Hersdorf et l'officier d'état-major von Treskov. Tous deux assuraient le commandant qu'ils n'avaient pas l'intention d'utiliser les hommes de l'Armée populaire pour des expéditions punitives, et pendant un certain temps, ils s'y étaient tenus. Un jour, von Treskov lança à Hersdorf : « Souvenez-vous de nos paroles : nous serons considérés comme des criminels, et nos enfants seront maudits. Peut-être que nous pourrions l'éviter ?! » Mais dès que Boïarski se montra un peu moins insolent et se rendit un peu moins souvent chez son protecteur de Smolensk, von Schenckendorff, qui avait un besoin criant d'hommes, l'interpréta comme un signal. En décembre, on nous annonça que l'armée allait être transformée en régiment de sécurité, mais pas entièrement – un groupe de diversion de trois cents hommes serait transmis à l'Abwehr. La division forcée de l'armée mit les commandants hors d'eux. Ils décidèrent que leurs protecteurs avaient trahi l'idée de résistance, et tapèrent du poing sur la table de von Schenckendorff, clamant que leur union de forces de combat unique était déchirée en morceaux. Leurs protecteurs auraient pu corriger quelque chose, faire durer, remettre à plus tard, mais après une telle attitude, ils ne purent rien faire. Von Schenckendorff se plaignit à son commandement, et on lui proposa de fusiller le colonel et l'instructeur politique. Hersdorf dut faire évacuer Boïarski et Jilenkov à Berlin sous sa responsabilité personnelle. Fatiguée de ce chaos russe, la Wehrmacht accorda au chef de bataillon Rill, de sang allemand, le grade de colonel, et le nomma à la tête de notre formation.

Le bataillon fut immédiatement transféré à Osintorf et contraint de participer aux actions des SS. Je ne savais pas quoi faire, mais Rill, Dieu merci, n'y envoya que deux compagnies. L'une d'elles récolta du bois mort pour un hangar où l'on enferma les villageois complices des partisans qui avaient eu récemment leurs quartiers au village. Ils ne mirent pas le feu au hangar : un bataillon punitif des SS s'en chargea, mais dans ma tête, ce jour-là, un grand fossé fut creusé, où gisaient pêle-mêle les corps carbonisés des Biélorusses en haillons, les partisans fusillés et les enfants juifs. Mais le plus effrayant était que les choses ne pouvaient pas s'arrêter là. On disait que cinq mille partisans s'étaient rassemblés dans la forêt, qu'ils se trouvaient dans la région de Koleyna (« Ornière ») à Pirounov Most (« Pont de Piroun »), où il n'y avait ni ponts ni routes. Bien que mon entente avec Gratchev ait été rompue, nos discussions ne portant plus que sur le service, je lui demandai tout de même ce qu'il pensait des meurtres des Biélorusses et des Juifs. « Vous voulez un conseil pour vous rendre la vie plus facile ? répondit-il. Contentez-vous d'obéir. Je ne veux pas dire marcher au pas, mais il est inutile de s'opposer aux forces de l'Histoire. D'où savez-vous ce qui était préférable pour ces Biélorusses : vivre sous Staline, souffrir de la faim et d'autres tortures, ou sous Hitler, et mourir tout de suite ? En ce qui concerne les Juifs, les Allemands ont leurs comptes à régler avec eux, et nous n'avons pas à nous en mêler. Si nous ne pouvons rien changer, à quoi bon gaspiller des forces morales à nous tourmenter avec ces questions ? » Je pensai à Filimonov, j'eus un hoquet et je dis : « On ne doit pas obéir. – Quoi ? » Gratchev tourna sa tête aplatie vers moi. « Ne pas obéir aux ordres, c'est un crime. Vous êtes un criminel ? » Je hochai la tête et sortis. « À la prochaine action, vous irez dans la forêt ! » cria Gratchev. Les soldats fumant devant le perron se retournèrent.

Devant mes yeux, je voyais le champ avec ses trous, j'imaginais l'odeur de la faim. Je ne savais pas quoi faire. Tout ce qu'il y avait de plus inhumain, de plus meurtrier, de pire, qui menait à la mort, consistait à se soumettre : reconnaître le pouvoir de quelqu'un sur vous, ce pouvoir me libérant non seulement de la responsabilité, mais également des sentiments, de tout. Chercher son propre intérêt était criminel, mais je n'étais pas non plus prêt à me retrouver à nouveau dans un camp. La partie que j'avais entamée devait visiblement se terminer par ma défaite. Je me souvenais avec nostalgie du moment où mon casque avait éclaté sous le choc et de la lumière chaude qui m'avait enveloppé, m'emportant loin du marais et de son monastère abandonné, effaçant toutes mes souffrances. Pourquoi m'avait-on fait revenir ?

Puis ce fut le Nouvel An. Je passai toute la nuit assis sur mon lit. Dans les casernes, certains collaient des anges de papier, d'autres, nostalgiques des services religieux de Hermogène, chantaient des hymnes de Noël. On fit venir du champagne de Smolensk, mais les soldats reçurent, évidemment, de la vodka. Tous ceux qui avaient apporté du bois mort pour brûler le hangar burent jusqu'à l'inconscience. Il y eut quelques coups de canon accompagnés par des cris. Il soufflait un vent humide, la neige ne venait toujours pas.

À la veille de Noël[1], des généraux de Smolensk vinrent à Osintorf. Ils réunirent les deux bataillons sur la place d'armes. Nous passâmes une demi-heure à danser d'un pied sur l'autre, jusqu'à ce qu'apparaissent enfin une cavalcade de voitures et un camion bâché. Hersdorf sortit avec sa suite de la première voiture, suivi par von Schenckendorff et ses adjudants, puis un gradé inconnu – ayant reconnu ses insignes, je fus pris de tremblements : un Brigadeführer SS. Des SS sautèrent du camion, et du Kübelwagen qui fermait le convoi, des gens avec des blocs-notes, visiblement des correspondants, et un photographe avec un appareil sur la poitrine. Hersdorf reçut le salut de Rill, puis parla, en s'interrompant pour que le traducteur ait le temps de crier la même chose en russe. L'Armée nationale avait été formée comme une branche de l'Abwehr, mais le temps pouvait changer les orientations, l'armée allemande avait besoin d'aide dans la lutte contre les bandits bolcheviques, la présence de partisans était une menace pour tout l'arrière du front, c'est pourquoi le commandement avait décidé d'engager une action commune entre les forces de sécurité et les SS, notre régiment allait rejoindre le groupe « Kutschera », et sa mission allait être décrite par le Brigadeführer SS Franz Kutschera en personne.

Kutschera, sans attendre d'y être invité, fit un pas en avant. Il était plutôt petit, et faisait penser à un cavalier. Sautillant un peu, le Brigadeführer se mit à crier de courtes phrases les unes après les autres, et plus il parlait, moins j'écoutais son traducteur. « Vous devez comprendre les buts plus larges de cette action… Vous devez non seulement éliminer les partisans,

1. Le 6 janvier (Noël orthodoxe).

leurs bagages et tous leurs complices, et peu importe s'ils sont armés ou non... Les bases des bandits ne peuvent pas être conservées sans l'aide des villages... C'est pourquoi, dans le cadre de l'action, nous comprenons la mise au pas de la région... Les unités SS et les formations qui leur sont adjointes doivent réquisitionner le blé et les autres productions paysannes... Les maisons des complices des bandits seront brûlées, eux-mêmes fusillés. »

J'attendais plus que jamais la neige. Devant mes yeux, le panneau « Wishnevaya Str. » s'agitait au vent, et je me souvins où menait cette rue. Mon tremblement redoubla. Au-delà de la place d'armes, herbes et pins bruissaient. Le froissement des roseaux, comme alors, dans le marais, m'assourdissait ; je fermai les yeux, et eus l'impression de marcher dans les roseaux, cassant les tiges, et cherchant du regard, dans le paysage gelé, mais pas encore recouvert par la neige, les nuques ourlées de cheveux clairs de mes sœurs. Kutschera scandait mot après mot, mais dans ma tête, tous les bruits s'étaient fondus dans un bourdonnement où je ne distinguais que le bruit du marteau qui frappait mes tempes : je ne peux rien faire, je ne peux sauver personne, mais je ne vais pas obéir, je ne vais pas obéir. Je m'accrochai comme un noyé à ce marteau pour ne pas laisser l'odeur du camp qui tourbillonnait dans ma conscience avoir raison de ma fermeté, et quand le traducteur cria : « Si quelqu'un a une question, qu'il fasse un pas en avant », je pliai, puis je tendis ma jambe gauche tremblante, et je m'avançai.

Le vent était plus fort devant le rassemblement qu'à l'intérieur. Les Allemands avaient froid et voulaient en finir au plus vite. Le photographe enleva le couvercle sur son objectif. « Qu'est-ce que c'est ? s'étonna le traducteur. Quelle est votre question ? » Je sentis mes pieds se glacer. Je n'étais ni ici ni là, pas chez les rouges et pas chez les noirs. « Je n'irai pas dans la forêt. » Le traducteur n'eut pas le temps d'ouvrir la bouche que Kutschera, qui avait tout compris, saisit son pistolet. Hersdorf et ses adjudants apparurent derrière ses épaules, prêts à retenir le Brigadeführer. Hersdorf lui chuchota quelque chose, et Kutschera l'écouta, rangea son pistolet et cria avec fureur : « Aux arrêts ! » Des SS s'approchèrent de moi, me tordirent les bras derrière le dos si fort que je criai. Des soldats ricanèrent. On me fit quitter la place d'armes, me conduisant à l'état-major, dans une pièce que je n'avais jamais remarquée, et on m'enferma. À l'intérieur, il n'y avait qu'une table à la peinture écaillée, une lampe et une chaise.

Il faisait nuit depuis longtemps quand un homme vêtu d'un manteau entra, se penchant pour ne pas heurter le plafond. Son visage puissant et anguleux exprimait la bonté, et il semblait même mal à l'aise, ne sachant que faire de ses énormes mains. S'appuyant prudemment contre la table, il se présenta en russe : « Karatovski, Fiodor Ivanovitch. Je suis le deuxième traducteur. Ancien lieutenant des renseignements. » Je me taisais, et il continua : « On m'a demandé de vous interroger. Dites-moi pourquoi vous n'avez pas voulu participer à l'action ? » Il dit cela en montrant si habilement qu'il voulait comprendre ce qui m'avait amené à cette décision, que je décidai de tout expliquer. En fin de compte, il y avait peu de chances que cela empire encore ma situation. Je m'attendais à être torturé, et je pourrais m'estimer heureux si on me fusillait immédiatement. « Vous savez, très récemment, j'ai tout compris : on ne doit pas être rationnel. On ne doit pas obéir. C'est fondamental, biblique. J'ai hésité, mais quand j'ai vu que des adultes tuaient des enfants parce que c'était le destin des victimes, et qu'il y avait des ordres, j'ai décidé que je préférais le camp ou la mort. La mort, ce n'est pas si mal. J'ai été dans un stalag, et là-bas, elle est un luxe. »

Karatovski esquissa des gestes d'apaisement de ses mains de géant. « J'ai aussi été prisonnier et je comprends ce que vous voulez dire. Personne n'a l'intention de vous fusiller. Tout le monde a fait des rapports très positifs à votre sujet, y compris vos supérieurs. » « Gratchev est quand même un colosse », me dis-je fugitivement. « Je ne vais pas essayer de vous faire changer d'avis, mais je vous parlerai honnêtement, comme un homme ayant vécu sous les bolcheviks à un homme qui a souffert à cause d'eux. Je viens de Sibérie, mon père était ingénieur, il a été arrêté pour des motifs inexistants, et je ne sais même pas où il est. J'ai vu bien des choses et je comprends ce que Hitler veut éliminer : l'antique mensonge. Pendant des siècles, on a été dupés par les tsars et la noblesse, et maintenant par les communistes. Dans tout ce qu'il faut faire quotidiennement pour les rouges, il y a tant de mensonges, tant de tromperies pour afficher notre loyauté à leurs idées monstrueuses que, on a beau essayer de les éviter, on ne le peut pas. Les seules personnes honnêtes, fermes – les vieux-croyants – ont été chassées dans les marais il y a trois cents ans. C'étaient des Européens. Savez-vous comment ces gens choisissaient leur métropolite ? Chaque paroisse envoyait à l'assemblée les plus intelligents d'entre eux, et ceux-ci tourmentaient le candidat de leurs questions théologiques, puis décidaient s'il ferait un bon métropolite ou non. Ça, c'est de la démocratie ! »

Je me dis que c'était vrai, ils n'allaient pas me fusiller, mais qu'ils essayaient visiblement de me recruter, et d'une assez belle façon. Mais où me recrutaient-ils ? « Vous avez raison en ce qui concerne le mensonge, c'est pour cela que j'ai fait un pas en avant. Je ne veux pas mentir. Et en ce qui concerne l'ancienne foi, vous avez aussi raison, ma grand-mère en était. – Oui, oui, dit Karatovski en souriant, j'ai eu l'impression que vous étiez des leurs. » Il alluma une cigarette. « Je n'ai rien à cacher, continuai-je pendant qu'il approchait son allumette de la cigarette, je vais sans doute être tué, même si vous dites que personne n'en a l'intention. Je n'ai qu'une question : vous n'avez pas l'impression que vous travaillez pour des monstres encore plus horribles ? »

Karatovski fit tomber la cendre par terre : « Parfois, je suis pris de doutes. Autrefois, je pensais qu'il n'y avait rien de pire que la Sibérie, mais maintenant… » La fumée irritait mes yeux, et j'eus envie de tout dire. « Vous avez tort en ce qui concerne le mensonge. Ce n'est pas du mensonge, c'est l'habitude de supporter. On a supporté pendant des siècles, on a appris à vivre et à mentir, mais pas sincèrement. Je pense qu'on devrait plutôt parler de dissimulation. Les Allemands, eux, font autre chose. Quelque chose qui n'a pas d'explication. À Chklov, nous avons eu un Einsatzkommando… » Karatovski hocha la tête : « Oui, je sais, je sais. Je vous comprends, mais permettez-moi d'abord de finir mon récit, et pourquoi j'ai compris que Hitler et le feu, c'était tout de même mieux que les rouges. Je peux même vous dire quand c'est arrivé. En 1933, au printemps. Le village d'Alexandrovskoïe, sur l'Ob. Alors, en juin, je suis venu brièvement voir les miens, et j'ai appris que, un mois plus tôt, on nous avait amené des dékoulakisés, et qu'on les avait conduits dans une île au milieu du fleuve. Ils étaient des milliers, et on ne leur a pas donné d'outils, on ne leur a rien donné du tout, et on n'a apporté de la farine qu'au cinquième jour, quand les premiers étaient déjà morts. Mais il n'y avait pas assez de farine, et ils ont commencé à se dévaliser mutuellement, puis à se manger mutuellement. Vous comprenez ? Trois semaines plus tard, ils se mangeaient déjà les uns les autres. Et aussi les enfants. Une femme qui venait de l'île de la Mort a vécu deux jours chez nous, ses mollets étaient emmaillotés, comme ça, et nous avons demandé : Pourquoi ? Elle nous a dit : Ils ont coupé dans la chair... Et je connaissais quelques camarades en charge du convoi, qui les avaient amenés là-bas et laissés sur l'île. Parmi eux, il y en avait qui aimaient faire souffrir les autres, jouir d'un pouvoir entier et infini, mais la plupart d'entre eux n'étaient pas des salauds. Simplement, ils étaient chargés d'une mission. Ce n'était pas l'incarnation du mal, de la méchanceté, c'était rien, une indifférence totale, une incapacité à s'opposer à un crime. Elle est dans notre sang. Quand on a un empoisonnement du sang, c'est déjà trop tard pour sauver le malade, n'est-ce pas ? »

Je m'imaginai ce qui se serait passé si, quinze ans plus tôt, nous étions tombés dans une autre catégorie de koulaks, qu'on nous avait déplacés non dans les marais de Vychegor, mais en Sibérie, et je fus soudain fatigué de la conversation. « Peut-être que vous avez raison. Mais dites-moi ce qu'on va faire de moi. » Karatovski réfléchit pendant quelques secondes. « De vous ? Vous avez refusé de rester dans l'armée du vainqueur, mais le Reich a besoin de travailleurs en bonne santé. D'autant plus que vous êtes topographe. Je ne sais pas quel sera votre châtiment, mais je suppose qu'on vous enverra dans un camp de travail, et non chez les prisonniers de guerre. Je suis désolé, Sergueï Dmitrievitch. » Il se tut un moment, écrasa sa cigarette, ouvrit le tiroir de la table et jeta son mégot dedans. Puis nous nous serrâmes la main, et Karatovski se dirigea vers la porte. Il ralentit un peu le pas, comme s'il voulait encore dire quelque chose, mais changea d'avis et sortit.

J'essayai de m'endormir, assis sur la chaise, mais je n'y parvins pas. Quand il commença à faire jour, on m'apporta une gamelle de bouillie, du pain et du thé. Puis des gendarmes entrèrent et, me tordant les bras dans le dos, ils me conduisirent hors de l'état-major. Un Kübelwagen transformé en panier à salade attendait devant le perron. L'un des gendarmes ouvrit la porte à barreaux et m'indiqua d'un geste que je devais monter dans la cellule équipée d'un banc étroit. Karatovski apparut à son tour, transmit un papier au conducteur, puis la porte se referma sur moi, la voiture démarra.

En regardant à travers la vitre trouble, je reconnaissais les lieux que nous traversions, puis je cessai de les reconnaître. Des espaces silencieux s'étendaient à perte de vue. Tout petit déjà, je regardais ces champs et je m'étonnais toujours de les voir aussi immenses. Les rares lumières des maisons, les bosquets n'appartenant à personne, étaient incompréhensibles et fatals pour les gens venant d'un monde où tout est proche et lié, où il y a toujours des voisins à portée de main. Je me souvins des vers de Hermogène : « Pris de délire je te vois, Russie, avec tes plaines vastes et désertes... » C'était bien vrai, d'une maison, d'un foyer, on mettait tant de temps à rejoindre le voisin, qu'on ne sortait dans la steppe qu'en cas de nécessité, il était plus simple de survivre par soi-même. Chaque lumière de foyer se dissimulait à l'intérieur d'un immense froid et supportait, supportait pendant toute une vie, tentant d'organiser la vie dans cette immensité dénuée de sens, sous ce vent mauvais.

Le ciel se teinta de mauve, la neige se mit enfin à tomber. Le moteur ronflait, la tempête de neige hurlait, et je sentais que nous allions vers le nord, mais je ne ressentais rien d'autre. Ainsi commença l'hiver.

4

La brume flottait sur le fond du défilé, s'élevait toujours plus haut sans perdre de son épaisseur, gagnait la forêt de sapins, entourant les troncs et serpentant sur le sol. Puis elle jaillissait en volutes sur le champ et les pentes, se déposait comme un édredon épais sur les rochers et les lambeaux de falaises. La chaîne montagneuse, qui s'étendait jusqu'à l'horizon, s'illumina soudain d'une douce lueur orangée ; la couleur courait d'un sommet à l'autre, comme si quelqu'un les touchait tour à tour avec un pinceau. Ces sommets n'étaient pas très hauts, couverts de la laine bouclée de forêts, mais çà et là, des murs de granit s'élevaient. Les contours des crêtes avaient beau sembler doux, ils s'interrompaient parfois sur un gouffre. Des cumulus coiffaient les sommets, montrant aux troupeaux de nuages qu'il valait mieux contourner les falaises pour ne pas être déchirés. L'air était si humide qu'on avait l'impression de pouvoir le verser dans un verre et le boire. Il se mélangeait à la brume, s'avançait sur les côtés du défilé et mouillait les maisonnettes vertes qui descendaient sur la terrasse par rangs de deux. On sentait que la même chose avait eu lieu un million d'années et mille ans plus tôt, et même cinquante ans avant nous, quand on avait installé une pente pour les skieurs dans la vallée suspendue. Il régnait un silence cristallin, comme au premier jour de la création : en bas, dans la plaine, les trains étaient à l'arrêt, les moteurs des voitures qui montaient sur la route sinueuse s'étaient tus, et on avait l'impression que, si quelqu'un cassait une branche à quelques kilomètres de là, le son retentirait comme un coup de tonnerre. Pour protéger la pente sur laquelle skiaient les hommes en casquette et guêtres, mais aussi les dames en crinoline, l'architecte avait planté des sapins en rangs très serrés, presque comme un mur. C'est sans doute la raison pour laquelle l'odeur de résineux était presque insupportable, une odeur aiguë, chimique. Enfin, un son germa dans ce monde muet et, s'étendant, remplit le silence : des sons de cloche retentissaient l'un après l'autre, monotones, stridents et un peu éperdus. C'était le gardien Romaniok qui donnait des coups de marteau sur le rail, non loin de la potence, devant le baraquement de quarantaine, d'où le docteur avait à nouveau emporté quinze Tsiganes la veille.

J'avais voulu comprendre ce qui arrivait aux Tsiganes à l'hôpital du camp, un soir où Mazourov était de garde. Chirurgien militaire désormais au service des Allemands, il m'avait fait venir sous le prétexte d'examiner ma blessure. J'avais abîmé ma main en chargeant du granit dans un wagonnet ; inattentif, j'avais mal versé le caillou rougeâtre, anguleux et veineux. Je m'étais entaillé la paume, et surtout, j'avais failli me déchirer les ligaments. Tout cela n'était rien à côté des aigreurs d'estomac qui duraient depuis des mois. Au début, j'avais aussi peur de chaque selle trop liquide, parce que la dysenterie, ici, était synonyme de mort, mais Mazourov m'avait rassuré en disant que c'était une diarrhée, et que même si la diarrhée semblait proche de la dysenterie, la différence entre elles était aussi grande qu'entre un poêle chauffé aux briques de tourbe et un four crématoire. J'eus le temps de repenser à tout cela une minute après la fin de l'appel de Romaniok tapant sur les rails. J'enfilai ma combinaison de travail froide, qui n'avait pas encore séché après l'averse de la veille. Les averses ici, dans le massif des Vosges, étaient aussi habituelles que l'odeur chimique des conifères, et elles tombaient souvent plusieurs fois par jour, parfois quelques minutes à peine après un soleil brûlant et en l'absence de nuages dans le ciel. Le bruit de l'eau ruisselante, de millions de ruisseaux, pas aussi fort et tambourinant que celui des gouttières, ne bruissant pas sur l'asphalte et ne disparaissant pas dans les grilles des caniveaux comme en ville, mais ce bruit que rien n'arrêtait, flux au murmure carnassier, s'était ancré en moi et retentissait à mes oreilles même par un temps calme et muet.

Le rail résonnait encore ; nombre d'hommes avaient déjà soulevé leur corps des couchettes et s'étaient dirigés vers les lavabos. En voyant comment les uns marchaient, comment les autres restaient couchés ou se levaient comme s'ils détachaient leur corps de la colle, nous avions appris à estimer presque sans nous tromper combien il restait à vivre à chacun, et dans combien de temps ils se retrouveraient à l'hôpital du camp, près duquel fumait le four crématoire. Nous avions intérêt à nous rendre rapidement aux lavabos, non parce que nous manquions d'eau ou qu'on nous attendait sur la place d'appel, mais parce que, à l'entrée du baraquement, il y avait des souliers en similicuir avec des semelles de bois, et que celui qui y arrivait en premier pouvait choisir une paire à sa taille. Il n'y avait presque jamais de bagarres ou de bousculades, même si nous partagions les baraquements avec des Polonais, supérieurs en nombre, et que, selon Kramer, nous aurions dû nous entre-tuer. Il n'en était rien, non parce que nous éprouvions de la compassion ou étions devenus amis, mais parce que personne n'avait beaucoup de forces, et que nous ne voulions pas les dépenser en coups de poing. Kramer n'avait pas été trop déçu : en tant que chef du camp de concentration de Natzweiler, l'essentiel pour lui était finalement que les prisonniers fassent le travail. La direction des camps avait un contrat avec l'entreprise Deutsche Erd- und Steinwerke, et toutes les pierres étaient emportées dans des wagons marqués de leur estampille. L'adjoint de Kramer, Nitsch, nous le rappelait en hurlant au moins une fois par semaine. « Vous avez commis des crimes contre l'Allemagne et contre le Führer, et le travail est votre unique chance de justifier votre existence, d'être utiles au Reich. Travaillez aussi dur que possible, on ne vous demande rien d'autre. » Personne n'aurait pu expliquer pourquoi Nitsch hurlait, car tous avaient déjà compris, s'étaient résignés et ne pensaient à rien d'autre, épuisés par le labeur dans les carrières.

Je fis ce que je devais faire chaque jour. Je lavai mon visage à l'eau glacée, m'essuyant avec le bout de ma manche qui n'était pas encore très sale. Je me précipitai sur une paire de souliers, opposant mon dos à Olchanski de l'Armia Krajowa qui visait la même paire, écoutai ses jurons, regardai à gauche et me retrouvai nez à nez avec le visage gris du chef de bataillon Kouznetsov mais, décidant qu'il restait encore assez de souliers solides et que Kouznetsov trouverait de quoi se chausser, je me détournai. Kouznetsov avait en effet ses propres calculs : il attrapa des chaussures relativement propres, avec une semelle pas encore écrasée et, quand s'avança nonchalamment le Polonais avec qui il échangeait contre de la nourriture toutes sortes de babioles comme un porte-cigare fait avec un morceau de plastique volé, il les lui donna. Le Polonais sourit, et ils chuchotèrent un moment : Kouznetsov avait visiblement reçu une commande. Regardant autour de moi, je vis des hommes affaiblis, bien plus gris que Kouznetsov, qui se traînaient vers les lavabos. Je partis recevoir ma bouillie, le morceau de pain de la journée et l'ersatz de café brun à peine tiède. Je le bus, pris une grosse portion de ma ration, la mangeai et cachai le reste du pain – on nous nourrissait mieux le matin que le soir, pour que l'équipe au travail oublie un moment sa faim. Je fermai ma combinaison à rayures, vécus mes deux dernières secondes au chaud, puis sortis dans le froid matinal des hauteurs. Je me ramassai sur moi-même pour conserver encore un peu de tiédeur sous ma combinaison et ne me redressai qu'une fois dans le tunnel, en train d'agiter ma pioche.

La place d'appel était située au-dessus de toutes les baraques, qui descendaient en pente douce vers le crématoire, les cachots et le Revier, derrière lesquels un triple barbelé brillait après la pluie. Tous les deux cents mètres, la palissade s'interrompait par une maisonnette pour les gardes, ressemblant à un cyclope avec ses fenêtres asymétriques, ses auvents et le dentier de ses balcons carrés. Grâce à l'emplacement de la place d'appel, les SS pouvaient nous torturer sans bouger le petit doigt : ils n'avaient qu'à nous obliger à rester plus longtemps exposés au vent glacé. Le vent, ici, était la seule chose qui ne finissait jamais. L'averse pouvait être une illusion, le travail nous amener à la gamelle de soupe du dîner, dans laquelle on voyait souvent flotter des morceaux pas tout à fait noirs de carottes et de pommes de terre, mais le vent ne cessait jamais de hurler. J'avais regretté plus d'une fois d'avoir fait un pas en avant, à

Osintorf. J'aurais pu demander à Gratchev de me laisser rester dans la voiture de l'état-major le temps de l'action, et si j'avais réussi, j'aurais continué à remplir ma paperasse de secrétaire et je n'aurais jamais été torturé par le vent.

En bordure de la place d'appel se dressait la potence. En six mois, je n'avais vu que deux pauvres idiots d'Italiens se balancer au bout de la corde. Tous deux avaient voulu s'évader, mais ils n'étaient pas allés plus loin que Rothau, on les avait capturés la nuit à la lueur des projecteurs quand ils tentaient de s'introduire sur un chariot de gravats. Il semblait pourtant que les montagnes couvertes de forêts, s'étendant sur des kilomètres, étaient idéales pour une évasion. Les Français – et Natzweiler était le seul Konzentrationslager à l'ouest de l'Allemagne, à ce qu'affirmait Olchanski, qui avait fréquenté plusieurs camps –, eh bien, les Français aidaient les fugitifs, mais il y avait peu de routes dans cette région montagneuse de l'Alsace, peu de villages aussi, c'est pourquoi, en cas de battue, les départs des Vosges étaient vite repérés. Mais les *prisonniers** épuisés n'avaient pas non plus la force de se frayer un passage dans les broussailles des pentes raides et glissantes. Quand on chancelle déjà de faim, que les dents vous font mal, qu'on s'accroupit plusieurs fois par jour, ayant à peine le temps de baisser ses pantalons pour ne pas les gicler avec sa diarrhée, qu'on n'a pas non plus de carte et qu'en plus les nouveaux arrivants racontent que les bolcheviks ont repoussé la Wehrmacht, ont battu l'armée allemande à Stalingrad et ont capturé son maréchal, que le front ne cesse de reculer loin de Moscou et de la Volga, ça donne à penser, et ça décourage de s'évader.

Après une demi-heure, les hommes de la baraque étaient rassemblés, dansant d'un pied sur l'autre, sur la place d'appel. Beaucoup avaient tenté de mettre de la paille de leur matelas, des copeaux de bois ou autre chose sous leur combinaison de travail, mais même à présent, en plein mois d'août, il suffisait que le vent souffle un tout petit peu plus fort pour que le froid enveloppe nos corps. Sur les habits des Polonais, on avait cousu des triangles rouges tournés vers le bas qui indiquaient des criminels politiques. À l'intérieur du triangle, il y avait la lettre P. Les Russes étaient tous des prisonniers de guerre, et leurs triangles étaient par conséquent tournés vers le haut. Sous le triangle, il y avait un morceau de tissu avec le numéro par lequel on nous appelait au travail ou pour toute autre raison. Les noms n'existaient plus. Dans d'autres baraques vivaient des Français, des Belges, des Norvégiens, des Néerlandais, des Danois et des Allemands, portant pour la plupart le signe jaune avec les lettres NN peintes sur leur dos rayé. Elles signifiaient *Nacht und Nebel*, nuit et brouillard, du nom de l'action contre les antifascistes en Europe. « Pourquoi "nuit et brouillard" ? avais-je demandé à un Allemand qui s'était retrouvé dans le même groupe que moi dans la carrière. – Ça vient d'un opéra de Wagner, avait-il grommelé. Les nazis sont fous de poésie. Ils avaient déjà baptisé les pogroms antijuifs la "Nuit de cristal", et plus tôt, quand les militaires ont tué les sections d'assaut, ils ont appelé ça la "Nuit des longs couteaux". »

Quand Nitsch et les gardiens eurent réparti les travailleurs, la première pluie de la journée se mit à tomber. Les habits de corps secs – des caleçons avec l'attache en bas et une chemise de corps sans col, avec notre matricule – retrouvèrent vite leur humidité habituelle. Nous trottinâmes sur le champ en dessous du mont Louise jusqu'aux wagonnets. Ils étaient déjà penchés sur un côté, nous invitant à sauter dedans en nous pelotonnant comme des chats pour qu'un maximum de corps puissent y prendre place, et les gens ainsi serrés les uns contre les autres avaient un peu plus chaud. Ayant vérifié que nous étions tous montés, les gardes tirèrent sur les leviers des wagonnets, qui se renversèrent, prenant une position verticale. Le contenu, c'est-à-dire nous, se compacta, jura et tomba comme des pommes de terre sur le fond. Le petit train démarra. Encore un choc brutal, des heurts, le cri d'un homme écrasé, et le convoi était parti. Pendant qu'il contournait les falaises, s'élevant de plus en plus haut, j'appuyai ma joue contre le bord rugueux et me dis que je ne m'étais pas vu depuis huit mois.

La dernière fois, ç'avait été quand j'avais frappé contre la vitre de ma cellule dans le Kübelwagen, à l'intention des gardes. Le désespoir de mon menton, front, œil, s'était reflété dans le rétroviseur du chauffeur. Alors, ma capacité à me sentir un point se déplaçant sur une carte ne m'avait pas trompé : nous allions réellement vers le nord, et à la fin du jour nous entrâmes en reculant par un portail. La porte de la cellule s'ouvrit et, sans attendre qu'on m'y invite, je sautai au sol. Les gendarmes échangèrent des « *Heil !* » avec l'officier venu vers nous et lui donnèrent mon dossier. L'officier étudia les documents et, agitant le doigt au-dessus de la tête, dit : « Par là ! » Je regardai derrière moi, et vis des soldats de l'Armée rouge se promener dans la cour, privés de ceinture comme moi. Sur le côté, la cour était délimitée par un mur de rochers bétonnés, et à l'intérieur s'élevaient des casernes de brique d'un étage, collées à la colline. Du fil de fer barbelé entourait la limite extérieure de la cour. Puis s'étendait un fossé de quatre mètres de profondeur et de six mètres de large, délimité par des briques, sur lequel passait un pont en direction du portail central du fort. Je me souvins d'un dessin dans une encyclopédie militaire sur les châteaux forts, et les mots « forts de Catherine » apparurent dans mon esprit. Ils avaient, semble-t-il, été construits en Lituanie. Je fis le tour de la cour. Personne ne s'approcha de moi. J'avais sans doute l'air trop propre, on me prenait pour un mouchard. Après avoir observé les détenus, j'en choisis un, qui depuis une demi-heure examinait le mur d'un air indifférent, et lui demandai où nous étions. Il grommela : « Sixième fort de Kaunas. »

On nous envoya tous dans une casemate glaciale. Le froid vous prenait à la gorge de sa poigne glacée. Dans le couloir, l'eau brillait sous les grilles de vidange, changée en loupes de glace. Je craignais à tort les questions. Dans la cellule, presque personne ne parlait pour ne pas perdre ses forces et la chaleur. Tous étaient couchés, ramassés sur eux-mêmes, attendant qu'on les envoie plus loin, n'importe où pourvu qu'ils puissent quitter ce sous-sol isolé. À leurs brefs échanges, je compris qu'on transférait ici les prisonniers de guerre qui avaient fait une tentative d'évasion ou participé à la lutte clandestine. Quelqu'un avait tenté de rejoindre les partisans, puis changé d'avis, et s'était rendu. Je décidai de raconter que j'avais rejoint l'Armée populaire pour me nourrir puis fuir chez les partisans, mais que j'avais été pris au moment de ma fuite. Nous étions surveillés par des Hiwi[1], des Lituaniens et des Ukrainiens. Quelques cellules dans l'aile droite du rez-de-chaussée étaient réservées à ceux qu'on allait envoyer plus loin, c'est pourquoi on ne nous attribuait pas de numéro et

1. Hiwi ou *Hilfswillige*, les « volontaires » recrutés par les Allemands parmi les populations locales pour les aider.

on ne nous obligeait pas à travailler. Un des Hiwi avait laissé croire que, deux jours plus tard, nous serions tous envoyés en camp de travail en Allemagne, ajoutant que nous avions de la chance : l'automne précédent, il n'y avait pas assez de places pour tous à l'intérieur, et les prisonniers avaient creusé des tanières dans la pente du fort et dormi dedans, s'agglutinant les uns aux autres en une boule frissonnante. Puis la discussion porta sur le nombre de forts à Kaunas et leur disposition. Les uns disaient que dans le neuvième fort il y avait un camp de concentration pour les Juifs, qu'on faisait venir d'un quartier de la ville entouré de barbelés et qu'on abattait directement dans le fossé. Non, disaient les autres, les Juifs sont dans le quatrième fort, on est passés devant, nous avons vu des corps, tous nus, avec des femmes, des enfants, jetés en tas les uns sur les autres, visiblement dans l'intention de creuser un fossé au printemps, sans gaspiller d'explosifs. Les fossés sont remplis à ras bord, dit quelqu'un, mais on y apporte des corps de tous les forts, les prisonniers de guerre comme les autres. Et dans ces fossés, dans une même étreinte, gisaient les corps gelés de Juifs, d'orthodoxes, de communistes, de catholiques, de chefs de brigade, d'artilleurs, de démineurs, de topographes comme moi, de canonniers, d'agents des renseignements, de sapeurs, d'agents de liaison, d'enfants aux cheveux noirs et de leurs parents blêmes, meurtris, nus.

Je me tournai vers le mur, me souvenant d'un garçon de sept ans qui s'était noyé dans le lac de Slednevo, près de chez nous, et comment on l'avait pleuré. Ses parents, sœurs, frère et grand-mère étaient assis le long du mur, figés, et quelqu'un avait amené une pleureuse, une femme d'un âge incertain, qui s'écroula immédiatement au sol comme un tas d'habits et se mit à murmurer. Ses paroles monotones devinrent de plus en plus sonores, bouillonnèrent, l'étouffèrent, et elle ne faisait pas penser à un être humain, mais à un papillon aux ailes cassées. La pleureuse rassemblait en un fil interminable les mots de la douleur et les tissait en une toile invisible qui nous enveloppait tous. Les Vinogradov s'agitèrent, essuyèrent leurs yeux, leurs femmes se mirent à crier. C'était un cri animal, désespéré, et ma mère m'emmena hors de l'isba. Frissonnant, je touchai de la main le mur de la casemate crasseux de suie et me reculai. Quel cri s'élèverait sur Terre si, pour chaque personne abattue, il se trouvait au moins un membre de sa famille pour le pleurer. J'avais été au service des démons aux visages gris et du chien affamé de sang, dont la gueule engloutissait des hordes d'innocents qui n'avaient jamais touché une arme et qui se retrouvaient quand même dans ces mâchoires qui écrasaient tout. À présent, plié en deux, j'essayais de déraciner, d'expulser de moi les derniers six mois et de m'accrocher comme à un fétu à l'idée que, si ça n'avait pas été moi, ils auraient pris quelqu'un d'autre, et que j'avais permis à ce quelqu'un d'autre de ne pas être au service de l'enfer, tout en réussissant à rester au bord du gouffre, sans tomber au fond. Pliant les genoux contre moi, tentant de me cacher entièrement dans mon manteau, je remarquai que je l'avais tout de même frotté contre le mur, et que le manteau était couvert d'une couche de suie grasse.

Le surlendemain, on nous fit quitter le fort pour des rails posés en plein champ. Une locomotive ronflait, tirant des wagons à bestiaux, et je comptai combien d'entre nous pourraient entrer dans un wagon. Au chiffre « soixante », le wagon était déjà plein, mais les gardes faisaient entrer toujours plus d'hommes dedans, poussant avec leur crosse ceux qu'ils pouvaient atteindre. Cela permit de faire entrer encore trente corps. Dans le fort, chacun avait reçu un quart de pain à la sciure, et quand tout le monde fut compacté, on apporta trois seaux d'eau par wagon. Pour se réchauffer, les voyageurs commencèrent à bouger les épaules et à discuter du fait que, au camp de travail, on serait mieux nourris, car s'ils avaient besoin de bras, les propriétaires de ces bras devaient manger autre chose que des épluchures. Tout au fond du wagon, j'aperçus d'abord un regard familier, puis un autre : les jumeaux. Je hurlai et me mis à agiter les bras dans leur direction. Fendant la foule compacte avec leurs épaules d'athlètes, Kostia et Polouekt se frayèrent un chemin jusqu'à moi. Nous nous étreignîmes longuement, nous tapotant le cou. Les frères avaient fortement maigri, mais s'élevaient toujours comme deux montagnes.

Cette nuit-là, à Poddorie, presque tous ceux qui n'avaient pas pu partir avec les convois sur le chemin détrempé avaient été capturés. Stetchev s'était suicidé. Mais rares étaient ceux qui l'avaient imité, en majeure partie des instructeurs politiques. Les jumeaux avaient été pris non loin du ravin, et avaient été convoyés à pied au dulag de Porkhov, où ils avaient passé l'été sans trop de mal, dormant dans un bâtiment en brique de deux étages. À l'automne, avec l'arrivée du froid, ceux qui dormaient dehors étaient venus chasser ceux qui avaient un toit. Des bagarres commencèrent. Les plus faibles furent mis dehors, et un mois plus tard ils gisaient tous dans le fossé, recouverts de chlorure de chaux. Les frères n'intervinrent pas, craignant de s'éloigner de leur paillasse et de céder ainsi leur place, et ce n'est que lorsque les agresseurs, armés de barres de fer volées sur le chantier, firent irruption dans leur étage, que Polouekt, agitant ses poings énormes, se mit à taper à droite et à gauche. Kostia s'approcha des agresseurs et leur cria d'arrêter, évitant les coups, jusqu'au moment où un homme hirsute et fou, aux yeux blancs, lui cassa des côtes – un os aigu perfora son poumon. Quand les Allemands, tirant des coups de fusil, entrèrent dans la caserne, Polouekt descendait les escaliers, son frère chargé sur son épaule. Le policier biélorusse lui demanda s'il allait au fossé, mais Polouekt grinça des dents : « Chez le médecin. » Le policier le conduisit chez le commandant du camp. Ils avaient besoin de Hiwi, et l'herculéen Polouekt était un bon candidat. Le commandant lui proposa de laisser son frère – qui avait un début de pneumonie, il allait mourir à coup sûr – et de devenir gardien, traité aussi bien qu'un soldat des forces de surveillance. Mais Polouekt fit soudain preuve d'éloquence, obtint un poste de chef de baraque et le droit de visiter son frère à l'infirmerie tous les deux jours, promettant d'empêcher la moindre bagarre à chacun des deux étages.

Ils vécurent ainsi jusqu'à l'hiver. Kostia guérit, puis les prisonniers les plus solides furent transférés par train à un stalag des environs de Vitebsk, pour trier les ruines de la ville presque entièrement détruite. On les nourrissait de farine d'os de chevaux, ce qui, pour Kostia, qui adorait les chevaux, était insupportable. Les pommes de terre n'apparaissaient que très rarement dans la soupe du camp. Les frères supportèrent un mois puis, ne pensant pas qu'ils survivraient jusqu'au printemps, décidèrent de s'enfuir pour rejoindre les partisans. Un jour, pendant qu'on les convoyait du camp sur leur lieu de travail, ils se mirent au bout de la colonne fermée par un garde boiteux surnommé Patte Folle, choisirent le moment et se jetèrent dans la rigole du bas-côté. Par la forêt et le long des champs, ils atteignirent un petit village, y trouvèrent une maison à la cheminée fumante, y entrèrent et découvrirent une petite fille et un garçon sur le poêle. Leur mère, en rentrant, indiqua silencieusement la porte. Les jumeaux commencèrent à s'expliquer, mais elle les chassa, faisant alternativement le signe de bénir ses enfants, puis de se trancher la gorge, et pendant qu'ils s'obstinaient, une charrette avec des Allemands et deux policiers biélorusses apparut sur le chemin. « C'est votre faute ! » cria la femme, et pendant que les frères revenaient de leur étonnement, elle ouvrit le portail et tomba aux pieds des arrivants. Kostia fourra un morceau de pain dans sa poche, et ils levèrent les bras et sortirent.

Je leur racontai l'histoire que j'avais préparée. Les frères semblèrent me croire. Le wagon oscillait. « Où sommes-nous maintenant, Sergueï Dmitrievitch ? » demanda Kostia. Les jumeaux pensaient que je savais les cartes par cœur, et je me mis à expliquer : « Kaunas est au sud-ouest de la Lituanie, ça veut dire qu'on va nous faire traverser le nord de la Pologne... » Kostia m'interrompit : « Non, je ne parle pas de ça. Qui sommes-nous maintenant ? Pour les nôtres on n'est plus rien. Pour les Allemands on n'est pas des humains. Pour les renseignements militaires, ni l'un ni l'autre, mais des ennemis... – Lui, en tout cas, c'est un ennemi », dis-je en indiquant le Blockälteste Polouekt. Celui-ci se taisait, oscillant avec la masse humaine du wagon. Je me représentai Polouekt sur la poupe d'un bateau soulevé par les vagues de la mer Blanche à la lumière du soleil de minuit. « Chez nous, sur la rivière Mezen', on ne réveille jamais un homme qui dort, dit-il soudain. Même si on a l'impression qu'il est mort. On croit que son âme vole dans le ciel et pourrait ne pas revenir si on le secoue ou si on le prend par la poitrine. S'il ne répond pas aux voix des voisins, on dit : "Il s'est perdu." Nous aussi, on n'est ni ici ni là-bas. On s'est perdus. »

Le train finit par avancer au lieu de se traîner. Il traversa d'abord d'immenses plaines polonaises, avec de rares villages, quelques fermes qui dépassaient comme des îles de l'océan d'herbes, et de petites villes. On ne voyait pas souvent quelqu'un sortir regarder le train, on avait l'impression que tout le monde était mort, et seulement une fois une petite fille, qui se balançait sur une balançoire devant une maison à un étage d'un rose défraîchi, tourna la tête et regarda à travers la fente du wagon, droit dans mes yeux. Mon Dieu, où allions-nous ? Quelque part à la frontière allemande, on nous fit tous sortir, on nous poussa dans une baraque devant la gare en brique avec une horloge ronde sur le quai. Après des minutes angoissées où nous nous poussions dans la pénombre, les portes s'ouvrirent, et les gardes crièrent : « Désinfection ! » Nous nous déshabillâmes et entrâmes par vingt dans une pièce où des médecins en blouse sale et en gants de jardiniers nous barbouillèrent le bas du ventre et les aisselles avec quelque chose d'un vert intense qui brûlait mais devait tuer les poux. Puis, vêtus de linge passé à la hâte à la chaleur, nous dûmes faire la queue jusqu'à des coiffeurs polonais en tablier, qui en quelques gestes rageurs et brefs nous rasaient la tête et indiquaient la sortie avec leurs ciseaux. Pendant la nuit, tout le monde se gratta avec violence, jurant contre les Polonais, et dès le petit matin, un convoi aux wagons fraîchement peints en brun entra dans la gare. Par bonheur, ils n'avaient pas trop de fentes, et nous avions un peu moins froid, bien qu'il neigeât abondamment dehors. Il y eut quelques ajouts de wagons pendant la nuit, et pendant l'un d'eux les jumeaux disparurent dans le noir de la porte ouverte, comme s'ils se jetaient dans un trou dans la glace. Je n'eus même pas le temps de leur crier un adieu. Quelques nuits dans des baraques près des gares, une fois dans un dépôt sur des planches, le départ de certains de mes compagnons du fort de Kaunas, l'arrivée d'autres prisonniers, le son des voix étrangères des détenus qu'on poussait dans le wagon voisin, l'apparition de blé dans la soupe devenant plus épaisse de gare en gare, et enfin, après onze jours, Rothau. Le vent de la montagne frappa notre nez ; trop habitués à la puanteur des lieux clos, nous chancelâmes. La neige sentait le printemps.

Le wagonnet, avec des grincements éperdus de roues, freina, et les gardes crièrent les uns après les autres : « *Antreten !* » La masse d'hommes confondus dans un même monceau d'habits sales commença à remuer et replia les jambes vers le ventre. Des leviers s'enclenchèrent à nouveau, le wagonnet se renversa, nous déversant en tas comme du minerai. Les *prisonniers** expérimentés savaient qu'il fallait sauter au plus vite pour que le gardien ne vous donne pas un coup de matraque. Aucune violence n'était nécessaire, c'était juste une envie de démontrer à Nitsch que le candidat était particulièrement impitoyable et prêt à monter en grade. Nitsch venait rarement ici, à la carrière, mais ces animaux avec leurs matraques cherchaient quand même qui ils pourraient bien frapper, aussi pour maintenir la peur entre eux. Avant de descendre à la carrière, je regardai autour de moi : une nappe grise de pluie flottait au-dessus de la vallée de la Bruche, les nuages reposaient en morceaux de coton sur les sommets boisés qui partaient en chapelets vers le sud, vers les Alpes. Par temps clair, on voyait les contreforts rocheux des Alpes, bien plus hauts que le mont Louise et ses mille mètres au-dessus du niveau de la mer.

Avec les autres, je marchai sur le sentier rocailleux vers la carrière, où, au fond, nous extrayions du marbre rose, par blocs et par plaques. Des Néerlandais et des Français y travaillaient, et ils tenaient mieux que nous, non pas parce que Kramer était plus libéral envers eux, mais parce qu'ils recevaient des paquets. Après la Grande Guerre, les Européens s'étaient mis d'accord pour permettre l'envoi de nourriture aux prisonniers. C'est pourquoi, quand nous nous transformions en musulmans, c'est-à-dire que nous devenions réellement faméliques, les autres baraques nous mettaient à disposition des tables avec des « solidarités », à savoir des bouillons cubes, des cigarettes, des biscuits, parfois même des conserves, que les bénéficiaires offraient à leurs camarades affaiblis. Quand deux colonnes marchant dans des directions différentes se rencontraient, quelqu'un nous lançait généralement un peu de solidarités sous forme de galettes, de pain ou de cigarettes roulées. Les Soviétiques décharnés n'avaient le droit que de récolter du granit pour les pavés. La pente de la Louise était trouée de tunnels où s'agitaient des mineurs qui mangeaient peu à peu le corps du minerai. Chaque galerie était reliée par un câble à un compresseur. L'ingénieur indiquait où forer dans le mur du chantier, puis y envoyait l'air comprimé avec une telle force que la couche de granit se fendait et s'effondrait en morceaux. Nous prenions un wagonnet et le poussions vers les débris. Puis nous chargions les débris dedans et le poussions à l'extérieur. Le granit, les murs gris du tunnel et les traverses des rails qui avaient une odeur de créosote particulièrement âcre, tout était sous un enduit glissant d'argile. L'air humide se transformait en brume, et quand nous entrions depuis le froid dans les galeries, nous avions un instant l'impression qu'il faisait chaud sous terre, puis l'humidité pénétrait sous nos habits et sous notre peau.

On mélangeait parfois les brigades, mais ce n'était pas le cas ce jour-là. On fit entrer tout notre bloc dans le tunnel. Que des prisonniers de guerre échappés, des militants clandestins des camps de travail et des Ukrainiens, enfin, ceux parmi nous qui avaient survécu ces derniers mois. On essayait d'économiser nos mouvements, de fumer à chaque occasion, de lever les pierres lentement, de pousser le chariot sans zèle, mais pas mollement, pour ne pas énerver le gardien. Tout le monde sentait instinctivement la mesure de son *animosité**. Dès qu'il se redressait et bougeait avec rage pour frapper les coupables, toutes les disputes se résolvaient instantanément dans le plus parfait accord. Tout le monde avait intérêt à une telle issue : le gardien se disait que sa vue suffisait à répandre la terreur, et notre équipe était reconnaissante pour le répit. Avec Radtchenko et Nikouline, nous avions inventé un moyen de lanterner en examinant le granit fendu par les explosifs. Soit nous avions mal calculé la charge, soit la roche était particulièrement dure là-bas, mais les morceaux étaient plus gros qu'il le fallait pour les pavés. Le reste de l'équipe commença à hisser avec résignation les blocs trop volumineux dans le wagonnet. « Nous avons quel ingénieur aujourd'hui ? » demanda Nikouline. Je haussai les épaules. À cause de la pluie, tout le monde, à l'exception des gardes, s'était réfugié dans les cabanes. « Itler », répondit Radtchenko. L'un des ingénieurs, tout jeune, portait une moustache en brosse à dents, comme Hitler. « Regarde, s'anima Nikouline, on met vingt minutes à descendre la route en lacet, même si Romaniok nous presse. Le temps d'entrer et d'expliquer le problème, encore cinq minutes. On mettra bien une demi-heure à remonter. Une bonne heure en tout. » Je contemplai le granit. Les morceaux n'étaient pas tellement plus gros qu'il le fallait, mais si on mettait en avant les plus grands d'entre eux, on pourrait donner l'impression que la couche cassée à l'explosif l'était insuffisamment. « Qu'est-c'que vous foutez là ? s'écria Radtchenko avec un fort accent ukrainien, en enlevant ses gants. Quand y s'agissait de tirer sur les Allemands depuis vos tranchées, vous étiez tous forts, mais quand y faut s'organiser pour lanterner, y a plus personne. » Nikouline et moi nous approchâmes en traînant la jambe. Si quelqu'un faisait preuve d'initiative, il fallait se joindre à lui, mais il valait mieux d'abord regarder ce que ça donnait, et ne pas se précipiter. Kouznetsov, qui s'était penché péniblement pour attraper un caillou, s'arrêta, et nous regarda avec espoir. J'avais bien vu, ce matin : il était particulièrement vert, ses joues s'étaient enfoncées sous ses pommettes.

En remarquant la délégation qui s'approchait, Romaniok fronça les sourcils et jeta un coup d'œil autour de lui, notant à tout hasard où était son coéquipier. « Pan Romaniok, regardez ces cailloux, dit Radtchenko en indiquant notre bout de mur. Herr ingénieur ne va pas nous féliciter, si nous lui apportons de tels morceaux. » Romaniok cracha par terre et le suivit. À présent, tout le monde s'était figé, les uns avec l'espoir que le truc fonctionnerait et qu'on allait mesurer tous les cailloux, interrompant les travaux dans l'intervalle, les autres avec envie, à l'idée que quelqu'un aurait droit à une balade au lieu de se pencher et de charger. Radtchenko indiqua les débris. Romaniok n'était pas un imbécile, il alla plus loin pour examiner les cailloux qui étaient derrière ceux que nous avions mis en évidence. Après avoir examiné le granit pendant une minute, Romaniok montra du doigt les marteaux-piqueurs : « Taillez les cailloux ! » L'idée de dégrossir les débris était ouvertement ridicule, et Radtchenko se préparait à répliquer, mais je le poussai dans le dos : notre promenade vers les maisons était définitivement compromise, mais taper du marteau au lieu de se casser les reins, c'était une perspective réjouissante. Radtchenko se reprit et hocha la tête. « C'est compris, pan Romaniok. » D'après les visages, notre équipe était du même avis que moi, sauf Kouznetsov qui se détourna, s'appuyant contre le mur de la galerie.

Tandis que nous préparions l'embout sur le marteau-piqueur et discutions de qui commencerait, qui prendrait le relais, un quart d'heure passa encore. Enfin, Nikouline s'approcha du compresseur et, regardant autour de lui, l'enclencha. Nous nous préparâmes au ronflement qui couvrait tout, nous obligeant à nous casser la gorge en criant à notre voisin, mais le compresseur resta muet. Nikouline répéta sa tentative : le compresseur ne réagissait pas. Tous firent mine d'être absorbés par leurs affaires. Ils n'étaient pas bêtes, ils n'allaient pas demander pourquoi il était cassé. Le gardien s'approcha et, jurant furieusement en polonais, se mit à tourner autour du compresseur. La minute d'après, le garde accourait au son de sa voix. Romaniok lui expliqua ce qui se passait, et fit un geste du bras en direction des maisons. Le garde se pencha vers lui et lui chuchota quelque chose. Romaniok fit oui de la tête, et ils marchèrent le long du câble qui sortait du compresseur. Vingt mètres plus loin, ils s'arrêtèrent et soulevèrent avec précaution une pierre qui était posée sur le câble : sous elle, on voyait la gaine coupée, les fibres en bataille. Romaniok éructa un *kurwa* bien senti et essuya ses mains. Le garde lui fit une tape sur l'épaule et partit chercher l'ingénieur. Romaniok regarda autour de lui, cria : « À la route ! » C'était déjà arrivé – le compresseur s'était cassé, et, pour ne pas perdre de temps, on nous envoyait caillouter la route de notre sous-sol à une nouvelle mine, récemment découverte. Ce n'était pas un travail difficile. Il fallait remplir une pelle de gravillons, la vider dans une brouette, qu'on poussait un moment. On pouvait aussi en profiter pour se distraire, comme dans le temps à Iartsevo. J'avais alors passé de longues minutes à observer les traces des pneus figées dans l'argile ou la boue : là, ceux d'un vélo « Ukraine », ici, d'un ZIF, un chariot était passé par là, et ici, une camionnette – visiblement sans chargement –, là, on voyait les arabesques d'une voiture du NKVD, et ces terribles tranchées dans lesquelles on pouvait se cacher si on s'allongeait, c'étaient les traces d'un tracteur à chenilles « Stalinets ». Ici aussi, en passant des heures à porter les cailloux, je pouvais me distraire en regardant la terre : un roulement du pneu incliné, des traces en losange, en triangle... Comment pouvais-je encore perdre du temps en traînant ma brouette ? Elle avait des roues minuscules, qui n'étaient praticables que sur un sol lisse dans un atelier, ou sur l'asphalte, mais qui ne cessaient de s'enfoncer dans la terre, et je devais presque la porter. Mais c'était toujours mieux que de taper au marteau-piqueur et de charger encore et encore des débris de granit dans le wagonnet, le dos si douloureux qu'on avait l'impression qu'on vous enfonçait un couteau dans les reins.

L'équipe se dirigea vers la remise pour y prendre les brouettes et les pelles. Le sentier tournait brusquement et suivait les barbelés. « *Szybciej*, plus vite ! » serinait Romaniok en nous rattrapant. Les derniers étaient les boiteux et Kouznetsov. En bas, de la plaine, des nuages ressemblant à des cavaliers galopaient vers nous. Leur régiment mauve s'approcha de notre col, et les éperons des cuirassiers semblaient près de toucher nos têtes. Nous entendîmes un craquement brusque sous les bottes d'un homme qui trébuchait, le bruit de sa chute, puis un coup de feu. Tous sursautèrent et se voûtèrent. Romaniok cacha sa matraque. Kouznetsov était étendu sur la zone interdite, et le garde du mirador, ayant baissé son arme, vérifiait si le corps bougeait encore. Non, il ne bougeait plus. « Lancer des cailloux sur des câbles, il le pouvait, mais travailler, non », grogna le gardien.

Qu'est-ce que je me dis ? Que ce n'était pas la plus mauvaise solution pour Kouznetsov. Dans un sens, Romaniok avait fait preuve d'humanité, même s'il n'était qu'une brute épaisse. S'il avait vécu, Kouznetsov se serait lentement et douloureusement transformé en « musulman », et aurait, dans le meilleur des cas, connu une longue agonie dans le Revier, et dans le pire, se serait réveillé sur un brancard à l'entrée du crématoire, glissant dans la bouche du four. Une autre pensée suivit : pour notre baraque, la disparition de Kouznetsov était un soulagement, parce que nous étions tous las de ses lamentations et de sa façon de mendier sans cesse ci et ça, même si tout le monde savait qu'il n'était pas le plus pauvre et réussissait à vendre ses babioles au Polonais ; il semblait que, cette fois-ci, il n'avait pas réussi à se mettre d'accord avec lui. Enfin, quand je fus revenu du choc : Comme je vous hais, pour avoir fait de nous des gens incapables de pleurer leurs morts, et n'ayant même pas la force de leur dire adieu humainement. L'indifférence s'était introduite comme une bactérie dans nos poumons, en même temps que l'odeur des baraques, du chlore, de la soupe, de l'air vicié, et nous rongeait de l'intérieur.

Romaniok cria d'aller transporter les pierres. Deux hommes restèrent pour traîner le corps de Kouznetsov, les autres se détournèrent et clopinèrent dans le tunnel. Un peu plus lentement que d'habitude, nous chargeâmes le wagonnet, le poussâmes à la plate-forme tournante. Puis nous le conduisîmes, regardant sous nos pieds pour ne pas trébucher sur les éboulis, le long du ravin jusqu'à des montagnes de débris qui attendaient d'être envoyés en bas, et nous le renversâmes. Une pluie fine tombait, et le vent revint à la charge, chassant toute la chaleur de sous nos habits. Zut, nous n'étions qu'en août, et plus tard ? J'avais réussi à survivre au printemps. J'avais emballé mes pieds dans des sacs à ciment, que j'attachais avec du fil de fer. Après les grands froids de Rdeïa, le froid ne me dérangeait plus, mais je me rendis compte ensuite que le mauvais temps ne s'arrêtait jamais, et tout changea, je commençai à souffrir de l'humidité. La boue incessante, le bruit de l'eau, le sommeil rare et mauvais sur le matelas de sciure, quand on ne pouvait s'empêcher de sortir un par un les débris de bois pour les mâcher. Les rêves, ces rêves qui étaient comme une suite à ma vie éveillée, m'avaient quitté, et je ne voyais plus rien autour de moi : je m'enfonçais dans un néant douloureux, avec un arrière-goût de métal. Je fis un geste à Radtchenko pour dire que j'allais uriner puis les rejoindrais. Je me tins à la lisière du ravin, regardai vers le bas. Je remarquai que je retenais mon souffle, mais que mon cœur ne bondissait plus comme avant, quand j'avais le vertige. En bas, les falaises de pierre faisaient une tache noire dans la brume. Je me souvins que, un jour, j'avais sauté du cerisier, j'étais tombé sur le flanc en atterrissant et je m'étais cogné la tête contre le sol, perdant conscience sous le choc. Si je sautais à présent, la douleur ne durerait qu'une fraction de seconde, puis tout s'illuminerait et s'éteindrait, comme alors, devant le monastère de Rdeïa. Peut-être qu'il valait mieux en finir d'un coup, comme Kouznetsov ? Au lieu de ça, je me retournai et partis rejoindre le wagonnet. Ce n'était pas la première fois que je pensais au suicide, et chaque fois j'avais pitié de moi, et je décidais d'essayer de vivre encore un peu, pas parce que j'avais honte ou que j'espérais revoir ma famille, mais parce que j'avais peur de tomber sur les pierres et de me briser les os sans pour autant mourir. J'avais besoin de plus de raisons pour mourir, je ne les trouvais pas. Car au soir, j'aurais sans doute la possibilité de prendre quelques galettes à Mazourov au Revier, et je pouvais m'adapter. Je m'étais adapté, même si je regrettais de ne pas m'être tiré une balle dans la tête dans le fossé ce jour-là, de n'être pas resté à flotter sur la neige fondue, les yeux ouverts.

Pour exécuter la norme journalière, l'équipe dut sortir les débris de granit sans pause jusqu'au couchant. Le soleil colora les sommets et la peau des forêts d'une teinte jaune d'œuf veinée de sang. Les wagonnets furent à nouveau renversés, invitant les hommes dans leur sein. Le gardien s'élevait comme un grand prêtre brandissant son sceptre-matraque. Notre équipe se coucha au fond, se rassembla, un cri retentit, le grincement des leviers, et nous culbutâmes tous et enfin, jurant, nous pelotonnâmes au chaud. Je me retrouvai dans le premier wagonnet après la locomotive. « C'était une bonne idée, ces débris pas aux normes, dit Nikouline quand le convoi démarra. Cet imbécile de Kouznetsov a tout fait rater. » Je hochai la tête. Nous ne parlâmes plus de tout le trajet, les autres se taisaient aussi, parce que tous étaient fatigués des travaux et n'avaient rien à se dire. Le soleil se coucha, le vent se leva – instinctivement, les corps se rassemblèrent plus étroitement, comme des raviolis dans une marmite. Désireux de me réchauffer, j'appuyai mon dos contre celui de Nikouline ; c'était notre position quand nous dormions dans la tente étroite, lors des travaux de terrain à Brassovo. Mais rien n'y faisait : le froid s'introduisit sous mes habits, j'étais frigorifié. Il fallait entreprendre quelque chose. Je me levai, m'accrochai au bord et, poussant tant bien que mal avec mes bottes contre les parois du wagonnet, je pus me pencher en avant et voir la plate-forme d'attelage et une balustrade qui faisait le tour de la chaudière et menait à la cabine du conducteur. Je descendis avec précaution, gagnai la locomotive et me couchai contre son flanc. La chaudière était brûlante. Le vent soufflait plus fort qu'à l'intérieur du wagonnet, mais je pouvais me retourner pour me réchauffer. Envahies par la brume, les Vosges défilaient devant moi, le train descendait en direction de l'amphithéâtre du camp. L'hiver, il était blanc, avec les taches noires des baraques, et la place d'appel était traversée par une ligne de corps alignés qui ressemblaient à des ombres lunaires. Le convoi entra dans la sapinière, puis ressortit sur la pente, et j'aperçus au loin les miradors. Je dus regagner le wagonnet.

Après le souper, je dis au gardien que j'étais appelé au Revier. Mazourov m'y attendait déjà, un échiquier défraîchi posé sur le banc à côté de lui. J'avais de la chance avec les médecins. Je m'assis de biais sur une chaise, pour voir la disposition des pièces. Je n'avais pas le droit de les toucher – on m'aurait jeté au cachot, et le médecin aurait été immédiatement envoyé dans notre baraque en qualité de simple *prisonnier**. Mazourov prit des ciseaux, coupa la bande. Ma main, comme attendu, était presque guérie. « E4, dis-je. Il paraît qu'hier on a envoyé des Tsiganes creuser une cave, et qu'on les a abattus là-bas. » La cave à pommes de terre était creusée depuis le début du printemps déjà, elle était immense, mais on continuait d'envoyer sous terre de nouveaux travailleurs. Cela dit, jusqu'à présent, ils en revenaient tous. Mazourov fit avancer un pion blanc, puis le bloqua avec son pion noir. « Si seulement ! dit-il en grimaçant. Ils sont ici. Ceux qui restent. Herr Bickenbach et son assistant ont travaillé. – Fou C4, dis-je très vite – nous pouvions être interrompus à chaque instant. Faites comme si nous jouions une partie *blitz*. Qu'est-ce que ça veut dire, "si seulement" ? » Mazourov sortit son cavalier et haussa les sourcils : « Comment, qu'est-ce que ça veut dire ? Bickenbach est toxicologue. À Strasbourg, son laboratoire prépare des antidotes contre les gaz de combat. Ils ont besoin de cobayes, et les Tsiganes ne sont pas des gens, selon eux. Hier, ils les ont emmenés au restaurant, et après quelque chose s'est mal passé. » On appelait « restaurant » une maison d'un étage avec une cellule pour des expérimentations qui était à un kilomètre en dessous du camp. À une époque, c'était un lieu de restauration pour les skieurs. « Cavalier F3. Et vous pensez à quel gaz ? » Agitant ses doigts au-dessus de l'échiquier comme s'il salait les pièces, Mazourov marmotta : « Au début, j'ai pensé au gaz moutarde. Le tableau clinique est ambigu. Dans les premiers groupes, l'antidote n'a fonctionné que sur quelques personnes, et je ne sais pas où on a enterré les autres. Mais le dernier groupe a testé un autre produit, et hier soir on nous a apporté douze personnes, plus le garde – visiblement, il s'est empoisonné lui-même en répandant le gaz. Et ils se sont trompés dans la dose. La moitié d'entre eux sont encore vivants, mais ils souffrent horriblement. Une écume bleutée aux lèvres, des convulsions, tantôt ils sont inconscients, tantôt ils reviennent à eux – ça ressemble au phosgène. » Je me souvins d'un cours à l'école technique, que nous avions écouté en plein champ, couchés sur la paille, des masques à gaz sur la tête. Le phosgène avait l'odeur de la paille. Il me semblait le sentir à présent. « Vous soulagez leurs douleurs ? demandai-je, retardant mon tour. – Premièrement, je n'ai que du sucre de raisin à ma disposition – Mazourov me fixa. Et deuxièmement, vous ne comprenez donc pas ? Je ne suis pas médecin, pas docteur. Vous savez comment ils m'appellent ? *Medizinarbeiter*, travailleur médical. Ils n'ont pas besoin que je soigne. Je fais le compte des mourants. Et ce n'est encore rien : d'autres sont obligés d'injecter aux plus faibles de l'essence, de l'huile de lampe ou de l'air, pour qu'ils n'occupent pas les lits. Un autre docteur, Hirt, lui aussi de Strasbourg, est venu au camp, et s'est mis d'accord avec Kramer. Je crains que ça ne soit pas la dernière expérimentation… » Mazourov prit les pions dans son poing et les jeta dans la boîte de l'échiquier. Une tour se coinça dans les bords, l'empêchant de se fermer.

Je réfléchissais à ce que je pourrais dire, quand un bruit de bottes s'éleva dans le couloir, et Mazourov parvint tout juste à cacher l'échiquier avant l'arrivée de Romaniok. Il haletait comme si on venait de le chevaucher lors d'un défilé. « Herr Beer veut te voir », dit-il en m'indiquant la sortie du doigt. Le visage de Mazourov exprima la perplexité. Je lui tendis ma main, qu'il banda. Passant devant une chambre au papier peint jaune, je remarquai une tête noire et frisée qui dépassait du lit ; elle tourna sa pomme d'Adam vers le plafond. Aux coins de la bouche apparut une écume bleutée. Le corps eut plusieurs sursauts, se cabra, se contracta comme un muscle puis se figea. Je me détournai et continuai à marcher dans le couloir en direction du crématoire et des douches construites contre lui, où les gardes se lavaient en s'esclaffant. L'eau était chauffée par le four, et cette fois elle coulait depuis vingt-quatre heures et on ne manquait, semble-t-il, toujours pas de combustible. Les gardes en service étaient d'excellente humeur. L'un d'eux attrapa un bâton et s'en servit pour soulever le *pénis** d'un mort gisant sur un brancard, en criant : « Heiko, le sien est toujours dressé, et le tien pas ! » Une ampoule, des papiers peints couleur de soleil, les blagues amicales des SS, la vague chaude de la vapeur, l'odeur de la paille, de la cendre et de l'alcool, je fixai tout cela comme un engin volant avec un appareil photo fixerait un lieu. J'étais vidé, indifférent. Je ne crois pas que vous auriez senti autre chose si vous aviez été à ma place.

Beer me reçut dans son bureau. D'après ses crayons pointus et les angles impeccablement droits entre les tas de feuilles maintenus par un compas et une lampe de poche, Beer était un homme d'ordre. Chaque fois que j'avais eu affaire à lui, il s'était comporté comme une aimable connaissance. Il souriait largement, était simple, dans une usine il aurait fait une carrière d'administrateur. Avec les *prisonniers**, il se conduisait comme si tous ses collaborateurs étaient unis par un grand but et tentaient d'y arriver, au lieu de bouger faiblement, manquant de souffle, dans la poussière des débris de granit qui ne convenaient pas pour des monuments. « On vous a recommandé comme un homme ayant des qualités d'ingénieur », commença Beer sans cérémonie. Je me demandai qui m'avait fait ce coup. Peut-être que nous avions exagéré avec les marteaux-piqueurs et le granit, et que Romaniok avait voulu se débarrasser de moi. Ou alors, Beer s'était renseigné auprès de Nitsch – j'avais une fois réparé une machine à bois, et il m'avait peut-être recommandé. D'une façon ou d'une autre, je ne pouvais pas me dérober. « Oui, j'ai inventé un dispositif pour photographier un plan des lieux depuis un avion. » Beer siffla : « Je suis persuadé d'avoir fait le bon choix. Notre problème est simple. Kramer, le chef de notre exploitation, a besoin personnellement d'un dispositif pour des besoins domestiques. Il vous racontera tout, à vous et à Franz. Herr Nitsch contrôlera le travail. » Un garde entra dans le bureau, et une minute plus tard nous descendions le perron et nous dirigions vers le portail du camp. Franz nous attendait dans la loge. C'était un jeune homme peu attrayant, qui venait du Luxembourg et portait la marque du prisonnier politique. Le garde dit quelque chose aux autres, et indiqua du canon de sa mitraillette la route qui serpentait vers la vallée. La cave aux pommes de terre et la maison du commandant restaient sur la droite ; cela signifiait, sans aucun doute, qu'on nous envoyait au restaurant. J'étais fatigué, mais pendant la discussion j'avais senti le sang affluer à mes joues et j'étais excité, comme si on m'avait proposé un jeu dangereux. De quoi le commandant pouvait-il avoir besoin au restaurant, si tard dans la soirée ?

Il apparaissait rarement du côté des baraques. Il avait un cabinet de travail à l'administration du camp, mais son logement était situé à deux cents mètres au-delà des barbelés. Avant la guerre, la maison de pierre appartenait à un couple d'Alsaciens qui avaient été soit expulsés, soit contraints à vendre. C'était ce qu'on appelle une villa : un gazon tondu de près, une piscine avec des rampes en chrome, des phlox et des tulipes, des buissons d'églantiers, entre lesquels s'avançait un tuyau d'arrosage mouillé. Kramer n'avait pas de famille, en tout cas, personne n'avait vu sa femme ou ses enfants en deux ans. Les domestiques venaient visiblement d'en bas, de Rothau, de Schirmeck et d'autres villages, et comme jardinier Kramer s'était choisi un Néerlandais morose. Celui-ci avait été rapidement isolé des autres, mais il avait eu le temps de raconter que Kramer était un type simple, qui conservait un mode de vie de soldat, adorait les gramophones et les fleurs, et si cela n'avait pas été contre les règles du camp, il aurait planté des marguerites et des hortensias partout où c'était possible, aurait mis des pots de fleurs aux fenêtres des baraques. Il était indifférent à toutes les autres créatures vivantes, et il regardait les animaux en costume rayé avec le même détachement que les débris de pierre. Bavarois, électricien et cerbère des camps, ayant atteint le grade d'adjoint du commandant à Auschwitz, Kramer n'y avait pas, contrairement à son chef Höss, laissé de rumeurs sur lui – sitôt parti, sitôt oublié. C'est ce que nous dirent les Juifs récemment transférés d'Auschwitz à Natzweiler. On les avait mis dans la baraque voisine du Revier.

La nuit tombait, et les fenêtres éclairées du restaurant apparaissaient tantôt sur la droite, tantôt sur la gauche. La route serpentait sur la montagne entre les denses plantations de sapins. L'odeur de résine, déjà forte depuis le camp, faisait ici tourner la tête. L'air portait une odeur de bonbon, mais avec colorant et arôme chimique. Le restaurant était bien chauffé. Kramer, assis dans la loge des gardes, buvait sans façon du thé dans la tasse de la sentinelle. À notre arrivée, il se leva, déployant une silhouette qui me parut haute et, je dirais, bien nourrie. Il était accompagné d'un autre SS. Tour à tour, Franz et moi prononçâmes nos matricules, nous efforçant de ne pas souiller Kramer de nos regards. Il pencha la tête et grommela : « Suivez-moi. » Dans le couloir, à la lumière d'une pâle ampoule, nous nous arrêtâmes devant la porte en fer d'une pièce, avec un œilleton. « Pour nos expérimentations scientifiques, martela Kramer, il est indispensable de faire passer par un tuyau allant du couloir à la pièce une substance soluble dans l'eau. La construction doit être hermétique et parfaitement réalisée. Si vous travaillez bien, je vous mettrai aux ateliers. Si le résultat est mauvais – vous savez ce qui attend les traîtres. Les outils et les matériaux vous seront fournis par le Rottenführer Schondelmaier. » Tout en l'écoutant, j'examinais son visage qui, par ses grimaces caractéristiques, ses rides, me rappelait quelqu'un. Le commandant nous observa attentivement encore un instant puis, le dos voûté, s'éloigna.

Schondelmaier était vexé que son chef ne l'ait pas laissé faire tout le travail lui-même. Il avait déjà inventé un dispositif, et nous devions le commenter. Le dispositif était cohérent, et je l'approuvai. Franz comprit lui aussi rapidement, et fit oui de la tête. Schondelmaier avait imaginé de disposer la substance dans un pot en porcelaine avec un couvercle hermétique, dans lequel entrait le tuyau, et pour ce pot nous creusâmes, avec un pied-de-biche, un petit trou dans le sol en béton. Il était fermé par une grille en haut, pour que personne ne tombe dedans. Du pot, le tuyau allait vers le mur extérieur de la pièce. Schondelmaier avait en réserve un morceau de fer à partir duquel il nous ordonna de faire un entonnoir avec une bouche large d'un côté, et un goulet étroit de l'autre, sur lequel on pourrait attacher solidement le tuyau. L'entonnoir fut fixé au mur extérieur de la pièce, à la droite de l'œilleton. Le tuyau s'adapta parfaitement à son extrémité étroite. On installa un robinet juste sous l'entonnoir, il permettait de réguler l'arrivée de la substance dans la pièce. Le constructeur radieux partit téléphoner à Nitsch, pour que celui-ci prenne livraison des travaux.

Je compris presque immédiatement le but du dispositif. Kramer voulait diluer une substance toxique dans le bocal en porcelaine et l'envoyer dans la pièce en ouvrant le robinet. Je compris alors ce que me rappelait le visage anguleux du commandant, avec ses sourcils saillants : mon voisin de classe, Golovanov, à qui l'instituteur avait répondu en plaisantant, quand il avait émis des doutes sur le fait que les chats ne se blessent pas en tombant de haut : « Jette dix chats et regarde. » Il avait pris cette remarque pour un ordre, et avait attrapé dix chats, qu'il avait jetés du haut du château d'eau. Et en quoi étais-je différent de lui, si je mettais mes sentiments entre parenthèses, pour ne voir que le résultat ? Du point de vue des gens qu'on mettait à mort, en rien. J'étais tout aussi complice – et peu importait, pour les morts, si je le faisais sous la contrainte, ou volontairement. La route sinueuse par laquelle j'étais descendu avec Franz ne nous menait pas au restaurant, elle nous menait à l'abîme – dans un sens non pas terrifiant, mais très ordinaire.

Nitsch fit son apparition. Il s'accroupit dans ses bottes en cuir de veau, palpa le tuyau, bougea la grille, approuva le dispositif et appela Kramer pour lui dire que tout était prêt. Sur la route du retour, nous vîmes un camion qui descendait moteur éteint. Le fond de sa benne était recouvert d'une bâche, pas plate, mais faisant des bosses. Scrutant l'obscurité, je vis une main qui soulevait le bord de la bâche, une tête en sortir, et des yeux blancs qui palpaient la forêt du regard : Où nous emmènent-ils, où sommes-nous ? C'était un jeune Tsigane. J'étais maintenant persuadé que mon hypothèse au sujet du mécanisme que nous avions préparé était juste, et à partir de ce moment, bien sûr, je pouvais humer la résine, toucher une pierre humide, sentir ma coupure à la main en essuyant mes pieds, mais tout le reste, tout le monde extérieur s'introduisait à l'intérieur de moi comme un tas de journaux dans la fente étroite d'une boîte aux lettres, passant avec peine et se déchirant en lambeaux. Si la violence rouge était obscure, archaïque, comme l'onde d'incendie qui arrivait de la forêt, la machine allemande reposait sur la conscience de son caractère exceptionnel, sur l'ordre, le mécanisme précis des pistons de la coercition, de la déification des ordres et de ceux qui les donnaient. La plupart d'entre eux refusaient même de se demander si les autorités n'étaient pas trop cruelles, se contentant de faire confiance à leur choix, s'enlevant toute responsabilité. Mais une autre chose me blessait encore plus : je voyais que ces particularités des Allemands n'étaient pas uniques, ce qui voulait dire que les autres peuples ne différaient pas d'eux – et, de manière générale, pour être tout à fait honnête, la créature humaine était exactement ainsi. Dieu était mort pour tous, cher Nitsch, et les icônes noircies de Fossia n'étaient rien d'autre que des planches, et les prières, des grommellements de gens perdus, enfermés dans des caves à pommes de terre. Je ne supportais pas le mensonge et me retrouvais dans le néant.

Ce néant dura jusqu'au printemps. Beer avait tenu parole, et j'avais été affecté, tout comme Franz, aux ateliers, où j'avais réparé divers appareils, tandis qu'il construisait toutes sortes de gouttières et de panneaux antiavalanches. Nous étions toujours surveillés par le même gardien paresseux qui avait l'ordre de vérifier que nous ne nous croisions que lors des rares pauses. Puis Franz disparut. Chaque jour, je venais dans la pièce avec les outils, m'efforçant de ne regarder que l'objet dont je m'occupais. Ainsi, le temps passait plus vite, et je parvenais à ne pas voir ceux qui tombaient, à ne pas gaspiller des forces morales et physiques à tenter de les aider, ce qui était parfaitement vain ; la maladie et la faiblesse, en cet hiver dans la montagne, eurent raison de nombreux internés. Je m'enfonçais de plus en plus dans un désespoir où le soleil ne pénétrait pas. Je n'avais revu Mazourov qu'une seule fois. Nous n'avions plus joué aux échecs. Dans la baraque, tout le monde était encore plus distant qu'auparavant. D'autant plus que, en six mois, beaucoup étaient morts, et avaient été remplacés par des déserteurs alsaciens. Ceux-ci racontaient que l'Armée rouge avait libéré presque tous les territoires occupés. Je n'espérais rien, et changeais les roues des brouettes, huilais les machines à écrire et extrayais les caractères coincés, bricolais des étagères pour le Revier. Mes rêves étaient peu expressifs, sauf une fois où je rêvai avec autant d'intensité qu'autrefois : d'une évasion.

Un plateau plat, qui semble en pierre. Je descends une pente douce dans un défilé étroit. Un cheval avance derrière moi, il descend aussi dans le défilé. En chemin, je perds de vue le cheval. Une fois dans le défilé, après quelque temps, je commence à en sortir du côté opposé, montant par une falaise pas trop abrupte, me tenant aux saillies. Après cette montée, je m'éloigne du bord. Il y a une petite maison. Nous sommes quelques fuyards à l'intérieur. Nous nous cachons. Nos poursuivants arrivent, et soudain, il s'avère que ce ne sont pas des gardes du camp, pas des SS, mais des tchékistes, ils tentent de nous attraper. Avec un autre, que je ne connais pas, nous fuyons sur le bord de la falaise, par où nous étions montés. J'ai envie de descendre. Nous ne descendons pas : c'est très dangereux, et nous avons peu de chances d'en sortir entiers. Nous nous cachons derrière un rocher, pas loin du bord du gouffre. Il semble que nous nous couchons pour dormir. Puis de la brume s'élève du défilé.

En mars, Kramer fut muté au commandement d'un autre camp. En partant, il ordonna d'éparpiller dans des camps annexes tous ceux qui avaient participé aux expériences du restaurant. C'est ainsi que beaucoup découvrirent que le système de Natzweiler s'étendait bien au-delà des Vosges, au nord-ouest de la France, au Luxembourg et sur la rive droite du Rhin. Des squelettes en costume rayé rongeaient la montagne, sortaient des wagonnets de minerai des tunnels, écrasaient le calcaire, sciaient le bois. Beer me dit qu'il n'avait pas envie de me voir partir, mais qu'il le faudrait : on avait besoin de chefs de brigade pour la construction d'un camp et d'ateliers d'usine à la frontière belge, dans le lieu-dit de Thil. Quand je lui demandai ce que l'usine devait fabriquer, Beer eut un sourire trop familier, même pour lui : « Vous voulez quoi, qu'on me fusille ? Non, je préfère être utile à l'Allemagne non dans un cimetière, mais dans ce lieu bien confortable. De l'air sain, de l'exercice, un travail qui a un sens. Gloire au Reichsführer, qui nous a envoyés en villégiature. »

Le camion descendit si vite à Rothau que nous en avions les oreilles bouchées. Les gardes avec des mitraillettes, qui étaient avec nous dans la benne, frottaient leurs oreilles. Leurs casques avaient glissé sur le côté. Les Bifo[1] étaient projetés dans un sens puis dans l'autre à chaque virage, et continuaient à murmurer leurs prières. J'étais seul dans cette foule rayée à triangle violet. « Vous parlez allemand ? demandai-je à mon voisin. – Oui, répondit-il en souriant. Il n'y a presque que des Allemands, ici. – Pourquoi êtes-vous persécutés ? Vous déplaisez tellement aux catholiques ? » Il sourit à nouveau. Son visage portait la marque d'une joie tout à fait déplacée. Sous son béret, on voyait une nuque châtain. « C'est trop long à expliquer ici. Mes dents claquent à cause des ornières, j'ai peur de me mordre la langue. Quand on sera arrivés, j'expliquerai. D'accord ? » J'avais été imprudent de commencer la conversation, parce que les Bifo avaient la réputation d'être horriblement bavards, tentant toujours de convertir leur interlocuteur. Les Allemands n'étaient pas virulents avec eux, ils les envoyaient sur les travaux importants et choisissaient les surveillants parmi eux : la secte des exégètes de la Bible apprenait à ses ouailles qu'il était indispensable de travailler honnêtement, de diriger avec

1. Abréviation de *Bibelforscher* (« étudiants de la Bible »), désignant les témoins de Jéhovah.

justice, mais en suivant les ordres, et de supporter toutes les épreuves sans gémir. J'acceptai de remettre la discussion à plus tard, et bientôt, nous quittions Rothau dans les nuages d'une poussière qui crissait sous les dents, le long de la rivière où la neige avait déjà fondu ; les crocus faisaient des taches bleues sur l'herbe pâle. Les Vosges se terminèrent, nous étions en Alsace. La route s'enfonçait dans la vallée, zigzaguait avec la rivière, trouvait un pont, puis remontait en serpentant sur la chaîne montagneuse. Les sapins avaient fait place aux chênes. Les bosquets s'interrompaient devant des champs de plusieurs kilomètres, irréguliers, avec des combes et des vallons. Le relief rappelait un livre ouvert, aux pages dressées, au fond desquelles, vers le dos, coulait une rivière. Après avoir franchi plusieurs livres, le camion entra dans le bourg de Thil, avec ses rues étroites, son église et sa montagne qui surplombait toutes les maisonnettes. Les pentes de la montagne s'élevaient encore plus haut, laissant entendre que le sommet n'était pas visible d'en bas. Le camion s'engagea en grondant sur la côte, puis se tut ; il s'était arrêté au milieu d'un champ inégal, tordu. Au bord de ce champ, devant un petit bois, un camp était délimité par des barbelés. Ses baraques venaient tout juste d'être construites.

Les premières semaines, nous portâmes des rondins et construisîmes les maisons comme des maquettes en allumettes. On avait confié la cantine et l'état-major aux Bifo, et je vis mon voisin de camion plusieurs fois, mais toujours fugacement. À part eux, le camp comportait des Hongrois, des Italiens, des Roumains, dont je devins le chef de brigade, et finalement, sous une volée furieuse de cloches d'église, des Russes firent leur apparition. Ils avaient mis deux heures à se traîner ici de la gare d'Audun-le-Tiche, et formèrent une affreuse procession à l'entrée du camp : des uniformes tachés, des bottes en lambeaux, l'odeur de merde. Le commandant Buttner expliqua tout et, après la désinfection, les laissa tranquilles quelques jours. Je fus transféré dans leur baraque et nommé chef d'équipe. À contrecœur, couchés, pelotonnés sur les châlits froids, ils m'expliquèrent tout.

Environ une année plus tôt, alors qu'ils étaient internés comme prisonniers de guerre dans divers stalags, ils avaient tous été sélectionnés selon leur profession – on cherchait avant tout des mécaniciens, des soudeurs et des fraiseurs – et avaient été emmenés dans un lieu appelé Dora, qu'ils avaient immédiatement rebaptisé « Dyra », le Trou. Leur nouveau camp avait été creusé directement dans la montagne, ou plutôt, dans des tunnels. Des châlits de quatre niveaux étaient installés dans des alvéoles le long des tunnels, et les premiers mois, les malheureux n'avaient pas une seule fois vu la lumière du dehors : nuit et jour, ils préparaient des fusées qui, selon les discussions des ingénieurs qu'ils avaient surprises, étaient capables d'atteindre l'Angleterre et de détruire leur cible avec une marge d'erreur d'une centaine de mètres. Leurs voisins assemblaient des avions de chasse Focke-Wulf. Leur usine était installée dans une haute, large et interminable grotte éclairée par des lampes rondes au plafond. On était à l'étroit dans les mines humides, on manquait souvent d'eau, et il fallait généralement se laver en urinant dans ses paumes. La température se maintenait constamment à 8 °C. Le jour se confondait avec la nuit, les oreilles bourdonnaient, et même leur cerveau qui avait appris à continuer à dormir malgré le bruit réveillait son propriétaire quand retentissaient les explosions pour la prolongation du tunnel. Quelques mois leur suffirent pour comprendre que dans de telles conditions, sans lumière du jour, sans air frais et sans graisses dans leur nourriture, ils allaient se transformer en vers de terre. Mais cette compréhension ne permettait aucune action, il était impossible de s'échapper du tunnel ou de se révolter : le Trou était une usine secrète, et par conséquent mieux gardée, et les habitants du sous-sol étaient déjà à bout de forces. Les constructeurs de fusées décidèrent qu'ils n'avaient plus rien à perdre, et se mirent à saboter leur production. L'un enfourna du carton déchiré dans le réservoir à essence, une autre équipe en fit son *urinoir**. Les fusées étaient testées sur place, dans un bloc séparé, et quand l'exemplaire saboté ne s'envola pas, la commission comprit rapidement pourquoi. Le Blockführer consulta ses notes, et put déterminer qui était en poste à ce moment. Quinze saboteurs furent exécutés. Tous les autres travailleurs furent rassemblés sur la place souterraine, y compris les dactylos, et on les obligea à regarder le pont roulant qui faisait descendre une poutrelle, sur laquelle on ajusta un croisillon auquel on fixa les cordes, et le pont, tel un cyclope indifférent, leva son bras, soulevant les mécaniciens de terre.

Peut-être à cause de cet incident, ou peut-être pour une autre raison, le Trou fut visité par le ministre de l'Armement en personne. Le commandant ordonna de laver les châlits au chlorure de chaux, mais un prisonnier qui comprenait l'allemand avait écouté sa discussion avec le Schutzhaftlagerführer, et tout le monde décida de ne pas faire de zèle, pour produire une impression aussi repoussante que possible devant le ministre, dans l'espoir que cela changerait quelque chose. Le succès fut complet : la commission ne s'enfonça pas très loin dans le tunnel, parce que les officiers avaient commencé à vomir. Un maigre Obersturmbannführer, jeune, mais ressemblant à un vieillard blême au visage chevalin, regarda d'abord avec des yeux horrifiés puis, revenant à la réalité, prit le commandant à part et lui souffla quelque chose d'un air mécontent. Le commandant fit mine de se justifier, mais sans trop insister, et il ne cacha pas qu'il était heureux d'avoir pu obtenir du ministre des fournitures supplémentaires, et de sortir les baraques hors de la grotte, à la surface. L'Obersturmbannführer ne comprit jamais que les *prisonniers** et la direction de l'usine avaient pour ainsi dire joint leurs efforts pour le manipuler, et il s'était sans doute vanté par la suite d'avoir sauvé des malheureux de la faim en montrant leurs souffrances au ministre. Après cette visite, tous les détenus furent transférés dans des baraques en surface, et purent revoir le soleil. Le ministre décida aussi que les mines d'Alsace convenaient pour de nouvelles usines de fusées, et ordonna au commandant d'y envoyer des hommes. Celui-ci se montra encore une fois malin, en se débarrassant à Thil des plus affaiblis, qui avaient perdu tout espoir de retour.

Sur la montagne, le vent soufflait, agitant les herbes sèches sous lesquelles apparaissaient des tiges vertes. Les taches de neige qui n'avaient pas encore fondu brillaient çà et là ; la neige avait foncé, était devenue plus fine, mais ne parvenait toujours pas à mourir. La rumeur des cloches, les cris des gardiens, le vent qui agitait le gui, et la puanteur des peintures se mélangeaient et me plongeaient dans une tristesse insondable, comme je n'en avais encore jamais éprouvé. Dieu absent, Seigneur noir de suie comme les planches sur lesquelles tu es peint, si tu savais comme le printemps alsacien est insupportable. Je ne commençai à me sentir un peu mieux que lorsque nous terminâmes la construction des baraques et que juin fleurit. On nous envoya à la mine, à trois kilomètres du camp. Je me souviens des noms de l'équipe que je commandais : Ananiev, Pavchenkov, Belikov, Vlassov, Groudatchev, Davydkov, Evgrafov, Kouris, Laptev, Lossev, Mirochnitchenko, Borissenkov, Khomiakov, Privalov. L'un venait de Donetsk, l'autre de Voronège, le troisième était oudmourte, les amis snipers étaient de l'Oural, plus un agent de liaison, dont on se demandait comment il avait été capturé, et un artilleur de Gjatsk – presque de chez moi – qui s'était retrouvé enfoncé dans la boue avec son équipement lors d'une retraite. Dans le tunnel décati, nous cimentions les sols pour les machines-outils qui devaient bientôt arriver à Audun-le-Tiche. Les eaux souterraines avaient inondé la galerie, qui de l'extérieur ressemblait à un trou dans la colline, et nous dûmes la pomper, de l'eau glacée jusqu'aux genoux. Beaucoup en eurent les jambes gonflées, certains avaient des plaies ouvertes. On ne nous avait pas donné de bottes, et les travailleurs devenaient inaptes les uns après les autres. Quand l'eau fut enlevée, on joignit des Bifo à notre équipe, et des Français, engagés par le commandant, furent chargés de surveiller le nivellement des sols. Les Français comprirent qu'il fallait venir en aide à notre équipe, et dès le deuxième jour de travail, ils apportèrent des sandwiches au fromage, parfois même avec du saucisson, pour chacun d'entre nous. Leurs épouses préparaient l'en-cas de telle façon qu'elles pouvaient le disperser discrètement dans les poches intérieures qu'elles avaient cousues aux vestes de travail de leurs époux. L'un d'eux, en me tendant la nourriture dans un papier ciré, toucha ma main et la serra. Je sursautai comme si j'avais été frappé par la foudre, et faillis éclater en sanglots.

Encore une bonne nouvelle qui nous arrivait avec les travailleurs libres de Thil était le fait que les Américains et les Anglais avaient débarqué en Normandie, et ouvert un deuxième front. En quelques semaines, tout changea. Les gardiens et les SS ne nous battaient plus. Dans le tunnel, personne ne nous pressait plus, comme si les Allemands ne croyaient plus eux-mêmes que nous aurions le temps de construire une usine. Chaque jour, les Français nous apportaient des nouvelles : les Alliés avaient pris telle ville, libéré telle autre. Les combats avaient lieu loin de nous, à des centaines de kilomètres, mais tous nos ingénieurs nous transmettaient les rumeurs faisant état d'interruptions dans les usines au service des Allemands, de cas de plus en plus fréquents de sabotage. En regardant le commandant et ses Führer, je compris qu'autrefois l'Allemagne était une usine composée de divers ateliers, dépôts, chaînes de production, et que si elle avait fonctionné comme un mécanisme bien huilé, puis avec effort, sans l'enthousiasme triomphal des débuts, à présent elle avait perdu toute sa stabilité : ici et là, on voyait des fusibles sauter, des pièces s'user, et les chefs d'atelier, qui au début réparaient tout scrupuleusement, étaient en train de se demander où s'enfuir le cas échéant, et comment assurer leurs arrières. Il était évident que, bientôt, ils ne seraient préoccupés que par leurs arrières, sans plus se soucier de la machine, qui pouvait débloquer autant qu'elle le voulait.

Pour autant, cela ne nous rendait pas la vie plus facile. Nous avions les jambes gonflées, mais il n'y avait pas de baume au Revier. Notre baraque tenait moins bien le coup que les autres – beaucoup s'étaient transformés en « musulmans », malgré les sandwiches, leur estomac les tourmentait, et ils s'affaiblissaient. Tentant de les convaincre de travailler, je ne pouvais pas me retenir, et me mis à hurler sur eux, devenant, au fond, pareil à un gardien. Au début, je m'étais dit que j'allais les protéger du Blockführer, mais je me rendis bientôt compte que j'étais pris au piège : si je ne fournissais pas la norme, nous aurions moins de nourriture, et la faim allait serrer encore plus fort nos entrailles ; mais pour fournir la norme, je devais exercer une contrainte brutale. Je compris alors qu'il n'y avait rien de pire que d'obliger des camarades à demi morts à se lever de terre, quand ils ne rêvaient que de reposer tranquillement dedans, et de les envoyer transporter ce foutu calcaire.

La première mort dans mon équipe eut lieu à la fin juin. Les soldats de l'Armée rouge cassaient les pierres, les Bifo les chargeaient sur des brouettes et les jetaient dans le ravin. Notre équipe jeta ses pioches et se coucha, sans force, sur le sol. Les Bifo cessèrent de murmurer leurs prières et poussèrent les brouettes vers le mur. Rassemblant les débris, l'un d'eux, celui dont j'avais fait la connaissance sur la route de Thil, remarqua qu'un énorme morceau était resté suspendu comme une corniche exactement au-dessus du lieu où nous travaillions. Il s'approcha habilement du caillou, sur un côté, et le fit bouger avec précaution, en essayant de l'envoyer au sol. La roche humide, couverte de sable, oscilla, mais ne céda pas. Celui qui la bougeait avança sous elle, et essaya encore une fois – le morceau se détacha brusquement, touchant son épaule et l'entraînant au sol. Le morceau de roche écrasa le côté droit de son corps, et il n'eut même pas le temps de crier, bien qu'il fût encore conscient. Ses camarades accoururent et dégagèrent la roche. L'homme écrasé bougeait à peine, ses habits étaient couverts d'une tache sombre, mais il ne saignait pas abondamment. Quelqu'un apporta un morceau de bâche, nous le hissâmes dessus et le portâmes comme sur un brancard. Pour l'empêcher de perdre conscience, un Bifo tentait de discuter avec lui. Au début, le blessé répondit clairement, et sourit même, puis il sembla s'enfoncer dans le brouillard. Je regardai attentivement son visage, et à ce moment ses yeux se posèrent sur moi. « C'est vous, dit-il d'une voix étouffée. Abandonnez-vous à Dieu sans perdre un instant, pour moi. » Mais oui, pensai-je, les *Bibelforscher* sont si fanatiques qu'ils font du prosélytisme même en agonisant. « À quoi bon, si je suis déjà en enfer. » Son regard s'éclaircit, il me fixa, comme si un ange se penchait vers lui, et pas un homme. « Non, ce n'est pas l'enfer. C'est la fin logique. Les nazis se sont détournés de Dieu, et pour les athées, torturer et faire souffrir les autres, c'est une conclusion légitime. Les camps, les crématoires, les gens qui pourrissent vivants – ils ne pouvaient pas arriver à autre chose. Mais ce n'est pas l'enfer. L'enfer, ce n'est pas ce que vous croyez. L'enfer, c'est… » Son visage grimaça. Il secoua la tête, me fixa avec intensité et murmura quelque chose. Il allait de plus en plus mal. J'approchai mon oreille de ses lèvres et entendis : « Fuyez. » Il mourut au soir, ses coreligionnaires récitèrent des psaumes d'une voix sourde. Je compris rapidement ce qu'il voulait dire. Moins mes camarades avaient de forces, moins je trouvais en moi assez de compassion, et le lendemain matin déjà, je me jetai sur ceux qui n'étaient pas en état de se lever et les fis descendre des châlits à force de coups. Personne ne dit rien, mais je remarquai leurs regards haineux et je fus d'accord avec eux. L'enfer, c'était moi, j'étais vide, on m'avait secoué et vidé de tout, et maintenant l'évasion devenait un besoin instinctif – le même qui pousse les animaux malades à trouver l'herbe indispensable à leur guérison.

Une semaine plus tard, le commandant sépara notre équipe en groupes et envoya dix hommes arracher des souches. Il s'avéra que les chefs de Natzweiler avaient ordonné de transformer encore une ancienne mine de montagne en atelier de fabrication de fusées, et avant tout de préparer le terrain pour un camp à quelques kilomètres au nord, dans la forêt. Les ingénieurs de Thil nous transmirent les derniers paquets de papier ciré et les dernières rumeurs sur des groupes de partisans qui se déplaçaient en Alsace, dont un groupe composé uniquement de femmes russes, et aussi qu'en Belgique, à quelques dizaines de kilomètres de notre camp, les fonctionnaires sabotaient les instructions des Allemands et se montraient bien plus audacieux que les Français. Je leur demandai de me procurer une carte au 1/100 000, et ils me l'apportèrent : elle montrait notre position et la topographie plus au nord, jusqu'à la frontière avec la Belgique. Toute la semaine suivante, nous allâmes déraciner les souches. Notre équipe était surveillée par un garde avec un chien. La pluie tomba pendant une semaine entière, et dans le bois de hêtres, nous avions de l'eau jusqu'à la cheville. Je compris que le chien ne pourrait pas suivre ma trace. Je choisis le Polonais en meilleure santé, et lui proposai de s'enfuir avec moi. Le Polonais refusa : il avait décidé, avec d'autres, d'attendre la libération du camp. « Tu n'as pas peur que les Allemands vous abattent, ou vous emmènent ailleurs ? demandai-je. – Qui vivra verra », grommela le Polonais. Oui, il boitait, mais les autres bougeaient avec peine.

Deux jours plus tard, le garde arriva à la place d'appel sans son chien. Cela signifiait qu'il ne pourrait pas me courir après – de peur que les autres s'enfuient – ni trouver rapidement ma trace. Nous arrivâmes sur le chantier, et je délaçai discrètement mes souliers. Le garde fumait, sa mitraillette sur les genoux. Les souches arrachées devaient être jetées dans un fossé à côté duquel commençait un épais fourré. J'estimai que, si je plongeais dans le fourré, le garde n'arriverait pas à bien viser. Le Polonais tenait les longues racines, j'enlaçais la souche. Nous nous balançâmes, et à « trois » la jetâmes dans le fossé. Je trébuchai, faisant mine d'avoir perdu une chaussure, et me retrouvai comme par inertie dans le fourré. Me frayant un chemin à travers les buissons, m'éloignant de plus en plus, je comptais les secondes. À « neuf », j'entendis des coups de feu, mais le garde tirait dans une autre direction, et je n'entendis même pas les balles siffler.

Je courus, courus dans l'eau, m'efforçant d'être prudent et de ne pas blesser mes pieds. Après un kilomètre, je me redressai, regardai derrière moi : personne. Je marchai d'un pas vif, sans m'arrêter, jusqu'au coucher du soleil, et quand la nuit allait tomber, j'aperçus un obstacle. Quelque chose de blanc était suspendu en face de moi, comme un drap, mais haut, plus haut qu'un homme. Il s'étendait sur ma droite et sur ma gauche. Marchant toujours dans l'eau, je m'approchai prudemment : c'était une blancheur épaisse, mais je ne comprenais pas ce qu'elle signifiait. J'approchai mon visage tout près : du blanc. Je tendis la main, qui traversa l'écran blanc sans difficulté. À peine si je sentis une légère ondulation. Qu'est-ce que c'était ? Je voyais l'obstacle, mais il n'existait pas, il était impalpable. Alors j'avançai, je passai la main dans la blancheur, je fis deux pas en avant, me retournai : le mur blanc était à présent derrière moi. Je l'avais traversé, ne sentant qu'un léger frémissement, et soudain je compris ce que c'était. Un nuage de moucherons blancs, minuscules créatures ailées : des mouches de mai. Leur vie est courte, elles ne vivent qu'un jour, ou deux ou trois. C'est pourquoi on les appelle aussi des éphémères. Par une nuit chaude, des myriades de mouches apparaissent au-dessus de l'eau, pressées de vivre leur existence de la naissance à la mort, de s'accoupler et de laisser derrière elles une éphémère descendance. J'éclatai de rire et continuai mon chemin.

5

L'horloge se taisait. Elle était énorme, haute de deux mètres. Les porteurs avaient fait entrer dans la pièce, non pas un mécanisme enfermé dans un sarcophage en chêne couleur cognac, presque noir, mais un temple à un dieu inconnu. Le haut faisait penser à la coupole de la basilique Saint-Pierre, le cadran avec les chiffres romains était d'un émail si brillant qu'il semblait avoir été peint la veille. Des colonnes le soutenaient de chaque côté. Sur le bois sculpté encadrant les absides et les vitraux, s'arrondissaient des fleurs et des rubans, des grappes de raisin. Le thermomètre était caché derrière les portes royales, qui fermaient avec une agrafe mobile. Le baromètre se dissimulait un peu plus haut, dans la niche du mur-iconostase. En guise d'icônes, on y trouvait des médaillons représentant Hermès, un globe terrestre, des bateaux à voiles et des gerbes de blé nouées avec des rubans en satin. Le balancier austère, aiguisé en pointe, était caché derrière une porte.

Léon m'avait raconté l'histoire de la maladie : sa carcasse s'était défraîchie, éraillée, et Mme Mertens l'avait donnée à restaurer à des artisans de Saint-Roch, qui s'y connaissaient certes très bien en bois de chêne, mais ne comprenaient rien à la technique, et avaient placé le mécanisme dans sa niche de bois de telle manière qu'il avait cessé de fonctionner. Mme Mertens ayant par ailleurs un fils coiffeur doté de talents d'ingénieur, il fut à même de comprendre où était le problème, et rétablit le mécanisme, mais, las de s'opposer à sa mère, qui n'aimait pas le ton trop bas des coups d'horloge, il céda à son caprice et plia le butoir pour que le gong ressemble plus, de l'avis de Madame, à un carillon. Un mois plus tard, l'horloge se tut et commença à s'arrêter régulièrement – le fils était parti. Madame était désespérée – cet imbécile de Menier de la boutique d'horlogerie avait affirmé que le fabricant devait changer le butoir mais, d'après le sceau, l'entreprise avait cessé d'exister depuis vingt ans. Enfin, Madame avait entendu parler d'un Polonais qui faisait des miracles et pouvait réparer n'importe quel ustensile, y compris ceux que les radins eux-mêmes conseillaient de jeter, et elle était prête à payer le double, car cette horloge était le seul fil qui la reliait à son arrière-arrière-grand-mère. Je demandai de sortir le mécanisme et de le poser sur la table d'opération.

Le couvercle, malgré tout son luxe de bois sculpté, se révéla étonnamment léger, et le mécanisme compréhensible, avec un assemblage clair. L'examen montra que ce n'était pas le butoir qui était cassé, mais le crochet de son mécanisme d'actionnement, qui devait être poussé par une roue en forme d'étoile. Un débris de crochet dépassait sur son axe. Je comprenais pourquoi Menier avait préféré refuser la réparation à Madame. Il n'avait bien sûr pas pu retrouver le même axe, et façonner un crochet de la même taille représentait un travail compliqué. Eh bien, j'étais heureux de confirmer la réputation de notre atelier qui assurait des réparations hors normes de tout ce qu'on voulait. Les pièces du mécanisme étaient en laiton, je pouvais donc refaire un crochet et le souder.

Les porteurs récupérèrent leurs courroies et partirent. Léon m'apporta un fer à souder, du métal d'apport et l'agent fondant, des pincettes et des pinces, et resta à m'observer. Je tournoyais dans l'atelier, cherchant un morceau de laiton. « Qu'est-ce que tu cherches ? » me demanda-t-il. Je dis en russe : « *Latoun'*. » Puis, me reprenant, je l'attirai vers la table où les entrailles de l'horloge étaient étalées en pagaille, tapotai le crochet et le frottai. « Ah, du *laiton**. » Léon disparut et revint avec une fine ceinture à la boucle en laiton. Quand je me mis à la couper avec la scie à main, il se détourna, se cacha derrière *L'Indépendance* et je pus voir au moment où il feuilletait les pages, pliant un instant le journal comme les ailes d'un papillon, que ses yeux étaient rougis. Léon remarqua que j'avais remarqué, et dit : « C'était la ceinture de Solange. Avant la guerre. La première guerre. » Trente ans avaient passé depuis que Solange était morte du typhus, mais il ne s'était jamais remarié.

Je n'osai pas démonter le mécanisme. Il était placé sous une couche d'oxyde et de crasse, et je préférai souder sur pied. Je dévissai les aiguilles et j'enlevai le cadran d'émail brillant, m'étonnant encore une fois qu'il n'eût absolument pas jauni avec les années. Le crochet était minuscule et, pour faire une finition parfaite, je pris une loupe binoculaire et plissai les yeux, l'installant sur la peau autour des yeux. Je ne pouvais qu'estimer au jugé de la longueur à donner au crochet. Voskoboïnik aimait considérer les mécanismes horlogers comme des problèmes d'échecs et avait plusieurs fois apporté à nos réunions des horloges murales ou de parquet, nous avions fourragé dedans tous ensemble. À présent, mes doigts se souvenaient de ce qu'il fallait faire.

La propriétaire avait de la chance, l'axe ne s'était pas oxydé, il n'y avait pas besoin d'agent fondant, mais je n'en dus pas moins étamer avec une prudence particulière. Je lavai l'axe du marteau à l'aide d'une lime à aiguille, aiguisai le débris de l'ancien crochet. Puis, me voûtant en point d'interrogation au-dessus de la table – je devais orienter le crochet dans deux dimensions –, je soudai la pièce, manquant de faire tomber la loupe au moment décisif. Tout avait l'air correct. Léon m'aida à assembler le mécanisme, à l'enfermer dans sa cage de chêne et à vérifier, à l'aide d'un niveau à plomb, s'il était disposé bien à plat. Après cela, nous remîmes les aiguilles à l'heure, une minute à l'avance. La vie était revenue dans le temple, ses engrenages se mirent à grincer et à tinter. Nous entendîmes un coup d'horloge pur, dense, quoique pas très haut. Avec un claquement de langue, Léon mit la ceinture abîmée dans sa poche et affirma que l'objet ne serait pas rendu à sa propriétaire avant deux jours : il fallait encore écouter l'horloge dans le temps, pour exclure tout résultat aléatoire.

Après son départ, j'examinai les médaillons sculptés, écoutai si le battement du mécanisme était régulier, s'il n'apparaissait pas de sons superflus. Puis je rangeai les outils et sortis une enveloppe d'un tiroir. Ayant soigneusement essuyé mes mains à une serviette, j'ouvris la page pliée en quatre et relus la lettre que j'avais écrite, aussi courte que possible :

« Chère Anna,

Je vous remercie pour cette soirée inoubliable, grâce à laquelle je suis comme revenu à la vie. J'espère que votre fille va bien et que les douches à l'eau froide n'ont pas blessé son âme.

Je n'ai presque pas eu le temps de vous parler de moi et je n'imagine pas à présent comment le faire sur le papier. En vous écrivant, je me sens gêné, me demandant combien je puis m'exprimer librement, car la dernière fois que j'ai écrit, c'était encore sur le front, j'écrivais à ma famille. Les censeurs vérifiaient le courrier, on n'avait pas le droit de douter de la victoire, et on ne devait rien trahir de personnel. Ainsi, toutes les lettres n'avaient qu'un but : de se persuader, par l'écriture, l'ordre des mots, qu'on était encore vivant, en bonne santé, ou au moins pas mourant. Donc : j'ai été, tout comme vous, prisonnier, puis dans un camp, mais pas dans un camp de travail ordinaire – un camp de concentration, dans les montagnes au nord de la France. Je me suis évadé, puis j'ai vécu dans une famille où, d'ailleurs, il y avait aussi des petites filles. Avant, le destin m'avait, comme vous, bien ébranlé. J'ai de la peine à écrire sur ce sujet. De plus, je ne suis pas du tout sûr que vous vouliez retourner en pensée à la guerre.

J'aimerais beaucoup vous revoir, même si ce n'est pas à une soirée dansante, mais peut-être lors d'une activité où je pourrais vous aider. Ne sachant pas toutes vos circonstances, je vous prie de m'écrire, dans votre réponse, où et quand vous pourriez me rencontrer en toute sécurité. Au fait, je n'ai pas eu l'occasion de vous le dire pendant cette soirée : je vis à Marcinelle même, au 19, rue Delestienne, et je serais heureux si vous laissiez un mot dans la boîte aux lettres en quittant la couturière, ou si vous tapiez simplement à la fenêtre de l'atelier (deux fenêtres à droite de la porte d'entrée). Le propriétaire chez qui je travaille et habite, monsieur Léon, est un homme seul et infiniment bon, il m'apprécie et il n'est pas bavard. »

La lettre ne me semblait pas trop insolente. Je décidai de ne pas la recopier en enlevant ceci ou cela, et je me contentai d'ajouter une phrase préparée à l'avance :

« Comme il est de coutume de dire ici : je vous prie de croire, chère Madame Anna, à l'expression de mes sentiments les meilleurs, Sergueï Soloviev. »

Ces dernières semaines, je sentais qu'une force inéluctable s'était réveillée en moi, et je m'avouais honnêtement que je ne voyais pas de raison de résister à l'appel obstiné qui me faisait désirer Anna – si fort que j'en étais gêné. Ni à Profondeville ni ici, à Charleroi, je n'avais rien ressenti de pareil, même si j'avais fréquenté des filles, les avais prises par la main, et une fois, attendant la fin de la pluie sous l'auvent d'une boutique ambulante, tenant dans une main un cornet avec *les canadas** et un pot de mayonnaise dans lequel je trempais les frites, j'avais croisé le regard d'une femme en robe et en chapeau crème. Elle flâna devant moi, elle sentait la liqueur – elle devait revenir d'une fête – et, arrêtant son regard sur moi un peu plus longtemps qu'elle n'aurait dû, et voyant s'allumer dans mes yeux une nostalgie de l'intimité et la joie de cette possibilité, elle me fit signe de la suivre. J'allai vers ma première relation intime comme un chasseur qui suivait un animal. Nous entrâmes par une porte de service dans l'aile d'un bâtiment, vers son petit appartement qui sentait le caramel. « Allez, Polonais, vas-y », me murmurait la femme en se serrant contre moi, et je me sentais embrasé, mais ma chair resta morte. Mon *pénis** était tout à fait inerte, malgré tous mes efforts. Elle retomba le visage dans l'oreiller, et se mit à pleurer : « Foutus Boches, foutue vie. » Je compris que toute explication serait superflue, et que je n'avais plus qu'à disparaître. Depuis ce temps, et jusqu'à la soirée dansante, je n'avais pas flirté. Mais je désirais Anna avec passion, cruellement, et je m'endormais rarement sans *éjaculation**.

Cela dit, j'avais été tout à fait honnête dans ma lettre, et n'avais rien inventé au sujet des enfants. Effectivement, j'étais tombé sur Serge et sa commune une semaine après mon évasion. Après avoir passé à travers le mur d'éphémères sans rencontrer de poursuivants, je m'étais retrouvé, à la tombée de la nuit, à la lisière d'une forêt de plusieurs kilomètres. Mes chaussettes russes avaient été immédiatement trempées, avant même les coups de feu, mais j'avais décidé de ne pas les enlever, parce qu'elles soulageaient un peu mes pieds. J'avais devant moi un champ, heureusement non labouré. Une lune fine brillait dans le ciel. Au loin, on devinait la vallée d'une rivière, d'où montait le froid. Sur la gauche, à environ un kilomètre, je voyais les taches noires de maisons. Aucune lumière n'éclairait les fenêtres. Je me souvenais de ce bout de carte. Le chantier était exactement à l'est de la ville de Longwy, et la Belgique, à huit kilomètres au nord. Je décidai de profiter de la courte nuit pour traverser le champ, passer la rivière à gué et emprunter des sentiers pour, en marchant vers le nord et me reposant dans des bosquets indiqués sur la carte par des taches, arriver à une autre forêt. Les villages belges commençaient après cette forêt. Touchant à peine la terre, réfléchissant chaque fois avant de mettre le pied sur le sol, je passai le royaume des herbes et descendis dans le creux de la vallée. La rivière se révéla peu large, et un pont de planches la traversait. Cette portion de frontière ne semblait pas être gardée. Je passai une heure à surveiller les buissons de la rive, puis autant ceux de la rive opposée, mais pas la moindre herbe ne bougeait. Je ne vis qu'un camion allemand passer sur la route qui bordait la rivière, mais il n'y avait pas de gens dans sa benne. On ne me cherchait visiblement pas, ou on me cherchait, mais en partant de l'idée que je marchais vers Longwy. Tant que j'avais été en mouvement, les moustiques n'avaient pas pu m'attaquer, mais à présent ils étaient sur moi. Me figeant, jurant et tâtant du pied chaque planche, je passai sur la rive belge, sans m'arrêter jusqu'à ce que le soleil jaillisse de derrière les champs, qui étaient aussi énormes que ceux d'Alsace. Je ne rencontrai personne sur les chemins. Mais je tombai sur plusieurs bidons à lait traînant dans la poussière sur le bas-côté. Je les examinai. Malheureusement, ils étaient vides. Mes réserves de pain, que j'avais dispersées dans mon habit, n'étaient pas encore terminées, mais comment savoir combien de temps j'allais devoir fuir.

Le soleil m'atteignit dans un petit bois de noisetiers non loin de la route, et je compris que je fuyais depuis presque quinze heures, et que si je ne prenais pas immédiatement un peu de repos, j'allais faire une erreur tôt ou tard et blesser mes pieds. Ayant choisi un enchevêtrement de troncs et de ramures aussi confortable que possible, comme si je jouais à nouveau avec des amis dans le bois du village, je m'y cachai et, m'appuyant contre l'écorce humide, je m'endormis. Je me réveillai en entendant une voix forte. Quelqu'un parlait d'une voix de gorge, et pouffait d'une voix haute ; un autre lui répondait, d'une voix normale, un peu furtive. J'écoutai attentivement et je m'aperçus qu'ils ne parlaient pas allemand. Je compris, je ne sais pas comment, que c'était du français. Je me dis avec horreur que je ne pouvais pas aller vers eux dans mon uniforme rayé, pieds nus. Mais que faire ? Attendre la nuit suivante, voler quelque part des habits et de la nourriture, et m'enfuir encore plus loin ? Je décidai de me glisser dans le village par le champ et de trouver la maison du responsable du village. C'était un petit hameau, d'une dizaine de maisons. Elles me semblaient toutes identiques, et tandis que, accroupi devant une haie, je me demandais en vain laquelle choisir, un vieil homme maigre sortit dans une cour, vêtu de seuls pantalons remontés jusqu'au-dessus du ventre par des bretelles aux boucles pompeuses, en forme de crocodiles. L'homme me regarda, et je sentis qu'il n'allait pas dénoncer mon arrivée. Je le compris à son regard, ce qui n'empêcha pas que, en me redressant, j'avais les genoux qui tremblaient. Sans dire un mot, il me conduisit à un hangar et, m'ordonnant d'un signe de l'attendre, disparut, puis revint bientôt avec une vieille chemise à carreaux, des pantalons usés et un veston pas tout à fait en morceaux. Mon uniforme rayé brûlait déjà dans le poêle. Regardant mes pieds, il hocha la tête d'un air mécontent, disparut encore pendant une heure, et réapparut avec des souliers à lacets, qui n'étaient trop grands que d'une pointure. Pendant tout ce temps, il ne dit pas un mot, puis s'exclama en russe : « *Poïdiom.* »

Je sursautai, parce que je ne savais pas encore que les Belges aiment apprendre des langues, sans but, juste comme ça. Les uns collectionnent des boutons de chemise avec des blasons, des timbres avec des oiseaux, des cupidons en porcelaine – n'importe quoi, en gros, des objets – ; les autres collectionnent les mots, même dans les villages. Les villages wallons ressemblaient à des camps d'armée où chaque chevalier s'était construit un petit château dans la roche, avec des meurtrières et une girouette. Leurs communes vivaient comme des villes franches. Elles s'étaient progressivement changées en banlieues des grandes villes. Profondeville, où se cachaient, comme le dit mon bienfaiteur à bretelles, « ceux que les nazis et les rexistes[1] recherchent », était l'une de ces communes. Avant de demander au propriétaire de l'unique camion de Guelff – c'était le nom du village – qui allait à Namur s'il pouvait me déposer dans les environs de Profondeville, il voulut savoir qui j'étais, d'où je venais et comment j'étais arrivé ici. Son accent avait quelque chose qui faisait penser à l'élocution d'un sourd. Je décidai de ne rien lui cacher, et racontai tout. Il m'écouta, hochant la tête, et m'expliqua que je devais partir au plus vite. Non, bien sûr, les Allemands étaient basés dans les villes, et ne pourraient faire leur apparition au fin fond des Ardennes qu'en cas de battue particulière, la police belge était contre les Allemands, même s'il ne fallait pas prendre de risques inutiles, le troupeau ayant sa part de brebis galeuses ; mais les rexistes, les nazis locaux, fourraient leur nez un peu partout et livraient aux SS les évadés des camps et des mines de charbon.

Après midi, je montai dans le camion. Dans un sac de toile, on m'avait préparé un morceau de gâteau, des œufs, un peu de bœuf et une gourde en aluminium avec de l'eau. J'avais retenu le nom de celui que je devais chercher à Profondeville. Je ne savais rien, à l'époque, de sa parenté avec le vieux Wallon. Je ne demandai pas le nom de ceux qui m'aidaient, et ils ne se nommèrent pas. À ce moment, j'étais fatigué de douter, et je sentais que j'étais impuissant à disposer de mon destin autrement qu'en leur faisant entièrement confiance. Il n'empêche que je n'arrivais pas à m'habituer au fait qu'ils agissaient de façon entièrement désintéressée envers moi, sans tenter de me forcer à quoi que ce soit. Le chauffeur était un grand type, avec un paquet de cigarettes roulées sortant de la poche comme un mouchoir. Nous nous mîmes d'accord en mauvais allemand et par gestes, je devais me cacher dans la benne vide, sous la gaine qui la recouvrait. S'il apercevait une patrouille ou toute autre menace, le chauffeur taperait deux fois sur la vitre de la cabine, et si je parvenais à m'enfuir, tant mieux, sinon et si nous étions arrêtés, le chauffeur dirait que je m'étais sans doute glissé à l'intérieur à Battincourt, quand le camion sinuait sur les routes désertes.

Après une demi-heure où je roulai d'un flanc sur l'autre, avec des coups inattendus du sol de planches sur mes fesses, nous

1. Collaborateurs belges de l'Allemagne nazie.

arrivâmes à une route plus égale, et dépassâmes Battincourt. La chaussée monta sur une colline, et le soleil, qui avait trouvé la vitre dans le brouillard lilas, fit apparaître des villages avec leurs minuscules maisons sur les collines voisines. La campagne, ici, rappelait un peu celle d'Osintorf, mais elle n'était pas aussi déserte, elle comprenait des terrains cultivés, bordés de chemins, était remplie par les projets des habitants, pas seulement par les labours d'automne et le blé d'hiver. La route s'enfonça dans un canyon, laissant furtivement apparaître, sur la droite, les lignes cursives d'un viaduc. Une voie de chemin de fer apparut sur le côté. Nous croisions, à de longs intervalles, des automobiles. Il se mit à pleuvoir, et je me cachai sous la bâche. Quand la pluie cessa, nous aurions déjà dû arriver, selon mes calculs, aux montagnes, à l'est du massif ardennais. Après avoir vidé l'eau de pluie, je jetai un œil et vis la brume s'élever du fond du défilé : d'abord en lambeaux, puis en épais rideau. À hauteur de rivière, la brume bouillonnait comme une soupe au lait, et les falaises des Ardennes laissaient leurs crocs jaunes dépasser de cette bouillie pâle.

Les nuages étaient aussi bas qu'à Natzweiler, puis ils disparurent, s'effaçant tous ensemble du ciel, comme s'ils ne l'avaient pas envahi l'instant d'avant. Je me souvins du Bifo écrasé par le rocher et fermai les yeux. Je vis défiler devant moi les fissures dans le calcaire, les marteaux, les kapos en cercle, et tout cela passait à un rythme accéléré, comme une pellicule de film qui se serait emballée. Cela dit, je ne dormis pas longtemps. Le camion était arrêté sur le bas-côté, et le chauffeur me secouait l'épaule. La bâche, après s'être réchauffée au soleil, s'était refroidie dans le soir, et ma chemise mouillée me collait désagréablement au corps. Le vent soufflait, il faisait froid. Je n'avais aucune envie de m'arracher à la benne tiède pour m'enfoncer dans la forêt mouillée après la pluie et me cacher à nouveau, attendre, en chassant les insectes de mon corps. « Jusqu'au virage vers Dinant, il n'y a pas de poste, me dit le chauffeur en allemand. Mais après, c'est dangereux. Va en direction de Dinant, mais pas par la chaussée, prends la route sur laquelle on transporte le bois. Quand tu seras arrivé à la Meuse, remonte le courant. La nuit, tu peux rejoindre l'autre rive par un pédalo. Quelqu'un en laissera forcément un sans cadenas. Puis tu dois continuer à remonter la rivière, jusqu'à Profondeville. » Il me tendit la main, et je la serrai plus longuement qu'il le fallait, désireux de ressentir encore un peu de tiédeur avant la nuit glacée. Je devais marcher dix kilomètres jusqu'à Dinant, puis encore dix-sept jusqu'à la maison où je devrais demander Serge.

Couché sur l'horizon, le soleil trouait la forêt de ses rayons, l'air froid piquait comme un vin jeune. Je courais, glissant dans la boue, sur les routes de transport de bois, ou plutôt, entre les ornières ou sur le côté, m'arrêtant de temps en temps pour cueillir quelques fraises des bois. Mes souliers comme mes habits étaient trempés, j'avais des cloques aux pieds et je boitais. Je devais avancer constamment vers le bas. Le bord de la vallée de la Meuse descendait vers la rivière en terrasses, et la route dure sinuait sur la pente. Je courais tout droit, suivant presque la ligne d'inclinaison de l'eau, traversant la chaussée après avoir écouté si une voiture ne s'approchait pas. Des ruisseaux chantaient tout près. Il faisait déjà sombre quand j'aperçus les maisons de Dinant, d'abord basses, puis sur plusieurs étages vers la Meuse. Il n'y avait presque personne dans les rues. Je compris où était le quai et le suivis en remontant le courant, à pas vifs, d'un air démonstrativement occupé et pressé. Certains passants me regardèrent avec étonnement, puis détournèrent les yeux, et je compris que j'avais l'air d'un *étranger**. Mais je n'avais pas d'autre chemin pour rejoindre mon refuge. Des falaises s'élevaient au-dessus de Dinant, il était trop long et difficile de les contourner. Ayant dépassé le centre, je levai les yeux et je vis qu'un énorme nid de guêpes sombre surplombait la ville, surmonté, sur sa droite, d'une dent gigantesque avec un morceau d'os cassé. En regardant mieux, je distinguai une citadelle, puis une falaise à deux têtes qui la dépassait, et sur laquelle s'étendaient des guirlandes de vignes. La citadelle, comme certaines maisons en ville, était trouée en plusieurs endroits : des combats avaient dû se dérouler à Dinant. En amont, je trouvai un pédalo tiré sur le rivage mais pas attaché. La traversée fut effrayante, parce que, sur la gauche, l'eau se déversait du barrage, et faisait en tombant autant de fracas qu'un train. Mais les pédales dictaient l'allure, et la rive sombre et basse se rapprochait. Ayant accosté, je me cachai sous la couronne des saules, mangeai mon gâteau, bus un peu d'eau de la gourde et repris laborieusement mon chemin sur la chaussée, m'efforçant de gagner Profondeville pour frapper à la porte qu'on m'avait indiquée avant le moment où l'aube me révélerait.

Quelques heures plus tard, assis dans la partie secrète, fermée, du pavillon, dissimulée derrière une remise, Serge prononçait lentement mot après mot, cherchant des équivalents en allemand. Il m'avait presque immédiatement cru. Au début, bien sûr, il avait soupiré et m'avait regardé comme un voleur, puis il avait reconnu son veston sur moi, celui qu'il avait offert à son cousin de Guelff. Dans la poche, il trouva un message où son cousin disait à mots couverts qu'il serait bien de m'aider. « Dans la commune, beaucoup sont parents. Le gendarme est un cousin. Il n'y a aucun ennemi. Pas un rexiste. Il n'y a pas de camp dans les environs, et nous n'avions pas beaucoup de Juifs en Wallonie, c'est pourquoi les rafles sont très rares. Mais les rexistes de Namur viennent parfois patrouiller par ici. Nous sommes à trente kilomètres de la ville, il faut donc rester attentif, bien connaître sa légende et ne pas sortir inutilement de la maison. Mes enfants et ma femme dorment encore, vous les rencontrerez après. Je vous apprendrai à vous occuper des ruches, vous m'aiderez. En sortant du pavillon, vous devez d'abord vérifier que les toits des ruches ne sont pas ouverts. Les abeilles sont notre couverture. En cas de danger, nous enlevons les couvercles et gagnons du temps pour nous cacher ou nous éloigner. Nous vivons de la vente du miel, nous l'emportons à la foire de Charleroi, et aussi le lundi dans une boutique de Namur. Derrière la haie, ce sont déjà les pentes de la colline, elles sont cachées aux regards étrangers par des bois de noisetiers. À mi-chemin du sommet, il y a une route en terre battue, et si on la suit vers l'ouest, on arrive à une plaine, et au hameau du Piroy – il n'y a pas de traîtres, là-bas. On a parfois une visite d'un détachement de la Résistance, on reconnaît toujours les maquisards. Cela dit, ils arrivent souvent dans des uniformes pris à des nazis morts. »

Je l'écoutais, tandis que mon regard errait sur le mur traversé d'une fissure, et j'essayais de m'accrocher à chaque morceau de crépi et chaque rugosité pour ne pas m'endormir. Serge s'interrompit, me regarda attentivement, mit un doigt sur les lèvres, indiqua la chambre adjacente et dit : « Dormez. » Abandonnant difficilement le carrousel d'images de la journée passée qui s'étendait, semblait-il, sur un mois entier, je me couchai et me couvris d'un drap rapiécé. Le calme s'abattit sur moi comme le rocher sur le Bifo, et m'écrasa, sauf que cette fois je n'avais pas à avoir peur, rien n'entravait plus ma liberté. Je restai allongé sans bouger, me répétant : Maman, je suis là, Olia, je suis là, je m'en suis sorti, je ne sais pas si je rentrerai, mais au moins je trouverai un moyen de vous donner des nouvelles. Je pleurai ma réserve de sanglots de toute une vie, pleurai longuement, à chaudes larmes, jusqu'à ce qu'un rêve particulier s'empare de moi.

Un petit oiseau doré, presque scintillant, entra par la porte ouverte et se mit à voler autour de ma tête. Je décidai qu'il voulait que je l'attrape. Je tendis la main, me levai et le suivis, parce qu'il s'était immédiatement un peu éloigné, et je l'attrapai sans grand effort entre mes deux paumes. J'écartai les mains, et il resta blotti dans une paume, comme s'il me faisait entièrement confiance. J'étais frappé par sa couleur inhabituelle, je n'avais jamais vu d'oiseau de ce genre : une couleur dorée, avec une luminescence particulière. Je commençai à le nourrir, je ne sais plus avec quoi. Je sortis dans la cour. Et l'oiseau, comme devinant mes pensées, battit des ailes et s'envola.

Je me réveillai parce qu'on me secouait l'épaule – un petit garçon vêtu d'un pyjama froissé, au visage bronzé, aux yeux sombres. « *Je suis Émile. Et qui es-tu ?** » demanda-t-il en voyant que je m'étais redressé et assis sur la paillasse. Il semblait avoir huit ans. La porte grinça, laissant passer la moitié d'un front, une mèche claire et l'œil effrayé d'une petite fille, qui ressemblait à son frère mais était visiblement l'aînée. Je me levai, aperçus mon reflet dans un miroir étroit qui était pendu en face du lit. Ou plutôt, je vis quelqu'un. Du miroir me regardait un vieillard aux joues grises mal rasées, aux cheveux coupés irrégulièrement, aux bras longs et maigres, aux yeux enfoncés dans les orbites. Les habits de Guelff ne lui donnaient aucun charme : il avait l'air d'avoir cambriolé un magasin de vêtements d'occasion. Tentant de sourire sans ouvrir la bouche, pour ne pas montrer mes dents noircies, je dis : « Serge », et je serrai la main d'Émile. « *C'est Clara** », répondit-il en indiquant sa sœur.

Avec une confiance étonnante, alors que j'aurais pu être un assassin ou un fou dangereux, Serge me raconta tout le soir même. Il était en tablier, devant l'évier, et prenait l'une après l'autre les assiettes lavées par sa femme Charlotte pour les essuyer avec un torchon. Déjà grisonnant, avec des touffes de barbe sur les joues et un nid sur le menton, il parlait d'une voix haute, tranquille, un peu malicieuse. Émile et Clara étaient les enfants de gens dont ils ne connaissaient pas le nom, ils n'avaient pas cherché à le connaître. Leur père était un ingénieur minier, vivait à Oberhausen et avait épousé une Juive avant l'arrivée des nazis au pouvoir. Il était clairvoyant, et après les premiers pogroms sur leur terre, il avait pris sa famille et déménagé en Belgique, trouvant du travail dans le bureau de Namur d'une entreprise propriétaire de mines vers Liège. En 1940, les nazis les avaient rattrapés. Leur famille n'était pas orthodoxe, ils allumaient seulement l'hanoukkia à leur fenêtre, mais le physique de la mère d'Émile et Clara, et celui des enfants les trahissaient. Quand les Allemands exigèrent de recenser tous les Juifs, les Belges acceptèrent, même si cela allait à l'encontre de toutes les conventions. Beaucoup se souvenaient de l'arrivée des Allemands vingt-sept ans plus tôt, des meurtres, de la violence, et ce souvenir leur ôtait tout courage. Après le recensement, l'ingénieur comprit qu'il fallait à nouveau fuir, et demanda à être muté par l'entreprise du même magnat du charbon vers des mines situées dans la zone libre de la France. Un soir, sa femme rapporta à la maison des étoiles jaunes achetées dans la rue, ils devaient les coudre sur leurs vêtements ; elle prit une aiguille et la planta avec force dans son doigt. Les enfants poussèrent un cri. Elle rejeta le manteau et l'étoile : « Nous ne le ferons jamais volontairement ! C'est comme si on demandait qu'on nous déporte ! Nous ne devons plus dire à personne qui nous sommes, c'est clair ? » Ils reçurent une réponse positive de la France, vendirent leurs biens, achetèrent de faux papiers, apprirent tous les faux renseignements, leurs nouveaux prénoms et noms, les lieux où ils avaient vécu, la légende de leur famille. Les deux parents cachèrent des bijoux dans des préservatifs qu'ils enfoncèrent dans leur intestin, et ils partirent pour la frontière. À la douane, l'officier français, comme l'avait prévu la mère, choisit d'interroger Émile, le plus innocent. Dans la pièce plaquée de pin, l'officier fit asseoir le garçon dans un fauteuil. L'interrogatoire dura une heure, et Émile ne se trompa pas une fois. Le journal, dans les mains du père, était mouillé comme s'il était tombé dans une flaque. Le douanier ramena Émile, demanda des allumettes au père et, quand ils descendaient le perron, lui dit : « Le garçon s'en est très bien tiré. Je ne vais pas vous arrêter ni vous livrer aux SS. Mais si votre femme et vos enfants étaient attrapés en France, je serais fichu. Donc, vous faites demi-tour et vous rentrez. »

Leur belle-sœur travaillait comme infirmière dans un hôpital qui était nourri par la paroisse catholique de Namur. Les nazis avaient chassé les enfants juifs des écoles publiques, avaient interdit aux Juifs de travailler comme médecins, et avaient fini par jouer le même jeu avec les Belges qu'avec les Français : donnez-nous les Juifs non nationaux pour la déportation, et nous laisserons vos Juifs nationaux en paix. Après un moment de résistance, le nouveau gouvernement accepta – l'ancien était immédiatement parti pour Londres –, même si beaucoup devinaient qu'on ne comptait pas les Juifs comme des poussins pour leur offrir la Terre promise. Une année plus tard, on commença à rafler les Juifs nationaux. Mais encore longtemps avant cela, on sonna à la porte de l'appartement loué par la famille. Sur le seuil, une blonde sans signe particulier, vêtue d'un manteau noir, leur sourit gentiment. Elle avait appris leur adresse du responsable de la paroisse, le père André, qui n'avait pas la possibilité de cacher des enfants dans sa pension catholique, mais comprenait qu'il fallait agir vite. Le souffle coupé par ce qui se passait, la mère remplit des sacs de voyage. La blonde prit les enfants par la main, les regarda chaleureusement dans les yeux et leur dit : « Maintenant, tu t'appelles Émile Bonnier, et toi, Clara Bonnier. Oubliez vos anciens prénoms et noms. » Elle demanda aux parents de se souvenir de deux chiffres, qu'il fallait communiquer au cas où elle ne pourrait pas venir elle-même leur parler des enfants ; celui qui viendrait à sa place voudrait ces chiffres-mots de passe. C'étaient des combattants clandestins. Personne ne connaissait leur nom, et toutes les informations sur les garçons et les filles juifs cachés chez des parents et des amis étaient indiquées dans cinq cahiers conservés dans des endroits différents. Le chiffre était la clé du premier cahier. Dans celui-ci, on écrivait les nouveaux noms des enfants, et donnait à chacun un nouveau numéro. Il était le code qui permettait de trouver leur adresse dans le deuxième cahier. Ce deuxième cahier, toujours par un numéro, envoyait au troisième, où étaient écrits l'ancienne adresse et le nom des parents. Le troisième renvoyait au quatrième, où l'on trouvait le nom des nouveaux parents et leur adresse. Le quatrième renvoyait au cinquième, qui prévoyait une adresse de réserve s'il fallait les déplacer d'urgence. Et dans ce cinquième cahier, on écrivait le nom de la personne qui s'était chargée des enfants et devait informer les parents de leur destin.

La blonde fit sortir les enfants de Namur, à travers un poste de contrôle, dans le camion d'un laitier de sa connaissance. Celui-ci savait tout, était heureux d'aider et avait caché les valises des enfants dans un casier secret sous la citerne où il rangeait des chiffons et le cric. Par chance, ils ne croisèrent pas d'Allemands. Pourquoi allaient-ils à Profondeville ? Le doyen de la paroisse de Namur était le neveu de la femme de Serge, et la commune était connue pour son indépendance. De plus, Dinant et la route qui y menait étaient sur la rive opposée, et il n'y avait pas d'autre ville en aval de ce côté de la Meuse – ainsi, la commune étant loin de tout, elle n'attirait pas particulièrement l'attention. Les enfants de Serge – Annie et Clément – accueillirent les fuyards comme des amis et ils étaient déjà presque réellement amis, quand soudain tout fut gâché. Je ne compris pas tout de suite ce qui se passait.

Au début, nous ne parlions presque pas. Serge était le seul à savoir l'allemand, et, pour ne pas devoir recourir à la langue des gestes avec les autres, je me mis à apprendre le français. Clément, une grande perche de seize ans avec des moustaches, venait me donner des cours deux fois par jour : après l'école et après le dîner. Au début, il trouva un alphabet, puis apporta un manuel pour les premières années avec le tampon de la bibliothèque de l'« École communale ». Peu habitué à recevoir autant d'attention, je m'efforçai d'apprendre la langue aussi vite que possible. Nous travaillions aussi ensemble aux ruches, récoltant la propolis, la cire et les déjections des abeilles. À l'arrivée de l'automne, les nuits devinrent plus noires et plus froides. Une nuit, je me levai pour fermer la fenêtre ouverte trop largement, quand j'entendis un double murmure venant de la chambre des enfants, qui était voisine de la mienne. Puis il y eut un bruit indécent, que j'avais déjà entendu en rentrant un soir à Brassovo : mon voisin de chambre était en train d'embrasser maladroitement une fille en pantalons larges et chemise d'homme, qui venait semble-t-il de l'école technique agraire. Clément et Clara, debout devant la porte entrouverte, étaient aussi en train de s'embrasser. Émile dormait juste à côté d'eux, mais les complices s'efforçaient de ne pas faire trop de bruit, et semblaient y parvenir. Ce n'étaient pas des baisers innocents, ils avaient dû voir des scènes au cinématographe. Clara prit la main de Clément et, le regardant dans les yeux, la posa sur sa poitrine. Son téton était visible à travers sa chemise de nuit. Clément le toucha doucement, du bout des doigts joints, comme s'il s'apprêtait à la bénir. J'avais l'impression d'être un criminel d'observer tout cela, et pendant toute cette scène je ne ressentais pas de l'excitation, mais l'envie ridicule d'emmitoufler ces enfants pas si petits dans ma couverture, pour qu'ils n'aient pas froid.

Je parlai prudemment à Serge de ce que j'avais surpris, mais je découvris que les parents étaient au courant de ce qui arrivait aux enfants, et qu'ils n'avaient rien interdit, juste tenté de convaincre leur fils qui voulait immédiatement se marier d'attendre trois ans, que Clara ait au moins seize ans. J'avais l'impression que, s'il n'y avait pas eu la guerre, Serge et sa femme auraient eu plus de marge de manœuvre, ils auraient pu imposer une séparation pour mettre les sentiments des enfants à l'épreuve, les envoyant étudier chez un parent éloigné, ou proposant à Clément un apprentissage dans une ville lointaine – tandis que, comme la guerre ne finissait pas, tout le monde était contraint de vivre sous le même toit. Mais Serge hocha négativement la tête : Je ne veux pas les contraindre, il y a tant de malheurs autour et, bien sûr, nous sommes rassurés d'avoir les enfants auprès de nous.

Une autre fois, au petit-déjeuner, je lui demandai de me parler de Profondeville, et nous eûmes une longue conversation. « Nous avons notre propre maire, expliqua Serge, le chef du parti qui a gagné les élections. Il peut procéder à des arrestations, construire des routes, restaurer de vieux bâtiments, entretenir des écoles. Bien sûr, le gouvernement ne lui a pas délégué tous les droits, mais il en a beaucoup. On pourrait croire que le maire a les coudées franches, mais en fait il est contrôlé par le conseil municipal. Et qui est dans ce conseil ? Les partis qui ont perdu l'élection à la mairie. Et il doit composer avec eux. Tous les maires se plaignent constamment de devoir discuter avec le conseil des plus petits détails, comme de savoir à qui acheter le gravier pour le boulevard. Mais on leur répond toujours la même chose : c'est la démocratie, il faut démontrer, et pas ordonner. » Je demandai à Serge s'il y avait beaucoup de communes de ce genre en Belgique, et il siffla : « Des milliers ! Autant de communes que de villages. Autour de nous, ce sont toutes des communes de ce type : Lustin, Rivière, Arbre, Lesve. »

Nous sortîmes dans la cour. Des boucles de vapeur rampaient dans l'herbe mouillée. Un soleil brun, sableux, illuminait la plaine embrumée. Les maisons wallonnes, faites de roches, ressemblaient à un troupeau de lézards archaïques qui levaient la tête en direction de l'astre.

Dans ces dernières semaines, nous, les clandestins, avions pris de l'assurance, et sortions acheter le journal ou contempler la falaise, avec les fenêtres creuses des grottes, de l'autre côté de la Meuse, où vivaient des nuées d'étourneaux. L'un des plans de sauvetage, en cas de rafle, était de rejoindre cette rive en pédalo ou en barque – puis de nous cacher dans les grottes et d'y attendre le retour au calme. Ce matin-là, je descendis la rue avec Émile en direction de l'allée, pour rejoindre le kiosque à journaux. Deux hommes apparurent à l'angle de la rue. Le soleil nous éblouissait, et ce n'est qu'en les dépassant, avec un sourire aimable, que je reconnus l'uniforme noir des SS. Auparavant, je n'avais jamais saisi le sens littéral de l'expression « la peur lui coupa les jambes », mais je sentis que je bougeais les miennes avec peine, et que mes muscles étaient devenus de la bouillie. Un coup de vent faillit me renverser, pas à cause de sa violence, mais il apportait les anciennes odeurs du camp, de la peur, des incessantes humiliations et de l'absurdité. Je serrai la main d'Émile, saluai les SS qui remontaient la pente d'un air concentré. Ceux-ci répondirent poliment. « On ne s'arrête pas au kiosque, on continue », dis-je à Émile d'une voix que je voulais détachée. Nous dépassâmes le kiosque, rejoignîmes la grand-rue et descendîmes en direction des quais. Le café était déjà ouvert. Ne sachant que penser ni que faire, je décidai d'attendre. Nous nous assîmes à une table d'où nous voyions tout autour : le cas échéant, nous pourrions partir discrètement. Émile prit la carte d'une main précautionneuse, la tourna et la retourna, et me la tendit. Je commandai une liqueur au chocolat, et quand on l'apporta, je lui en donnai un peu à boire. Nous étions assis en silence. Enfin, Émile dit : « Charlotte m'a montré une maison dans la rue voisine. On peut nous y cacher, une femme vit là-bas, une Italienne, je crois. » Je n'avais presque jamais bu d'alcool et, à cause du manque d'habitude, la tête me tourna immédiatement. Émile, toujours franc, me regarda droit dans les yeux et, après une seconde d'hésitation, dit : « Je ne dormais pas, quand vous étiez devant la porte. J'ai aussi tout entendu. J'aurais voulu me lever et le frapper, parce que je voulais dormir, et aussi parce que je voulais qu'elle soit seulement à moi. Mais je me suis tu, parce que sinon tout le monde l'aurait su. Je mordais mon oreiller… » Mon Dieu, pensai-je, dire que je n'ai apporté que des malheurs à ses semblables, je suis comme un corbeau tournoyant au-dessus des morts, et si Tu existes tout de même, donne-moi, faible créature ivre que je suis, un peu de forces, maintenant, pour sauver ce pauvre garçon. Émile, comme s'il m'avait entendu, marmotta : « Je mourrai, s'ils la prennent. »

Sans nous cacher, sans prendre de précautions, mais prêts le cas échéant à sauter sur le côté de l'allée et à nous dissimuler derrière un chêne, nous approchâmes de la maison. Nous ne rencontrâmes personne sur l'allée mais, en tournant dans la rue, nous nous arrêtâmes brusquement : à cent mètres, devant notre portillon ouvert, était garé un camion militaire des nazis. Le chauffeur, accroupi, palpait la roue avant. « Allons chez la voisine », commençai-je à dire, sentant que la main d'Émile échappait à la mienne, et qu'il courait en avant. Je bondis vers lui, le pris à la taille et le fis tomber. « Elle a pu s'échapper ! Ne fais pas l'idiot ! » Ayant repris son souffle, Émile se calma et me dit où était la maison dont il avait parlé. Une minute plus tard, nous frappions à la porte. L'Italienne comprit tout et montra le plafond du doigt. Nous nous cachâmes dans le grenier. Les SS errèrent dans la commune jusqu'au soir. Clara avait eu le temps de s'enfuir : les nazis n'étaient visiblement pas préparés à une confrontation avec les abeilles. Personne ne savait pourquoi les SS avaient eu des soupçons – ou si c'étaient bien les SS, ou la Gestapo. À tout hasard, nous restâmes cachés encore deux semaines dans ce maudit grenier, ne descendant qu'à la nuit tombée.

Quand on nous fit sortir, la lumière du jour nous éblouit, et nous prîmes le chemin de la maison en trébuchant. Émile s'arrêta subitement, leva la tête vers le ciel et cria : « Oh ! Oh ! » Tout le monde regarda dans la direction qu'il indiquait, et aperçut les étourneaux. Ils tournoyèrent au-dessus de la Meuse, d'abord en petite nuée, puis leur groupe vola plus bas, fut rejoint par de nouveaux oiseaux, et se transforma en un épais nuage noir qui tournait et rebondissait comme une roue lancée sur une pente. Soudain, un côté du nuage s'éleva dans les airs, puis vira brusquement sur un flanc, et toute la nuée se répandit sous les nuages comme une pâte étendue par une ménagère. Des centaines d'étourneaux faisaient les mêmes mouvements, volaient ensemble, comme liés les uns aux autres par un fil invisible, formant alternativement une sphère dense, puis une virgule énorme et frémissante, ou encore une vague dressée qui avançait dans le ciel, et toutes ces formes se rejoignaient, se mêlaient, s'épaississaient jusqu'à devenir noires. Leurs mouvements étaient idéalement harmonieux, pas un oiseau ne s'écartait de la virgule, du petit pain ou de la lemniscate. Qu'est-ce qui les poussait à bouger tous de la même façon ? Des sociétés entières dessinent de telles figures, sans qu'on puisse l'expliquer, et les rares individus qui s'opposent à ce qu'on nomme communément les circonstances passent sans être remarqués par les observateurs. En regardant les étourneaux, je notai une lacune dans mon idée d'irrationalité salvatrice. Allemands et Wallons agissaient pareillement de manière rationnelle – simplement, chez les premiers le mouvement commun du troupeau était dirigé vers la destruction ou l'asservissement de ceux qui ne leur ressemblaient pas ; tandis que les autres, voyant comment agissaient les rares personnes qui résistaient, avaient commencé eux aussi, de leur propre volonté, et sans être soumis à aucune machine de propagande, à aider les gens pourchassés. La fermeté des habitants de Profondeville ne reposait visiblement pas sur le refus du profit, ni sur la religion, mais alors, sur quoi ?

Au début de l'automne, les Allemands disparurent. Ils ne livrèrent pas de combats, ne firent pas sauter les ponts et les fortifications, ne fusillèrent pas les prisonniers : ils disparurent comme par enchantement, comme les ombres quand le soleil se cache derrière les nuages. Bientôt, les parents de Clara et d'Émile arrivèrent de Namur, accompagnés par la blonde d'alors, qui leur dit son nom pour la première fois : Catherine. Elle tenait dans ses bras un garçonnet qui ne devait pas avoir deux ans. Catherine commença par donner les dernières nouvelles : Charleroi, Liège et d'autres villes avaient fêté la libération, brûlant les panneaux indicateurs et les enseignes des Allemands, rangeant les uniformes de maquisards dans une armoire, se moquant des Yankees qui demandaient à l'armée de rendre les armes, et lâchant sur leurs places, têtes rasées, les *traîtresses** qui avaient couché avec les nazis. Puis elle passa au wallon et discuta avec Serge d'autres affaires, j'étais loin de tout saisir, mais je pense que je compris une phrase : « Ce qui m'a sauvée, c'était le manque d'expérience. Si j'avais été mère à cette époque, je n'aurais pas pu. Enlever des enfants à leurs parents, peut-être à jamais ? J'en aurais été prise de tremblements. » J'entendis encore qu'elle racontait qu'une femme qui avait caché des enfants juifs avait appris la mort de son propre fils, et que, à la fin de la guerre, elle s'était mise à clamer que les Juifs avaient plus de droits que les autres, parce que les gens ordinaires devaient faire la guerre et mourir, et on dut lui retirer les enfants. Lorsque Catherine raconta cela, Annie l'interrompit : « Clément était aussi très fâché au début que papa et maman risquent nos vies, il était jaloux de Clara et d'Émile, et je ne comprenais pas pourquoi. Mais quand Serge a sauvé Émile de justesse des nazis, j'ai compris. Nous étions à un fil du cauchemar : les parents auraient été envoyés en prison, et nous, dans un foyer... » Catherine regardait dans le vide. Son bébé attrapa son nez et le palpa. « C'était difficile, mais heureusement, tout est terminé », dit Charlotte en essayant de sourire. Tout le monde s'étreignit, et Clément dit à Catherine : « Pouvez-vous parler au père André, lui demander de me prendre à la pension de la paroisse ? » Lui et Clara pleuraient, bien sûr.

Puis ce fut le dernier hiver de la guerre. Dans un mois de décembre sans neige, des rumeurs arrivèrent jusqu'à nous, affirmant que les nazis revenaient avec une nouvelle offensive de l'Est, et le lendemain, une colonne de camions bâchés avec des soldats américains passa dans Profondeville. Puis encore une colonne, et une autre. Un cousin débarqua de Namur pour ramener sa famille, et cria que les Allemands avaient mené une contre-attaque et seraient bientôt là. Tout le monde se prépara à une évacuation à Charleroi, mais la terreur s'empara vraiment de nous quand, dans le silence de la nuit, un fracas retentit, puis des échos étouffés de tirs. Plusieurs familles dont la nôtre étaient assises sur leurs malles et leurs sacs et attendaient d'être chargées dans le fourgon à pain. Tous ces jours, tout le monde jouait aux cartes avec une énergie particulière et s'amusait. Quand j'exprimai mon enthousiasme à Charlotte, elle eut un petit rire et me demanda : « Sais-tu pourquoi le symbole des Wallons est le coq ? Parce que c'est le seul animal à chanter en étant dans la merde jusqu'au cou. » Pendant une semaine, nous n'entendîmes plus tonner, puis nous apprîmes que les Américains avaient attiré les nazis dans un piège, que ceux-ci étaient arrivés presque à Dinant, puis avaient été attaqués sur leur flanc et encerclés. Peu avant Noël, dans les bois des Ardennes poudrés de neige, gisaient des milliers de morts casqués. Les nazis avaient battu en retraite, mais même quand ils eurent tout à fait disparu, nous évitâmes jusqu'au printemps de nous éloigner de la commune.

Je ne savais pas quoi faire. Serge avait reçu de Namur une proclamation adressée à tous les citoyens soviétiques envoyés au travail forcé en Belgique. Le tract exigeait de se présenter dans des points spéciaux où l'on trouverait logement, nourriture, assistance médicale, pour ensuite regagner la patrie. La proclamation était signée d'un certain colonel Stemassov, chef de la mission de rapatriement. Les Allemands avaient été repoussés vers Berlin, plus personne ne doutait de la victoire. Certains disaient que Hitler était mort. À Charleroi, il y avait plus de mines, d'usines et, par conséquent, j'avais plus de chances de trouver du travail, tandis qu'à Namur j'aurais dû aller voir le père André et le convaincre de me procurer un emploi, liant ainsi mon destin aux catholiques. C'est pourquoi, quand en mai le journal annonça la capitulation de l'Allemagne, je choisis Charleroi. On disait que les Russes y étaient facilement embauchés dans les mines de charbon.

Un mois plus tard, je rassemblai ma maigre garde-robe et la fourrai dans une valise offerte par Serge.

Le laitier accepta de me conduire presque jusqu'à la place centrale. Nous partîmes au matin. J'aurais voulu dire adieu à Clément et Annie, mais je ne voulus pas les réveiller. Les vitres de la chambre des enfants étaient couvertes de buée. Clément avait la tête sur un bras et dépassait du lit, à peine protégé par sa couverture avec laquelle il se battait chaque nuit. Il avait reçu une lettre qui lui annonçait que le père André acceptait de le prendre à Namur, mais à présent, pour pouvoir être près de Clara, il devait recevoir l'accord formel de ses parents. Ceux-ci évitaient d'en discuter. Peut-être qu'ils ne voulaient pas que je croie qu'ils étaient antisémites ou autre chose et qu'ils attendaient mon départ. Annie dormait tournée vers le mur, les genoux repliés contre le ventre. Ils ressemblaient tant à mes frères et sœurs. Je pris ma valise et, m'efforçant de ne pas regarder vers eux, je sortis.

Il avait plu pendant la nuit, Profondeville était plongée dans le brouillard. Le laitier démarra le moteur, et nous montâmes longtemps sur les hauteurs du défilé, serpentant sur la route dans la brume humide, avant d'arriver dans la plaine. Des villages apparaissaient derrière chaque virage, et dans chacun, on trouvait une église et un magasin à la vitrine rutilante, des portes ouvertes sans la moindre peur et des troupeaux de vélos posés contre le perron et pas le moins du monde attachés. J'aperçus au loin des pyramides noires et régulières, avec des pentes égales. Quand nous approchâmes – nous étions sans doute déjà entrés dans Charleroi – je compris que ce n'étaient pas des montagnes, mais les déblais de l'extraction de minéraux, des tas de plusieurs dizaines de mètres. Le camion avançait à toute allure dans les rues, sautant et oscillant en passant les rails de tram. J'observais toute cette vie inconnue. Des trams à double porte et à phare unique remontaient des rues. Un agent en casquette blanche, devant un pont au-dessus de la voie ferrée, dirigeait les automobiles : les chauffeurs, obéissants, quittaient l'énorme rond-point et partaient dans des rues différentes. Ici, les maisons étaient hautes, faites de pierre foncée, couvertes de suie, les fenêtres tirées au cordeau. J'aperçus un poste à essence, et nous sautâmes soudain en l'air, manquant de taper le plafond avec nos têtes : l'asphalte s'était brusquement interrompu, des pavés lui succédant. Nous arrivâmes à une place, la première d'une enfilade. Les passants n'étaient pas nombreux. Quelques enfants en habits du dimanche tournaient par deux sur les chevaux d'un carrousel en bois sculpté.

Le laitier me fit descendre et m'indiqua de la main la place suivante, très fréquentée, d'où montaient le grincement et le sifflement d'une fanfare. Après nous être donné l'accolade, nous nous séparâmes. Je ne sais trop pourquoi, je ne voulus pas aller tout de suite là où les gens s'amusaient. Je décidai de marcher dans le quartier, essayant de trouver une annonce utile, et de m'habituer à la ville. Après une rue pavée étroite, bordée de barbiers, d'étals de légumes et de *pâtisseries**, je débouchai sur un boulevard et faillis m'évanouir. Les fermiers avaient ouvert les bennes de leurs camionnettes et de leurs remorques, déversant des montagnes de pommes de terre et de carottes, et tout cela sentait la terre, les feuilles, la vie, les champs, les herbes. Je passai en chancelant devant des comptoirs de boucherie couverts de sang et d'autres présentant des confiseries collantes. Je m'appuyai contre un camion, fermai les yeux et restai là, respirant à pleines narines, jusqu'au moment où je pus me convaincre que je n'étais pas devenu fou. L'odeur de la vie me libérait de l'odeur de sciure, de matelas sales, des baraquements, de la faim, d'eau phéniquée, de tout ce qui était enfoui en moi si intimement que, même à Profondeville, j'avais été incapable de m'en débarrasser. Mais ici, les odeurs me rendaient notre jardin : c'était exactement l'arôme de la terre retournée quand, du bout de ma botte, je l'enlevais de la pelle. Comme si des mains étaient sorties de la carte, m'avaient pris à l'épaule et m'avaient tourné vers ma maison. Mon court accès de joie fit place à la tristesse, et pour ne pas la laisser me paralyser, j'ouvris les yeux et je repris la marche. Me frayant un chemin à travers la foule, je traînais avec moi ma valise comme un sac de malheurs, jusqu'au moment où je me retrouvai devant un grand gaillard qui avançait encore plus lentement que moi.

Cet homme était vraiment très, très grand, il poussait un landau, assez élégant, sur des roues à rayons, avec une poignée carrée, gommée. Une poupée était assise à l'intérieur, une fillette en plastique, molle, très grande elle aussi, aux lèvres pleines. Elle était habillée d'une robe à carreaux courte, de chaussettes hautes et de souliers noirs. À côté d'elle étaient posés un lion en peluche tout élimé et des jouets de docteur : un stéthoscope, une seringue et encore quelque chose. Une sucette lui tombait de la main, une tête de coq sur un bâton en bois. Je regardai attentivement, et aperçus encore quelques bonbons à côté de la poupée. Son énorme compagnon, en chemise bien repassée et en veston avec une pochette, me regarda sans me voir et, ayant fait encore quelques pas, appuya du pied sur le frein, se pencha vers le landau et se mit à dire quelque chose à la poupée d'un ton de reproche. J'eus l'impression d'entendre le mot « caprice ». La poupée restait silencieuse, fixant le ciel. L'homme hocha la tête, lui caressa les cheveux et tourna la capote du landau de façon que la lumière du soleil ne dérange pas la fillette. Ils continuèrent leur chemin, et le père, désireux de divertir sa fille, pouffa en montrant du doigt un vendeur de navets verts qui essayait de les disposer en pyramide, mais les navets s'écroulaient à chaque fois, en dépit de ses efforts. La foule évitait sans mot dire l'homme au landau, s'efforçant de sourire gentiment, mais sans arrêter le regard sur lui. Un garçonnet qui aidait à empiler les navets fit une grimace et ouvrit la bouche pour demander quelque chose au vendeur, mais celui-ci pressa son avant-bras avec tant de force que sa peau blanchit, et lui murmura quelque chose à l'oreille d'un ton fâché. Pendant que j'observais la scène, le landau disparut dans la foule.

Le boulevard se terminait, traversé perpendiculairement par une allée d'érables. Celle-ci était bordée de kiosques bâtis de bric et de broc : tôle, bois plaqué, planches de diverses couleurs. Dans chacune de ces maisonnettes, il y avait un artisan qui réparait quelque chose, montres, agrafes, chaussures. Je regardai derrière l'épaule du dernier d'une queue devant un serrurier et je vis celui-ci sur sa machine, avec sa matrice, faire une copie de clés pour un vieil homme aux cheveux gris peignés en arrière, qui tapotait le sol de sa canne avec impatience. À côté, un horloger examinait la vieille montre-bracelet que lui avait apportée une fille en imperméable. Je marchai jusqu'à la place où les érables se terminaient et tournai sous le panneau « Place Charles II ». C'était, semble-t-il, la place où j'avais vu déambuler les promeneurs et jouer l'orchestre. Les rues étaient envahies de flux de cyclistes aux robes et costumes bien repassés. Les quelques unijambistes avec des béquilles avaient également un air d'élégance, surtout ceux qui avaient une cigarette fumante au coin de la bouche. Plusieurs fois, je vis des visages aux traits slaves, et je tendis l'oreille, mais je ne reconnus aucune autre langue que le français. Des braseros fumaient sous des auvents, on boucanait de la viande, il y avait des tonneaux et des étals avec des bouteilles de vin. Des automobiles au coffre ouvert étaient réfugiées sous des toits de bâche. Quelques chauffeurs jouaient aux cartes sur une petite table, assis sur des chaises pliantes, avec des verres de vin. Un peu plus loin étaient garés les chariots, avec les chevaux de trait qui les avaient tirés, ils mangeaient du foin dans des caisses en bois, tournant leur tête à l'unisson. La fanfare était assise sur des chaises devant les murs d'une église qui ressemblait à une falaise de granit sombre avec des coulées d'eau. Tout le reste de la place, avec l'hôtel de ville et d'autres bâtiments qui faisaient penser à des palais, était couvert de fleurs : dans des pots, boîtes, seaux, caisses. Leurs vendeurs discutaient vivement avec les acheteurs en leur expliquant quelque chose, attrapaient les fleurs au sol et les tournaient sous leur nez. Sur les caisses, des panneaux dressaient une cartothèque interminable, *Festuca, Canna, Campanula, Kniphofia, Gaillardia, Geranium.* Je me souvins quand j'avais dessiné le plan de notre maison et de notre jardin ; au moment d'esquisser les parterres, j'avais demandé à maman où il fallait les mettre. Elle ne croyait pas qu'on nous laisserait en paix, mais avait tout de même décidé de rêver un peu, et était allée chercher chez un jardinier un guide des plantes rares. De ce guide, j'avais retenu et je reconnaissais à présent l'échinacée, l'hortensia, le bégonia et les cyclamens. J'avais marché vite pour éviter que les gendarmes me demandent mes papiers, et ce n'est qu'à ce moment, dans la foire aux fleurs, que je me sentis hors de portée et que je m'arrêtai pour reprendre mon souffle. Je posai ma valise au sol, et je lus, sur la boîte la plus proche : *Dianthus barbatus.* Une fleur blanche avec une goutte de sang à l'intérieur, à l'inflorescence élégante et obstinée.

Je ne trouvai nulle part les annonces promises par Serge. Le commerce battait son plein, je traversai la foire trois fois dans toutes les directions, mais je ne vis ni panneau d'affichage ni feuillets détachables collés çà et là. Ne comprenant plus rien, je remontai à nouveau l'allée. En chemin, sans rien dire, m'efforçant de sourire, je posai une pièce trouée devant le vendeur de petits pains en tablier blanc, et celui-ci, imperturbable, me tendit une brioche saupoudrée de sucre en poudre, emballée dans un papier huileux. Je la mâchai, debout devant le kiosque de l'horloger. Celui-ci était toujours en train de s'occuper de la montre-bracelet, la fille en imperméable n'était plus là. Depuis tout ce temps, il n'avait réussi qu'à l'ouvrir, en rayant le couvercle, il était donc peu expérimenté, malgré son apparence de respectable artisan d'une cinquantaine d'années. Je me plantai à côté de lui et regardai plus attentivement. L'homme tentait de sortir le mécanisme du boîtier sans enlever le remontoir, bien qu'il eût des pincettes à sa disposition. Posant ma valise sur le trottoir, je m'approchai de lui sans même y penser et m'emparai des pincettes, écartai le cliquet et, le tenant avec les pincettes, dévissai la couronne avec les doigts. Puis je sortis le mécanisme et regardai le soi-disant horloger. Il m'étudia d'un air furieux, puis s'adoucit. C'était Léon. Deux jours plus tôt, son précédent employé, un évadé du stalag comme moi, ancien officier de l'Armia Krajowa, était rentré dans son pays, et Léon n'avait pas osé refuser la commande d'une cliente dont la famille venait chez lui faire réparer ses montres depuis de nombreuses années.

Je devins donc son nouveau Polonais. On m'appelait monsieur Soloveïs. Léon logea ledit monsieur dans une chambre au premier étage de sa maison de célibataire. Je jetai des bandes dessinées sur un reporter rusé qui dataient d'avant-guerre, des journaux poussiéreux, des albums avec des rubriques de jeux d'échecs découpées dans des journaux – mon patron jouait toujours, mais il avait perdu son goût de résoudre les problèmes –, je fis de la place pour quelque chose en plus du lit et de l'armoire. Pour quoi ? Je ne le savais pas moi-même. Les fenêtres de Léon donnaient sur une ruelle bordée de maisons d'une même brique noircie, et on y entendait constamment un ballon que des gamins lançaient contre le mur. Le ballon avait perdu presque toute son enveloppe extérieure, on voyait déjà la chambre à air, mais les enfants continuaient de taper furieusement dedans, s'efforçant de lui imprimer une trajectoire qui le ferait rebondir sur le côté, dans un angle presque nul qui empêchait le joueur suivant de tirer sur le mur. Les enfants avaient les cheveux frisés et criaient en italien, parce que tout le quartier, appelé Marcinelle, était italien. Seule une part infime des habitants, plus près du chemin de fer et du pont qui le franchissait, étaient des Wallons, qui en général avaient aussi un garage ou un atelier. Le reste de Marcinelle s'allongeait sur une colline et se terminait par les portails de fer forgé de la mine du Bois du Cazier. Derrière eux, des baraques en demi-sphères aux toits de tôle brillaient au soleil. Des Italiennes tendaient des fils entre les poteaux et y séchaient le linge. Leurs maris étaient accroupis devant le terrain sablé, fumaient et attendaient leur tour : on lançait d'abord le cochonnet, puis les grosses boules. Les joueurs hurlaient sans retenue. Au-dessus de tout cela s'élevait le chevalement, un monstre sale aux longs bras et au ventre rebondi, entouré de petits terrils, et, à quelques centaines de mètres, les grands remblais que j'avais aperçus quand nous étions entrés dans Charleroi. Deux pâtés de maisons plus bas, une pizzeria travaillait nuit et jour dans un bruit de vaisselle.

Une semaine plus tard, Léon avait pu se convaincre que je réparais tout ce qu'on nous apportait et n'avais pas l'intention de partir. Il m'emmena dans un bureau. L'un de ses clients s'occupait de fournir des papiers d'identité à ceux qui les avaient perdus dans leurs errances ou dans un bombardement. Je devins Soloveïs. Malgré mon opposition, Léon avait répandu une rumeur disant que j'étais polonais. « Pourquoi, tu as tellement envie d'être soviétique ? avait-il dit en riant. Je t'en prie ! Va au poste de rapatriement. Il est tenu par les Américains, mais j'ai vu hier une annonce disant que les officiers soviétiques arrivaient. Je les ai vus, ces officiers ; ils patrouillaient dans un camion, cherchant à attraper un Ukrainien, un mineur, qui avait dû déplaire aux communistes. Mais fais attention : les Américains ne vont pas vous défendre. »

Pendant la nuit, je réfléchis à son idée. Désormais, j'avais des papiers. Mon retour était devenu si proche, et aussi bien plus simple que je l'avais pensé à Profondeville. Mais qu'aurais-je répondu à la question : « Avez-vous servi dans une unité nazie ? » Connaissant la minutie des Allemands et la peur des anciens officiers soviétiques, j'avais toutes les raisons de penser que, au moindre danger, l'Armée nationale aurait brûlé tous les documents – avec les vrais noms et les pseudonymes. Pourtant, il y avait sans doute des copies dans l'état-major du groupe à Smolensk, et qui sait où elles étaient à présent. La Wehrmacht ne s'était probablement pas inquiétée pour ses Hiwi au point de détruire ou d'emporter les documents, photographies, rapports sur les actions avec les SS. Je décidai de me risquer au rassemblement, car mes papiers ne trahissaient pas mon origine, et si les Américains avaient vérifié l'identité des hommes venant au point ou noté leur nom, je serais reparti.

Je ne trouvai pas l'adresse annoncée. La numérotation s'interrompait deux maisons avant le point de DP – c'est-à-dire « personnes déplacées » – que je cherchais. Perplexe, je déambulai dans la rue, jetai un œil dans une cour et vis que des gens à l'allure et à la démarche évidemment soviétiques la traversaient. Je me dépêchai de les rejoindre, et remarquai un terrain délimité par une palissade, un portail grand ouvert, derrière lequel j'aperçus des baraques de brique sur un étage. Des hommes erraient sur ce territoire, d'autres étaient accroupis, fumaient et discutaient en cercles restreints. Beaucoup avaient mis un veston sur leur chemise de corps, faisant claquer des bretelles contre leur poitrine. Quelqu'un avait traîné un blason haut comme un homme, avec le marteau et la faucille, en papier mâché. Pendant le transport, le blé en papier mâché s'était froissé et plié. La foule était bruyante, et je ne pus entrer par le portail. J'étais pris de terreur. Je reculai vers la rue, contenant avec peine mon cœur qui voulait sauter hors de ma cage thoracique. Il était évident que, tant que les officiers n'étaient pas arrivés, cela n'avait aucun sens de m'asseoir, comme eux, dans la poussière et d'entamer une discussion, même en feignant d'être un étranger. Après une heure à errer dans les environs, à attendre sur un banc, je revins au portail. La commission était déjà là et avait commencé sa propagande.

Un colonel, sans doute le fameux Stemassov, ainsi que deux capitaines en vareuse de défilé et leur chauffeur en képi avec une étoile étaient debout en demi-cercle. Les mains derrière le dos, ils répondaient aux questions. Personne n'avait d'arme. Les hommes sentaient l'eau de Cologne, certains avaient des cravates à la mode, à pois. Un photographe sautillait autour d'eux, levant un disque de flash magnésique devant son appareil. Derrière les officiers soviétiques, deux officiers américains arboraient un large sourire. Je regardai autour de moi – il n'y avait pas de soldats sur le territoire du camp – et décidai de m'approcher. La discussion semblait se dérouler sur un ton amical. « Tu viens d'où ? » me chuchota mon voisin, en veston froissé, la raie des cheveux passée à une sorte de brillantine. J'oubliai que je voulais rester silencieux et feindre d'être polonais, et montrai les remblais : « Du Bois du Cazier. » Mon interlocuteur feignit d'avoir compris. Je décidai de continuer l'échange. « Ils ne paient pas bien. Vous avez un travail ? C'est mieux, bien sûr, en bas qu'en haut, mais je suis prêt à aller aussi en haut. » Mon interlocuteur hocha négativement la tête : « Chez nous, près de Liège, les Américains emmènent tout le monde. Même ceux qui ont une bonne femme locale, ils doivent aussi partir. Le camarade Staline s'est mis d'accord avec eux, tout le monde doit rentrer à la maison, qu'on le veuille ou non. Les seuls à qui on demande leur avis sont les Polonais, les Lituaniens et les Ukrainiens. Ils viendront bientôt dans ton Bois, ils t'amèneront ici et t'obligeront à bouffer du DDT. » Je lui demandai : « Bouffer quoi ? » Le type éclata de rire : « On nous donne une poudre contre le typhus. Sur la boîte de cette poudre, c'est marqué DDT. Tu verras ! »

La discussion devenait plus animée. Les DP demandaient ce que les nouveaux venus savaient sur les mines de Donetsk et les villes autour – est-ce qu'elles avaient été bombardées, ou étaient entières ? –, et les officiers leur répondaient. Je ne sais pas pourquoi – le ton était aimable –, peut-être à cause de certains jeux des muscles de leur visage, du dessin des plis et des rides, ou de leurs yeux joyeux, mais avec une étincelle mauvaise, je commençai à frissonner, comme si j'étais mouillé et que le vent s'était levé. Il y eut une pause. « Mais tout de même : qu'est-ce qui nous attend dans la patrie ? Nous, les fils prodigues ! » lança une voix trop crâne vers le fond. Le colonel sortit une feuille de son sac, leva la main pour la montrer à tout le monde et cria d'une voix forte : « C'est un article de la *Pravda* ! Voilà ce que dit le camarade Golikov, chef de la direction aux affaires de rapatriement. "Des gens hostiles à l'État soviétique tentent par la tromperie et la provocation d'empoisonner la conscience de nos compatriotes et de les obliger à croire un mensonge monstrueux qui serait que la patrie soviétique les a oubliés, les a reniés et ne les considère plus comme des citoyens soviétiques. Ces gens brandissent l'épouvantail que, en cas de retour dans la patrie, nos concitoyens seraient victimes de répressions. Il est inutile de réfuter de telles absurdités ! Les citoyens soviétiques qui se sont retrouvés dans l'esclavage allemand seront reçus chez eux comme des fils de la patrie. Même les citoyens qui sous la violence et la terreur allemandes ont commis des actes contraires aux intérêts de l'URSS ne seront pas condamnés s'ils accomplissent honnêtement leur devoir à leur retour dans la patrie." » Les mineurs écoutaient, figés, certains semblaient reconnaître une mélodie familière. Je sentis aussi que j'étais à nouveau dans la bibliothèque, feuilletant les recueils d'articles et tentant de distinguer, derrière les mots lancés les uns après les autres, l'intonation avec laquelle ils étaient prononcés. Ici, l'intonation ne laissait présager rien de bon. « S'ils accomplissent honnêtement leur devoir à leur retour dans la patrie » : quel était-il, ce devoir, et pourquoi impliquait-on qu'il pourrait susciter le désir de l'accomplir de manière malhonnête ? Les visages des capitaines et du colonel, avec leurs regards carnassiers, me glaçaient les sangs. Mon corps se mit à agir par lui-même, comme si les muscles avaient reçu des impulsions électriques, et il m'expulsa de la foule. Je marchai en direction du portail, palpant ma poche où reposaient les documents fournis par Léon. Du coin de l'œil, j'aperçus un camion soviétique garé à côté d'un long bus vide. Sentant des regards dans mon dos, je franchis le portail. La discussion continuait toujours, et les Américains avaient visiblement compris que je ne faisais pas partie des gens ramenés de Liège, et avaient décidé de ne pas s'en mêler ; d'autant plus qu'il y avait des Polonais et des Baltes dans la foule, et qui pourrait dire qui était ce type qui s'en allait ? En tout cas, pas un des hommes de Liège.

Trois ans passèrent, et le point était toujours en fonction, mais au lieu de militaires, il était dirigé par une agence pour les réfugiés, et les Russes qui ne voulaient pas rentrer n'étaient plus livrés de force. Les Soviétiques s'étaient fâchés avec les Américains, et les journaux parlaient à grands cris d'une nouvelle guerre imminente. Beaucoup de choses avaient changé, mais je continuais à éviter ce quartier. Je me disais que c'était étonnant : il n'y avait rien eu d'effrayant dans cette scène de rassembleurs des fils de la patrie, mais un certain dégoût s'était néanmoins emparé de moi. En trois ans, j'avais appris le français, et je pouvais discuter de politique avec Léon et ses associés. Ses associés, qui avaient son âge, m'avaient proposé de rejoindre l'entreprise, de travailler dans leur bureau de construction, où on dessinait des machines-outils. Ils étaient tous très préoccupés par les élections au parlement, où les communistes avaient soudain reçu un neuvième des voix. Et les Wallons soutenaient plus volontiers les rouges que les Flamands.

« Et vous ne pouvez pas tout simplement interdire les communistes ? lançai-je, soulevant une tempête de réactions.
– Il n'y a pas de raison justifiant d'interdire des opinions qui ne vous plaisent pas ! crièrent-ils tous les trois. On peut interdire seulement les nazis, parce qu'ils ont commis des crimes et lancé des appels à la haine ! » Quand je leur racontais notre vie à Vychegor et à Iartsevo, le jugement contre l'étudiant à Kalinine, les camps de transit pour les koulaks, les paysans de Tambov révoltés qui avaient été gazés, et tout le reste, les Belges hochaient la tête, bien sûr, parce que les journaux ne parlaient pas de ça, mais ils continuaient d'affirmer que les interdits politiques ne feraient que renvoyer l'Europe au siècle dernier.

Mais une autre chose me frappait plus encore : Léon, plein de compassion, délicat, qui tenait la porte, respectait le dernier des ivrognes, ce même Léon, quand il était question du Congo, se transformait en instructeur politique belliqueux. Bien sûr, il hochait la tête d'un air désolé, reprochait au roi d'avoir réprimé la révolte africaine, mais passait tout de suite après à l'attaque en criant : « Soyons honnêtes jusqu'au bout : les Congolais ne peuvent pas s'élever au-dessus de leur condition ! De nombreuses années s'écouleront avant qu'ils assimilent nos valeurs et cessent de manger de la chair humaine. Il faut tenir le Congo d'une main ferme, du moment que nous sommes allés nous mêler de cette maudite Afrique ! » Quand je lui faisais remarquer qu'il valait mieux éviter de parler de main, parce que Léopold avait justement coupé les mains aux Congolais, y compris aux enfants, Léon, hors de lui, hurlait quelque chose sur la difficulté du traitement du cuivre, que les profanes ne pouvaient pas comprendre. Pourquoi, étant doté de vues démocratiques aussi honnêtes et d'une réelle bonté de cœur, avait-il un tel manque de respect pour des hommes d'une autre couleur de peau ? La seule explication que je trouvai fut que les Congolais étaient différents, pour lui, pas simplement des étrangers. Dans l'esprit de Léon, ils avaient pris la place des barbares responsables du sac de Rome, qui avaient plongé ses ancêtres dans le Moyen Âge avec sa puanteur, sa saleté, ses exécutions et ses bûchers – bref, des forces qui pouvaient détruire tout ce que le progrès avait offert aux Européens.

Un jour, par hasard, j'appris sur un tract que, en banlieue de Charleroi, il y avait une église orthodoxe, et je décidai de m'y rendre le dimanche suivant. L'église était peu fréquentée, minuscule. Pendant la liturgie, j'entendis des gens discuter à voix basse. Les voix des chanteurs et l'odeur de l'encensoir ne me faisaient aucun effet, ne réactivaient aucun signal de mon enfance, alors que j'avais eu peur d'être excessivement touché. D'après les discussions, nombreux étaient ceux qui voulaient rentrer, parce que l'aide américaine avait cassé les prix du charbon, et fait chanceler les affaires des magnats de la Ruhr et de Liège. Or, presque tous venaient à l'église de Charleroi des villages miniers des alentours. Plusieurs hommes aux pantalons mal taillés et aux vestons trop longs se tenaient tête baissée, se signant maladroitement. De l'autre côté de l'allée, des jeunes filles priaient, deux d'entre elles avaient un bébé dans les bras. Des vieillards en habits du dimanche, probablement de l'ancienne émigration, se tenaient à l'écart, et leurs femmes se cachaient derrière le chœur. Le prêtre, vieux, aux cheveux gris, lisait l'Évangile, soutenu par le diacre.

Je n'avais pour le moment pas envie de faire connaissance et de m'ouvrir aux autres, et je sortis. À une centaine de mètres du portillon, je tombai sur une petite affiche à moitié décollée : l'« Union des patriotes soviétiques » invitait à danser des gens de tout âge, mariés ou célibataires, avec maris et femmes, puis étaient notées une date et une adresse. Je me souvins que, dans cette maison, on voyait scintiller les lumières rouges d'un café où, le soir, on dansait avec enthousiasme. Avant d'y entrer, je restai longtemps sur le trottoir d'en face, sous un orme, feignant d'inscrire quelque chose sur un bloc-notes, regardant ma montre, refaisant mon lacet. Les uns après les autres, des petits groupes de garçons et des grappes de filles montaient l'escalier et, avant d'entrer dans le café, regardaient autour d'eux. La musique n'avait pas commencé. Une demi-heure plus tard, une voix retentissante annonça le concert d'un chœur féminin qui était venu de Bruxelles, et la chanson sur Katioucha s'envola par les fenêtres du café. L'obscurité, la lueur sombre des fenêtres, la masse noire de la cathédrale qui surplombait la place, l'odeur de la fumée de charbon, les rues sonores avec leurs éternelles *pâtisseries**, comme si c'était le pays magique des becs sucrés, et « qu'il se souvienne de la jeune fille toute simple » et toutes les autres paroles si familières se répandaient dans la pénombre en sons inconnus, en langue martienne. Je restai une minute immobile, ne comprenant pas où j'étais et ce qui m'arrivait, pourquoi j'étais ici, puis je me dirigeai vers l'escalier. Le chœur se tut, des applaudissements éclatèrent, et l'orchestre joua *Dans le parc Tchaïr les roses fleurissent.*

À l'intérieur, les lampes répandaient une lumière forte, l'absence de pénombre ne laissait aucun coin où se dissimuler, ce qui poussait les danseurs à se rapprocher. Peu restaient sur les chaises réparties le long des murs. La plupart avaient des chaussures d'été passées à la craie, et quand une danse les faisait taper du pied, de petits nuages blancs s'élevaient du sol. Au début, les femmes n'étaient pas assez nombreuses, mais quand le chœur descendit dans la salle, il y eut au contraire plus de femmes que d'hommes. Une Ukrainienne au rire sonore, une timide malaxant sa natte, une Komsomole hardie, beaucoup de filles tournoyaient, leur floraison faisait mal aux yeux. Je ne vis pas immédiatement Anna. Elle se cachait derrière une colonne et regardait sa montre. Anna avait peur qu'un voisin passe par hasard au café et la dénonce. Ce n'est qu'après une demi-heure de fox-trot que je remarquai cette inconnue inquiète. Ses boucles cendrées, à la lumière, semblaient grisonnantes, et pourtant elle ne devait pas avoir plus de vingt-cinq ans. Elle était vêtue d'une robe grise avec un col blanc. Anna avait un front large, un menton pointu. Où avais-je pu la voir ? Quelque chose jaillissait à la surface de ma mémoire, mais s'y renfonçait aussitôt profondément. Je m'approchai, m'inclinai légèrement et demandai à la jeune fille si elle voulait danser. Elle réagit rapidement : hocha la tête, tendit la main, et nous rejoignîmes les autres couples.

« Pourquoi tremblez-vous ainsi ?, s'étonna Anna. – Vous savez, dis-je, tentant de sourire, et au lieu de ça claquant des dents, j'ai oublié la dernière fois que j'ai tenu une fille par la taille. Sans doute à l'école technique. » Alors elle serra mon épaule un peu plus fort et me regarda dans les yeux : « Ne vous en faites pas. Vous ne m'offensez pas en tremblant, au contraire, c'est agréable de savoir que vous êtes ému. – C'est vrai, répondis-je, vous m'avez ému. » Nous passâmes la fin de la danse dans un silence gêné. Anna devint triste. Quand la mélodie se termina, je lui demandai : « Que s'est-il passé ? » Elle enleva sa main de mon épaule et regarda sa montre : « Je dois filer, sinon je me ferai prendre. » Je compris que, si elle partait, qui sait quand cette Union des patriotes soviétiques reviendrait, et je pourrais ne plus la revoir. Je me souvins d'Oletchka, comment elle avait poussé un gros soupir parce que j'avais marmonné quelque chose d'indistinct quand elle m'avait demandé de donner mon avis sur sa robe, dénichée par ma mère. « Pourquoi ne m'admires-tu pas ?! s'était-elle indignée. Regarde-moi. Qu'est-ce qui plaît le plus à une femme ? » J'avais agité les bras, m'apprêtant à partir, mais Olga m'avait barré le chemin. « Souviens-toi, avait-elle dit d'un ton sentencieux, que les femmes aiment avant tout plaire. C'est très important ! » Je m'étais arrêté, avais réfléchi, et hoché la tête en signe d'acquiescement. « Bon, avait dit Oletchka, et à qui veulent-elles plaire ? » Rougissant, j'avais répondu : « Euh, aux hommes, j'imagine. » Ma sœur avait tendu un doigt vers mon nez : « Non ! Aux autres femmes. Les amies sont comme un miroir. Les hommes aussi, mais souvent un miroir trouble, c'est plus difficile avec eux. » Je m'étais vexé : « Comment ça, "avec eux" ? » Oletchka avait compris son erreur, et m'avait caressé la manche : « Oui, oui, bien sûr. Avec vous. Tu es notre homme. » Je n'avais pas eu besoin d'assimiler volontairement la vérité qu'elle me communiquait. Mes sœurs étaient familières avec moi, j'entendais leurs discussions. Leurs secrets n'avaient rien d'impénétrable pour moi. J'avais réfléchi un moment à tout cela, mais après j'avais été distrait par le plan de la maison, et j'avais oublié cette discussion sur la robe – et maintenant, je m'en souvenais.

Quelque chose se mit en branle en moi, comme dans l'horloge, et je compris que seul comptait d'être direct et sincère.

Cela m'apaisa ; je regardai Anna, qui remarqua l'admiration dans mon regard. Elle était vraiment très jolie, et rougit. J'insistai pour une autre danse. Anna regarda encore sa montre. En dansant, nous discutâmes, et restâmes incapables de nous séparer une vingtaine de minutes ; heureusement que l'orchestre ne jouait pas de musique rapide. Elle vivait avec son mari, un Belge, qu'elle avait connu dans un camp de travail, ils avaient des jumelles, des filles de trois ans, une famille. L'une des filles avait de la fièvre, et les parents de son mari ne lui faisaient déjà pas confiance, il avait fallu leur mentir, dire qu'elle devait impérativement récupérer une robe chez une couturière italienne à Marcinelle, et elle avait bien entendu récupéré la robe. Anna regarda de nouveau vers la porte du café ; je dus faire un effort pour ne pas l'en empêcher. Sa belle-mère clamait que, avant d'amener la fillette chez le médecin, il fallait lui donner matin, midi et soir une douche d'eau froide qui ferait tomber la fièvre, mais c'était tellement effrayant et douloureux de verser l'eau du broc sur sa petite, qui résistait. « Je vous comprends parfaitement, l'assurai-je. Un si petit corps, et elle pleure, et on la met sous l'eau glacée. Mais je dois vous dire que si vous le faites vite, sans hésiter, immédiatement, les choses vont s'améliorer, la fièvre tombera. Beaucoup de gens frottent ensuite le corps avec de la vodka, mais ce n'est pas aussi efficace. » Anna s'appuya un peu sur mon bras, sourit, puis devint pensive. « Oui, dit-elle, ma mère me frottait toujours avec de la vodka. Vous avez sans doute une famille, des enfants ? » Que pouvais-je répondre ? « Ma famille vivait à Iartsevo, c'est près de Smolensk, dis-je. J'ai deux petites sœurs, que j'ai portées dans mes bras. Je suis l'aîné. » Anna me regarda droit dans les yeux. « Je sais où est Iartsevo. Je viens d'Orcha, ce n'est pas loin. Quoi ? Qu'y a-t-il ? » Je la regardai alors si fixement que cela lui parut offensant. Je venais de me souvenir de la fille d'Orcha, près du point de rassemblement, et j'avais été comme frappé par la foudre : c'était Anna. C'est pour ça qu'elle me paraissait si familière. C'était bien elle : le dessin des lèvres, les cheveux bouclés, les cuisses qui m'avaient fait trembler, déjà alors. « J'étais vraiment avec une amie, et j'avais une valise, bien sûr, dit Anna avec chaleur, tandis que je l'accompagnais au tram. Et je crois me souvenir maintenant d'un homme dans un uniforme bizarre, pas allemand, qui était de l'autre côté de la route. Vous y étiez quand ? » Je comptai, c'était pendant la première quinzaine de juillet 42. Anna ralentit le pas. « Non, ce n'était pas moi. Je suis partie en mars. À ce moment, on partait travailler plus ou moins volontairement, pour envoyer de l'argent à la maison, parce que nous vivions, vous le savez, très mal, nous avions faim, et aussi j'avais envie de voir le monde. Après, tout a changé. Attendez… » Maintenant, j'avais de la peine à croire que ce n'était pas elle – j'étais absolument sûr qu'elle était la fille à la valise. Anna sortit un bloc-notes de son sac, arracha une feuille et écrivit l'adresse au crayon : « C'est ma voisine. Écrivez au nom de Silvia. Écrivez, et peut-être que nous nous reverrons. » Avant que j'aie eu le temps de dire que je vivais à Charleroi, même si c'était à l'autre bout de la ville, elle aperçut quelqu'un sur le trottoir d'en face, se détourna et monta rapidement dans le tram.

Sur le chemin du retour, je repassai notre discussion dans ma tête. Elle ne m'avait rien dit sur son mari et m'avait prévenu de ne pas écrire chez elle, et étant donné qu'elle allait à une soirée dansante sans avoir prévu d'y voir des amies, c'est qu'elle était poussée par la solitude, le désir de compagnie, l'idée qu'elle pourrait rencontrer quelqu'un dont elle se sentirait proche. Je pensais apprendre son adresse et trouvai quelques couturières à Marcinelle, mais j'arrêtai mes recherches : mes questions sur leurs clientes pouvaient éveiller des soupçons. Il fallut écrire une lettre. En écoutant le mouvement de l'horloge et la sonnerie, je passai la langue sur la bande de colle de l'enveloppe, la scellai et la déposai dans la boîte du courrier. La réponse arriva une semaine plus tard. Par chance, Léon avait à peu près la même stature que moi, et je n'eus pas trop de peine à entrer dans son veston d'avant-guerre. Je retrouvai Anna devant la blanchisserie de la *rue des Haies**, où le linge tournoyait furieusement dans des tambours de verre, et nous remontâmes la rue. Il venait de pleuvoir, des ruisseaux d'eau couraient sur l'asphalte, rassemblant des brindilles et toutes sortes de déchets en petits barrages. Je regrettai d'avoir imaginé une telle bêtise : de lui montrer la plus jolie vue sur la ville ; il aurait fallu descendre, rejoindre ce café minuscule, mais chaud. Cela dit, nous nous mîmes rapidement à discuter en marchant.

Le concert-examen de fin d'études avait débuté avec du retard – le premier élève aurait dû jouer à onze heures, mais commença à midi – et s'interrompit déjà au deuxième élève. Anna était nerveuse : elle était la prochaine à devoir aller au piano. Soudain, le directeur, blême, entra par la porte, et dit des paroles confuses. On le secoua et lui demanda de répéter, il exhala : « Les Allemands attaquent, c'est la guerre. » Tatiana Nikolaïevna se tourna vers elle : Va au piano, la guerre, c'est une chose, mais tu auras un diplôme de l'école de musique. Les mains tremblantes, touchant le piano comme une aveugle, Anna joua la sonate n° 8 en *do* mineur de Beethoven. Sa mère rentra du marché les mains vides : elle avait voulu acheter du pain, n'importe lequel, pour le sécher et le mettre en réserve, mais elle n'avait pas été la seule à avoir cette bonne idée. Puis elles avaient creusé un sous-sol pour se cacher pendant les bombardements, une semaine plus tard il était prêt, grand, profond. Avec leur père et mari, elles seraient allées plus vite, mais il était ingénieur, on l'avait immédiatement évacué, en promettant de venir chercher sa famille plus tard. Des vagues de soldats en loques, effrayés, blessés, traversaient la ville. Un jour, les passants se mirent à s'effondrer comme si on les avait fauchés avec une faucille : un bombardier gris-noir avait volé très bas, lâchant des pommes de terre. Les tubercules tombaient au sol et explosaient, la terre tremblait et se soulevait. Anna et sa mère avaient tout juste réussi à courir au sous-sol. Quand l'avion avait disparu, que tout s'était calmé, elles étaient sorties. La maison était intacte, seules quelques vitres avaient éclaté. Devant la palissade, sous l'argousier, gisait une jambe arrachée, couverte d'argile. Dans le salon de coiffure non loin, il n'y avait plus qu'un trou à la place de la fenêtre, le verre brisé s'était répandu sur le sol, et ça sentait l'eau de Cologne. Plus tard, quand toutes les réserves eurent été mangées, une bombe tomba dans l'entrée voisine, et le rez-de-chaussée d'Anna et sa mère fut recouvert de décombres. La porte d'en face s'ouvrit, et elles virent leurs voisins – le mari, la femme et deux fillettes, dont l'une était un bébé. On donna le bébé à Anna et, pendant que les adultes déblayaient les décombres, elle ne remarqua pas qu'il avait cessé de respirer. Anna mourut elle aussi à ce moment, et décida de ne jamais avoir d'enfants, et quand sa mère disparut, qu'elle sortit pour ne plus jamais revenir, elle résolut de ne pas vivre non plus. Jusqu'à l'automne, elle ne sortit pas de sa maison froide et à moitié détruite, mais elle survécut à l'hiver en se faisant engager grâce à l'aide de sa tante dans une boulangerie. En mars, dès qu'elle aperçut l'annonce de recrutement, Anna partit travailler en Allemagne, avec une amie, dans l'un des premiers convois. Le départ avait été joyeux, on avait décoré les wagons de branches de bouleau, quelqu'un avait décidé que c'était non seulement beau, mais que ça portait chance : le bouleau chassait les mauvais esprits, les morts-vivants et autres loups-garous. Les Allemands n'avaient pas protesté.

Au camp de travail, Anna avait été accablée par la fatigue et l'ennui. C'était répugnant, quand dans l'un des transferts on les avait convoyées à travers une ville sur des collines, jolie, dans les lueurs du soir, avec des petites tourelles et des ponts de pierre, et que, le long de la route, des habitants s'étaient postés pour cracher à leur passage, et que des voyous lançaient des pierres, et qu'un policier les chassait mollement. C'était encore plus répugnant de vêtir chaque jour une robe gris poussière avec, cousu dessus, un carré de tissu indiquant « Ost » et un manteau tout aussi décoloré par les lavages, puant la blanchisserie du camp. Mais, hormis cela, elle ne ressentait que de l'ennui. Ni les *Anweiserin* ni les cheffes de chambre dans les baraques de l'usine de chocolats près de Dresde ne se montraient particulièrement cruelles. Le soir, après le travail ennuyeux, les plus vieilles se rassemblaient à la cantine et tricotaient, tandis que les jeunes, presque toutes des villageoises, se disaient la bonne aventure, ou se faisaient mutuellement des coiffures, se tressaient les cheveux. Pour ne pas devenir folle, Anna avait appris à jouer aux échecs. Elles dormaient sur des matelas de paille aplatis, et se grattaient furieusement au réveil. Les *Arbeiter* n'avaient le droit d'aller nulle part, sauf en septembre, quand on les envoya récolter les pommes de terre. Sur le chemin, dans un village, elles passèrent devant une superbe roseraie. Anna avançait, prête à défaillir à cette odeur, et à la fin du jardin, une main apparut au-dessus de la palissade et lança trois fleurs coupées à ses pieds. Le jardinier prenait des risques : offrir quelque chose aux *Ostarbeiter* était sévèrement interdit. Donner du chocolat pouvait valoir six mois de prison, se lier d'amitié avec une *Ostarbeiter*, dix mois, puis dix-huit mois pour une tentative de viol, trois ans et demi pour des relations intimes. Un garçon de Koursk fut fusillé pour avoir été surpris par un mari avec sa *Bauerin*.

Une année plus tard, les murs étaient ornés d'affiches « Le travail ou la Sibérie » et « Tiens ta langue, attention aux espions ». Elles avaient pu, pour la première fois, aller au village acheter quelque chose avec les marks gagnés ; jusque-là, elles n'avaient eu besoin d'argent qu'une fois, quand une Néerlandaise et une Tchèque avaient dérobé des légumes chez un fermier et les avaient revendus dans la baraque soviétique. Anna tenait une caisse pour toutes les amatrices de musique ; elles avaient décidé d'acheter une guitare pour quarante marks. Anna apprit à en jouer. La vie devint un peu moins ennuyeuse. Aux fêtes de Noël, les filles s'étaient déguisées, avaient fait de la divination, et la nuit elles s'étaient enfuies en voyant les esprits et les démons de la cantine. Les chefs d'atelier ne croyaient déjà plus à la victoire et ne cessaient de dire du mal de Hitler. À la cuisine, on avait affiché des instructions pour lutter contre les bombes incendiaires, et bientôt il fut décidé d'élargir le camp, en le reliant avec les camps voisins. La vie devint encore plus intéressante : d'abord, le dimanche on leur montrait parfois des films d'amour, et ensuite, même s'ils étaient derrière les barbelés, à plusieurs mètres, elles se trouvèrent en présence de vrais étrangers, tangibles. Jusque-là, il n'y avait pas eu beaucoup de garçons, et c'étaient des villageois, mais maintenant elles pouvaient faire la connaissance d'Italiens et de Français.

Anna venait d'avoir vingt ans. Bientôt, un trou apparut dans la palissade, et un Polonais commença à lui faire la cour, il lui offrait des jouets en bois – d'abord un papillon dont les ailes se levaient quand on tirait sur une ficelle. Mais il fit comprendre trop vite qu'il voulait d'elle plus que des promenades et des conversations. Le Belge, lui, n'exigeait rien, et frappa Anna par son respect. De plus, il avait un nez busqué. Ils se virent de plus en plus souvent, et lui, son futur mari, réussissait parfois à lui offrir des cadeaux agréables, mais qui n'engageaient à rien : un flacon de parfum ou un *Kugel* chaud, à peine sorti du four, et pour son anniversaire, de la poudre et un anneau d'argent. Les raids aériens étaient de plus en plus nombreux, plusieurs fois les bombes tombèrent très près, et les gardiens, sentant la fin arriver, allégèrent les règles. Anna et son mari prenaient des vélos et partaient dans un champ la nuit, se cachant dans l'herbe de juin, humide et froide, mais ils n'en avaient cure, ils avaient chaud, ils s'embrassaient, couchés sur son veston, jusqu'au moment où le guidon et les moyeux des roues mouillées par la rosée apparaissaient dans la lumière de l'aube. Il lui apprenait le français, ou plutôt le wallon. Des internés soviétiques tentèrent de les battre, mais les étrangers accoururent et éloignèrent les excités. Pendant le dernier hiver de la guerre, ils avaient fait des tours sur le carrousel électrique, seuls dans tout le parc d'attractions muet, en attente du pire.

Le pire commença en février. La nuit, la terre tremblait, les cuillères sautaient nerveusement dans les tasses en aluminium. Des échos du tonnerre et des coups donnés par un marteau en flammes réveillèrent tout le monde dans la baraque. Les *Arbeiter* sortirent en courant et virent une fleur rouge qui s'épanouissait au-dessus de Dresde, ouvrant ses pétales et devenant orange, comme si le soleil s'était caché derrière des nuages puis qu'il était sorti pour tout incendier de sa lumière. Au matin, les gardes chassèrent de la palissade des rescapés dont les habits étaient couverts d'une pellicule de cendres. L'un d'eux criait que le Seigneur punissait ceux qui avaient vendu la Croix à Hitler, un autre restait debout, chancelant, emmitouflé dans une couverture, devant les barbelés, et finit par tomber. Les autres passèrent devant lui sans lever les yeux, ressemblant à des poupées brisées. Anna et ses camarades n'allèrent pas au travail mais dans l'abri – on attendait de nouvelles attaques aériennes. L'orange continuait à se répandre dans le ciel. La voisine d'Anna écrivit au crayon dans son journal. Anna jeta un œil, et y lut : « Quelque chose de monstrueux et de terrible, de surnaturel et d'inhumain est en train de se passer. » La ville acheva de brûler une semaine plus tard, mais le feu ne s'était pas éteint, et dévorait les vivants.

Le plus détestable des gardiens entra dans la cantine, enleva son brassard, se moucha dedans et raconta que sa femme et son fils étaient morts sous les décombres. Il prit une tasse à quelqu'un, versa dedans le reste d'un liquide brun d'une petite gourde, et l'avala. Une odeur d'alcool s'éleva. Répondant à un sentiment jusqu'alors inconnu, Anna s'approcha de lui et l'étreignit. Le gardien sortit son bras de son manteau posé sur les épaules et l'étreignit à son tour, enfonçant sa gueule bleue dans son épaule comme un bébé. Derrière, quelqu'un siffla : « Chienne ! » Quelques jours plus tard, quelqu'un écrivit sur le mur de l'usine : « Heil, Staline. Heil, Moscou ». Suant à grande eau, un policier mit une demi-journée à l'effacer sous une couche de peinture, et tout le monde observait avec liesse les lettres apparaître à travers la peinture pâle. Environ deux mois plus tard, tout fut terminé : des tanks inconnus passèrent devant les baraques, et des gens dans un uniforme jamais vu accoururent, et soudain tout le monde comprit : c'était notre armée. La police disparut en un instant, sans combats ni tirs. Les soldats attrapèrent et battirent les chefs de bloc et de chambre. Les *Anweiserin* pleuraient, et Anna et ses amies les consolaient : Nos soldats ne sont pas tous ainsi. Mais elles comprirent vite qu'elles avaient eu tort d'encourager les Allemandes à espérer. Un détachement de fusiliers-motocyclistes élut domicile dans le village. Et rien à dire des Allemandes, elles avaient immédiatement tout compris et s'étaient enfuies, mais les idiotes russes sautaient toutes seules au cou des combattants.

Un jour, les officiers organisèrent une soirée et invitèrent les *Arbeiterin* dans une énorme maison avec des tourelles, un lustre et un piano à queue. Les nouveaux propriétaires burent tout le vieux vin qu'ils trouvèrent. Les anciens propriétaires furent découverts par hasard : tout à coup, le Herr assassiné, la robe de chambre en sang, tomba d'une armoire ouverte en quête de butin, et la Frau fut trouvée dans la remise, l'entrejambe déchiré par une bouteille. Les *Arbeiterin* tentèrent de s'échapper, mais on les rattrapa et on les engueula, nous avons défendu la patrie, pendant que vous montiez des obus qui nous tuaient : « Allez, couche-toi, salope ! » Anna se déshabilla mais, en chemise de corps, cria soudain : « Une seconde, je dois aller aux toilettes. » Dans certaines maisons, les toilettes avaient une fenêtre, et tout le monde ne le savait pas. Elle sauta du premier étage, se blessa le genou et, boitant, courut au chef d'état-major. Celui-ci l'écouta et envoya une patrouille arrêter les fêtards. Quand les assassins furent mis au cachot, il ordonna à deux fusiliers d'accompagner Anna aux baraques. Ils passèrent par les champs. « Quand même, il y a des hommes honnêtes, et maintenant c'est le vrai pouvoir, et l'ordre régnera », se disait Anna. Ils s'arrêtèrent pour fumer à l'endroit où elle avait embrassé son futur mari. Les soldats se rapprochèrent : « On t'a aidée, maintenant, à toi de faire quelque chose pour nous. – Quoi ?! Quoi ?! » cria Anna. En écho, ses compagnes qui cueillaient des orties pour le repas hurlèrent à leur tour. Les fusiliers jurèrent et partirent.

Elle alla trouver son mari, perdu, comme les autres étrangers, et le secoua longuement par le revers de son caban : « Il faut fuir ! Fuir ! Fuir ! » Il ne put que dire : « Maintenant ? Où ? – Peu importe ! À la maison ! » Et tandis que le contre-espionnage cherchait les espions et que les Alliés désarmaient ce qui restait des nazis, ils rejoignirent Leipzig et y rencontrèrent les Américains. Ceux-ci, à leur joie de la capitulation tout juste signée par la Wehrmacht, leur donnèrent un certificat de perte de documents, inscrivant Anna comme Belge. Agitant devant le nez des patrouilles ce certificat en priant pour que personne ne parle français, ils continuèrent vers le sud-ouest. Sur une route détruite, ils rencontrèrent un prêtre qui conduisait sa paroisse d'émigrants russes et de soldats difficiles à identifier, aux galons arrachés, dans la zone américaine. Les fuyards emportaient des valises et des baluchons et priaient sans fin. Au bourg le plus proche, ils se couchèrent comme des chiens sur la cendre encore tiède des maisons brûlées, où dépassaient les squelettes des poêles. Anna avança sur les rues de ce bourg comme dans les allées d'un cimetière, jusqu'à ce qu'elle tombe sur la terrasse non bombardée d'une maison, avec une table couverte d'une nappe à carreaux, à laquelle étaient assis un vieil homme et sa femme, un peu plus jeune que lui. Les époux buvaient le thé, et dans le jardin troué par les obus, le jasmin était en fleur.

Finalement, Anna et son mari prirent place dans un train rempli de réfugiés. Anna appuya son front contre la vitre froide du wagon, et vit défiler les terres déchirées, déchiquetées, les poutrelles saillantes et les débris des maisons, brisées comme des cous d'oiseaux, les tours brûlées des tanks avec une croix, les fenêtres trouées des gares, fermées par du carton. À un arrêt, sur le quai, une gamine aux cheveux châtains retenus par un ruban blanc et sale, se baladait avec un saxophone brillant comme un soleil, un sac en toile sur l'épaule. Elle jouait une mélodie simple et entraînante. Un infirme coiffé d'un chapeau rond, qui fumait à un poteau, réagit, se mit à danser, et tout le monde le regarda sautiller avec bonheur sur sa jambe valide. Sa Frau, avec une douleur muette, redressa son chapeau, lui posa la main sur l'épaule, et commença à tourner autour de lui comme une barque autour du pilier auquel elle est amarrée.

De l'autre côté du Rhin, on ne prêta plus d'attention aux réfugiés, et quelques jours plus tard ils arrivaient à Charleroi. La famille du mari pleura de joie, mais ne se hâta pas de reconnaître Anna comme sa femme. Cela dit, il en fut rapidement question – seul le mariage pouvait sauver Anna des mains des Soviétiques, et le curé de l'église la plus proche de la maison les maria. Des officiers du bureau de rapatriement tentèrent même de pénétrer de force dans leur maison, et ne furent arrêtés que lorsque le mari menaça d'appeler la police. C'était en juillet, quand les Soviétiques se sentaient encore le droit de faire tout ce qu'ils voulaient. Anna, tombée enceinte, reçut l'autorisation de vivre en sécurité jusqu'à la naissance et encore un an et demi : personne ne pouvait l'enlever ni la chasser. Six mois plus tard, les officiers cessèrent de se lancer dans des recherches des enfants prodigues, et fondèrent à Bruxelles la fameuse Union des patriotes soviétiques, qui proposait des soirées dansantes aux fuyards, et y récoltait des informations sur leur vie. Anna se retrouva tout de même prise au piège : jeune mère inexpérimentée, avec deux enfants, elle était contrainte de s'en remettre à sa belle-mère et sa belle-sœur. Celles-ci étaient froides avec elle, simplement parce qu'elle n'était pas cet avenir étrange, mystérieux, de leur fils et frère, qu'elles s'étaient imaginé autrement. Elles durent expliquer à l'étrangère ce que signifiait *faire son samedi** et pourquoi, ce jour-là, on ne peut que laver les sols et les carreaux. Anna était un peu rassurée que ses parentes ne lui interdisent pas de parler russe aux fillettes. Elles n'étaient pas religieuses, mais se révélèrent très conservatrices. Elles n'eurent même pas besoin de monter son mari contre elle : il voyageait dans une ville, dans une autre, avec son chef, réparateur de machines à écrire, et il ne passait pas beaucoup de temps avec sa femme et ses enfants, d'autant plus que, comme tous les Belges, il gardait du temps pour son hobby préféré, et jouait dans un club de football. Les épreuves passées les unissaient de moins en moins. Elle lui demanda d'engager une nourrice pour avoir la possibilité de prendre des cours, n'importe lesquels. Il n'était pas question de louer un piano. Le respect ne remplaçait pas l'attention, et encore moins l'empathie. Sans son mari, elle se retrouvait complètement cloîtrée, et inventait difficilement des prétextes pour sortir, à part faire des courses ou se promener avec les enfants. La maison était toujours silencieuse, et ce silence se refermait sur elle comme le couvercle d'une trappe. Une seule fois, elle s'était permis de se venger de leurs règles et de leur silence froid quand, alors qu'elle s'était plusieurs fois plainte des cafards, une blatte brune énergique lui était tombée sur le bras alors qu'elle nourrissait Nina ; elle avait crié et crié, crié sans s'arrêter pendant plusieurs minutes. Au moment où Anna avait aperçu l'annonce sur la soirée dansante, elle avait déjà tout compris au sujet de son premier amour.

Nous étions devant une place bordée de planches et écoutions les boules de *bocce* s'entrechoquer et les mineurs crier d'une voix de gorge. La pluie bruissait sur le gravier, mais elle ne tombait qu'à gouttes éparses, et les joueurs n'étaient pas pressés de partir. Sur le sable mouillé, les boules roulaient plus vite. La sirène de l'usine retentit, de la vapeur sortit du chevalet de forage, et la roue qui remontait la cage se mit à tourner. Anna observait la place avec avidité, et applaudissait chaque fois qu'une équipe gagnait. Les Italiens la saluaient en agitant la main, avec laquelle ils tenaient une cigarette. Pendant que nous flânions dans les rues de Marcinelle, j'avais eu le temps de lui raconter tout, de lui révéler tous les détails, jusqu'aux noms de famille, de l'Armée populaire et tout le reste – comme si, en omettant de dire la moindre chose, j'aurais menti et tout gâché à jamais. Anna l'avait compris et, même si elle fêtait son premier jour anxieux de liberté en trois ans, elle m'avait écouté avec attention. Quand l'averse commença, une des familles nous abrita sous l'auvent de sa maison en demi-sphère. L'eau tombait avec fracas sur le toit de fer-blanc, le gravier grésillait et remuait. Ça sentait la pierre chaude. Les joueurs avaient abandonné leurs boules pour s'enfuir chacun dans une direction. « Vous êtes cette boule, la bleue, vous voyez ? dit Anna en se penchant vers moi. Et moi je suis la verte, un peu terne. On nous a lancés et nous nous sommes retrouvés proches l'un de l'autre, et il faut s'appuyer sur quelque chose pour arriver à… comment avez-vous dit ? – Au calme et à la liberté[1], répondis-je. – Oui, exactement, au calme et à la liberté. Restons près l'un de l'autre. »

Nous avons commencé à nous voir chaque semaine, flânant entre les terrils, et quand il se mettait à pleuvoir, nous nous réfugiions dans la pizzeria. À part les Italiens, personne n'y venait jamais. Nous étions des étrangers au milieu d'autres étrangers bruyants. Les nombreuses visites d'Anna à la couturière auraient pu intriguer sa belle-mère, et un jour Anna m'écrivit une lettre où elle indiquait une adresse inconnue, ainsi que la date et l'heure. C'était un café à la périphérie de la ville, près du parc Lambert, où on faisait des gaufres particulièrement succulentes. Anna en avait assez d'avoir peur, et elle arriva au café avec un double landau où étaient assises Marie-Rose et Nina en robe blanche. Les fillettes se révélèrent affreusement turbulentes, elles savaient des mots de russe et essayaient tout le temps de se dégager du landau pour sortir du café. Elles n'étaient absolument pas intimidées par moi, et n'écoutaient pas Anna, qui n'arrêtait pas de s'affairer autour d'elles. On apporta les gaufres avec du chocolat amer, les enfants tétaient de la purée dans un biberon, et nous pûmes enfin nous détendre. Marie termina rapidement son biberon et se dirigea vers la table voisine. Je la rattrapai et la pris dans mes bras. Elle se débattit et, prête à pleurer, tendit les bras vers Anna. La tenant plus confortablement, je lui dis : « Allons, ma chérie, laissons maman manger tranquillement. Allons voir qui est là-bas. » Marie trouva la proposition intéressante, et nous nous approchâmes d'une cage à l'angle de la salle. Derrière les barreaux, un oiseau penchait la tête, picorait dans une soucoupe à moitié vide. Nous nous regardâmes un moment, puis je dis : « Un rossignol. – Rossinol », murmura Marie. Nina accourut à son tour, entoura ma jambe de ses bras et regarda prudemment de derrière moi, comme si la cage renfermait un dragon. « N'aie pas peur, lui dis-je. Éloignons-nous un petit peu, qu'il soit tranquille, et peut-être qu'il chantera. » Mais le rossignol ne chanta pas, et nous revînmes à la table où Anna

1. Vers célèbres de Pouchkine (tirés de « Il est temps, mon ami ») : « Il n'y a pas de bonheur en ce monde / Mais il y a le calme et la liberté ».

mangeait les restes de la crème au chocolat à la petite cuillère, et me regardait.

Pendant ce temps, une altercation avait lieu au comptoir. Un monsieur à la mise impeccable, avec une cravate, aux cheveux gris peignés en arrière, s'en prenait au grand type avec sa poupée que j'avais croisé le premier jour à Charleroi. Le grand type avait laissé le landau dans la rue, avait pris sa fillette dans ses bras et choisissait des truffes au chocolat avec elle. Le monsieur s'en indignait et lui criait : « Il est temps de mettre fin à cette comédie ! Vous devez être plus responsable. » Le grand type, serrant la poupée dans ses bras (habillée d'une jaquette, cette fois), lui répondait : « Vous êtes grossier. Cessez immédiatement de crier devant l'enfant. » Le monsieur prit sa tête entre ses mains et dit aussi calmement que possible, tenant le père par le bras : « Mais comprenez enfin, ce n'est pas votre fille. » J'eus l'impression que le grand type allait lui régler son compte, mais il se pencha vers le monsieur et lui répondit, comme en secret : « Oui, je comprends. Je sais que ce n'est pas ma fille. Mais je ne peux pas le lui dire, tout de même. » Son interlocuteur leva les bras avec désespoir et, marmottant des reproches, se dirigea vers la sortie. Anna était assise, le visage entre les mains. « Vous savez quoi, dis-je, achetons aussi des truffes. Il y a beaucoup de malheurs autour de nous, mais ça suffit. » Nina et Marie se ruèrent vers le comptoir. Quand nous sortîmes le landau dans la rue, Anna m'embrassa sur le front.

Étonnamment, ce baiser calma mon érotisme, et je me mis à faire des rêves particuliers de plus en plus souvent. Je m'achetai même un cahier où je les inscrivais, espérant qu'un jour je découvrirais les principes qui les régissaient.

Sur quinze*. *Un jardin qui ressemble au nôtre. Nous ramassons quelque chose : nous travaillons. Nous sommes plusieurs. Par une porte de côté, qui est ouverte, entrent une femme et d'autres gens. Tout le monde rit, et rejoint rapidement notre groupe au travail. Nous sommes beaucoup. Il y a ma mère. Des tables sont apparues, tout le monde s'assied pour manger. Je continue à travailler. Il s'avère que le propriétaire du jardin est* un Anglais*, *il a un fils. Les gens ont mangé, disparaissent un par un. Maman part et disparaît aussi. Il manque notre bania, et le noisetier. De l'autre côté de la maison, je vois un fossé peu profond et sec. Je me suis arrêté sur le seuil, et je m'apprête à partir.*

Je suis vêtu de haillons et de vieilles savates. Avant mon départ, je vois arriver un miséreux anglais* *qui veut se concilier le propriétaire. Il me demande – il a peur de lui donner lui-même deux miroirs cassés. Je ne suis pas d'accord. Il insiste. Le propriétaire, pas mon père, quelqu'un d'autre, sort et demande : Qu'est-ce que c'est ? Je lui dis : Voilà. Il prend un miroir des mains du miséreux et regarde dedans.*

Plus nous nous voyions avec Anna – et nous nous rencontrions en général à divers endroits, je l'attendais parfois une heure ou plus, et prenais avec moi un cahier d'équations différentielles –, plus mes proches apparaissaient dans mes rêves, plus j'avais besoin d'en parler avec elle. Mais, à chaque fois, la honte m'en empêchait, d'autant plus que l'idée principale n'était pas encore mûre à l'intérieur de moi, celle à propos de laquelle je voulais demander son opinion. Cette idée foisonnait sous la forme d'une nuée d'autres idées, et ne s'était pas immédiatement transformée en ce bloc de pierre qui m'avait longtemps pressé contre le sol plus fortement que la gravitation : j'avais compris que je ne pouvais pas ne pas rentrer. Si répugnant et effrayant que cela fût, il y avait quelque chose de plus fort que moi qui faisait irruption dans mes rêves et m'entraînait, me poussait vers mon pays. Les lettres que j'avais écrites pendant ces trois ans, à la rue Krestianskaïa, et à Vychegor à des connaissances, étaient restées sans réponse.

J'étais si exténué par tout ça que je fis un effort sur moi-même et décidai de comprendre comment on pouvait rentrer au pays au point de rapatriement de l'UNRRA, l'Administration des Nations unies pour le secours et la reconstruction. L'employé me donna une feuille d'explications avec le téléphone et l'adresse de la mission soviétique à Bruxelles. Quand je lui demandai ce qu'il savait du destin de ceux qui étaient rentrés, il haussa les épaules, mais son regard disait qu'il savait tout de même quelque chose, et que ce qu'il savait était difficile. Maman, les filles, mon père ne passaient plus devant mes yeux comme une photographie à demi effacée : ils m'apparaissaient dans des rêves, à tour de rôle. Ils ne m'appelaient pas, ils étaient juste à mes côtés dans ces rêves, apparaissaient, disparaissaient ; ils ne hochaient pas la tête, ne me regardaient pas avec reproche, mais il était clair qu'ils m'attendaient.

Sur trois sept*. *Nous sautons de planche en planche, traversons une rivière boueuse avec une eau argileuse. Margot est derrière moi. Je ne vois pas son visage, mais je contemple sa présence. Arrivé au milieu de la rivière, je me couche sur une planche. Derrière moi, Margot dit : « Que faire, je ne pourrai pas traverser. » Je lui réponds quelque chose, me mets à ramper un peu. La planche se retourne et je tombe près de la berge, je ne suis ni mouillé ni sale. Je monte sur la rive, appelle Margot, mais elle est tombée dans l'eau et a disparu. Je ne l'ai plus vue ni entendue.*

Après notre discussion avec Anna sur Orcha, je pensais de plus en plus qu'il y a des déformations du temps et de l'espace, et aussi des moyens de transmission de l'information à l'intérieur d'eux, inconnus de nous ; Voskoboïnik nous avait dit quelque chose dans ce genre en physique à propos des catégories de l'espace et du temps. Les états quantiques de deux objets peuvent être interdépendants – si l'un change, l'autre, loin du premier, change aussi. Si nous sommes composés de particules, peut-être que quelque chose d'analogue a lieu avec nous ? Ou, je me souviens, nous parlions du temps : on peut envisager des déformations permettant que l'observateur soit dans une position particulière par rapport aux événements, et il peut théoriquement voir quelque chose qui a eu lieu dans le passé. Bien sûr, je ne comprenais pas comment c'était possible, mais en ce qui concerne l'épisode avec Anna, je ne pouvais pas me tromper : là-bas, devant la baraque pour les *Ostarbeiter*, c'était bien elle. Quant à mes rêves, ils étaient trop réels, ils me donnaient plus de détails sur mes proches que j'en avais dans mon souvenir : je les reconnaissais dans ces visions. Avec quel nœud maman fermait sa ceinture. Un clou dépassant du plancher, auquel s'accrochaient les chaussettes en laine de toute la maisonnée, jusqu'à ce que Tolia l'enfonce complètement. Les coupes aiguës des branches des pommiers – mon père était persuadé qu'il fallait les tailler ainsi.

Je commençai à croire à ces rêves, et quand je me réveillais, je pleurais amèrement et j'attrapais mon carnet de rêves et un crayon. Et si notre jardin était toujours là ? Que la maison était intacte ? Mes proches avaient sans doute la vie dure, mais j'allais être fusillé ou emmené pour des dizaines d'années comme mon père. D'un autre côté, je n'avais pas de sang sur moi du temps de l'Armée volontaire, je n'avais pas pris les armes, je n'avais pas signé de condamnations, n'avais pas participé à un tribunal militaire dans le camp des nazis. Mieux valait revoir les miens, les aider au moins un peu, quitte à être ensuite arrêté, au tribunal je raconterais toute la vérité. Mais – me susurrait avec un bruit aigu le moustique que je n'arrivais pas à écraser – tu peux ne jamais arriver jusqu'à tes proches : tu seras immédiatement emmené. Je tombais sur le lit, espérant simplement m'enfoncer dans le noir, mais ils venaient toujours de quelque part sur le côté, pas immédiatement, un par un et me suivant. Ces rêves ne me laissaient pas en paix, même les associés de Léon se lassèrent de tenter de me convaincre de travailler pour eux, ils m'avaient presque forcé à venir regarder leur bureau en France. Je vivais dans une sorte de brouillard et me souviens seulement du fait que les murs et les séparations du bureau étaient tous entièrement en verre, à l'exception de colonnes de pierre dans les angles. Je leur inventai une machine sur laquelle, avec l'aide d'une matrice changeable, ils pouvaient fabriquer des bijoux. Mais quand, au petit-déjeuner, ils me proposèrent tous les trois de devenir constructeur en chef, de protéger mon invention par un brevet, de déménager à Metz, j'eus l'impression que Margot passait rapidement devant la fenêtre. En réalité, c'était une employée, qui ne ressemblait pas vraiment à Margot, et je compris que, même si je ne devenais pas fou, je ne pourrais pas vivre sans avoir essayé de découvrir ce qui leur était arrivé.

Je devais discuter de cette entreprise douteuse avec Anna, la seule personne qui était capable de me comprendre. J'étais persuadé de vouloir la sortir, elle et les enfants, de leur prison. Le divorce, avec cette famille qui pouvait exiger de garder les enfants en échange de sa liberté et qui, si elle refusait, pouvait lui lancer des avocats aux trousses, semblait particulièrement compliqué. Serge et Léon ne nous auraient sans doute pas aidés à nous cacher. Une évasion semblait de plus en plus désirable. Anna avait convaincu la voisine de dire à sa belle-mère qu'elles allaient toutes les deux au cinéma, puis de lui raconter le film, et se hâta au faubourg de Châtelet. Il y avait un petit parc où nous étions sûrs de ne rencontrer personne que nous connaissions. C'était la fin d'un avril froid, et Anna était venue en manteau d'été. Il se mit à pleuvoir à verse et, le temps de chercher un abri, nous nous retrouvâmes tout à fait trempés et glacés. Sous l'auvent se pressaient, cigarettes fumantes, des joueurs d'échecs et des passants surpris par l'averse, et cette masse humaine nous réchauffait. Je comprenais que je ne pouvais pas proposer à Anna de rentrer au pays avant de lui avoir dit que je l'aimais, avant d'obtenir des baisers d'elle. La pluie s'arrêta et, encore transis, nous nous réfugiâmes dans un minuscule café où, à part le comptoir, il n'y avait que deux petites tables. J'apportai des apéritifs pour Anna et pour moi, et je sentis enfin la chaleur se répandre en moi. Puis, nous bûmes encore du vin doux, et mangeâmes tant de boulettes de viande que nous ressemblions vraiment aux boules de la *bocce*. Les enfants s'étaient dispersés, le carrousel aux sièges volants était libre, et nous nous sommes envolés. J'avais la tête qui tournait, je voyais brièvement briller les lumières des lampadaires, illuminant le visage d'Anna, avant qu'elle disparaisse à nouveau dans les ténèbres. Après avoir longtemps tourné, nous étions tout chancelants, marchant avec peine, et nous nous assîmes sur le banc le plus proche. « Peut-être ici ? » demanda Anna, et je compris de quoi elle parlait. Sans dire un mot, je mis mes mains sur ses épaules et embrassai ses yeux, puis sa bouche, encore et encore. Une demi-heure passa. Nous étions assis, dans les bras l'un de l'autre. « Je dois rentrer au pays, dis-je finalement – puis je compris que je n'avais pas dit les bons mots. Prenons les filles et rentrons au pays. » Anna posa sa tête sur mon épaule et m'étreignit plus fort. Une minute après, elle parla.

« Serioja, pourquoi veux-tu t'enfuir, quand tout se passe enfin bien pour toi ? – Je veux m'enfuir pour toi, tu n'es pas bien ici… – Attends, nous ne sommes pas obligés de rentrer au pays. » Les mots tournoyaient maladroitement dans ma bouche, comme si j'avais pris un caramel trop collant. « Je me sens étranger ici. – Mais pas au point de vouloir rentrer où on t'enverra en Sibérie. – On ne m'y enverra pas ! J'ai rejoint l'armée russe pour ne pas crever de faim, et j'étais sous les ordres d'anciens officiers de l'Armée rouge ! Je n'ai jamais tiré sur des partisans, je n'ai participé à aucune opération, j'écrivais de la paperasse à l'état-major, puis j'ai refusé de rejoindre les SS, et j'ai été envoyé dans ces maudites montagnes – est-ce qu'on met en prison pour ça ? Peut-être il y a quatre ans, mais maintenant, c'est fini. Ils ne me féliciteront pas, c'est sûr. Mais je ne m'attends pas à être félicité. – Non, Serioja, tu ne dis pas tout. Tu n'es pas si mal ici. Tu as pu faire ce que tu voulais, et tu sais t'adapter. Moi, oui, je me sens très mal. Si mal que je suis prête à m'enfuir maintenant. Oui, je me souviens qu'on nous a menti, en nous disant que les Allemands étaient loin, et je ne leur pardonnerai jamais d'avoir emmené mon père, et de nous avoir abandonnées. Mais j'ai compris autre chose : il y a du noir partout, il y a des malheurs partout, il y a partout des gens méchants. Et l'essentiel, c'est d'être avec toi. Qu'est-ce qu'il y a ? – Je ne veux pas te mentir. Je peux m'installer, Léon a proposé de m'associer avec ses amis, des constructeurs. Mais je rêve d'eux. De maman, Margot, Olia. Plus rarement de papa et Tolia, mais ces rêves sont vrais. Au début, ils commençaient et se terminaient exactement à l'endroit où je m'étais couché. Après, dans les camps, ces rêves ont disparu, c'était comme si on m'avait mis un sac noir sur la tête. Et maintenant, je rêve à nouveau d'eux. Ils m'appellent. C'est-à-dire qu'ils ne crient pas mon nom, mais ils me regardent d'une telle façon que je comprends qu'ils sont vivants. » Nous nous tûmes. Anna poussa un gros soupir et rapprocha ses yeux des miens. « Serioja, ce sont des rêves. Bien sûr, au camp de travail les filles croyaient aux rêves prémonitoires, mais toi, pourquoi tu y crois ? – Je ne pense pas à croire ou ne pas croire. Ces rêves sont vrais. Je peux prendre mes proches dans mes bras dans ces rêves, et sentir. Ils m'attendent. Je suis très coupable à leur égard. – Coupable de quoi ? Si tu m'as tout raconté, tu n'es absolument pas coupable. Simplement, tu es l'aîné, le fils aîné, et tu as l'impression d'être responsable d'eux. Tu te sens mal parce que tu ne peux pas les voir. – Je suis coupable d'avoir disparu, parce que je voulais m'éloigner d'eux et vivre de façon indépendante, et non trouver mon père. C'était une sorte de prétexte – je comprenais bien que je n'avais presque aucune chance de le trouver. » Nous nous tûmes encore une minute. « J'ai prêté serment aux Allemands, ensuite mon bataillon a tué des partisans. Et je t'ai aussi raconté – les isbas incendiées. Je ne suis pas coupable, mais… – Mais c'était il y a longtemps. Je ne peux pas croire qu'après tout ce cauchemar on ne commencera pas une vie nouvelle, beaucoup de gens ont à se faire pardonner – si on arrête tous les gens qui ont fait quelque chose, il ne restera plus personne de libre… – Attends, tu penses que j'ai trahi ? À ton avis, je suis coupable ? »

Un policier qui passait me regarda. J'avais crié. Les yeux brillants d'Anna se rapprochèrent, et nous nous embrassâmes avec des lèvres salées de larmes. Puis nous nous levâmes, et marchâmes le long des eaux troubles de la Sambre, toujours en nous étreignant – d'abord maladroitement, sur le côté, comme des ivrognes qui auraient mis leurs bras dans la même manche de veston, puis presque sans trébucher. Une bruine fine emplissait l'air. Les citernes, les convoyeurs de minerai, les cuves collectrices, les boîtes des ateliers qui bouchaient le ciel, les tuyaux sinueux – toute cette immensité, ce royaume de sirènes et de bruits de fer se reflétait dans les boules de *bocce* qui roulaient sur le quai, ralentissant parfois. Au virage vers le pont, après lequel commençaient les quartiers sud de Charleroi, nous desserrâmes notre étreinte et, bien que tout ait déjà été dit, Anna demanda : « Mais s'ils t'arrêtent tout de même ? » J'étais ivre à ce moment, je ne pensais à rien qu'à mon désir de la posséder. Nous étions serrés l'un contre l'autre, et il nous fallut du temps pour pouvoir nous écarter. « Non, je n'ai rien fait. »

J'errai dans la ville, m'arrêtai devant la tour de refroidissement, me retournai sur les hauts-fourneaux de l'usine de métallurgie et regardai les géants aux bras pendants ; des câbles à haute tension passaient de l'un à l'autre. Ces tours et ces chevalements semblaient bien plus vivants que beaucoup de gens que je croisais. L'homme les avait construits, et ils observaient toutes les abominations faites par leur créateur. Ils témoignaient silencieusement, et même participaient à ces abominations, se couvrant avec les années de saleté et de suie, de la fumée des cheminées et autres pollutions. Depuis la colline surplombant Charleroi, les usines paraissaient une tumeur de fabrication humaine, d'une beauté aveuglante, qui se répandait sur la Terre. Leurs guirlandes de lumières étaient des vaisseaux remplis de sang malade. Des wagons pleins avançaient sans cesse sur les tas de minerai, transportant les entrailles de la Terre tranchées par un chirurgien invisible. On avait construit des usines, priant le dieu des métaux, de l'acier, du progrès, et il était désormais impossible de les rayer du paysage. Cela dit, les méandres des rivières et les taches des forêts faisaient aussi penser à des pigments de peau, et se fondaient dans la tumeur. La Terre habitée par l'Homme était déjà souillée par le péché, et cela me semblait vaguement lié aux performances techniques, au progrès. Je dis bien vaguement : surplombant les creusets aux lumières clignotantes, je ne pouvais pas expliquer ce lien, d'autant plus que, par manque d'habitude, j'étais complètement soûl.

Au matin, je racontai tout à Léon. Il avait deviné, et ne chercha même pas à me dissuader. Léon écoutait mon magnifique plan d'évasion, hochant la tête, approuvant, et je compris qu'il voyait défiler des images de son ancienne vie, et qu'il n'avait aucune envie de recommencer une existence solitaire. Je coupai court, pris mes papiers d'identité et partis téléphoner au numéro du consulat soviétique qu'on m'avait donné au bureau des DP. On me répondit immédiatement, et j'inscrivis les heures de réception de la mission de rapatriement, la liste des documents à produire. Une semaine plus tard, muni des papiers d'Anna et des enfants, comme dans un rêve trouble, je pris immédiatement, pour ne pas changer d'avis, le train pour Bruxelles. Pendant tout le trajet, je contemplai le vernis écaillé sur les lattes des bancs et pensai, je ne sais trop pourquoi, au fou avec sa poupée. Le consulat n'était pas très loin de la gare ; à l'intérieur, je me sentis un peu plus assuré : les gens en costume mou se montrèrent polis et n'exigèrent pas de repentance, ne me regardèrent pas de travers. Ils n'avaient même pas l'air particulièrement soviétiques. Je leur transmis la biographie qu'avait écrite Anna, remplis le questionnaire d'après son contenu, leur donnai les photos d'identité, puis tous mes documents. Toute la procédure semblait anodine, le commandant du bureau de rapatriement sourit même à la fin de mon rendez-vous et m'annonça que nous n'étions pas menacés de perdre nos droits civiques. Pourtant, pendant les cinq mois qui suivirent, j'attendis la nuit où des bottes détruiraient la porte de Léon, des gens en uniforme me tordraient les bras derrière le dos, jetteraient un sac sur ma tête et m'enfermeraient dans la prison de l'ambassade. Mais, à la place, je reçus une lettre : Les faits rapportés ne soulèvent aucune question, vos papiers ont été demandés et reçus, il n'y a pas de raisons motivant un refus, la patrie vous attend. Sur une autre feuille, on nous indiquait un bateau d'Anvers à Mourmansk, et la date et l'heure de départ. Quant à Anna, ces cinq mois dans sa maison silencieuse l'avaient tout à fait épuisée : son mari fréquentait une autre femme en ville, ses relations avec sa belle-mère et sa belle-sœur étaient de plus en plus difficiles. Un voyage d'une semaine en mer lui faisait bien sûr peur – qui sait, elle pouvait le passer à essuyer des vomissures d'enfants –, mais sa vie ici lui semblait insupportable.

Nous étions à la fin d'octobre, cette époque bénie et maudite où tout attendait la neige. Et cette fois, je l'attendais particulièrement. Je voulais, peut-être la nuit, au moins marcher un moment sur une couche fine, fondante, laissant des traces. L'herbe, les fleurs, les arbres, tout avait séché, était mort, la terre était devenue dure comme du béton, et douloureuse, au matin elle s'ourlait de givre. La fumée des cheminées se mélangeait avec celle des feuilles brûlées, et dans cette odeur, j'entendais distinctement que, non, nous ne pourrions pas continuer à vivre dans ce paradis qui n'avait pas été fait pour nous, et que nous quitterions bientôt. Le jour fixé, Anna mit Nina et Maritchka dans leur landau et partit se promener, mais au lieu de tourner vers le parc, elle descendit vers la rivière. Je l'attendais au pont sur la Sambre, avec des billets achetés à l'avance. Dans l'une de mes deux valises, il y avait les affaires d'Anna et des enfants, qu'elle avait réussi à sortir de la maison lors de nos dernières rencontres. Nous laissâmes le landau dans un coin peu visible de la gare, prîmes les fillettes dans les bras et montâmes dans le train pour Anvers.

Les terrils disparurent à notre vue, et notre wagon sembla descendre en vol plané dans la plaine sillonnée de routes. Les fillettes, bercées, s'endormirent, mais nous ne pouvions pas détacher le regard de la fenêtre. Des vaches aux robes rappelant le marbre paissaient dans les champs, les flèches noires des églises dépassaient des bois, puis les lignes rigoureusement droites des canaux s'étendirent jusqu'à l'horizon. L'un d'eux se révéla double, avec une route au milieu, et une silhouette à vélo roulait entre les deux cours d'eau. Devant les maisons couvertes de tuiles brunes, on ne garait pas des charrettes ou des automobiles, mais des bateaux à moteur ou des barques à voile. Traversant quelques petites villes, le train entra dans Malines, et nous vîmes une église avec une tourelle et une coupole surplombée d'une autre coupole, de telle sorte que la construction faisait penser à un bonnet de nuit serré par une corde. La ville passée, des branches de noisetiers vinrent frapper la vitre, et des bouleaux apparurent au loin. J'eus l'impression d'entrapercevoir une allée de tilleuls qui ressemblait à celle qui allait de notre maison de Iartsevo au passage à niveau. Puis nous vîmes scintiller une rivière, et le train s'enfonça sous terre, la lumière s'alluma dans les wagons. On ne voyait plus, par la fenêtre, que des voûtes maussades et des couloirs, puis la locomotive nous fit émerger vers le haut, dans l'immense espace lumineux d'une gare au toit de verre. Descendant sur le quai, nous restâmes quelques minutes fascinés, tenant par la main les fillettes assourdies par le bruit de la foule. J'examinai le toit : des arcs de voûte avec des rivets en cuivre, des décorations en fer forgé, des fleurs liées par des rubans. Le soleil tapait à travers des vitraux, et la gare ressemblait à une église. L'entrée de la salle d'attente faisait penser à des portes royales, le mur au-dessus, à une iconostase, où l'on voyait briller une couronne, des sceptres et des animaux-apôtres. Des gens en uniforme balayaient le quai, veillaient majestueusement à l'ordre, les mains dans le dos, descendaient des locomotives – ils ressemblaient tous à d'attentifs serviteurs du culte. Je devinai pourquoi une telle gare s'élevait justement dans cette ville : j'avais lu quelque part que, au début du siècle, la Belgique était le deuxième plus puissant empire du monde, et Anvers était son port principal, le lieu d'arrivée des hôtes d'outre-mer, mais aussi des voisins, et c'est pourquoi, sans doute, Léopold II avait jugé indispensable de les frapper par le luxe et la splendeur des lieux. La guerre avait mélangé les cartes déjà redistribuées avant elle, les empires s'étaient effondrés, mais les serviteurs du culte témoignaient toujours de la même majesté et faisaient briller les chandeliers, même si, de l'extérieur, la gare était noircie et poussiéreuse.

En suivant la foule qui circulait le long de l'iconostase, nous nous tournâmes vers les portes royales et entrâmes. De l'autre côté, en contrebas, se trouvait la fosse de la salle d'attente. Je sursautai en apercevant les médaillons, si semblables aux blés soviétiques dans une couronne de laurier. Sur d'autres médaillons étaient représentés le sceptre d'Hermès et des lions avec l'inscription « Pax ». Nous sortîmes dans la rue, nous assîmes sur une borne. Anna déballa à manger pour les filles, et j'orientai le plan que Léon, qui collectionnait les brochures avec des cartes de villes, m'avait donné. Nous n'étions pas loin du port, il fallait aller toujours tout droit. La rue était bouillonnante, pleine d'éclats de langues inconnues, remplie de gens en tablier de cuir et en caban de marin. Des foules passaient le long des kiosques, des chariots avec des pâtisseries, des étals de légumes, où l'on vendait des oignons colorés de sept sortes différentes. Au carrefour le plus proche, nous nous retrouvâmes devant une haute maison avec des fenêtres-hublots sous le toit, des balcons pansus en dentelle de fer. « Si on pouvait vivre dans une maison comme ça, dit Anna en posant sa valise. Emménager ici, et ne partir nulle part, même s'ils crient toute la journée sous les fenêtres. » Au loin sur la droite, deux aiguilles trouaient le ciel – les tours d'une église de l'autre côté de la rivière, étrange, étroite comme une fourchette. De tous côtés, nous étions observés par des gens de pierre, des Prométhée, des Pallas Athéna, comme si toute une horde de dieux et de héros s'était cachée dans les niches, entre les colonnes, regardant fixement vers nous, qui tentions de convaincre Nina et Marie de patienter encore un peu – bientôt elles auraient une brioche dans un café.

Devant nous, au-dessus des têtes d'Athéna, s'élevait une très haute bâtisse. Elle soutenait le plafond de nuages bas, et je compris immédiatement pourquoi les Américains appellent ces tours des gratte-ciel. À cent mètres d'elle, nous installâmes les fillettes dans les fauteuils en paille d'une *pâtisserie**. Ayant commandé les cafés, les cacaos et les brioches, je laissai mes compagnes de voyage se reposer et partis voir comment écourter notre chemin jusqu'au port en empruntant les ruelles. Dans une rue assez étroite, les rails du tram contournaient le gratte-ciel sur la gauche. Je me frayai un passage sur le trottoir exigu et, arrivé devant l'entrée de la tour, je me retrouvai face à un bas-relief en bronze. Des femmes ailées, avec des coiffes paraissant égyptiennes, en longue vareuse avec des plis dessinés, tenaient des objets dans leurs mains : des balances, des grappes de raisin, un théodolite, une roue dentée – les prêtresses du nouveau monde, tristes et majestueuses. Ce nouveau monde avait englouti le vieux, où était resté mon père, le domaine des Lykochine, les bandits affamés qui avaient tenté de l'attraper par les rênes de son cheval, les icônes de Fossia. L'Europe, en partie piétinée et brûlée, en partie intacte ou immédiatement reconstruite, se relevait de ses cendres, et ici j'aurais pu inventer de nouveaux mécanismes, ou me consacrer à la prise de vue aérienne. Oui, nous serions toujours des *étrangers** ici, mais à présent, après la guerre, les gens étaient bien disposés envers les nouveaux venus. Alors pourquoi diable choisissions-nous pour Nina et Marie et nos futurs enfants notre patrie, impitoyable aussi bien envers les siens qu'envers les autres ? Ni moi ni Anna ne le comprenions, ni ne pouvions rien y changer. Nous étions poussés par une culpabilité archaïque, fondamentale. Nous en étions conscients et en avions parlé, mais cela ne nous empêchait pas de nous rapprocher, pas après pas, du bateau. À qui profiterait notre retour ? Je ne pouvais vérifier si les membres de ma famille étaient vivants qu'en allant voir personnellement – à cause de cette guerre latente avec les Américains, les lettres ne leur arrivaient sûrement pas. Bien sûr, ils me faisaient comprendre à travers les rêves qu'ils m'attendaient, mais c'était ridicule d'espérer l'indulgence des tchékistes ou un jugement impartial. Si les tchékistes me repéraient, ils m'arrêteraient immédiatement et me mettraient en prison pour longtemps, et ma famille recevrait encore un malheur, un nouveau stigmate, et non un frère et un fils. Anna n'avait carrément pas de parents proches. Alors, qu'est-ce que nous cherchions ? Marchant encore un peu, j'arrivai à une place qui s'ouvrait sur la cathédrale. Son sommet, ses coupoles dentelées ressemblaient aux lupins de notre jardin.

Je revins à la *pâtisserie** au moment où Nioura[1] s'inquiétait déjà, pensant que la police m'avait arrêté pour avoir enlevé les fillettes. Nous marchâmes en hâte dans les ruelles que j'avais repérées, entre les maussades maisons de brique, en direction du port. Il restait quelques heures avant le départ. Presque tout le quai de l'Escaut était caché sous des auvents de bois à deux pentes, sur les frontons desquels on retrouvait le même blason que sur le médaillon de la gare : une ancre entourée d'une corde, un gouvernail, le casque d'Hermès avec des ailes et deux serpents. Sous l'un des auvents, nous repérâmes la guérite « *Passport Control* ». L'employé vérifia nos documents et nous laissa passer vers les bateaux. Ils étaient disposés le long

1. Nioura : diminutif affectueux d'Anna.

de la rive, certains sur la rade. Une vedette médicale avec une croix rouge s'éloignait de l'un d'eux, et s'amarra non loin. Des marins accrochèrent un brancard avec un malade à un treuil qui le transporta lentement à terre. Un bateau géant de marchandises avait jeté l'ancre au milieu de l'Escaut, et des canots à moteur ne cessaient de faire des va-et-vient du bateau au port, ramenant sa cargaison. Il transportait des bananes, et les dockers hissaient sur leurs épaules d'énormes régimes qu'ils apportaient dans les dépôts.

Nous observâmes tout cela avec fascination jusqu'au moment où nous remarquâmes le bateau *Sotchi*, sur lequel une grue hissait des conteneurs. Nous allions justement sur le *Sotchi*. Le second qui montait la garde devant la passerelle étudia nos papiers et nous ordonna d'attendre sous l'auvent. Les fonctionnaires du consulat soviétique, ainsi que les locaux, belges, avaient promis d'arriver une heure et demie avant le départ. Le vent soufflait de l'Escaut et de la mer toute proche, et nous nous abritâmes sous l'auvent, où nous restâmes à danser d'un pied sur l'autre, à regarder une vieille affiche des lignes transatlantiques, à jouer au loup, notre sang se figeant secrètement à chaque fois que nous apercevions un uniforme : et si nos poursuivants nous avaient rattrapés ? Peut-être qu'il valait mieux rester, Anna divorcerait de son mari, et nous partirions pour Metz et commencerions une nouvelle vie ? « Ça suffit, répétait Anna, maintenant que nous avons pris notre décision, on s'en va. Tu l'as dit toi-même : on m'enlèvera les enfants, jusqu'en France. Même l'avocat le plus cher ne nous sauvera pas. » Je fermai les yeux et hochai la tête.

Les fonctionnaires apparurent, et montèrent à bord par la passerelle. Le second dit que quelques candidats au rapatriement devaient encore arriver, qu'il fallait les attendre. Enfin, on nous appela. Nous gravîmes la passerelle, et vîmes deux tables, l'une avec le fonctionnaire soviétique, l'autre avec le local. Le Belge examina encore une fois nos papiers, puis les tendit au Soviétique. Celui-ci prit les feuilles, les compara avec une liste, prit les francs, nous donna la monnaie, des bons et des cartes de rapatriés avec nos photos collées dedans. Après cela, un marin souleva la valise d'Anna et nous conduisit dans notre cabine, nous expliquant en chemin le règlement du bord.

Nous nous installâmes tant bien que mal dans l'espace exigu, trouvâmes les draps, fîmes les lits des enfants, et je regardai par le hublot. Derrière la vitre, je voyais se balancer des roseaux derrière une bande de sable sur l'autre rive de l'Escaut. Plus loin, dans le plat pays, l'herbe jaune et sèche ondulait. Nos poursuivants n'étaient pas arrivés à temps, ou peut-être que personne ne nous poursuivait. La sirène du bateau retentit, Anna posa sa tête sur mon épaule et, dans cette position, nous sortîmes sur la mer automnale.

6

L'enquêteur prit une fiche dans mon dossier et la posa sur la table, à côté du questionnaire. Pendant quelque temps, il compara les informations, suivant les phrases de son crayon, soulignant certains mots, puis il me regarda. Il sourit. Je lui souris en retour, me souvenant que j'avais répondu chaque fois la même chose, à Anvers et une demi-heure plus tôt, me contentant d'utiliser parfois d'autres mots. Mais ma poitrine se serrait insupportablement : par exemple, à la ligne « Origine sociale, occupation des parents » j'avais mis « gardien au sovkhoze, femme au foyer », et s'ils retrouvaient, au cours de leur vérification, le dossier de mon père, ils allaient m'interroger là-dessus. Plus inquiétante encore, la question « Dans quels camps de prisonniers de guerre avez-vous séjourné ? » : j'avais prolongé de six mois mon séjour à Souvalki, puis j'étais passé immédiatement à Kaunas, ce qui avait l'air plausible, étant donné qu'il y avait environ cent kilomètres entre les deux villes ; mais s'ils avaient récupéré les documents de l'Armée populaire, ils devraient m'arrêter pour tirer les choses au clair. Bien sûr, on nous demandait dans le questionnaire si nous avions servi dans l'armée de l'adversaire, mais heureusement, la formulation ne citait pas les formations nationales, ce que je craignais, et c'est pourquoi, en répondant « non », je n'avais pas menti. J'espérais aussi que si notre épopée populaire sortait au grand jour, j'aurais droit, en tant que *non-combattant**, à une surveillance policière ou une amende, ou peut-être même une condamnation avec sursis, mais qu'on ne m'enverrait tout de même pas en Sibérie. À la question de répressions de la part des Allemands, j'avais mis un trait, passant sous silence l'histoire avec les SS et l'interrogatoire de Karatovski. En tant que personnes aptes à confirmer les circonstances de mon emprisonnement et mon séjour aux forts de Kaunas figuraient Kostia et Polouekt, pour Natzweiler j'avais inscrit Radtchenko et Nikouline. En ce qui concernait Souvalki, j'avais hésité – fallait-il écrire personne, ou nommer le médecin Fiodorov ? –, mais je finis par noter que tous les gens dont je connaissais le nom étaient morts.

« Sergueï Dmitrievitch, me dit, après une pause, l'enquêteur, dont j'oubliai vite les particularités, sinon qu'il était frais, rasé, et qu'il n'y avait rien dans ses yeux, ni peur, ni fureur, ni même opiniâtreté, vous avez indiqué vous être évadé à la fin juin 1944 dans les environs de la ville de Longwy et avoir trouvé refuge, quelques jours plus tard, avec l'aide des habitants locaux, dans le village de Profondeville. Donc, c'était déjà en juillet. À cette époque, en Belgique, il y avait plusieurs détachements de partisans soviétiques en activité. Par exemple, le groupe de Zoubarev. Ou la brigade du lieutenant-colonel Choukchine. Vous avez entendu parler d'eux ? Les Belges qui vous aidaient ne vous ont pas proposé de les rejoindre ? » Je hochai négativement la tête, me souvenant soudain que, quand on m'avait photographié et qu'on avait pris mes empreintes digitales, tous les employés se taisaient. « Non ? Et pourtant, beaucoup de prisonniers de guerre évadés se sont battus là-bas, sont morts au combat… Bon, admettons. Mais pourquoi avez-vous vécu si longtemps à Charleroi ? Dans cette ville, il y avait un centre de filtrage sous le contrôle des Américains. Pourquoi n'êtes-vous pas rentré plus tôt ? » En soupirant, je lui expliquai ma peur d'être puni pour avoir été fait prisonnier, puis parlai d'Anna et de ma famille. L'enquêteur me fit longuement préciser les dates, m'interrogea sur Léon et sur ses amis et me fit remarquer en passant : « Sergueï Dmitrievitch, si vous étiez venus à la rencontre de la mission soviétique, vous seriez rentré chez vous quatre ans plus tôt, et vous auriez vu les vôtres. Qui sait ce qui leur est arrivé depuis ce temps. »

Une aiguille fine s'enfonça dans mon cœur. Mes muscles se tétanisèrent, et je compris que j'allais tomber à terre. « Qu'est-ce qui leur est arrivé ? Vous savez ? » L'enquêteur ne remarqua pas mon *agitation** et, croisant les jambes : « Non, ça n'entre pas dans mes attributions. Voici un laissez-passer pour l'aile voisine, vous devez aller au bureau... » La plume grinça encore une minute, et déjà, me tenant la poitrine et ne pouvant pas croire que j'avais passé l'épreuve, je sortis tant bien que mal. Dans l'autre aile se trouvait le département qui délivrait des papiers provisoires. Anna et les enfants m'y attendaient déjà, avec tous les certificats nécessaires au passeport, à l'enregistrement et au recensement. Mes documents furent préparés plus lentement, et nous attendions assis, penchés l'un vers l'autre, nous disant à voix basse que, semble-t-il, nous avions passé le filtre, et sans doute tout s'était déroulé si facilement parce que la guerre était terminée depuis longtemps, et que, même si celui qui avait arrêté nos pères était toujours au pouvoir, il n'avait probablement plus besoin de chercher des ennemis, et une nouvelle vie avait plus ou moins commencé, la partie la plus dangereuse du chemin restait derrière nous.

En dépit de nos craintes, ni les enfants ni nous n'avions été touchés par le mal de mer, et le voyage avait été heureux. Le plus agréable était que nous étions considérés, tous les quatre, comme une famille, et je pouvais sans gêne prendre Anna dans mes bras et l'embrasser. Nos inquiétudes avaient disparu pour un temps. À part nous, neuf candidats au rapatriement étaient montés sur le *Sotchi* – tous des mineurs, des Ukrainiens qui avaient perdu leur travail parce que le plan Marshall avait fait chuter les prix du charbon belge, et que beaucoup de mines avaient ralenti leur travail ou avaient fermé. Nous ne sortions presque pas sur le pont, la mer était agitée, et qu'y aurions-nous fait ? Nous restions couchés dans notre cabine, à discuter, ou étudiions avec les enfants tous les recoins du bateau, sonores, stridents, sentant l'huile de machine et terriblement bruyants. Sur la dernière partie du voyage, le *Sotchi* passa dans une baie étroite entre des monts enneigés. Les marins firent descendre la passerelle sur le débarcadère, que nous franchîmes pour arriver droit dans les bras de citoyens en manteaux gris. Le visage du premier d'entre eux, qui vérifia nos passeports, s'est gravé dans ma mémoire comme un masque mortuaire. Il ressemblait au légionnaire romain de l'encyclopédie militaire, avec un nez busqué et de petits yeux et, quand il cria quelque chose à son camarade, sa voix se révéla étonnamment faible et haute. Mais ce n'est pas le plus important ; le plus important, c'est qu'il exhalait la haine et le désir d'exercer son pouvoir en toute impunité sur les marchandises humaines débarquées comme des conserves de viande du Lend-Lease ou des automobiles Willys, et quelque chose se brisa à l'intérieur de moi. Les autres étaient plus polis et nous emmenèrent sans discussion au centre de filtrage du ministère de l'Intérieur à Mourmansk. Les passants, sur le quai, nous regardaient avec curiosité et reproche. Un journaliste radio passait entre eux. Il réapparut quand nous sortîmes, munis de nos certificats de lieu de séjour, et nous accompagna sur plusieurs pâtés de maisons, tentant de nous convaincre de prononcer un monologue de fils prodigue dans une émission. Je refusai.

Il restait deux heures avant le train pour Moscou, et nous descendîmes la rue enneigée qui menait à la gare en échangeant des regards : nous n'avions pas été arrêtés. La gare, déserte, ressemblait à un *terem*[1] au toit pointu. Quand le train démarra, nous sortîmes chacun à notre tour dans le couloir – nous étions presque les seuls passagers du wagon – et regardâmes les basses montagnes défiler, bientôt remplacées par la toundra. Puis vinrent les montagnes des Khibiny. De près, elles ressemblaient à des mammouths blancs allongés. De l'autre côté du wagon, c'était toujours la toundra, qui se fondit dans un lac-miroir. Les Khibiny me semblaient plus hautes et plus arrondies que les Vosges. Quelques heures plus tard, le train pénétra dans un brouillard âcre, un voile blanc étouffant, dont l'odeur passait même à travers les portes doublées de caoutchouc. Bientôt, nous aperçûmes l'usine de papier, qui laissait échapper cette puanteur par toutes ses cheminées sinueuses et coniques. Quand l'odeur disparut enfin, je regardai les fillettes endormies, sentis à mon tour une fatigue pesante et m'assoupis.

---

1. Maison de maître de l'ancienne Russie avec tourelles, fenêtres ouvragées, balcons…

J'étais dans une chambre et cherchais mes chaussures. J'en trouvai une, mais pas l'autre. Puis je vis qu'Oletchka était assise près de moi, nettoyait ma seconde chaussure, celle que je cherchais, avec de la cire jaune. Il s'avéra que les deux chaussures étaient jaune clair, ou plutôt, café au lait clair. Puis je remarquai qu'Oletchka nettoyait non plus une chaussure, mais un énorme cheval jaune clair qui était suspendu. Un peu plus tard, je commençai à l'aider, à nettoyer – à la cire – le cheval suspendu tête en bas au plafond.

À Leningrad, le quai et la place devant la gare effrayèrent Nina et Marie : le va-et-vient des gens, la foule hurlante et oppressante, où se glissaient des infirmes. L'un d'eux, un cul-de-jatte, son tronc posé sur une plate-forme à roulettes, se déplaçait avec deux poids rectangulaires qu'il poussait sur l'asphalte, l'autre avait des béquilles ; tous deux ne mendiaient rien, mais patrouillaient dans la cohue en cherchant quelque chose. Après Vichera, nous aperçûmes la rive pentue d'une rivière, de l'eau grise, les pylônes d'un pont, puis ce fut la plaine marécageuse, que deux églises empêchaient de se fondre avec l'horizon : l'une, de pierre blanche, solidement dressée, et à côté une église en bois, à laquelle on avait arraché la croix, penchée. Quand les campagnes désertiques furent remplacées par des isbas grises et tordues, je compris tout et ne regardai plus par la fenêtre jusqu'à Kalinine. À cause des habits d'une coupe différente et de nos valises avec des tampons belges, on nous prenait pour des étrangers qui parleraient russe. Anna se tut pendant tout le trajet, sauf pour murmurer, de temps en temps, quelque chose aux fillettes. Il faut dire que je n'étais pas très étonné par ce que je voyais, et les incidents du voyage ou les autres voyageurs me semblaient flotter dans le brouillard. Je rentrais chez moi avec la femme que j'aimais, avec deux fillettes que je comptais adopter, et je m'attendais, peut-être pas immédiatement, mais après quelques recherches, à retrouver ma mère, Oletchka, Tolia et Margot. Tout le reste ne me semblait rien d'autre que des décors dans un spectacle qui allait vers son finale, après lequel commencerait non un rêve, mais la vie.

Quand le train ralentit et que les fiers piliers de Paris apparurent à la fenêtre, entourés des casernes de la Proletarka, je sursautai devant ces silhouettes hors de propos. Avant la guerre, quand je rentrais chaque soir dans mon château austère, je n'avais jamais réfléchi à quel point il jurait avec le paysage. Kalinine avait peu changé, et même s'améliorait, on construisait un nouveau pont sur la Volga. Dans les rues baignées du soleil matinal, le vent agitait les couronnes sphériques des tilleuls. Les colonnes des maisons étaient d'un blanc éclatant, les moulures restaurées brillaient. On accepta rapidement nos documents pour l'établissement d'un passeport, nous délivrant en échange un passeport provisoire, et je me rendis au trust, laissant Anna et les fillettes à l'hôtel. Aucun des vieux n'avait fait la guerre, toute mon équipe travaillait comme avant, à part Petrenko, qui était mort d'une crise cardiaque. La direction m'accueillit avec prudence, me demanda ce qui s'était passé pendant la guerre. En m'efforçant de ne pas donner trop de détails, je parlai des marais, de ma capture, de mon évasion, de la Belgique, des montres, de Léon. Ils me regardaient comme une curiosité. On manquait de chefs de travaux, et on m'engagea sans retard. Quand j'avais écrit des lettres aux miens, j'avais mis, au dos de l'enveloppe, l'adresse de la société hydraulique, et j'espérais que quelqu'un m'y avait écrit de la maison, mais il s'avéra que non, aucune lettre n'était venue pour moi. En revanche, Aleïev griffonna sur un quart de feuille l'adresse d'une connaissance de sa nièce qui louait une partie de sa maison à Zatveretchie : « Polina Semionova, Pervaïa Novozavodskaïa, 141 ».

Je revins à l'hôtel, et nous descendîmes avec les enfants au restaurant où mangeaient quelques personnes en déplacement professionnel. Les fourchettes et les verres de thé tintaient sur des tables roulantes poussées par une femme fatiguée vêtue d'un tablier autrefois empesé. Anna dit à voix basse : « Nous irons voir ensemble. Je n'ai pas la force de rester entre ces tapis, et on ne peut pas les enlever, ils sont coincés sous les lits. Nina tousse déjà. » Dans notre chambre, je sortis la dernière plaque de *Bruyerre** et distribuai à chacune un carré de chocolat. Quand nous quittâmes les rues centrales pour prendre la direction du pont, nous nous retrouvâmes dans une autre ville. Des palissades brun-vert, à la peinture effacée et écaillée, avec des planches pourries, s'étendaient en lignes infinies, cachant des isbas noires de pluie. Il avait gelé pendant la nuit, la boue sur la route était dure, et nous pouvions marcher vite, nous contentant d'éviter les flaques profondes, couvertes d'une fine couche de glace. La rue Novozavodskaïa était douloureusement longue, les lampadaires très espacés et l'hiver, bien sûr, tout était plongé dans la pénombre, hormis de rares fenêtres éclairées. Ici vivaient pêle-mêle les ouvriers, les employés de diverses organisations et les marins de la navigation fluviale, bref, tous ceux qui n'avaient pu avoir un appartement dans les maisons avec des moulures.

Polina était une jeune et sympathique maîtresse d'école. Quand elle vit l'horreur dans nos yeux, elle la rapporta rapidement aux nombreuses carpettes et tapis, aux rideaux poussiéreux, ainsi qu'à l'odeur – de pommes pourries –, et promit de mettre le logement en ordre pour la semaine suivante. Mais Polina demanda aussi une fois et demie plus cher que tout ce que j'avais vu dans les annonces ; sans doute que notre air étranger lui avait inspiré le prix. Les autres maisons étaient encore pires, nous ne voulûmes même pas entrer dans certaines. Ici, au moins, nous avions une entrée séparée, un sol solide et sans fentes, un poêle sans lézardes, deux chambres chaudes et une cuisine, et la pièce que je partagerais avec Anna n'avait pas de mur commun avec la propriétaire. Comme chez les voisins, la maison avait un bout de terrain – pas un vrai jardin, bien sûr, mais un jardinet, quatre pommiers, des cassis, des framboises. C'était une rue assez isolée, tranquille, avec peu de voisins, ce qui nous convenait pour commencer. Quelques jours plus tard, j'apportai un acompte à la rue Novozavodskaïa.

Couchés sur l'édredon, nous écoutions un grillon et les aboiements des chiens du voisinage, qui s'élevaient quand quelqu'un parvenait à s'aventurer jusqu'au bout de notre rue. Nina et Marie dormaient ensemble dans un lit à ressorts pareil au nôtre. « Mon Dieu, pourquoi sommes-nous rentrés ? Cette pénombre, cette boue, et encore l'homme sur le débarcadère. – Lequel ? – Celui que tu regardais. Je l'ai aussi remarqué, et j'ai aussi tout compris. – Attends, ne t'en fais pas comme ça. Personne ne m'a arrêté, et on ne m'a même pas fait d'allusion. Nous allons vivre un moment ici, puis j'irai chercher les miens, et nous déménagerons. À Iartsevo, les choses sont différentes. Ou nous ne changerons pas de ville, mais nous louerons quelque chose de mieux. – Serioja, nous avons fait une erreur. » Je sautai du lit, m'approchai de l'étroite fenêtre et appuyai mon visage contre la vitre – avec mon haleine, elle se couvrit immédiatement de buée. « Il fallait nous enfuir en France », continua Anna. Sur la vitre embuée, je dessinai une potence avec un pendu. Bien sûr, elle avait raison, mais ce n'était qu'une partie de la vérité ; la vérité entière était que nous avions tout de même espéré que la vie ici, si elle n'avait pas changé, aurait pris une autre direction. Il s'agissait moins d'une erreur que du fait que nous nous étions retrouvés comme des joueurs d'échecs en position de pat : où que nous allions, nous étions perdants. « Attends, répétai-je. Je vais trouver les miens, et après je suis sûr qu'il se passera quelque chose qui changera tout. » Nous avions parlé fort, et les fillettes se réveillèrent, Nioura alla les recoucher.

Au trust, je fus nommé à un travail peu éloigné : je commandais une équipe qui forait des puits dans les environs de la ville. J'apportai au bureau un document attestant que nous avions initié auprès de l'état civil une procédure de mariage et d'adoption des petites. Personne ne s'intéressait à mes activités pendant la guerre, tout le monde savait que je m'étais évadé d'un camp de prisonniers et que j'avais vécu en Belgique, que je réparais des horloges, et personne ne demandait à en savoir plus. L'Occupation s'était terminée sept ans plus tôt, mais on continuait de chercher des ennemis, les peines étaient de plus en plus lourdes, et on condamnait non seulement pour avoir travaillé avec les Allemands, mais aussi pour des vols ou même pour défaut de stocks. À trois maisons de nous, on était venu arrêter une voisine, gardienne au combinat chimique : elle avait pris deux bobines de fil en viscose dans les réserves, et écopa de sept ans. Je devinais que, si j'étais pris, ils n'auraient sans doute pas pitié de moi, et ne me donneraient pas de sursis.

Dès les premiers jours, au travail, Aleïev me raconta ce qui s'était passé dans la ville après mon départ avec le bataillon. En septembre, tout le monde avait compris que les choses allaient mal : la ligne de fortifications qui partait de Selijarovo était affreusement mal construite. Les ouvriers qu'on envoyait dans les champs creuser des tranchées et préparer des postes de combat partaient par centaines, presque sans se cacher, de leurs positions, et quand il se mit à pleuvoir, d'autres centaines prirent froid, et ne purent plus être employés ni à l'usine ni ailleurs. Le comité du parti menaçait, appelait, mais tout était vain. Des bombes incendiaires tombaient du ciel. Les plus intelligents partirent au cours du mois, et début octobre, on annonça que les Allemands étaient proches, mais que les usines et autres entreprises ne fermaient pas, que toute absence de son poste de travail, en temps de guerre, vaudrait d'être fusillé. Les chefs plus ou moins honnêtes signaient des vacances « pour cause d'occupation » et mettaient des moyens de transport à disposition, les salauds s'enfuyaient en silence, s'étant préparé une nouvelle place de travail à Moscou ou plus à l'est. Le 12 octobre, on cria dans la ville que les Allemands étaient déjà sur la route de Staritsy, et ce fut la panique. Les gens de l'autre côté de la Volga prirent leurs valises ou leurs baluchons, coururent au pont, où ils créèrent un embouteillage. Les femmes de la rive ouest, que leurs enfants attendaient dans les crèches, jardins d'enfants et écoles de la rive est, ne pouvaient pas traverser, le NKVD ne laissait passer personne. Les bombes tombaient, de plus en plus nombreuses. Le lendemain, il ne restait plus beaucoup d'agents du NKVD : ils avaient fui, avec les policiers, par la route de Moscou. Aleïev et sa famille s'enfuirent également par là, avec des dizaines de milliers de gens couverts de boue, portant leurs misérables bagages. La famille Aleïev avait pu prendre place sur une péniche jusqu'à Ouglitch. Une bombe avait détruit le bateau d'à côté, et Aleïev, avec les communistes et ceux qui n'étaient pas du parti, avait prié à genoux sur la poupe, glacé, trempé par une pluie de plusieurs heures, que les bombes ne les touchent pas. Ils n'avaient pas été touchés, puis les enfants avaient pu aller dans la cale. Ils avaient ainsi navigué jusqu'à Kazan, et étaient revenus sur la même péniche au printemps, même si Kalinine avait été libéré rapidement, vers la nouvelle année. Beaucoup de ceux qui n'avaient pas eu le temps de s'enfuir ou ne l'avaient pas voulu et avaient travaillé sous l'Occupation – médecins, acteurs, ingénieurs – avaient été jugés pour collaboration avec Hitler. Les autres avaient été recensés, et on leur refusait généralement une inscription dans la ville, leur enlevant par là le droit à des cartes de ravitaillement, de même qu'on leur compliquait l'accès au travail et aux études. Les enfants abandonnés de l'autre côté de la Volga avaient disparu. Aleïev pleurait en le disant, parce que son neveu était parmi ces enfants.

Un mois plus tard, je reçus mon passeport, et je n'y tins plus. Dès le vendredi suivant, je terminai mon travail plus tôt, demandai à partir, embrassai Anna qui craignait ce jour, et pris le premier train pour Moscou. Quatre heures plus tard, courant dans la gare à travers la neige et la foule tourbillonnante des dos ployés, ballots, bonnets noirs, je plongeai dans le sous-sol, relevant la tête et voyant défiler, sur le plafond de la station, les ouvriers de mosaïque et les filles avec un étendard, quittai le quai du métro des trois gares en direction de la station Okhotny Riad, puis Place Sverdlov, où je redescendis, remontai, arrivai enfin à la gare de Biélorussie, me frayai un chemin jusqu'au guichet express et pris un billet pour le rapide de Smolensk sur le point de partir. Muni de mon passeport, je n'étais plus privé de mes droits civiques, comme s'il ne s'était rien passé. Je ne parvenais pas à m'endormir, et restai assis à regarder sans interruption par la fenêtre du wagon sorti des usines Poutilov, comme si je craignais de manquer quelque chose d'important, comme si j'étais Télémaque qui avait dû devenir Ulysse. Je voyais défiler, à la lumière de rares lampadaires, ma terre natale démantelée, fendue, de guingois. Le sommeil ne me gagna qu'à Viazma.

Je vois un tas de pièces de monnaie sur la table, de quinze, dix, et même vingt kopecks. La table est en planches, et certaines pièces tombent dans des espaces entre les planches, tombent dans les détritus, les débris. Je rassemble les pièces qui étaient sur la table et les pose quelque part. Un jeune homme plutôt fluet, aux yeux noirs, aux jambes un peu torses, apparaît sur ma gauche. Il semble ordinaire, si je l'avais croisé sur la Proletarka, je n'aurais prêté aucune attention à lui, mais en regardant plus attentivement je m'aperçois qu'il a quelque chose d'effrayant, de fou, d'insistant. Il est aussi déplaisant qu'un bandit. Il s'approche, me regarde et sort soudain un petit couteau, qui semble être fait à partir d'une lame de scie, il se rapproche encore de moi. Je sens qu'il y a des gens autour de moi, et, rassemblant toutes mes forces, je lui crie : « Lâche ça ! » Il se rapproche encore, dirigeant son petit couteau vers mon ventre. « Lâche ça ! », et je fais, semble-t-il, un pas en arrière. L'homme disparaît, je suis entouré de brouillard, et je tombe en arrière, d'une rive herbeuse dans une rivière peu profonde.

Le jour se levait. Je vis passer le panneau « Izdechkovo ». Je courus à la vitre et me mis à regarder avec avidité. Il n'y avait rien de reconnaissable, rien qui accrochait mon regard, rien d'autre que, au loin, les taches noires familières d'isbas et de séchoirs à blé. La première neige était toute récente, mais la campagne et les routes étaient déjà blanches. Depuis mon départ de Kalinine, j'avais eu peur d'imaginer ce que pouvaient être en train de faire ma mère, mes sœurs et Tolia – je craignais de déranger, de remuer le filet de défense que j'avais jeté sur ma mémoire pour conserver le passé, pour que tout y reste tel que je l'avais quitté. Le train ralentit et traversa la Vop. Au loin, je vis les bâtiments de l'usine, et je me précipitai vers la sortie. Le train ne s'arrêtait qu'une minute, mais il n'y avait personne devant la porte, et je descendis tranquillement les marches du wagon. La gare, ébréchée par les balles, était retapée ; à certains endroits, on avait comblé tant bien que mal les trous profonds laissés par les obus. Le bâtiment de l'autre côté des rails avait lui complètement disparu. Mais l'horizon, le bord de la rivière, tous les espaces étaient à leur place, la bulle de savon dans laquelle j'avais grandi et qui était mon enfance n'avait pas éclaté, restait presque la même.

J'interprétai cela comme un bon signe, sortis sur la rue de la Révolution et marchai hâtivement le long des rails. Tout était resté pareil. Le même grincement sous les pieds et la même odeur de neige, qui se mélangeait avec celle, retrouvée, éternelle, de la créosote, la même route trouée, avec les flaques pas encore gelées. Un vent humide s'élevait de la Vop et soulevait des tourbillons blancs sur les champs. Retenant mon souffle, je comptais les intersections : Doukhovchtchinskoïe, Sadovaïa, Malaïa Sadovaïa. Ô, cette route qui semblait m'avoir fait naître, revenant de l'école, de la ville, de la gare, du pont Bruyant, de l'autre côté de la rivière, du football sur le pré inondable. J'avais attendu ces retrouvailles pendant de longues années, j'avais tant attendu et, Seigneur, je me retenais à grand-peine pour ne pas tomber à genoux et embrasser ces bas-côtés et ces rigoles. Répandant mes larmes, je passai la Malaïa Sadovaïa, et compris soudain que derrière les buissons, les arbres, qui séparaient toujours les maisons et les jardins de la voie ferrée, il n'y avait pas d'habitations. C'est-à-dire qu'il y avait quelque chose, on voyait d'autres arbres, ici et là, des cheminées de poêles, mais sans aucun signe de vie. Cela dit, les troncs me cachaient peut-être le reste. Est-ce que tous nos voisins étaient encore là ? Que s'était-il passé, pendant les années noires ? Et si tous les miens étaient là, ne dormaient pas, étaient peut-être même tous réunis pour le petit-déjeuner ? Le voyage de Télémaque touchait à sa fin. N'y tenant plus, je me mis à courir à toutes jambes, comme dans mon enfance, jusqu'au tournant dans notre rue Krestianskaïa, comme si de cette course, de ma capacité à gagner quelques secondes, ou de mon échec, dépendaient la prospérité et le bonheur de toute ma famille.

En gros, il n'y avait rien. Ni arbres ni ruines ni palissades, ni pierres, ni allée de tilleuls menant au passage à niveau. Le vent rasait le sol. Le terrain sur lequel, autrefois, s'élevaient des maisons et fleurissaient des jardins montait toujours plus haut, et là-bas, de l'autre côté de la pente, vrombissaient déjà les voitures sur la route de Smolensk. Sur ce terrain, à part des traces de la rue Krestianskaïa, qu'on devinait à ses rigoles à moitié comblées, il n'y avait absolument rien. Je me souvenais de chaque mètre de ces étendues, et courus à notre terre, où je me figeai, frappé par la peur : je n'avais même pas besoin de regarder sous mes pieds, car il n'y avait aucun obstacle. Le sol était absolument lisse, sans même la moindre souche. Je compris où avait été notre maison, m'y ruai, enlevai mes moufles et me mis à creuser dans la neige – sous elle, je trouvai une herbe givrée, verte, avec des taches jaune sale. Les mains griffées par la couche de neige dure, j'essuyai le sang sur mes joues, et je fouillai la terre comme un aveugle. Puis je me relevai et, travaillant avec mes bottes comme avec une pelle de bulldozer, je dégageai une surface de deux mètres. D'après les herbes, on comprenait que le sol avait été bêché quelques années plus tôt, et pas régulièrement : il restait des bosses là où maman avait planté le jasmin, où poussaient les poiriers et où j'avais mis la petite annexe.

Je sentis à nouveau, comme alors, pendant le premier hiver de la guerre, que mes pieds avaient gelé, mais cette fois-ci définitivement : je ne pourrais plus les réchauffer. Sur l'emplacement des maisons voisines, il n'y avait pas non plus le moindre signe de vie. Pas le moindre bout de brique, pas le moindre débris de tasse, rien. Hors de moi, je me dirigeai vers l'école, essuyant mes mains à vif sur mon manteau et scrutant la route pour trouver, prendre et mettre dans ma poche au moins un éclat de notre vie passée. Les rues apparaissaient et défilaient comme une pellicule de cinéma vite déroulée, et déjà je me trouvais à l'emplacement de l'école. Mais il n'y avait pas non plus d'école : il n'y avait plus qu'un terrain vague. Même les rochers massifs sur lesquels elle reposait comme sur des fondations avaient été enlevés. Désespéré, perdu, je piétinai sur place une bonne demi-heure, me demandant que faire. Les magasins et les bureaux étaient ouverts depuis longtemps, des gens passaient au loin. Notre maison n'existait plus, notre ancienne vie était balayée, enterrée, et servait maintenant d'humus pour quelque chose de nouveau, mais quoi ? Et où chercher les miens, maintenant ? Les avait-on évacués ? Étaient-ils vivants ? D'après l'état de désagrégation générale, l'endroit avait été bombardé, les maisons détruites par des tirs d'artillerie, et même deux fois : d'abord par les noirs, puis par les rouges. J'avais la tête qui tournait à l'idée que je n'arrivais même pas sur les ruines d'un incendie – il n'y avait aucune ruine de mon ancienne vie, tout était effacé, retourné, et donnait à penser qu'il n'y avait jamais rien eu ici. Notre vie s'était retrouvée entièrement gommée, comme s'il y avait eu un gardien de la blancheur de la feuille, et qu'il avait pris le soin de balayer tous les résidus de gomme dans la poubelle.

Avec l'impression d'être englué dans un rêve qui traînait en longueur, j'allai en ville, à la recherche de la police ou d'une administration pour glaner des renseignements, mais au lieu de ça, mes jambes me conduisirent chez Ignatenkov. Si son père travaillait encore à la Tchéka, il pourrait m'aider. Le pont sur la Vop était toujours aussi bruyant, et le même sentier coupait la pente douce. Les rues et les maisons n'étaient pas réparées, il y avait de nombreux trous, de nombreuses ruines, me donnant l'illusion de me mouvoir au milieu de fouilles archéologiques. Je ne m'approchai même pas de la maison d'Ignatenkov, parce que toutes les maisons et tous les arbres du côté pair de leur rue étaient brûlés, on n'y voyait plus que les squelettes de pierre des poêles. Thèbes, Pompéi, Troie avaient en leur temps été réduites en cendres dans les livres d'histoire militaire, et soudain mon Iartsevo était devenu une image de ces livres sur un monde détruit et piétiné, qui avait été autrefois misérable et terrible, mais habité par les miens.

Une camionnette qui passait sur la route faillit m'écraser, j'eus à peine le temps de sauter en arrière, sans comprendre d'où elle était apparue et pourquoi je ne l'avais pas entendue.

Quelqu'un me prit par l'épaule. Je me retournai et aperçus un garçon vaguement familier, dans un uniforme des chemins de fer, d'environ trente ans, très ému. « Sergueï, Sergueï, dit-il, tu me reconnais ? Tu te souviens, on rentrait de Brassovo, et on dessinait ces transistors, hein ? » Alors, je le reconnus : il s'appelait, semble-t-il, Ivan, c'était le seul autre garçon de Iartsevo de toute l'école technique, il était trois années en dessous de moi, et m'accompagnait souvent le week-end dans le train pour Iartsevo. Il aimait aussi la radio, fréquentait le club des inventeurs, et pendant que nous traversions des champs moroses, nous étudiions, dans nos cahiers, des circuits radio qu'il nous fallait assembler. Nous échangeâmes à la hâte, prudemment, nos histoires : il avait fait la guerre, comme radio, il avait eu de la chance, pas une égratignure, sa mère et son jeune frère étaient partis après les premiers bombardements, à Klintsy, où ils avaient été rattrapés par l'Occupation ; Ivan me prit par le bras. « Tu as entendu, à propos de K.P.[1] ?... Alors, en juin, j'avais passé mes derniers examens, et on a annoncé que c'était la guerre, je n'ai pas eu le temps de recevoir mon diplôme et mes attestations, je suis rentré chez moi sans papiers, et après, quand je suis rentré de la guerre, je suis allé là-bas et... vraiment, tu n'as rien entendu ? » Je hochai négativement la tête. « Quand les nazis ont avancé, presque tous les enseignants sont partis en évacuation, mais K.P. est resté, il réfléchissait, et tout à coup il a commencé à dire qu'il fallait... se débarrasser... des communistes... avec l'aide de Hitler. Et quand les Allemands sont arrivés, il a réuni les gens au club et a fait un discours, disant que pendant vingt-quatre ans on avait supporté l'occupation, mais que maintenant on allait être libérés et commencer à vivre. Et beaucoup ont accueilli les nazis avec les honneurs, et Herr Voskoboïnik, bien sûr, leur a plu. Après, il les a convaincus de donner une autonomie russe à la région, c'est-à-dire, pas de kommandantur, mais une république indépendante. Et les Allemands ont accepté, ont laissé des agents de liaison, et sont partis ! K.P. a inventé tout un parti, et a inscrit dans les

1. K.P. pour Konstantin Pavlovitch (Voskoboïnik).

statuts que la terre devait être distribuée à des propriétaires, qu'il fallait que chacun puisse faire le métier de son choix, et amnistier tous les communistes et les officiers de l'Armée rouge. Il n'y a que les Juifs qu'il n'a pas épargnés. Il dirigeait tout depuis Lokot, la république et la milice de défense, mais après, en hiver, les partisans sont entrés dans Lokot, justement depuis l'école technique, et lui ont tiré dessus. Il est mort. » Ivan me regarda avec intensité et ajouta : « Le salaud. »

Se rendant compte que, comme un boxeur malheureux, j'étais absolument groggy, Ivan me prit sous le bras et me conduisit dans diverses administrations. Je vis des escaliers, des couloirs pleins de gens, des couloirs déserts, qui sentaient le vieux bois et la colle, des couloirs sombres, avec des ampoules jaunes, et des couloirs en sous-sol avec des tuyaux gouttant et de la poussière de brique, et encore des escaliers, étroits, avec les taches aveugles de fenêtres. J'écoutai des éclats de conversations, montrai mon passeport aux propriétaires des bureaux, mais je ne repris pas conscience, parce que, oui, les évacués avaient été rares, oui, la direction du sovkhoze avait brûlé avec tous les documents, oui, Soloviev Anatoli Dmitrievitch avait été appelé sur le front, mais pas dans notre bureau de recrutement, nous n'avons pas son dossier, nous ne savons pas, oui, vous comprenez bien, nous n'avons pas de liste complète des inhumations, ni des citoyens, la guerre a tout mélangé, oui, pourquoi venez-vous si tard – mais pourquoi êtes-vous tous ici, pourquoi êtes-vous vivants, alors que ma mère et mes sœurs gisent quelque part sous des décombres, ou dans la terre, et dans ce cas quel droit avez-vous, vous qui avez été épargnés, de vivre ? Puis encore des couloirs, des morceaux de ciel bleu hivernal, avec des tas de neige brillants, des branches noires et des oiseaux. Au milieu de cette agitation détestable, le visage à la barbe pointue de Voskoboïnik, qui paraissait enfin tranquille et qui souriait. Brusquement, j'étreignis Ivan, très fort, je fourrai sa tête contre mon épaule, et griffai ma joue contre son insigne orné d'un pont. Nous restâmes un moment ainsi, puis nous nous séparâmes.

Comme un chien qui a perdu ses maîtres et ne peut retrouver leur trace, je revins errer sur le tas de cendres. Le soleil était haut, faisait fondre la neige, l'air était frais et, sans aucun à-propos, sentait le printemps. Sur les bords de la Vop, des herbes sèches dépassaient des tas de neige, et chaque fois, en voyant ces crinières hirsutes onduler au vent, je sursautais : j'avais l'impression de voir des os, des mains, des lambeaux d'habits. Bien sûr, tout était possible, mon père aurait pu rester vivant, survivre au camp, ou peut-être même avoir été libéré, mais la vérité amère était qu'il irait sur ses soixante-quinze ans, et que, depuis quelques années, des millions d'hommes plus jeunes étaient morts. Je devais espérer qu'il soit mort juste après son arrestation : sans espoirs, sans souffrances. Tout était possible, et maman et les filles auraient pu survivre et partir quelque part en Asie, mais elles auraient écrit à l'adresse de Kalinine, au moins une fois. Je me souvins d'un soir, à mon retour de l'école technique, quand nous nous étions retrouvés tous autour de la table, et je nous imaginai à cette table, avec Anna, Marietchka, Nina. Je tombai à côté du sentier et, me roulant en boule, je hurlai. Deux vagues noires, qui venaient, comme dans mon enfance, de la forêt, s'étaient rencontrées et avaient submergé notre terre, et les corps de ma mère et de mes sœurs flottaient quelque part, peut-être qu'ils n'avaient même pas été enterrés, on leur avait volé leur vie éternelle – ces vagues me submergeaient, m'étouffaient, m'écrasaient, comme cet Allemand sur la route de Poddorie, avec sa langue monstrueuse pendant sur son ventre.

Je regagnai péniblement la gare et m'assis vers le chauffage pour sécher mes bottes. Quand j'enlevai mes chaussettes, j'aperçus des griffures saignantes près du tendon d'Achille. Ces blessures me brûlaient, je fis la queue pour acheter mon billet pieds nus. Le train suivant partait le soir. Je n'avais nulle part où rester, ni aucune raison de le faire. Quand j'eus repris des forces, je me dis que j'étais peut-être parti trop tôt, que des objets m'avaient échappé, que je n'avais pas fouillé toute la partie du terrain où se trouvait notre jardin. Avec mes blessures, j'avais de la peine à marcher, mais j'y allai tout de même, et retrouvai les creux de la rue de la Révolution. Cette fois, je repérai l'endroit où les quartiers avec des maisons plus ou moins debout faisaient place à un champ vide : au niveau de la Malaïa Sadovaïa. À part mes propres traces, je ne trouvai aucun signe de vie dans la rue. Il me fallut environ une heure pour enlever la neige avec mes bottes, et m'assurer qu'il ne restait vraiment rien, aucun signe, aucune indication :

absolument tout était effacé, comme si j'avais dessiné le plan mais que mon père n'avait rien construit, qu'il n'avait pas planté d'arbres. Tout s'était dissous comme dans un rêve. La voie ferrée se révéla incroyablement proche, alors qu'autrefois elle me semblait dans le lointain, derrière les maisons et le jardin voisin. Le soleil se couchait. Je compris que je ne voulais pas rester une seconde de plus ici, j'ouvris ma braguette et, me détournant de la rue morte, j'urinai sur l'emplacement de notre maison.

Le train arriva avec du retard. J'étais comme rempli d'argile, les sons me parvenaient étouffés, je sentais l'argile bouger et faire un bruit de ventouse quand je réfléchissais ; j'étais contraint de le porter à l'intérieur de moi, comme un poids distinct, en plus de mon propre poids. Assis dans le train, je ne pensais qu'à une chose : les rêves m'avaient trompé. Dans mes rêves, ils m'appelaient, m'attendaient, m'attiraient ici. Ces rêves étaient si réels, ils avaient commencé à Chklov comme une continuation de ma vie éveillée, et moi, imbécile, je les avais crus, au point de devenir fou, et d'entraîner Anna et les filles dans cette fondrière. Quels étaient ces rêves ? Le contraire de ce qu'il aurait fallu comprendre ? Ou ce que je désirais, mais confronté au monde réel et à mes possibilités à l'intérieur de lui ? Ou un moulin du diable, occupé à moudre dans ma tête sans la moindre loi ? Et qui étais-je, moi ? Qu'est-ce que je voulais, et qu'est-ce que j'avais reçu ? Les sons disparurent définitivement, le cours des heures s'arrêta comme si je m'étais retrouvé dans un temps déformé, auquel attribuer la première apparition d'Anna à Orcha et tous mes rêves de la maison familiale. Mon Dieu, j'avais passé tant d'épreuves, et maintenant il s'avérait que cela ne servait à rien, et ne changerait rien.

Je me rejetai en arrière, contre le mur dur du wagon commun, levai les yeux vers le plafond malpropre, et me mis à haïr à tout jamais l'odeur que j'adorais autrefois : l'odeur du chauffage au charbon, quand la fumée reste longtemps au-dessus des rails. Ce que j'avais autrefois tant désiré, les maisons défilant silencieusement dans la campagne, les forêts qui tressautaient en même temps que les ressorts, les taches floues des passages à niveau, le triple tiret des barrières, tout cela m'avait intoxiqué, et j'avais fait une erreur. Je sentais, d'une façon plus aiguë que jamais, que je ne voulais plus être en route, en aucun cas, sous aucun prétexte, ni errance, ni valise, ni baluchon. Je revins à la maison que nous louions, me mis à genoux et cachai mon visage dans les mains d'Anna. Le vent hurlait dans le poêle fendu par les bombardements. « On ne peut rien changer, on n'ira nulle part, sanglotait Anna. On ne nous laissera pas partir. Nous allons vivre, vivre ici. » Dans la rue, les chiens aboyaient, un éternel accompagnement à notre malheur, délayé dans un peu de bonheur. « Mon Dieu, quelle idiote j'ai été. Leur façon de me traiter, de lever les yeux au ciel, de m'expliquer, comme à une enfant, que faire si on n'a pas de lait, et tant d'autres choses désagréables – je prenais tout leur amour pour un manque d'amour, que je pensais être dans le sang de tous les Belges, et même quand j'ai commencé à m'échapper de la maison avec toi et que j'ai compris que c'était le contraire, je me suis dit que le seul endroit où on pouvait être aimée tendrement, c'était dans notre pays, et que je ne voulais pas apprendre ce français, avec ses sept lettres pour un son. Je voulais partir avec toi. Et maintenant, c'est fini, fini… » Les grands froids étaient arrivés. Je regardais la glace qui occupait l'espace entre les vitrages et me taisais. Que pouvais-je lui dire ?

Nous ne fêtâmes pas le Nouvel An, si ce n'est que Nioura et Polina, après avoir bu de la vodka, s'étreignirent, chantèrent et pleurèrent. Peu avant cela, notre propriétaire nous avait convaincus qu'il fallait écrire au bureau central des renseignements et au bureau de l'enfance : des amis à elle avaient retrouvé leur famille de cette façon. J'étais ivre moi aussi, j'éteignis la lumière dans la chambre des fillettes endormies, restai une demi-heure assis à côté de Nina, caressant sa couverture. À la fin, Nina ouvrit ses yeux de velours et demanda : « Serioja, est-ce que tu mourras ? » Je répondis : « Oui. – D'accord, dit Nina, mais essaie de ne pas le faire trop vite. » Elle se tourna vers le mur et s'endormit, et nous continuâmes à vivre.

Chaque matin, si je n'étais pas envoyé réparer les conduites d'eau dans un quelconque centre vétérinaire, je marchais vingt minutes jusqu'à la rivière, m'asseyais dans le petit bateau, un remorqueur dans lequel entraient cinquante personnes, et je passais devant la gare fluviale à colonnades de l'autre côté de la Volga. Depuis le débarcadère jusqu'au quai Stepan Razine où se trouvaient nos bureaux, j'avais sept minutes de marche. Les chefs de chantier étaient submergés de paperasserie – situation mensuelle des travaux, etc. – mais le salaire était bon, avec des primes et des majorations en cas de déplacement professionnel, qui, sans être lointains, rapportaient six cents roubles par mois. Je me dépêchais de rentrer à la maison pour libérer Nioura, qui allait à l'école pédagogique ; elle étudiait pour devenir professeure de musique, et nous avions même acheté un piano. Nioura était terriblement contente d'avoir échappé à son enfermement dans le foyer, et prenait à son tour le bac à Zatveretchie pour aller étudier, rentrant par le dernier bateau. Polina acceptait de temps en temps de rester avec les filles, et alors nous allions danser ou au cinéma. Nous nous étions trouvés par hasard, tout comme Nioura avait trouvé son mari belge, mais ce hasard était déjà rempli d'épreuves communes et de la solitude de chacun, et un sentiment était né, nous le comprenions tous les deux. Nous étions collés l'un à l'autre comme deux cartes de ravitaillement.

Une année passa encore, et quand il apparut clairement que les tchékistes ne voulaient de moi qu'un pointage régulier, nous commençâmes à chercher un appartement vers les rues Volodarski ou Sovietskaïa. Je me sentais vide, et chaque maison ne me semblait que provisoire, en aucun cas inébranlable ou même solide, mais Nioura avait très envie de quitter les ténèbres de la périphérie. Ayant adopté Nina et Marie, je leur avais donné mon nom et mon patronyme ; Anna aussi, après notre mariage, était devenue Anna Solovieva. Nous respirions plus tranquillement, et nous avions appris à accepter beaucoup de choses.

Nous étions déjà en avril, la fin du mois fut inhabituellement chaude, au point que nous ouvrions la fenêtre de notre chambre. L'été approchait, avec lui les baignades et d'autres plaisirs. Je n'aurais de vacances que près de l'automne, mais je me sentais plus léger. On nous donna notre salaire avec un jour d'avance, avant la Journée de l'Internationale[1], un jeudi. Le soir, je mis mon argent dans la poche intérieure de mon veston, sortis du bureau et me dirigeai vers le débarcadère. M'étant éloigné d'une vingtaine de pas du perron, j'aperçus une voiture, une petite jeep brun-vert qui, garée sur un trottoir,

1. 1er mai.

démarra et se mit à me suivre. Quand j'atteignis la ruelle qui partait vers la droite, en direction du bureau de recrutement, la petite jeep prit soudain de la vitesse et me coupa la route. Deux hommes en civil jaillirent dans la rue et se dirigèrent vers moi. Je grommelai quelque chose d'inutile, d'absurde sur mon pointage, et cherchai mon passeport. Les hommes m'invitèrent avec insistance à les suivre, mais quand ils virent que je ne voulais pas entrer dans la voiture, ils m'attrapèrent et me poussèrent. Je m'accrochai à la poignée de la jeep avec tant de force qu'elle se tordit.

Nous continuâmes à nous débattre pendant une minute : je résistais et criais, tandis que les agents s'efforçaient de me fourrer dans la voiture. Je tins bon jusqu'à ce que j'aperçoive Koudriavtsev, un chef de chantier comme moi, qui sortait des bureaux. Il s'approcha et comprit qu'on n'emportait pas un quidam quelconque, mais moi. Hors d'haleine, je criai : « Hé ! Dis-leur ! » Koudriavtsev marcha devant moi, se détournant, mais je sentis à ses épaules voûtées et à sa tête tournée qu'il avait entendu et compris le message, et qu'il annoncerait mon arrestation à la société hydraulique et préviendrait Anna. Je relâchai ma pression sur la poignée, et le chauffeur, qui était venu prêter main-forte, aida les agents à me jeter sur le siège arrière. Un homme s'assit à ma droite, un autre à ma gauche. Reprenant mon souffle, je dis, mal à propos : « Je pensais avoir affaire à des voleurs qui en voulaient à mon salaire. » Le chef du petit groupe fit une grimace.

La petite jeep ne roula pas longtemps sur la Sovietskaïa, et quelques minutes plus tard, elle entrait par le portail de la direction de la police. J'avais tout compris, et je me préparai à ma première confrontation personnelle avec les visages gris. La portière de la voiture s'ouvrit, je fus saisi sous les bras, conduit dans l'entrée du bâtiment, puis au sous-sol par un escalier en fonte, à gauche, sous des voûtes en pierre, nous enfonçant toujours plus dans ces caves humides. Au niveau le plus bas, un factionnaire était assis derrière une table. Il indiqua une porte en bois, et on me fit entrer dans un sac en béton où, bien sûr, je pouvais bouger mes coudes et mes genoux, mais mes épaules étaient déjà à l'étroit. Des voix s'élevèrent derrière la porte, puis le verrou cliqueta et, après m'avoir délesté de mes lacets, de ma ceinture et du contenu de mes poches, on m'entraîna dans le couloir. Dans une première pièce, on m'imbiba le bout des doigts et on prit mes empreintes, dans la deuxième, un photographe me mit contre le mur et m'éblouit deux fois avec sa magnésie. Tous les collaborateurs gardaient un silence de plomb. Toujours sans rien dire, et me poussant dans le dos, on me conduisit vers une porte en fer avec un judas et une ouverture pour la nourriture. Il y eut un grincement, on me poussa encore une fois du doigt entre les côtes, et je me retrouvai dans une cellule. Une minuscule fenêtre, sous le plafond, pas plus grande qu'une brique, était munie de barreaux. Une ampoule, dans une cage grillagée, répandait une lumière tremblotante, un châlit était posé en bas d'un mur gluant. Je m'assis dessus et attendis.

Je craignais plus que tout qu'ils s'en prennent à Anna. Ils n'avaient sans doute pas besoin d'elle, mais j'avais peur : s'ils nous soupçonnaient tous les deux d'espionnage ? Par contre, s'ils ne voulaient pas m'accuser d'espionnage, mais d'autre chose, c'était plus facile. Enfin, plus facile... S'ils avaient obtenu la liste de l'Armée populaire avec tous les pseudonymes, je devrais leur prouver que je n'avais pas pris part aux combats. J'avais déjà vérifié dans le Code pénal, et je savais que, pour ceux qui n'avaient pas pris les armes, le point 12 du fameux article 58 s'appliquait : complicité. C'est-à-dire que l'accusé savait que des opérations antisoviétiques se préparaient, mais n'avait pas prévenu : six mois minimum. Ce « minimum » était assez inquiétant, mais la guerre était tout de même terminée depuis longtemps, et j'avais refusé de collaborer avec les SS, manquant d'être fusillé. Gratchev et d'autres officiers de l'état-major, n'importe qui dans nos rangs, le confirmeraient. Et si quelqu'un me calomniait, ou que les tchékistes inventaient eux-mêmes que j'étais un espion, cela voudrait dire qu'ils y tenaient, et qu'aucun tribunal ne me justifierait – dans ce cas, c'était la fin, on me fusillerait ou m'enverrait dans un camp jusqu'à la fin de mes jours.

Il faisait déjà sombre par la petite fenêtre quand on vint me chercher. Escorté par un garde, je montai comme par un puits jusqu'à l'escalier de fonte, et plus haut, le gravissant, passant dans des couloirs, au premier étage de ce bâtiment vide et sonore. L'enquêteur était assis, aussi immobile qu'un sphinx. La peau très blanche, il était énorme, on l'avait sans doute choisi tout spécialement pour intimider ce détenu inexpérimenté, et lui-même plutôt petit. Du regard, il m'indiqua la chaise, et il resta silencieux jusqu'à ce que je dise : « Bonjour. » Ma voix se révéla ignoblement cassée. L'enquêteur fit un signe de tête rapide et amical, se présenta et commença : « Vous savez quoi, Sergueï Dmitrievitch, vous êtes un homme pratique, rapide, doté d'une excellente mémoire, dans votre bureau on vous considère comme l'un des meilleurs chefs d'équipe. Eh bien, je propose qu'on se mette d'accord : pour que notre affaire avance vite, nous allons nous souvenir de tout précisément, et ainsi notre travail commun sera vite terminé, car vous savez vous-même à quelle époque nous vivons. » Je compris qu'il utilisait volontairement ces paroles vagues – à quel point tout se passerait « vite », que signifiait « terminé » et ce qui m'adviendrait après –, mais il les prononçait avec une sorte de conviction intérieure, sous-entendant que nous discutions ici de quelque chose de très important, en nous efforçant de parler avec objectivité, de façon factuelle, et je décidai de ne rien cacher. Et si, par ailleurs, c'était une erreur ou que tout ce qui se passait n'était qu'un test, une provocation… ? « Sergueï Dmitrievitch, continua-t-il, je ne vous cacherai pas que, depuis un an et demi, vous êtes surveillé par nos camarades du contre-espionnage. Vous comprenez pourquoi : vous avez vécu en zone occupée, et beaucoup, là-bas, ont été recrutés par les Américains. Et soudain, vous rentrez : pourquoi ? Nos collègues se sont posé cette question, mais en un an et demi, ils ont pu se convaincre que vous ne travailliez ni pour les renseignements américains ni pour un autre pays. Pourtant, la question restait entière, pour nous en tout cas : pourquoi ne vous êtes-vous décidé à rentrer qu'en 1949 ? »

Ce « décidé » résonna dans mon cerveau, et je tentai d'interrompre le sphinx, qui leva majestueusement sa main soignée, intimant d'attendre. « Bien sûr, nous avons voulu trouver nous-mêmes la réponse à cette question avant de vous déranger, et nous sommes tombés sur un drôle d'os. Dans les deux formulaires, vous écrivez : “En janvier 1943, transféré par train du camp d'internement des officiers prisonniers de guerre de Souvalki à un camp de transit à Kaunas, dans les forts, puis envoyé également en train dans le camp de concentration de Natzweiler-Struthof.” Ça a l'air véridique, mais nous avons fait des recherches, et découvert que les convois de prisonniers de guerre allaient directement de Souvalki en Allemagne – à quoi bon faire cent kilomètres à l'est ? D'ailleurs, à Kaunas, en 1943, il n'y avait pas de camp de transit. Donc, soit vous avez inventé Kaunas, soit vous y êtes arrivé non de Souvalki, et non dans un camp de transit, mais, par exemple, en camp disciplinaire. Inventer Kaunas, ce serait stupide, vous êtes bien d'accord ? Il nous restait donc à comprendre d'où vous étiez arrivé. Dans nos renseignements, il était mentionné que le camp d'officiers et le camp général de Souvalki servaient de base pour l'Abwehr. Je vois que vous savez ce que c'est... Attendez. Et donc, le traître Guil, c'est-à-dire Rodionov, responsable de l'isba de lecture, qui avait acquis petit à petit le titre de lieutenant-colonel, a fondé un bataillon SS de traîtres russes justement à Souvalki. Ne vous en faites pas, nous avons calculé, c'était un mois avant votre arrivée là-bas. Mais un mois après votre arrivée, d'autres minables nazis, des Russes blancs qui s'intitulaient Armée populaire russe, ont recruté des centaines d'anciens combattants de l'Armée rouge. Et là, nous nous sommes dit : N'y a-t-il pas quelque chose de suspect quand Sergueï Dmitrievitch affirme qu'il n'y a plus aucun de ses camarades de camp qui pourrait confirmer sa présence là-bas ? Tous seraient morts ? Mais alors, pourquoi a-t-il survécu ? Hein ? »

Je ne me suis jamais senti plus détestable et plus visqueux qu'à ce moment-là. D'abord, je compris que personne ne me laisserait sortir d'ici, et que, même si je sortais un jour, ce ne serait pas bientôt – tout simplement parce que les camarades enquêteurs n'avaient pas pu faire un travail aussi poussé pour rester sans rien. Puis je me sentis mal d'avoir menti. Je m'étais un jour juré de ne pas être rationnel, de ne pas rechercher le profit, de ne pas me soumettre et de ne pas mentir – et maintenant, les doigts sournois de cet enquêteur suffisant appuyaient à l'endroit où j'avais été faible. C'était si douloureux que je décidai d'en finir immédiatement : « Vous savez quoi, dis-je, je vais tout vous dire, et après, s'il le faut, je l'écrirai. Mais d'abord, je veux être sûr que ma famille ne sera pas inquiétée. » L'enquêteur réagit rapidement : « À part une perquisition, au cours de laquelle, d'ailleurs, nous n'avons rien trouvé de compromettant, nous n'envisageons aucune action. » Je m'imaginai Anna aux prises avec ces bandits et leurs manières, et les ampoules jaunes se mirent à tournoyer furieusement devant mes yeux. Le sphinx me tendait déjà un verre d'eau. Vidant lentement le verre, je me représentai encore une fois à quel point ils pourraient s'intéresser à Anna, et me tranquillisai un peu : puisqu'on ne m'accuse pas d'espionnage, ils la laisseront probablement en paix. Ils pourraient bien sûr l'utiliser pour me faire céder, mais j'essaierais de gagner du temps, pour qu'elle puisse partir avec les filles. Je pris une grosse inspiration et dis : « À Souvalki, je mourais de faim et j'ai cédé aux recruteurs. Ils ont promis que l'Armée populaire ne s'occuperait que de propagande. » Je racontai tout, m'interrompant seulement quand mon vis-à-vis m'interrogeait sur un nom, un lieu, etc. Je ne craignais pas de dénoncer les autres, puisque, à part ceux des commandants, je ne connaissais pas le vrai nom des hommes, et si je me souvenais de quelqu'un en dehors de l'état-major, ce n'était que par son pseudonyme.

La nuit était profondément avancée quand nous terminâmes. L'enquêteur hésitait un peu, se demandant visiblement s'il devait aller jusqu'au bout maintenant ou plus tard ; il décida de ne pas remettre la victoire au lendemain. « Et vous voulez me dire, Sergueï Dmitrievitch, continua-t-il, qu'un officier de votre rang n'a pas participé aux actions contre les partisans ? Regardez combien il y en a eu, de ces actions. » Il ouvrit le tiroir de la table et en sortit un dossier avec des coins usés. « Plus de treize, d'envergure variable, pour la seule année 1942. Vous avez aidé Gratchev, de son vrai nom Kopylov, à planifier et à exécuter ces opérations. Nous savons que Gratchev se rendait sur le lieu des actions, interrogeait, torturait. Et vous ? Comment ça s'est passé ? »

Je vis clairement qu'une grille aux pointes aiguës, comme celles qu'on dessine sur les châteaux dans les livres de chevaliers, descendait entre mon passé et mon futur. Je n'avais plus le temps de maudire ma décision naïve d'être sincère, ma conduite hautaine et imprévoyante envers Anna et les enfants – il était trop tard pour reculer. « Il ne s'est rien passé, dis-je. Je m'occupais des procès-verbaux, des papiers d'intendance, des dossiers personnels, des rapports d'opération d'après le compte rendu de Gratchev. Il exagérait toujours les résultats pour que les Allemands soient convaincus de l'importance de donner son autonomie à l'armée. Dans la réalité, le bataillon de Chklov s'est contenté de fouiller les forêts et, s'il tombait sur des partisans, il leur conseillait de se cacher plus loin et partait. Ceux d'Osintorf ont participé à des combats, mais aussi très rarement. Les partisans venaient pour ainsi dire prendre le thé chez eux, ils reprenaient des forces, recevaient parfois même des armes. Mais quand les SS sont arrivés – là, les choses ont commencé à devenir sérieuses, et j'ai refusé de me battre, je suis sorti des rangs. » Il y eut une pause. Il sentit, à mon calme extrême, quelque chose qui menaçait ses plans, devint rouge et hurla que les vrais staliniens et les patriotes avaient l'obligation de se tirer une balle, et s'ils étaient tout de même capturés, ils devaient s'enfuir, et non pas faire allégeance à Hitler. Mais la grille avait déjà planté ses pointes dans le sol.

« Vous n'avez jamais mangé de la chair humaine ? demandai-je quand il se tut. Krouglov, si. C'était mon commandant de régiment. Il a mangé son voisin d'abri. Il a été exécuté sur-le-champ. Et bien sûr, quand il y a eu la possibilité de rejoindre un bataillon qui ne faisait que de la propagande et de la garde, presque tous les officiers du camp ont traîné ce qui leur restait de corps squelettique pour servir sous les ordres – peu importe de qui, du diable s'il le fallait. Mais dans les faits, les Allemands, tout comme nous, comprenaient que cette soi-disant armée n'était pas sérieuse. Tout le monde faisait semblant de croire que l'Armée populaire était une vraie armée. La Wehrmacht aimait l'idée que des Russes se battent contre des Russes, mais le commandement allemand craignait de leur accorder une autonomie. Kromiadi et tous ces émigrants aimaient déambuler dans leur bel uniforme et penser qu'ils participaient à des choses déterminantes, mais ils n'ont jamais fait la guerre. Ces opérations de votre dossier, ce sont deux sabotages et la protection des rails, plus deux sorties préventives pour fouiller une forêt suspecte. Jusqu'en 43, il ne s'est rien passé, en tout cas chez nous à Chklov. Des entraînements, de l'instruction militaire, et des parties d'échecs, rien d'autre. » Mon vis-à-vis reprit de l'allant et arbora une expression de mépris : « Inutile de chercher à vous en sortir, Soloviev. Vous n'êtes pas un joueur d'échecs, mais un traître. Voilà ce que je vous propose : vous me racontez tout vous-même, votre participation aux opérations. Ça m'épargnera d'organiser une confrontation avec des témoins, et ça vous épargnera de pourrir ici pendant de longs mois. » En réponse, je nommai tous ceux qui pourraient témoigner de mon strict travail de secrétaire. Comme tous les hommes nommés étaient des officiers, je me souvins de Filimonov, et je le nommai également. « Eh bien, comme vous ne voulez pas avouer, nous allons effectuer une vérification de vos allégations, dit le sphinx en haussant les épaules. C'est juste du travail en plus pour nous, et des mois à passer ici pour vous. Mais nous trouverons des témoins, ils nous diront tout. Vous savez combien de complices des crapules nazies sont dans nos camps – le pouvoir soviétique a épargné leur vie, alors qu'il aurait pu… Bref, n'espérez pas vous en sortir. Je vous conseille de réfléchir encore une fois et de tout nous dire, ou vous allez moisir ici. »

Je supposais qu'on allait bientôt me confronter de nouveau à lui, et qu'il allait tenter de me convaincre, me menacer, me torturer, puisque j'étais évidemment un criminel, mais il ne se passa rien de tel. On me laissa seul avec moi-même. Ma cellule puait la vieille humidité, la poussière, la tristesse, l'urine et l'absence de liberté. Pendant les premiers jours, j'étudiai mon nouveau monde : le moindre relief sur le moindre centimètre de mur, la moindre écaille de peinture, je pouvais dire l'épaisseur de la poussière sur les barreaux de la petite ouverture. Je mesurais le temps aux moments où on m'apportait la soupe ou la bouillie, et quatre fois par jour, je faisais des pompes sur le sol sale et froid, pour ne pas perdre de temps et ne pas laisser mes muscles se ramollir. Je tins une semaine, puis je perdis la force de résister, fus submergé par le désespoir, me disant qu'il était inutile de me débattre. Il ne restait plus rien de ma vie : ma famille avait disparu, figée quelque part entre la vie et la mort, on avait détruit notre maison, rasé, brûlé et bombardé notre jardin, on avait même retourné la terre qui n'était plus ma terre. Le seul fil qui m'empêchait de dériver au vent – Anna – était perdu, avait péri de mes mains. Bien sûr qu'il aurait fallu aller en France. Comment avions-nous pu nous enfuir, et encore avec des enfants, d'un pays où l'on ne vous accueillait pas avec une grimace, mais avec un sourire, où les chefs menaient leurs affaires avec amour, et non écrasés par un plan ou par une nécessité absurde… Léon et ses amis m'estimaient parce que je pensais non seulement comme un inventeur, mais comme un inventeur de tout ce qu'on veut avec les matériaux du bord – ils étaient incapables de travailler comme ça ; merci à Voskoboïnik, qui m'avait tout appris. Bien sûr, K.P. avait obtenu le pouvoir à l'arrivée des Allemands, et avait pu cesser de feindre, de jouer les orateurs – mais il n'avait pas tenu longtemps… Le français n'est pas une langue si difficile, Anetchka l'aurait appris, et aurait pu enseigner le piano comme elle le voulait, et nous aurions vécu à Metz, nous aurions su arracher les enfants aux avocats wallons – et peut-être qu'ils ne seraient même pas venus, ces avocats ? Le plus abominable, le plus bête était que, tenaillé par la culpabilité, j'avais appâté Anna qui, épuisée par ses souffrances quotidiennes, n'était pas en état de peser le pour et le contre. Je me souvenais de l'averse qui tambourinait sur le toit de la demi-sphère, à la mine, quand nous nous cachions au Bois du Cazier et, gémissant, je tapais mes poings contre le drap gris de mon châlit, rongeais mon oreiller lourd, mouillé de larmes, parce que je ne pourrais plus revenir en arrière, rejouer le *Mittelspiel*, le milieu de partie que j'avais manqué. À mesure que mes larmes coulaient, le passé sortait peu à peu de moi, et je restai vide et sonore comme un ballon.

Un matin, soit qu'un orage de mai se soit abattu sur la ville, assombrissant ma cellule, soit que, à mi-chemin entre rêve et éveil, j'aie eu l'impression qu'on m'étranglait, je me réveillai comme dans un cercueil. Les murs gris-vert s'étaient rapprochés, et je comprenais que, même si je criais et que j'appelais le gardien, il ne m'ouvrirait pas : on m'avait emmuré vif. Je commençai à avoir de la peine à respirer, comme si mes poumons s'étaient flétris, et je compris que je ne pouvais pas aspirer l'air, et que j'allais m'évanouir. Une peur affreuse traversa mon corps comme une décharge électrique, et j'émis un cri faible. Le gardien ouvrit le judas, me regarda et le referma. M'efforçant de ne pas devenir fou, je fermai les yeux pour ne plus voir cette tombe humide qui se rétrécissait, et je tentai de m'imaginer que j'étais couché dans un champ en fleurs, à côté d'Oletchka, que nous rentrions à la maison avec des framboises, que je me disputais avec Tolia à propos de bricoles, que je leur chantais *Lazare*, et qu'ils riaient tous. Ça m'aidait, et je commençai à passer des heures assis, les yeux fermés ; on ne me permettait pas de rester couché. Je retrouvais chaque nuit comme mon salut, mais de fois en fois, mes rêves devenaient plus profonds, comme une tombe dont j'avais de plus en plus de mal à sortir, jusqu'à ce qu'ils finissent par devenir réalité.

Un jour, je vis que le mécanicien Kepper était assis à mes pieds. Il semblait qu'il y avait des gens derrière la porte de ma cellule, qui étaient en réunion. Kepper me tendit un lézard noir, gros, avec une crête comme un dragon. Prends, me dit-il, il ne mord pas, il est domestiqué. Je le pris un peu lentement, et il marcha sur mon bras et s'assit sur mon épaule, touchant mon oreille – mais pas mon cou – de sa tête. Mon dégoût se fit moins fort. Nous discutions d'une bêtise quelconque, des plans mensuels, peut-être, et le lézard était toujours sur mon épaule, et quelque temps plus tard je sentis qu'il descendait sur mon bras droit. Je ne pouvais pas me retourner, je restai assis, figé par une force invisible, jusqu'au moment où mon bras cessa de sentir les pattes ridées. Je me couchai, me tournai vers le mur, mais celui-ci était fait de planches, et nous étions trois, avec deux personnes que je connaissais mais n'identifiais pas, dans un wagon de marchandises. Il y avait des objets, des caisses, et la paille qui entourait la marchandise s'était éparpillée, j'avais envie d'éternuer. La prison tout entière était un train, qui descendait une pente. À l'avant, j'aperçus un aiguillage, quelqu'un tira sur le frein d'urgence, ralentit le wagon, qui s'arrêta presque mais vint malgré tout heurter un wagon qui se trouvait devant lui, sur la même voie. Puis, semblant avoir retrouvé le convoi, nous continuâmes à avancer sur les rails, prenant de la vitesse. Mes compagnons sautèrent l'un après l'autre du wagon. Le convoi parcourut encore quelques centaines de mètres, et le wagon heurta à nouveau un obstacle, mais cette fois-ci le choc fut violent. Je me réveillai, et vis une fillette d'une douzaine d'années dans l'angle de ma cellule. Elle était assise, la tête tournée vers le mur, cachant son visage dans ses bras, comme une colombe nichant sa tête sous son aile. Elle ne me répondit pas, resta silencieuse, puis quand elle parla, ouvrant à peine la bouche, je découvris qu'elle était orpheline, et je lui demandai : « Tu veux venir avec moi ? Être ma fille ? » Elle fit oui de la tête : « Je t'appellerai papa. » Je compris que j'allais m'occuper d'elle et qu'elle était vraiment ma propre fille. Elle allait grandir et devenir une femme*. *Je pris la ficelle à laquelle elle était attachée et la fis tourner en l'air autour de moi. Elle volait, riait, mais à un moment son corps heurta le mur, se cassa en morceaux et se colla à* *la peinture écaillée, et petit à petit, morceau après morceau, son corps se détacha et tomba au sol.*

Je regardai longuement tout ça, puis me mis à crier. Les gardiens accoururent, accompagnés d'un médecin qui leur dit quelque chose d'un ton énervé, puis s'approcha de moi et me fit une piqûre dans la cuisse, et tout s'effaça, je dormis plus de douze heures sans rêver. Quand je me réveillai, le monde était devenu incroyablement transparent et précis. Les objets avaient des bords aigus, presque cristallins. J'admirai des morceaux de rouille qui formaient, sur les latrines puantes, des couches fines comme du parchemin. L'amertume s'ouvrait comme une fleur dans mon cerveau, d'un mouvement lent, et elle était belle. Je me souvins d'un jour où, avant l'une de ses nombreuses fuites forcées, mon père m'avait pris avec lui sur la charrette, et nous étions allés pêcher à un lac éloigné. Je surveillais la canne à pêche, mon père était debout à côté de moi, tenant un long bâton avec lequel il éloignait les serpents qui rampaient dans l'herbe. Les vipères disparaissaient dans les roseaux, les couleuvres entraient dans les vagues plates et s'éloignaient à la nage. Nous regardions leurs zigzags dans l'eau. Mon père agitait impassiblement son bâton, alors que les serpents tenus en respect sifflaient et tentaient de résister. J'avais sept ans, et j'avais un dieu à côté de moi. Puis ce dieu fut arrêté et envoyé au bagne. Treize années avaient passé, je suivais désormais ses traces.

L'enquêteur décida visiblement que j'étais prêt, et vingt-quatre heures plus tard, à la tombée de la nuit, on m'emmena à nouveau au premier étage. La discussion fut courte : il m'estimait désormais résigné à tout, mais j'étais toujours dans la même clarté, comme si l'injection n'avait pas un effet provisoire, mais avait renforcé de nouveaux changements en moi. « Vous vous souvenez maintenant ? Parlez-moi des opérations. Sur le territoire partisan de Moguilev-Vitebsk-Lepel, où se trouvaient des unités de traîtres, des milliers de nos compatriotes ont été tués, des centaines de maisons brûlées. C'est vous qui avez tué, brûlé. Vous avez du sang sur les mains, et seuls des aveux sincères et complets peuvent adoucir votre jugement. Il nous faut des détails. » Le monde de verre brillait de tous ses feux, je suivais les changements de couleur d'objets qui ne m'intéressaient pas auparavant : le papier peint jaune, avec des petites fleurs et des frises, le vert rugueux de sa vareuse fraîchement lavée. « Je n'ai tué personne. » L'enquêteur me regarda une minute, ressemblant non plus à un sphinx, mais à un Akaki Akakievitch[1]. Enfin, ayant vu quelque chose qu'il comprenait et devinant de quoi il retournait, il avança sa lèvre inférieure, leva les sourcils d'un air désolé. « Bon, Sergueï Dmitrievitch, dommage, j'aurais voulu recevoir un cadeau de votre part avant de partir en mission, mais ça n'a pas été le cas. On se verra plus tard. »

Bientôt, je me retrouvai devant un autre enquêteur. Il était vêtu d'une chemise blanche et sa veste et ses manières faisaient penser à un ouvrier. Il prit le procès-verbal du premier interrogatoire et commença, d'une voix indifférente, à poser des questions sur tout, commençant par le dulag de Porkhov : les noms, prénoms, quand j'avais quitté les jumeaux, ce que j'avais vu à Velikie Louki. Je dus subir son marmottement pendant six heures, après lesquelles – il était plus de minuit – il fut remplacé par un jeune homme imberbe, qui au début rougissait après chacune de ses questions. Je compris bientôt qu'ils voulaient m'avoir par épuisement, attraper leur suspect endormi sur des points discordants, le pousser à dire des choses qu'on pourrait ensuite faire passer pour un aveu. Je décidai de tenir le coup et de ne pas dormir, la première nuit j'y réussis. La journée, on ne me laissa pas dormir : dès que je m'asseyais sur ma couchette et fermais les yeux, j'entendais un bruit de clés, et les gardiens faisaient irruption, et le soir on m'emmena à nouveau à l'interrogatoire. J'avançai en chancelant, me souvenant où nous étions et quelle était cette caserne. Je fus reçu par un type souriant, luisant, au visage rond, au crâne légèrement dégarni et aux cheveux frisés, qui mangeait les quartiers d'une pomme rouge, et qui, quand je m'endormais, continuait à m'interroger d'une voix égale, puis hurlait d'une voix de fausset pour que je me réveille. Il fut suivi d'un carrousel de divers agents, en uniforme ou non, jeunes et vieux. Les uns étaient plus formels, les autres, plus émotionnels, l'un d'eux m'attrapa au col, j'en poussai un qui m'avait envoyé un coup de poing dans le ventre, mais tous

1. Petit fonctionnaire insignifiant, héros du *Manteau* de Gogol.

avaient, dans les yeux, une haine contenue. Je cessai de signer les procès-verbaux. J'écrivais : « Je ne signe pas. » La troisième nuit, je rêvai qu'Anna m'apportait des vivres dans un baluchon, et au matin, ma tête tombait sur ma poitrine comme celle d'une poupée. J'eus envie de céder, pour partir au plus vite au camp, j'étais prêt à abattre des arbres, tout plutôt que de pourrir dans ce sarcophage au sous-sol, comme l'avait prédit l'enquêteur. Bien sûr, j'avais aussi envie d'une mort instantanée, mais ce n'était pas possible de mourir vite. Il semble que j'étais justement en train de penser à ça quand je m'endormis debout sous la petite fenêtre. Je m'écroulai avec fracas sur le sol, et les gardiens accoururent immédiatement dans la cellule. Ils me secouèrent et me mirent des sels sous le nez. Ce jour-là, aux interrogatoires, je m'efforçai de me taire et de répondre aussi brièvement que possible, parce que je faisais tout le temps des commentaires hors de propos. J'entendais une question au lieu d'une autre, et quand je ne pus plus tenir ni debout ni assis, tout s'arrêta.

Je me réveillai dans ma cellule. J'avais mal dans tout le corps, comme si j'avais marché des kilomètres. Je pouvais à peine mettre un pied devant l'autre, et devais me tenir au bord du châlit. L'ampoule n'était pas allumée, il faisait donc jour. Mais pourquoi m'avait-on autorisé à me coucher ? Espérant que ce n'était pas parce que j'avais laissé échapper les mots dont ils avaient besoin, ou que j'avais accepté les affirmations indispensables au succès de l'enquête, je me mis à manger ma soupe en songeant à quel point ces enquêteurs, ces gars baraqués, se ressemblaient tous. Ils affichaient une assurance indéfectible, et pourtant, on lisait aussi dans leurs yeux : Je suis une victime autant que toi, nous sommes dans la même cage, sous la même loupe, dans la même prison.

Je me souvins qu'alors, vers Kalinine, notre bataillon avait défilé devant le commandement venu inspecter l'école d'officiers. C'était magnifique, d'avancer dans cette masse vibrante, musclée, qui balayait tout sur son passage. Ça atrophiait immédiatement tout sentiment et notre capacité à douter, nous ôtait toute responsabilité pour nos actes. Ce jour-là, je me fondis dans la foule en train de défiler et devins l'une de ses molécules. Repensant aux étranges figures que dessinait la nuée d'étourneaux au-dessus de la Meuse, je compris que les oiseaux pris dans ce nuage ne décidaient rien : ils volaient sans savoir pourquoi ils allaient dans telle ou telle direction. Alors, à Profondeville, j'avais couru avec Émile sur le quai pour voir les étourneaux de plus près, et j'avais été frappé de découvrir que la distance entre deux oiseaux était toujours la même. Quand un mouvement avait lieu, l'attention de chaque membre de la nuée était absorbée par la volonté d'éviter une collision avec son voisin, de conserver la même distance et de suivre le mouvement général. Tout leur instinct, toute leur intelligence d'oiseau travaillaient à suivre la trajectoire du mouvement général. Tout écart par rapport aux autres suscitait un énervement terrible chez les étourneaux. La tâche principale des chefs de troupeau était de faire s'élever ce corps imaginaire dans les airs, après quoi les oiseaux devenaient incapables de penser au but de leur vol, même s'ils le voulaient, et se contentaient à chaque fois de répéter la manœuvre générale sans heurt. Ce qu'ils faisaient ne dépendait que de l'avant-garde, des guides. L'avant-garde pouvait par exemple faire semblant que la nuée était attaquée par des prédateurs, même si lesdits prédateurs tournoyaient en réalité dans le lointain. Tous ces stagiaires, enquêteurs subalternes, jeunes inspecteurs, et le sphinx également, les gardes, les chefs de garnison, et les tchékistes du commandement, les prêtres du parti, tous étaient dans le même énorme troupeau, et défilaient, le cœur léger, uniquement préoccupés de ne pas s'éloigner de la trajectoire générale. La culpabilité, la malignité venaient des chefs qui décidaient de la manœuvre générale. Ils étaient responsables non seulement de la direction du mouvement, mais de chaque oiseau, de sa peur – et c'est pourquoi il était absurde de haïr les membres du troupeau, ils n'étaient que le cou, ou le tronc, ou peut-être la queue de la figure céleste.

Tout redevint comme avant : plus d'interrogatoires, plus de signes de vie dans le couloir. Une semaine plus tard, on vint me chercher pour me conduire au deuxième étage cette fois, dans une pièce étroite, avec une vitre foncée sur l'un des murs. Le gardien me mit les menottes et me prit par le bras. Nous restâmes quinze minutes dans la pièce, puis nous retournâmes au sous-sol. La même procédure se répéta quelques jours plus tard. Après quoi je retrouvai le sphinx. Cette fois-ci, il ne jouait pas de rôle, mais m'ordonna simplement de m'asseoir. Il ouvrit son dossier, et me lut triomphalement : « Lors d'une confrontation l'ancien soldat de la soi-disant Armée nationale populaire russe, de son vrai nom "Unité spéciale de Graukopf", qui dépendait du département des renseignements allemands 2-B du groupe des armées "Centre", Filimonov P.K., a reconnu Soloviev S.D., indiqué son pseudonyme Ross et communiqué que Soloviev S.D. avait été, juste avant l'opération "Berezino-Moguilev", chassé du bureau d'état-major par le commandant de bataillon de la ville de Chklov Gratchev qui criait : "À la prochaine action, tu iras fusiller les partisans dans la forêt", et que lui, Filimonov P.K., a vu Soloviev S.D. recevoir des armes avant l'attaque du détachement d'artillerie. De plus, l'ancien officier de l'état-major central de "Graukopf" Ressler V.A. a également reconnu Soloviev S.D. lors d'une confrontation comme étant Ross Dmitri Sergueïevitch et a témoigné que ce dernier avait pris une part active dans les réunions des chefs du "Graukopf", ne se contentant aucunement de faire des rapports comme l'affirmait le prévenu. Soloviev S.D. lui-même, au cours de l'enquête, a reconnu que, servant dans l'armée hitlérienne, il avait pris les armes… » Sans attendre qu'il m'énonce le corps du délit, qui, bien sûr, équivalait à une trahison militaire, je l'interrompis : « Vous voulez me tuer ? » Il se fâcha : « Qu'est-ce que vous me claironnez avec votre "tuer" ?! On ne va pas vous fusiller, on n'est plus en temps de guerre ! Vous allez travailler pour la patrie, et avec un peu de chance, il y aura encore des remises de peine pour les traîtres. Maintenant, mettez-vous ça dans la tête, c'est votre dernière occasion de reconnaître les faits sincèrement et entièrement, et de vous repentir, et alors, peut-être, on vous donnera dix ans, et pas vingt-cinq. »

Je le regardais et comprenais que, puisque avant, derrière la vitre sombre, il y avait eu Ressler et Filimonov, sortis d'un camp juste pour moi, cela voulait dire que Soloviev S.D. était un trophée tout à fait important pour les tchékistes de Kalinine. Clignant des yeux, je répétai : « Pour quelle raison vous me tuez ? Vingt-cinq ans, c'est le pire des meurtres à petit feu. Je suis rentré au pays. J'ai refusé de me battre pour eux. Vous entendez, je ne me suis pas battu, j'ai refusé de me battre, et j'ai failli être fusillé pour ça ! » En disant cela, je le regardais dans les yeux, voulant comprendre comment il tranquillisait sa conscience. Le sphinx cria, hors de lui : « Pour quelle raison ?

Quelle raison, putain de merde ? Pour la raison que ton peuple a souffert, perdu des hommes, s'est traîné dans les tranchées, est tombé d'épuisement dans les usines pendant que tu bouffais à la cantine des nazis ! Que tu embrassais la crosse de Hitler ! Connard, tu dois être fou de reconnaissance d'écoper de vingt-cinq ans, et pas de la potence. » Rouge, suant, il trompetait, et si j'avais eu un pistolet, j'aurais vidé tout le chargeur sur sa vareuse, et en fait sur mon malheur, mon erreur, sur moi qui avais si mal disposé de l'amour que j'avais reçu dans mes bras.

Exténué, vide, anéanti, je fus transféré dans une cellule de sept détenus, et m'efforçai, pendant tout le temps que je partageai avec mes camarades, de rester silencieux. Il y avait des prisonniers de droit commun, qui tous, comme ma voisine de la rue Novozavodskaïa, avaient volé des bricoles, dérobé quelque chose sur leur lieu de travail, et se préparaient à sept ans de camp. Cela dit, nous avions aussi un assassin, un manœuvre chargé de verser l'eau de la patinoire dans le parc, qui avait essayé de coincer une patineuse attardée dans les vestiaires et, rendu fou par sa résistance, l'avait frappée plusieurs fois sur la tête avec la barre servant à casser la glace. L'assassin était le plus calme de tous. Pour l'anniversaire de la révolution, on nous fit tous sortir, et nous nous retrouvâmes dans une cellule plus grande, mais nous n'eûmes pas l'occasion de nous réjouir longtemps : une chaudière ronflait de l'autre côté, et en quelques minutes, il fit si chaud que nous avions l'impression qu'on nous cuisait. Ce n'est que six mois après le dernier interrogatoire, un jour d'hiver glacial, qu'au lieu du petit-déjeuner on m'ordonna de me préparer pour le jugement. Un tribunal militaire mobile était arrivé de Moscou.

Je n'eus pas à aller loin, la salle d'audience était dans le même bâtiment. La lumière blanche qui pénétrait par la fenêtre m'aveugla. La neige était tombée, elle recouvrait aussi les bouleaux dans la cour. J'aperçus un morceau de rue et de trottoir, sur lequel couraient des passants, exhalant des volutes de vapeur. Le juge lut la sentence : « Comme il ressort des matériaux de l'enquête préliminaire et judiciaire, le prévenu Soloviev Sergueï Dmitrievitch (dit aussi Ross Dmitri Sergueïevitch) a reconnu pendant les interrogatoires être en substance coupable de trahison envers la patrie et a avoué que, pendant son service au sein de l'armée allemande, il avait effectué non seulement des tâches de secrétaire auprès du commandant du bataillon de la ville de Chklov, mais également un rôle de garde, et qu'il avait participé à des attaques contre les détachements de partisans. Il n'a pas tenté de rejoindre les partisans ni les troupes de l'Armée rouge. Soloviev a rejoint l'unité spéciale "Graukopf" parce qu'il était mal nourri dans le camp pour prisonniers de guerre. La culpabilité de Soloviev est confirmée par les témoins Ressler et Filimonov, qui ont déclaré que le prévenu avait servi dans les rangs nazis, y compris dans la lutte armée. Ainsi, les documents du dossier pénal montrent que les actions commises par Soloviev relèvent de l'article 58-1 "b" du Code pénal de la RSFSR car, faisant partie d'un corps actif de l'Armée rouge, il a trahi la patrie et s'est battu volontairement du côté de l'ennemi. Sur la base de ce qui précède, le tribunal a décidé de reconnaître Soloviev Sergueï Dmitrievitch, né en 1916, coupable d'actes punis selon l'article 58, point 1 alinéa b, et de lui appliquer une peine de vingt-cinq ans d'emprisonnement, avec exécution de la peine dans le système des camps spéciaux de la direction principale des camps du ministère de l'Intérieur[1]. »

L'un des passants s'immobilisa et se mit à fouiller du regard la fenêtre de la salle d'audience. M'ayant semble-t-il remarqué, il leva timidement la main et se mit à l'agiter, comme s'il tenait un mouchoir invisible. J'avançai le cou pour mieux le voir, et ne m'étonnai pas du tout de découvrir qu'il ressemblait à mon père.

1. Direction principale des camps : Glavnoe OUpravlenie LAGuereï, ou GOULAG.

7

La ville s'étalait au pied de la montagne comme une scène entourée d'un amphithéâtre de pierre. Du haut de la Medvejaïa, le sommet le plus élevé de la chaîne, les éperons rocheux et les éboulis dégringolaient vers la vallée ; des tuyaux, drains et câbles bordaient d'un ruban noir la route sinueuse où passaient les poids lourds avec le minerai. Le centre-ville était troué par un lac. Au-delà des quartiers périphériques, la vie s'arrêtait, faisant place à une toundra accidentée, parsemée de petits talus et veinée de ruisseaux au bruit ininterrompu, qui s'étendait jusqu'à la chaîne de montagnes suivante marquant la fin de la vallée. Derrière ces montagnes, les routes et les bâtiments disparaissaient tout à fait, on pouvait voler pendant trois heures sans rien trouver sous les ailes de l'avion, que les veinules bleues de lacs et de cours d'eau et les taches ocre de lichens. En hiver, ces espaces plats se transformaient en une infinité blanche, sur laquelle transhumaient les Nganassanes, les Nénètses et les Dolganes, qui savaient, à un bâton dépassant d'un tas de neige ou un pli invisible du relief, non seulement s'orienter, mais aussi déterminer le point précis où ils se trouvaient. Le fleuve Enisseï coulait vers le nord, passant par la péninsule du Taïmyr, et son seul port avant de se jeter dans l'océan Arctique était Doudinka. Le port était relié à la ville par le fil d'un chemin de fer, qu'encadraient des panneaux de protection contre la neige évoquant des potences.

Norilsk était divisé en deux parties. L'une, basse, délabrée, faite de baraques et de maisons en moellons, avait été construite vingt ans auparavant, quand on avait prospecté les premiers filons de nickel dans les montagnes. La deuxième partie était toute récente : des immeubles en brique de plusieurs étages, construits sur pilotis, avec des appartements spacieux et une vaste cage d'escalier où l'on pouvait danser, et toujours plus d'usines. Les plus importantes d'entre elles, le combinat de métallurgie, l'usine d'enrichissement, avaient été montées par des unités du camp ordinaire, sous la direction d'ingénieurs sous contrat, ou, comme on les appelait ici, de « casiers vierges ». Quant aux usines qui ne renfermaient aucun secret, elles avaient été construites par des prisonniers politiques du camp spécial, qu'on appelait Gorny, le camp de la montagne, même si un seul de ses secteurs se trouvait en altitude. Des cinq autres secteurs, le disciplinaire était en pleine toundra, et le secteur du bagne, c'est-à-dire à régime sévère, se trouvait à l'écart, et construisait l'usine de ciment. Les trois derniers secteurs, situés en périphérie de la ville, travaillaient à la construction de l'usine de briques et des quartiers d'habitation. Les habitants avaient peur des criminels de droit commun et n'aimaient pas les politiques, dont les colonnes passant dans les rues exhalaient un danger différent, vague, mais définitif. Beaucoup nous appelaient « les nazis ». L'hiver, par – 30 °C, nous traversions la ville en colonnes, escortés par des hommes à galons bleus avec des chiens, chancelant et cachant nos visages derrière des morceaux de contreplaqué pour ne pas geler. Certains se cousaient des masques avec leur serviette ou leur linge de corps, les remplissaient de ouate et défilaient comme des démons dans un carnaval chinois. Le premier hiver, à mon arrivée à Norilsk, des nuages de vapeur dansaient dans la lumière jaune des projecteurs, les colonnes tapaient des pieds, moroses, l'obscurité violette de la nuit polaire surplombait tout cela, et j'eus l'impression que le soleil ne se montrerait plus jamais dans ce coin de Terre, qu'il accrocherait ses protubérances derrière les monts Byrranga et y resterait coincé. En été, au contraire, il ne quittait jamais la voûte céleste, empêchant de dormir même ceux qui étaient mortellement fatigués. Le soleil de minuit réchauffait à peine, mais après neuf mois glacés, quand on s'était changé en quelque chose d'engourdi, de rabougri par la terreur du froid, c'était un cadeau de pouvoir regarder ce soleil et de sentir ses faibles rayons sur sa peau.

Nous vivions tous dans des baraques, sauf le Quatrième secteur, dans lequel on me plaça au début, qui avait droit à une maison de brique avec un étage. Cela dit, il était organisé exactement comme une baraque ordinaire, hormis le fait qu'il avait des tuyaux de chauffage. Les lavabos étaient dans l'entrée, une longue table occupait le milieu, où l'on mangeait la soupe et discutait de tout. Les châlits à étage et l'odeur des matelas rappelaient Natzweiler. Beaucoup d'autres choses y faisaient penser, comme si toutes ces baraques avaient été imaginées et construites par les mêmes personnes : l'horaire de la journée, la queue aux lavabos, où l'eau gelait pendant la nuit, la cuisine avec les cuisiniers qui jouaient toujours à « laisse le plus épais au fond et garde-le pour les tiens », l'appel d'une heure, pendant lequel on gelait et dansait d'un pied sur l'autre, les fouilles au retour du travail. Surtout, tous les secteurs de Gorny étaient composés de la même Internationale que chez les nazis. Les cuisines étaient tenues par des Géorgiens et un pilote iranien dont l'avion avait été abattu au-dessus de l'Azerbaïdjan au début de la guerre ; ils nous servaient toujours la même chose : six cents grammes de pain, deux cents grammes de bouillie, dix grammes de sucre avec le thé et du hareng. Les plus nombreux, parmi les détenus, étaient les Ukrainiens et les Russes, il y avait un peu moins de Lituaniens, pas mal d'Allemands de la Volga, de Polonais et de Biélorusses, et même une toute petite minorité de Japonais, Lettons, Tchèques, Coréens, Roumains. Un peu avant mon arrivée, on avait commencé à donner un salaire en liquide de cent roubles par mois, mais on ne pouvait dépenser cet argent que dans une petite échoppe, en nourriture et tabac. Pour le reste, c'était un régime strict, qui nous coupait encore plus du monde, quand celui-ci nous semblait déjà, dans ces parages, un rêve. On n'avait le droit d'écrire des lettres qu'une fois tous les six mois. Les baraques étaient fermées pour la nuit, il y avait des barreaux aux fenêtres. Seule la maison de la culture offrait une forme de vie : elle était un peu plus large et haute que les baraques, les Ukrainiens y préparaient une représentation de l'opéra *Nazar Stodolia*, et les Lituaniens avaient récupéré des instruments à vent et répétaient des pièces d'orchestre.

Non loin de notre secteur se trouvait le Sixième secteur, celui des femmes. Elles allaient plus souvent travailler en ville que sur des chantiers. Les jaloux, qui avaient perdu *la libido** à force de tristesse, de froid et de mauvaise santé, affirmaient que la direction avait volontairement organisé les corvées pour permettre aux gardes de s'amuser illégalement. Par exemple, un gardien, sur le mirador, se mettait d'accord avec une fille se promenant en bas, puis l'attendait dans l'entrée d'une maison d'habitation non loin de son lieu de travail, ou même à la caserne. Certaines filles se retrouvaient effectivement avec des conserves américaines – du fromage fondu dans des boîtes rondes, voire du jus d'ananas. Certaines héritaient de chocolats « prise de guerre », avec des svastikas sur le papier d'emballage. Mais les rendez-vous dans les cages d'escalier ou dans les loges du concierge de nouveaux immeubles, ou parfois encore dans des bâtiments en construction, se passaient entre détenus. L'une de ces coupables sortit d'un immeuble, refermant sa veste ouatinée et remettant son châle ; un garde chargé de surveiller une équipe nettoyant la neige dans la rue l'aperçut et l'appela. La jeune fille, qui faisait sans doute partie d'une autre équipe ou d'une autre colonne, et qui comprit qu'elle serait punie, partit dans la direction opposée. Le gardien leva son fusil, visa et appuya sur la détente. La scène eut lieu à un arrêt de bus. Ce n'était pas exactement des bus, mais d'anciens camions-bennes des carrières, avec une benne basculant sur le côté, des vitres renforcées très troubles et un plafond bas, et toute la foule des citadins qui s'apprêtait à monter dans ce chaudron s'éloigna soudain des portes, se mit à tâter le pouls de la jeune fille et à engueuler le soldat, qui se tenait, hébété, devant le corps encore tiède, conservant des traces de relation intime. Son amant se cachait visiblement dans les étages supérieurs. La porte de l'immeuble ne bougea pas.

Les *prisonniers** se mettaient d'accord pour les rendez-vous amoureux de la façon suivante. Les équipes se rencontraient souvent devant la zone de travail, même si elles ne travaillaient pas ensemble, et quand elles se croisaient, elles échangeaient des messages qu'elles jetaient sur la bande de neige entre les colonnes qui avançaient. Les colonnes se rapprochaient, et quelqu'un se hâtait de ramasser le message avec un numéro ou même un nom – s'ils avaient eu le temps de faire connaissance – et le lieu du rendez-vous. Les messages amoureux tombaient pourtant rarement sur la neige, il y avait tout de même un risque ; on avait beaucoup plus de chances de ramasser un message d'énumération de péchés. Les prêtres, et ils étaient plusieurs dizaines à être détenus, de courants différents, recevaient ainsi les confessions. Les *prisonnières** inscrivaient leurs mauvaises actions ou passions sur des bouts de papier et les lançaient sur le chemin. On n'osait pas écrire son nom, il n'y avait que les péchés et le numéro de matricule, les pères retenaient tout ça et brûlaient le papier dans un poêle. Au trajet suivant, les femmes qui avaient jeté un papier disaient la prière d'avant la confession en articulant silencieusement, montraient leur numéro du doigt, et le prêtre faisait un signe de croix discret, après quoi les colonnes partaient travailler chacune de leur côté.

Mon voisin, le père Kaspar, un prêtre polonais ou lituanien – il acceptait les deux variantes –, souffrait de ces numéros qu'il avait de la peine à garder en mémoire, et faisait simplement une prière générale pour l'absolution des péchés. Une fois par semaine, notre coin de chambre réunissait les catholiques, et Kaspar servait la messe. À côté, nous avions préparé un échiquier avec un problème de stratégie, pour que, en cas d'entrée d'un gardien, ils puissent faire semblant d'étudier une fin de partie. Je m'occupais de mettre en place le problème, parce que seul l'un d'entre eux savait jouer, d'ailleurs à un niveau très primitif. Au début de la guerre, Kaspar avait franchi la frontière soviétique avec des fuyards polonais dans la région de Lida, et avait été rapidement arrêté comme espion américain. Parmi ses paroissiens actuels, il y avait un chef d'équipe du nom d'Evgueni, qui avait été fait prisonnier de guerre un an après moi et avait participé aux actions du fameux général Vlassov dont on avait parlé à l'état-major d'Osintorf. Evgueni s'était étonnamment attaché au prêtre – j'avais l'impression que celui-ci, avec ses cheveux gris, son haut front, sa tête toujours prête à se pencher pour écouter, lui rappelait son père. Evgueni apportait à Kaspar des demi-portions supplémentaires de bouillie, et une fois, ayant déniché une croix, il lui demanda de la bénir, et ne manquait jamais de se signer quand il la mettait. Si l'un des voisins en riait, il hurlait : « J'vais te déchirer les entrailles ! » Un mois plus tard, plus personne ne se moquait d'Evgueni, mais il avait de plus en plus souvent l'impression de voir des ennemis, et de devoir défendre sa foi. Ainsi, il lui sembla un jour que deux Lituaniens qui avaient caché leur bouche derrière la main se moquaient de lui, et il leur colla une amende pour mauvais travail. Les Lituaniens, furieux, guettèrent Evgueni avec un marteau géologique. Un sang noir s'écoula lentement de la tête du chef d'équipe. Les assassins essuyèrent la croix souillée, et la rendirent à Kaspar, sachant qu'il était en rupture de stock. En guise d'agneau, le père Kaspar coupait une portion de pain de la prison sur un gros cadran de montre[1], et le vin était du raisin sec volé qu'il écrasait, un verre à facettes servant de calice.

Tels étaient le camp et la ville où j'avais sombré comme une pierre dans l'eau. Pendant le trajet, d'abord en wagon jusqu'à Krasnoïarsk, puis en péniche sur l'Enisseï, j'étais déjà complètement accablé, éteint. Avant le train, dans le camp d'étape, une bande de prisonniers de droit commun s'était constituée, ils étaient reconnaissables à leurs gestes, leur façon de s'accroupir bien bas et de tirer sur leur cigarette, qu'ils tenaient comme un peintre tient son pinceau avant de le poser sur la toile. D'autres étaient également accroupis, mais plus haut, comme s'ils avaient déjà préparé une jambe pour bondir en cas de bagarre. Je ne m'asseyais pas du tout, et n'avais toujours pas appris à fumer, ce qui fit immédiatement de moi un paria. Je fus sauvé par l'arrivée de quelques dizaines de prisonniers politiques, qui se réunirent en attendant d'être emmenés au bagne, et je me joignis à eux. Étant donné que les forces étaient égales, les voleurs ne s'attaquèrent pas à nous. Dans le wagon à barreaux, j'entendis leurs disputes, discordes, bagarres – les anciens éduquaient les nouveaux. Après la mauvaise soupe, je sentis la nausée monter, et quand on m'escorta aux latrines, je les vis, amollis par la chaleur, assis le dos appuyé contre la paroi du wagon. L'un d'eux, malingre, avec des yeux transparents de mouton et un sourire fuyant, avait sous mes yeux terrassé d'un coup un adversaire

1. L'agneau : le pain consacré. Le cadran de montre figure le *diskos* (patène) de l'église.

baraqué ; un autre, le bras tordu, crachait constamment, comme s'il voulait dessiner autour de lui un cercle le protégeant des mauvais esprits ; un troisième, aux cheveux gris, la tête grosse, la mâchoire saillante, fixait de ses petits yeux ronds et carnassiers les barreaux tordus de la grille du couloir, où la fenêtre faisait une tache claire. Leurs têtes de vampires se balançaient au rythme du train. Des gémissements passaient par l'ouverture menant à l'étage des couchettes, on y avait visiblement fourré les malades, qui souffraient de la chaleur sous le toit de fer, pendant que les bandits se reposaient en bas. Dans notre partie du wagon, on se demandait où on nous emmenait. Sur les autres thèmes, deux phrases suffisaient : j'étais à la guerre, fait prisonnier – physicien, cosmopolite –, j'avais déjà été condamné, j'étais suspect. Ma nausée se calma quand le train franchit l'Oural, mais la chaleur devint à nouveau intense, la nourriture, à nouveau infecte, et nombreux étaient ceux qui vomissaient dans un coin, sans avoir eu le temps d'appeler un gardien. C'est ainsi, dans la puanteur et la tête lourde, que j'arrivai à Krasnoïarsk.

Les vampires reprirent vigueur dans la péniche à moteur diesel *Staline*, dans laquelle notre convoi à barreaux fut chargé. Le transfert ne dura pas longtemps. Assis sur l'herbe brûlée par le soleil en attendant d'être poussé sur le bateau, je regardai les montagnes hautes, arrondies, couvertes de sapins sur l'autre rive de l'Enisseï, puis, entouré de la fraîcheur du fleuve, je me couchai sur le sol. Partout et toujours, la terre me donnait des forces, et elle m'en donna à ce moment : je n'avais pas dormi aussi profondément depuis ma dernière nuit d'avril à la rue Novozavodskaïa. Les rêves, ayant senti ma haine, avaient disparu, et pendant tout le trajet, j'avais sombré chaque nuit dans une sorte de mine de charbon. Le cri des gardiens me réveilla, je me levai à contrecœur, passai ma main sur ma joue fripée par l'herbe et montai sur la passerelle. Cette fois-ci, on ne sépara pas les politiques des droit-commun, nous nous couchâmes tous pêle-mêle sur des châlits montés à la hâte. Les voleurs se mirent immédiatement à voler le pain sec, et très vite tout le monde se mit à soupçonner et à détester tout le monde – les ouvriers pris pour avoir dérobé toutes sortes de bricoles dans leur usine, les kolkhoziens qui avaient piqué du grain dans les sacs du kolkhoze, les politiques, les citadins, les meurtriers analphabètes, les voleurs zézayant. Je compris ce que réussissait mieux que tout la force noire qui s'avançait de derrière la forêt : non pas simplement à tuer, par la faim et les camps, des myriades d'innocents, non pas seulement à instituer des relations spéciales avec les nazis puis à soumettre son malheureux peuple à une tuerie sanglante, mais encore à s'attaquer à tous ceux qui avaient réussi à survivre, en s'arrangeant pour qu'ils se soupçonnent mutuellement et aient peur les uns des autres.

Les vols continuèrent jusqu'au moment où les Ukrainiens attrapèrent un des voleurs et le passèrent à tabac. Ils n'étaient pas si nombreux dans notre cale, peut-être une dizaine, mais ils se mirent en rang devant les voleurs, et tout le monde comprit qu'ils représentaient une vraie force. Certains voleurs sortirent leurs couteaux. J'étais assis en bas d'un châlit juste entre eux, et je n'avais pas peur. Autrefois, je pensais que j'étais prêt à mourir, mais je me mentais, tandis qu'à présent je sentais que j'étais prêt pour de bon. À part les instincts, rien ne défendait ma vie, aucun recoin où j'aurais pu me cacher, et je ne pensais pas au passé. Le passé avait perdu toute signification, je ne pouvais pas y trouver une consolation du présent, et encore moins de ce qui m'attendait. Si je touchais, même très légèrement, à n'importe quel instant heureux, n'importe quel souvenir cher, j'avais l'impression de remuer une blessure béante. C'est pourquoi, en apercevant la horde qui se préparait à attaquer, je me levai sans mot dire et mis mon épaule gauche contre l'épaule du dernier Ukrainien du rang, avançant mon épaule droite pour faire croire que notre groupe formait un demi-cercle. Quelqu'un d'autre se joignit à nous. Les voleurs, à contrecœur, regagnèrent leurs couchettes, et se contentèrent, jusqu'à la fin du trajet en péniche, de nous faire quelques petites misères, comme de déféquer dans une gamelle et de l'envoyer dans la partie des « nazis ». Ils savaient que le bateau était rempli d'Ukrainiens envoyés à Norilsk du camp spécial de Karaganda, où l'on avait eu peur de garder au même endroit une grande quantité de nationalistes et de rebelles.

Après le massacre évité, le meneur ukrainien me regarda, mais ne s'approcha pas. Nous fîmes connaissance plus tard. Il dit s'appeler Luka, mais les autres le nommaient « l'instituteur », et parfois « le Praguois ». Il m'expliqua qu'il avait étudié les langues à l'université de Prague, et avait travaillé comme directeur d'école à Lvov. D'après son récit, deux ans plus tôt, quand le commandant de l'armée insurrectionnelle de Choukhevytch était mort, les tchékistes avaient trouvé des listes de nationalistes. Luka avait été guide de l'armée dans la région de Chełm. Presque tous les rebelles retrouvés selon cette liste avaient été envoyés à Karaganda. Dans ce camp en pleine steppe, ils avaient formé une sorte d'unité de combat. Tandis que les Russes, les Tatars ou les habitants de la Volga restaient dispersés, ne se rassemblant qu'entre amis, les Ukrainiens, les Caucasiens, les Baltes et les Biélorusses se regroupèrent immédiatement. Et quand les chefs du steplag[1] truffèrent les baraques de mouchards, les premiers à les combattre furent les nationalistes. Le chef des Ukrainiens était un vétéran du front, un officier des renseignements du nom de Slava Nagoulo, qui avait été arrêté à cause de lettres imprudentes. Luka Pavlichine me le présenta. C'était un homme petit et râblé d'une quarantaine d'années, le front légèrement dégarni, les épaules tombantes, et des mains aux veines saillantes. Dans son regard, le mépris s'était répandu et figé comme de la résine. Dans tout ce qu'il disait, il n'y avait aucune pose, aucun parti pris – rien, sauf le désir de liberté, et le fait qu'il était prêt à étrangler tout homme qui se mettrait entre lui et elle. Quand les voleurs de notre compartiment s'unirent avec leurs voisins pour attaquer les politiques, qui ne s'unissaient avec personne au fond du compartiment, leur avant-garde reçut, en passant devant les châlits ukrainiens, quelques coups de couteau artisanal sous les côtes. Les autres tentèrent de faire demi-tour, mais durent subir les poings des Ukrainiens, qui avaient sauté de leurs couchettes. En quelques minutes, tout était fini. L'odeur cuivrée du sang ne resta pas longtemps dans l'air : les Ukrainiens l'essuyèrent avec les chiffons qui leur tombèrent sous la main, et traînèrent les morts et les K.-O. vers les latrines. Ils faisaient exactement la même chose avec les mouchards du steplag. C'était d'ailleurs la raison pour laquelle le chef du camp avait décidé de refiler les nationalistes à son collègue de Norilsk. Il avait visiblement bien su trouver le moment, et était habile dans les jeux politiques, parce que

1. Abréviation de « camp des steppes », *stepnoï laguer.*

l'autorisation d'envoyer les combattants au nord du cercle polaire fut reçue très rapidement.

Les Ukrainiens restaient entre eux, et je fus l'unique non-Ukrainien avec qui ils discutaient tant soit peu. Un jour, on amena devant Pavlichine un compatriote du nom d'Evguen, lui tordant presque les bras dans le dos. Evguen était pacifiste, et au steplag déjà, il incitait les autres à convaincre les mouchards avec des paroles, et non avec des couteaux. « Vous en tuerez un, deux, et après quoi ? demandait-il. Le soir vous l'avez tué, et au matin vous partez travailler pour le pouvoir bolchevique. Vous ne combattez pas au bon endroit. » Au début, tout le monde se moquait d'Evguen, puis on se mit à polémiquer avec lui, puis on le condamna deux fois à mort. Sa position était d'autant plus mauvaise que, à la fin de sa scolarité, il avait été agent de liaison dans l'organisation des nationalistes ukrainiens (la faction de Melnyk, un peu moins violente que celle de Bandera), et que, la guerre terminée, il avait été appelé dans l'Armée rouge et avait combattu quelques mois en Ukraine occidentale. Il avait été bien sûr retrouvé et arrêté pour avoir tenté d'aider les nationalistes, mais en joignant à ça ses positions non violentes, Evguen semblait suspect à ses compatriotes. « *Cho z nim robiti ?*[1] » demandèrent les hommes à Pavlichine. Il eut un petit rire : « Un officier ? Eh bien, il n'a qu'à rester avec nous, nous manquons de connaisseurs de la stratégie militaire. Que penses-tu d'une grève contre les violences des droit-commun dans tous les camps à la fois ? » Gritsiak, c'était le nom de famille d'Evguen, répondit qu'il était difficile de monter une telle grève et qu'il valait mieux s'unir dans un seul camp et obtenir la justice : la nouvelle se répandrait alors d'une façon ou d'une autre aux autres camps, et les frères y comprendraient eux-mêmes comment agir. Pavlichine hocha la tête avec approbation : « C'est ce qu'on fera. On n'attendra pas la Troisième Guerre mondiale pour être libérés. »

Les heurts avec les voleurs obligèrent les autres prisonniers à s'unir. Le jeune médecin Konstantin et le violeur Koptev voulaient percer le revêtement du *Staline* et faire un trou dans sa paroi pour sauter à l'eau et nager jusqu'au rivage

1. « Que faire de lui ? » (en ukrainien).

avant que la péniche ne soit trop loin. Le médecin proposa à notre compartiment de s'évader, mais, sachant que l'Enisseï était large d'un kilomètre, tout le monde l'envoya paître. Les fuyards firent, semble-t-il, réellement un trou dans la paroi, mais n'osèrent pas sauter. Quand la péniche arriva à Doudinka, le froid était déjà hivernal, même si nous n'étions qu'au début de septembre. Tandis qu'on nous poussait sur le long débarcadère, des flocons nous tombaient sur le visage. À travers la tempête de neige, on voyait les taches noires de hangars et de maisons. Dans les baraques d'étape, on nous rasa, nous prit nos habits pour les désinfecter à la chaleur, puis on nous fourra dans des wagons à charbon, et on nous emmena, sur une voie étroite, à travers une plaine où s'élevaient de rares bouleaux tordus. L'averse neigeuse avait cessé, mais il faisait toujours aussi froid, et je désespérais : je ne tiendrais pas deux ans ici, sans même parler de vingt-cinq.

Je me sentis un peu mieux quand notre groupe arriva à Norilsk et fut logé dans le Quatrième secteur, un morceau de toundra entouré d'un double rang de barbelés, avec des baraques, une infirmerie, un hangar, une cantine, un cachot et une « maison de la culture ». Ce morceau avait été inclus dans les frontières de la ville, à deux cents mètres d'un chantier où l'on construisait de nouveaux immeubles. Pour arriver au chantier, il fallait vaincre la boue infranchissable entre le portail des zones d'habitation et d'exploitation, c'est pourquoi les nouveaux venus recevaient avant tout des bottes, des pantalons et une veste matelassée. Sur le dos de la veste, nous devions coudre un morceau de tissu arborant notre matricule composé d'une lettre et de trois chiffres. Les gardiens appelaient les « nazis » par leur matricule. Je contemplais mon nouveau trousseau quand on m'appela par mon nom. Je ne reconnus pas immédiatement cet homme malhabile qui ne savait pas où mettre ses énormes mains, et je ne l'identifiai qu'au dessin des pommettes et aux yeux. C'était Karatovski.

Nous nous éloignâmes un peu des autres et nous saluâmes prudemment. « En ma qualité d'ingénieur expérimenté, j'ai été nommé chef d'équipe, dit-il, montrant un groupe d'immeubles où les fenêtres n'étaient pas encore installées.
– Eh bien, répondis-je, je vous félicite pour votre poste de cadre. Vous n'avez pas pu réaliser vos rêves d'éliminer un

peuple dégénéré de la face de la Terre ? » Karatovski se rembrunit et allait partir, mais je le retins. « Ne vous fâchez pas, s'il vous plaît. À l'époque, vous m'avez sauvé, et je vous suis très reconnaissant. Je suis récemment rentré de Belgique, et j'ai repensé à notre discussion et à votre idée sur les gens irrémédiablement pervertis, et je dois vous dire que j'étais parfois prêt à vous approuver sur beaucoup de points. » Il me demanda d'où j'avais été rapatrié, et la discussion reprit tant bien que mal. Pendant une année, l'Armée populaire, qui avait participé aux opérations des SS, avait été transformée en bataillon et envoyée sur le front ouest se battre contre les Alliés, tandis que les officiers étaient détachés près de Pskov, où le fameux Vlassov formait sa nouvelle Armée de libération russe. Il fut rejoint par Jilenkov et Gratchev. Karatovski perdit les autres de vue. Il était resté comme traducteur dans l'un des états-majors de l'Abwehr, se trouvait près de Berlin au moment de la capitulation, avait mis des habits civils et, jetant ses papiers d'identité, s'était enfui à l'Ouest. Arrivé à Aix-la-Chapelle, il avait été capturé par les Anglais et interné dans un camp de personnes déplacées. À l'automne, ils avaient commencé à livrer tous les Soviétiques, à part les Ukrainiens occidentaux et les Biélorusses, et encore les Baltes, et Karatovski avait fait semblant d'être ukrainien, achetant pour cent cinquante marks une carte de membre de l'armée d'insurrection non remplie. Dieu sait comment il avait pu faire une photo d'identité et la coller dans le document. Les Anglais, cela dit, ne se compliquèrent pas la vie, et le confrontèrent au chef des Ukrainiens, à qui Karatovski n'osa pas demander de l'aide, craignant que celui-ci le dénonce comme étranger à l'administration afin de récupérer le billet pour l'un de ses hommes. Le chef ne l'aida pas, et après avoir essayé de lui poser des questions en ukrainien, avait hoché négativement la tête : C'est un Russe. Karatovski avait été mis dans un camion et envoyé en zone soviétique. Il y fut reçu par les hommes du contre-espionnage, qui avaient récemment parcouru les dossiers sur microfilm de l'état-major de l'Abwehr où travaillait Karatovski. « Vous savez, me dit Karatovski, j'ai moi aussi souvent repensé à notre discussion, et je crois que j'ai compris ce que vous vouliez dire à l'époque : il faut refuser d'être soumis à un pouvoir, pas seulement s'il est mauvais, cela vaut pour tous les pouvoirs.

Il ne faut croire en rien entièrement… » Une sirène retentit, appelant au travail, et il se prépara, promettant de tenter de me prendre dans son équipe.

La semaine suivante, les Ukrainiens furent interrogés, tandis que tous les autres nouveaux arrivés balayaient la zone d'habitation et peignaient l'infirmerie. Je croisai Nagoulo, les pantalons absolument trempés, et lui demandai ce qui s'était passé. Il me grommela, contenant sa rage, qu'on les avait obligés à attendre une inspection plusieurs heures les pieds dans les marais – mais ce n'était pas le pire : certains avaient été torturés. Les Ukrainiens avaient convenu entre eux de tenir jusqu'au bout et de se soumettre à tous les caprices sans répondre aux provocations des agents du KGB, qui n'attendaient qu'un bon prétexte pour les passer par les armes. Ayant ainsi effrayé les « suppôts de Bandera », les VOKHR – comme on appelait les gardiens, même s'il s'agissait plutôt de troupes militaires que d'une garde armée[1] – décidèrent que les hommes de Karaganda n'avaient rien de rebelles inflexibles, et cessèrent les brimades.

Karatovski tint parole, et m'enrôla dans son équipe comme géodésien. L'équipe forait et faisait fondre la terre gelée, creusant dans la roche sur une épaisseur d'au moins un mètre, pour que le pilotis de quinze mètres réussisse à s'accrocher tant bien que mal. Nous tombions souvent sur des poches d'eau ou des blocs de granit ou de basalte et, tant que la station de permafrost ne put pas faire des sondages tous les dix mètres au lieu de cent, nous devions sans cesse changer nos plans de construction. Chaque immeuble était posé sur des pilotis, et tous ses tuyaux d'eau et de gaz étaient soit installés à l'étage inférieur formé avec ces mêmes pilotis, soit fixés sur la façade. L'assistant de Karatovski m'avait alloué un théodolite et un niveau, et depuis je traçais des axes, mesurais des angles, par exemple, en calculant quel pilotis devait être coupé de combien. Après les travaux de terrain, je passais à la direction corriger mes calculs et dresser les plans. Le chef d'équipe venait également y faire signer des documents et préciser quelques détails, et nous nous asseyions à la table bancale et discutions. « Vous comprenez, m'expliquait Karatovski, qui s'était convaincu que je n'étais pas un mouchard, Norilsk n'est pas si bien gardé. En planifiant

1. VOKHR : garde armée du KGB, utilisée notamment pour surveiller les goulags.

suffisamment, on peut s'échapper des secteurs de la périphérie, où l'on va travailler à des kilomètres. Mais il n'y a nulle part où aller. À pied, on arriverait dans la toundra, ou au sud, à la taïga, et les Dolganes, dès qu'ils voient un fugitif, le livrent immédiatement pour toucher une prime. On ne peut pas non plus prendre une barque, l'Enisseï est un fleuve difficile, et la ville la plus proche est à presque deux mille kilomètres. Les bateaux, avant de quitter Doudinka, sont fouillés avec des chiens. Le plus sûr, ça serait l'avion, mais ils gardent l'aéroport comme la prunelle de leurs yeux. Nous avons essayé de nous mettre d'accord avec les Ukrainiens pour préparer un plan commun d'attaque de l'aéroport. L'idée était d'envoyer un avion en Amérique avec un groupe doté d'informations précises sur ce qui se passe dans les camps de tout le pays. » Je l'interrompis : « Qu'entendez-vous par "nous" ? » Karatovski me regarda : « Dans notre secteur, nous avons déjà deux pilotes. Les voici. Ou, par exemple, Dikarev. Vous n'avez pas encore fait sa connaissance ? Un officier de l'armée tsariste, soit dit en passant, expérimenté, qui n'a pas froid aux yeux. Mais quelle importance : tout s'est effondré quand nous avons commencé à étudier les détails. Ni nous ni les Ukrainiens ne sommes parvenus à trouver un moyen de nous emparer rapidement d'un avion, de faire le plein, puis de décoller, tout en gardant le secret tant qu'il n'aurait pas parcouru trois mille cinq cents kilomètres jusqu'à l'Alaska, et en évitant qu'il tombe sur des bombardiers aux frontières. » Je sortis réfléchir à ce que j'avais entendu, calculai toutes les distances, les vitesses, et compris qu'en effet, même par les airs, il était impossible de s'échapper et de rester entier. « Soyez discret, me prévint Karatovski, nombre de vos voisins sont des mouchards qui renseignent la direction du camp. »

L'automne polaire, avec sa courte explosion de couleurs d'un millier de mousses et de lichens rouges, orange, grenat, déclina rapidement. Il se mit à neiger, on nous donna des bottes de feutre. La lumière du soleil devenait de plus en plus rare, le jour ne raccourcissait pas comme sur le continent[1], à grands pas, mais d'un coup : le soir, la veille encore

1. Les habitants de Norilsk, si éloignés des autres villes (encore aujourd'hui, le transport ne se fait que par avion ou par bateau), parlent du reste de la Russie comme du « continent ».

clair, était désormais aussi épais qu'une confiture de cassis. Le froid mordait, les visages devenaient insensibles sous l'effet du vent, les doigts gelaient même dans les gants de travail. Le mieux était de travailler dans le puits de forage : à dix mètres de profondeur, il faisait plus chaud, et le vent ne soufflait pas. À la fin octobre, nous eûmes notre première *pourga* noire[1]. Les cordes pour se déplacer sans aucune visibilité n'avaient pas encore été installées, les gardes mirent du temps à nous mettre en marche et, quand la colonne sortit du chantier, le vent nous atteignit et nous fûmes comme pris dans une colle répandue partout autour. Faire un simple pas en avant était terriblement difficile. Personne n'avait donné d'instruction, mais tout le monde se tint par la main. La *pourga* hurlait et glapissait, et bientôt je ne vis plus rien devant moi que du noir, d'où quelqu'un nous lançait de la poussière de neige au visage. Sur le côté, j'apercevais vaguement les taches jaunes de la lumière de lanternes. Agrippant les mains de nos voisins, nous avançâmes lentement, perçant de notre corps la tempête qui n'était pas capable d'emporter une masse agglutinée et solidaire. La dernière chose que nous vîmes tous, fut un VOKHR, accouru avec son chien pour faire faire demi-tour à la colonne, qui fut entraîné dans un fossé. Le garde réussit à se dégager et à attendre la fin du mauvais temps, parce que cette première *pourga* noire se révéla de courte durée.

Allongé sur mon châlit, j'inscrivais sur des débris de plan que, quand la tâche, le profit, le but sont clairs, quand la décision vient de l'intérieur, liée à une conscience de la nécessité, l'homme est capable de changer ses habitudes et son comportement. Les Russes ne seraient pas si différents des Wallons et de leurs communes, de leur démocratie, de leur respect religieux des opinions différentes, s'ils n'avaient pas été harcelés, si on ne leur avait pas imposé la foi en une prétendue égalité qui menait tout droit à la terreur mutuelle, et non à la fraternité. L'incapacité à se détacher de l'autorité, l'inaptitude à vouloir constamment vivre sa vie, sans s'isoler ou se cacher, mais au contraire en participant aux affaires communes, voilà ce qu'exhalait chacun de nous. Il y avait des sadiques dans

1. En Sibérie, une *pourga* est une tempête de neige ; on la dit noire quand le vent et la neige sont si forts que la visibilité est nulle.

le Quatrième secteur, ils humiliaient leurs camarades et les dénonçaient aux gardes moins pour un morceau de viande que pour jouir de leurs souffrances et de leur propre pouvoir. Il y avait, à l'opposé, des chrétiens et des communistes dévoués, qui s'appuyaient sur leurs idées comme un malade sur sa béquille. Il y avait des nationalistes, dont la liberté avait la couleur de leur drapeau et de souvenirs sentimentaux de leur patrie. Mais la plupart des *prisonniers** se situaient entre ces tendances – ils avaient fait la guerre, tué, survécu à des horreurs bien plus terribles que celles que j'avais traversées, ils avaient vu comment les peuples européens construisaient leur vie – et ils étaient prêts, eux aussi, à construire leur vie différemment, mais ici, au Taïmyr, ils souffraient et tombaient dans le désespoir, parce qu'il n'y avait pas d'évasion possible.

Je voyais Karatovski de plus en plus souvent, et nous discutions de ces idées. J'affirmais que, si les dirigeants étaient élus lors d'élections honnêtes, la plupart des citoyens seraient mus par l'humanisme, et non par la lutte des classes ou la lutte nationaliste. Karatovski était d'accord, mais il ajoutait que ça ressemblait à un tableau d'un futur paradisiaque, tandis que, en Allemagne comme chez nous, nous avions assisté à tout autre chose. Au cours de la discussion, nous en vînmes à la conclusion que notre époque était un mauvais exemple, que nous ne serions pas libérés des communistes de sitôt, car après la guerre ils étaient au plus haut, et effrayaient le monde entier avec la bombe atomique. Mais, premièrement, nous disions-nous, nous devions nous préparer sans tarder, pour ne pas manquer le moment où leur système allait tout de même se briser, et entrer dans la lutte, et deuxièmement, le mensonge ne devrait pas tenir trop longtemps : comme l'eau sur une formation granitique, il trouve son chemin et coule du domaine des idées dans la vie et mène à la destruction ; on ne peut rien construire de durable sur le mensonge. En conséquence, notre tâche consistait à préparer les camarades à une future organisation de la vie, rationnelle et humaniste, et à former un réseau de gens sûrs. Quand nous en arrivâmes à cette conclusion, Karatovski me dit qu'il était désormais prêt à me faire rencontrer les camarades qui partageaient le même genre d'idées. « Lesquelles, exactement ? demandai-je. – À peu près les mêmes, répondit Karatovski. Nous croyons que le pouvoir doit être au peuple, nous avons constitué un parti. Entre nous, nous l'appelons "le Parti démocratique de Russie". »

J'étais bien sûr exalté de voir mes idées partagées, mais au départ j'étais plutôt suspicieux de cette organisation secrète. Qui étaient ces gens ? À quel point comprenaient-ils correctement ce qui leur arrivait ? N'étaient-ils pas des agents provocateurs ? Cela dit, Karatovski me semblait sincère, et j'acceptai finalement de les rencontrer. À un étage en chantier, dans une pièce isolée, je vis arriver des gens – d'abord deux par deux, puis un par un. Ils semblaient tous absorbés par leur tâche, les uns s'occupant des finitions, les autres de la charpente, un homme portait un pot de peinture et un pinceau, un autre une perforatrice, un troisième une lime à aiguille. J'aperçus l'officier tsariste dont on m'avait parlé, Dikarev, un vieux monarchiste au front brillant et ridé. L'économiste Nedorostkov fumait, le dos nonchalamment appuyé contre le mur peint : c'était un homme rond, à l'allure d'ours et aux mains blanches. Petit, triste, Tarnovski s'assit sur l'appui de la fenêtre à peine installé ; ingénieur-constructeur, il avait occupé un poste technique à l'ambassade des États-Unis et avait été jugé comme traître, même s'il n'avait pas combattu un seul jour. Il écrivait des poèmes, avait pris comme mentor son voisin lituanien Medenis, et envoyait à la maison de longues lettres avec de nombreuses strophes. Deux Allemands de la Volga, Filauer et Neubauer – il y avait plusieurs dizaines d'Allemands ici, et bien sûr tous avaient été condamnés pour espionnage –, faisaient aussi partie du groupe. Entra alors, me tendant déjà la main, Lev Netto, le frère du footballeur Igor Netto ; son pseudonyme de conspiration était « Nalim[1] ». Il y avait aussi un authentique footballeur, Starostine, entraîneur de l'équipe Dynamo de Norilsk, ancien défenseur célèbre qui avait joué dans l'équipe nationale. Il restait un peu à l'écart, et à la façon dont les autres le regardaient, j'eus d'abord l'impression que même ici, au nord du cercle polaire, il était admiré comme un demi-dieu, mais il s'avéra ensuite qu'il s'agissait d'autre chose : il était le seul à pouvoir se déplacer sans escorte, et à naviguer librement en ville, ce qui faisait de lui l'agent de liaison principal entre les secteurs. Je fis connaissance avec

1. *Nalim* : la lotte (le poisson).

tout ce monde, et nous discutâmes de notre tâche : écrire des statuts. Karatovski dit brusquement : « Nous avons une période probatoire de six mois, mais je suis prêt à me porter garant de Sergueï Dmitrievitch, que je connais depuis longtemps. Il va souvent plus loin que nous dans ses idées : s'il essayait d'écrire les statuts ? On pourra ensuite l'accepter dans nos rangs. »

Je ne m'attendais pas à une telle pression, mais, n'ayant plus rien à craindre, je décidai de jouer le jeu. Les conjurés acceptèrent la proposition de Karatovski, et nous nous séparâmes bientôt. De retour à la baraque, je réfléchis pendant plusieurs heures, inscrivant sur des bouts de papier tout ce dont nous avions discuté, puis je m'endormis. Au matin, je me lavai, chaussai mes bottes de feutre, et suivis mon groupe vers la zone, me demandant en chemin comment m'échapper dans les bureaux. Je trouvai un prétexte solide, et quelques heures plus tard j'étais assis dans un coin, à une table étroite, et je rédigeais les statuts. Pour écrire de façon claire et compréhensible à mes nouveaux camarades, je m'imaginai que je préparais un article de journal, mais qui s'adresserait à ses lecteurs dans une langue humaine et respectueuse. Je n'eus pas besoin de chercher très loin mes mots. Malgré les cinq ans passés en Wallonie, je pensais presque exactement comme la plupart des habitants du gorlag[1].

Pour servir la cause de la démocratie – pour permettre à la Russie de revenir sur la voie d'un développement démocratique – il est indispensable d'avoir un organe de combat et de vie. Cet organe est le Parti démocratique de Russie (PDR). Pour exister et travailler dans les conditions de la clandestinité soviétique, il faut une discipline de fer. Pour instaurer et soutenir la discipline, pour définir les fonctions et les relations des membres du PDR, nous rédigeons les présents statuts. Ces statuts sont le règlement de base pour tous les candidats et membres tant sur le territoire de Russie que dans d'autres États.

L'organe de direction suprême du parti est l'assemblée du PDR. L'assemblée élit une direction centrale du parti, composée d'un président et de six adjoints. Le parti est divisé en organisations territoriales dirigées chacune par un président. L'organisation territoriale est composée d'organisations de quartier dirigées par un chef d'organisation de

1. Abréviation de « camp de la montagne », *gorny laguer.*

quartier. L'organisation de quartier se divise en plusieurs groupes. Chaque groupe est dirigé par un chef de groupe. Dans chaque groupe, on trouve plusieurs cellules. Chaque cellule est dirigée par un chef de cellule. Les divisions du parti ne sont pas liées aux divisions administratives de l'Union soviétique.

Tout citoyen qui a accepté le programme du parti, participe activement au travail du parti et paie sa cotisation de membre est considéré comme un membre du parti. Le parti accepte dans ses rangs les citoyens à partir de vingt-quatre ans, sans considération de sexe, origine ethnique, confession, nationalité, origine et position sociales. Pour adhérer au parti, il faut avoir été candidat pendant un certain temps. Deux recommandations sont nécessaires pour être accepté. Les recommandations sont données sans en informer le candidat à l'adhésion.

Chaque membre et candidat à l'adhésion au parti est tenu de ne pas violer les statuts du parti, d'être un antibolchevik actif, de rendre compte de son travail, et de garder les secrets du parti. Les secrets du parti sont : le programme, les statuts, les intentions, les surnoms, les actions, c'est-à-dire tout le travail et toute la signification du parti. Toute révélation desdits secrets est considérée comme un crime grave. Les membres du parti doivent soutenir moralement, matériellement et physiquement les candidats sur le territoire de l'Union soviétique et à l'étranger, et également venir en aide aux membres de la famille des membres du parti.

La communication opérationnelle du parti se fait uniquement avec la personne qui a transmis les instructions. S'il devient nécessaire de prendre conseil, ou si la communication est interrompue, il faut s'adresser à la personne qui a inscrit son adhésion au parti. Le rapport sur le travail accompli doit se faire aussi uniquement à la personne dont est venu l'ordre de mission. Tout autre contact sur le sujet doit être fait seulement en cas d'instructions de la hiérarchie du parti.

Dans la Russie de demain, chaque membre du parti aura droit à une assistance morale, matérielle et physique du parti, à voir les membres de sa famille défendus par le parti, à être choisi de préférence pour un emploi dans les institutions étatiques, à recevoir une pension d'État dès l'arrivée de la retraite à 55 ans. Les membres du PDR luttent pour leur liberté individuelle et pour la liberté des autres citoyens. Dans la Russie de demain, ils seront des citoyens d'honneur.

Puis je me souvins des paroles du serment que prononçaient tous les candidats, et il me sembla qu'il n'y avait rien à changer. D'ailleurs, ce n'était pas l'essentiel.

Je prends en toute conscience et volontairement la voie de la lutte contre le bolchevisme. Je jure d'être fidèle à la lutte pour la démocratie. Je jure d'accomplir, sans épargner ma peine ni ma vie, toutes les instructions et missions du parti. Si je suis parjure à mon serment, si je trahis la cause de la démocratie, que je sois en butte au mépris de mes camarades et à la haine de mon peuple.

Une semaine plus tard, rassemblés dans la même pièce, mais sans Starostine, le parti approuva les statuts. Il n'y eut de polémique que sur la façon d'accepter les Ukrainiens s'ils voulaient adhérer, ainsi que les autres nationalistes. Dikarev eut un geste de la main : « Pourquoi est-ce que vous perdez du temps ? N'importe lequel de ces Ukrainiens vous demandera immédiatement : “Quand la Russie sera libre, est-ce que vous donnerez toute l'Ukraine aux Ukrainiens ?” Vous devrez alors vous lancer dans une explication sur la Petite Russie et les Ukrainiens de l'Ouest, et vous n'irez pas plus loin. – Nous pouvons dire que la question de l'indépendance de l'Ukraine de l'Est sera déterminée par une votation populaire », proposa Tarnovski. Dikarev hocha négativement la tête : « Vous les connaissez mal. Tout comme les Baltes, qui ne veulent rien savoir des héritiers de l'Empire russe. » Pour le reste, tout le monde réagit avec un calme étonnant à la question des statuts, comprenant bien qu'ils n'étaient pas aussi importants que l'activité à mener : la propagande de nos idées, la vérification et l'acceptation de nouveaux membres. Une semaine plus tard, je prêtai serment devant Karatovski en lisant le texte, et j'enfonçai une aiguille dans mon annulaire pour en faire sortir une goutte de sang. Puis je posai mon sang sur la feuille, et la brûlai. Ce cérémonial un peu absurde sous le vent hurlant et le bruissement de la neige faisait penser à un rituel de magie.

Une partie des opinions des démocrates étaient réellement communes. Par exemple, sans en avoir discuté, tout le monde était d'accord que ce n'était qu'en se divisant en plusieurs entités que la Russie pourrait surmonter la malédiction de l'absolutisme et arriver à la démocratie, en transformant l'État en une fédération. Quand je leur parlai des communes wallonnes, tout le monde y vit un idéal de gestion locale. En revanche, les membres du parti avaient des polémiques échauffées au sujet des États nationaux : Karatovski gardait une position modérée, tandis que Dikarev, Tarnovski, Nedorostkov et, étonnamment, les Allemands insistaient sur les droits particuliers des Russes et le statut à part de la langue russe dans toutes les parties de la fédération. En outre, ils n'étaient pas d'accord au sujet de l'émancipation des femmes et s'embourbèrent dans une discussion sur la vengeance. Une partie des nôtres désirait voir couler le sang des communistes, tandis que Dikarev et moi soutenions qu'il fallait châtier seulement les dirigeants ayant personnellement décidé qui devait mourir et qui devait souffrir. Tarnovski ricana : Vous voyez loin, dans vos vestes matelassées garnies d'un matricule. La polémique se calma, et nous nous mîmes d'accord plus rapidement sur les points suivants. J'inscrivis toutes les formulations que nous avions adoptées, et je m'apprêtais déjà à m'atteler à la rédaction du programme, quand je fus soudain convoqué pour être envoyé ailleurs.

Cela se passa un matin, après le départ des équipes pour le chantier, et c'est pourquoi je ne pus m'adresser à personne pour gagner du temps et apprendre ce qui se tramait. Le Premier secteur se trouvait dans les montagnes – peut-être qu'ils avaient besoin d'un topographe ? Le Deuxième secteur était la prison, mais il n'y avait aucune raison que j'y sois envoyé, à moins que le parti n'ait été qu'une bande de provocateurs, ce que j'avais peine à croire : qui étais-je, quelle importance avais-je, pour qu'on monte une opération aussi complexe, un spectacle aussi théâtral, juste pour moi ? Le Troisième secteur était celui des travaux forcés, à l'écart des autres, le plus sévère, on ne m'y emmènerait que si quelqu'un m'avait dénoncé. Le Cinquième secteur n'était pas loin, mais il n'y avait personne du parti, et nous ne comprenions pas très bien sur qui nous pouvions compter pour la lutte. Finalement, j'appris que c'était bien au Cinquième, qu'on y déplaçait environ cent constructeurs du Quatrième. Les équipes de là-bas n'arrivaient pas à terminer dans les temps un immeuble sur la perspective Lénine.

Les baraques en bois du Cinquième secteur s'avérèrent plus froides que celles en brique où nous habitions précédemment, et les *prisonniers**, ici, n'étaient pas aussi unis entre eux, chacun regardait dans son coin. Il est vrai que je rencontrai immédiatement Nikolichine, que je connaissais de la péniche *Staline*. Il était entouré d'une centaine d'Ukrainiens ; tout le secteur comptait trois mille détenus. Dès le premier jour de travail, je compris que le lien avec les démocrates n'était pas perdu, les Quatrième et Cinquième secteurs travaillant sur le même chantier, mais à des emplacements différents. Nikolichine échangeait des nouvelles avec Nagoulo, Gritsiak et d'autres. Après notre première *pourga*, la température se radoucit légèrement pendant quelques semaines, mais nous redoutions aussi ce temps doux : jusqu'au déjeuner, tout fondait et nous étions trempés jusqu'aux os, puis le soleil se couchait rapidement et nos habits gelaient, formant une carapace glacée. Le seul moyen, pour ne pas mourir de froid, était de danser sur place sans retenue, ou encore d'agiter les bras en inventant une fonction à ces gestes avec un mouvement brusque des extrémités, afin de ne pas geler de l'intérieur. Une lueur magnétique brillait furieusement dans le ciel, avec des pointes, comme sur un cardiogramme, d'étincelles vertes et orange. Après ce concert céleste, la neige s'abattit sur le camp, et les équipes de déblayage, de la neige jusqu'aux épaules, creusèrent des tranchées pour aller vers la cantine et la place d'appel. Le soleil apparaissait de plus en plus rarement, et nous devions nous réveiller dans une nuit noire. Des bribes de rêve, l'ampoule jaune qu'on allumait comme un sas entre le doux monde du sommeil et celui du jour, qui sentait la captivité, un léger froid et l'esprit encore désorienté, les bruits étouffés des voisins qui se réveillaient, la vague d'angoisse à l'idée qu'il allait falloir à nouveau sortir de son châlit tiède dans le froid et l'obscurité – ces moments se répétaient chaque matin, rappelant l'hiver à Natzweiler. Sauf que, là-bas, je n'avais que quelques dizaines de mètres à parcourir pour arriver à l'atelier, tandis que, ici, nous passions par des tranchées, des tranchées, des tranchées, et travaillions dans le trou des fondations ; et je n'avais que rarement, de plus en plus rarement sans Karatovski, la possibilité de remplir des documents à une table, dans un bureau chauffé. Éveillé, je pensais souvent à Anna, mais elle ne m'apparaissait déjà plus dans mes rêves, et dans un sens j'étais reconnaissant à la nuit polaire et au travail éreintant que *la libido** ne se manifeste plus guère.

Un dimanche, je m'installai sur mon châlit, coinçai mon échiquier sur mes genoux, posai une feuille dessus, pris un crayon, et me mis à écrire tout ce que j'avais compris encore à Charleroi, et que je développai en l'exposant avec des mots percutants et faciles à saisir. J'éprouvai la même joie qu'à l'époque où j'avais dessiné le plan de la maison familiale. Je décidai, avec les autres membres du parti et Karatovski, que j'écrirais d'abord en français, utilisant le dictionnaire de la bibliothèque, et que, en cas de fouille, je pourrais toujours dire qu'il n'était pas interdit d'exercer ses langues, puis je traduirais rapidement le programme en russe, et le ferais parvenir sur le chantier où l'équipe de Karatovski posait les fondations.

Nous ne devons pas attendre de la nature qu'elle se montre clémente envers nous. Nous ne devons pas attendre de ceux qui nous ont asservis qu'ils nous offrent la liberté. Nous devons nous en emparer nous-mêmes ! La démocratie, c'est la liberté pour tout le peuple, la participation de tous les citoyens à la conduite de l'État. La démocratie, c'est la pluralité des partis. La démocratie, c'est éduquer les gens dans un esprit d'humanisme et d'humanité, de telle manière qu'ils luttent pour la liberté, quoi qu'il arrive. L'essence de la démocratie : ne sois pas esclave, et ne laisse mettre personne sous le joug. Lutte pour la démocratie.

La dictature et la démocratie sont deux pôles opposés, deux formes de vie diamétralement différentes. L'une exclut l'autre : il ne peut y avoir de démocratie dans une dictature, tout comme il ne peut y avoir de dictature en démocratie. La dictature, c'est l'absence de liberté. La démocratie, c'est la liberté, elle est impossible sans liberté, comme la vie est impossible sans air. Lutter pour la démocratie, c'est lutter pour la liberté.

Les penseurs du marxisme n'ont pas pu se convaincre du caractère chimérique de leur idée. L'espoir social du passé est devenu l'utopie du présent. L'Union soviétique, c'est le marxisme dans la pratique, c'est l'incarnation, dans la vie, des idées du communisme. Un pays de millions de détenus, d'exploitation barbare de l'homme par l'État, un pays de la misère et de l'arbitraire qui s'abattent sur le citoyen moyen (tel qu'est l'URSS), ne peut pas être le pays de la pensée sociale la plus avancée. Le fantôme de Marx a enlevé son suaire : nous nous sommes retrouvés face à un État tyran, un État sous la dictature d'une poignée de fanatiques politiques. L'URSS, enfant du bolchevisme, est le pays de l'esclavage. Le communisme tend vers nous, des sous-sols soviétiques, des millions de mains osseuses : les victimes de la dictature.

Le Parti démocratique de Russie propose d'organiser, sur le territoire de l'ancienne Russie, une « Fédération démocratique de Russie ». La structure politique définitive sera déterminée par le peuple. L'opinion du peuple sera connue à travers un questionnaire au peuple tout entier. L'union volontaire des fédérations démocratiques sera basée sur une communauté historique, une unité politique et des liens économiques. Nous proposons la composition suivante de la Fédération démocratique de Russie : fractions démocratiques de Russie, d'Ukraine, du Caucase, des pays Baltes, de Biélorussie, d'Asie centrale.

Chaque fraction sera divisée en régions et en régions nationales[1]*. Les régions et régions nationales seront divisées en districts, les districts en secteurs, et les secteurs en hameaux simples ou agglomérés. Chaque fédération déterminera de façon indépendante son mode de vie, sa sédentarité, ses cultes religieux, ses coutumes, etc. Chaque fédération déterminera de façon indépendante si elle veut faire partie ou non de la Fédération démocratique de Russie (FDR). Le pouvoir législatif de la FDR est l'assemblée des délégués du peuple, dans la période entre les assemblées le pays est dirigé par un président élu par le peuple pour quatre ans. Le président désigne le cabinet exécutif, à savoir le Conseil des ministres. Tout délégué, comme le président, peut être soumis à n'importe quel moment (sur notification de deux tiers des électeurs) à une réélection. Les élections sont directes, à bulletins égaux et secrets.*

Le Parti démocratique de Russie estime incontestable que le pouvoir étatique est au service du peuple. Ses obligations sont de défendre la démocratie et l'unité de l'État, de garantir une juste application des lois, de défendre et de renforcer la propriété privée, de réguler l'économie, de rendre des comptes au peuple. Les lois sont rédigées selon les principes suivants : chaque citoyen est libre de naissance ; il est libre d'agir, mais parmi les hommes il ne doit pas enfreindre les normes de comportement de la société humaine ; la vérité naît de la confrontation entre les contradictions.

La propriété privée est à la base de la sécurité nationale. Plus le degré de prospérité des citoyens est élevé, plus l'État est solide. Défendre la propriété privée est une obligation sacrée de l'État. Les tribunaux sont ouverts et électifs. Le peuple élit : les tribunaux fédéral, régional,

---

1. Le mot « national » est à prendre ici dans le sens de « groupe ethnique » (cf. Tatars, Tchouvaches, Ouzbeks, etc.).

de région nationale, de district, de secteur. La Cour suprême sera nommée par l'assemblée des délégués du peuple. Tous ou une partie des membres d'un tribunal peuvent être soumis à une réélection sur notification de deux tiers des électeurs.

Tous les citoyens de la FDR ont le droit de s'organiser en associations – politiques, scientifiques, économiques, charitables et autres –, donc, ont la liberté d'association. La liberté de la presse et de l'édition est garantie, avec la création d'imprimeries, de maisons d'édition, de journaux et de revues, etc. La liberté de réunion est garantie, y compris de protestations ou réunions publiques, ou de manifestations. La liberté d'expression est également garantie, on ne peut condamner pour l'expression de ses idées. La même chose vaut pour la liberté de déplacement à l'intérieur du pays et les voyages à l'étranger. La liberté de religion est garantie. Tous les citoyens, indépendamment de leur nationalité, leur appartenance politique, leur sexe, leur éducation, leur position professionnelle, leur confession, sont égaux devant la loi.

La propriété privée est la base de la prospérité des citoyens, un indicateur de la solidité de l'État et du niveau culturel des citoyens. La propriété privée est la stimulation première pour augmenter la productivité. La propriété privée n'est pas limitée en ce qui concerne le produit de l'activité humaine (voitures, usines, entreprises, etc.) ; elle est limitée en ce qui concerne la terre, l'eau, les forêts et les ressources naturelles. La propriété privée est garantie par la loi.

Le labeur est une nécessité physiologique de l'organisme humain. La capacité des gens à travailler est inégale. Des formes déterminées et normalisées de labeur sont contraires à la nature. Le labeur est une occupation volontaire de chaque citoyen. Chaque citoyen décide lui-même du lieu, du type et du volume de son travail. Le travail salarié est autorisé. Le salaire et les conditions de travail sont déterminés par la loi. Celle-ci détermine aussi la longueur d'un jour de travail : dans l'industrie, les ouvriers et les employés travaillent au minimum trente heures par semaine, dans l'agriculture, un maximum de soixante heures par semaine.

La terre est allouée gratuitement à tous les citoyens de la FDR pour leur utilisation personnelle.

La taille des parcelles de terre est déterminée par l'assemblée des délégués du peuple de la fédération et des régions. Le propriétaire d'une terre est tenu de la cultiver. Pour une meilleure utilisation des installations motrices, des machines, de l'éducation, de la construction de routes, etc., il est recommandé, comme forme d'utilisation de la terre la plus rentable (profitable), le système de hameaux de propriétaires (parcelles individuelles)[1]. *Les hameaux sont constitués de trois ou quatre fermes, même s'il est possible, par exception, de rencontrer une seule ferme. Parallèlement, les citoyens peuvent également choisir toute autre forme d'organisation pour l'utilisation de la terre (communauté, association de type artel, coopératives, etc.). La terre n'est pas à vendre.*

Le commerce est une forme de travail. Les citoyens de la FDR ont l'autorisation de vendre sur tout le territoire de la Fédération démocratique de Russie le produit de leur travail ainsi que le produit du travail d'autres citoyens. Le commerce est régulé, garanti et contrôlé par l'État. Le service militaire obligatoire est abrogé. En cas de danger d'atteinte à l'intégrité du territoire de l'État, une assemblée extraordinaire des délégués du peuple établit une mobilisation pour la période concernée. L'État entretient une armée professionnelle, dont les employés sont soumis au même régime que les autres employés de l'État.

Tous les citoyens de la FDR sont tenus de suivre l'école obligatoire jusqu'à la fin du secondaire. Le début de la scolarisation est fixé à 7 ans. L'éducation se fait selon des programmes spéciaux, les garçons sont dans une école de garçons, les filles, dans une école de filles. Les parents sont responsables vis-à-vis de l'État de l'éducation de leurs enfants. L'école obligatoire est gratuite.

En URSS, l'égalité des sexes a pris les pires formes possibles pour les femmes. Les femmes ont été obligées de travailler dans les mines, les forges, de labourer les champs à l'araire, etc. En URSS, la femme a été transformée en esclave. Comme si l'on obligeait les travailleurs intellectuels à bêcher la terre au nom de l'égalité entre les ouvriers et les intellectuels, l'utilisation des femmes pour des travaux physiques éprouvants ne réalise pas l'égalité des femmes. La vocation des femmes est d'éduquer la nouvelle génération, d'assurer le confort du foyer, mais les femmes ont également de droit de choisir une activité professionnelle en toute indépendance. La femme est l'égale de l'homme dans tous les domaines de la vie politique, sociale et économique, ainsi que juridiquement.

Tous les citoyens doivent être aisés (prospères). Le prolétariat, la misère (héritage de la dictature et des arriérations nationales) doivent disparaître. Chaque citoyen recevra une aide matérielle de l'État.

1. Cette partie du programme, par son vocabulaire (« hameau », « parcelle », en russe : *khoutor, otroub*), fait référence à la réforme agraire tentée par le ministre de Nicolas II, Stolypine, au début du XXe siècle.

Chacun devra posséder les éléments matériels indispensables : un terrain, une maison individuelle, une voiture, des générateurs, des motos, des vélos, etc. Il faut changer l'architecture des villes ; sortir des villes les entreprises dans une zone industrielle. Il faut éliminer toutes les formes d'habitation compacte des familles – foyers, casernes, immeubles –, là où les gens développent un collectivisme négatif, un esprit grégaire, où la morale saine est détruite, où la grossièreté se développe. Il faut développer les conditions pour éduquer les citoyens à la morale démocratique, pour des individus indépendants, à l'esprit également indépendant, et non des esclaves du groupe.

La démocratie doit vaincre ! La Russie sera libre ! Souviens-toi ! Pour commencer à améliorer la société, la morale de l'individu, commence par toi. Tu dois être un exemple !

Pour construire une vie démocratique, nous avons fondé le comité révolutionnaire du Parti démocratique de Russie. La mission du comité révolutionnaire du PDR est de renverser le pouvoir soviétique. Ensuite, de libérer les prisonniers politiques (les prisonniers politiques de l'Union soviétique sont les citoyens d'honneur de la Fédération démocratique de Russie), de libérer les prisonniers de droit commun avec réhabilitation complète et annulation de leurs dossiers, de soutenir l'ordre et de créer des conditions pour la mise en place de la démocratie, d'aider matériellement les citoyens (nourriture, habits, logement), d'assurer la sécurité des anciens travailleurs soviétiques quelle qu'ait été leur position, s'ils désirent devenir d'honnêtes citoyens de la FDR.

La nouvelle Russie n'est pas possible sans la garantie d'un pardon universel. Chacun doit pardonner tous les torts qu'il a subis pendant la période d'existence de l'Union soviétique.

Un mois plus tard, j'entendis un coup sourd frappé contre le mur de la baraque, près de la fenêtre. On lançait un objet mou. Je regardai dehors et vis, à travers les barreaux, Starostine, installé un peu en retrait sur la parcelle où la neige était nettoyée, qui bombardait avec un ballon une cible invisible sur le mur. Comprenant ce qu'il voulait, je glissai le programme traduit du français à l'intérieur de ma veste matelassée, et mis mes bottes de feutre. Dehors, je passai devant Starostine et, les bruits de ballon ayant cessé, j'en conclus qu'il me suivait. C'était bien le cas : il me rattrapa derrière l'infirmerie ; les feuillets passèrent dans sa poche intérieure. Il sourit comme un champion et, s'essayant à taper le ballon avec ses bottes de feutre et riant de ses tentatives malhabiles, se dirigea vers le portail du secteur. Quelques jours plus tard, je croisai Netto sur le chantier ; il me chuchota qu'ils avaient reçu le programme et étaient déjà en train de le répandre.

Nous entrâmes dans la nuit perpétuelle. L'astre solaire ne franchissait plus l'horizon, l'obscurité s'installa sur la ville, percée encore çà et là par la lumière jaune des lampadaires, devenant épaisse partout où il n'y avait pas d'électricité. Les milliers de kilomètres désertiques et dépeuplés semblaient se jeter sur notre poignée de lumières et de gens et nous étouffer sous leur masse archaïque. Dans cette obscurité, nous avions de plus en plus de mal à marcher, respirer, parler. Même quand on nous montrait un film sur Tchapaïev, je ne pouvais pas oublier que cette heure de vision d'une autre vie se terminerait irrémédiablement par une sortie dans les ténèbres visqueuses sous la lumière morne, maladive, des projecteurs. Tous mes efforts intellectuels et moraux étaient désormais mobilisés pour survivre à la nuit et voir le retour du soleil. Et quand, à la mi-janvier, le grutier se pencha par sa cabine et hurla, indiquant un point au loin : « Le soleeeeil ! », la zone entière, pareille à une bête qui s'éveille, se mit à crier avec lui sur tous les tons. Bien sûr, il fallut attendre le soleil encore quelques semaines, mais le ciel devint plus lumineux et, lors d'un jour sans nuages, on éteignit les lampadaires dans la ville. Le disque solaire n'apparut qu'en février, mais alors les jours se mirent à s'allonger beaucoup plus vite qu'au sud, et en un mois il faisait aussi jour qu'au printemps à Iartsevo.

Pendant toutes les journées obscures, nous avions continué à nous réunir et à discuter des moyens de gagner plus d'alliés dans la lutte pour la démocratie. Le programme fascinait les membres du parti, et je comprenais pourquoi : c'est une chose de débattre de ses opinions au cours d'une discussion, une autre de les voir écrites sous la forme d'un manifeste. Même si, en le préparant, je m'étais basé sur les idées et conceptions développées en commun, le texte avait fait un tel effet qu'on me prenait déjà pour un des pères du parti. Comme Dikarev l'avait prévu, les Ukrainiens refusèrent de rejoindre nos rangs quand ils comprirent que l'indépendance de leur pays restait conditionnelle. Cela dit, en répandant la nouvelle du programme démocratique avec l'aide de Starostine, en faisant la connaissance de tous les groupes nationaux de tous les secteurs de la ville, nous étendîmes très largement nos réseaux. Notre idée principale était tout de même simple et claire : un homme réellement libre ne croit pas qu'un méchant tsar, président ou timonier sera remplacé par un gentil et qu'il vaut la peine de se mettre sous l'étendard de celui qui se positionne comme bon. Non, les gens libres construisent des systèmes dans lesquels le tsar, le président et le timonier ne jouent pas un rôle essentiel. Ces systèmes limitent les possibilités des leaders de manipuler les masses et le font à l'aide de règles et de lois équitables et qui s'appliquent à tous.

Je recrutai quelques alliés dans le Cinquième secteur. Filnev, un colonel, avait combattu jusqu'à la fin de la guerre et y avait vu de telles trahisons de la part de son commandement qu'il avait quitté l'armée et était rentré chez lui à Stavropol, où il avait travaillé comme comptable. Mais il avait la langue bien pendue, discutait, donnait son avis, et quand la Tchéka locale dut remplir un plan de détection et d'arrestation des cosmopolites, le colonel fut rapidement appréhendé, on lui donna dix ans. Son voisin, l'ingénieur hydraulique Bomstein, qui avait fait des études d'hydrotechnique comme moi, avait perdu sa famille à Babi Yar, le ravin de Kiev où les Einsatzkommandos avaient tiré dans les têtes de centaines de milliers de Juifs déshabillés, rassemblés en une foule mugissante. À son retour d'évacuation avec sa femme et son fils, Bomstein avait décidé de ne pas rester dans la ville où, sous terre, pourrissaient les os de ses frères, sœurs et parents, et était parti pour Toula. Quand sa femme attendait leur deuxième enfant, Bomstein avait raconté une blague sur une maison qui s'était écroulée à cause d'un mauvais entretien, ajoutant soi-disant : « Dommage que le Moustachu[1] n'ait pas été dedans. » La lutte contre les sionistes battait son plein, Bomstein fut arrêté à la fin décembre, on l'accusa, au hasard, de terrorisme, on lui donna vingt-cinq ans plus cinq ans de privation des droits civiques et on l'envoya dans le Taïmyr. Les deux hommes, comme des dizaines d'autres sympathisants, ne comptaient pas attendre la fin de leur peine. Pavlichine venait parfois pendant nos réunions, et écoutait à sa façon. Quand je lui demandai ce

1. Surnom de Staline.

qu'il pensait de notre programme, il hocha négativement la tête : « Les intentions c'est une chose, mais c'en est une autre de prendre le pouvoir. Ils tiendront encore cinquante ans, et nous, ici, on crèvera en quelques années. »

Comme couverture, je jouais aux échecs. Nous nous réunissions dans le club, j'étais le maître, et les autres, ceux qui voulaient apprendre à jouer. Je partais du principe qu'un camp, comme tout autre lieu rassemblant des gens, est toujours dangereux, et qu'on ne peut y faire un travail clandestin que lorsqu'on est certain qu'on voit littéralement tout ce qui se passe autour. Si deux hommes en train de jouer discutent, et qu'ils se taisent soudainement quand un troisième approche, c'est immédiatement suspect. Pire encore : si c'est tout un groupe qui joue et discute, il est plus difficile de changer de sujet de conversation en un instant. C'est pourquoi j'avais mis des échiquiers sur les tables, ceux qui savaient jouer s'asseyaient des deux côtés, mettaient en place le début ou la fin de partie, et commençaient à résoudre ces problèmes d'échecs, entourés d'autres Grossmeister qui réfléchissaient aux possibilités. Chacun d'eux regardait attentivement de son côté et, si un danger approchait, prononçait les mots dont nous étions convenus à l'avance. Cet hiver-là, c'était « noire *pourga* ». On faisait passer ces mots dans tout notre groupe, la réponse était « avec une *pourga* noire ». Quand une personne suspecte s'approchait, tout le monde se taisait déjà, ou discutait de quelque chose d'anodin ou des positions des pièces. Le silence paraissait naturel : quand un joueur d'échecs réfléchit, il se tait toujours.

Je consacrai l'une de ces assemblées à la défense sicilienne, c'est-à-dire que, ayant disposé plusieurs variations sur les échiquiers, je passai à l'examen des listes des nouveaux membres du parti et à leur vérification et mise à l'épreuve. Les observateurs prirent leur poste, et une discussion à voix basse s'engagea, quand, soudain, un cri qui ne ressemblait à rien retentit dans la cour. Dans ce cri trémulait une liesse archaïque, animale, furieuse, une liberté jamais encore vue dans cette contrée, comme le cri d'une personne qui venait d'avoir un enfant ou de se venger de son ennemi juré. Il fut suivi par le silence, et nous tendîmes l'oreille. Les bruits habituels – la coupe du bois, des semelles crissant dans la neige vers l'unité de désinfection des habits, le frottement du balai, le ronronnement de la chaudière qui chauffait l'infirmerie, les bureaux et la division des gardes – avaient tous changé, résonnaient autrement. Abandonnant nos pièces et nos échiquiers, nous sortîmes tous sur le perron du club.

Le monde s'écoulait vraiment autrement. Ceux qui marchaient dans le secteur n'avaient plus la même démarche. Le grincement même de leurs pas semblait siffler une mélodie nouvelle. La couleur du ciel, les volutes de fumée de charbon étaient d'une autre nuance. Les montagnes, les nuages, les monticules de neige, le vent avaient changé. Même les silhouettes des maisons s'étaient brouillées, étaient désormais différentes. Les gardes sur les miradors gesticulaient autrement, et leurs visages semblaient s'être effondrés. L'une des sentinelles de la garde du matin, près du portail, tournait le cadran du téléphone en criant : « Quoi ?! Quoi ?! » Sa voix de fausset hurlante avait un écho trop clair, trop sonore dans le silence extraordinaire de ce vendredi. Un infirmier passa d'un pas rapide, la tête levée vers le ciel, comme s'il s'attendait à voir un halo, un deuxième soleil ou une aurore magnétique, mais il n'y avait rien de cela, bien sûr. Le silence s'étendit sur toute la ville. Au loin, un camion solitaire continuait à gronder, mais tout le reste de la musique de Norilsk s'était éteint, figé. Même les grues ne bougeaient plus. À ce moment, l'un de nous devina, et cria à son tour de ce hurlement extraordinaire. Comme s'ils comprenaient sa langue, les autres se mirent à s'agiter, d'abord l'air incertain, puis avec plus d'assurance. Ils se donnaient des tapes sur les épaules, s'étreignaient, et étaient près de tomber en un tas d'hommes fous de bonheur. Je fus entraîné dans leur masse comme par une vague, on me tapota et m'étreignit, et seul Filnev vit que, comme un aborigène, je ne comprenais pas la langue de ce nouveau bonheur : il me prit par le cou, et me murmura d'un souffle brûlant à l'oreille : « Le diable grêlé[1] a claqué ! »

Le directeur ordonna de rassembler tout le camp, et les prisonniers se massèrent sur la place, la tête découverte selon les ordres, mais se lançant des clignements d'yeux sans craindre que les gardes les réprimandent. Cela dit, ces insouciants se reprirent rapidement et, même si leur démarche était désormais

1. Staline avait le visage grêlé par la variole.

plus dégagée, la chapka baissée sur l'arrière du crâne, qu'ils fumaient devant les baraques en aspirant longuement et en envoyant des ronds de fumée au ciel, ils n'en gardaient pas moins la bouche cousue. J'observais leur liesse muette et j'étais frappé de l'importance que mes camarades donnaient au chef des visages gris. Le chef sanguinaire exprimait quelque chose d'éternel, d'irrévocable, il existait, présent partout dans l'air par une présence si forte dans leur vie qu'à ce moment je pris soudain conscience que je n'avais pas encore compris une chose très importante : la responsabilité individuelle. Même s'il disposait d'une horde d'exécutants et de tout un système cannibale, chaque rouage était personnellement responsable de sa soumission à l'ogre. Quant à la culpabilité, elle n'était pas répartie entre tous, mais se restreignait au cercle de ceux qui donnaient les ordres, construisaient les mécanismes de la violence, coupaient les têtes et envoyaient les innocents au supplice.

Le Cinquième secteur dans sa presque totalité passa la nuit de vendredi à samedi à pleurer et danser. Dans le magasin, c'est-à-dire l'échoppe où on vendait parfois de la nourriture, la joie poussa les prisonniers à acheter tout le pain, le thé et le sucre, on prépara le thé et, se souvenant de ce terrible quart de siècle tout juste achevé[1], on trinqua muettement avec des tasses en aluminium. C'était comme si quelqu'un, d'un coup de hache, avait tranché la vie passée. Tout le monde partit au chantier d'un pas nonchalant, et même la neige semblait exhaler une odeur de printemps, alors qu'il n'y avait pas de vent et qu'il faisait – 20 °C. Pendant que les chefs triaient les équipes, on murmurait que les condamnations allaient être raccourcies et que les « nazis » verraient leur peine assouplie – voire peut-être qu'ils seraient graciés et qu'on les autoriserait à vivre librement, même ici, au milieu des glaces et des montagnes blanches. L'ancienne vie nous semblait aussi repoussante que le morceau de hareng quotidien, devenu une substance rituelle immangeable, qu'on devait mâcher sans réfléchir à ce que c'était, à part une source d'énergie qui nous empêchait de crever sur-le-champ.

1. La période où Staline est resté au pouvoir en URSS.

Pourtant, les semaines passèrent, et rien n'arriva. Sur le chantier, une rumeur se répandit, disant que, dans les secteurs du camp ordinaire, on avait libéré tous les détenus qui avaient cinq ans ou moins de peine, ainsi que les invalides et les jeunes mères. Comme on donnait cinq ans pour vol ou pour meurtre, la ville se remplit de criminels de droit commun. La première chose qu'ils firent fut de s'emparer de tout l'alcool, des sucreries et des conserves américaines dans les magasins. Puis ils se mirent à attaquer les « casiers vierges ». Même en plein jour, et la nuit, dans les entrées des maisons, sous les portes cochères, dans les chaufferies. Les policiers pourchassèrent les bandits et les remirent dans les camps, dans les baraques à régime sévère. Avec les politiques, les gardes se comportaient comme avant, c'est-à-dire qu'ils soulignaient, par leur attitude, qu'il ne s'était rien passé et que rien ne changerait. Hormis le fait qu'il était devenu plus facile d'avoir une aventure avec les femmes du Sixième secteur, et que les invitées des sentinelles ne montaient plus les voir sur les miradors, mais se glissaient rapidement par la zone interdite dans la maison des gardes. Il y eut de nouveaux déplacements dans les secteurs du gorlag – son directeur, le général Semionov, battait et rebattait ses cartes. Nous disions au revoir à nos camarades de parti en les étreignant, leur murmurant le mot de passe à l'oreille. Les Ukrainiens furent eux aussi dispersés dans plusieurs secteurs, mais les leaders du Cinquième restèrent ensemble, évitant la séparation forcée.

Lors d'une nouvelle réunion du club d'échecs, Pavlichine et ses assistants, Morouchko et Stoliar, vinrent nous voir. Autour des échiquiers, nous parlions de l'extermination des Juifs, Bomstein nous racontait ce qu'il avait réussi à apprendre d'un petit voisin réchappé par miracle. Il parlait fort, et les Ukrainiens ne purent pas ignorer la discussion : « Au fait, Luka, tout un peloton de vos nationalistes a participé aux exécutions de Babi Yar. » Pavlichine soupira et s'assit à notre table, relevant les épaules pour ne pas paraître trop voûté. « Ici, parmi les nôtres, il n'y a pas de ces assassins. Et ils ne sont nulle part dans les camps parmi nos camarades. Ils ont été exécutés immédiatement. C'est dur à admettre, mais nous avons tous – partisans de Melnyk ou de Bandera – eu tort de nous lier à Hitler. C'était une erreur. – Eh, l'instit, nous sommes tous au bord de la mort ici. Nos familles et les vôtres sont hors des camps. À quoi bon jouer au plus fin : vous n'aviez pas besoin des nazis pour haïr les Juifs. – Nous ne haïssions pas, Semion – ou, pardon, je ne sais pas comment t'appeler, Simkha ? Mais tu dois comprendre, quand un Juif est commissaire de l'Armée rouge, l'autre, membre du parti, le troisième, chef régional de l'éducation, le quatrième, au NKVD et cherche les ennemis… On constate que la moitié des rouges sont juifs. Et puis, comprends-moi, les gens voient leurs voisins, ils ne vivent pas tous modestement… – Arrête, Luka, arrête. Il vaut mieux en rester là, sinon on va finir par s'entre-tuer. Et même sans s'entre-tuer, on n'aura plus envie de vivre. »

Ayant senti qu'ils n'en viendraient probablement pas aux mains, mais qu'ils allaient se disputer, je fis claquer l'échiquier : « Et tu crois que nous vivons, à présent ? Toi, Semion, ou plutôt ton ombre, tu pousses des brouettes pendant des jours entiers, pour recevoir ce foutu hareng et te maintenir dans cet état que nous appelons naïvement "vie". Allez, soyons francs jusqu'au bout puisque nous avons commencé. Quels qu'aient été les commissaires, Luka, quels qu'aient été les soupçons sur les voisins, ce n'était pas une raison pour envoyer des familles dans les bois en plein hiver. En quoi es-tu meilleur que Semionov qui vous a fait asseoir dans le marais ? Reconnaissez que votre faute n'était pas politique, mais morale. Vous avez soutenu Hitler, et vos frères ont tué les Juifs le cœur tranquille, puis vous avez lutté contre le même Hitler, il vous en a fait voir, vous êtes rentrés, les rouges vous en ont fait voir, et maintenant vous vous considérez comme des victimes de la lutte pour la liberté. » Pavlichine se leva. « Ce n'étaient pas nos frères ! Vos tchékistes ont exécuté mes voisins, mais je ne dis pas que c'étaient tes frères. Nous continuons à lutter pour la liberté de l'Ukraine, mais nous ne ferons plus alliance avec Satan. Nous avons compris la leçon, mais personne ne va se repentir devant toi. » Nous sentîmes que les Ukrainiens allaient sortir, quand soudain le Lituanien Petraitis, qui parlait rarement, grommela, en déformant les mots : « J'ai lu un livre, mes frères, quand j'étais petit, et je me souviens d'une image : un chevalier en armure, avec son épée, gisant dans l'eau noire d'un marais. Quand les rouges sont venus, avec leurs tanks, j'aurais voulu qu'ils se retrouvent aussi dans nos marais. Nous avions assez de forêts pour engouffrer toute leur armée. Mais nous étions peu nombreux, et nous nous sommes cachés, nous avons vécu dans des abris sous la terre, étroits comme des tombes, à six. La fumée sortait mal, on était tous fumés, on se cognait la tête au plafond. Il y avait aussi une presse rotative, on faisait deux journaux : un pour les nôtres, l'autre pour les Soviétiques. Pour qu'on ne nous prenne pas vivants, on avait installé une mine à fragmentation au-dessus de l'abri, elle fonctionnait avec des batteries sur le détonateur. On en a installé une aussi dans le bunker, pour ne pas se rendre. » Petraitis se tut. Nous attendions tous qu'il continue. « Mais ce n'est pas eux qui se sont retrouvés dans cette eau noire, mais toute notre *tėvūnija*[1] à part moi. Imaginez, mes frères, l'automne, la boue, les poux, les bottes trouées. On était fatigués, on est allés au village, et on a été pris. Je n'ai pas eu le temps de m'enfuir et je n'ai pas pu me tirer dessus. J'ai été interrogé par le tchékiste Nakhman Douchanski... » Il n'eut pas le temps de finir son récit, parce que Dikarev, fronçant les sourcils comme s'il bronzait au soleil, intervint : « C'est le malheur des petites nations. Les peuples de ces nations se retrouvent entre les meules... » Bomstein acheva pour lui : « ... et aident à en écraser d'autres. – Mais on ne peut pas mesurer le malheur, dis-je, ce n'est pas un concours pour savoir qui a le plus de morts. » Les membres du parti se taisaient. « Pardon, Semion, nous nous sommes retrouvés dans une situation où... prononça Pavlichine sans la moindre expression. – Dieu vous pardonnera, l'interrompit Bomstein. Malheureusement, il n'existe pas. »

La neige se mit à fondre à la fin mai. La ville était trouée de flaques brunes encore à moitié gelées, encadrées de neige poreuse. Les colonnes de détenus les évitaient, mais s'enfonçaient quand même sous la croûte de neige dure et, pour en sortir, la réduisaient en une bouillie grumeleuse. L'amnistie ne concernait pas les prisonniers politiques. Tous étaient furieux, d'autant plus que les gardes se déchaînaient : sans la moindre raison, ils envoyaient les bagnards au cachot dans une localité nommée Kalargon, et faisaient sans cesse passer les gens d'un secteur à l'autre. Nous apprîmes qu'au Premier secteur,

1. Unité de partisans lituaniens luttant contre l'occupation soviétique (1944-1953).

pendant l'un de ces transferts, les gardes avaient tué deux vieux-croyants qui ne voulaient pas être séparés dans des secteurs différents. Non loin du cachot, les gardes avaient abattu un certain Émile, qui avait soi-disant tenté de s'enfuir. Tous les secteurs étaient en ébullition parce que non seulement l'amnistie ne s'était pas appliquée aux politiques, mais on avait encore renforcé la dureté de leur détention. Les membres du comité estimaient que c'était une provocation, mais les « nazis » ne pouvaient pas non plus ne pas réagir : personne ne cherchait plus à cacher son indignation devant le fait que, malgré la mort de Staline, la vie n'avait fait qu'empirer.

Le dernier mardi de mai, nous étions assis, après les travaux, en train de gratter les restes de bouillie dans la marmite. Les gardes escortaient trois cents femmes du Sixième secteur pour le travail de nuit à l'usine de briques, voisine de notre secteur. Le soleil ne descendait déjà plus sous l'horizon, et le vent faible qui soufflait de la toundra était inhabituellement doux. Pour une raison inconnue, la colonne de femmes fut arrêtée avant la zone de travail, et tandis que les gardes vérifiaient les listes, les hommes du Cinquième secteur, s'approchant des barbelés de la zone interdite, se mirent à discuter avec les femmes. Certains observaient la scène depuis les baraques, quelqu'un écrivit un message et le lança dans la zone interdite. Pour la première fois, après le long hiver, la tiédeur réveillait le camp, les détenus souriaient et riaient, quand les rires furent soudain interrompus par une rafale de mitraillette.

Tout le monde se figea, puis on aperçut un homme, vers une baraque, qui s'effondrait. L'instant d'avant, il était en train de se chauffer au soleil, en sous-vêtements, et il gisait désormais sur le sol, face contre terre. Un autre, de corpulence athlétique, se tenait le bras, d'où le sang coulait en direction de la main. Des cris s'élevèrent de la baraque, quelqu'un y avait aussi été blessé. La mitraillette s'était tue. C'était le chef des sentinelles qui avait tiré. Les Ukrainiens accoururent, ainsi que tous les Russes de notre réseau clandestin de joueurs d'échecs qui avaient assisté à la scène. Les Allemands de la baraque voisine furent également alertés par le bruit. On tâta le pouls de l'homme gisant, et on l'emporta à l'infirmerie. On y mena également l'athlète, en le soutenant sous son bras valide. Les rumeurs qui s'étaient répandues ces derniers jours se transformèrent en une vague de colère qui prenait à la gorge, et plusieurs hommes, sans se consulter, coururent le long des baraques en appelant les détenus à venir protester. La foule s'échauffa, et toute la rage qui couvait sous la routine éclata. Pavlichine expliqua à ses hommes, brièvement et nettement, ce qu'ils devaient faire, et ils prirent leur poste tous les cinquante mètres, sur tout le périmètre des barbelés.

J'allai vers l'entrée du camp et y trouvai Bomstein et Filnev qui forçaient la porte des gardes. Les officiers s'enfuirent par la fenêtre de l'autre côté de la baraque, et battirent en retraite par le poste de garde principal. Ils n'eurent pas le temps d'emporter les documents ni de fermer les coffres-forts, c'est pourquoi les dossiers furent notre premier butin. De toutes les baraques, des flots d'hommes en gris coulèrent en direction de l'entrée : les mouchards prenaient le large, se passant le mot qu'on allait les trouver sur les listes d'indicateurs. La foule de plus en plus nombreuse qui se réunissait à l'extérieur prit des pierres et les jeta vers les fuyards. L'un des mouchards était poursuivi par deux hommes, visiblement ses ennemis jurés, et pour leur échapper il se glissa entre les rangs de barbelés vers la zone interdite. La sentinelle lui cria quelque chose, mais le fuyard n'entendit pas l'avertissement, ou pensa s'en sortir ; une nouvelle rafale de mitraillette s'éleva, l'homme trébucha, tomba en écartant maladroitement les bras, comme un oiseau malade, et ne se releva plus. Un officier courut vers le mirador et agita les bras, faisant signe d'arrêter. La foule courut vers lui, il s'enfuit hors de la zone. Les sentinelles des miradors le suivirent. Après avoir vécu des années comme du bétail dans un enclos, nous étions soudain livrés à nous-mêmes.

J'entendis encore un cri furieux, inhumain, d'enthousiasme. Filnev et un Lituanien avaient réussi à forcer l'unique coffre-fort fermé, et en avaient sorti la liste des mouchards. Il s'avéra que presque un cinquième des hommes étaient des informateurs. On se mit immédiatement à les attraper – derrière les tas de charbon, sous les lits dans l'infirmerie, dans les réserves de la cuisine – et à les rassembler au club. L'un d'eux avançait à genoux, pleurait, on le battait à coups de bottes. Je trouvai Pavlichine et lui criai que, si nous n'arrêtions pas immédiatement ce lynchage, ceux qui étaient sur les listes allaient être battus à mort, puis les gardes auraient toutes les raisons de nous éliminer comme des bêtes sauvages. Luka hocha la tête en signe d'assentiment et, écartant la foule, se plaça fermement entre elle et les hommes battus. « Mes frères ! cria-t-il en levant les bras, attendant que tout le monde se taise. Mes frères, les plus coupables se sont déjà enfuis, et ceux-ci ont été suffisamment punis. Laissons-les partir, sinon la hiérarchie nous enverra ses troupes et nous fusillera comme des poules. Les mouchards qui veulent rester doivent jurer devant tout le monde qu'ils n'agiront plus contre les camarades. » Une partie de la foule protesta, mais la majorité était d'accord, et presque tous les indics se traînèrent vers le portail.

« Bon, il faut élire un comité, continua Pavlichine. Et puisque nous avons le pouvoir, posons des exigences. Envoyez vos délégués ce soir au club. » Les gens s'agitèrent, une sirène retentit depuis la salle des compresseurs sur la zone de chantier, et quelqu'un cria : « Regardez ! » Tout le monde se retourna et vit une bande d'étoffe noire déployée sur la flèche d'une haute grue, et une silhouette qui regagnait la cabine. « Hourra ! » s'exclama la foule, et ce hourra sembla retentir jusqu'au sommet du mont Schmidt. Tous ceux qui travaillaient sur le chantier, avec parmi eux quelques membres de notre parti, étaient restés bloqués sur place, et ils avaient attendu le matin, laissant des observateurs aux fenêtres des maisons en construction. Ils avaient visiblement compris qu'une révolte avait lieu et avaient décidé de l'annoncer aux autres secteurs en attachant le drapeau. Leur idée fonctionna : nous grimpâmes sur le toit de la baraque et pûmes distinguer des drapeaux noirs sur les terrains où se trouvaient les équipes du Quatrième secteur. Notre cœur s'emplit d'une liesse forcenée : la révolte avait aussi commencé là-bas, et Karatovski devait être en train de se mettre d'accord sur la suite avec les Ukrainiens.

Les gens vinrent en nombre au club, et Bomstein dut crier pour se faire entendre dans la rumeur générale, hurler pour que chaque groupe, qu'il soit national, religieux ou autre, nomme deux délégués au maximum. Le comité fut remis au lendemain, et chacun regagna sa baraque. Je m'assis autour d'une table avec les autres membres du parti, et nous écrivîmes deux variantes de revendications à poser selon la suite des événements : si Semionov, le directeur, prenait peur et entamait des négociations, ou s'il feignait seulement de discuter, mais se montrait décidé à écraser la rébellion par la force. Dans la première liste, nous inscrivîmes un tribunal pour juger les gardes, l'amnistie de tous les détenus qui n'avaient pas de sang sur les mains, et un réexamen des peines de tous les autres, l'élimination du camp à régime spécial, la suppression des barreaux aux fenêtres des baraques, la suppression des matricules, la liberté de correspondance avec leur famille et de déplacement dans Norilsk pour ceux qui devraient continuer à purger leur peine. Dans la seconde, nous exigions un tribunal, une amnistie pour les invalides et les mères du Sixième secteur, la suppression des matricules et des barreaux aux fenêtres, l'autorisation de correspondance et la venue d'une commission moscovite pour réexaminer les dossiers.

Au matin, les premiers réveillés furent les haut-parleurs. Ils amplifiaient la voix de Semionov qui parlait comme un présentateur énonçant des nouvelles alarmantes : Arrêtez de lanterner, mettez-vous au travail, n'organisez pas de troubles antisoviétiques. Sans s'être concertés, les activistes de toutes les baraques se ruèrent sur les appareils radio et arrachèrent les câbles. Le silence se fit. La journée était superbe : sans piétinement effréné aux lavabos, sans jurons à la cantine, sans hâte nerveuse dans la peur d'être en retard à l'appel. Nous nous sentions soudain des forces nouvelles, comme si nous avions dormi plusieurs jours, alors que nous nous étions couchés après minuit. Seule l'odeur n'avait pas changé : les vieux copeaux de bois des matelas, les habits pas lavés, le tabac bon marché. Bientôt, Semionov fit son apparition en personne, accompagné par le commandant Jelvakov et des gardes. Les Ukrainiens eurent la bonne idée de ne pas ouvrir le portail et d'appeler les meneurs. Ils arrivèrent dans une configuration – Pavlichine, Morouchko, Bomstein, Filnev, Dikarev, Neubauer et Petraitis – qui allait par la suite rester celle du comité de grève. J'emportai les deux variantes de liste de revendications. Au poste de garde, nous saluâmes poliment. Semionov s'apprêtait à nous faire un sermon sur les violations et le châtiment qui suivrait, mais il se troubla et dit d'une voix rauque : « Bonjour, citoyens condamnés. » En entendant son intonation qui n'était pas celle, habituelle, du chef, je compris que nous étions sur la bonne voie, et tâtai, dans la poche intérieure gauche de ma veste, la liste plus radicale de nos revendications. « Pourquoi êtes-vous en grève ? » Nous lui racontâmes le mort et les blessés de la veille, l'un des hommes, un Biélorusse, ayant été gravement blessé par une balle qui lui avait transpercé le poumon, et nous ajoutâmes que nous avions des revendications à lui soumettre. Semionov voulut regarder de haut les parlementaires en loques, les écraser par ses étoiles brillantes, son uniforme de laine repassé, l'odeur de son eau de Cologne et de son tabac correct, mais ses *vis-à-vis** conservaient tout leur calme. Un peu en arrière avec Neubauer, je voyais leurs dos bien droits. Profitant de cette pause, je fis un pas en avant et tendis le rouleau de feuilles. Semionov le prit et, sans dire un mot, fit volte-face. Il sortit du poste de garde, accompagné du commandant. Nous revînmes au camp, rassemblâmes des délégués de toutes les nationalités au club et nommâmes Nikolichine et Filnev comme chefs de la garde. Bomstein prit la tête de la logistique et procéda immédiatement à un inventaire des réserves de nourriture, de charbon, d'essence et de médicaments.

Dans l'après-midi, nous vîmes la colonne de nos camarades qui revenaient du chantier. Les gardes qui les escortaient les obligeaient à marcher d'un pas rapide, et nous ne comprîmes pourquoi que plus tard. Les gardes craignaient que l'équipe ne rentre pas au secteur, mais aille jusqu'à la ville répandre la nouvelle de la révolte. Ce n'est qu'au moment où les Ukrainiens ouvrirent les portes et les laissèrent entrer que je vis Filnev, furieux, en train d'expliquer à Dikarev ce qu'il aurait fallu faire, tandis que l'autre, désolé, exécutait de grands gestes de la main. À présent, les gardes qui s'étaient enfuis du périmètre, mais sans abandonner entièrement le terrain, tenaient les sorties du Cinquième secteur dans leur viseur. Cela dit, l'équipe du chantier nous apporta aussi une bonne nouvelle : on leur avait fait éviter le Sixième secteur, mais ils avaient tout de même entendu des cris : les femmes étaient également en grève. Le matin, aucune équipe n'avait rejoint la zone de construction, ce qui signifiait que les intentions du Quatrième secteur tenaient aussi et qu'au moins neuf mille personnes s'étaient révoltées.

La nuit fut tranquille, mais au matin, nous trouvâmes des proclamations affichées sur les baraques : « N'écoutez pas les provocateurs ! Venez travailler ! » Dikarev, qui s'occupait de l'information, réfléchit à la réponse à donner. Les trois secteurs révoltés étaient à la périphérie de la ville, où l'on ignorait peut-être quelles étaient nos revendications et, surtout, les assassinats commis par les gardes. Les équipes qui s'étaient retrouvées bloquées sur le chantier avaient eu le temps d'en parler aux ingénieurs et chefs d'équipe « vierges », mais est-ce que ceux-ci oseraient passer le mot aux habitants ? Sur tout Norilsk, on devrait pouvoir trouver un radio amateur capable de taper sur sa fréquence : malheur, révolte, meurtres, arbitraire. « Je me souviens que les Chinois avaient une coutume, nous raconta Dikarev, qui avait grandi à Harbin. Pendant les fêtes des morts, ils inscrivaient leurs malheurs et problèmes sur des feuilles qu'ils attachaient à des cerfs-volants, et ils lâchaient les ficelles pour que les cerfs-volants s'envolent. Regardez... » Il prit quatre baguettes, coupa du papier qu'il fixa entre les baguettes et, au centre du cerf-volant, il attacha non seulement une ficelle par laquelle il tenait le cerf-volant, mais aussi une pile de tracts. La pile était fixée par un nœud très lâche, et si l'on tirait brusquement sur la ficelle, les tracts se dispersaient et volaient vers le sol.

Nous trouvâmes rapidement un peintre pour préparer les textes, et des imprimeurs prêts à les reproduire. Nous écrivîmes deux tracts différents – l'un à l'intention des habitants, l'autre, des soldats. Le premier disait :

Habitants de Norilsk ! On nous tue, on nous affame. Nous demandons l'arrivée d'une commission gouvernementale. Nous prions instamment les citoyens de l'Union soviétique de nous aider en informant par tous les moyens le gouvernement de l'URSS des actes arbitraires commis contre les détenus des Quatrième, Cinquième et Sixième secteurs du gorlag.

Le deuxième tract déclarait :

Soldats, les drapeaux funèbres marquent notre deuil de nos camarades abattus. Nous voulons vivre en paix, nous ne sommes pas des mutins ni des saboteurs. Nous attendons une commission gouvernementale. Dans les conditions actuelles, la population des camps ne peut pas aller travailler. Ne faites pas couler le sang de vos frères.

En soupirant, je demandai d'ajouter : « Vive la paix, la démocratie et l'amitié entre les peuples ! »

Dikarev fabriqua immédiatement quatre cerfs-volants. Le plus compliqué était de fabriquer une ficelle légère longue d'un kilomètre : il fallut lier entre eux des morceaux de fil de pêche, trouver des bouts de corde, allant presque jusqu'à utiliser nos lacets. Enfin, le premier cerf-volant s'envola dans les airs, mais, suite à un mouvement maladroit, les tracts se répandirent au-dessus du chantier. Seul le troisième cerf-volant atteignit la ville. Dikarev avait bien fait le nœud, et il dispersa les proclamations au-dessus des quartiers d'habitation. C'était une victoire, même modeste. De plus, le vent avait pu faire voler des tracts jusqu'aux détenus qui construisaient l'usine de ciment. Bien sûr cinq kilomètres de toundra les séparaient de nous, mais qui sait. C'était possible, en tout cas. Le lendemain, on s'occupa sérieusement de nous.

Les Ukrainiens signalèrent vers les dix heures du matin que les gardes approchaient. Quatre voitures de pompiers et un détachement conduit par Semionov en personne passèrent à l'attaque sans avertissement. Les officiers tiraient à la mitraillette, certains en l'air, certains par terre devant eux, tandis que les voitures, ayant forcé le portail, entrèrent dans la zone et s'arrêtèrent. Des pompiers en jaillirent, et se mirent à dérouler des tuyaux d'arrosage. Les portes des baraques s'ouvrirent toutes grandes, et l'instant d'après, un bon millier de défenseurs se massaient devant les intrus. Quelqu'un, ayant observé la scène, s'écria : « Attaquez-les, les gars, encerclez-les ! Séparez-les des gardes ! Mort aux bourreaux ! » Les rangs de l'arrière commencèrent à pousser en avant les premiers rangs, et la masse des révoltés avança en direction des gardes. Les officiers comprirent qu'ils n'auraient que le temps d'effectuer quelques tirs avant d'être déchiquetés par la foule, et ils se mirent à reculer. Les pompiers s'immobilisèrent, leurs tuyaux à la main. Les premiers rangs des détenus s'avançaient déjà vers eux. Pris de panique, les pompiers regagnèrent à la hâte les cabines des voitures, dont les chauffeurs avaient déjà commencé à faire marche arrière vers le portail. On leur lança des pierres. La foule, sentant l'odeur du sang, poussa un cri né d'un gémissement venu du plus profond d'elle-même, et se lança à l'attaque. Les gardes s'enfuirent. Le chauffeur de la dernière voiture, terrorisé, ne parvint pas à passer le portail, et enfonça l'arrière de son véhicule dans un pilier. Quand il repartit en avant pour refaire la manœuvre, nous vîmes qu'un officier, écrasé, gisait devant le pilier. « Ne bougez pas ! » hurla Filnev. Les hommes de Pavlichine retenaient ceux qui, dans l'élan de l'attaque, auraient franchi les limites du camp. L'homme écrasé fut hissé par les siens dans l'une des voitures. Les attaquants partirent rapidement.

Pour ne pas manquer le moment de liesse après la victoire, nous réunîmes tout le monde au club, et haranguâmes à tour de rôle nos camarades surexcités. Bomstein répéta plusieurs fois que notre unique chance était d'offrir une résistance non violente, et que nous ne devions nous armer de pierres, de bâtons et de gourdins que pour nous défendre. Après son discours, d'autres membres du comité comprirent que notre destin n'avait effectivement tenu qu'à un fil : nous avions été à un doigt de tomber sous l'article de la rébellion armée. Pavlichine nous appela à répondre poliment à toute question de l'extérieur, et à n'utiliser des armes défensives qu'en cas de tentative d'invasion du secteur. Le lendemain fut le premier jour de l'été et du siège de notre secteur. Le périmètre fut encerclé par des soldats de tous les côtés, sauf de celui de l'usine de briques. Ils acheminèrent également trois énormes projecteurs et des haut-parleurs, qui diffusèrent à nouveau la voix solennelle de Semionov. Cette fois-ci, il proposait à tous ceux dont la peine arrivait à sa fin de se rendre à l'entrée avec leurs affaires. Après un court conciliabule, nous comprîmes que cela n'impliquait qu'environ quatre cents hommes, et nous annonçâmes que nous ne retiendrions personne et que nous comprendrions tous ceux qui étaient sur le point d'être libérés. Un nouveau ruisseau gris se dirigea vers l'entrée.

Plusieurs Studebaker vides vinrent se garer devant le portail. Ceux qui sortaient du camp devaient se coucher dedans, et quand la benne était pleine, on la couvrait d'une bâche et le camion partait. Toute l'opération dura une demi-heure. Après une autre demi-heure, quand les gardes s'étaient déjà éloignés, la remise avec les réserves de vivres prit feu. Les sentinelles attrapèrent rapidement les incendiaires et, après vérification des listes prises dans le coffre-fort, il s'avéra qu'ils faisaient tous deux partie des mouchards qui étaient restés sur place.

Ils tremblaient de peur. « Vous ne comprenez pas où est la force ? – Notre chef nous a dit de rester. – Qu'est-ce qu'il a pu vous faire, ce chef, pour que vous soyez prêts à trahir vos amis ? – J'ai été à Kalargon, et je ne veux plus y retourner. Nikiforov me l'a promis. Vous savez comment c'est, à Kalargon ? Au début, je ne voulais rien faire pour eux. Mais là-bas, la porte du cachot est couverte de clous pour qu'on ne frappe pas, le sol est gelé même en été, et Nikiforov, avec son assistant, m'a mis sous l'aile arrière, en bois, et ils versaient de l'eau dans le froid… – Bon, tu peux arrêter là. » Ils furent mis tous deux aux arrêts, et nous annonçâmes à tout le monde, par les membres du comité, que nous ne laisserions pour le moment plus personne quitter le camp.

Il y eut une accalmie. Une bouillie mouillée tomba du ciel, la boue se répandit à nouveau, marcher sur la route se transforma encore une fois en un décryptage des messages mystérieux laissés par les traces de pneus et de semelles. Le Biélorusse nommé Klimtchouk mourut de ses blessures, il fallut l'enterrer non loin de la zone interdite, dans un cercueil de planches trouvées ici et là. Nous creusâmes sa tombe, sortant de la boue au lieu de mottes de terre, et nous dépêchant de l'enterrer avant que la terre liquide se glisse dans les fentes entre les planches. Le soir venu, je regardai, par la vitre trouble, la pluie-neige tomber verticalement, les nuages bas qui ourlaient la toundra, et je me préparai à reposer à mon tour dans ce sol glacé. Combien de fois avais-je été sur cette frontière, regrettant ce que je n'avais pas vécu, et à présent… à présent la seule chose que je regrettais était de ne pas pouvoir aider des milliers d'hommes désespérés, perdus dans l'entrelacs des divers choix qu'on leur imposait, des contradictions fictives, des représentations de l'ennemi, qui n'avaient jamais su vivre libérés de la peur. Je ne pouvais pas croire qu'une commission allait arriver du lointain Moscou, existant dans un autre univers, en tout cas pas à ce moment-là, après une timide tentative d'assaut, et je tentais de persuader les membres du comité de préparer les hommes à une attaque de toute la garnison armée. Il fallait former ceux qui n'avaient pas fait la guerre, leur apprendre au moins les gestes de défense les plus primitifs – tous étaient loin d'avoir des morceaux de tuyaux ou d'armature. Mais j'avais tort. Après cinq jours de mauvais temps et de doutes, le soleil se mit à briller, et les sentinelles nous rapportèrent qu'une délégation était arrivée dans une GAZ-M1 : un colonel accompagné d'un général de division, de quelques hommes en civil et, bien sûr, de Semionov. Le comité avait prévu un tel développement, et les Ukrainiens avaient disposé, dans la toundra derrière le poste de garde, quelques longues tables et des chaises. Bomstein avait mis un morceau de tissu rouge sur la nappe. Le comité, suivi par la moitié du camp, s'approcha de ces tables.

Les négociations durèrent cinq heures. J'étais d'abord à côté de Filnev, qui avait été nommé président du comité, et d'autres membres, et j'observais ce qui se passait. En silence, sans enlever les casquettes, la commission prit place au bout de la table. Mais très vite, le colonel, qui se présenta comme Kouznetsov, chef de la section des prisons du ministère de l'Intérieur, demanda à n'avoir affaire qu'à dix délégués. « Y cause bien, le joufflu », dit quelqu'un sur la gauche. Les membres du comité se tournèrent vers les camarades qui s'étaient rapprochés. Je croisai le regard de Filnev. Il m'indiqua le poste de garde, et c'était un signe clair : nous avions convenu à l'avance que les chefs du parti ne seraient pas à la table des négociations. La foule recula à contrecœur vers le poste de garde et s'assit par terre. Les délégués restèrent, et exigèrent à leur tour que Semionov soit exclu des négociations, étant donné qu'ils n'avaient plus confiance en lui. Kouznetsov ne voulait pas de conflit, au moins pas dans l'immédiat, et Semionov dut rejoindre un détachement de gardes postés à cinquante mètres à l'arrière de la commission, prêts à se servir de leurs fusils.

Comme nous le raconta Bomstein, Kouznetsov commença par assurer que Beria était au courant de tout et l'avait envoyé tirer les choses au clair. Le général de division au nez busqué se présenta comme Sirotkine, chef des troupes d'escorte des détenus, et les hommes en civil, des secrétaires du parti de Moscou. « Je suis un homme pratique, et je vais immédiatement satisfaire à vos demandes là où c'est en mon pouvoir. Les points que je ne peux pas régler personnellement seront transmis à Moscou. La condition est que vous repreniez le travail dès demain. » Après cela, chaque délégué intervint, clarifiant les revendications. Kouznetsov se comportait simplement, s'efforçant de plaire, mais sans que cela soit trop évident, et donna immédiatement satisfaction à plusieurs demandes. Il supprima les matricules sur les habits et ordonna d'enlever les barreaux aux fenêtres des baraques, promit d'envoyer une autre commission avec des juges pour réviser immédiatement les dossiers des mères et des invalides, puis, dans un deuxième temps, ceux des gens condamnés à vingt-cinq ans de camp, et enfin ceux de tous les autres. Ensuite, Kouznetsov promit de nombreux changements concrets : enlever les cadenas, ne plus limiter la correspondance avec la famille, réduire le temps de travail à huit heures par jour et prévoir une régularisation qui donnerait les mêmes droits aux politiques qu'aux droit-commun. Et surtout, il assura fermement qu'il n'y aurait pas de châtiment pour l'organisation de la révolte ou la participation à celle-ci. Cela fit impression, et c'est pourquoi, lorsque la commission refusa l'idée, rajoutée à la liste par Morouchko, d'unifier les camps masculins avec les camps féminins sous prétexte que les filles allaient de toute façon chez les gardes, alors que les détenus devaient trouver des coins sur le chantier pour leurs histoires d'amour, personne ne protesta.

À la quatrième heure de négociations, Kouznetsov voulut inspecter le secteur. La première chose à laquelle fut confrontée la procession fut la tombe de l'homme abattu. On appela l'infirmier de l'infirmerie, et le corps fut exhumé devant lui. On trouva des balles dans la poitrine de Klimtchouk. Le visage de Sirotkine s'assombrit, il se tourna vers Semionov et demanda à revoir le dossier de Klimtchouk. Il s'avéra que le médecin du camp avait diagnostiqué « mort d'un infarctus ». Kouznetsov promit de punir non seulement celui qui avait tiré, mais tous ceux qui l'avaient couvert. Puis la commission rendit visite aux blessés et insista pour qu'on les transfère à l'hôpital de la ville – le comité ne s'y opposa pas, étant donné qu'il avait déjà recueilli et noté leurs dépositions. Puis Kouznetsov vérifia ce qui se passait dans la remise, l'échoppe et la boulangerie. Bomstein avait fait l'impossible : on ne trouva rien de volé ni de gaspillé, et la boulangerie révéla même un surplus de farine. Kouznetsov fut visiblement pris d'inquiétude en constatant qu'il avait affaire non pas à des anarchistes, mais à des équipes bien organisées. Perdant un peu de sa superbe, il n'en exigea pas moins l'arrêt de la grève et le retour au travail dès le lendemain. Le comité comprenait que, sans les chefs de chantier et ingénieurs du contingent politique, tout le travail sur les immeubles et les usines était retardé, qu'il n'y avait pas la possibilité d'envoyer de nouveaux travailleurs qualifiés par le fleuve Enisseï en cette saison, et c'est pourquoi il déclara : Nous n'irons pas travailler tant que notre revendication principale – la révision des dossiers – ne sera pas satisfaite. Kouznetsov leva brusquement la tête, sa joue bien rasée brilla, et il répéta qu'il n'était pas habilité à entamer une révision des dossiers sur place, mais qu'il transmettrait le lendemain même nos plaintes à Moscou. « Eh bien, nous verrons ce que ça donnera », répondit Bomstein. Avant de partir, Kouznetsov écouta les Ukrainiens qui soupçonnaient qu'après son départ Semionov pourrait jeter les activistes au cachot, et leur donna l'adresse de son bureau moscovite, promettant de suivre personnellement ce qu'il adviendrait de leurs plaintes.

La commission repartit dans ses M1, et la foule continua de discuter sur notre petite agora. La majorité des hommes souriaient, certains s'étreignaient. Quelqu'un pensa soudain à arracher le matricule du dos de son voisin. La minute d'après, on entendait une crépitation générale, comme si on avait installé des câbles de haute tension au-dessus du camp. Quand nous en eûmes fini avec les matricules, nous soulevâmes Morouchko, doté de la voix la plus forte, sur nos épaules, et il cria que le comité allait discuter des propositions de la commission de Kouznetsov puis annoncer à tout le monde sa position sur la conduite à suivre. Les hommes de Bomstein commencèrent à enlever les barreaux de la baraque la plus proche. Ils prirent les barres, désormais privées de numéro d'inventaire, et allèrent faire la même chose pour tous les bâtiments du camp.

Les membres du comité s'assirent sur la scène du club, laissant pendre leurs jambes vers la salle. La discussion fut à peu près la suivante. Moi : « Il ne faut pas leur faire confiance. Nous devons expliquer aux autres que ce sont des ruses. » Filnev (sifflant à travers sa dent cassée) : « Et tu proposes quoi ? De continuer la grève et de repousser de nouvelles attaques ? Les hommes nous demanderont pourquoi nous devons prendre ces risques. Si nous répondons que nous n'avons pas confiance, ils demanderont pourquoi. On nous a accordé immédiatement d'enlever les matricules et les barreaux. Et ensuite… Le diable est mort, les voleurs ont été amnistiés, peut-être que notre tour viendra bientôt. Bref, je ne suis pas d'accord, je propose de reprendre le travail, et si ça ne se passe pas bien, on chassera de nouveau les gardes. » Moi : « Vous ne comprenez pas ?! Vous n'avez jamais joué aux cartes avec des tricheurs ? Ils sont de la même trempe. On ne peut pas se mettre d'accord avec eux tant qu'ils n'auront pas répondu à notre revendication principale : envoyer une commission de révision de nos dossiers. Kouznetsov a débarqué rapidement, en une semaine. Bien sûr ! Ses chefs doivent tenir des délais, les immeubles et les usines doivent être construits. Donc, la commission d'après arrivera aussi rapidement. » Pavlichine : « Tu dis vrai, mais ils ne pourront pas l'envoyer aussi vite. Ils devront prendre des magistrats, et encore quelqu'un du tribunal dans leur commission, et des tchékistes. Nous estimons qu'il faut aller travailler, sur le chantier nous verrons nos frères des autres secteurs, les équipes rétabliront la liaison entre elles. Et à la moindre entourloupe – on remet le drapeau sur la grue. »

J'étais toujours conscient que c'était une supercherie et que Kouznetsov était en ce moment même assis à une table, buvant du thé sucré ou du cognac avec son Sirotkine au nez busqué, discutant de ces salauds derrière les barbelés, et indiquant qu'il serait bon de les écraser discrètement, de les fusiller, et qu'il faudrait écrire dans le rapport au *patron** que, pour calmer les masses, des mesures insignifiantes et provisoires avaient dû être prises, des compromis minimes, couplés à des travaux de renseignements. Pavlichine était très intelligent, mais il n'avait pas voulu prendre une position extrême, alors même qu'elle n'impliquait aucune violence, seulement de la fermeté. Bomstein avait peur que, si nous n'allions pas travailler, la moitié du secteur serait abattue pour effrayer l'autre moitié. Les Allemands écoutèrent toutes les opinions, mais n'exprimèrent pas la leur. Moi, j'étais assis la tête entre les mains, parce que c'était un mensonge : une mauvaise paix ne voulait rien dire, et si on faisait des compromis avec un tricheur, on se retrouvait les poches vides. D'autant plus que nous n'avions pas affaire à un simple tricheur, mais à un escroc cannibale et expérimenté.

Le secteur était en liesse, et je décidai d'attendre le surlendemain pour remettre la question à l'ordre du jour au comité – le lundi, quand nous aurions échangé des nouvelles avec les autres secteurs. Les drapeaux sur les grues où le Quatrième secteur creusait le permafrost disparurent, cela signifiait qu'ils avaient aussi l'intention de se rendre au travail. Eh bien, je rencontrerais les membres du parti et, avec un peu de chance, nous pourrions discuter. Quant au lendemain, c'était un jour de congé. Karatovski me trouva lui-même. D'après ce qu'il me dit, dans le Quatrième secteur, ils avaient évité la confrontation avec les voitures de pompiers, mais ils avaient eu droit à d'autres provocations. Les mouchards, qui n'avaient pas été repérés à temps, avaient suscité des disputes entre les Tchétchènes et les cosaques du Kouban, puis entre les Ukrainiens et les Polonais. Gritsiak, dont j'avais fait la connaissance sur la péniche *Staline* et qui était à la tête du comité, avait eu toutes les peines du monde à empêcher un massacre. Je racontai à Karatovski comment ses camarades avaient failli le tuer pour excès de pacifisme, mais il sourit : « Non, c'est un superbe orateur et un vrai combattant. Il est très utile dans le secteur, justement parce que les Ukrainiens le respectent, et ils sont nombreux chez nous. Et il est pour une résistance non violente – sinon, nous aurions été noyés dans le sang des mouchards, nous avons découvert que presque un cinquième des hommes en étaient. »

Les délégués avaient déposé sur la table devant Kouznetsov une centaine de pages d'aveux des mouchards, et le colonel avait compris qu'il y avait des juristes dans le comité, et avait cessé de faire pression sur eux. On avait transmis les revendications des détenus. Kouznetsov les avait étudiées rapidement, et n'avait réagi qu'à un point : « Vous affirmez ici : "La meilleure expression d'une politique de paix est de réhabiliter les victimes de la guerre." Vous voulez parler de qui ? Les victimes de la guerre sont les Soviétiques, les meilleurs d'entre nous, qui en défendant la patrie ont perdu la vie ou sont devenus invalides. Mais chez vous, de quelles victimes parle-t-on ? Vous avez collaboré avec Hitler, et mérité votre châtiment. » Le chef d'équipe Galtchinski n'avait pas pu se retenir : « Eh, il y a moins d'un homme sur dix ici qui a collaboré. La Tchéka s'est fait des galons sur le dos des autres, en inventant des prétextes absurdes pour envoyer le nombre de gens prévus dans le plan, de la main-d'œuvre bon marché pour les chantiers du camarade Staline. Regardez nos dossiers : nous avons presque tous été capturés par l'ennemi à cause d'erreurs de nos commandants, du désordre et du chaos qui régnaient.

Peu ont réussi à échapper à la Polizei, et après, pour ne pas crever, ne pas pourrir sur place, on a dû travailler pour une gamelle de mauvaise soupe, mais on n'a jamais trahi notre peuple. J'ai travaillé dans les carrières de granit, en quoi j'ai trahi ? » Kouznetsov avait répondu froidement : « Les organes compétents ne peuvent pas se tromper. » Les délégués avaient fait des gestes énervés de la main, et n'avaient plus discuté que de leurs revendications avec la commission.

Le soleil de nuit avançait dans le ciel. Karatovski parlait et parlait, nous reconstituions le cours des provocations et des assauts, les détails et différents points. Il était clair que le déroulement de la mutinerie au Quatrième secteur rappelait ce qui s'était passé chez nous. Mis à part le fait qu'ils n'avaient pas pensé aux cerfs-volants. Le Premier secteur, lui, était caché derrière la montagne Medvejaïa et n'avait pas pu voir les drapeaux dans la ville, même depuis la mine, mais il avait quand même eu vent du soulèvement et avait chassé l'administration. Leur comité avait exigé d'enquêter sur le meurtre de deux vieux-croyants, information qui s'était répandue et à partir de laquelle les troubles avaient commencé dans le camp avant la révolte. Karatovski estimait que la nouvelle de la grève des secteurs de la ville leur avait été apportée par l'ancien pilote iranien qui transportait la nourriture dans le gorlag. Le Premier secteur avait rapidement émis un manifeste, « Pourquoi nous faisons la grève », l'avait discuté puis l'avait remis à Kouznetsov avec une pétition au Soviet suprême et au ministre de l'Intérieur. Depuis, plus aucune nouvelle n'était parvenue de la montagne Medvejaïa, mais les activistes de là-bas étaient foncièrement pacifistes, raison pour laquelle on ne doutait pas qu'ils avaient cessé leurs protestations et étaient allés travailler à la mine.

Ceux qui refusèrent le plus longtemps de retourner travailler, d'après les informations de Karatovski, furent les prisonniers du Troisième secteur, le bagne. À cause de la sévérité du régime, on n'avait que peu de renseignements sur ce qui se passait. Sur l'usine de ciment qu'ils construisaient, on voyait apparaître puis disparaître les drapeaux noirs. Selon la rumeur, la mutinerie était menée par un officier nommé Chamaïev. Il avait été capturé pendant la guerre, s'était évadé quatre fois des camps, puis avait été contraint de collaborer avec l'Abwehr, avait terminé une école de radio, été inclus dans un groupe d'agents de diversion, et à la première occasion, il avait rejoint les Soviétiques, mais ceux-ci, hélas, n'avaient pas apprécié son geste à sa juste valeur. Chamaïev avait réparti les bagnards en plusieurs détachements, qui renforçaient le camp, creusaient des tranchées, bref, se préparaient à subir un assaut. La commission était aussi passée chez eux, mais personne ne savait s'ils étaient allés travailler après la visite de Kouznetsov.

Dans le Sixième secteur, les femmes avaient reçu, dès le début de la grève, un message de nos hommes leur demandant de soutenir le mouvement de protestation jusqu'à l'arrivée de la commission. Après l'appel du matin, les brigades s'étaient rassemblées devant le poste de garde pour aller au travail. La cheffe d'équipe Zelenskaïa était montée sur un tonneau et avait sifflé bruyamment : « Que chacune retourne dans sa baraque ! Fermez le portail du camp ! On n'ira pas travailler ! » Il n'y avait pas encore de comité des femmes, et personne, à part Zelenskaïa, ne pouvait expliquer de quoi il retournait. « Nos frères protestent contre l'assassinat de leurs camarades. Nous devons les soutenir en refusant de travailler, jusqu'à l'arrivée d'une commission gouvernementale qui devra établir ce qui se passe ici ! Ne craignez rien, ce sont les chefs qui seront tenus pour responsables, personne ne vous fera rien ! » Les premiers rangs se mirent à s'éloigner de l'entrée, poussant les rangs de derrière, et les équipes tout juste constituées se dispersèrent. Les gardes prirent leurs fusils, et Dieu sait ce qui serait arrivé si Asta Tofri n'avait pas fait son apparition.

Personne n'avait compris d'où elle avait sorti sa robe à carreaux avec un col blanc, quoique pas repassé. Sur sa tête, elle avait mis un bandeau rouge, d'où sortaient ses cheveux bouclés avec des papillotes. Les lèvres d'Asta brillaient d'un rouge déplacé. Elle avançait fièrement, droit devant elle, d'un pas rapide. Son père et sa mère avaient été condamnés pour crimes politiques, elle avait connu l'orphelinat de Leningrad, l'hiver dans Leningrad assiégé, dans les bras de la mort, et elle avait été arrêtée pour avoir distribué le journal clandestin d'une amie lituanienne – dix ans de bagne ajoutés à ses vingt-deux ans. « Tofri, en colonne ! » On disait que, déjà avant, Asta ne craignait pas les gardes, et aidait tout le monde avec son insouciance et son allant, mais là, elle se surpassait. Elle avait mis ses longues jambes dans des bottines de cuir artificiel, avait enfilé un large caban sans boutons, sous lequel on voyait sa robe et ses pantalons. Les bras croisés sur la poitrine, elle s'approcha tout près des tireurs et se retourna brusquement vers ses compagnes. « Les filles, nous gagnerons, parce que nous sommes dans notre droit ! Tant qu'ils n'auront pas révisé nos stupides dossiers d'accusation, on ne mettra pas un pied hors du camp ! En avant, marche, aux baraques ! » Zelenskaïa, sur son tonneau, applaudit. Tofri était estonienne, mais elle avait parlé sans accent. « Mieux vaut crever dans un cachot que de creuser ces fondations ! Nous sommes faites pour l'amour, le communisme ne doit pas se construire sur nos corps ! » Les gardes s'immobilisèrent, soit de rage, soit d'enthousiasme érotique. « Hourra ! » crièrent les équipes. Et les femmes, les unes après les autres, s'arrachèrent les foulards de la tête et les jetèrent dans la boue – elles n'iraient pas travailler avec des foulards sales.

Les détenues les plus expérimentées achetèrent immédiatement du pain à l'échoppe. En attendant l'expédition punitive, les Lituaniennes, nerveuses, brodaient fébrilement des bourses aux couleurs de leur drapeau, cousaient les ornements austères de perles rouge sombre sur des rosaires avec une croix. Toutes les femmes se précipitèrent pour décorer les baraques comme si c'était leur dernier jour, même si le Sixième secteur était déjà orné partout de rideaux brodés, de nappes en dentelle, avec des photos de famille sur les murs. Elles se mirent à cuisiner en espérant pouvoir manger avant d'être mises au cachot, trouvèrent on ne sait comment du cacao et du sucre qu'elles ajoutèrent à de la semoule de blé. Elles mangèrent cette crème à la cuillère. Puis quelqu'un proposa, au contraire, de faire la grève de la faim, pour qu'on envoie encore plus vite la commission. Même la Lettone Dauge, qui devait bientôt être libérée et rejoindre sa fille adulte qui l'attendait depuis longtemps en relégation, approuva cette idée. De nombreuses femmes, comme elle, voulaient une réhabilitation complète, pour pouvoir rentrer chez elles. Elles cessèrent de jeûner avant l'arrivée de la commission car, déjà éprouvées par l'hiver polaire, elles tombaient d'épuisement en pleine toundra. Kouznetsov vint les trouver en dernier, il bluffa en promettant de demander leur réhabilitation, et les femmes le crurent. D'autant plus que le colonel pouvait se vanter de son accord avec nous. Asta monta sur le toit avec des drapeaux artisanaux et annonça, en alphabet sémaphore, au Quatrième secteur et à notre chantier que les négociations s'étaient bien passées. Le Sixième secteur arracha immédiatement les matricules et les barreaux.

Karatovski affirmait que tous ces secteurs étaient emportés par le même élan et avaient repris le travail, et je commençai à avoir des doutes. Peut-être que je ne voyais plus bien ? Peut-être que je ne comprenais pas leurs jeux ? Mais tout semblait clair, qui jouait pour qui, qui voulait acheter qui et comment. Ou la haine avait-elle mis un voile devant mes yeux, et je ne croyais pas que, après la mort du principal visage gris, un vent nouveau soufflait ? Mais quel vent nouveau, bon sang, si au fond rien n'avait changé ? Dans plusieurs secteurs, on avait tué en même temps plusieurs innocents. C'était visiblement une provocation. Et que pouvions-nous espérer ? Une soudaine clémence ? Karatovski eut un petit rire : « Pas à pas. Tout change pas à pas. Nos camarades ont parfaitement raison : pour le moment, nous allons travailler, mais s'il le faut nous reprendrons la grève. Vous voudriez tout changer immédiatement. » Je hochai négativement la tête : « Non, pour le moment, bien sûr, c'est impossible, mais une position ferme est indispensable, même pour les changements progressifs. » Les fenêtres de l'immeuble en construction devant lesquelles nous nous tenions donnaient presque sur la rue, sur le quartier d'habitation. Derrière les barbelés, une équipe marchait dans la rue. Je regardai attentivement, et au lieu de bouts de contreplaqué, de masques de coton, d'yeux vides, de traits effacés, je vis des visages. Certains souriants, triomphants, d'autres angoissés, mais ils étaient là. L'indifférence et l'abattement terrible, effrayant, avaient disparu. Ils ne marchaient pas en cadence mais, au contraire, chacun à son rythme, sans discipline, avec audace. Un Géorgien au pas lent fermait la marche, une guitare sur l'épaule. Sur le trottoir, un garçon, adolescent, et son père, que j'avais croisé plusieurs fois sur le chantier, où il était, semble-t-il, contremaître, observaient la scène. Le père disait quelque chose à son fils en regardant la colonne d'hommes, je ne pouvais pas l'entendre bien sûr, mais je lus sur ses lèvres. Il répétait : « Tout est différent, tout est différent. » Les gardes ne réprimaient ni la guitare ni le pas libre, et suivaient sans entrain sur les côtés. Peut-être que les délégués avaient raison, qu'un vent nouveau s'était levé, et qu'il fallait prudemment gonfler ses voiles, sans trop exiger ?

« Bon, je suis d'accord qu'on peut pour le moment mettre la grève au ralenti », dis-je, me tournant vers Karatovski. Celui-ci sourit, mais ses poings se serrèrent : « Je suis content que vous ayez parlé de faire la grève et non de lanterner. C'est leur mot préféré, je le déteste. Nous ne lanternons pas, nous nous sommes soulevés et nous ne ploierons plus. » Nous discutâmes ensuite d'une réunion entre tous les membres du parti de tous les secteurs ; il convenait de la tenir avec la plus grande prudence. Tofri et d'autres femmes du Sixième secteur avaient entendu parler des démocrates et voulurent envoyer des déléguées. Nous préparâmes cette réunion pendant plusieurs jours, jusqu'au matin où l'équipe qui arriva sur le chantier remarqua qu'il n'y avait aucun des travailleurs du Quatrième secteur.

Nous pouvions voir leur secteur depuis nos toits, mais ils n'avaient affiché aucun autre slogan ou étendard ; cela voulait dire qu'il se passait quelque chose qui n'était pas la grève. Le lendemain, l'équipe de Petraitis remarqua, du haut de l'usine de briques, deux drapeaux qui se levaient et se baissaient sur les toits du Quatrième secteur. Il comprit qu'on essayait de communiquer avec nous en alphabet sémaphore. Il trouva parmi ses gens ceux qui pouvaient déchiffrer ce code, et ils lurent le message suivant : « Nous sommes en grève. Parmi les cent personnes qui ont quitté le secteur en transfert, sept ont été mises en prison. Elles étaient dans le comité. Soyez prudents. » Le lendemain, à l'appel du matin, le garde Grochev annonça qu'il n'y aurait pas de constitution d'équipes, et que ceux dont le nom serait appelé devaient rendre leur couchette et se préparer à un transfert.

Grochev commença à lire la liste de plusieurs centaines de noms, et petit à petit, dans des parties différentes de la liste, il nomma tout notre comité, tous les membres du parti. Les choses étaient déjà claires, mais désormais nous comprenions sans le moindre doute que les mouchards avaient trahi tout le monde, et que chacun de nous avait son dossier chez les tchékistes. Le comité se consulta brièvement, et chaque délégué courut annoncer à ses hommes qu'il fallait refuser de partir, sinon nous allions être arrêtés. Notre réussite ne tenait qu'à un fil, parce que beaucoup d'hommes, qui s'étaient calmés après la fin de la révolte, n'étaient pas d'accord. Finalement, le récit de ce qui s'était passé la veille au Quatrième secteur acheva de les convaincre. Quand l'escorte renforcée appelée par Grochev arriva, presque tous les occupants des baraques s'approchèrent du poste de garde. Les rangs arrière poussèrent légèrement la foule en avant, et les soldats eurent l'impression que les premiers rangs s'avançaient vers eux. Ils prirent leurs mitraillettes. La plupart d'entre eux tirèrent en l'air, mais un soldat visa plus bas. Quelques hommes tombèrent, et la foule s'écarta. Il y avait deux morts : un Lituanien récemment entré dans notre parti, et un autre détenu. Le secteur se mit à vociférer, de plus en plus fort. Les soldats reculèrent et, assurant la défense de l'administration pendant qu'elle s'éloignait du danger, disparurent derrière le portail.

On transporta les morts à l'infirmerie. Bomstein trouva du tissu rouge, découpa une bande, la cousit sur un carré noir, et un nouveau drapeau fut hissé au-dessus de notre secteur. Par l'alphabet sémaphore depuis le toit de notre baraque, nous annonçâmes les morts au Sixième secteur, et l'usine de briques passa le message au Quatrième secteur. J'empruntai les jumelles de Pavlichine et vis Asta dans sa robe à carreaux. Elle répondait avec ses drapeaux que les femmes avaient tout compris et que le Sixième secteur se joignait au nouveau mouvement de protestation. Estimant que Kouznetsov comprendrait qu'il avait à nouveau trois secteurs en grève, et qu'il commencerait des négociations sur des positions plus faibles, nous allâmes nous coucher.

Quelques jours passèrent dans un silence écrasant. Le camp semblait s'être immobilisé. Les soldats se relayaient sur les miradors, mais il n'y eut plus d'incidents. Notre liberté s'épanouissait et se répandait partout. Certains organisèrent des concours de course à pied, les Ukrainiens chantaient leurs chansons, et de nouveaux candidats au Parti démocratique de Russie, qui s'annonçaient par dizaines, prêtaient serment devant moi. Le comité rédigea et distribua dans les baraques l'article « Comment discuter avec la commission gouvernementale ». Ce manifeste, nous l'avions écrit avec notre cœur, essayant d'enflammer celui des autres, autant que c'était possible dans ce désert glacé.

Dans le cas où la commission gouvernementale tentera de ne pas satisfaire notre demande de nous libérer de la détention, notre demande doit être formulée sous la forme de revendications. Afin que notre demande ou nos revendications (selon les circonstances) ne soient pas gratuites et sans fondement, chaque détenu doit annoncer à la commission gouvernementale les choses suivantes :

– Chacun de nous a déjà purgé en moyenne de 7 à 9 ans de détention. Au cours de ces longues années, chacun de nous a, dans les conditions difficiles d'une région au nord du cercle polaire, où, selon les lois soviétiques de défense du travail, chaque travailleur a droit à des compensations sous la forme d'une durée des congés doublée, d'un salaire supérieur et autres, dans ces conditions, nous avons travaillé dix heures par jour pendant longtemps, sans rien recevoir pour notre travail difficile, un travail de bagnards, sans aucune compensation, et nous avons construit à Norilsk toute une série d'exploitations d'importance nationale. (Regardez : tout cela a été construit de nos mains !)

Pendant ces longues années de détention, le labeur physique éreintant, effectué par tous les temps dans ce climat difficile, l'arbitraire dans le camp et sur les chantiers, où nous n'avons pas été considérés comme des personnes, la mauvaise nourriture à partir de produits de mauvaise qualité, l'absence de fruits et légumes frais, tout cela a envoyé la moitié d'entre nous dans la tombe, et plus de 30 % de ceux qui ont survécu ont été transformés en invalides désormais incapables de rien faire – vous allez les voir. Ces tristes débris humains étaient autrefois sains et joyeux, et tous les autres sont à la limite de l'invalidité et de la mort. Or, nos familles nous attendent. En outre, si vous examinez de plus près nos dossiers d'instruction, vous comprendrez que nous avons été envoyés au bagne suite aux décisions arbitraires des enquêteurs et des tribunaux. Qu'est-ce qui nous attend dans le futur, si le gouvernement ne tient pas compte de tous ces faits et prend une décision injuste à notre égard ? Le même travail de bagnard, l'invalidité et, pour finir, une tombe glacée sous le mont Schmidt. S'il en est ainsi, citoyens membres de la commission gouvernementale, nous préférons la mort, mais une mort sans souffrances et sans humiliations.

La liberté ou la mort !

Ce n'est qu'en parlant ainsi, tous ensemble, que nous pourrons défendre notre droit à la liberté et à la vie. Et plus chacun de nous exigera avec force et audace la liberté pour lui et ses camarades, plus nous pourrons espérer le succès. Or, il est possible que nous ayons encore à repousser plusieurs attaques. Nous devons être unis. Un pour tous, tous pour un, unis autour d'un seul but, la liberté. Pour être vraiment unis, nous devons avant tout nous montrer disciplinés, exigeants envers nous-mêmes et nos camarades. Toutes les instructions et les exigences des chefs nommés dans les secteurs de baraques et les territoires, les instructions et les exigences du comité doivent être scrupuleusement appliquées. Si nous ne parvenons pas à être disciplinés, nous serons en proie au désordre. Et dans notre situation, voués à l'échec. Mais nous ne devons pas le permettre et ne le permettrons pas. Nous serons disciplinés, nous respecterons les chefs désignés par le comité, exécuterons toutes les instructions et exigences, et ferons respecter notre droit légitime à la liberté.

Kouznetsov n'hésita pas longtemps. Cinq jours plus tard, le soir, les sentinelles ukrainiennes vinrent nous annoncer qu'une commission complète venait d'arriver au portail, avec des magistrats. Des Studebaker avec des gardes étaient garées un peu plus loin. Une partie des soldats étaient en armes, les manteaux roulés sur le dos, comme s'ils s'attendaient à un long siège, et les autres déchargeaient des mitrailleuses de fourgons. Cela avait tout d'une offensive psychologique. Les Ukrainiens firent le tour du périmètre et remarquèrent que, à certains emplacements, les gardes avaient réussi à couper subrepticement les barbelés, permettant aux soldats d'entrer dans le secteur par plusieurs brèches, et pas seulement par les deux postes de garde.

Pendant que nous rassemblions les hommes sur la place, Kouznetsov nous adressa un ultimatum. Muni d'un haut-parleur, il exigea d'enlever le drapeau noir, de se mettre en colonne et de quitter le camp. « Votre lanternement s'est transformé en mutinerie contre-révolutionnaire, tonna-t-il. Nous vous donnons quinze minutes pour vous préparer à sortir. » Kouznetsov fut remplacé par un magistrat, qui se présenta comme le conseiller de justice Vavilov et commença à plaider d'un ton à la fois paternel et menaçant : « Détenus, reprenez-vous, on vous a poussés à agir contre le pouvoir soviétique ! Si vous refusez d'obtempérer, les soldats utiliseront les armes ! » Ceux-ci firent cliqueter leur culasse, les tireurs prirent une position confortable derrière leurs mitrailleuses.

Pendant quelques minutes, le camp fut silencieux, et nous crûmes que grâce au manifeste, ou à la confiance et aux actions de chacun – ou tout à la fois –, les gens s'étaient unis. Mais des ombres commencèrent à sortir des baraques. Elles étaient de plus en plus nombreuses. Bientôt, nous vîmes autour de nous un phénomène qui rappelait les panneaux de mes cours de météorologie, expliquant comment apparaissent les nuages, ou la danse du *dhikr* que j'avais vue dans le livre des Apoukhtine : les soufis tournaient sur eux-mêmes, comme s'ils étaient pris dans un tourbillon très fort, ou qu'ils étaient devenus une roue tournant follement. Des groupes en veste matelassée grise erraient entre les baraques, rejoignant des groupes plus nombreux, s'interpellant, faisant leur baluchon, se disputant, certains se bagarraient même, et tout cela ressemblait à des vortex, à des hordes se heurtant les unes aux autres, à un essaim dans lequel les individus se perdaient, disparaissaient, se soumettaient à un mouvement général instinctif et, comme attirés par un aimant, ne pouvaient plus échapper au tourbillon. Il était aussi difficile d'arrêter ce mouvement que d'arrêter la pluie, mais je décidai tout de même de faire quelque chose et je hurlai : « La liberté ou la mort ! La liberté ou la mort ! » Deux autres voix reprirent ce slogan, mais se turent bientôt, et le tourbillon s'accentua. Je me glissai entre les gens comme un fou et criai d'une voix déjà rauque, agitant mes poings levés, mais un renégat se tourna vers moi et me frappa à la tempe. En tombant, je vis Pavlichine au loin. Ses hommes se précipitèrent vers moi et me sortirent sur la rive de ce flot humain. Pavlichine me prit par l'épaule et cria : « Basta ! Ceux qui le veulent n'ont qu'à sortir. On ne les retiendra pas ! Il en restera au moins la moitié. Tous les nôtres sont ici. »

Les autres membres du comité nous rejoignirent bientôt. Filnev arriva, avec son groupe devenu moins nombreux. Les Baltes, sous le commandement de Petraitis, restèrent tous. Les intendants de Bomstein, eux, sortirent avec le flot qui passait le portail avec des ballots pendant tristement sur l'épaule. Kouznetsov, qui comptait sur le fait que la majorité des détenus quitterait la zone, continuait à tonner : « Je m'adresse à vous, Russes. N'écoutez pas ces suppôts de Bandera, ce sont les ennemis jurés de notre patrie. Regardez la Russie, et dites-moi, n'est-elle pas plus grande que jamais ? Quittez le territoire de la mutinerie. Un Russe ne peut pas être l'ennemi de sa patrie. » Autour de moi, tout le monde cracha à terre. Ceux qui passaient par le poste de garde se retournèrent et regardèrent avec tristesse les amis qui étaient restés devant le club. Mais personne ne se risqua à revenir en arrière sous le viseur des mitrailleuses. Pavlichine s'était trompé : le secteur s'était vidé plus que de moitié.

Assis sur les châlits, le comité redessina un schéma de défense. J'avais mal à la tempe. Il n'y avait bien sûr aucun espoir d'arriver à les repousser. Nous devions gagner du temps ou, mieux encore, empêcher toute attaque. Nous savions tous que, s'ils le voulaient, ils pouvaient nous capturer ou nous abattre tous au moment de l'assaut. Le seul espoir était que les hommes encore là se scindent en groupes de plusieurs centaines et se positionnent devant les trous dans les barbelés et les postes de garde, les fermant presque de leurs corps – sans armes artisanales ni pierres, mais affichant leur résolution à résister. Le vent souffla en rafales, des nuages pareils à des lambeaux de tissu s'avancèrent de derrière le mont Schmidt. Une averse se déversa sur les toits chauds. Nous avions l'impression que dans le meilleur des cas la commission continuerait à négocier, et dans le pire l'assaut serait remis au matin ; nous avions donc le temps d'imprimer de nouveaux tracts et banderoles, et Dikarev, de lancer ses cerfs-volants. Après cela, nous serions sortis du camp de nous-mêmes, sans attendre l'assaut.

Mais aucune de ces variantes ne se réalisa. La pluie et le vent s'arrêtèrent aussi vite qu'ils avaient commencé, et le camp fut plongé dans le brouillard. Après une demi-heure de calme, quand tous ceux qui le voulaient avaient quitté le territoire, des soldats avec des brassards blancs apparurent dans le brouillard. Après avoir échangé des regards, nous nous armâmes de bâtons et sortîmes.

La rue menant au club était vide. Les Ukrainiens avaient couru avertir tous ceux qui étaient allés se coucher dans les baraques. Quand les gardes arrivèrent, se pressant contre les murs, chacun des hommes restés au camp avait déjà décidé de ce qu'il allait faire : certains étaient aux lavabos, les mains en l'air, d'autres couchés sous les châlits, pour éviter les tirs, et un troisième groupe, ayant ramassé des pierres, avait rejoint le comité et les sentinelles ukrainiennes. Filnev nous appela d'un geste de la main et nous murmura : « Cinq groupes, un de chaque côté et deux vers le poste de garde. Il faut forcer le passage vers le chantier et y lever le drapeau, sinon c'est fichu, on sera massacrés et personne ne saura ce qui s'est passé. » Nous n'avions pas le choix. Nous étions environ trois cents. Le deuxième poste de garde était vers la baraque de quarantaine, et les baraques étaient presque mur contre mur. Notre petite armée se sépara en trois groupes, après avoir convenu que, à un cri d'appel, tout le monde se ruerait sur le portail, qu'on détruirait à coups de barres de fer et de haches, puis on passerait la zone interdite et forcerait encore un portail pour pénétrer sur la zone de chantier. Elle ne serait sans doute pas protégée par une garde renforcée, mais il fallait réussir à entrer : les artilleurs nous attendaient sans doute au deuxième corps de garde avec des mitrailleuses. Notre seul espoir résidait dans la soudaineté de notre attaque, et dans l'indécision des gardes : ils ne désiraient sans doute pas abattre le tiers de la force de travail du secteur.

Le cri d'appel retentit, et des centaines de bottes grincèrent. Les premiers rangs hurlaient férocement, comprenant que la mort les attendait. Les Baltes s'engouffrèrent par le poste de garde et réussirent à attraper les mitrailleuses par le canon et à les écarter. Je sortis avec eux. Les gardes n'avaient pas reçu l'ordre de tirer, et bientôt notre armée brisait le portail et sortait du camp. Les renforts avec leur brassard blanc couraient des baraques en direction du poste de garde en tirant en l'air, conscients qu'une évasion de masse venait d'avoir lieu. Ils attrapèrent les derniers rangs qui, dans l'effervescence, n'avaient pas encore pu quitter le camp. Karatovski et Nedorostkov furent capturés. L'avant-garde, elle, pénétra sur le chantier. Le gros du groupe se précipita vers un immeuble d'habitation de quatre étages déjà achevé, tandis que Morouchko et un complice grimpaient sur la grue. Quand ils atteignirent sa flèche et qu'ils y pendirent le drapeau noir avec sa bande rouge, le portail était déjà fermé et les entrées de l'immeuble barricadées.

La commission contourna le secteur et se dirigea droit vers nous. Les représentants du tribunal et du parti avaient disparu ; Kouznetsov approcha à nouveau son porte-voix de ses lèvres, mais il n'eut pas le temps de parler : les hommes sifflèrent et lui lancèrent des pierres. Il fit alors un geste en direction de Sirotkine et se réfugia dans la M1. L'un des Baltes se pencha par la fenêtre pour annoncer en alphabet sémaphore au Sixième secteur que nous étions pris d'assaut, et bientôt, nous entendîmes des hurlements de femmes stridents et désespérés. Le Balte courut aux fenêtres qui donnaient sur le Quatrième secteur, mais il ne put pas se pencher : des balles de fusil vinrent heurter la façade.

Baissant la tête, je courus avec les autres membres du comité dans le fond du premier étage. De la fenêtre, nous voyions que les Ukrainiens avaient dressé une barricade de bétonnières, cuves, brouettes, échafaudages cassés et tuyaux autour de la grue. Un peintre, avec Dikarev, dessinait sur un morceau de tissu rouge le message : « On nous assassine ! Faites-le savoir au gouvernement ! » Des tirs et des cris de soldats s'élevaient du côté du portail. Les défenseurs s'étaient massés dans la chambre à l'entrée d'une longue enfilade de pièces – l'appartement était sans doute destiné à un général, avec des petites chambres pour les domestiques. Filnev remarqua que je n'étais pas armé, et me donna un manche de pelle. Une bataille se déroulait déjà au rez-de-chaussée, quelqu'un poussa un cri étouffé. D'autres juraient d'une voix aiguë. Dans l'escalier, nous entendions des balles stridentes rebondir sur les murs. Pavlichine prit un pot de peinture et poussa les hommes qui peignaient dans la chambre du fond. Des fenêtres, nous voyions le combat dans la cour intérieure. Les Ukrainiens, avec leurs couteaux et leurs barres de fer, obligeaient les mitrailleurs qui tentaient de les frapper avec leurs crosses à reculer vers le porche. Alors les mitrailleurs se mirent à tirer. Ils n'avaient pas de grenades. Sur un tas de planches, gisaient deux corps de *prisonniers**, et un garde blessé à l'arme blanche rampait à côté d'eux, essuyant de sa main rouge le sang qui coulait sous sa vareuse.

Des soldats aux bottes brillantes et à l'uniforme repassé, visiblement des réservistes, accoururent dans la cage d'escalier. Les Baltes qui étaient encore avec nous eurent le temps de leur lancer des pierres, de fermer la porte et d'y pousser de lourdes poutrelles. Pendant que les attaquants brisaient les portes, les peintres furent évacués encore plus loin, dans la pièce tout au fond de l'enfilade. Puis les autres passèrent à la deuxième chambre et barricadèrent à nouveau la porte. C'était une pièce énorme, plutôt une salle. Les pièces d'après étaient bien plus petites, et y courir n'aurait servi à rien. Nous devions combattre ici. Nous avions des barres de fer, des manches de pelle, quelques pierres, et nous comprenions que nous rendre n'aurait aucun sens. Ils allaient nous passer à tabac, quant à savoir s'ils nous tueraient ou non – nous n'avions pas le temps d'y réfléchir. Il était plus de minuit. Le soleil était suspendu dans le ciel tel une orange rougeâtre, et dardait ses rayons obliques dans la fenêtre, nous aveuglant. Un Ukrainien, touché par une balle, tomba de la grue.

Après une douzaine de coups, la porte se fissura. Elle fut rapidement cassée, les poutrelles tombèrent. Des soldats et des officiers firent irruption. Parmi eux se trouvaient Grochev et Jelvakov, le souffle court, ainsi que Nikiforov qui, lors des interrogatoires, jouait des charlestons sur son gramophone, se levait de sa chaise en rotin et battait la mesure sur le siège. Ils furent suivis par Polstianoï, qui se vantait d'avoir abattu sur le front des milliers de nationalistes biélorusses, et Chiriaïev, l'empereur du cachot. Ils n'eurent pas le temps d'épauler leurs mitraillettes, parce que les Ukrainiens n'attendirent pas et se jetèrent en avant. Une bataille rapprochée s'engagea, très dense, l'un des nôtres me repoussa et je tombai dans un coin. De plus en plus de gardes arrivaient à la porte, criant : « Au sol ! » Je tenais mon bâton devant moi, comme un funambule, même s'il ne servait à rien dans un espace aussi exigu. Le combat était échauffé, il ne dura qu'un instant, mais je le vis comme un film que le projectionniste aurait tourné au ralenti, retenant, avant ma fin prochaine, toutes sortes de détails absurdes. Les membres du comité qui, avant cela, s'étaient groupés contre le mur opposé, s'écartèrent des portes qui menaient à la pièce occupée par les peintres et s'engouffrèrent dans le tourbillon du combat.

Pavlichine frappa si fort l'enseigne Beiner que j'eus l'impression que non seulement son calot mais aussi sa tête s'envolaient. Filnev réussit à frapper Jelvakov au cou avec un bâton pointu, tout près des galons bleus. Je vis passer, dans le chaos de la bagarre, Chiriaïev et Neubauer qui s'étreignaient comme deux ivrognes, trébuchant – le lieutenant-chef étranglait l'Allemand avec une ficelle, mais celui-ci se débattait, et s'était presque libéré. À peine quelques secondes plus tard, des piétinements de bottes indiquèrent que des soldats arrivaient en renfort.

Dikarev troua le casque et le sous-casque de Grochev avec une barre de fer aiguë. Des soldats emportèrent l'adjudant-chef sonné dans la pièce voisine. Gorochko lança une hache sur Chiriaïev. Chiriaïev sortit son pistolet et visa l'Ukrainien de l'Ouest, mais baissa soudain son canon. Kouznetsov et le conseiller de justice Vavilov avaient fait irruption dans l'enfilade. Presque tout le comité et les Ukrainiens étaient à terre. « Envoyez-les tous au cachot ! cria Kouznetsov. Ceux qui sont blessés iront à l'infirmerie, les chefs chez moi, et les morts à la glacière. »

Je reculai vers l'appui de la fenêtre, sans remarquer une ombre qui arrivait sur la gauche, fendant l'air. Je fus projeté vers le mur. Tous les sons disparurent, la chambre ensanglantée vacilla devant mes yeux comme un tableau suspendu à un clou. Ma tête s'alourdit, tomba sur mon épaule, un pétrole visqueux coulait de mon nez. Tout se mit à trembler, à pencher, à vaciller, et le soleil de minuit heurta le mont Schmidt et s'éteignit.

8

Les gouttes d'eau glissaient le long du mur, mettant presque une heure pour arriver au sol, et nos conversations étaient tout aussi lentes. Plus d'un mois avait passé depuis qu'on nous avait traînés dans la prison, et fourrés dans la même cellule comme un tas de vieux chiffons. Quand nous étions revenus à nous, le gardien avait apporté quelques brocs d'eau et une bassine. Nous avions nettoyé comme nous le pouvions la saleté et les croûtes de sang de nos écorchures et contusions. Le plus mal en point était Nedorostkov, dont la santé était déjà fragile – il avait des lésions internes, et il restait couché, gémissant doucement. Un médecin fit brièvement son apparition, examina tout le monde et partit sans distribuer le moindre médicament. Après cela, je ne revis personne du comité – on nous jeta dans des cellules séparées – mais, parfois, je les entendais ; le couloir était commun à tout le monde. On avait procédé de la même façon avec les activistes des autres secteurs, les séparant et les mélangeant à d'autres.

Ayant fait connaissance entre voisins de cellule, nous nous racontâmes mutuellement ce qui était arrivé et recoupâmes les faits. Comme il n'y avait personne du Troisième secteur dans la prison, nous pouvions déduire que les bagnards résistaient encore. Il était peu probable qu'on les ait tous abattus. Il n'y avait pas d'autre prison dans tout le Taïmyr. Les femmes, selon la rumeur, avaient fait une chaîne humaine et s'étaient défendues jusqu'au moment où on les avait mises à terre avec les jets des lances à incendie. Nous entendions parfois leurs voix, elles étaient dans une cellule proche de la nôtre. Repassant inlassablement chaque étape dans notre tête, nous revenions à notre révolte et polémiquions, ce qui m'agaçait. Tout était pourtant clair : notre erreur avait été d'accepter de retourner au travail, quand tous les secteurs avaient cru la commission moscovite et étaient entrés dans son jeu. Notre seule chance aurait été l'intransigeance. D'autant plus que notre petite république avait cédé deux jours avant que le poste radio claironne : le chef des troupes de sécurité et des tchékistes, Beria, avait été arrêté. Nous l'avions appris par hasard : Klimovitch, du Quatrième secteur, avait entendu pendant un interrogatoire une émission sur le poste de son enquêteur. Celui-ci s'était précipité pour tourner le bouton, mais la nouvelle était déjà passée.

Ce jour-là, la commission s'envola pour Moscou. Les interrogatoires cessèrent, et nos cellules furent frappées par l'ennui. À ma droite, assis sur le sol, était Gritsiak, le chef de la révolte au Quatrième secteur. Il était fier de ne compter aucun mort parmi ses camarades, et d'avoir évité un vrai assaut. Ils avaient été encerclés comme nous, avec les mêmes discours au porte-voix, les enjoignant de sortir. Gritsiak avait décidé qu'il serait stupide de sacrifier des vies, et avait, depuis la scène du club, convaincu ceux qui hésitaient encore de quitter le camp. Quand Gritsiak racontait cela, son visage s'éclairait. Je sentis mon nez me piquer, et je me tournai vers lui et lui serrai la main. Effectivement, la deuxième partie de la révolte était vouée à l'échec. Sauver des vies était une preuve de vaillance, et non de lâcheté.

Cela dit, début août, quand le Troisième secteur fut finalement maté, et que leur chef, Chamaïev, se retrouva dans notre cellule, il se montra assez froid envers Gritsiak. Chamaïev, le visage glabre, l'air étonnamment jeune, raconta qu'ils n'avaient pas cessé de faire la grève une minute et n'avaient pas tout de suite compris ce qui s'était passé le jour où Beria avait été arrêté. On avait retiré d'un coup la garde renforcée et les porte-voix dont ils avaient plus qu'assez, et pendant un mois encore, le Troisième secteur avait vécu comme une république libre. Les Ukrainiens avaient enfin pu mettre en scène leur opéra *Nazar Stodolia.* Les Baltes avaient organisé un concert d'instruments à vent. Le club s'était transformé en parlement, où l'on écoutait des discours sur ce qu'il fallait faire. Chamaïev s'était d'abord appuyé sur l'équipe de Vorobiev, un commandant de partisans, mais celui-ci s'était mis à professer aux hommes qu'il fallait forcer l'entrée dans l'aéroport, s'emparer des avions et s'envoler pour l'Amérique. L'idée n'avait pas vraiment séduit, mais Vorobiev, en secret, avait demandé à des Lituaniens de lui préparer des couteaux. Chamaïev avait chassé l'aventurier du comité, et fait surveiller les forgerons. À ce moment, il s'était rapproché des Ukrainiens, la force la plus disciplinée du secteur. Début août, Chamaïev et les membres du comité espéraient encore voir arriver une commission. Mais dès que Tsarev, le nouveau chef du gorlag, eut mis fin aux attaques psychologiques, et que l'assaut fut donné, de nombreux bagnards s'enfuirent du camp. Ceux qui restaient dans le Troisième secteur se battirent comme des kamikazes, mais ne tinrent pas plus longtemps que nous. « Et donc, soupira Chamaïev, ceux qui voulaient se battre pour leur liberté se sont battus, pour le bien de nos frères dans les autres camps : tôt ou tard, ils apprendront que nous nous sommes battus, et se révolteront à leur tour. Et peut-être qu'à ce moment quelque chose changera, et que là-bas, en haut lieu, ils supprimeront les camps et réviseront nos dossiers. Ceux qui le voulaient ont pu partir avant l'assaut. Chacun a choisi librement, et on ne peut pas m'accuser d'avoir sacrifié des vies ou, au contraire, d'avoir refusé de me battre jusqu'au bout. »

J'avais déjà honte de m'être empressé de serrer la main de Gritsiak, et je me disais que, d'un côté, c'était bien qu'il me reste encore une certaine spontanéité, une confiance et des sentiments, mais que, de l'autre, malgré ma haine du mensonge, j'avais cédé devant lui. Plus clairement que jamais, je comprenais que l'intransigeance ne devait pas avoir de frontières. Dès lors que tu t'es tenu droit, même si tu viens ensuite à trébucher, tu dois pouvoir à nouveau te redresser. Je me souvins que, à Kalinine, j'avais dû adhérer avec les autres contremaîtres à la société de soutien de l'armée, et les membres de cette société recevaient parfois des billets pour des championnats. D'habitude, je n'allais nulle part, mais une fois je me retrouvai à un match de boxe. Je m'ennuyai, mais je fus frappé par l'attitude du vainqueur des matches. En dépit des bêlements du maître de cérémonie, des interminables rituels des juges, des affiches mensongères sur l'amitié sportive, le boxeur montait chaque fois sur le ring en montrant clairement à son adversaire qu'il voulait le tuer. Qu'il le voulait réellement, et n'exprimait pas juste qu'il était prêt à le faire. Les yeux du boxeur, son inflexibilité animale hypnotisaient son adversaire. Mais nous, nous avions perdu ce sentiment au moment où Kouznetsov avait fait ses promesses. Nombreux avaient été ceux, dont moi, qui criaient « La liberté ou la mort », mais espéraient au fond d'eux pouvoir en faire l'économie, et que la commission ne nous tromperait pas, et que tout serait résolu pacifiquement – alors même que nos longues souffrances nous avaient révélé que nous étions en présence de tricheurs qui ne comprenaient que la résolution bestiale. Et la foi en une issue heureuse, même si elle était tout à fait improbable, avait été plus forte que cette résolution de tueur. Seul Chamaïev, avec le reste du Troisième secteur, s'était battu jusqu'au bout et avait montré à Kouznetsov et à toute cette bande aux galons bleus ce qui les attendait s'ils voulaient répéter leurs provocations avec les détenus politiques des autres camps.

Les nuits devenaient noires, le soleil disparaissait dans la toundra de plus en plus tôt, quand je fus extrait de la cellule, fourré dans la remorque d'un camion le visage contre des planches puant l'huile de moteur, et recouvert d'une bâche. Mon refuge était partagé par sept autres inconnus. Des gardes avec des mitraillettes étaient postés aux angles de la remorque. Je ne savais pas que penser. Le camion allait vers le sud-ouest, cela voulait dire qu'il y avait une chance que ce soit un transfert par Doudinka, car les bateaux continuaient de naviguer sur l'Enisseï jusqu'en octobre. Mais peut-être qu'ils voulaient désengorger la prison, qu'ils nous emmenaient par petits groupes dans la toundra pour se débarrasser de nous, les témoins de leurs abus. Une aiguille émoussée s'enfonça dans mon cœur : est-ce que c'était la fin ? Le chauffeur sembla serpenter sur la montagne et freina. Un coup de klaxon, nous entrâmes par un portail ouvert, et le camion s'arrêta. Cette pause et le silence durèrent environ une heure, pendant laquelle tout le monde fut transi de froid, puis nous entendîmes un bruit, qui nous angoissa puis nous réjouit : le vrombissement des moteurs d'un avion. Les gardes écartèrent la bâche, et nous aperçûmes une aérogare avec des tourelles qui la faisaient ressembler à une pagode chinoise. Un coucher de soleil polaire brillait faiblement. Au fond de la piste d'atterrissage, nous devinions vaguement des silhouettes d'avions : les croix des hélices, les points d'exclamation des piliers sous les ailes. Un fourgon de mécaniciens s'arrêta devant le plus grand, et ses portes s'ouvrirent. Un chien laïka à la queue en virgule sauta sur le sol, et se mit à courir autour du corps argenté du Douglas brillant dans la pénombre.

Au-dessous de nous, je voyais se déployer la toundra, ses ruisseaux qui se ramifiaient, entourant des îlots de terre. Au milieu de ces innombrables veines et capillaires, j'aperçus une poignée de maisons sur une île légèrement surélevée, le long d'un vaste bras de rivière. Au début, je ne compris même pas que c'étaient des maisons – on aurait dit des rochers, des pierres, des éboulis au pied d'une montagne –, puis je devinai : Doudinka. Ensuite, pendant quatre heures défilèrent les taches aveugles des marais et les lichens bleus dans le couchant, avec de légères bosses qu'on devinait à peine. On ne voyait ni lumières, ni habitations, ni même des montagnes, rien que l'Enisseï et ses méandres. J'avais beau scruter, je ne pus distinguer le moindre signe qui aurait révélé la main de l'homme sur ces espaces aussi vides et glacés que moi. La terre qui s'enfonçait dans la nuit avait l'air si archaïque, si détachée de l'humanité que j'avais envie de hurler, et je me retenais uniquement parce que des menottes m'attachaient à mon voisin. Pendant la première heure, il avait aussi regardé par la fenêtre, puis s'était détourné. Il s'appelait Kovaliev, il venait de Kalargon, du cachot. Il s'y était retrouvé après le meurtre d'un mouchard. L'ayant écouté un moment, je compris que c'était un partisan convaincu de l'évasion, même s'il était passablement imprévisible : il avait essayé de s'évader de tous les secteurs et, craignant d'être dénoncé, s'était plusieurs fois débarrassé des informateurs. J'aurais voulu le prendre dans mes bras : quelle importance, à présent, d'avoir un juste ou un assassin à côté de moi, l'essentiel était que nous avions le même ennemi, qui nous emmenait sur le continent pour nous récompenser avec encore vingt-cinq ans à pourrir quelque part dans les glaces.

Je me trompais. Dans la prison de Krasnoïarsk, on nous considérait comme des criminels si dangereux qu'on nous mit dans des cellules isolées. J'étais à la fois décontenancé et heureux de me retrouver seul, après deux ans de vie commune ininterrompue. D'après les questions de l'enquêteur, personne n'avait encore dénoncé le parti – ce que je craignais – et il me considérait simplement comme l'un des chefs clandestins de la révolte du Cinquième secteur. Je n'avais absolument rien contre le fait d'endosser ce rôle et, le regardant sans le voir, je racontai la supercherie qui avait conduit à ma condamnation, décrivis en détail la scène du meurtre de Klimtchouk, avec les six autres camarades blessés. « Vous avez été désigné par beaucoup comme un meneur, m'interrompit l'enquêteur en fronçant les sourcils d'un air qu'il voulait implacable, et pas seulement dans votre secteur. » Je dus lui expliquer que, avant la grève, nous n'avions pas de contact avec les autres zones, et que je ne connaissais personne, à part ceux du Quatrième secteur avec lesquels j'étais venu l'automne précédent dans la cale du *Staline*. Il me posa des questions sur Karatovski – je lui répondis que j'avais fait sa connaissance dans le Quatrième secteur parce qu'il avait besoin d'un géodésien dans son équipe. L'interrogatoire dura une demi-journée et se répéta la semaine d'après. Je caractérisai tous ceux que je connaissais du chantier comme des collègues de construction. Quand on m'interrogeait sur Netto, Tarnovski, Starostine et les autres membres du parti que je n'avais rencontrés que lors de nos réunions, je réfléchissais un moment, puis je hochais négativement la tête. « Qu'est-ce qui m'attend ? demandai-je à la fin de l'interrogatoire. – Un séjour en villégiature », répondit l'enquêteur avec une grimace, et il ne mentait pas. Il avait été décidé que nous tous, ainsi que Gritsiak, Chamaïev, Bomstein et ceux qui furent emmenés ici après nous, n'aurions pas de rallonge de peine, mais serions disséminés dans des camps éloignés. L'existence du parti resta ignorée. De la prison où j'attendais mon transfert – j'y retrouvai Kovaliev –, on me convoya vers ma nouvelle destination. Je ne ressentais toujours rien, si ce n'est l'amertume qui m'avait saisi quand nous avions survolé les espaces désertiques. Ces terres primitives, dépeuplées, étouffaient mes aspirations par leur seule dimension : où donc s'évader quand on ne pouvait rien atteindre ni par la voie fluviale ni par les airs, et si l'on se cachait, les milliers de kilomètres inhumains ouvriraient leur gueule forestière et avaleraient le pèlerin sans même s'en apercevoir.

Le Stolypine[1], au demeurant, se dirigeait lentement vers l'est. M'appuyant contre les barreaux de notre cellule où, au lieu de huit détenus, on en avait entassé vingt, je tentais de me remémorer la carte et les chantiers prévus en Sibérie. Seuls les gisements d'or et les ports me venaient à l'esprit. La voie ferrée se termina à Vanino. De la colline enneigée, j'aperçus les vagues grises de l'océan. Je ne pus pas contempler le tableau en détail : on était fin octobre, le vent blessait mon visage comme une lame de rasoir. Le chef du convoi se dépêchait d'expédier les politiques, la navigation prendrait bientôt fin. Le bateau avec plusieurs milliers de *prisonniers** au dos voûté sous le vent largua les amarres le lendemain, et dut affronter le gros temps. Le navire tanguait beaucoup, je vomissais sans arrêt, comme beaucoup d'autres. Les politiques étaient mélangés avec les droit-commun, et si le mal de mer ne nous avait pas transformés en ballots mous, les massacres auraient repris. Au port de Magadan, les hommes qui, comme moi, avaient les jambes en coton durent être soutenus sur la passerelle, parce qu'une pluie fine tombait et que nous aurions facilement glissé en descendant. Dans la foule de ceux qui débarquaient, je remarquai la nuque de Kovaliev. Nous nous retrouvâmes dans la même baraque. Kovaliev raconta que, dans la prison de Vanino, il avait vu des fouille-merde se faire attraper – des gros malins qui avaient remarqué que les latrines n'étaient séparées que de quelques dizaines de mètres des barbelés et de la palissade de rondins, et qui avaient décidé de creuser une galerie vers le dehors. Ils allaient par trois, pour occuper les trois cabines, fermaient la porte et creusaient avec des cuillères et leurs ongles, pas plus de dix minutes pour ne pas éveiller les soupçons. Puis ils envoyaient la terre dans le trou des latrines et sortaient, laissant leurs instruments sur place. Ils étaient relayés par les suivants, et réussirent ainsi à creuser sur plusieurs mètres. « Un traître les a dénoncés, et ils sont partis tout droit pour le mitard. »

---

1. Surnom des wagons transportant les prisonniers (« wagon Stolypine »).

Les montagnes arrondies étaient déjà couvertes de neige. Pendant plusieurs jours, le soleil brilla, et la baie de Nagaïev étincelait comme un fer à cheval d'or pur. Puis arrivèrent les nuages, ce qui n'empêchait pas que, selon l'échelle du Taïmyr, il faisait un temps printanier : – 17 °C. Dans le camp régnait une odeur de sang : la guerre des chiennes[1] n'était pas encore terminée, et la première chose que nous vîmes, moi, Kovaliev et Kaziulenis, un autre ancien de Norilsk, fut une masse en veste matelassée par terre, sous les lavabos, qui compressait son ventre avec des mains rouges, haletait et gémissait. Les gardiens, à contrecœur, organisèrent une fouille pour retrouver l'arme, ne trouvèrent rien et repartirent, emmenant quelques suspects. Qui était l'homme à terre, que s'était-il passé, en bas de la montagne, avec vue sur les maisons des habitants libres au bord de la baie ? Nous ne le sûmes jamais. Les anciens du gorlag étaient considérés comme des révoltés contagieux, et on les envoyait plus loin, avec les hommes partant à Soussouman. Il y avait un camp réservé aux politiques dans cette région, le berlag[2].

On commença à nous faire monter dans le camion ZIS bâché avant l'aube, dans l'obscurité. Dans un angle de la benne, un petit poêle en fer brûlait, réchauffant les gardes en touloupes. Les contagieux durent s'asseoir tout au fond, et nos voisins nous gratifièrent d'un regard exprimant une telle haine muette que je frémis, ne saisissant pas ce qui se passait ; je compris plus tard. Quand nous pénétrâmes dans la vallée de la Kolyma, il fit soudain très froid, et le camion, vrombissant, se mit à grimper sur les cols, dans un froid de plus en plus sec, dont les aiguilles nous mordaient le visage, qui devenait immédiatement insensible. Ceux qui étaient assis à l'entrée cachaient leurs yeux derrière leurs moufles et s'efforçaient de remuer pour se réchauffer tant soit peu. Nous n'avions pas le droit d'arrêter le camion, en sortir et taper du pied par terre, nous frotter les bras. Je jetai un œil par la fente sous la bâche

1. Bagarres sanglantes qui eurent lieu sporadiquement dans les camps entre la fin de la guerre et le milieu des années 1950, opposant deux castes de prisonniers de droit commun : les « voleurs dans la loi » et les « chiennes » (qui collaboraient d'une façon ou d'une autre avec l'administration).
2. Abréviation de « camp riverain », *beregovoï laguer.*

du fourgon : je vis de hautes montagnes qui s'étendaient, plus hautes que celles du Taïmyr, et leurs pentes étaient parsemées d'éboulis de falaises en forme de tours, de crénelures et de forts. Leurs crêtes, leurs arêtes et leurs contreforts étaient très dénudés, comme si le sculpteur les avait réalisés avec des restes difficiles à trouver. Plus tard, je vis des à-pics dans les gorges des rivières, et des bouleaux nains accrochés aux pentes des sommets, pareils à des buissons, presque invisibles sous la neige. Vers midi, une tempête de neige commença, et les colosses qui s'élevaient autour de la route disparurent. Le ZIS avançait lentement, la route se devinait à peine. J'eus l'impression que beaucoup s'étaient endormis. Le camion quitta la route large et se mit à cahoter sur un chemin irrégulier. Puis, une demi-journée plus tard, le ZIS arriva au village où nous devions descendre, et les gardes venus du camp ouvrirent la ridelle. Des corps gelés en tombèrent avec un bruit de bois. Les gardes, jurant, les palpèrent, et quelques-uns, faisant grincer leurs bottes de feutre sur la neige, partirent chercher l'infirmier et des traîneaux. Des maisons basses, en rondins, s'élevaient au loin. C'était le village de Stan-Outiny. De là, nous marchâmes sur une route enneigée jusqu'au gisement de Kholodny[1]. Ici, un ruisseau descendait du col, et vers le bas, le froid était encore plus mordant. Les trois mines et les baraques avec un atelier de réparation avaient été construites dans la vallée étroite entre les montagnes : les « nazis » ne méritaient aucun soleil.

Quelques jours me suffirent pour comprendre que Kouznetsov nous avait envoyés à la mort. On n'avait pas besoin de géodésien, d'autant plus que je ne m'y connaissais pas en mesures souterraines. Pendant six mois de l'année, la température ne s'élevait pas au-dessus des – 20 °C. Dans les profondeurs des mines où l'on extrayait l'or, il faisait plus doux, mais on était envahi par l'humidité et la poussière. De toute façon, nous nous retrouvâmes à la surface : nous étions chargés de transporter le minerai sur des rails qui menaient à l'usine d'enrichissement. Tout le monde se cousait des masques, sinon les visages gelaient et se figeaient en grimace : on ne sentait la douleur que pendant les premières minutes, puis on ne ressentait plus rien, on n'avait tout simplement plus de visage.

1. *Kholodny* : « froid ».

Le travail d'usine dans l'atelier chauffé, à savoir le tri de l'or, était considéré comme une manne, on était prêt à tuer pour y accéder, à le payer avec ses dernières ressources, par des services honteux. L'évasion était aussi difficile ici qu'à Norilsk, la plupart des détenus s'échappaient par désespoir – même si, bien sûr, il y avait des légendes sur des évadés chanceux qui avaient atteint un port secret au bord de l'océan, d'où des bateaux partaient pour l'Amérique ; ils avaient soudoyé les marins avec des paillettes d'or grappillées sur la mine et pris le large.

Dans chaque baraque, il y avait un coin réservé aux hommes épuisés, aux crevards, et chaque jour, on mourait à l'infirmerie. Les autres détenus n'étaient pas très unis, et comme à Norilsk, ils étaient nombreux à collaborer avec l'administration. Mais cela ne changeait rien. Je compris rapidement que travailler pour les visages gris en agonisant lentement n'était pas une façon acceptable de finir ma vie, même si celle-ci était déjà calcinée, coincée dans des limbes au milieu de nulle part. Puisqu'il était stupide de m'évader seul ou en petit groupe, il ne restait qu'une solution : une nouvelle révolte, mais cette fois-ci il fallait agir à coup sûr, sans illusions. Puisque je me retrouvais ici, je devais me soulever avec ceux qui y étaient aussi.

Pendant que nous roulions dans le ZIS, Kovaliev, bavard, avait ennuyé le garde avec des questions sur les camps devant lesquels nous passions, et celui-ci, malgré lui, avait laissé échapper les noms de villages, de campements et de mines. J'avais retenu leur discussion en détail, et à présent, estimant la distance entre les localités et leur nombre, je comprenais que les détenus étaient tous là pour au moins dix ans, et qu'une large gorge désertique et boisée s'étendait de Magadan à notre camp, avec peu d'habitants libres. Il n'y avait qu'une seule route. La liaison avec le continent était parfois interrompue, même la liaison radio. Si le Taïmyr était à quatre mille kilomètres de l'Alaska, nous étions deux fois plus près ici. Le port maritime et l'aéroport étaient proches l'un de l'autre. Additionnant toutes ces informations, j'estimai que, si nous nous emparions du camp et que nous emportions du matériel, de la nourriture et une radio, nous pourrions rapidement rejoindre Magadan, prendre l'aérodrome d'assaut puis, par exemple, mettre dans un avion les participants les plus actifs avec des otages et des documents, des dépositions montrant comment fonctionnait le système pénitentiaire, et nous envoler pour l'Amérique. Pour cela, il fallait ressusciter le parti, recruter prudemment des partisans et choisir les plus déterminés et les plus sûrs parmi eux. Les autres rejoindraient la mutinerie, qu'ils le veuillent ou non, parce que le chef à qui ils auraient pu se plaindre serait emprisonné, et le pouvoir, entre nos mains. Je me représentai tout cela d'un seul élan, en images brûlantes, et je me sentis même à nouveau un peu vivant. Mais je devais d'abord surmonter mon ulcère d'estomac, survivre à un hiver encore plus satanique que celui de Norilsk, et préparer mon plan de révolte dans les moindres détails.

Je fis part de mon idée à Kovaliev, et lui racontai l'histoire du parti. Kovaliev s'enthousiasma, d'autant plus qu'il avait déjà entendu parler des démocrates à Kalargon. Grâce à lui, je pus entrer en contact avec plusieurs hommes du gorlag qui étaient arrivés ici avant nous. Kovaliev n'avait rien à fiche du programme du parti et de l'avenir de la Russie : non par indifférence, mais parce qu'il n'était pas doué pour l'abstraction. En revanche, l'assistant de chef d'équipe Gorbounov, qu'il m'amena, m'accueillit comme un des siens. Ses gens creusaient les galeries et, comprenant bien qu'ils ne survivraient pas longtemps – personne n'avait tenu plus d'un an et demi –, réfléchissaient aux possibilités d'évasion. Le chef d'équipe avait d'autres problèmes – présenter le plan, faire les comptes, obtenir de meilleures conditions pour ses hommes –, mais Gorbounov, un ingénieur des chemins de fer de Koursk, qui avait été arrêté comme, en son temps, Bomstein, pour une soi-disant plaisanterie, était responsable des rations de nourriture, des équipements et du travail dans les galeries, et pouvait librement se déplacer sous les soutènements. Les mines étaient disposées l'une audessus de l'autre dans la montagne, et reliées entre elles par des puits verticaux par lesquels on déversait le minerai. Pour descendre sous terre, il fallait emprunter des galeries d'accès bancales. Entre les différents niveaux souterrains, il y avait des boyaux où personne ne passait, parce que leurs charpentes avaient été dressées une vingtaine d'années plus tôt et étaient souvent pourries. Gorbounov sut convaincre son chef que je pouvais être utile au forage des galeries, étant sain, pas épuisé, spécialiste en hydrotechnique et sachant relever des mesures. Celui-ci demanda ma mutation sous terre. Assis dans une galerie latérale, j'écrivis à nouveau les statuts et le programme, mais directement en russe, cette fois-ci : dans le camp de Kholodny, il n'y avait pas de secteurs, les deux mille personnes n'étaient divisées qu'en équipes. Tous les événements de ma vie passée – et, pour beaucoup, de celle d'avant – me semblaient un prélude à l'action principale. Les erreurs que nous avions commises, à Norilsk, devaient permettre de corriger le tir. L'inflexibilité, la résolution ferme d'aller jusqu'à la fin, si terrible qu'elle puisse être, en suivant le bon sens et une intuition éclairée : voilà ce que je devais apprendre à mes camarades. Je n'accordais plus aucune importance aux raisons qui avaient conduit à la condamnation des nouveaux membres du parti, ni à leur activité à la mine. Ils devaient seulement savoir faire quelque chose d'utile au parti : utiliser les postes radio, conduire des camions, piloter des avions ; je ne trouvai qu'un pilote, et nous prenions le plus grand soin de lui. On nous avait conduits de force dans ce purgatoire sans soleil, où on essayait encore de nous monter les uns contre les autres, c'est pourquoi les détenus d'ici avaient beaucoup moins d'hésitations que ceux de Norilsk. Même si notre contingent était constitué exclusivement de prisonniers politiques, nous n'aurions pas pu conquérir notre liberté par une protestation non violente. Nous fûmes rejoints par Antonov, un meurtrier aux épaules carrées, à la mâchoire un peu de travers, l'un des combattants de la guerre des chiennes qui avait eu lieu ici. Il était devenu un paria, avait renoncé à tout espoir de retrouver son ancienne vie, et j'étais comme lui, ayant perdu ma propre guerre. Cela nous rapprocha.

En un mois, nous explorâmes tous les étages et toutes les tailles de la mine. Comme les mineurs s'étaient trompés, les géologues leur ayant visiblement donné un plan incorrect du gisement, je découvris un grand nombre de fosses abandonnées et de galeries latérales ne menant nulle part à une profondeur d'environ trois cents mètres. La mine de Kholodny était plus basse que les deux autres, Kvartsevoï et Zamantchivy[1], ce qui voulait dire qu'il y avait encore deux niveaux au-dessus de nous.

1. *Kvartsevoï* : « de quartz ». *Zamantchivy* : « attirant », « attrayant ».

Ce qui fit naître une pensée infiniment simple. D'ordinaire, les fuyards mettaient tous leurs espoirs dans des skis et l'idée de franchir les cols et Omsouktchan jusqu'aux rives de la mer d'Okhotsk ou par la Tchoukotka, selon qu'ils voulaient se perdre dans la nature ou fuir dans la cale d'un navire. Il n'y avait pas eu d'évasions réussies, sauf dans les légendes locales. J'eus l'idée inverse : quelques activistes, au lieu de s'enfuir, se cacheraient dans la mine, dans des galeries abandonnées, y attendraient quelques semaines pendant qu'on les chercherait en surface, puis reviendraient vers le camp et, à une heure convenue, désarmeraient les sentinelles devant l'arsenal, leur prendraient les clés des baraques qu'ils ouvriraient, distribuant les armes, et on partirait pour Stan-Outiny, où l'on s'emparerait de voitures et de réserves. Puis on couperait le fil du téléphone, le radio calmerait le continent et les voisins en laissant aux révoltés le temps de franchir la vallée de la Kolyma jusqu'à Magadan. De là, ils pourraient se camoufler sous les uniformes des gardes. Cette manœuvre n'avait de sens qu'à la fin du printemps et en été, quand on pouvait se déplacer rapidement. À Magadan, il n'y avait pas plus de cinquante mille habitants, femmes, vieillards et enfants compris, et nous n'étions pas moins de trente mille détenus politiques dans notre berlag. Notre succès dépendait de l'effet de surprise. Mon plan fut précisé et corrigé par les activistes, tandis que j'écoutais attentivement leurs polémiques, choisissant les hommes qui m'accompagneraient sous terre.

Nous passâmes tout l'hiver à nous préparer, sans discussions superflues. Il y avait peu de représentants de l'intelligentsia dans le nouveau parti. Les membres étaient choisis avec prudence, je vérifiais tous les candidats. Kaziulenis travaillait à la forge, il fabriqua une dizaine de couteaux. Gorbounov et son équipe trouvèrent une galerie où, dissimulée derrière une dalle énorme, qui ressemblait à une étoile à sept pointes, mais qui était en fait fine, se cachait une petite grotte, avec un boyau d'accès qui partait dans les profondeurs. Jour après jour, nous y apportâmes des petites quantités de pain sec, des boîtes de conserve, du gruau, des piles pour les lampes de poche. Nous avions prévu de les charger aux postes non gardés sur toutes les galeries. Nous apportions des habits chauds que nous mettions sur nous, puisque nous allions devoir vivre un mois à une température de – 10 °C, n'ayant la possibilité de bouger activement que pendant la nuit. Antonov déroba une montre. L'évasion était prévue pour la première semaine d'avril, quand la neige n'aurait pas encore fondu, mais serait sur le point de le faire, et qu'on attendrait les dernières tempêtes de neige. Belous, qui avait recopié le programme et les statuts, et travaillait à l'administration du camp, avait regardé l'inventaire des biens et des armes, et nous avions fait un plan définitif pour nous emparer du camp. Au printemps, celui-ci avait soudain accueilli des détenus de droit commun, plusieurs centaines de bandits nous avaient rejoints. Deux hommes du parti avec des couteaux artisanaux nous accompagnaient, moi et Gorbounov. On m'avait convaincu qu'il fallait renforcer la conspiration, et un mois avant l'évasion, nous fermâmes définitivement l'accès à toute information à de nouvelles personnes. Je pris à la bibliothèque un manuel de calcul différentiel, ayant soudain décidé que ça m'aiderait à ne pas devenir fou, et que je me distrairais avec des problèmes mathématiques – pour la première fois depuis les examens finaux à l'école technique.

Début avril, je me réveillai une heure avant le lever et restai longuement allongé sur ma couchette. Il y avait une tempête de neige, ce qui signifiait que le moment était venu. Car par temps clair, s'ils ne trouvaient pas nos traces à la sortie de la mine, nos poursuivants comprendraient que nous étions restés sous terre. Quelque chose se serra en moi au niveau du cœur, un muscle qui me faisait mal et me décourageait de me mettre debout et d'agir. L'eau qui s'était glissée entre les doubles vitrages de la fenêtre, et y avait formé une feuille glacée et trouble, deux creux en forme de poire et d'Afrique sur le mur peint irrégulièrement en brun-vert, l'odeur rance des maillots, la main pendante d'Antonov qui dormait comme un bébé, avec un sourire édenté, sur le châlit du dessus, tout cela m'obligeait à me déchirer encore et encore, à me demander s'il fallait vraiment exécuter notre plan, qui n'était pas une grève mais une mutinerie armée. Je fermai les yeux et je vis Olga, qui serrait deux souliers rouges contre sa poitrine, puis Nina et Marietchka. Je m'imaginai ce qui avait pu leur arriver si on avait arrêté Nioura comme membre de la famille d'un traître, et je leur demandai pardon d'être rentré et de ne pas les avoir épargnées, comme je l'aurais pu si j'étais resté en

Belgique – même si, probablement, elles n'étaient déjà plus en vie. Avec un effort herculéen, je m'obligeai à lever la tête de mon oreiller humide, pendant encore une demi-heure je frottai et lavai mes yeux, mangeai mon petit-déjeuner, cachant une ration dans ma poche, puis je dis adieu au chaud pour les semaines à venir.

Les choses se passèrent comme prévu : l'équipe fut envoyée dans les boyaux où elle forait la roche. Après la fin de notre journée, l'un après l'autre, à intervalles d'un quart d'heure, Antonov, Kovaliev et moi nous glissâmes dans la fente entre la dalle ressemblant à une étoile et la paroi, et nous nous cachâmes dans la grotte. Dans le cas où on nous chercherait par ici avec des chiens, nous avions répandu du salpêtre dans les trous de forage. J'avais volontairement pris avec moi des hommes qui ne fumaient pas, et j'avais eu de la chance d'en trouver, parce que la faim poussait tout le monde à fumer. Gorbounov s'accroupit sous la dalle et la poussa contre la paroi de la niche de telle façon que rien ne permettait plus de deviner la présence d'une grotte, même si les gardes avaient l'idée de pénétrer dans notre galerie abandonnée. Les premières heures passèrent dans un silence inhabituel, et Kovaliev en devint même nerveux, se mit à s'agiter, mais ensuite, nous entendîmes, tout près de nous, des aboiements, et des cailloux rouler sous les pieds de nos poursuivants. Nous avions convenu à l'avance que, si l'on nous trouvait, nous n'opposerions pas de résistance – c'était inutile, et si l'on nous rajoutait encore quelques années pour cette évasion, ça ne changeait pas grand-chose par rapport à la durée de notre peine. Je pris mon couteau et me souvins de comment Kovaliev nous avait appris à nous couper la gorge. Cela dit, les pas dans la galerie s'éteignirent bientôt. Ils étaient passés sans nous voir.

Au lieu d'une ou deux semaines, on nous chercha pendant un mois. Nous avions prévu une telle situation, et nous n'étions pas inquiets. Les premiers jours, nous nous efforcions de ne pas allumer les lampes, d'économiser la charge et de ne pas tendre l'oreille – de toute façon, nous ne pouvions rien entendre. L'un de nous montait la garde, sautait, faisait des pompes, exécutait de furieux mouvements de gymnastique, tandis que les deux autres dormaient. En une semaine, nous rattrapâmes tout notre sommeil en retard, faisant bien attention à ne pas somnoler trop longtemps et à ne pas geler. Nous avions surtout peur de perdre la notion du temps, même si nous devions de toute façon attendre qu'on vienne nous chercher : nous avions décidé, avec Gorbounov, que lui ou son remplaçant bougerait la dalle – nous ne pouvions sortir nous-mêmes de la grotte que si l'opération échouait. Au début, je contemplais, fasciné, les parois de la grotte : elles étaient couvertes de cristaux de glace hérissés de la taille d'une main, scintillant sous la lumière de la lampe, faisant penser à une géode de cristal de roche. En sortant d'un boyau bas, je cassai le cristal avec ma tête ; il éclata en tout petits morceaux, dans un craquement sourd qui faisait penser au bruit du plexiglas en train de se briser.

Ayant dormi tout mon soûl, je résolus des équations différentielles et calculai des intégrales. Cependant, j'en eus vite assez des mathématiques, et je dus m'occuper en apprenant le français à mes voisins. Kovaliev se révéla plus curieux qu'Antonov, il me suppliait de le préparer pour pouvoir, un jour, « faire un tour à Paris ». Nous vécûmes ainsi jusqu'en mai, économisant l'air, nous efforçant de parler le moins possible, jouant avec des cartes artisanales aux couleurs peintes sur un journal. Un matin de mai, la mine se réveilla sous le fracas des marteaux-piqueurs et le tremblement d'explosions dans le lointain. Nous jubilions. Une semaine plus tard, quelqu'un s'approcha de notre dalle et se mit à la pousser. Bientôt, nous étreignions Gorbounov et écoutions les nouvelles : nos têtes étaient mises à prix, on avait fait venir des spécialistes qui connaissaient les galeries, plusieurs détachements de gardes, mais finalement la direction du camp avait annoncé que nous étions soit morts gelés, soit partis dans la taïga – les fuyards ne pouvaient être fous au point de se cacher dans les sous-sols glacés, non, ils avaient dû passer par des puits ouverts et, cachés par la tempête de neige, s'étaient réfugiés dans les montagnes. Après cela, les poursuivants cessèrent leurs recherches. Cela dit, il était encore trop tôt pour se réjouir : toutes ces informations indiquaient que la direction du camp et les tchékistes appelés en renfort n'avaient pas entièrement cru à notre fuite dans la taïga. Il valait mieux attendre encore un peu. Nous décidâmes que, d'ici à deux jours, Gorbounov et d'autres nous laisseraient dans des lieux convenus encore un peu de nourriture, nous la prendrions la nuit, poussant la dalle de l'intérieur. Et dans une semaine, il nous délivrerait et nous irions à l'assaut.

Mais Gorbounov ne revint pas. Nous attendîmes encore une semaine, puis, comprenant qu'il s'était passé quelque chose de grave, nous sortîmes de la grotte. C'était la nuit. En nous efforçant de ne pas faire de bruit, nous nous approchâmes du lieu où nous avions récupéré les sacs de pain. Cette fois, le sac était vide. Je le secouai, et une feuille pliée en quatre s'envola. Gorbounov ainsi que presque tous les autres membres actifs de notre mutinerie avaient été dénoncés, arrêtés et, pire encore, les tchékistes avaient décidé de ne pas perdre de temps à nous chercher et avaient mis des barreaux à toutes les sorties abandonnées de la mine, quel que fût leur état, et avaient placé des miradors avec des sentinelles armées aux entrées des tunnels. Prenant quelques affaires, nous courûmes au puits abandonné le plus proche, qui sortait sur la pente de la montagne entre les mines Kholodny et Zamantchivy. Nous grimpâmes jusqu'en haut, et, tout en me cachant, j'aspirai l'air frais et écoutai. Je n'entendis que le bruit du vent. Antonov sortit la tête, jeta un œil et se cacha à nouveau. Les sentinelles gardaient une montagne de barreaux d'acier. Le ciel pâlissait au-dessus de la crête.

De retour dans notre maudite grotte, nous ne parvenions pas à nous mettre d'accord sur la suite. Antonov insistait pour que nous fassions le tour de toutes les issues de la mine et que, même si elles étaient gardées, nous forcions une sortie. Kovaliev avait une idée plus maligne : forcer une sortie sans armes était un trop grand risque, il valait mieux que l'un d'entre nous entre dans le camp, se mêle à la foule des hommes de retour de la mine, et vérifie si tout était comme indiqué dans le message, et si son auteur n'avait pas menti, il fallait s'emparer des grenades artisanales que nous avions préparées, revenir à la grotte et forcer la sortie gardée avec des armes, et non à mains nues. Quant à moi, j'estimais qu'il était trop risqué de sortir en ce moment, et que, même si cela nous semblait une souffrance, il valait mieux attendre quelques semaines. À cela, Kovaliev objectait : les membres du parti arrêtés pouvaient, sous la torture, livrer notre cachette, il fallait se dépêcher de récupérer les grenades et du pain avant qu'on se retrouve tous derrière les barreaux. Je laissai toutes ces circonstances entrer en moi avec indifférence : tout était perdu, tout ce pour quoi moi, brûlé et changé en cendres, je m'étais levé et avais marché. « D'accord », dis-je à Kovaliev, indiquant la dalle de la main. Il réussit à sortir sans être remarqué au changement d'équipe, à passer à notre baraque, à trouver un membre du parti qui avait caché l'unique grenade non saisie, à la prendre, à glisser dans ses poches un demi-sac de pain sec et à se joindre à la deuxième équipe sous terre. Le membre du parti put lui dire que toutes les sorties étaient bloquées, que Gorbounov avait dissimulé le programme du parti dans une cachette de Zamantchivy et qu'on l'avait pris les mains vides.

Ayant discuté encore une fois de toutes les possibilités, nous comprîmes que notre seul espoir était le temps, qui devait passer avant que les poursuivants se convainquent que nous avions péri, soit gelés, soit en nous étant entre-dévorés, et qu'ils cessent de nous chercher. Nous aurions peut-être pu sortir un par un lors des changements d'équipe, mais nous aurions tout de suite été reconnus. Forcer une sortie avec une grenade artisanale et des couteaux sous le feu des miradors était une folie. Nous n'avions pas d'outils pour scier les barreaux. Étant donné que les tchékistes ne croyaient pas que nous pourrions survivre sous le sol gelé, attendre encore trois semaines semblait le coup le plus raisonnable à jouer dans cette fin de partie.

Mais les choses se passèrent autrement. Dix jours plus tard, il y eut une nouvelle battue. Ils fouillèrent tout, y compris les cheminées de mine. Ils avaient sans doute arrêté les derniers membres du parti ou au moins l'auteur du message, et les avaient torturés : ceux-ci avaient avoué que nous étions encore sous terre et vivants. Personne ne nous apportait plus de nourriture, et nous n'avions nulle part où la prendre – les équipes étaient soigneusement comptées à la sortie. Nous dûmes rester encore un mois. Pour changer les morceaux de glace en eau, il fallait les mettre contre son ventre, ce qui les réchauffait peu à peu, les ramollissait, ils se transformaient en pâte glacée que nous mâchions. Nous ne pouvions pas réchauffer trop longtemps la glace, c'était dangereux, parce qu'elle nous prenait ce que nous avions déjà de moins en moins : la chaleur. Nous économisions la nourriture, mâchions des copeaux de pin et le dernier bien que nous avions trouvé, un sac avec des petits morceaux de pain. Étant donné que le pain était cassé, et non coupé, les membres de l'équipe avaient dû sacrifier une partie de leur ration et, en passant la garde entre la zone d'habitation et la mine, la donner à un messager. Le pain avait gelé, mais une fois ramolli, il faisait plus ou moins office de nourriture. Avec la faim, nous étions pris d'un désir irrépressible de dormir. Le rêve se mêlait déjà à la réalité et, en nous endormant, nous ne savions pas de quel monde à quel monde nous passions.

Je vis quelque chose qui ressemblait à une large rivière. Puis elle se changea en mer. Je plongeai dedans avec un peu de crainte face à cette profondeur aqueuse, refis surface, crachant, et je nageai. Tolia était à côté de moi – il était couché sur un carré de carton, comme sur un radeau, et ce carton bougeait comme s'il était autopropulsé, avançant à ma hauteur à la même vitesse que moi. Mon frère se trouvait à ma droite. Je ne faisais pas non plus de gestes des bras, mais avançais très vite, comme un canot à moteur. La terre ferme apparut devant nous, une langue de terre qui s'avançait dans la mer. Nous freinâmes brusquement. Puis nous fîmes le tour de la petite presqu'île, et repartîmes à grande vitesse, naviguant droit devant nous et, après un certain temps, nous vîmes le rivage. Nous allâmes à lui et sortîmes de l'eau. À côté, il y avait un puits, dont les bords en terre se mirent à se rapprocher. Ils se rapprochèrent progressivement et finirent par se fermer, et toute l'eau de la mer, comme dans un lavabo, disparut sous terre. Je remarquai que Tolia avait quinze centimètres d'intestin qui dépassaient, il tentait de les faire rentrer avec ses abdominaux, mais n'y parvenait pas, alors il les prit dans les mains. Ma peau se mit à s'écailler comme une peau de poisson, en petits ronds.

Je me réveillai en entendant le craquement de cristaux de glace brisés. C'était Antonov qui s'était enfoncé dedans. Je n'avais pas envie de me lever. Le froid était à ce point entré sous ma peau que je m'efforçais de ne pas bouger, restais couché et suçais un bout de pain sec. Au fond de la galerie, j'aperçus un batracien qui ressemblait à une tortue. Il vivait dans un petit point d'eau que nous n'avions pas remarqué, et il ôtait la vase du fond. Je l'observai et vis que cette créature se battait avec d'affreux poissons et en triomphait. Parmi ses ennemis, il y avait de tout : des trilobites, des poissons vampires, des poissons serpents. Quand le point d'eau se calma, je tournai mon regard vers la paroi et vis que, sur les cristaux de roche, un tableau se formait, au début il ne faisait que bouger légèrement, puis il devint plus net et plus clair, et je vis des *cavaliers** attaquer un antique monastère. Ils passaient par une brèche dans l'enceinte et, descendant de cheval, montaient sur le mur et brûlaient les églises. Leur horde faisait penser à des soldats de plomb, jusqu'au moment où l'un d'eux, aux yeux bridés, croisa mon regard et me lança un couteau. Je m'obligeai à me lever et, mortellement effrayé, je me mis à courir en rond dans la grotte.

Le froid ne voulait plus quitter mon corps. Nous avions perdu l'habitude de la lumière et, pendant que nous avions encore la possibilité d'émettre des sons qui formaient des mots, nous convînmes que, quoi qu'il arrive, nous sortirions une semaine plus tard. La grotte plongea à nouveau dans la somnolence. De l'eau coulait dans les puits pentus. À travers son éternel ruissellement, je distinguai des voix et même des pleurs. Un enfant pleurait, un garçon, semblait-il. Il adressait à quelqu'un une prière incompréhensible. Puis j'entendis un murmure familier : « Serioja, Serioja, laisse-moi partir aussi, laisse-moi partir. » Je criai : « Margot ? » et, le souffle court, je me réveillai, tentai de me lever, mais mes muscles n'obéissaient pas, et je fermai les yeux. À travers le bruit de l'eau perçait une voix à demi oubliée, elle marmottait comme le récitant qui, à l'église, s'endormait sur le livre d'heures. « Nous sommes des hospitaliers. Si quelqu'un de notre foi venait, des fuyards, on leur donnait l'hospitalité. Dans les marais, on n'avait pas besoin de se cacher, mais les hospitaliers qui étaient en ville, eux, creusaient parfois des tunnels souterrains au cas où on viendrait arrêter ceux de la vieille foi. On a vécu ainsi. Il y avait un forgeron parmi nous, il s'y connaissait en gisements, il nous a creusé une fosse salée, et nous avons pu manger salé. Il y a une église sur la rive, mais on n'y est jamais allés, on n'avait pas de prêtre, ils ont tous été brûlés du temps de Pierre. On a appris qu'il n'y avait plus de tsars quand ils sont venus en hiver, du kolkhoze. Ils voulaient recenser tout le monde, et menaçaient d'envoyer des soldats avec des fusils, et alors tous les habitants, et mon père, ma mère et mes frères, ont décidé de fuir, pour ne revenir qu'à l'été, et moi, l'aîné, je suis resté pour surveiller la maison. Quand on vit ici, jour après jour, mois après mois, tout passe comme dans un rêve. Dans un rêve, la lumière est la même, tu es le même, mais tout est différent. La même chose, mais pas la même chose. Tout est comme chez nous, mais pas chez nous. Tu es comme un morceau, tu vois que ce n'est pas toi. Tu reconnais tout le monde, mais ce n'est pas eux. Comme dans cette rivière : tu t'y reflètes, mais ce n'est pas tout à fait toi. »

L'eau coulait à nouveau. Quelqu'un chantait une mélodie simple, qui fut reprise par un chœur. Au milieu de tout ce bruit, j'entendis une voix sévère qui prononçait quelque chose. En écoutant plus attentivement, je reconnus Voskoboïnik : « Qui à cheval, quelques charrettes, qui clopinant à pied, pas lavés depuis longtemps, envahis par les poux, des croûtes de pain moisi dans les poches ; ils s'étaient rassemblés dans la forêt pour compter ceux qui restaient et déterminer qui rejoindrait la colonne de combat et qui resterait pour retarder les troupes. Ils avaient décidé de dormir deux heures et de bouger à minuit, mais ils avaient été réveillés par des claquements. Ils avaient eu l'impression que des oiseaux noirs volaient à travers les couronnes des arbres et venaient s'écraser à terre ; une fumée blanchâtre se répandait. L'horreur, les ténèbres, ils étouffaient, qu'était-ce, pourquoi cette fumée déchirait-elle la gorge ? Beaucoup, aveuglés, s'étaient enfuis en hurlant, tandis qu'une nouvelle vague de gaz venait à leur rencontre. Tous ceux qui avaient pu fuir devenaient fous à force de ténèbres et de boue, de steppe à parcourir et, quand nous voyions les feux des maisons hérissées au loin, nous nous disions : Qui nous attend là-bas, que se passera-t-il, est-ce que nous allons les tuer, ou qu'une ombre avec un couteau jaillira de derrière l'entrée froide ? Les villageois haïssaient tout le monde : nous, les rouges. Nous voyions ces yeux derrière les fenêtres. Et je compris que tout finirait dans un bain de sang. Personne n'allait se mettre d'accord avec personne, il n'y avait pas de retour en arrière possible. »

J'ouvris les yeux. Kovaliev avait dirigé la lumière de la lampe sur mon visage, et ma mémoire, d'elle-même, sans me demander, effaça toutes ces voix murmurantes. Je me levai et commençai à effectuer de lents mouvements de gymnastique, pétrissant mes paumes et frottant mes jambes engourdies. C'était à mon tour de monter la garde. Kovaliev s'endormit. Je ne voulais ni dormir ni manger, et ma conscience était submergée d'une lumière transparente, un peu éteinte. Des questions s'élevaient de ma mémoire brûlée, des questions parfaitement claires à présent, mais que je ne comprenais pas autrefois, qui étaient restées tout au fond de ma conscience. Qu'est-ce que l'existence ? Les physiciens écrivent qu'il y a eu une explosion de gaz et que l'univers s'est formé : le ciel, les étoiles, les comètes. Bon, mais d'où venait ce gaz qui a explosé ? Non, interviennent d'autres physiciens, ce n'est pas comme ça : il n'y avait rien, l'antimatière, puis cette antimatière a éclaté, et l'explosion en question a eu lieu. D'accord, mais d'où venait ce « rien » ? De quelque part – et la même question se répète à l'infini. Ainsi, le temps et les événements tournent en rond, rampent comme des fourmis sur le ruban collé par l'expérimentateur ? Oui, mais d'où vient le ruban, où est le début du rond ? On ne peut pas se reposer sur nos sens pour faire entrer dans notre tête la réponse à cette question. Comment s'imaginer que tout a toujours existé et n'est venu de nulle part ? Voskoboïnik, à l'époque, n'avait pas pu répondre à la question de la définition d'une ligne droite : si elle n'a pas de point final, elle est infinie, et s'il y a un point final, ce n'est déjà plus une droite ; d'où viennent les droites ? Qui les trace ? Si quelqu'un a tracé une droite, il a bien commencé quelque part ! Oui, le temps et l'espace sont beaucoup plus complexes qu'il nous semble. Mais même si l'on admet que le temps et l'espace, comme dans le cas de Nioura et du point de rassemblement d'Orcha, ne sont pas linéaires, il n'en reste pas moins cette question : comment le monde est-il advenu ? Et s'il a toujours existé, qui l'a créé, et d'où vient ce « qui » ? Et ainsi de suite, à l'infini. Les gens religieux estiment que c'est Dieu, mais on peut Lui appliquer la même question : « D'où vient-Il, même s'Il a toujours existé ? », et de nouveau, nous nous heurtons à la limite de nos moyens de compréhension. L'homme est incapable d'appréhender toute la difficulté de l'absence d'un commencement. La quantité de matières existantes est inconnue, et c'est hors de notre portée, sinon nous ne serions pas des créatures humaines. C'est le chemin le plus absurde qu'on pouvait imaginer. Combien de choses inutiles ont été écrites, combien d'incongruités philosophiques, combien de labyrinthes de diverses sciences, et tout cela ne fait qu'encombrer le cerveau humain, et détourne de l'absence de réponse à la question essentielle. Mais, d'ailleurs, pourquoi pourrions-nous y répondre ? L'univers est insondable, infini, tandis que la Terre n'est qu'un petit grain qui, dans ses entailles microscopiques, a développé des cellules dotées de pensée. Et voici qu'une colonie de cellules fait la guerre à l'autre. Ou contamine son territoire avec une idée mensongère, et planque dans une réserve, par la force, une espèce de moisissure dangereuse pour sa prospérité, et cette moisissure lutte pour survivre, pour la perspective brumeuse d'avoir parfois du plaisir et de se reproduire. J'avais eu tort d'attribuer aux visages gris des capacités supérieures. Ils n'étaient que des micro-organismes vivaces qui avaient appris à effrayer et à exploiter les autres, moins organisés et adaptés, et en aucun cas des forces malveillantes supérieures. Une épaisseur minérale était suspendue au-dessus de moi, me séparant de mon passé, tous ceux que j'avais aimés avaient été détruits, et même s'il aurait suffi qu'un millionième du corps minéral bouge pour m'écraser comme un moucheron, je n'avais pas peur. Rien ne pouvait faire peur, à part l'infini. Moi, Antonov, Kovaliev, nous étions des cellules qui s'efforçaient de sortir de sous la terre, d'émerger à la surface. Je devinai ce qu'avaient toujours été les rêves : des tableaux de ce qui n'était pas arrivé, le film de ce qu'aurait pu être mon destin si j'avais choisi d'agir différemment. Ici, au fond de ce boyau sale où chaque jour l'odeur de latrines se faisait plus forte, j'embrassais le monde, je palpais l'univers, et ce n'était pas si absurde : je savais qu'on ne pouvait pas m'enlever cette totalité, cette union avec le monde entier, et désormais elle resterait avec moi. Après réflexion, je compris que, s'il existait une liberté russe particulière, elle avait justement cet aspect.

Chaque nuit, Kovaliev errait dans les couloirs de la mine, explorant chaque puits qui montait vers la surface. Beaucoup étaient pourvus de grilles. Dans certains, on pouvait enlever la grille, mais elle était toujours suivie d'une autre grille, indémontable. En s'accrochant par les mains pour passer comme un balancier par-dessus l'escalier pourri d'un trou de forage, Kovaliev tomba dans un trou plein d'eau, faillit se noyer et se blessa le genou. Mais, au moment où nous étions près de désespérer et de nous décider à forcer le passage devant les miradors, ses explorations finirent par donner un résultat. Il trouva une cheminée abandonnée, en haut de laquelle on apercevait vaguement de la lumière. Et cette lumière venait visiblement du dehors, parce qu'elle variait selon l'heure. Il semblait d'en bas que le sommet de la cheminée donnait sur un passage étroit qui ne sortait pas directement sur la pente, mais sous un rocher ou un autre obstacle. Notre chance était de pouvoir quitter le puits non pas sous le nez des sentinelles, mais relativement à l'abri, d'où nous pourrions tranquillement attendre un moment propice pour nous enfuir sans avoir besoin d'attaquer.

À une heure du matin, je réveillai Kovaliev et Antonov. Ayant enlevé nos vestes matelassées et enfilé nos cabans, nous prîmes nos sacs et nous approchâmes de la dalle. Nous avions mâché le dernier bout de glace molle la veille. Nous nous approchâmes de la cheminée plus lentement que nous l'aurions voulu, mais nous avions du temps avant l'aube. La paroi de la cheminée était suffisamment irrégulière pour que nous puissions mettre nos bottes sur des saillies larges et nous hisser avec les bras grâce à de grosses prises, mais cela restait glissant. Kovaliev regarda vers le bas : les piles glacées de la lampe donnaient de la lumière à dix mètres, mais plus bas, c'étaient les ténèbres. Je tentai de mettre une jambe de chaque côté et de les tendre pour m'élever, mais je faillis tomber dans le cratère charbonneux – Antonov eut juste le temps de me rattraper par l'avant-bras. Je sentis la sueur couler. Mes jambes se mirent à trembler et à fléchir malgré moi, mais il était trop tard pour reculer. Je pris une grande inspiration et, fixant la paroi et m'imaginant que je ne faisais qu'un avec elle, j'appuyai mes pieds sur la roche et me mis à avancer vers le haut. Après quelques mètres, m'étant habitué à grimper, je dis vers le bas : « Vas-y ! » Kovaliev monta vers moi, léger comme un chat. Antonov soufflait et ahanait derrière lui, il avait tendance à se coincer, et même s'il l'avait voulu, il n'aurait pas pu tomber dans le noir.

Nous franchîmes ainsi une vingtaine de mètres, quand je remarquai une toile d'araignée. Elle était étonnamment épaisse et formait un quadrilatère. Kovaliev s'en approcha, la regarda attentivement et grinça : « Les salauds, c'est un traquenard ! Si on tire sur la ficelle, elle déclenche une fusée. » Nous n'avions pas le temps d'y réfléchir longtemps, parce que nos jambes s'engourdissaient. Même si c'était une vieille fusée, il suffisait qu'une charge fonctionne, et on s'en apercevrait au camp ou au village. Il fallait la contourner. Nous avions chacun trois batteries sur le flanc, et un câble de lampe autour du cou. Les sacs n'arrêtaient pas de s'accrocher à tous les reliefs de la paroi. Je passai prudemment ma tête dans le trou au milieu du piège, puis les épaules, et enfin montai sur le côté. Kovaliev se faufila presque sans regarder, mais Antonov ne put éviter de tirer la ficelle, sans doute pas assez fort – nous nous figeâmes, mais n'entendîmes aucun bruit en surface. Après trois mois d'apathie souterraine et d'immobilité, chacun de nous s'essoufflait terriblement, l'air sortait de nos bouches comme si on avait percé nos poumons, avec un bruit de chambres à air. Nous devions nous reposer de plus en plus souvent. La tension continuelle provoquait des crampes dans nos mollets. La tache de lumière se rapprochait, apparaissait au-dessus de nos têtes comme un mirage salvateur. Surmontant plusieurs pièges, nous nous reposâmes encore une fois, les jambes et les bras écartés. Puis nous fîmes un dernier effort, sortîmes sur la grosse embouchure de la cheminée et nous éloignâmes à quatre pattes sur le côté. Antonov glissa et faillit retomber dans le trou. Il y avait effectivement, au-dessus de la cheminée, une énorme dalle sous laquelle une dizaine de fugitifs auraient pu s'installer pour la nuit. Sur la gauche et sur la droite, nous voyions la pente de la montagne, et des crocus qui faisaient des taches violettes sur la neige poreuse qui n'avait pas encore fondu à l'ombre des falaises. Il soufflait un vent brûlant. Nous nous assîmes le dos contre la dalle, qui nous sembla surchauffée. Des nuages frisés volaient dans le ciel, le soleil apparut derrière une crête. Nous étions sortis trop tard, le matin se levait déjà sur la terre.

Abandonnant mon sac et mon caban, je rampai à genoux vers le bord de la dalle et lentement, millimètre après millimètre, je regardai derrière elle. La pente de la montagne descendait à petits éboulis vers un bois clairsemé de mélèzes bas. L'éboulis avait la couleur de nos habits poussiéreux. Il y avait trente mètres jusqu'aux arbres, et à mi-distance environ, s'élevaient des poteaux de bois penchés avec des barbelés. Les barbelés entouraient la sortie d'un puits. Au milieu de cette barrière s'élevait un mirador haut de trois mètres. Je l'observai jusqu'au coucher du soleil et compris que seule une sentinelle montait la garde, la deuxième fumait, dormait, mais ne regardait pas du côté de la montagne. Kovaliev et Antonov étaient couchés à plat ventre, sans bouger, se réchauffant.

Quand le ciel eut fini de brûler, nous décidâmes de nous glisser près du mirador en direction du plus large des mélèzes. Derrière lui commençaient des plantations folles d'épilobes. Ils étaient si hauts que même Antonov pouvait s'y cacher. Nous convînmes que Kovaliev avancerait en premier, avec sa grenade, à un jet de pierre du mirador, et que, si la sentinelle le découvrait, il lancerait sa grenade. S'il réussissait à passer sans être remarqué, il se cacherait derrière le mélèze. Si le mitrailleur se mettait à tirer sur moi ou Antonov, Kovaliev bombarderait le mirador, détournant le feu vers lui. Nous attendîmes un semblant de pénombre et commençâmes notre progression avant que la nuit fût tombée et qu'un projecteur n'ait été allumé sur le mirador. Kovaliev rampait lentement et pensivement, comme un varan, déplaçant ses coudes et se figeant à la moindre alerte. Il serrait la grenade dans son poing, ce qui le faisait boiter sur la main droite. Il se débrouillait pour avancer sans le moindre bruit. Dix minutes suffirent à Kovaliev pour atteindre la butte en face du mirador. La sentinelle semblait dormir. Je scrutai la pénombre et compris que l'homme s'était détourné et lisait un journal ou une lettre. Un vent froid s'était levé, mais je ne sentais que la chaleur et respirais aussi profondément que possible pour ne pas m'évanouir après toute cette tension et une nuit sans sommeil. Kovaliev continuait de sinuer dans les éboulis et finit par se cacher derrière le mélèze.

La nuit tombait plus vite que nous l'avions pensé, et pour être à l'arbre avant l'allumage du projecteur, Antonov et moi devions nous déplacer ensemble. Je pris celui-ci par la manche et lui montrai le mirador. Il comprit, et nous sortîmes de notre abri. Il n'avait visiblement pas plu depuis plusieurs jours, la poussière nous entra par les narines et les yeux. Nous nous serrions contre les plus petits plis du terrain, les trous, les bosses, je me tortillais, m'efforçant de bouger sans heurt. Antonov, malheureusement, était bruyant. À un tiers du chemin, je me couchai dans la poussière pour reprendre mon souffle. Mon cœur battait très fort, et j'eus l'impression que le sol battait en rythme avec lui, faisant trembler les pierres. Je sentis des secousses souterraines, comme si on faisait exploser du minerai juste en dessous de nous. Effrayé par ce tremblement de terre, je continuai à ramper sur le sol vibrant et rejoignis Antonov juste devant le mirador. Il avait dû déplacer une pierre, ou faire rouler des éboulis sur la pente glabre, car la sentinelle réagit.

Nous nous collâmes contre le sol. La lumière jaune du projecteur errait vers nous. Nous entendions des voix. La terre ne tremblait plus, elle grondait, comme si une armée invisible, dans les sous-sols, essayait de passer à la surface. Je levai les yeux et vis des taches vertes se déployer dans le ciel, pareilles à des feux d'artifice, mais en plus troubles. Elles furent suivies par des silhouettes en casques ailés, avec des boucliers ronds d'or niellé et des panaches ; les unes à pied, d'autres sur des chevaux cabrés, et toute cette procession allait vers l'ouest dans une marche indifférente, agitant légèrement ses lances. L'un des chevaliers se tourna vers nous, et je le reconnus : c'était le chevalier du marais de Rdeïa, sur sa haute coiffe était perché un hibou grand duc dont les ailes ouvertes recouvraient la moitié du ciel ; cette fois, il avançait harmonieusement, comme un nuage. Libérant ma main gauche, je me frottai les yeux et vis qu'Antonov s'approchait de moi. Il indiquait du regard le mirador. La sentinelle s'était détournée de l'autre côté, son compagnon avait disparu, et leur marmottement avait cessé. Kovaliev agitait furieusement les bras de derrière le mélèze.

Nous hâtant, et n'essayant plus aussi fort de nous coller au sol, nous rampâmes jusqu'au champ d'épilobes et nous couchâmes dans l'herbe tiède. Après avoir pris un peu de repos, mais toujours hors d'haleine, nous rejoignîmes Kovaliev et, de joie, restâmes un long moment à nous secouer mutuellement par le caban. Antonov indiqua en silence une trouée entre les arbres. J'embrassai la terre réchauffée par le soleil, des grains de sable et des aiguilles de pin restèrent sur mes lèvres. Une minute plus tard, nous rampions à nouveau, nous éloignant toujours plus de la cheminée, puis nous nous redressâmes et parcourûmes encore un kilomètre de forêt basse. Nous ne nous arrêtâmes qu'à la lisière des taillis. Plus bas, sur la pente, on apercevait la route qui menait vers le col en direction de Sporny. « Vous avez vu ? demandai-je tout en vérifiant que mes affaires étaient intactes. Là-bas, il s'est passé quelque chose d'étrange. Sans doute une aurore boréale. » Ils me regardèrent avec étonnement. « Bon, dis-je, refaisant le nœud de mon sac. Nous devons nous enfoncer profondément dans la taïga, nous y construirons une cabane pour passer l'hiver. Nous sommes bientôt en août, nous n'avons plus le temps de nous enfuir loin. Nous devons nous fixer quelque part, et après nous pourrons agir. » Je vis une lueur d'horreur apparaître dans les yeux d'Antonov mais, ayant réfléchi, il fit un pas vers moi. « Non, non, non, dit Kovaliev en hochant la tête. Je vais à Magadan. C'est plus facile de s'y cacher. » Je me retournai, regardai encore une fois le ciel. Les guerriers avaient disparu. Kovaliev attendait qu'on essaie de le convaincre, mais je fis oui de la tête. Nous partageâmes le reste de pain sec et partîmes dans des directions différentes.

Depuis, je ne suis plus jamais redescendu sous terre, et même quand, avec Antonov, nous sommes arrivés à Miakit, nous nourrissant en route de baies et de champignons, et que nous avons été repérés et livrés par un garde forestier, quand a été retrouvé le programme du parti caché dans la mine Zamantchivy, quand l'enquêteur nous a demandé où étaient les os de Kovaliev que nous avions mangé, quand Kovaliev a été arrêté à son tour à Magadan, où il se faisait passer pour un habitant libre et travaillait dans une chaufferie, quand dix ans plus tard Olia m'a retrouvé, est venue me voir dans un camp de Mordovie et m'a raconté que maman avait été tuée en 1943, par un éclat d'obus qui était entré dans la tranchée où elles étaient réfugiées toutes les trois, maman, Olia et Margot, et que mes sœurs avaient creusé comme elles l'avaient pu une tombe peu profonde où elles avaient déposé son corps, quand j'ai appris qu'ensuite elles étaient parties pour Klintsy, et que Margot, qui avait trouvé un travail comme aide-caissière, avait été accusée de détournement de fonds, jugée, et était morte d'une infection à la prison d'étape de Vladivostok, quand j'ai reçu une première et unique lettre de Tolia, qui avait été blessé à la guerre, était parti près de Donetsk, y avait installé un potager, puis s'est mis à boire et est mort, quand on m'a raconté que, après être rentrée à Orcha, Nioura était aussi morte, et que je n'ai jamais su ce qu'il était advenu des filles, quand les camps spéciaux ont été liquidés, mais que notre camp s'est mis à recevoir toujours plus de prisonniers politiques, à qui j'apprenais à jouer aux échecs, quand j'ai déambulé pendant vingt ans dans le même couloir vers la table à dessin de l'atelier et que j'ai continué à écrire mes rêves, quand la commission d'amnistie a refusé de raccourcir ma peine parce que je n'avais pas écrit de requête et que, en entrant dans la pièce, je m'étais assis sur une chaise sans attendre qu'on m'y autorise et les avais regardés droit dans les yeux, quand Olia est morte d'un cancer et qu'il n'est plus resté personne, quand j'ai failli mourir moi-même, après avoir été passé à tabac dans le cachot, et que j'ai été soigné par mon voisin, un homme religieux, habitué à la clandestinité, quand il m'a fait connaître par correspondance des femmes croyantes et que, sortant de prison, je suis allé rejoindre l'une d'elles dans l'Altaï et que je suis resté vivre parmi les vieux-croyants, quand on m'a donné un passeport et qu'on me l'a immédiatement volé dans le bus, ce qui m'a valu encore une année de prison parce que je n'avais pas fait établir de nouveau document, quand le dernier des secrétaires du parti a décidé d'en finir avec le système, a fait ouvrir les archives et que tout le monde a appris l'histoire de notre révolte, quand en réponse à ma demande sur le destin de mon père j'ai reçu une attestation de réhabilitation et que j'ai compris que je ne l'avais pas cherché au bon endroit, qu'il était mort au Viatlag[1] un an après son arrestation, quand le système s'est enfin effondré, mais que je savais que les visages gris s'étaient cachés et attendaient leur heure, quand on a vu apparaître en filigrane, dans les nouvelles lois, des points du programme de notre parti, quand j'ai été réhabilité à mon tour, et que Netto est venu à Zmeïnogorsk, mais que nous ne nous sommes pas tout de suite reconnus, quand je ne pouvais déjà plus aller loin et dessinais des cercles dans la steppe, faisant paître les vaches, ramassant le thym, la schisandra, la pimprenelle, et perdais la vue jour après jour jusqu'à ce que je devienne aveugle – même alors, je ne suis pas revenu une minute sous terre, même pas en pensée, je n'ai reconnu aucun pouvoir et j'ai continué à porter en moi cette union avec le monde entier, évitant cependant son étreinte trop forte.

Les contours des objets devinrent flous, la chaise, l'armoire et la table existaient quelque part en dehors de la chambre. Le bruissement des herbes était de plus en plus intense, comme

1. Camp au nord de la Russie centrale, dans la région de Viatka (Kirov) vers l'Oural, situé en pleine taïga et destiné à l'exploitation forestière.

si mon lit se trouvait au milieu du champ. Un vent très fort se leva, j'avais l'impression qu'une tornade allait arriver, m'emporter comme un objet qu'on avait oublié de ranger et m'entraîner dans la steppe. Anna apparut à côté de moi, ses yeux brillaient. Elle était dans sa robe grise avec le col blanc. Anna me prit la main, le grondement du vent se calma. Je dis, sans entendre ma voix : « Nioura, le vent va m'emporter. » Nioura se pencha vers moi et murmura : « Ça fait longtemps qu'il t'a emporté. » Elle s'approcha de la fenêtre et je vis une volée d'étourneaux tournoyer dans le ciel, se transformant tour à tour en lemniscates, en rubans, en vagues, en anneaux, puis se déployant à nouveau, se dispersant avant de se rassembler en un point. Quelques oiseaux s'échappèrent de la horde et, surmontant l'attraction d'un nuage qui passait, volèrent au-delà des collines et rejoignirent les montagnes enneigées, finalement pas si lointaines.

COMPOSITION ET MISE EN PAGES
NORD COMPO À VILLENEUVE-D'ASCQ

CET OUVRAGE A ÉTÉ ACHEVÉ D'IMPRIMER
SUR ROTO-PAGE
PAR L'IMPRIMERIE FLOCH À MAYENNE
EN FÉVRIER 2023

N° d'impression : 101960
Dépôt légal : mars 2023
Imprimé en France